Gröls Verlage

„Bücher sind wie Fallschirme. Sie nützen uns nichts, wenn wir sie nicht öffnen."

Gröls Verlag

Redaktionelle Hinweise und Impressum

Das vorliegende Werk wurde zugunsten der Authentizität sehr zurückhaltend bearbeitet. So wurden etwa ursprüngliche Rechtschreibfehler *nicht* systematisch behoben, denn kleine Unvollkommenheiten machen das Buch – wie im Übrigen den Menschen – erst authentisch. Mitunter wurden jedoch zum Beispiel Absätze behutsam neu getrennt, um den Lesefluss zu erleichtern.

Um die Texte zu rekonstruieren, werden antiquarische Bücher von Lesegeräten gescannt und dann durch eine Software lesbar gemacht. Der so entstandene Text wird von Menschen gegengelesen und korrigiert – hierbei treten auch Fehler auf. Wenn Sie ebenfalls antiquarische Texte einreichen möchten, finden Sie weitere Informationen auf www.groels.de

Viel Freude bei der Lektüre wünscht Ihnen das Team des Gröls-Verlags.

Adressen

Verleger: Sophia Gröls, Im Borngrund 26, 61440 Oberursel

Externer Dienstleister für Distribution & Herstellung: BoD, In de Tarpen 42, 22848 Norderstedt

Unsere „Edition | Werke der Weltliteratur“ hat den Anspruch, eine der größten und vollständigsten Sammlungen klassischer Literatur in deutscher Sprache zu sein. Nach und nach versammeln wir hier nicht nur die „üblichen Verdächtigen“ von Goethe bis Schiller, sondern auch Kleinode der vergangenen Jahrhunderte, die – zu Unrecht – drohen, in Vergessenheit zu geraten. Wir kultivieren und kuratieren damit einen der wertvollsten Bereiche der abendländischen Kultur. Kleine Auswahl:

Francis Bacon • Neues Organon • **Balzac** • Glanz und Elend der Kurtisanen • **Joachim H. Campe** • Robinson der Jüngere • **Dante Alighieri** • Die Göttliche Komödie • **Daniel Defoe** • Robinson Crusoe • **Charles Dickens** • Oliver Twist • **Denis Diderot** • Jacques der Fatalist • **Fjodor Dostojewski** • Schuld und Sühne • **Arthur Conan Doyle** • Der Hund von Baskerville • **Marie von Ebner-Eschenbach** • Das Gemeindekind • **Elisabeth von Österreich** • Das Poetische Tagebuch • **Friedrich Engels** • Die Lage der arbeitenden Klasse • **Ludwig Feuerbach** • Das Wesen des Christentums • **Johann G. Fichte** • Reden an die deutsche Nation • **Fitzgerald** • Zärtlich ist die Nacht • **Flaubert** • Madame Bovary • **Gorch Fock** • Seefahrt ist not! • **Theodor Fontane** • Effi Briest • **Robert Musil** • Über die Dummheit • **Edgar Wallace** • Der Frosch mit der Maske • **Jakob Wassermann** • Der Fall Maurizius • **Oscar Wilde** • Das Bildnis des Dorian Grey • **Émile Zola** • Germinal • **Stefan Zweig** • Schachnovelle • **Hugo von Hofmannsthal** • Der Tor und der Tod • **Anton Tschechow** • Ein Heiratsantrag • **Arthur Schnitzler** • Reigen • **Friedrich Schiller** • Kabale und Liebe • **Nicolo Machiavelli** • Der Fürst • **Gotthold E. Lessing** • Nathan der Weise • **Augustinus** • Die Bekenntnisse des heiligen Augustinus • **Marcus Aurelius** • Selbstbetrachtungen • **Charles Baudelaire** • Die Blumen des Bösen • **Harriett Stowe** • Onkel Toms Hütte • **Walter Benjamin** • Deutsche Menschen • **Hugo Bettauer** • Die Stadt ohne Juden • **Lewis Caroll** • *und viele mehr….*

Karl Philipp Moritz

Anton Reiser

Ein psychologischer Roman

Inhalt

Erster Teil

Vorrede
(1785)

Dieser psychologische Roman könnte auch allenfalls eine Biographie genannt werden, weil die Beobachtungen größtenteils aus dem wirklichen Leben genommen sind. – Wer den Lauf der menschlichen Dinge kennt und weiß, wie dasjenige oft im Fortgange des Lebens sehr wichtig werden kann, was anfänglich klein und unbedeutend schien, der wird sich an die anscheinende Geringfügigkeit mancher Umstände, die hier erzählt werden, nicht stoßen. Auch wird man in einem Buche, welches vorzüglich die innere Geschichte des Menschen schildern soll, keine große Mannigfaltigkeit der Charaktere erwarten: denn es soll die vorstellende Kraft nicht verteilen, sondern sie zusammendrängen und den Blick der Seele in sich selber schärfen. – Freilich ist dies nun keine so leichte Sache, daß gerade jeder Versuch darin glücken muß – aber wenigstens wird doch vorzüglich in pädagogischer Rücksicht das Bestreben nie ganz unnütz sein, die Aufmerksamkeit des Menschen mehr auf den Menschen selbst zu heften und ihm sein individuelles Dasein wichtiger zu machen.

In Pyrmont, einem Orte, der wegen seines Gesundbrunnens berühmt ist, lebte noch im Jahre 1756 ein Edelmann auf seinem Gute, der das Haupt einer Sekte in Deutschland war, die unter dem Namen der Quietisten oder Separatisten bekannt ist, und deren Lehren vorzüglich in den Schriften der Mad. Guion, einer bekannten Schwärmerin, enthalten sind, die zu Fénelons Zeiten, mit dem sie auch Umgang hatte, in Frankreich lebte.

Der Herr von Fleischbein, so hieß dieser Edelmann, wohnte hier von allen übrigen Einwohnern des Orts und ihrer Religion, Sitten und Gebräuchen ebenso abgesondert, wie sein Haus von den ihrigen durch eine hohe Mauer geschieden war, die es von allen Seiten umgab.

Dies Haus nun machte für sich eine kleine Republik aus, worin gewiß eine ganz andre Verfassung als rund umher im ganzen Lande herrschte. Das ganze Hauswesen bis auf den geringsten Dienstboten bestand aus lauter solchen Personen, deren Bestreben nur dahin ging oder zu gehen schien, in ihr „Nichts“ (wie es die Mad. Guion nennt) wieder einzugehen, alle Leidenschaften zu „ertöten“ und alle „Eigenheit“ auszurotten.

Alle diese Personen mußten sich täglich einmal in einem großen Zimmer des Hauses zu einer Art von Gottesdienst versammlen, den der Herr von Fleischbein selbst eingerichtet hatte, und welcher darin bestand, daß sie sich alle um einen Tisch setzten und mit zugeschloßnen Augen, den Kopf auf den Tisch gelegt, eine halbe Stunde warteten, ob sie etwa die Stimme Gottes oder das „innre Wort“ in sich vernehmen würden. Wer dann etwas vernahm, der machte es den übrigen bekannt.

Der Herr von Fleischbein bestimmte auch die Lektüre seiner Leute, und wer von den Knechten oder Mägden eine müßige Viertelstunde hatte, den sahe man nicht anders als mit einer von der Mad. Guion Schriften, vom „innern Gebet“ oder dergleichen, in der Hand in einer nachdenkenden Stellung sitzen und lesen.

Alles bis auf die kleinsten häuslichen Beschäftigungen hatte in diesem Hause ein ernstes, strenges und feierliches Ansehn. In allen Mienen glaubte man „Ertötung“ und „Verleugnung“ und in allen Handlungen „Ausgehen aus sich selbst“ und „Eingehen ins Nichts“ zu lesen.

Der Herr von Fleischbein hatte sich nach dem Tode seiner ersten Gemahlin nicht wieder verheiratet, sondern lebte mit seiner Schwester, der Frau von Prüschenk, in dieser Eingezogenheit, um sich dem großen Geschäfte, die Lehren der Mad. Guion auszubreiten, ganz und ungestört widmen zu können.

Ein Verwalter, namens H., und eine Haushälterin mit ihrer Tochter machten gleichsam den mittlern Stand des Hauses aus, und dann folgte das niedrige Gesinde. – Diese Leute schlossen sich wirklich fest aneinander, und alles hatte eine unbegrenzte Ehrfurcht gegen den Herrn von Fleischbein, der wirklich einen unsträflichen Lebenswandel führte, obgleich die Einwohner des Orts sich mit den ärgerlichsten Geschichten von ihm trugen.

Er stand jede Nacht dreimal zu bestimmten Stunden auf, um zu beten, und bei Tage brachte er seine meiste Zeit damit zu, daß er die Schriften der Mad. Guion, deren eine große Anzahl von Bänden ist, aus dem Französischen übersetzte, die er denn auf seine Kosten drucken ließ und sie umsonst unter seine Anhänger austeilte.

Die Lehren, welche in diesen Schriften enthalten sind, betreffen größtenteils jenes schon erwähnte völlige Ausgehen aus sich selbst und Eingehen in ein seliges Nichts, jene gänzliche Ertötung aller sogenannten „Eigenheit“ oder „Eigenliebe“ und eine völlig uninteressierte Liebe zu Gott, worin sich auch kein Fünkchen Selbstliebe mehr mischen darf, wenn sie rein sein soll, woraus denn am Ende eine vollkommne, selige „Ruhe“ entsteht, die das höchste Ziel aller dieser Bestrebungen ist.

Weil nun die Mad. Guion sich fast ihr ganzes Leben hindurch mit nichts als mit Bücherschreiben beschäftigt hat, so sind ihrer Schriften eine so erstaunliche Menge, daß selbst Martin Luther schwerlich mehr geschrieben haben kann. Unter andern macht allein eine mystische Erklärung der ganzen Bibel wohl an zwanzig Bände aus.

Diese Mad. Guion mußte viel Verfolgung leiden und wurde endlich, weil man ihre Lehrsätze für gefährlich hielt, in die Bastille gesetzt, wo sie nach einer zehnjährigen Gefangenschaft starb. Als man nach ihrem Tode ihren Kopf öffnete, fand man ihr Gehirn fast wie ausgetrocknet. Sie wird übrigens noch itzt von ihren Anhängern als eine Heilige der ersten Größe beinahe göttlich verehrt, und ihre Aussprüche werden den Aussprüchen der Bibel gleich geschätzt; weil man annimmt, daß sie durch gänzliche

Ertötung aller „Eigenheit“ so gewiß mit Gott sei vereinigt worden, daß alle ihre Gedanken auch notwendig göttliche Gedanken werden mußten.

Der Herr von Fleischbein hatte die Schriften der Mad. Guion auf seinen Reisen in Frankreich kennen gelernt, und die trockne, metaphysische Schwärmerei, welche darin herrscht, hatte für seine Gemütsbeschaffenheit so viel Anziehendes, daß er sich ihr mit eben dem Eifer ergab, womit er sich wahrscheinlich unter andern Umständen dem höchsten Stoizismus würde ergeben haben, womit die Lehren der Mad. Guion in Ansehung der gänzlichen Ertötung aller Begierden usw. oft eine auffallende Ähnlichkeit haben.

Er wurde nun auch von seinen Anhängern ebenfalls wie ein Heiliger verehrt und ihm wirklich zugetrauet, daß er beim ersten Anblick das Innerste der Seele eines Menschen durchschauen könne.

Zu seinem Hause geschahen Wallfahrten von allen Seiten, und unter denen, die jährlich wenigstens einmal dieses Haus besuchten, war auch Antons Vater.

Dieser, ohne eigentliche Erziehung aufgewachsen, hatte seine erste Frau sehr früh geheiratet, immer ein ziemlich wildes, herumirrendes Leben geführt, wohl zuweilen einige fromme Rührungen gehabt, aber nicht viel darauf geachtet. Bis er nach dem Tode seiner ersten Frau plötzlich in sich geht, auf einmal tiefsinnig und, wie man sagt, ein ganz andrer Mensch wird und bei seinem Aufenthalt in Pyrmont zufälligerweise erstlich den Verwalter des Herrn von Fleischbein und nachher durch diesen den Herrn von Fleischbein selber kennen lernte.

Dieser gibt ihm denn nach und nach die Guionschen Schriften zu lesen, er findet Geschmack daran und wird bald ein erklärter Anhänger des Herrn von Fleischbein.

Demohngeachtet fiel es ihm ein, wieder zu heiraten, und er machte mit Antons Mutter Bekanntschaft, welche bald in die Heirat willigte, das sie nie würde getan haben, hätte sie die Hölle von Elend vorausgesehen, die ihr im Ehestande drohete. Sie versprach sich von ihrem Manne noch mehr Liebe und Achtung, als sie vorher bei ihren Anverwandten genossen hatte, aber wie entsetzlich fand sie sich betrogen.

So sehr die Lehre der Mad. Guion von der gänzlichen Ertötung und Vernichtung aller, auch der sanften und zärtlichen Leidenschaften mit der harten und unempfindlichen Seele ihres Mannes übereinstimmte, so wenig war es ihr möglich, sich jemals mit diesen Ideen zu verständigen, wogegen sich ihr Herz auflehnte.

Dies war der erste Keim zu aller nachherigen ehelichen Zwietracht.

Ihr Mann fing an, ihre Einsichten zu verachten, weil sie die hohen Geheimnisse nicht fassen wollte, die die Mad. Guion lehrte.

Diese Verachtung erstreckte sich nachher auch auf ihre übrigen Einsichten, und je mehr sie dies empfand, je stärker mußte notwendig die eheliche Liebe sich vermindern und das wechselseitige Mißvergnügen aneinander mit jedem Tage zunehmen.

Antons Mutter hatte eine starke Belesenheit in der Bibel und eine ziemlich deutliche Erkenntnis von ihrem Religionssystem, sie wußte z. E. sehr erbaulich davon zu reden, daß der Glaube ohne Werke tot sei, usw.

In der Bibel las sie wirklich zu ganzen Stunden mit innigem Vergnügen, aber sobald ihr Mann es versuchte, ihr aus den Guionschen Schriften vorzulesen, so empfand sie eine Art von Bangigkeit, die vermutlich aus der Vorstellung entstand, sie werde dadurch in dem rechten Glauben irregemacht werden.

Sie suchte sich alsdann auf alle Weise loszumachen. – Hiezu kam nun noch, daß sie vieles von der Kälte und dem lieblosen Wesen ihres Mannes auf Rechnung der Guionschen Lehre schrieb, die sie nun in ihrem Herzen immer mehr zu verwünschen anfing, und bei dem völligen Ausbruch der ehelichen Zwietracht sie laut verwünschte.

So wurde der häusliche Friede und die Ruhe und Wohlfahrt einer Familie jahrelang durch diese unglücklichen Bücher gestört, die wahrscheinlich einer so wenig wie der andere verstehen mochte.

Unter diesen Umständen wurde Anton geboren, und von ihm kann man mit Wahrheit sagen, daß er von der Wiege an unterdrückt ward.

Die ersten Töne, die sein Ohr vernahm und sein aufdämmernder Verstand begriff, waren wechselseitige Flüche und Verwünschungen des unauflöslich geknüpften Ehebandes.

Ob er gleich Vater und Mutter hatte, so war er doch in seiner frühesten Jugend schon von Vater und Mutter verlassen, denn er wußte nicht, an wen er sich anschließen, an wen er sich halten sollte, da sich beide haßten und ihm doch einer so nahe wie der andre war.

In seiner frühesten Jugend hat er nie die Liebkosungen zärtlicher Eltern geschmeckt, nie nach einer kleinen Mühe ihr belohnendes Lächeln.

Wenn er in das Haus seiner Eltern trat, so trat er in ein Haus der Unzufriedenheit, des Zorns, der Tränen und der Klagen.

Diese ersten Eindrücke sind nie in seinem Leben aus seiner Seele verwischt worden und haben sie oft zu einem Sammelplatze schwarzer Gedanken gemacht, die er durch keine Philosophie verdrängen konnte.

Da sein Vater im Siebenjährigen Kriege mit zu Felde war, zog seine Mutter zwei Jahre lang mit ihm auf ein kleines Dorf.

Hier hatte er ziemliche Freiheit und einige Entschädigung für die Leiden seiner Kindheit.

Die Vorstellungen von den ersten Wiesen, die er sahe, von dem Kornfelde, das sich einen sanften Hügel hinanerstreckte und oben mit grünem Gebüsch umkränzt war, von dem blauen Berge und den einzelnen Gebüschen und Bäumen, die am Fuß desselben auf das grüne Gras ihren Schatten warfen und immer dichter und dichter wurden, je höher man hinaufstieg, mischen sich noch immer unter seine angenehmsten Gedanken und machen gleichsam die Grundlage aller der täuschenden Bilder aus, die oft seine Phantasie sich vormalt.

Aber wie bald waren diese beiden glücklichen Jahre entflohen!

Es ward Friede, und Antons Mutter zog mit ihm in die Stadt zu ihrem Manne.

Die lange Trennung von ihm verursachte ein kurzes Blendwerk ehelicher Eintracht, aber bald folgte auf die betrügliche Windstille ein desto schrecklicherer Sturm.

Antons Herz zerfloß in Wehmut, wenn er einem von seinen Eltern unrecht geben sollte, und doch schien es ihm sehr oft, als wenn sein Vater, den er bloß fürchtete, mehr recht habe als seine Mutter, die er liebte.

So schwankte seine junge Seele beständig zwischen Haß und Liebe, zwischen Furcht und Zutrauen zu seinen Eltern hin und her.

Da er noch nicht acht Jahr alt war, gebar seine Mutter einen zweiten Sohn, auf den nun vollends die wenigen Überreste väterlicher und mütterlicher Liebe fielen, so daß er nun fast ganz vernachlässiget wurde und sich, sooft man von ihm sprach, mit einer Art von Geringschätzung und Verachtung nennen hörte, die ihm durch die Seele ging.

Woher mochte wohl dies sehnliche Verlangen nach einer liebreichen Behandlung bei ihm entstehen, da er doch derselben nie gewohnt gewesen war und also kaum einige Begriffe davon haben konnte?

Am Ende freilich ward dies Gefühl ziemlich bei ihm abgestumpft; es war ihm beinahe, als müsse er beständig gescholten sein, und ein freundlicher Blick, den er einmal erhielt, war ihm ganz etwas Sonderbares, das nicht recht zu seinen übrigen Vorstellungen passen wollte.

Er fühlte auf das innigste das Bedürfnis der Freundschaft von seinesgleichen: und oft, wenn er einen Knaben von seinem Alter sahe, hing seine ganze Seele an ihm, und er hätte alles drum gegeben, sein Freund zu werden; allein das niederschlagende Gefühl der Verachtung, die er von seinen Eltern erlitten, und die Scham wegen seiner armseligen, schmutzigen und zerrißnen Kleidung hielten ihn zurück, daß er es nicht wagte, einen glücklichern Knaben anzureden.

So ging er fast immer traurig und einsam umher, weil die meisten Knaben in der Nachbarschaft ordentlicher, reinlicher und besser wie er gekleidet waren und nicht mit ihm umgehen wollten, und die es nicht waren, mit denen mochte er wieder wegen ihrer Liederlichkeit und auch vielleicht aus einem gewissen Stolz keinen Umgang haben.

So hatte er keinen, zu dem er sich gesellen konnte, keinen Gespielen seiner Kindheit, keinen Freund unter Großen noch Kleinen.

Im achten Jahre fing denn doch sein Vater an, ihn selber etwas lesen zu lehren, und kaufte ihm zu dem Ende zwei kleine Bücher, wovon das eine eine Anweisung zum Buchstabieren und das andre eine Abhandlung gegen das Buchstabieren enthielt.

In dem ersten mußte Anton größtenteils schwere biblische Namen, als: Nebukadnezar, Abednego usw., bei denen er auch keinen Schatten einer Vorstellung haben konnte, buchstabieren. Dies ging daher etwas langsam.

Allein, sobald er merkte, daß wirklich vernünftige Ideen durch die zusammengesetzten Buchstaben ausgedrückt waren, so wurde seine Begierde, lesen zu lernen, von Tage zu Tage stärker.

Sein Vater hatte ihm kaum einige Stunden Anweisung gegeben, und er lernte es nun zur Verwunderung aller seiner Angehörigen in wenig Wochen von selber.

Mit innigem Vergnügen erinnert er sich noch itzt an die lebhafte Freude, die er damals genoß, als er zuerst einige Zeilen, bei denen er sich etwas denken konnte, durch vieles Buchstabieren mit Mühe herausbrachte.

Nun aber konnte er nicht begreifen, wie es möglich sei, daß andre Leute so geschwind lesen konnten, wie sie sprachen; er verzweifelte damals gänzlich an der Möglichkeit, es je so weit zu bringen.

Um desto größer war nun seine Verwunderung und Freude, da er auch dies nach einigen Wochen konnte.

Auch schien ihn dieses bei seinen Eltern, noch mehr aber bei seinen Anverwandten in einige Achtung zu setzen, welches von ihm zwar nicht unbemerkt blieb, aber doch nie die eigentliche Ursach ward, die ihn zum Fleiß anspornete.

Seine Begierde zu lesen war nun unersättlich. Zum Glücke standen in dem Buchstabierbuche außer den biblischen Sprüchen auch einige Erzählungen von frommen Kindern, die mehr wie hundertmal von ihm durchgelesen wurden, ob sie gleich nicht viel Anziehendes hatten.

Die eine handelte von einem sechsjährigen Knaben, der zur Zeit der Verfolgung die christliche Religion nicht verleugnen wollte, sondern sich lieber auf das entsetzlichste peinigen und nebst seiner Mutter als ein Märtyrer für die Religion sein Leben ließ; die andre von einem bösen Buben, der sich im zwanzigsten Jahre seines Lebens bekehrte und bald darauf starb.

Nun kam auch das andre kleine Buch an die Reihe, worin die Abhandlung gegen das Buchstabieren stand, und er zu seiner großen Verwunderung las, daß es schädlich, ja seelenverderblich sei, die Kinder durch Buchstabieren lesen zu lehren.

In diesem Buche fand er auch eine Anweisung für Lehrer, die Kinder lesen zu lehren, und eine Abhandlung über die Hervorbringung der einzelnen Laute durch die Sprachwerkzeuge: so trocken ihm dieses schien, so las er es doch aus Mangel an etwas Besserm mit der größten Standhaftigkeit nach der Reihe durch.

Durch das Lesen war ihm nun auf einmal eine neue Welt eröffnet, in deren Genuß er sich für alle das Unangenehme in seiner wirklichen Welt einigermaßen entschädigen konnte. Wenn nun rund um ihn her nichts als Lärmen und Schelten und häusliche Zwietracht herrschte oder er sich vergeblich nach einem Gespielen umsah, so eilte er hin zu seinem Buche.

So ward er schon früh aus der natürlichen Kinderwelt in eine unnatürliche idealistische Welt verdrängt, wo sein Geist für tausend Freuden des Lebens verstimmt wurde, die andre mit voller Seele genießen können.

Schon im achten Jahre bekam er eine Art von auszehrender Krankheit. Man gab ihn völlig auf, und er hörte beständig von sich wie von einem, der schon wie ein Toter beobachtet wird, reden. Dies war ihm immer lächerlich oder vielmehr war ihm das Sterben selbst, wie er sich damals vorstellte, mehr etwas Lächerliches als etwas Ernsthaftes. Seine Base, der er doch etwas lieber wie seinen Eltern zu sein schien, ging endlich mit ihm zu einem Arzt, und eine Kur von einigen Monaten stellte ihn wieder her.

Kaum war er einige Wochen gesund, als ihn gerade bei einem Spaziergange mit seinen Eltern auf das Feld, der ihm sehr etwas Seltnes und eben daher desto reizender war, der linke Fuß an zu schmerzen fing. Dies war nach überstandner Krankheit sein erster und sollte auf lange Zeit sein letzter Spaziergang sein.

Am dritten Tage war die Geschwulst und Entzündung am Fuße schon so gefährlich geworden, daß man am vierten zur Amputation schreiten wollte. Antons Mutter saß und weinte, und sein Vater gab ihm zwei Pfennige. Dies waren die ersten Äußerungen des Mitleids gegen ihn, deren er sich von seinen Eltern erinnert, und die wegen der Seltenheit einen desto stärkern Eindruck auf ihn machten.

An dem Tage vor der beschloßnen Amputation kam ein mitleidiger Schuster zu Antons Mutter und brachte ihr eine Salbe, durch deren Gebrauch sich die Geschwulst und Entzündung im Fuße während wenigen Stunden legte. Zum Fußabnehmen kam es nun nicht, aber der Schaden dauerte demohngeachtet vier Jahre lang, ehe er geheilt werden konnte, in welcher Zeit unser Anton wiederum unter oft unsäglichen Schmerzen alle Freuden der Kindheit entbehren mußte.

Bei diesem Schaden konnte er zuweilen ein ganzes Vierteljahr nicht aus dem Hause gehen, nachdem er eine Weile zuheilte und immer wieder aufbrach.

Oft mußte er ganze Nächte hindurch wimmern und klagen und die abscheulichsten Schmerzen fast alle Tage beim Verbinden erdulden. Dies entfernte ihn natürlicherweise noch mehr aus der Welt und von dem Umgange mit seinesgleichen und fesselte ihn immer mehr an das Lesen und an die Bücher. Am häufigsten las er, wenn er seinen jüngern Bruder wiegte, und wann es ihm damals an einem Buche fehlte, so war es, als wenn es ihm itzt an einem Freunde fehlt: denn das Buch mußte ihm Freund und Tröster und alles sein.

Im neunten Jahre las er alles, was Geschichte in der Bibel ist, vom Anfange bis zu Ende durch; und wenn einer von den Hauptpersonen, als Moses, Samuel oder David, gestorben war, so konnte er sich tagelang darüber betrüben, und es war ihm dabei zumute, als sei ihm ein Freund abgestorben, so lieb wurden ihm immer die Personen, die viel in der Welt getan und sich einen Namen gemacht hatten.

So war Joab sein Held, und es schmerzte ihn, sooft er schlecht von ihm denken mußte. Insbesondre haben ihn oft die Züge der Großmut in Davids Geschichte, wenn er seines ärgsten Feindes schonte, da er ihn doch in seiner Gewalt hatte, bis zu Tränen gerührt.

Nun fiel ihm das Leben der Altväter in die Hände, welches sein Vater sehr hochschätzte, und diese Altväter bei jeder Gelegenheit als Autoritäten anführte. So fingen sich gemeiniglich seine moralischen Reden an: die Madam Guion spricht, oder der heilige Makarius oder Antonius sagt usw.

Die Altväter, so abgeschmackt und abenteuerlich oft ihre Geschichte sein mochte, waren für Anton die würdigsten Muster zur Nachahmung, und er kannte eine Zeitlang keinen höhern Wunsch, als seinem großen Namensgenossen, dem heiligen Antonius, ähnlich zu werden und wie dieser Vater und Mutter zu verlassen und in eine Wüste zu fliehen, die er nicht weit vom Tore zu finden hoffte, und wohin er einmal wirklich eine Reise antrat, indem er sich über hundert Schritte weit von der Wohnung seiner Eltern entfernte und vielleicht noch weiter gegangen wäre, wenn die Schmerzen an seinem Fuße ihn nicht genötigt hätten, wieder zurückzukehren. Auch fing er wirklich zuweilen an, sich mit Nadeln zu pricken und sonst zu peinigen, um dadurch den heiligen Altvätern einigermaßen ähnlich zu werden, da es ihm doch ohnedem an Schmerzen nicht fehlte.

Während dieser Lektüre ward ihm ein kleines Buch geschenkt, dessen eigentlichen Titel er sich nicht erinnert, das aber von einer frühen Gottesfurcht handelte und Anweisung gab, wie man schon vom sechsten bis zum vierzehnten Jahre in der Frömmigkeit wachsen könne. Die Abhandlungen in diesem Büchelchen hießen also: „Für Kinder von sechs Jahren“, „Für Kinder von sieben Jahren“ usw. Anton las also den

Abschnitt „Für Kinder von neun Jahren“ und fand, daß es noch Zeit sei, ein frommer Mensch zu werden, daß er aber schon drei Jahre versäumt habe.

Dies erschütterte seine ganze Seele, und er faßte einen so festen Vorsatz sich zu bekehren, wie ihn wohl selten Erwachsene fassen mögen. Von der Stunde an befolgte er alles, was von Gebet, Gehorsam, Geduld, Ordnung usw. in dem Buche stand, auf das pünktlichste und machte sich nun beinahe jeden zu schnellen Schritt zur Sünde. Wie weit, dachte er, werde ich nun nicht schon in fünf Jahren sein, wenn ich hierbei bleibe. Denn in dem kleinen Buche war das Fortrücken in der Frömmigkeit gleichsam zu einer Sache des Ehrgeizes gemacht, wie man etwa sich freuet, aus einer Klasse in die andere immer höher gestiegen zu sein.

Wenn er, wie natürlich, sich zuweilen vergaß und einmal, wenn er Linderung an seinem Fuße fühlte, umhersprang oder lief, so fühlte er darüber die heftigsten Gewissensbisse, und es war ihm immer, als sei er nun schon einige Stufen wieder zurückgekommen.

Dieses kleine Buch hatte lange einen starken Einfluß auf seine Handlungen und Gesinnungen: denn was er las, das suchte er auch gleich auszuüben. Daher las er auf jeden Tag in der Woche sehr gewissenhaft den Abend- und Morgensegen, weil im Katechismus stand, man müsse ihn lesen; auch vergaß er nicht, das Kreuz dabei zu machen und „das walte“ zu sagen, wie es im Katechismus befohlen war.

Sonst sahe er nicht viel von Frömmigkeit, ob er gleich immer viel davon reden hörte und seine Mutter ihn alle Abende einsegnete und niemals vergaß, ehe er einschlief, das Zeichen des Kreuzes über ihn zu machen.

Der Herr von Fleischbein hatte unter andern die geistlichen Lieder der Madam Guion ins Deutsche übersetzt, und Antons Vater, der musikalisch war, paßte ihnen Melodien an, die größtenteils einen raschen, fröhlichen Gang hatten.

Wenn es sich nun fügte, daß er etwa einmal nach einer langen Trennung wieder zu Hause kam, so ließ sich denn doch die Ehegattin überreden, einige dieser Lieder mitzusingen, wozu er die Zither spielte. Dies geschahe gemeiniglich kurz nach der ersten Freude des Wiedersehens, und diese Stunden mochten wohl noch die glücklichsten in ihrem Ehestande sein.

Anton war dann am frohesten und stimmte oft, so gut er konnte, in diese Lieder ein, die ein Zeichen der so seltnen wechselseitigen Harmonie und Übereinstimmung bei seinen Eltern waren.

Diese Lieder gab ihm nun sein Vater, da er ihn für reif genug zu dieser Lektüre hielt, in die Hände und ließ sie ihn zum Teil auswendig lernen.

Wirklich hatten diese Gesänge, ohngeachtet der steifen Übersetzung, immer noch so viel Seelenschmelzendes, eine so unnachahmliche Zärtlichkeit im Ausdrucke, solch ein sanftes Helldunkel in der Darstellung und so viel unwiderstehlich Anziehendes für eine weiche Seele, daß der Eindruck, den sie auf Antons Herz machten, bei ihm unauslöschlich geblieben ist.

Oft tröstete er sich in einsamen Stunden, wo er sich von aller Welt verlassen glaubte, durch ein solches Lied vom seligen Ausgehen aus sich selber und der süßen Vernichtung vor dem Urquelle des Daseins.

So gewährten ihm schon damals seine kindischen Vorstellungen oft eine Art von himmlischer Beruhigung.

Einmal waren seine Eltern bei dem Wirt des Hauses, wo sie wohnten, des Abends zu einem kleinen Familienfeste gebeten. Anton mußte es aus dem Fenster mit ansehen, wie die Kinder der Nachbarn schön geputzt zu diesem Feste kamen, indes er allein auf der Stube zurückbleiben mußte, weil seine Eltern sich seines schlechten Aufzuges schämten. Es wurde Abend, und ihn fing an zu hungern; und nicht einmal ein Stückchen Brot hatten ihm seine Eltern zurückgelassen.

Indes er oben einsam saß und weinte, schallte das fröhliche Getümmel von unten zu ihm herauf. – Verlassen von allem, fühlte er erst eine Art von bitterer Verachtung gegen sich selbst, die sich aber plötzlich in eine unaussprechliche Wehmut verwandelte, da er zufälligerweise die Lieder der Madam Guion aufschlug und eins fand, das gerade auf seinen Zustand zu passen schien. – Eine solche Vernichtung, wie er in diesem Augenblick fühlte, mußte nach dem Liede der Madam Guion vorhergehen, um sich in dem Abgrunde der ewigen Liebe wie ein Tropfen im Ozean zu verlieren. – – Allein, da nun der Hunger anfing, ihm unausstehlich zu werden, so wollten auch die Tröstungen der Madam Guion nichts mehr helfen, und er wagte es, hinunterzugehen, wo seine Eltern in großer Gesellschaft schmauseten, öffnete ein klein wenig die Türe und bat seine Mutter um den Schlüssel zum Speiseschranke und um die Erlaubnis, sich ein wenig Brot nehmen zu dürfen, weil ihn sehr hungere.

Dies erweckte erst das Gelächter und nachher das Mitleid der Gesellschaft nebst einigen Unwillen gegen seine Eltern.

Er ward mit an den Tisch gezogen und ihm von dem Besten vorgelegt, welches ihm denn freilich eine ganz andre Art von Freude als vorher die Guionschen Trostlieder gewährte.

Allein auch jene schwermutsvolle tränenreiche Freude behielt immer etwas Anziehendes für ihn, und er überließ sich ihr, indem er die Guionschen Lieder las, sooft ihm ein Wunsch fehlgeschlagen war oder ihm etwas Trauriges bevorstand, als wenn er z. B. vorher wußte, daß sein Fuß verbunden und die Wunde mit Höllenstein bestrichen werden sollte.

Das zweite Buch, was ihn sein Vater nebst den Guionschen Liedern lesen ließ, war eine „Anweisung zum innern Gebet“ von eben dieser Verfasserin.

Hierin ward gezeigt, wie man nach und nach dahin kommen könne, sich im eigentlichen Verstande mit Gott zu unterreden und seine Stimme im Herzen, oder das eigentliche „innre Wort“, deutlich zu vernehmen; indem man sich nämlich zuerst soviel wie möglich von den Sinnen loszumachen und sich mit sich selbst und seinen eignen Gedanken zu beschäftigen suchte oder meditieren lernte, welches aber auch erst aufhören und man sich selbst sogar erst vergessen müsse, ehe man fähig sei, die Stimme Gottes in sich zu vernehmen.

Dies ward von Anton mit dem größten Eifer befolgt, weil er wirklich begierig war, so etwas Wunderbares als die Stimme Gottes in sich zu hören.

Er saß daher halbe Stunden lang mit verschloßnen Augen, um sich von der Sinnlichkeit abzuziehen. Sein Vater tat dieses zum größten Leidwesen seiner Mutter ebenfalls. Auf Anton aber achtete sie nicht, weil sie ihn zu keiner Absicht fähig hielt, die er dabei haben könne.

Anton kam bald so weit, daß er glaubte, von den Sinnen ziemlich abgezogen zu sein, und nun fing er an, sich wirklich mit Gott zu unterreden, mit dem er bald auf einen ziemlich vertraulichen Fuß umging. Den ganzen Tag über bei seinen einsamen Spaziergängen, bei seinen Arbeiten und sogar bei seinem Spiele sprach er mit Gott, zwar immer mit einer Art von Liebe und Zutrauen, aber doch so, wie man ohngefähr mit einem seinesgleichen spricht, mit dem man eben nicht viel Umstände macht, und ihm war es denn wirklich immer, als ob Gott dieses oder jenes antwortete.

Freilich ging es nicht so ab, daß es nicht zuweilen einige Unzufriedenheit sollte gesetzt haben, wenn etwa ein unschuldiges Spielwerk oder sonst ein Wunsch vereitelt ward. Dann hieß es oft: aber mir auch diese Kleinigkeit nicht einmal zu gewähren! oder: das hättest du doch wohl können geschehen lassen, wenn's irgend möglich gewesen wäre! und so nahm es sich denn Anton nicht übel, zuweilen ein wenig mit Gott nach seiner Art böse zu tun; denn obgleich davon nichts in der Madam Guion Schriften stand, so glaubte er doch, es gehöre mit zum vertraulichen Umgange.

Alle diese Veränderungen gingen mit ihm vom neunten bis zum zehnten Jahre vor. Während dieser Zeit nahm ihn auch sein Vater wegen des Schadens am Fuße mit nach dem Gesundbrunnen in Pyrmont. Wie freute er sich nun, den Herrn von Fleischbein persönlich kennen zu lernen, von dem sein Vater beständig mit solcher Ehrfurcht wie von einem übermenschlichen Wesen geredet hatte, und wie freute er sich, dort von seinen großen Fortschritten in der innern Gottseligkeit Rechenschaft ablegen zu können: seine Einbildungskraft malte ihm dort eine Art von Tempel, worin er auch als Priester eingeweiht und als ein solcher zur Verwunderung aller, die ihn kannten, zurückkehren würde.

Er machte nun mit seinem Vater die erste Reise, und während derselben war dieser auch etwas gütiger gegen ihn und gab sich mehr mit ihm ab als zu Hause. Anton sahe hier die Natur in unaussprechlicher Schönheit. Die Berge rund umher in der Ferne und in der Nähe und die lieblichen Täler entzückten seine Seele und schmolzen sie in Wehmut, die teils aus der Erwartung der großen Dinge entstand, die hier mit ihm vorgehen sollten.

Der erste Gang mit seinem Vater war in das Haus des Herrn von Fleischbein, wo dieser den Verwalter, Herrn H., zuerst sprach, ihn umarmte und küßte und auf das freundschaftlichste von ihm bewillkommt wurde.

Ohngeachtet der großen Schmerzen, die Anton durch die Reise an seinem Fuße empfand, war er doch beim Eintritt in das Haus des Herrn von Fleischbein vor Freuden außer sich. Anton blieb diesen Tag in der Stube des Herrn H., mit dem er künftig alle Abend speisen mußte. Übrigens bekümmerte man sich doch im Hause lange nicht so viel um ihn, wie er erwartet hatte.

Seine Übungen im innern Gebet setzte er nun sehr fleißig fort; allein es konnte denn freilich nicht fehlen, daß sie nicht zuweilen eine sehr kindische Wendung nehmen mußten. Hinter dem Hause, wo sein Vater in Pyrmont logierte, war ein großer Baumgarten: hier fand er zufälligerweise einen Schiebkarren und machte sich das Vergnügen, damit im ganzen Garten herumzuschieben.

Um dies nun aber zu rechtfertigen, weil er anfing, es für Sünde zu halten, bildete er sich eine ganz sonderbare Grille. Er hatte nämlich in den Guionschen Schriften und anderwärts viel von dem Jesulein gelesen, von welchem gesagt wurde, daß es allenthalben sei und man beständig und an allen Orten mit ihm umgehen könne.

Das Diminutivum machte, daß er sich einen Knaben, noch etwas kleiner wie er, darunter vorstellte, und da er nun mit Gott selber schon so vertraut umging, warum nicht noch viel mehr mit diesem seinen Sohne, dem er zutraute, daß er sich nicht weigern werde, mit ihm zu spielen, und also auch nichts dawider haben werde, wenn er ihn ein wenig auf den Schiebkarren herumfahren wollte.

Nun schätzte er es sich aber doch für ein sehr großes Glück, eine so hohe Person auf den Schiebkarren herumfahren zu können und ihr dadurch ein Vergnügen zu machen; und da diese Person nun ein Geschöpf seiner Einbildungskraft war, so machte er auch mit ihr, was er wollte, und ließ sie oft kürzer, oft länger an dem Fahren Gefallen finden, sagte auch wohl zuweilen mit der größten Ehrerbietigkeit, wenn er vom Fahren müde war: so gern ich wollte, ist es mir doch jetzt unmöglich, dich noch länger zu fahren.

So sahe er dies am Ende für eine Art von Gottesdienst an und hielt es nun für keine Sünde mehr, wenn er sich auch halbe Tage mit dem Schiebkarren beschäftigte.

Nun aber bekam er selbst mit Bewilligung des Herrn von Fleischbein ein Buch in die Hand, das ihn wieder in eine ganz andre und neue Welt führte. Es war die Acerra philologika. Hier las er nun die Geschichte von Troja, vom Ulysses, von der Circe, vom Tartarus und Elysium und war sehr bald mit allen Göttern und Göttinnen des Heidentums bekannt. Bald darauf gab man ihm auch den Telemach ebenfalls mit Bewilligung des Herrn von Fleischbein zu lesen, vielleicht weil der Verfasser desselben, Herr von Fénelon, mit der Madam Guion Umgang hatte.

Die Acerra philologika war ihm zur Lektüre des Telemach eine schöne Vorbereitung gewesen, weil er dadurch mit der Götterlehre ziemlich bekannt geworden war und sich schon für die meisten Helden interessierte, die er im Telemach wiederfand.

Diese Bücher wurden verschiedne Male nacheinander mit der größten Begierde und mit wahrem Entzücken von ihm durchgelesen, insbesondere der Telemach, worin er zum ersten Male die Reize einer schönen zusammenhängenden Erzählung schmeckte.

Die Stelle, welche ihn im ganzen Telemach am lebhaftesten gerührt hat, war die rührende Anrede des alten Mentors an den jungen Telemach, als dieser auf der Insel Cypern die Tugend mit dem Laster zu vertauschen im Begriff war, und ihm nun sein getreuer, lange von ihm für verloren gehaltener Mentor plötzlich wieder erschien, dessen traurender Anblick ihn bis in das Innerste seiner Seele erschütterte.

Dies hatte nun freilich für Antons Seele weit mehr Anziehendes als die biblische Geschichte und alles, was er vorher in dem Leben der Altväter oder in den Guionschen Schriften gelesen hatte; und da ihm nie eigentlich gesagt worden war, daß jenes wahr und dieses falsch sei, so fand er sich gar nicht ungeneigt, die heidnische Göttergeschichte mit allem, was da hineinschlug, wirklich zu glauben.

Ebensowenig konnte er aber auch, was in der Bibel stand, verwerfen; um soviel mehr, da dies die ersten Eindrücke auf seine Seele gewesen waren. Er suchte also, welches ihm allein übrigblieb, die verschiedenen Systeme, so gut er konnte, in seinem Kopfe zu vereinigen und auf diese Weise die Bibel mit dem Telemach, das Leben der Altväter mit der Acerra philologika und die heidnische Welt mit der christlichen zusammenzuschmelzen.

Die erste Person in der Gottheit und Jupiter, Kalypso und die Madam Guion, der Himmel und Elysium, die Hölle und der Tartarus, Pluto und der Teufel machten bei ihm die sonderbarste Ideenkombination, die wohl je in einem menschlichen Gehirn mag existiert haben.

Dies machte einen so starken Eindruck auf sein Gemüt, daß er noch lange nachher eine gewisse Ehrfurcht gegen die heidnischen Gottheiten behalten hat.

Von dem Hause, wo Antons Vater logierte, bis nach dem Gesundbrunnen und der Allee dabei war ein ziemlich weiter Weg. Anton schleppte sich demohngeachtet mit seinem schmerzenden Fuße, das Buch unterm Arm, hinaus und setzte sich auf eine Bank in der Allee, wo er im Lesen nach und nach seinen Schmerz vergaß und bald nicht nur auf der Bank in Pyrmont, sondern auf irgendeiner Insel mit hohen Schlössern und Türmen oder mitten im wilden Kriegsgetümmel sich befand.

Mit einer Art von wehmütiger Freude las er nun, wenn Helden fielen, es schmerzte ihn zwar, aber doch deuchte ihn, sie mußten fallen.

Dies mochte auch wohl einen großen Einfluß auf seine kindischen Spiele haben. Ein Fleck voll hochgewachsener Nesseln oder Disteln waren ihm so viele feindliche Köpfe, unter denen er manchmal grausam wütete und sie mit seinem Stabe einen nach dem andern herunterhieb.

Wenn er auf der Wiese ging, so machte er eine Scheidung und ließ in seinen Gedanken zwei Heere gelber oder weißer Blumen gegeneinander anrücken. Den größten unter ihnen gab er Namen von seinen Helden, und eine benannte er auch wohl von sich selber. Dann stellte er eine Art von blinden Fatum vor, und mit zugemachten Augen hieb er mit seinem Stabe, wohin er traf.

Wenn er dann seine Augen wieder eröffnete, so sah er die schreckliche Zerstörung, hier lag ein Held und dort einer auf den Boden hingestreckt, und oft erblickte er mit einer sonderbaren wehmütigen und doch angenehmen Empfindung sich selbst unter den Gefallenen.

Er betrauerte dann eine Weile seine Helden und verließ das fürchterliche Schlachtfeld. Zu Hause, nicht weit von der Wohnung seiner Eltern, war ein Kirchhof, auf welchem er eine ganze Generation von Blumen und Pflanzen mit eisernem Zepter beherrschte und keinen Tag hingehen ließ, wo er nicht mit ihnen eine Art von Musterung hielt.

Als er von Pyrmont wieder nach Hause gereist war, schnitzte er sich alle Helden aus dem Telemach von Papier, bemalte sie nach den Kupferstichen mit Helm und Panzer und ließ sie einige Tage lang in Schlachtordnung stehen, bis er endlich ihr Schicksal entschied und mit grausamen Messerhieben unter ihnen wütete, diesem den Helm, jenem den Schädel zerspaltete und rund um sich her nichts als Tod und Verderben sahe.

So liefen alle seine Spiele, auch mit Kirsch- und Pflaumkernen, auf Verderben und Zerstörung hinaus. Auch über diese mußte ein blindes Schicksal walten, indem er zwei verschiedne Arten als Heere gegeneinander anrücken und nun mit zugemachten Augen den eisernen Hammer auf sie herabfallen ließ, und wen es traf, den traf's.

Wenn er Fliegen mit der Klappe totschlug, so tat er dieses mit einer Art von Feierlichkeit, indem er einer jeden mit einem Stücke Messing, das er in der Hand hatte, vorher die Totenglocke läutete. Das allergrößte Vergnügen machte es ihm, wenn er eine aus kleinen papiernen Häusern erbauete Stadt verbrennen und dann nachher mit feierlichem Ernst und Wehmut den zurückgebliebenen Aschenhaufen betrachten konnte.

Ja, als in der Stadt, wo seine Eltern wohnten, einmal wirklich in der Nacht ein Haus abbrannte, so empfand er bei allem Schreck eine Art von geheimen Wunsche, daß das Feuer nicht so bald gelöscht werden möchte.

Dieser Wunsch hatte nichts weniger als Schadenfreude zum Grunde, sondern entstand aus einer dunklen Ahndung von großen Veränderungen, Auswanderungen und Revolutionen, wo alle Dinge eine ganz andre Gestalt bekommen und die bisherige Einförmigkeit aufhören würde.

Selbst der Gedanke an seine eigne Zerstörung war ihm nicht nur angenehm, sondern verursachte ihm sogar eine Art von wollüstiger Empfindung, wenn er oft des Abends, ehe er einschlief, sich die Auflösung und das Auseinanderfallen seines Körpers lebhaft dachte.

Antons dreimonatlicher Aufenthalt in Pyrmont war ihm in vieler Rücksicht sehr vorteilhaft, weil er fast immer sich selbst überlassen war und das Glück hatte, diese kurze Zeit wieder von seinen Eltern entfernt zu sein, indem seine Mutter zu Hause geblieben war und sein Vater andre Geschäfte in Pyrmont hatte und sich nicht viel um ihn bekümmerte; doch aber sich hier, wenn er ihn zuweilen sahe, weit gütiger als zu Hause gegen ihn betrug.

Auch logierte mit Antons Vater in demselben Hause ein Engländer, der gut Deutsch sprach und sich mit Anton mehr abgab, wie irgendeiner vor ihm getan hatte, indem er anfing, ihn durch bloßes Sprechen Englisch zu lehren und sich über seine Progressen freute. Er unterredete sich mit ihm, ging mit ihm spazieren und konnte am Ende fast gar nicht mehr ohne ihn sein.

Dies war der erste Freund, den Anton auf Erden fand: mit Wehmut nahm er von ihm Abschied. Der Engländer drückte ihm bei seiner Abreise ein silbern Schaustück in die Hand, das sollte er ihm zum Andenken aufbewahren, bis er einmal nach England käme, wo ihm sein Haus offen stände: nach funfzehn Jahren kam Anton wirklich nach England und hatte noch sein Schaustück bei sich, aber der erste Freund seiner Jugend war tot.

Anton sollte einmal diesen Engländer gegen einen Fremden, der ihn besuchen wollte, verleugnen und sagen, er sei nicht zu Hause. Man konnte ihn auf keine Weise dazu bringen, weil er keine Lüge begehen wollte.

Dies wurde ihm damals sehr hoch angerechnet und war just einer der Fälle, wo er tugendhafter scheinen wollte, als er wirklich war, denn er hatte sich sonst eben aus einer Notlüge nicht so sehr viel gemacht; aber seinen wahren innern Kampf, wo er oft seine unschuldigsten Wünsche einem eingebildeten Mißfallen des göttlichen Wesens aufopferte, bemerkte niemand.

Indes war ihm das liebreiche Betragen, das man in Pyrmont gegen ihn bewies, sehr aufmunternd und erhob seinen niedergedrückten Geist ein wenig. Wegen seiner Schmerzen am Fuße bezeugte man ihm Mitleid, im von Fleischbeinschen Hause begegnete man ihm leutselig, und der Herr von Fleischbein küßte ihn auf die Stirne, sooft er ihm auf der Straße begegnete. Dergleichen Begegnungen waren ihm ganz etwas Ungewohntes und Rührendes, das seine Stirne wieder freier, sein Auge offner und seine Seele heitrer machte.

Er fing nun auch an, sich auf die Poesie zu legen, und besang, was er sah und hörte. Er hatte zwei Stiefbrüder, die beide in Pyrmont das Schneiderhandwerk lernten, und deren Meister ebenfalls Anhänger der Lehre des Herrn von Fleischbein waren. Von diesen nahm er in Versen, die er selbst gemacht und auswendig gelernt hatte, sehr rührend Abschied, sowie auch von dem von Fleischbeinschen Hause.

Freilich kehrte er nun nicht so wieder von Pyrmont zu Hause, wie er erwartet hatte, aber doch war er in dieser kurzen Zeit ein ganz andrer Mensch geworden und seine Ideenwelt um ein Großes bereichert.

Allein zu Hause wurden durch die erneuerte Zwietracht seiner Eltern, wozu vermutlich die Ankunft seiner beiden Stiefbrüder vieles beitrug, und durch das unaufhörliche Schelten und Toben seiner Mutter die guten Eindrücke, die er in Pyrmont und besonders in dem von Fleischbeinschen Hause erhalten hatte, bald wieder ausgelöscht, und er befand sich aufs neue in seiner vorigen gehässigen Lage, wodurch seine Seele ebenfalls finster und menschenfeindlich gemacht wurde.

Da Antons beide Stiefbrüder bald abreiseten, um ihre Wanderschaft anzutreten, so war auch der häusliche Friede eine Zeitlang wiederhergestellt, und Antons Vater las nun zuweilen selber anstatt aus der Madam Guion Schriften etwas aus dem Telemach vor oder erzählte ein Stück aus der ältern oder neuern Geschichte, worin er wirklich ziemlich bewandert war; denn neben seiner Musik, worin er es im Praktischen weit gebracht hatte, machte er beständig aus dem Lesen nützlicher Bücher ein eignes Studium, bis endlich die Guionschen Schriften alles übrige verdrängten.

Er redete daher auch eine Art von Büchersprache, und Anton erinnert sich noch sehr genau, wie er im siebenten oder achten Jahre oft sehr aufmerksam zuhörte, wann sein Vater sprach, und sich wunderte, daß er von allen den Wörtern, die sich auf „heit“ und „keit“ und „ung“ endigten, keine Silbe verstand, da er doch sonst, was gesprochen wurde, verstehen konnte.

Auch war Antons Vater außer dem Hause ein sehr umgänglicher Mann und konnte sich mit allerlei Leuten über allerlei Materien angenehm unterhalten. Vielleicht wäre auch alles im Ehestande besser gegangen, wenn Antons Mutter nicht das Unglück gehabt hätte, sich oft für beleidigt und gern für beleidigt zu halten, auch wo sie es wirklich nicht war, um nur Ursach zu haben, sich zu kränken und zu betrüben und ein gewisses Mitleid mit sich selber zu empfinden, worin sie eine Art von Vergnügen fand.

Leider scheint sich diese Krankheit auf ihren Sohn fortgeerbt zu haben, der jetzt noch oft vergeblich damit zu kämpfen hat.

Schon als Kind, wenn alle etwas bekamen und ihm sein Anteil hingelegt wurde, ohne dabei zu sagen, es sei der seinige, so ließ er ihn lieber liegen, ob er gleich wußte, daß er für ihn bestimmt war, um nur die Süßigkeit des Unrechtleidens zu empfinden und sagen zu können, alle andren haben etwas und ich nichts bekommen!

Da er eingebildetes Unrecht schon so stark empfand, um so viel stärker mußte er das wirkliche empfinden. Und gewiß ist wohl bei niemanden die Empfindung des Unrechts stärker als bei Kindern, und niemanden kann auch leichter unrecht geschehen; ein Satz, den alle Pädagogen täglich und stündlich beherzigen sollten.

Oft konnte Anton stundenlag nachdenken und Gründe gegen Gründe auf das genaueste abwägen, ob eine Züchtigung von seinem Vater recht oder unrecht sei.

Jetzt genoß er in seinem elften Jahre zum ersten Male das unaussprechliche Vergnügen verbotner Lektüre.

Sein Vater war ein abgesagter Feind von allen Romanen und drohete ein solches Buch sogleich mit Feuer zu verbrennen, wenn er es in seinem Hause fände. Demohngeachtet bekam Anton durch seine Base die schöne Banise, die Tausend und eine Nacht und die Insel Felsenburg in die Hände, die er nun heimlich und verstohlen, obgleich mit Bewußtsein seiner Mutter, in der Kammer las und gleichsam mit unersättlicher Begierde verschlang.

Dies waren einige der süßesten Stunden in seinem Leben. Sooft seine Mutter hereintrat, drohete sie ihm bloß mit der Ankunft seines Vaters, ohne ihm selber das Lesen in diesen Büchern zu verbieten, worin sie ehemals ein ebenso entzückendes Vergnügen gefunden hatte.

Die Erzählung von der Insel Felsenburg tat auf Anton eine sehr starke Wirkung; denn nun gingen eine Zeitlang seine Ideen auf nichts Geringers, als einmal eine große Rolle in der Welt zu spielen und erst einen kleinen, denn immer größern Zirkel von Menschen um sich her zu ziehen, von welchen er der Mittelpunkt wäre: dies erstreckte sich immer weiter, und seine ausschweifende Einbildungskraft ließ ihn endlich sogar Tiere, Pflanzen und leblose Kreaturen, kurz alles, was ihn umgab, mit in die Sphäre seines Daseins hineinziehen, und alles mußte sich um ihn, als den einzigen Mittelpunkt, umher bewegen, bis ihm schwindelte.

Dieses Spiel seiner Einbildungskraft machte ihm damals oft wonnevollre Stunden, als er je nachher wieder genossen hat.

So machte seine Einbildungskraft die meisten Leiden und Freuden seiner Kindheit. Wie oft, wenn er an einem trüben Tage bis zum Überdruß und Ekel in der Stube eingesperrt war und etwa ein Sonnenstrahl durch eine Fensterscheibe fiel, erwachten auf einmal in ihm Vorstellungen vom Paradiese, vom Elysium oder von der Insel der Kalypso, die ihn ganze Stunden lang entzückten.

Aber von seinem zweiten und dritten Jahre an erinnert er sich auch der höllischen Qualen, die ihm die Märchen seiner Mutter und seiner Base im Wachen und im Schlafe machten: wenn er bald im Traume lauter Bekannte um sich her sahe, die ihn plötzlich mit scheußlich verwandelten Gesichtern anbleckten, bald eine hohe düstre Stiege hinaufstieg und eine grauenvolle Gestalt ihm die Rückkehr verwehrte, oder gar der Teufel bald wie ein fleckigtes Huhn, bald wie ein schwarzes Tuch an der Wand ihm erschien.

Als seine Mutter noch mit ihm auf dem Dorfe wohnte, jagte ihm jede alte Frau Furcht und Entsetzen ein, so viel hörte er beständig von Hexen und Zaubereien; und wenn der Wind oft mit sonderbarem Getön durch die Hütte pfiff, so nannte seine Mutter dies im allegorischen Sinn den handlosen Mann, ohne weiter etwas dabei zu denken.

Allein sie würde es nicht getan haben, hätte sie gewußt, wie manche grauenvolle Stunde und wie manche schlaflose Nacht dieser handlose Mann ihrem Sohne noch lange nachher gemacht hat.

Insbesondre waren immer die letzten vier Wochen vor Weihnachten für Anton ein Fegefeuer, wogegen er gerne den mit Wachslichtern besteckten und mit übersilberten Äpfeln und Nüssen behängten Tannenbaum entbehrt hätte.

Da ging kein Tag hin, wo sich nicht ein sonderbares Getöse wie von Glocken oder ein Scharren vor der Türe oder eine dumpfte Stimme hätte hören lassen, die den sogenannten Ruprecht oder Vorgänger des heiligen Christs anzeigte, den Anton denn im ganzen Ernst für einen Geist oder ein übermenschliches Wesen hielt, und so ging auch diese ganze Zeit über keine Nacht hin, wo er nicht mit Schrecken und Angstschweiß vor der Stirne aus dem Schlaf erwachte.

Dies währte bis in sein achtes Jahr, wo erst sein Glaube an die Wirklichkeit des Ruprechts sowohl als des heiligen Christs an zu wanken fing.

So teilte ihm seine Mutter auch eine kindische Furcht vor dem Gewitter mit. Seine einzige Zuflucht war alsdann, daß er, so fest er konnte, die Hände zusammenfaltete und sie nicht wieder auseinanderließ, bis das Gewitter vorüber war; dies, nebst dem über sich geschlagenen Kreuze, war auch seine Zuflucht und gleichsam eine feste Stütze, sooft er alleine schlief, weil er dann glaubte, es könne ihm weder Teufel noch Gespenster etwas anhaben.

Seine Mutter hatte einen sonderbaren Ausdruck, daß einem, der vor einem Gespenste fliehen will, die Fersen lang werden; dies fühlte er im eigentlichen Verstande, sooft er im Dunkeln etwas Gespensterähnliches zu sehen glaubte. Auch pflegte sie von einem Sterbenden zu sagen, daß ihm der Tod schon auf der Zunge sitze; dies nahm Anton ebenfalls im eigentlichen Verstande, und als der Mann seiner Base starb, stand er neben dem Bette und sahe ihm sehr scharf in den Mund, um den Tod auf der Zunge desselben, etwa wie eine kleine schwarze Gestalt, zu entdecken.

Die erste Vorstellung über seinen kindischen Gesichtskreis hinaus bekam er ohngefähr im fünften Jahre, als seine Mutter noch mit ihm in dem Dorfe wohnte und eines Abends mit einer alten Nachbarin, ihm und seinen Stiefbrüdern allein in der Stube saß.

Das Gespräch fiel auf Antons kleine Schwester, die vor kurzem in ihrem zweiten Jahre gestorben war, und worüber seine Mutter beinahe ein Jahr lang untröstlich blieb.

Wo wohl jetzt Julchen sein mag? sagte sie nach einer langen Pause und schwieg wieder. Anton blickte nach dem Fenster hin, wo durch die düstre Nacht kein Lichtstrahl schimmerte, und fühlte zum ersten Male die wunderbare Einschränkung, die seine damalige Existenz von der gegenwärtigen beinahe so verschieden machte wie das Dasein vom Nichtsein.

Wo mag jetzt wohl Julchen sein? dachte er seiner Mutter nach, und Nähe und Ferne, Enge und Weite, Gegenwart und Zukunft blitzte durch seine Seele. Seine Empfindung dabei malt kein Federzug; tausendmal ist sie wieder in seiner Seele, aber nie mit der ersten Stärke, erwacht.

Wie groß ist die Seligkeit der Einschränkung, die wir doch aus allen Kräften zu fliehen suchen! Sie ist wie ein kleines glückliches Eiland in einem stürmischen Meere; wohl dem, der in ihrem Schoße sicher schlummern kann, ihn weckt keine Gefahr, ihm drohen keine Stürme. Aber wehe dem, der von unglücklicher Neugier getrieben, sich über dies dämmernde Gebirge hinauswagt, das wohltätig seinen Horizont umschränkt.

Er wird auf einer wilden stürmischen See von Unruh und Zweifel hin und her getrieben, sucht unbekannte Gegenden in grauer Ferne, und sein kleines Eiland, auf dem er so sicher wohnte, hat alle seine Reize für ihn verloren.

Eine von Antons seligsten Erinnerungen aus den frühesten Jahren seiner Kindheit ist, als seine Mutter ihn in ihren Mantel eingehüllt durch Sturm und Regen trug. Auf dem kleinen Dorfe war die Welt ihm schön, aber hinter dem blauen Berge, nach welchem er immer sehnsuchtsvoll blickte, warteten schon die Leiden auf ihn, die die Jahre seiner Kindheit vergällen sollten.

Da ich einmal in meiner Geschichte zurückgegangen bin, um Antons erste Empfindungen und Vorstellungen von der Welt nachzuholen, so muß ich hier noch zwei seiner frühesten Erinnerungen anführen, die seine Empfindung des Unrechts betreffen.

Er ist sich deutlich bewußt, wie er im zweiten Jahre, da seine Mutter noch nicht mit ihm auf dem Dorfe wohnte, von seinem Hause nach dem gegenüberstehenden über die Straße hin und wieder lief und einem wohlgekleideten Manne in den Weg rannte, gegen den er heftig mit den Händen ausschlug, weil er sich selbst und andre zu überreden suchte, daß ihm Unrecht geschehen sei, ob er gleich innerlich fühlte, daß er der beleidigende Teil war.

Diese Erinnerung ist wegen ihrer Seltenheit und Deutlichkeit merkwürdig; auch ist sie echt, weil der Umstand an sich zu geringfügig war, als daß ihm nachher jemand davon hätte erzählen sollen.

Die zweite Erinnerung ist aus dem vierten Jahre, wo seine Mutter ihn wegen einer wirklichen Unart schalt; indem er sich nun gerade auszog, fügte es sich, daß eines seiner Kleidungsstücke mit einigem Geräusch auf den Stuhl fiel: seine Mutter glaubte, er habe es aus Trotz hingeworfen, und züchtigte ihn hart.

Dies war das erste wirkliche Unrecht, was er tief empfand und was ihm nie aus dem Sinne gekommen ist; seit der Zeit hielt er auch seine Mutter für ungerecht, und bei jeder neuen Züchtigung fiel ihm dieser Umstand ein.

Ich habe schon erwähnt, wie ihm der Tod in seiner Kindheit vorgekommen sei. Dies dauerte bis in sein zehntes Jahr, als einmal eine Nachbarin seine Eltern besuchte und erzählte, wie ihr Vetter, der ein Bergmann war, von der Leiter hinunter in die Grube gefallen sei und sich den Kopf zerschmettert habe.

Anton hörte aufmerksam zu, und bei dieser Kopfzerschmetterung dachte er sich auf einmal ein gänzliches Aufhören von Denken und Empfinden und eine Art von Vernichtung und Ermangelung seiner selbst, die ihn mit Grauen und Entsetzen erfüllte, sooft er wieder lebhaft daran dachte. Seit der Zeit hatte er auch eine starke Furcht vor dem Tode, die ihm manche traurige Stunde machte.

Noch muß ich etwas von seinen ersten Vorstellungen, die er sich ebenfalls ohngefähr im zehnten Jahre von Gott und der Welt machte, sagen.

Wenn oft der Himmel umwölkt und der Horizont kleiner war, fühlte er eine Art von Bangigkeit, daß die ganze Welt wiederum mit ebenso einer Decke umschlossen sei wie die Stube, worin er wohnte, und wenn er dann mit seinen Gedanken über diese gewölbte Decke hinausging, so kam ihm diese Welt an sich viel zu klein vor, und es deuchte ihm, als müsse sie wiederum in einer andern eingeschlossen sein, und das immer so fort.

Ebenso ging es ihm mit seiner Vorstellung von Gott, wenn er sich denselben als das höchste Wesen denken wollte.

Er saß einmal in der Dämmerung an einem trüben Abend allein vor seiner Haustüre und dachte hierüber nach, indem er oft gen Himmel blickte und dann wieder die Erde ansahe und bemerkte, wie sie selbst gegen den trüben Himmel so schwarz und dunkel war.

Über den Himmel dachte er sich Gott; aber jeder, auch der höchste Gott, den sich seine Gedanken schufen, war ihm zu klein und mußte immer wieder noch einen höhern über sich haben, gegen den er ganz verschwand, und das so ins Unendliche fort.

Doch hatte er hierüber nie etwas gelesen noch gehört. Was am sonderbarsten war, so geriet er durch sein beständiges Nachdenken und Insichgekehrtsein sogar auf den Egoismus, der ihn beinahe hätte verrückt machen können.

Weil nämlich seine Träume größtenteils sehr lebhaft waren und beinahe an die Wirklichkeit zu grenzen schienen, so fiel es ihm ein, daß er auch wohl am hellen Tage träume und die Leute um ihn her, nebst allem, was er sahe, Geschöpfe seiner Einbildungskraft sein könnten.

Dies war ihm ein erschrecklicher Gedanke, und er fürchtete sich vor sich selber, sooft er ihm einfiel, auch suchte er sich dann wirklich durch Zerstreuung von diesen Gedanken loszumachen.

Nach dieser Ausschweifung wollen wir der Zeitfolge gemäß in Antons Geschichte wieder fortfahren, den wir eilf Jahre alt bei der Lektüre der schönen Banise und der Insel Felsenburg verlassen haben. Er bekam nun auch Fénelons Totengespräche nebst dessen Erzählungen zu lesen, und sein Schreibmeister fing an, ihn eigne Briefe und Ausarbeitungen machen zu lassen.

Dies war für Anton eine noch nie empfundene Freude. Er fing nun an, seine Lektüre zu nutzen und hie und da Nachahmungen von dem Gelesenen anzubringen, wodurch er sich den Beifall und die Achtung seines Lehrers erwarb.

Sein Vater musizierte mit in einem Konzert, wo Ramlers Tod Jesu aufgeführt wurde, und brachte einen gedruckten Text davon mit zu Hause. Dieser hatte für Anton so viel Anziehendes und übertraf alles Poetische, was er bisher gelesen hatte, so weit, daß er ihn so oft und mit solchem Entzücken las, bis er ihn beinahe auswendig wußte.

Durch diese einzige so oft wiederholte zufällige Lektüre bekam sein Geschmack in der Poesie eine gewisse Bildung und Festigkeit, die er seit der Zeit nicht wieder verloren hat; so wie in der Prose durch den Telemach; denn er fühlte bei der schönen Banise und Insel Felsenburg, ohngeachtet des Vergnügens, das er darin fand, doch sehr lebhaft das Abstechende und Unedlere in der Schreibart.

Von poetischer Prose fiel ihm Carl von Mosers Daniel in der Löwengrube in die Hände, den er verschiedne Male durchlas, und woraus auch sein Vater zuweilen vorzulesen pflegte.

Die Brunnenzeit kam wieder heran, und Antons Vater beschloß, ihn wieder mit nach Pyrmont zu nehmen; allein diesmal sollte Anton nicht so viel Freude als im vorigen Jahre dort genießen, denn seine Mutter reiste mit.

Ihr unaufhörliches Verbieten von Kleinigkeiten und beständiges Schelten und Strafen zu unrechter Zeit verleidete ihm alle edlern Empfindungen, die er hier vor einem Jahr gehabt hatte; sein Gefühl für Lob und Beifall ward dadurch so sehr unterdrückt, daß er zuletzt beinahe seiner Natur zuwider eine Art von Vergnügen darin fand, sich mit den schmutzigsten Gassenbuben abzugeben und mit ihnen gemeine Sache zu machen, bloß weil er verzweifelte, sich je die Liebe und Achtung in Pyrmont wieder zu erwerben, die er durch seine Mutter einmal verloren hatte, welche nicht nur gegen seinen Vater, sooft er zu Hause kam, sondern auch gegen ganz fremde Leute beständig von nichts als von seiner schlechten Aufführung sprach, wodurch dieselbe denn wirklich anfing, schlecht zu werden und sein Herz sich zu verschlimmern schien. Er kam auch nun seltner in das von Fleischbeinsche Haus, und die Zeit seines diesmaligen Aufenthalts in Pyrmont strich für ihn höchst unangenehm und traurig vorüber, so daß er sich oft noch mit Wehmut an die Freuden des vorigen Jahres zurückerinnerte, ob er gleich diesmal nicht so viel Schmerzen an seinem Fuß auszustehn hatte, der nun, nachdem der schadhafte Knochen herausgenommen war, wieder an zu heilen fing.

Bald nach der Zurückkunft seiner Eltern in Hannover trat Anton in sein zwölftes Jahr, worin ihm wiederum sehr viele Veränderungen bevorstanden: denn noch in diesem Jahre sollte er von seinen Eltern getrennt werden. Fürs erste stand ihm eine große Freude bevor.

Antons Vater ließ ihn auf Zureden einiger Bekannten in der öffentlichen Stadtschule eine lateinische Privatstunde besuchen, damit er wenigstens auf alle Fälle, wie es hieß, einen Kasum solle setzen lernen. In die übrigen Stunden der öffentlichen Schule aber, worin Religionsunterricht die Hauptsache war, wollte ihn sein Vater, zum größten Leidwesen seiner Mutter und Anverwandten, schlechterdings nicht schicken.

Nun war doch einer von Antons eifrigsten Wünschen, einmal in eine öffentliche Stadtschule gehen zu dürfen, zum Teil erfüllt.

Beim ersten Eintritt waren ihm schon die dicken Mauern, dunklen gewölbten Gemächer, hundertjährigen Bänke und vom Wurm durchlöcherten Katheder nichts wie Heiligtümer, die seine Seele mit Ehrfurcht erfüllten.

Der Konrektor, ein kleines muntres Männchen, flößte ihm, ohngeachtet seiner nicht sehr gravitätischen Miene, dennoch durch seinen schwarzen Rock und Stutzperücke einen tiefen Respekt ein.

Dieser Mann ging auch auf einen ziemlich freundschaftlichen Fuß mit seinen Schülern um: gewöhnlich nannte er zwar einen jeden Ihr, aber die vier obersten, welche er auch im Scherz Veteraner hieß, wurden vorzugsweise Er genannt.

Ob er dabei gleich sehr strenge war, hat doch Anton niemals einen Vorwurf noch weniger einen Schlag von ihm bekommen: er glaubte daher auch in der Schule immer mehr Gerechtigkeit als bei seinen Eltern zu finden.

Er mußte nun anfangen, den Donat auswendig zu lernen; allein freilich hatte er einen wunderbaren Akzent, der sich bald zeigte, da er gleich in der zweiten Stunde sein Mensa auswendig hersagen mußte, und indem er Singulariter und Pluraliter sagte, immer den Ton auf die vorletzte Silbe legte, weil er sich beim Auswendiglernen dieses Pensums wegen der Ähnlichkeit dieser Wörter mit Amoriter, Jebusiter usw. fest einbildete, die Singulariter wären ein besonderes Volk, das Mensa, und die Pluraliter ein andres Volk, das Mensä gesagt hätte.

Wie oft mögen ähnliche Mißverständnisse veranlaßt werden, wenn der Lehrer sich mit den ersten Worten des Lehrlings begnügen läßt, ohne in den Begriff desselben einzudringen!

Nun ging es an das Auswendiglernen. Das amo, amem, amas, ames ward bald nach dem Takte hergebetet, und in den ersten sechs Wochen wußte er schon sein oportet auf den Fingern herzusagen; dabei wurden täglich Vokabeln auswendig gelernt, und weil ihm niemals eine fehlte, so schwang er sich in kurzer Zeit von einer Stufe zur andern empor und rückte immer näher an die Veteraner heran.

Welch eine glückliche Lage, welch eine herrliche Laufbahn für Anton, der nun zum ersten Male in seinem Leben einen Pfad des Ruhms vor sich eröffnet sahe, was er so lange vergeblich gewünscht hatte.

Auch zu Hause brachte er diese kurze Zeit ziemlich vergnügt zu, indem er alle Morgen, während daß seine Eltern Kaffee tranken, ihnen aus dem Thomas von Kempis von der Nachfolge Christi vorlesen mußte, welches er sehr gern tat.

Es ward alsdann darüber gesprochen, und er durfte auch zuweilen sein Wort dazugeben. Übrigens genoß er das Glück, nicht viel zu Hause zu sein, weil er noch die Stunden seines alten Schreibmeisters zu gleicher Zeit besuchte, den er, ohngeachtet mancher Kopfstöße, die er von ihm bekommen hatte, so aufrichtig liebte, daß er alles für ihn aufgeopfert hätte.

Denn dieser Mann unterhielt sich mit ihm und seinen Mitschülern oft in freundschaftlichen und nützlichen Gesprächen, und weil er sonst von Natur ein ziemlich harter Mann zu sein schien, so hatte seine Freundlichkeit und Güte desto mehr Rührendes, das ihm die Herzen gewann.

So war nun Anton einmal auf einige Wochen in einer doppelten Lage glücklich: aber wie bald wurde diese Glückseligkeit zerstört! Damit er sich seines Glücks nicht überheben sollte, waren ihm fürs erste schon starke Demütigungen zubereitet.

Denn ob er nun gleich in Gesellschaft gesitteter Kinder unterrichtet ward, so ließ ihn doch seine Mutter die Dienste der niedrigsten Magd verrichten.

Er mußte Wasser tragen, Butter und Käse aus den Kramläden holen und wie ein Weib mit dem Korbe im Arm auf den Markt gehen, um Eßwaren einzukaufen.

Wie innig es ihn kränken mußte, wenn alsdann einer seiner glücklichern Mitschüler hämisch lächelnd vor ihm vorbeiging, darf ich nicht erst sagen.

Doch dies verschmerzte er noch gerne gegen das Glück, in eine lateinische Schule gehen zu dürfen, wo er nach zwei Monaten so weit gestiegen war, daß er nun an den Beschäftigungen des öbersten Tisches oder der sogenannten vier Veteraner mit teilnehmen konnte.

Um diese Zeit führte ihn auch sein Vater zum erstenmale zu einem äußerst merkwürdigen Manne in Hannover, der schon lange der Gegenstand seiner Gespräche gewesen war. Dieser Mann hieß Tischer und war hundertundfünf Jahre alt.

Er hatte Theologie studiert und war zuletzt Informator bei den Kindern eines reichen Kaufmanns in Hannover gewesen, in dessen Hause er noch lebte und von dem gegenwärtigen Besitzer desselben, der sein Eleve gewesen und jetzt selber schon beinahe ein Greis geworden war, seinen Unterhalt bekam.

Seit seinem funfzigsten Jahre war er taub, und wer mit ihm sprechen wollte, mußte beständig Tinte und Feder bei der Hand haben und ihm seine Gedanken schriftlich aufsetzen, die er denn sehr vernehmlich und deutlich mündlich beantwortete.

Dabei konnte er noch im hundertundfünften Jahre sein kleingedrucktes griechisches Testament ohne Brille lesen und redete beständig sehr wahr und zusammenhängend, obgleich oft etwas leiser oder lauter, als nötig war, weil er sich selber nicht hören konnte.

Im Hause war er nicht anders als unter dem Namen „der alte Mann“ bekannt. Man brachte ihm sein Essen und sonstige Bequemlichkeiten; übrigens bekümmerte man sich nicht viel um ihn.

Eines Abends also, als Anton gerade bei seinem Donat saß, nahm ihn sein Vater bei der Hand und sagte: „Komm, jetzt will ich dich zu einem Manne führen, in dem du den heiligen Antonius, den heiligen Paulus und den Erzvater Abraham wiedererblicken wirst.“

Und indem sie hingingen, bereitete ihn sein Vater immer noch auf das, was er nun bald sehen würde, vor.

Sie traten ins Haus. Antons Herz pochte.

Sie gingen über einen langen Hof hinaus und stiegen eine kleine Windeltreppe hinauf, die sie in einen langen dunklen Gang führte, worauf sie wieder eine andre Treppe hinauf und dann wieder einige Stufen hinabstiegen; dies schienen Anton labyrinthische Gänge zu sein.

Endlich öffnete sich linker Hand eine kleine Aussicht, wo das Licht durch einige Fensterscheiben erst von einem andern Fenster hineinfiel.

Es war schon im Winter und die Türe auswendig mit Tuch behangen; Antons Vater eröffnete sie: es war in der Dämmerung, das Zimmer weitläufig und groß, mit dunkeln Tapeten ausgeziert, und in der Mitte an einem Tische, worauf Bücher hin und her zerstreut lagen, saß der Greis auf einem Lehnsessel.

Er kam ihnen mit entblößtem Haupt entgegen.

Das Alter hatte ihn nicht daniedergebückt, er war ein langer Mann, und sein Ansehn war groß und majestätisch. Die schneeweißen Locken zierten seine Schläfe, und aus seinen Augen blickte eine unnennbare sanfte Freundlichkeit hervor. Sie setzten sich.

Antons Vater schrieb ihm einiges auf. „Wir wollen beten", fing der Greis nach einer Pause an, „und meinen kleinen Freund mit einschließen."

Darauf entblößte er sein Haupt und kniete nieder, Antons Vater neben ihm zur rechten und Anton zur linken Seite.

Freilich fand dieser nun alles, was ihm sein Vater gesagt hatte, mehr als zu wahr. Er glaubte wirklich neben einem der Apostel Christi zu knien, und sein Herz erhob sich zu einer hohen Andacht, als der Greis seine Hände ausbreitete und mit wahrer Inbrunst sein Gebet anhub, das er bald mit lauter, bald mit leiserer Stimme fortsetzte.

Seine Worte waren wie eines, der schon mit allen seinen Gedanken und Wünschen jenseits des Grabes ist und den nur noch ein Zufall etwas länger, als er glaubte, diesseits verweilen läßt.

So waren auch alle seine Gedanken aus jenem Leben gleichsam herübergeholt, und so wie er betete, schien sich sein Auge und seine Stirne zu verklären.

Sie standen vom Gebet auf, und Anton betrachtete nun den alten Mann in seinem Herzen beinahe schon wie ein höheres, übermenschliches Wesen.

Und als er den Abend zu Hause kam, wollte er schlechterdings mit einigen seiner Mitschüler sich nicht auf einen kleinen Schlitten im Schnee herumfahren, weil ihm dies nun viel zu unheilig vorkam und er den Tag dadurch zu entweihen glaubte.

Sein Vater ließ ihn nun öfters zu diesem alten Manne gehen, und er brachte fast die ganze Zeit des Tages bei ihm zu, die er nicht in der Schule war.

Alsdann bediente er sich dessen Bibliothek, die größtenteils aus mystischen Büchern bestand, und las viele davon von Anfang bis zu Ende durch. Auch gab er dem alten Manne oft Rechenschaft von seinen Progressen im Lateinischen und von den

Ausarbeitungen bei seinem Schreibmeister. So brachte Anton ein paar Monate ganz ungewöhnlich glücklich zu.

Aber welch ein Donnerschlag war es für Anton, als ihm beinahe zu gleicher Zeit die schreckliche Ankündigung geschahe, daß noch mit diesem Monate seine lateinische Privatstunde aufhören und er zugleich in eine andre Schreibschule geschickt werden sollte.

Tränen und Bitten halfen nichts, der Ausspruch war getan. Vierzehn Tage wußte es Anton vorher, daß er die lateinische Schule verlassen sollte, und je höher er nun rückte, desto größer ward sein Schmerz.

Er griff also zu einem Mittel, sich den Abschied aus dieser Schule leichter zu machen, das man einem Knaben von seinem Alter kaum hätte zutrauen sollen. Anstatt daß er sich bemühete, weiter heraufzukommen, tat er das Gegenteil und sagte entweder mit Fleiß nicht, was er doch wußte, oder legte es auf andre Weise darauf an, täglich eine Stufe herunterzukommen, welches sich der Konrektor und seine Mitschüler nicht erklären konnten und ihm oft ihre Verwunderung darüber bezeugten.

Anton allein wußte die Ursache davon und trug seinen geheimen Kummer mit nach Hause und in die Schule. Jede Stufe, die er auf die Art freiwillig herunterstieg, kostete ihm tausend Tränen, die er heimlich zu Hause vergoß; aber so bitter diese Arznei war, die er sich selbst verschrieb, so tat sie doch ihre Wirkung.

Er hatte es selber so veranstaltet, daß er gerade am letzten Tage der Unterste werden mußte. Allein dies war ihm zu hart. Die Tränen standen ihm in den Augen, und er bat, man möchte ihn nur noch heute an seinem Orte sitzen lassen, morgen wolle er gern den untersten Platz einnehmen.

Jeder hatte Mitleiden mit ihm, und man ließ ihn sitzen. Den andern Tag war der Monat aus, und er kam nicht wieder.

Wie viel ihm diese freiwillige Aufopferung gekostet habe, läßt sich aus dem Eifer und der Mühe schließen, wodurch er sich jeden höhern Platz zu erwerben gesucht hatte.

Oft, wenn der Konrektor in seinem Schlafrocke aus dem Fenster sahe und er vor ihm vorbeiging, dachte er: o könntest du doch dein Herz gegen diesen Mann ausschütten. Aber dazu schien doch die Entfernung zwischen ihm und seinem Lehrer noch viel zu groß zu sein.

Bald darauf wurde er auch, ohngeachtet alles seines Flehens und Bittens, von seinem geliebten Schreibmeister getrennt.

Dieser hatte freilich einige Nachlässigkeit in Antons Schreib- und Rechenbuche passieren lassen, worüber sein Vater aufgebracht war.

Anton nahm mit dem größten Eifer alle Schuld auf sich und versprach und gelobte, was nur in seinen Kräften stand, aber alles half nichts; er mußte seinen alten treuen Lehrer verlassen und zu Ende des Monats anfangen, in der öffentlichen Stadtschule schreiben zu lernen.

Diese beiden Schläge auf einmal waren für Anton zu hart.

Er wollte sich noch an die letzte Stütze halten und sich von seinen ehemaligen Mitschülern jedes aufgegebene Pensum sagen lassen, um es zu Hause zu lernen und auf diese Weise mit ihnen fortzurücken; als aber auch dies nicht gehen wollte, so erlag seine bisherige Tugend und Frömmigkeit, und er ward wirklich eine Zeitlang aus einer Art von Mißmut und Verzweiflung, was man einen bösen Buben nennen kann.

Er zog sich mutwilligerweise in der Schule Schläge zu und hielt sie alsdann mit Trotz und Standhaftigkeit aus, ohne eine Miene zu verziehen, und dies machte ihm dazu ein Vergnügen, das ihm noch lange in der Erinnerung angenehm war.

Er schlug und balgte sich mit Straßenbuben, versäumte die Lehrstunden in der Schule und quälte einen Hund, den seine Eltern hatten, wie und wo er nur konnte.

In der Kirche, wo er sonst ein Muster der Andacht gewesen war, plauderte er mit seinesgleichen den ganzen Gottesdienst über.

Oft fiel es ihm ein, daß er auf einem bösen Wege begriffen sei, er erinnerte sich mit Wehmut an seine vormaligen Bestrebungen, ein frommer Mensch zu werden; allein sooft er im Begriff war umzukehren, schlug eine gewisse Verachtung seiner selbst und ein nagender Mißmut seine besten Vorsätze nieder und machte, daß er sich wieder in allerlei wilden Zerstreuungen zu vergessen suchte.

Der Gedanke, daß ihm seine liebsten Wünsche und Hoffnungen fehlgeschlagen und die angetretene Laufbahn des Ruhms auf immer verschlossen war, nagte ihn unaufhörlich, ohne daß er sich dessen immer deutlich bewußt war, und trieb ihn zu allen Ausschweifungen.

Er ward ein Heuchler gegen Gott, gegen andre und gegen sich selbst.

Sein Morgen- und Abendgebet las er pünktlich wie vormals, aber ohne alle Empfindung.

Wenn er zu dem alten Manne kam, tat er alles, was er sonst mit aufrichtigem Herzen getan hatte, aus Verstellung und heuchelte in frommen Mienen und aufgeschriebnen Worten, worin er fälschlich einen gewissen Durst und Sehnsucht nach Gott vorgab, um sich bei diesem Manne in Achtung zu erhalten.

Ja, zuweilen konnte er heimlich lachen, indes der alte Mann sein Geschriebnes las.

So fing er auch an, seinen Vater zu betrügen. Dieser ließ sich einmal gegen ihn verlauten: damals vor drei Jahren sei er noch ein ganz andrer Knabe gewesen, als er in Pyrmont sich weigerte, eine Notlüge zu tun, indem er den Engländer verleugnen sollte.

Weil sich nun Anton bewußt war, daß gerade dies damals mehr aus einer Art von Affektation als würklichem Abscheu gegen die Lüge geschehen sei, so dachte er bei sich selber: wenn sonst nichts verlangt wird, um mich beliebt zu machen, das soll mir wenig Mühe kosten. Und nun wußte er es in kurzer Zeit durch eine Art von bloßer Heuchelei, die er doch aber vor sich selber als Heuchelei zu verbergen suchte, so weit zu bringen, daß sein Vater über ihn mit dem Herrn von Fleischbein korrespondierte und demselben von Antons Seelenzustande Nachricht gab, um seinen Rat darüber einzuholen.

Indes wie Anton sahe, daß die Sache so ernsthaft wurde, ward er auch ernsthafter dabei und entschloß sich zuweilen, sich nun im Ernst von seinem bösen Leben zu bekehren, weil er die bisherige Heuchelei nicht länger mehr vor sich selbst verdecken konnte.

Allein nun fielen ihm die Jahre ein, die er von der Zeit seiner vormaligen wirklichen Bekehrung an versäumt hatte, und wie weit er nun schon sein könnte, wenn er das nicht getan hätte. Dies machte ihn äußerst mißvergnügt und traurig.

Überdem las er bei dem alten Manne ein Buch, worin der Prozeß der ganzen Heilsordnung durch Buße, Glauben und gottselig Leben mit allen Zeichen und Symptomen ausführlich beschrieben war.

Bei der Buße mußten Tränen, Reue, Traurigkeit und Mißvergnügen sein: dies alles war bei ihm da.

Bei dem Glauben mußte eine ungewohnte Heiterkeit und Zuversicht zu Gott in der Seele sein: dies kam auch.

Und nun mußte sich drittens das gottselige Leben von selber finden: aber dies fand sich nicht so leicht.

Anton glaubte, wenn man einmal fromm und gottselig leben wolle, so müsse man es auch beständig und in jedem Augenblicke, in allen seinen Mienen und Bewegungen, ja sogar in seinen Gedanken sein; auch müsse man keinen Augenblick lang vergessen, daß man fromm sein wolle.

Nun vergaß er es aber natürlicherweise sehr oft: seine Miene blieb nicht ernsthaft, sein Gang nicht ehrbar, und seine Gedanken schweiften in irdischen weltlichen Dingen aus.

Nun, glaubte er, sei alles vorbei; er habe noch so viel wie nichts getan und müsse wieder von vorn anfangen.

So ging es oft verschiedne Male in einer Stunde, und dies war für Anton ein höchst peinlicher und ängstlicher Zustand.

Er überließ sich wieder, aber beständig mit Angst und klopfendem Herzen, seinen vorigen Zerstreuungen.

Dann fing er das Werk seiner Bekehrung einmal von vorn wieder an, und so schwankte er beständig hin und her und fand nirgends Ruhe und Zufriedenheit, indem er sich vergeblich die unschuldigsten Freuden seiner Jugend verbitterte und es doch in dem andern nie weit brachte.

Dies beständige Hin- und Herschwanken ist zugleich ein Bild von dem ganzen Lebenslaufe seines Vaters, dem es im funfzigsten Jahre seines Lebens noch nicht besser ging, und der doch immer noch das Rechte zu finden hoffte, wornach er so lange vergeblich gestrebt hatte.

Mit Anton war es anfänglich ziemlich gut gegangen: allein seitdem er kein Latein mehr lernen sollte, litte seine Frömmigkeit einen großen Stoß; sie war nichts als ein ängstliches, gezwungenes, Wesen, und es wollte nie recht mit ihm fort.

Er las darauf irgendwo, wie unnütz und schädlich das Selbstbessern sei, und daß man sich bloß leidend verhalten und die göttliche Gnade in sich würken lassen müsse: er betete daher oft sehr aufrichtig: Herr, bekehre du mich, so werde ich bekehret! Aber alles war vergeblich.

Sein Vater reiste diesen Sommer wieder nach Pyrmont, und Anton schrieb ihm, wie schlecht es mit dem Selbstbessern vorwärts ginge, und daß er sich wohl darin geirrt habe, weil die göttliche Gnade doch alles tun müsse.

Seine Mutter hielt diesen ganzen Brief für Heuchelei, wie er denn wirklich nicht ganz davon frei sein mochte, und schrieb eigenhändig darunter: Anton führt sich auf wie alle gottlose Buben.

Nun war er sich doch eines wirklichen Kampfes mit sich selbst bewußt, und es mußte also äußerst kränkend für ihn sein, daß er mit allen gottlosen Buben in eine Klasse geworfen wurde.

Dies schlug ihn so sehr nieder, daß er nun wirklich eine Zeitlang wieder ausschweifte und sich mutwillig mit wilden Buben abgab, worin er denn durch das Schelten und sogenannte Predigen seiner Mutter noch immer mehr bestärkt wurde: denn dies schlug ihn immer noch tiefer nieder, so daß er sich oft am Ende selbst für nichts mehr als einen gemeinen Gassenbuben hielt und nun um desto eher wieder Gemeinschaft mit ihnen machte.

Dies dauerte, bis sein Vater von Pyrmont wieder zurückkam. Nun eröffneten sich für Anton auf einmal ganz neue Aussichten.

Schon zu Anfange des Jahres war seine Mutter mit Zwillingen niedergekommen, wovon nur der eine leben blieb, zu welchen ein Hutmacher in Braunschweig, namens Lobenstein, Gevatter geworden war.

Dieser war einer von den Anhängern des Herrn von Fleischbein, wodurch ihn Antons Vater schon seit ein paar Jahren kannte.

Da nun Anton doch einmal bei einem Meister sollte untergebracht werden (denn seine beiden Stiefbrüder hatten nun schon ausgelernt, und jeder war mit seinem Handwerke unzufrieden, wozu er von seinem Vater mit Gewalt gezwungen war), und da der Hutmacher Lobenstein gerade einen Burschen haben wollte, der ihm fürs erste nur zur Hand wäre: welch eine herrliche Türe öffnete sich nun nach seines Vaters Meinung für Anton, daß er ebenso wie seine beiden Stiefbrüder bei einem so frommen Manne, der dazu ein eifriger Anhänger des Herrn von Fleischbein war, schon so früh könne untergebracht und von demselben zur wahren Gottseligkeit und Frömmigkeit angehalten werden.

Dies mochte schon länger im Werk gewesen sein und war vermutlich die Ursach, warum Antons Vater ihn aus der lateinischen Schule genommen hatte.

Nun aber hatte Anton, seitdem er Latein gelernet, sich auch das Studieren fest in den Kopf gesetzt; denn er hatte eine unbegrenzte Ehrfurcht gegen alles, was studiert hatte und einen schwarzen Rock trug, so daß er diese Leute beinahe für eine Art übermenschlicher Wesen hielt.

Was war natürlicher, als daß er nach dem strebte, was ihm auf der Welt das Wünschenswerteste zu sein schien?

Nun hieß es, der Hutmacher Lobenstein in Braunschweig wolle sich Antons wie ein Freund annehmen, er solle bei ihm wie ein Kind gehalten sein und nur leichte und anständige Arbeiten, als etwa Rechnungen schreiben, Bestellungen ausrichten und dergleichen übernehmen, alsdann solle er auch noch zwei Jahre in die Schule gehen, bis er konfirmiert wäre und sich dann zu etwas entschließen könnte.

Dies klang in Antons Ohren äußerst angenehm, insbesondere der letzte Punkt von der Schule; denn wenn er diesen Zweck nur erst erreicht hätte, glaubte er, würde es ihm nicht fehlen, sich so vorzüglich auszuzeichnen, daß sich ihm zum Studieren von selber schon Mittel und Wege eröffnen müßten.

Er schrieb selber zugleich mit seinem Vater an den Hutmacher Lobenstein, den er schon im voraus innig liebte und sich auf die herrlichen Tage freute, die er bei ihm zubringen würde.

Und welche Reize hatte die Veränderung des Orts für ihn!

Der Aufenthalt in Hannover und der ewige einförmige Anblick eben derselben Straßen und Häuser ward ihm nun unerträglich: neue Türme, Tore, Wälle und Schlösser stiegen beständig in seiner Seele auf, und ein Bild verdrängte das andre.

Er war unruhig und zählte Stunden und Minuten bis zu seiner Abreise.

Der erwünschte Tag war endlich da. Anton nahm von seiner Mutter und von seinen beiden Brüdern Abschied, wovon der ältere, Christian, fünf Jahr und der jüngere, Simon, der nach dem Hutmacher Lobenstein genannt war, kaum ein Jahr alt sein mochte.

Sein Vater reiste mit ihm, und es ging nun halb zu Fuße, halb zu Wagen mit einer wohlfeilen Gelegenheit fort.

Anton genoß jetzt zum ersten Male in seinem Leben das Vergnügen zu wandern, welches ihm in der Zukunft mehr wie zu häufig aufgespart war.

Je mehr sie sich Braunschweig näherten, je mehr war Antons Herz voll Erwartung. Der Andreasturm ragte mit seiner roten Kuppel majestätisch hervor.

Es war gegen Abend. Anton sahe in der Ferne die Schildwache auf dem hohen Walle hin und her gehen.

Tausend Vorstellungen, wie sein künftiger Wohltäter aussehen, wie sein Alter, sein Gang, seine Mienen sein würden, stiegen in ihm auf und verschwanden wieder.

Er setzte endlich von demselben ein so schönes Bild zusammen, daß er ihn schon im voraus liebte.

Überhaupt pflegte Anton in seiner Kindheit durch den Klang der eignen Namen von Personen oder Städten zu sonderbaren Bildern und Vorstellungen von den dadurch bezeichneten Gegenständen veranlaßt zu werden.

Die Höhe oder Tiefe der Vokale in einem solchen Namen trug zur Bestimmung des Bildes das meiste bei.

So klang der Name Hannover beständig prächtig in seinem Ohre, und ehe er es sahe, war es ihm ein Ort mit hohen Häusern und Türmen und von einem hellen und lichten Ansehen.

Braunschweig schien ihm länglicht, von dunklerm Ansehen und größer zu sein, und Paris stellte er sich nach eben einem solchen dunklen Gefühle bei dem Namen vorzüglich voll heller weißlichter Häuser vor.

Es ist dieses auch sehr natürlich: denn von einem Dinge, wovon man nichts wie den Namen weiß, arbeitet die Seele, sich auch vermittelst der entferntesten Ähnlichkeiten ein Bild zu entwerfen, und in Ermangelung aller andern Vergleichungen muß sie zu dem willkürlichen Namen des Dinges ihre Zuflucht nehmen, wo sie auf die hart oder weich, voll oder schwach, hoch oder tief, dunkel oder hell klingenden Töne merkt und zwischen denselben und dem sichtbaren Gegenstande eine Art von Vergleichung anstellt, die manchmal zufälligerweise eintrifft.

Bei dem Namen Lobenstein dachte sich Anton ohngefähr einen etwas langen Mann, deutsch und bieder, mit einer freien offnen Stirne usw.

Allein diesmal täuschte ihn seine Namendeutung sehr.

Es fing schon an dunkel zu werden, als Anton mit seinem Vater über die großen Zugbrücken und durch die gewölbten Tore in die Stadt Braunschweig einwanderte.

Sie kamen durch viele enge Gassen, vor dem Schlosse vorbei und endlich über eine lange Brücke in eine etwas dunkle Straße, wo der Hutmacher Lobenstein einem langen öffentlichen Gebäude gegenüber wohnte.

Nun standen sie vor dem Hause. Es hatte eine schwärzliche Außenseite und eine große schwarze Tür, die mit vielen eingeschlagenen Nägeln versehen war.

Oben hing ein Schild mit einem Hute heraus, woran der Name Lobenstein zu lesen war.

Ein altes Mütterchen, die Ausgeberin vom Hause, eröffnete ihnen die Tür und führte sie zur rechten Hand in eine große Stube, die mit dunkelbraun angestrichnen Brettern getäfelt war, worauf man noch mit genauer Not eine halb verwischte Schilderung von den fünf Sinnen entdecken konnte.

Hier empfing sie denn der Herr des Hauses. Ein Mann von mittlern Jahren, mehr klein als groß, mit einem noch ziemlich jugendlichen, aber dabei blassen und melancholischen Gesichte, das sich selten in ein andres als eine Art von bittersüßen Lächeln verzog, dabei schwarzes Haar, ein ziemlich schwärmerisches Auge, etwas Feines und Delikates in seinen Reden, Bewegungen und Manieren, das man sonst bei Handwerksleuten nicht findet, und eine reine, aber äußerst langsame, träge und schleppende Sprache, die die Worte wer weiß wie lang zog, besonders wenn das Gespräch auf andächtige Materien fiel: auch hatte er einen unerträglich intoleranten Blick, wenn sich seine schwarzen Augenbrauen über die Ruchlosigkeit und Bosheit der Menschenkinder und insbesondere seiner Nachbarn oder seiner eignen Leute zusammenzogen.

Anton erblickte ihn zuerst in einer grünen Pelzmütze, blauem Brusttuch und braunen Kamisol drüber nebst einer schwarzen Schürze, seiner gewöhnlichen Hauskleidung, und es war ihm beim ersten Blick, als ob er in ihm einen strengen Herrn und Meister statt eines künftigen Freundes und Wohltäters gefunden hätte.

Seine vorgefaßte innige Liebe erlosch, als wenn Wasser auf einen Funken geschüttet wäre, da ihn die erste kalte, trockne, gebieterische Miene seines vermeinten Wohltäters ahnden ließ, daß er nichts weiter wie sein Lehrjunge sein werde.

Die wenigen Tage über, daß sein Vater da blieb, wurde noch einige Schonung gegen ihn beobachtet; allein sobald dieser abgereist war, mußte er ebenso wie der andre Lehrbursch in der Werkstatt arbeiten.

Er wurde zu den niedrigsten Beschäftigungen gebraucht; er mußte Holz spalten, Wasser tragen und die Werkstatt auskehren.

So sehr dies gegen seine Erwartungen abstach, wurde ihm doch das Unangenehme einigermaßen durch den Reiz der Neuheit ersetzt. Und er fand wirklich eine Art von Vergnügen, selbst beim Auskehren, Holzspalten und Wassertragen.

Seine Phantasie aber, womit er sich alles dies ausmalte, kam ihm auch sehr dabei zustatten. – Oft war ihm die geräumige Werkstatt mit ihren schwarzen Wänden und dem schauerlichen Dunkel, das des Abends und Morgens nur durch den Schimmer einiger Lampen erhellt wurde, ein Tempel, worin er diente.

Des Morgens zündete er unter den großen Kesseln das heilige belebende Feuer an, wodurch nun den Tag über alles in Arbeit und Tätigkeit erhalten und so vieler Hände beschäftiget wurden.

Er betrachtete dann dies Geschäft wie eine Art von Amt, dem er in seinen Augen eine gewisse Würde erteilte.

Gleich hinter der Werkstatt floß die Oker, auf welcher eine Fülle oder Vorsprung von Brettern zum Wasserschöpfen hinausgebaut war.

Er betrachtete dies alles gewissermaßen als sein Gebiet – und zuweilen, wenn er die Werkstatt gereinigt, die großen eingemauerten Kessel gefüllt und das Feuer unter denselben angezündet hatte, konnte er sich ordentlich über sein Werk freuen – als ob er nun einem jeden sein Recht getan hätte – seine immer geschäftige Einbildungskraft belebte das Leblose um ihn her und machte es zu wirklichen Wesen, mit denen er umging und sprach.

Überdem machte ihm der ordentliche Gang der Geschäfte, den er hier bemerkte, eine Art von angenehmer Empfindung, daß er gern ein Rad in dieser Maschine mit war, die sich so ordentlich bewegte: denn zu Hause hatte er nichts dergleichen gekannt.

Der Hutmacher Lobenstein hielt wirklich sehr auf Ordnung in seinem Hause, und alles ging hier auf den Glockenschlag: Arbeiten, Essen und Schlafen.

Wenn ja eine Ausnahme gemacht wurde, so war es in Ansehung des Schlafs, der freilich ausfallen mußte, wenn des Nachts gearbeitet wurde, welches denn wöchentlich wenigstens einmal geschahe.

Sonst war das Mittagessen immer auf den Schlag zwölf, das Frühstück morgens und das Abendbrot abends um acht Uhr pünktlich da.

Dies war es denn auch, worauf bei der Arbeit immer gerechnet wurde – so verfloß damals Antons Leben: des Morgens von sechs Uhr an rechnete er bei seiner Arbeit aufs Frühstück, das er immer schon in der Vorstellung schmeckte, und wenn er es erhielt, mit dem gesundesten Appetit verzehrte, den ein Mensch nur haben kann, ob es gleich in weiter nichts als dem Bodensatz vom Kaffee mit etwas Milch und einem Zweipfennigbrote bestand.

Dann ging es wieder frisch an die Arbeit, und die Hoffnung aufs Mittagessen brachte wiederum neues Interesse in die Morgenstunden, wenn die Einförmigkeit der Arbeit zu ermüdend wurde.

Des Abends wurde Jahr aus, Jahr ein eine Kalteschale von starkem Biere gegeben. Reiz genug, um die Nachmittagsarbeiten zu versüßen.

Und dann vom Abendessen an bis zum Schlafengehen war es der Gedanke an die bald bevorstehende sehnlichgewünschte Ruhe, der nun über das Unangenehme und Mühsame der Arbeit wieder seinen tröstlichen Schimmer verbreitete.

Freilich wußte man, daß den folgenden Tag der Kreislauf des Lebens so von vorn wieder anfing. Aber auch diese zuletzt ermüdende Einförmigkeit im Leben wurde durch die Hoffnung auf den Sonntag wieder auf eine angenehme Art unterbrochen.

Wenn der Reiz des Frühstücks und des Mittags- und Abendessens nicht mehr hinlänglich war, die Lebens- und Arbeitslust zu erhalten, dann zählte man, wie lange es noch bis auf den Sonntag war, wo man einen ganzen Tag von der Arbeit feiern und einmal aus der dunklen Werkstatt vors Tor hinaus in das freie Feld gehen und des Anblicks der freien offnen Natur genießen konnte.

O, welche Reize hat der Sonntag für den Handwerksmann, die den höheren Klassen von Menschen unbekannt ist, welche von ihren Geschäften ausruhen können, wenn sie wollen. – „Daß deiner Magd Sohn sich erfreue!“ – Nur der Handwerksmann kann es ganz fühlen, was für ein großer, herrlicher, menschenfreundlicher Sinn in diesem Gesetze liegt! –

Wenn man nun auf einem Tag Ruhe von der Arbeit schon sechs Tage lang rechnete, so fand man es wohl der Mühe wert, auf drei oder gar vier Feiertage nacheinander ein Dritteil des Jahres zu rechnen.

Wenn selbst der Gedanke an den Sonntag oft nicht mehr fähig war, den Überdruß an dem Einförmigen zu verhindern, so wurde durch die Nähe von Ostern, Pfingsten oder Weihnachten der Lebensreiz wieder aufgefrischt.

Und wenn dies alles zu schwach war, so kam die süße Hoffnung an die Vollendung der Lehrjahre, an das Gesellenwerden hinzu, welches alles andre überstieg und eine neue große Epoche ins Leben brachte.

Weiter ging nun aber auch der Gesichtskreis bei Antons Mitlehrburschen nicht – und sein Zustand war dadurch gewiß um nichts verschlimmert.

Nach einer allgütigen und weisen Einrichtung der Dinge hat auch das mühevolle, einförmige Leben des Handwerksmannes seine Einschnitte und Perioden, wodurch ein gewisser Takt und Harmonie hereingebracht wird, welcher macht, daß es unbemerkt abläuft, ohne seinem Besitzer eben Langeweile gemacht zu haben.

Aber Antons Seele war durch seine romanhaften Ideen einmal zu diesem Takt verstimmt.

Dem Hause des Hutmachers grade gegenüber war eine lateinische Schule, die Anton zu besuchen vergeblich gehofft hatte – so oft er die Schüler heraus- und hineingehen sahe, dachte er mit Wehmut an die lateinische Schule und an den Konrektor in Hannover zurück – und wenn er gar etwa vor der großen Martinsschule vorbeiging und die erwachsenen Schüler herauskommen sahe, so hätte er alles darum gegeben, dies Heiligtum nur einmal inwendig betrachten zu können.

Einmal eine solche Schule besuchen zu dürfen, hielt er zwar bei seinem jetzigen Zustande beinahe für unmöglich; demohngeachtet aber konnte er sich einen schwachen Schimmer von Hoffnung dazu nicht ganz versagen.

Selbst die Chorschüler schienen ihm Wesen aus einer höhern Sphäre zu sein; und wenn er sie auf der Straße singen hörte, konnte er sich nicht enthalten, ihnen nachzugehen, sich an ihrem Anblick zu ergötzen und ihr glänzendes Schicksal zu beneiden.

Wenn er mit seinem Mitlehrburschen in der Werkstatt alleine war, suchte er ihm alle die kleinen Kenntnisse mitzuteilen, welche er sich teils durch eignes Lesen und teils durch den Unterricht, den er genossen, erworben hatte.

Er erzählte ihm vom Jupiter und der Juno und suchte ihm den Unterschied zwischen Adjektivum und Substantivum deutlich zu machen, um ihn zu lehren, wo er einen großen Buchstaben oder einen kleinen setzen müsse.

Dieser hörte ihm denn aufmerksam zu, und zwischen ihnen wurden oft moralische und religiöse Gegenstände abgehandelt. Antons Mitlehrbursche war bei diesen Gelegenheiten vorzüglich stark in Erfindung neuer Wörter, wodurch er seine Begriffe bezeichnete. So nannte er z. B. die Befolgung der göttlichen Befehle die Erfülligkeit Gottes. – Und indem er vorzüglich die religiösen Ausdrücke des Herrn Lobenstein von Ertötung usw. nachzunahmen suchte, geriet er oft in ein sonderbares Galimathias.

Mit vorzüglichem Nachdruck wußte er sich einiger Stellen aus den Psalmen Davids, worin eben keine sanftmütigen Gesinnungen gegen die Feinde geäußert werden, zu bedienen, wenn er glaubte, durch die Haushälterin oder jemand anders angeschwärzt und verleumdet zu sein.

So waren fast alle Hausgenossen mehr oder weniger von den religiösen Schwärmereien des Herrn Lobenstein angesteckt, ausgenommen der Geselle: dieser warf ihm, wenn er ihm manchmal zuviel von Ertötung und Vernichtung schwatzte, einen solchen tötenden und vernichtenden Blick zu, daß Herr Lobenstein sich mit Abscheu wegwandte und stillschwieg.

Sonst konnte Herr Lobenstein zuweilen stundenlange Strafpredigten gegen das ganze menschliche Geschlecht halten. Mit einer sanften Bewegung der rechten Hand teilte er dann Segen und Verdammnis aus. Seine Miene sollte dabei mitleidsvoll sein, aber die Intoleranz und der Menschenhaß hatten sich zwischen seinen schwarzen Augenbrauen gelagert.

Die Nutzanwendung lief denn immer, politisch genug, darauf hinaus, daß er seine Leute zum Eifer und zur Treue – in seinem Dienste ermahnte, wenn sie nicht ewig im höllischen Feuer brennen wollten.

Seine Leute konnten ihm nie genug arbeiten – und er machte ein Kreuz über das Brot und die Butter, wenn er ausging.

Dem Anton, der ihm vielleicht nicht genug arbeiten konnte, verbitterte er sein Mittagessen durch tausend wiederholte Lehren, die er ihm gab, wie er das Messer und die Gabel halten und die Speise zum Munde führen sollte, daß diesem oft alle Lust zum Essen verging, bis sich der Geselle einmal nachdrücklich seiner annahm und Anton doch nun in Frieden essen konnte. –

Übrigens aber durfte er es auch nicht wagen, nur einen Laut von sich zu geben, denn an allem, was er sagte, an seinen Mienen, an seinen kleinsten Bewegungen fand Lobenstein immer etwas auszusetzen; nichts konnte ihm Anton zu Danke machen, welcher sich endlich beinahe in seiner Gegenwart zu gehen fürchtete, weil er an jedem Tritt etwas zu tadeln fand. – Seine Intoleranz erstreckte sich bis auf jedes Lächeln und jeden unschuldigen Ausbruch des Vergnügens, der sich in Antons Mienen oder Bewegungen zeigte: denn hier konnte er sie einmal recht nach Gefallen auslassen, weil er wußte, daß ihm nicht widersprochen werden durfte.

Während der Zeit wurden die ganz verblichnen fünf Sinne an dem schwarzen Getäfel der Wand wieder neu überfirnißt – die Erinnerung an den Geruch davon, welcher einige Wochen dauerte, war bei Anton nachher beständig mit der Idee von seinem damaligen Zustande vergesellschaftet. So oft er einen Firnisgeruch empfand, stiegen unwillkürlich alle die unangenehmen Bilder aus jener Zeit in seiner Seele auf; und umgekehrt, wenn er zuweilen in eine Lage kam, die mit jener einige zufällige Ähnlichkeiten hatte, glaubte er auch, einen Firnisgeruch zu empfinden.

Ein Zufall verbesserte Antons Lage in etwas.

Der Hutmacher Lobenstein war ein äußerst hypochondrischer Schwärmer; er glaubte an Ahndungen und hatte Visionen, die ihm oft Furcht und Grauen erweckten. Eine alte Frau, die zur Miete im Hause gewohnt hatte, starb und erschien ihm bei nächtlicher Weile im Traume, daß er oft mit Schaudern und Entsetzen erwachte, und weil er dann wachend noch fortträumte, auch ihren Schatten in irgendeiner Ecke seiner Kammer noch zu sehen glaubte. Anton mußte ihm von nun an zur Gesellschaft sein und in einem Bette neben ihm schlafen. Dadurch wurde er ihm gewissermaßen zum Bedürfnis, und er wurde etwas gütiger gegen ihn gesinnt. – Er ließ sich oft mit ihm in Unterredungen ein, fragte ihn, wie er in seinem Herzen mit Gott stehe, und lehrte ihn, daß er sich Gott nur ganz hingeben solle; wenn er dann zu dem Glück der Kinder Gottes auserwählt wäre, so würde Gott selbst das Werk der Bekehrung in ihm anfangen und vollenden usw. – Des Abends mußte Anton, ehe er zu Bette ging, für sich stehend leise beten, und das Gebet durfte auch nicht allzu kurz sein – sonst fragte Lobenstein wohl, ob er denn schon fertig sei und Gott nichts mehr zu sagen habe? – Dies war für Anton eine neue Veranlassung zur Heuchelei und Verstellung, die sonst seiner Natur ganz entgegen war. – Ob er gleich leise betete, so suchte er doch seine Worte so vernehmlich auszusprechen, daß er von Lobenstein recht gut verstanden werden konnte – und nun herrschte durch sein ganzes Gebet nicht sowohl der Gedanke an Gott als vielmehr, wie er sich durch irgendeinen Ausdruck von Reue, Zerknirschung, Sehnsucht nach Gott und dergleichen wohl am besten in die Gunst des Herrn Lobenstein einschmeicheln könnte. – Das war der herrliche Nutzen, den dies erzwungne Gebet auf Antons Herz und Charakter hatte.

Doch aber fand Anton auch zuweilen im einsamen Gebete noch eine Art von heimlichen Vergnügen, wenn er in irgendeinem Winkel der Werkstatt kniete und Gott bat, daß er doch eine einzige von den großen Veränderungen in seiner Seele hervorbringen möchte, wovon er seit seiner Kindheit schon so viel gelesen und gehört hatte. Und so weit ging die Täuschung seiner Einbildungskraft, daß es ihm zuweilen wirklich war, als ginge etwas ganz Besonders im Innersten seiner Seele vor; und sogleich war auch der Gedanke da, wie er nun diesen seinen Seelenzustand etwa in einem Briefe an seinen Vater oder den Herrn von Fleischbein einkleiden oder ihn Herrn Lobenstein erzählen wollte. Es waren also dergleichen eingebildete innere Gefühle immer eine süße Nahrung seiner Eitelkeit, und das innige Vergnügen, was er darüber empfand, wurde vorzüglich durch den Gedanken erweckt, daß er doch nun sagen könnte, er habe ein solches göttliches, himmlisches Vergnügen in seiner Seele empfunden – es schmeichelte ihn immer sehr, wenn erwachsene und bejahrte Leute seinen Seelenzustand für so wichtig hielten, daß sie sich darum bekümmerten. Das war der Grund, daß er sich so oft einen abwechselnden Seelenzustand zu haben einbildete, um dann etwa dem Herrn Lobenstein klagen zu können, daß er sich in einem Zustande der Leere, der Trockenheit befinde, daß er keine rechte Sehnsucht nach Gott bei sich verspüre usw., und sich alsdann den Rat des Herrn Lobenstein über diesen seinen Seelenzustand ausbitten zu können, der ihm denn auch immer mit vieler für ihn schmeichelhaften Wichtigkeit erteilt ward.

Ja, es kam gar einmal so weit, daß über seinen Seelenzustand mit dem Herrn von Fleischbein korrespondiert und ihm eine Stelle in dem Briefe des Herrn von Fleischbein, die sich auf ihn bezog, gezeigt wurde. Was Wunder, daß er auf die Weise veranlaßt wurde, sich durch allerlei eingebildete Veränderungen seines Seelenzustandes in seinen eignen Augen sowohl als in den Augen andrer bei dieser Wichtigkeit zu erhalten, da er als ein Wesen betrachtet wurde, bei dem sich eine ganz eigne besondre Führung Gottes offenbarte.

Er bekam nun auch eine schwarze Schürze wie der andre Lehrbursche, und anstatt daß ihn dieser Umstand hätte niederschlagen sollen, trug er vielmehr vieles zu seiner Zufriedenheit bei. Er betrachtete sich nun als einen Menschen, der schon anfing, einen gewissen Stand zu bekleiden. Die Schürze brachte ihn gleichsam in Reihe und Glied mit andern seinesgleichen, da er vorher einzeln und verlassen dastand – er vergaß über die Schürze eine Zeitlang seinen Hang zum Studieren und fing an, auch an den übrigen Handwerksgebräuchen eine Art von Gefallen zu finden, der ihn nichts eifriger wünschen ließ, als dieselben einmal mitmachen zu können. – Er freute sich innerlich, so oft er den Gruß eines einwandernden Gesellen hörte, der das gewöhnliche Geschenk zu fordern kam; und keine größere Glückseligkeit konnte er sich denken, als wenn er auch einmal als Geselle so einwandern und dann, nach Handwerksgebrauch, den Gruß mit den vorgeschriebenen Worten hersagen würde. –

So hängt das jugendliche Gemüt immer mehr an den Zeichen als an der Sache, und es läßt sich von den frühen Äußerungen bei Kindern, in Ansehung der Wahl ihres künftigen Berufes, wenig oder gar nichts schließen. – Sobald Anton lesen gelernt hatte, fand er ein unbeschreibliches Vergnügen darin, in die Kirche zu gehen; seine Mutter und seine Base konnten sich nicht genug darüber freuen. Was ihn aber in die Kirche trieb, war der Triumph, den er allemal genoß, wenn er nach dem schwarzen Brette, wo die Nummern der Gesänge angeschrieben waren, hinsehen und etwa einem erwachsenen Menschen, der neben ihm stand, sagen konnte, was es für eine Nummer sei: und wenn er denn ebenso und oft noch geschwinder als die erwachsenen Leute diese Nummer in seinem Gesangbuche aufschlagen und nun mitsingen konnte. –

Die Zuneigung des Herrn Lobenstein gegen Anton schien itzt immer größer zu werden, je mehr dieser nach seiner geistlichen Führung ein Verlangen bezeigte. – Er ließ ihn oft bis um Mitternacht an den Gesprächen mit seinen vertrautesten Freunden teilnehmen, mit denen er sich gemeiniglich über seine und anderer Erscheinungen zu unterhalten pflegte, welche zuweilen so schaudervoll waren, daß Anton mit berganstehendem Haare zuhorchte. Gemeiniglich wurde erst spät zu Bett gegangen. Und wenn der Abend mit solchen Gesprächen zugebracht war, so pflegte Lobenstein am folgenden Morgen beim Aufstehen wohl zu fragen, ob Anton die Nacht nichts vernommen, nichts in der Kammer gehen gehört habe?

Manchmal unterhielt sich auch Lobenstein des Abends mit Anton allein, und sie lasen dann zusammen etwa in den Schriften des Taulerus, Johannes vom Kreutz und ähnlichen Büchern. – Es schien, als ob zwischen ihnen eine dauerhafte Freundschaft entstehen würde. Anton faßte auch wirklich eine Art von Liebe gegen Lobenstein, aber diese Empfindung war immer mit etwas Herben untermischt, mit einem gewissen Gefühl von

Ertötung und Vernichtung, welches durch Lobensteins bittersüßes Lächeln erzeugt wurde.

Indes blieb Anton jetzt von harten und niedrigen Arbeiten mehr wie sonst verschont. Lobenstein ging zuweilen mit ihm spazieren; ja, er nahm ihm sogar einen Klaviermeister an. – Anton war entzückt über seinen Zustand und schrieb einen Brief an seinen Vater, worin er demselben auf das lebhafteste seine Zufriedenheit bezeigte.

Nun hatte aber auch Antons Glück im Lobensteinschen Hause den höchsten Gipfel erreicht, und sein Fall war nahe. Alles sahe ihn mit neidischen Augen an, seitdem ihm der Klaviermeister gehalten wurde. Es wurden hier Kabalen, wie an einem kleinen Hofe gespielt; man verleumdete ihn, man suchte ihn zu stürzen.

So lange Lobenstein gegen Anton hart und unbillig verfahren war, genoß er des Mitleids und der Freundschaft aller übrigen Hausgenossen; sobald es aber schien, als ob dieser ihm seine Freundschaft und Vertrauen zuwenden würde, nahm in eben dem Maße ihre Feindschaft und Mißtrauen gegen ihn zu. Und sobald es ihnen nur gelungen war, ihn wieder zu sich herunterzubringen, und man es so weit gebracht hatte, daß der Klaviermeister wieder abgedankt war, hatte man auch weiter nichts mehr gegen Anton: man war sein Freund wie zuvor.

Nun hielt es aber nicht schwer, ihn der Gewogenheit eines so argwöhnischen und mißtrauischen Mannes, wie Lobenstein war, zu berauben; man durfte nur einige lebhafte Äußerungen von ihm erzählen, man durfte Herrn Lobenstein nur auf verschiedne wirkliche Fehler der Nachlässigkeit und Unordnung, die Anton an sich hatte, bei jeder Gelegenheit aufmerksam machen, um seinen Gesinnungen bald eine andre Richtung zu geben. Dies wurde denn von der Haushälterin und den übrigen Untergebenen sehr gewissenhaft getan. – Indes dauerte es doch noch einige Monate, ehe man völlig seinen Zweck erreichte. Während welcher Zeit Lobenstein sogar Antons Klaviermeister zu bekehren sich Mühe gab, welcher ein sehr rechtschaffner und frommer Mann war, aber Herrn Lobensteins Meinung nach sich Gott noch nicht ganz hingegeben hatte und sich nicht leidend genug gegen ihn verhielt.

Dieser Mann mußte denn auch oft bei Herrn Lobenstein speisen, verdarb es aber am Ende dadurch, daß er sich zu viel Butter auf das Brot schmierte. Auf diesen Umstand machte die Haushälterin Herrn Lobenstein aufmerksam, um dadurch ihren Zweck zu erreichen, dem Klavierspielen Antons ein Ende zu machen, damit er nicht mehr über die andern Hausgenossen erhoben wäre.

Anton hatte überdem nicht viel Genie zur Musik und lernte folglich nicht viel in seinen Stunden. Ein paar Arien und Choräle waren alles, was er mit vieler Mühe fassen konnte. Und die Klavierstunde war ihm immer eine sehr unangenehme Stunde. Auch wurde ihm die Applikatur sehr schwer, und Lobenstein fand immer an der Figur seiner weit ausgespreiteten Finger etwas auszusetzen.

Indes gelang es ihm doch einmal, wie dem David beim Saul, den bösen Geist des Herrn Lobenstein durch die Kraft der Musik zu vertreiben. Er hatte ein kleines Versehen begangen, und weil die Neigung des Herrn Lobenstein gegen ihn schon anfing, sich in Haß zu verwandeln, so hatte dieser ihm des Abends vor dem Schlafengehen eine harte Züchtigung dafür zugedacht. Anton merkte dies an allem wohl. Und als die Stunde heranzunahen schien, faßte er den Mut, einen Choral, den ersten, den er gelernt hatte, auf dem Klavier zu spielen und dazu zu singen. Dies überraschte Herrn Lobenstein, er gestand ihm, daß grade diese Stunde zu einer nachdrücklichen Bestrafung bestimmt gewesen wäre, die er ihm nun schenkte.

Anton erdreistete sich nun sogar, ihm einige Vorstellungen wegen der anscheinenden Abnahme seiner Freundschaft und Liebe gegen ihn zu tun, worauf Lobenstein ihm gestand, daß seine Zuneigung gegen ihn freilich so stark nicht mehr sei, und daß dieses notwendig an Antons verschlimmertem Seelenzustande liegen müsse, wodurch gleichsam eine Scheidewand zwischen ihm und seiner ehemaligen Liebe gezogen wäre. Er habe die Sache Gott im Gebet vorgetragen und diesen Aufschluß darüber erhalten.

Dies war nun sehr traurig für Anton, und er fragte, wie er es denn anzufangen habe, um seinen verschlimmerten Seelenzustand wieder zu verbessern. – Seinen Weg in Einfalt zu wandeln und sich ganz Gott zu überlassen, war die Antwort, sei das einzige Mittel, seine Seele zu retten. – Weiter wurden keine nähern Anweisungen erteilt. Herr Lobenstein hielt es nicht für gut, Gott gleichsam vorzugreifen, der sich selber von Anton abgezogen zu haben schien. – Die nachdrücklich ausgesprochnen Worte aber, seinen „Weg in Einfalt zu wandeln“, hatten darauf Bezug, daß ihm Anton seit einiger Zeit zu klug zu werden anfing, zu viel sprach und vernünftelte und überhaupt wegen der Zufriedenheit mit seinem Zustande zu lebhaft wurde. – Diese Lebhaftigkeit war ihm der gerade Weg zu Antons Verderben, der nach dieser Heiterkeit in seinem Gesichte notwendig ein ruchloser, weltlichgesinnter Mensch werden mußte, von dem nichts anders zu vermuten stand, als daß ihn Gott selbst in seinen Sünden dahingeben würde. –

Hätte Anton seinen Vorteil besser verstanden, so hätte er itzt durch ein niedergeschlagenes, misanthropisches Wesen, vorgegebene Beängstigungen und Beklemmungen seiner Seele noch alles wieder gutmachen können. Denn nun würde Lobenstein geglaubt haben, Gott sei im Begriff, die verirrte Seele wieder zu sich zu ziehen. –

Aber weil Lobenstein den Grundsatz hatte, daß derjenige, welchen Gott bekehren wolle, auch ohne sein Zutun bekehrt werde; und daß Gott erwählet, welchen er will, und verwirft und verstocket, welchen er will, um seine Herrlichkeit zu offenbaren – so schien es ihm gleichsam gefährlich, sich in die Sache Gottes zu mischen, wenn es etwa den Anschein hatte, als ob einer wirklich von Gott verworfen wäre.

Mit Anton hatte es nun, seinen lebhaften und weltlich gesinnten Mienen nach, bei dem Herrn Lobenstein würklich beinahe diesen Anschein. – Die Sache war ihm so wichtig gewesen, daß er darüber mit dem Herrn von Fleischbein korrespondiert hatte. – Und nun zeigte er Anton wiederum in dem Briefe des Herrn von Fleischbein eine Stelle, die ihn betraf; und worin der Herr von Fleischbein versicherte, allen Kennzeichen nach „habe der Satan seinen Tempel in Antons Herzen schon so weit aufgebauet, daß er schwerlich wieder zerstört werden könne". –

Das war wirklich ein Donnerschlag für Anton – aber er prüfte sich und verglich seinen jetzigen Zustand mit dem vorhergehenden, und es war ihm unmöglich, irgendeinen Unterschied dazwischen zu entdecken; er hatte noch ebenso oft eingebildete göttliche Rührungen und Empfindungen wie sonst; er konnte sich nicht überzeugen, daß er ganz aus der Gnade gefallen und von Gott verworfen sein sollte. Er fing an der Wahrheit des Orakelspruchs von dem Herrn von Fleischbein an zu zweifeln.

Dadurch verlor sich seine Niedergeschlagenheit wieder, die ihm sonst vielleicht aufs neue den Weg zu der Gunst des Herrn Lobenstein würde gebahnt haben, dessen Freundschaft er nun durch seine fortgesetzten vergnügten Mienen vollends verscherzte.

Die erste Folge davon war, daß ihn Lobenstein aus seiner Kammer entfernte und er wieder bei dem andern Lehrburschen schlafen mußte, der nun anfing, wieder sein Freund zu werden, weil er ihn nicht mehr beneidete; die andre, daß er wieder anfangen mußte, mehr wie jemals die schwersten und niedrigsten Arbeiten zu verrichten, wobei er immer in der Werkstatt bleiben mußte und nur selten zu Herrn Lobenstein in die Stube kommen durfte. Der Klaviermeister wurde nur noch deswegen beibehalten, weil Lobenstein das angefangne Werk der Bekehrung in ihm vollenden und also statt einer verlornen Seele Gott wieder eine andre zuführen wollte.

Der Winter kam heran, und jetzt fing Antons Zustand wirklich an, hart zu werden: er mußte Arbeiten verrichten, die seine Jahre und Kräfte weit überstiegen. Lobenstein schien zu glauben, da nun mit Antons Seele doch weiter nichts anzufangen sei, so müsse man wenigstens von seinem Körper allen möglichen Gebrauch machen. Er schien ihn jetzt wie ein Werkzeug zu betrachten, das man wegwirft, wenn man es gebraucht hat.

Bald wurden Antons Hände durch den Frost und die Arbeit zum Klavierspielen gänzlich untauglich gemacht. – Er mußte fast alle Woche ein paarmal des Nachts mit dem andern Lehrburschen aufbleiben, um die geschwärzten Hüte aus dem siedenden Färbekessel herauszuholen und sie dann unmittelbar darauf in der vorbeifließenden Oker zu waschen, wo zu dem Ende erst eine Öffnung in das Eis mußte gehauen werden. Dieser oft wiederholte Übergang von der Hitze zum Frost machte, daß Anton beide Hände aufsprangen und das Blut ihm heraussprützte.

Allein statt dieses ihn hätte niederschlagen sollen, erhob es vielmehr seinen Mut. Er blickte mit einer Art von Stolz auf seine Hände und betrachtete die blutigen Merkmale daran als so viel Ehrenzeichen von seiner Arbeit; und solange diese harten Arbeiten noch für ihn den Reiz der Neuheit hatten, machten sie ihm ein gewisses Vergnügen, das vorzüglich im Gefühl seiner körperlichen Kräfte bestand; zugleich gewährten sie ihm eine Art von süßem Freiheitsgefühl, das er bisher noch nicht gekannt hatte.

Es war ihm, als wenn er nun auch sich selbst etwas mehr nachsehen könne, nachdem er ebenso wie die andern gearbeitet und des Tages Last und Hitze wie sie getragen hatte. Unter den beschwerlichsten Arbeiten empfand er eine Art von innerer Wertschätzung, die ihm die Anstrengung seiner Kräfte verschaffte; und oft würde er diesen Zustand kaum gegen die peinliche Lage wieder vertauscht haben, worin er sich beim Genuß der strengen und alle Freiheit vernichtenden Freundschaft Lobensteins befand.

Dieser aber fing jetzt an, ihn immer härter zu drücken: oft mußte er in der bittersten Kälte den ganzen Tag über in einer ungeheizten Stube Wolle kratzen. Dies war ein klüglich ausgesonnenes Mittel des Herrn Lobenstein, um Antons Arbeitsamkeit zu vermehren: denn wenn er nicht vor Kälte umkommen wollte, so mußte er sich rühren, soviel nur in seinen Kräften stand, daß ihm Abends oft beide Arme wie gelähmt und doch Hände und Füße erfroren waren.

Diese Arbeit machte ihm wegen ihrer ewigen Einförmigkeit sein Los am bittersten. Besonders, wenn manchmal seine Phantasie dabei nicht in Gang kommen wollte; war diese hingegen durch den schnellern Umlauf des Bluts einmal in Bewegung geraten, so flossen ihm oft die Stunden des Tages unvermerkt vorüber. Er verlor sich oft in entzückenden Aussichten. Zuweilen sang er seine Empfindungen, in Rezitativen von seiner eignen Melodie. Und wenn er sich besonders von der Arbeit ermüdet, seine Kräfte erschöpft und von seiner Lage gedrückt fühlte, mochte er sich am liebsten in religiösen Schwärmereien von „Aufopferung, gänzlicher Hingebung“ usw. verlieren, und der Ausdruck „Opfersaltar“ war ihm vorzüglich rührend, so daß er diesen in alle die kleinen Lieder und Rezitative von seiner Erfindung mit einwebte.

Die Unterhaltungen mit seinem Mitlehrburschen (dieser hieß August) fingen nun wieder an, einen neuen Reiz für ihn zu bekommen, und ihre Gespräche wurden vertraulich, da sie nun einander wieder gleich waren. Die Nächte, welche sie oft zusammen durchwachen mußten, machten ihre Freundschaft noch inniger. Am allervertraulichsten wurden sie aber, wenn sie zusammen in der sogenannten Trockenstube saßen. Dieses war ein in die Erde gemauertes, oben mit Backsteinen zugewölbtes Loch, worin gerade ein Mensch aufrecht stehen und ohngefähr zwei Menschen sitzen konnten. In dieses Loch wurde ein großes Kohlenbecken gesetzt und an den Wänden umher die mit Scheidewasser bestrichnen Hasenfelle aufgehangen, deren Haar hier weichgebeizt wurde, um nachher zu den feinern Hüten als Zutat gebraucht zu werden.

Vor diesem Kohlenbecken und in diesem Dunstkreise saßen Anton und August in dem halbunterirdischen Loche, in welches man mehr hineinkriechen als hineingehen mußte, und fühlten sich durch die Enge des Orts, der nur durch die Glut der Kohlen schwach erleuchtet wurde, und durch das Abgesonderte, Stille und Schauerliche dieses dunklen Gewölbes so fest zusammengeschlossen, daß ihre Herzen oft in wechselseitigen Ergießungen der Freundschaft überströmten. Hier entdeckten sie sich die innersten Gedanken ihrer Seele; hier brachten sie die seligsten Stunden zu.

Lobenstein war, wie der Herr von Fleischbein und alle seine Anhänger, ein Separatist, der sich nicht zu Kirche und Abendmahl hielt. Solange also die Freundschaft zwischen ihm und Anton gedauert hatte, war dieser fast gar in keine Kirche in Braunschweig gekommen. Jetzt nahm ihn August des Sonntags mit in die Kirche und sie gingen immer in andre, weil Anton ein Vergnügen daran fand, die verschiedenen Prediger nacheinander zu hören. –

Nun saßen Anton und August einmal um Mitternacht zusammen in der Trockenstube und sprachen über verschiedene Prediger, die sie gehört hatten, als der letztre dem Anton versprach, ihn künftigen Sonntag mit in die Brüdernkirche zu nehmen, wo er einen Prediger hören würde, der alles überträfe, was er sich denken und vorstellen könnte. Dieser Prediger hieß Paulmann, und August konnte nicht aufhören, zu erzählen, wie er oft durch die Predigten dieses Mannes erschüttert und bewegt sei. Nichts war für Anton reizender, als der Anblick eines öffentlichen Redners, der das Herz von Tausenden in seiner Hand hat. Er hörte aufmerksam auf das, was August ihm erzählte. Er sahe schon im Geist den Pastor Paulmann auf der Kanzel, er hörte ihn schon predigen. Sein einziger Wunsch war, daß es nur erst möchte Sonntag sein!

Der Sonntag kam heran. Anton stand früher wie gewöhnlich auf, verrichtete seine Geschäfte und kleidete sich an. Als geläutet wurde, hatte er schon eine Art von angenehmen Vorgefühl dessen, was er nun bald hören werde. Man ging zur Kirche. Die Straßen, welche nach der Brüdernkirche führten, waren voller Menschen, die stromweise hinzueilten. – Der Pastor Paulmann war eine Zeitlang krank gewesen und predigte nun zum ersten Male wieder: das war auch die Ursach, warum August nicht gleich zuerst mit Anton in diese Kirche gegangen war.

Als sie hereinkamen, konnten sie kaum noch ein Plätzchen der Kanzel gegenüber finden. Alle Bänke, die Gänge und Chöre waren voller Menschen, welche alle einer über den andern wegzusehen strebten. Die Kirche war ein altes gotisches Gebäude mit dicken Pfeilern, die das hohe Gewölbe unterstützten, und ungeheuren langen bogigten Fenstern, deren Scheiben so bemalt waren, daß sie nur ein schwaches Licht durchschimmern ließen.

So war die Kirche schon von Menschen erfüllt, ehe der Gottesdienst noch begann. Es herrschte eine feierliche Stille. Auf einmal ertönte die vollstimmige Orgel, und der ausbrechende Lobgesang einer solchen Menge von Menschen schien das Gewölbe zu erschüttern. Als der letzte Gesang zu Ende ging, waren aller Augen auf die Kanzel geheftet, und man bezeigte nicht minder Begierde, diesen fast angebeteten Prediger zu sehen, als zu hören.

Endlich trat er hervor und kniete auf den untersten Stufen der Kanzel, ehe er hinaufstieg. Dann erhob er sich wieder, und nun stand er da vor dem versammleten Volke. Ein Mann noch in der vollen Kraft seiner Jahre – sein Antlitz war bleich, sein Mund schien sich in ein sanftes Lächeln zu verziehen, seine Augen glänzten himmlische Andacht – er predigte schon, wie er da stand, mit seinen Mienen, mit seinen stillgefaltenen Händen.

Und nun, als er anhub, welche Stimme, welch ein Ausdruck! – Erst langsam und feierlich, und dann immer schneller und fortströmender: so wie er inniger in seine Materie eindrang, so fing das Feuer der Beredsamkeit in seinen Augen an zu blitzen, aus seiner Brust an zu atmen und bis in seine äußersten Fingerspitzen Funken zu sprühen. Alles war an ihm in Bewegung; sein Ausdruck durch Mienen, Stellung und Gebärden überschritt alle Regeln der Kunst und war doch natürlich, schön und unwiderstehlich mit sich fortreißend.

Da war kein Aufenthalt in dem mächtigen Erguß seiner Empfindungen und Gedanken; das künftige Wort war immer schon im Begriff hervorzubrechen, ehe das vorhergehende noch völlig ausgesprochen war; wie eine Welle die andere in der strömenden Flut verschlingt, so verlor sich jede neue Empfindung sogleich in der folgenden, und doch war diese immer nur eine lebhaftre Vergegenwärtigung der vorhergegangnen.

Seine Stimme war ein heller Tenor, der bei seiner Höhe eine ungewöhnliche Fülle hatte; es war der Klang eines reinen Metalls, welcher durch alle Nerven vibriert. Er sprach nach Anleitung des Evangeliums gegen Ungerechtigkeit und Unterdrückung, gegen Üppigkeit und Verschwendung; und im höchsten Feuer der Begeisterung redete er zuletzt die üppige und schwelgerische Stadt, deren Einwohner größtenteils in dieser Kirche versammlet waren, mit Namen an; deckte ihre Sünden und Verbrechen auf; erinnerte sie an die Zeiten des Krieges, an die Belagerung der Stadt, an die allgemeine Gefahr zurück, wo die Not alle gleichmachte und brüderliche Eintracht herrschte; wo den üppigen Einwohnern, statt ihrer jetzo unter der Last der Schüsseln seufzenden Tische, Hunger und Teurung, statt ihrer Armbänder und Geschmeide Fesseln drohten. – Anton glaubte einen der Propheten zu hören, der im heiligen Eifer das Volk Israel strafte und die Stadt Jerusalem wegen ihrer Verbrechen schalt. –

Anton ging aus der Kirche nach Hause und sagte zu August kein Wort; aber er dachte von nun an, wo er ging und stund, nichts als den Pastor Paulmann. Von diesem träumete er des Nachts und sprach von ihm bei Tage; sein Bild, seine Miene und jede seiner Bewegungen hatten sich tief in Antons Seele eingeprägt. – Beim Wollekratzen in der

Werkstatt und beim Hütewaschen beschäftigte er sich die ganze Woche über mit den entzückenden Gedanken an die Predigt des Pastor Paulmann und wiederholte sich jeden Ausdruck, der ihn erschüttert oder zu Tränen gerührt hatte, zu unzähligen Malen. Seine Einbildungskraft schuf sich dann die alte majestätische Kirche und die lauschende Menge und die Stimme des Predigers hinzu, welche itzt in seiner Phantasie noch weit himmlischer klang – er zählte Stunden und Minuten bis zum nächsten Sonntage.

Dieser kam; und ist je ein unauslöschlicher Eindruck auf Antons Seele gemacht worden, so war es die Predigt, die er an dem Tage hörte. – Die Anzahl von Menschen war womöglich noch größer als am vorigen Sonntage. – Vor der Predigt wurde ein kurzes Lied gesungen, worin die Worte des Psalms vorkommen:

> „Herr, wer wird wohnen in deiner Hütte? wer wird bleiben auf deinem heiligen Berge?
> „Wer ohne Wandel einhergehet und recht tut und redet die Wahrheit von Herzen.
> „Wer mit seiner Zungen nicht verleumdet und seinem Nächsten kein Arges tut und seinen Nächsten nicht schmähet.
> „Wer die Gottlosen nichts achtet und ehret die Gottesfürchtigen: Wer seinem Nächsten schwöret und hälts.
> „Wer sein Geld nicht auf Wucher gibt und nimmt nicht Geschenk über den Unschuldigen. Wer das tut, der wird wohl bleiben."

Durch dies kurze und erschütternde Lied wurde man gleichsam voll Erwartung dessen, was da kommen sollte. Das Herz war zu großen und erhabnen Eindrücken vorbereitet, als der Pastor Paulmann mit feierlichem Ernst in seiner Miene, wie ganz in sich versenkt, auftrat und ohne Gebet und Eingang mit ausgestrecktem Arm zu reden anhub und sprach:

„Wer nicht Witwen und Waisen drückt; wer nicht heimlicher Verbrechen sich bewußt ist; wer seinen Nächsten nicht mit Wucher übervorteilet; wem kein Meineid die Seele belastet; der hebe voll Zutrauen seine Hände mit mir zu Gott empor und bete: Vater unser! usw."

Und nun las er das Sonntagsevangelium von Johannes dem Täufer, wo dieser gefragt wird, ob er Christus sei: „Und er bekannte und leugnete nicht, und er bekannte, ich bin nicht Christus!" – Von diesen Worten nahm er Gelegenheit, vom Meineide zu predigen, und nachdem er die Worte des Evangeliums mit einer etwas gedämpften, feierlichern Stimme gelesen hatte, hub er nach einer Pause an:

Weh dir, der du gewissenlos
Gott, deinen Herrn, verleugnet!
Was trägst du deine Stirne bloß,
Die schwarzer Meineid zeichnet? –
Mit dieser Stirne logst du Gott,

Sein heilger Name war dir Spott,
Wie tief bist du gefallen!
Weh dir, vor Gottes Angesicht
Trittst du – er kennet deiner nicht –
Unglücklicher von allen,
Die einer Mutter Brust gesäugt –
Verzweifle nicht – vielleicht, vielleicht,
Daß einst nach deiner Tränen Menge,
Die Flamm in deinem Busen löscht
Und Reue, mit der Jahre Länge,
Die Schuld von deiner Seele wäscht.
Der du die Freveltat begannst,
O gib, wenn du noch weinen kannst,
Die Hoffnung nicht verloren –
Gott wendet noch sein Angesicht,
Er will den Tod des Sünders nicht,
Sein Mund hat es geschworen. –

Diese Worte, mit öftern Pausen und dem erhabensten Pathos gesprochen, taten eine unglaubliche Wirkung. – Man atmete, da sie geendigt waren, tiefer herauf, man wischte sich den Schweiß von der Stirn. – Und nun wurde die Natur des Meineides untersucht, seine Folgen in ein schreckliches und immer schrecklicher Licht gestellt. Der Donner rollte auf das Haupt des Meineidigen herab, das Verderben nahte sich ihm, wie ein gewappneter Mann, der Sünder erbebte in den innersten Tiefen seiner Seele – er rief: „Ihr Berge fallet über mich, und ihr Hügel bedecket mich!" – Der Meineidige erhielt keine Gnade, er wurde vor dem Zorn des Ewigen vernichtet. –

Hier schwieg er wie erschöpft – ein panisches Schrecken bemächtigte sich aller Zuhörer. – Anton rechnete in der Eile die Jahre seines Lebens hindurch, ob er sich nicht etwa eines Meineids schuldig gemacht habe.

Aber nun begann der Zuspruch – dem Verzweifelnden wurde Gnade und Verzeihung angekündigt – wenn er zehnfach büßte, was er Witwen und Waisen entrissen; wenn er sein ganzes Leben hindurch seine Schuld mit Tränen der Reue und guten Werken wieder abzuwaschen suchte.

Die Gnade wurde dem Verbrecher nicht so leicht gemacht; sie mußte durch Gebet und Tränen errungen werden. Und jetzt war es, als wolle er sie durch sein eignes Gebet und Tränen vor allem Volke vor Gott erringen, indem er sich selbst an die Stelle des seelenzerknirschten Sünders setzte. –

Dem Verzweifelnden wurde zugerufen: knie nieder in Staub und Asche, bis deine Knie wund sind, und sprich: ich habe gesündigt im Himmel und vor dir – und so fing sich ein jeder Periode an mit: ich habe gesündigt im Himmel und vor dir! und dann folgte nach der Reihe das Bekenntnis: Witwen und Waisen hab ich unterdrückt; dem Schwachen hab ich seine einzige Stütze, dem Hungrigen sein Brot genommen – so ging es durch das ganze Register der Freveltaten. – Und jeder Periode schloß sich dann: Herr, ist es möglich, daß ich noch Gnade finde! –

Alles zerschmolz nun in Wehmut und Tränen. – Der Refrain bei jedem Perioden tat eine unglaubliche Wirkung – es war, als wenn jedesmal die Empfindung einen neuen elektrischen Schlag erhielt, wodurch sie bis zum höchsten Grade verstärkt wurde. – Selbst die zuletzt erfolgende Erschöpfung, die Heiserkeit des Redners (es war, als schrie er zu Gott für die Sünden des Volks) trug zu der allgemeinen um sich greifenden Rührung bei, die diese Predigt verursachte; da war kein Kind, das nicht sympathetisch mitgeseufzt und mitgeweint hätte.

Drittehalb Stunden waren schon wie Minuten verflossen – plötzlich hielt er inne und schloß nach einer Pause mit denselben Versen, womit er begann. – Mit erschöpfter gedämpfter Stimme las er nun die öffentliche Beichte, das Sündenbekenntnis und die darauf erfolgende angekündigte Vergebung ab; darauf betete er für diejenigen, welche zum Abendmahl gehen wollten, worin er sich mit einschloß, und dann sprach er mit aufgehobenen Händen den Segen. – Der Abfall der Stimme bei diesem allen gegen den Ton, welcher in der Predigt herrschte, hatte viel Feierliches und Rührendes.

Anton ging nun nicht aus der Kirche, er mußte erst den Pastor Paulmann zum Abendmahl gehen sehen. – Alle Schritte desselben waren ihm nun heilig. Mit einer Art von Ehrfurcht trat er auf den Fleck, wo er wußte, daß der Pastor Paulmann gegangen war. – Was hätte er itzt darum gegeben, daß er schon zum Abendmahl hätte mitgehen dürfen! Er sahe nun den Pastor Paulmann zu Hause gehen, dessen Sohn, ein Knabe von neun Jahren, nebenherging. – Seine ganze Existenz hätte Anton darum gegeben, um dieser glückliche Sohn zu sein. – Wenn er nun den Pastor Paulmann sahe, wie er mit der Gemeine, die ihn von allen Seiten umwallte, über die Straße ging und immer von beiden Seiten denen, die ihn grüßten, freundlich dankte, so war es, als ob er um sein Haupt einen gewissen Schimmer erblickte und unter den übrigen Sterblichen ein übermenschliches Wesen dahin wandeln sahe – sein höchster Wunsch war, durch sein Hutabnehmen nur einen seiner Blicke auf sich zu ziehen – und als ihm das gelungen war, eilte er schnell nach Hause, um diesen Blick gleichsam in seinem Herzen zu bewahren.

Den folgenden Sonntag predigte der Pastor Paulmann des Mittags von der Liebe gegen die Brüder, und so seelenerschütternd seine Predigt wider den Meineid gewesen war, so sanftrührend war diese; die Worte flossen nun wie Honig von seinen Lippen, jede seiner Bewegungen war anders, sein ganzes Wesen schien sich nach dem Stoff, wovon er predigte, verändert zu haben. Und doch war hierbei nicht die mindeste Affektation. Es war ihm natürlich, sich mit allen seinen Gedanken und Empfindungen, die der Stoff seiner Rede veranlaßte, zu verweben.

Diesen Vormittag hatte Anton mit erstaunlich langer Weile dem andern Prediger dieser Kirche zugehört – er geriet ein paarmal in eine Art von Wut gegen ihn, da sich alles anließ, als ob er jetzt Amen sagen würde, und er dann von neuem in dem alten Tone wieder anfing. Jetzt war es mehr wie jemals Antons größte Qual, einer solchen langweiligen Predigt zuzuhören, da er sich nicht enthalten konnte, beständig Vergleichungen anzustellen, nachdem er sich einmal die Predigt des Pastor Paulmann als das höchste Ideal gedacht hatte, welches ihm von jedem andern unerreichbar schien.

Als die Vormittagspredigt vorbei war, so war die Reihe an dem Pastor Paulmann, die Einsegnung beim Abendmahl zu verrichten, welche Anton nun zum erstenmal von ihm hörte. – Und nun, in welcher ehrwürdigen Gestalt erschien er ihm itzt! Er stand im Hintergrunde der Kirche vor dem hohen Altare und sang die Worte: Danket dem Herrn, denn er ist freundlich, und seine Güte währet ewiglich – mit einer so himmelerhebenden Stimme und einem so mächtigen Ausdruck, daß Anton sich in dem Augenblick in höhere Regionen verzückt glaubte – auch war ihm dies alles wie etwas, das hinter einem Vorhange, im Allerheiligsten geschahe, wozu sich sein Fuß nicht nahen durfte – wie beneidete er einen jeden, der zum Altar hinzutreten und aus den Händen des Pastor Paulmann das Abendmahl empfangen durfte! – Ein sehr junges Frauenzimmer, die schwarz gekleidet, mit blassen Wangen und einer Miene voll himmlischer Andacht zum Altar hinzutrat, machte zuerst auf Antons Herz einen Eindruck, den er bisher noch nicht gekannt hatte. Er hat dies junge Frauenzimmer nie wieder gesehen, aber ihr Bild ist nie in seiner Seele verloschen.

Nun hatte seine Phantasie ein neues Spiel. – Die Idee vom Abendmahl war jetzt diejenige, womit er zu Bette ging und aufstund, und womit er sich den ganzen Tag über, wenn er bei seiner Arbeit allein war, beschäftigte; dabei schwebte ihm immer der Pastor Paulmann im Sinne mit seiner sanften, schwellenden Stimme und seinem gen Himmel gehobnen Auge, das von mehr als irdischer Andacht erleuchtet schien. Zuweilen drängte sich denn auch in seiner Phantasie das Bild des schwarz gekleideten jungen Frauenzimmers mit der blassen Farbe und andachtsvollen Miene wieder vor.

Durch dies alles wurde seine Einbildungskraft so begeistert, daß er sich itzt für den glücklichsten Menschen unter der Sonne würde gehalten haben, wenn er den künftigen Sonntag hätte zum Abendmahl gehen dürfen. Er versprach sich eine so überirdische himmlische Tröstung beim Genuß des Abendmahls, daß er schon im voraus Freudentränen darüber vergoß; wobei er zugleich ein gewisses sanftes beruhigendes Mitleid mit sich selber empfand, das ihm nun alles Bittre und Unangenehme seiner Lage versüßte, wenn er bedachte, daß ihn doch als Hutmacherbursche einmal niemand dieses Trostes würde berauben können. Alle vierzehn Tage wenigstens nahm er sich dann vor, zum Abendmahl zu gehen, wenn er erst so weit wäre – und dann schlich sich ganz geheim in diesen Wunsch die Hoffnung mit ein, daß durch dies öftere Zumabendmahlgehen der Pastor Paulmann ihn vielleicht am Ende bemerken würde:

und dieser Gedanke war es wohl vorzüglich, welcher bei ihm die unaussprechliche Süßigkeit in diese Vorstellungen brachte. So lag auch hier die Eitelkeit im Hinterhalt verborgen, wo sie mancher vielleicht am wenigsten vermutet hätte.

Das war ihm unmöglich zu glauben, daß er immer so, wie jetzt, würde verkannt und vernachlässiget werden. Gewissen romanhaften Ideen nach, die er sich in den Kopf gesetzt hatte, mußte es sich etwa einmal fügen, daß ein edler Mann, der auf der Straße ihm begegnete, etwas Auffallendes an ihm bemerkte und sich dann seiner annehme. – Eine gewisse schwermütige melancholische Miene, die er zu dem Ende annahm, glaubte er, würde am ersten diese Aufmerksamkeit erregen. – Darum affektierte er sie nun oft noch in höherm Grade, als sie ihm natürlich war. – Ja, oft war er schon beinahe im Begriff, wenn ihm die Physiognomie irgendeines vornehmen Mannes Zutrauen einflößte, ihn geradezu anzureden und ihm seine Umstände zu entdecken. – Der Gedanke schreckte ihn aber immer wieder zurück, daß ihn dieser vornehme Mann vielleicht für närrisch halten möchte.

Zuweilen sang er auch, wenn er auf der Straße ging, mit einer gewissen klagenden Stimme einige von den Liedern der Madam Guion, die er auswendig gelernt hatte, und worin er Anspielungen auf sein Schicksal zu finden glaubte; und dann dachte er, weil zuweilen in den Romanen durch ein solches klagendes Lied, das einer singt, Wunderdinge gewürkt werden, würde es auch ihm vielleicht gelingen, dadurch, daß er die Aufmerksamkeit irgendeines Menschenfreundes auf sich zöge, seinem Schicksal eine andere Wendung zu geben.

Für den Pastor Paulmann ging seine Ehrfurcht viel zu weit, als daß er es je hätte wagen sollen, ihn anzureden. – Wenn er nahe bei ihm stand, so überfiel ihn ein Schauder, als ob er sich in der Nähe eines Engels befände. –

Er konnte es sich entweder gar nicht denken oder suchte den Gedanken mit Fleiß zu vermeiden, daß dieser Pastor Paulmann wie andre Menschen aufstände und zu Bette ginge und alle natürliche Handlungen wie sie verrichtete. Sich ihn im Schlafrock und der Nachtmütze vorzustellen, war ihm ganz unmöglich – oder er flohe vielmehr vor diesem Gedanken, als wenn dadurch eine Lücke in seiner Seele wäre hervorgebracht worden. Besonders war ihm das Bild von der Nachtmütze ganz etwas Unausstehliches, sooft es ihm bei dem Pastor Paulmann einfiel; es war, als ob dadurch eine Disharmonie in alle seine übrigen Vorstellungen käme.

Nun fügte es sich aber einmal, daß Anton gerade in der Kirchtüre stand, als der Pastor Paulmann hereintrat und in plattdeutscher Sprache zu dem Küster sagte, daß sie nachher noch ein Kind zu taufen hätten.

Würkte je ein Kontrast lebhaft auf Antons Seele, so war es dieser – den Mann, welchen er sich nie anders als mit jenem feierlichen herzerschütternden Tone zu dem versammelten Volke redend gedacht hatte, zuerst plattdeutsch wie der simpelste

Handwerksmann mit dem Küster über eine so feierliche Sache, als die Taufe war, sprechen zu hören; und das in einem Tone, der nichts weniger als feierlich war, und womit man einem sagen würde, er solle ja nicht vergessen, das Waschbecken zu bringen.

Durch diesen einzigen Vorfall wurde Antons Abgötterei gegen den Pastor Paulmann einigermaßen herabgestimmt. Er betete ihn etwas weniger an und liebte ihn desto mehr.

Indes hatte er sich sein Ideal von Glückseligkeit völlig von dem Pastor Paulmann abstrahiert. – Er konnte sich nichts Erhabeners und Reizenderes denken, als, wie der Pastor Paulmann, öffentlich vor dem Volke reden zu dürfen und alsdann so wie er manchmal gar die Stadt mit Namen anzureden. – Dies letzte hatte insbesondre für ihn etwas Großes und Pathetisches – so daß er sich oft ganze Tage über in seinen Gedanken beständig mit dieser Anrede beschäftigte – und sogar, wann er etwa, um Bier zu holen, über die Straßen ging und ein paar Jungen sich balgen sahe, nicht unterlassen konnte, im Geiste die Worte des Pastor Paulmann zu wiederholen und die ruchlose Stadt vor ihrem Verderben zu warnen, wobei er zugleich den Arm drohend in die Höhe hob. – Wo er ging und stand, harangierte er in Gedanken für sich selber, und wenn er dann in recht heftigen Affekt geriet, so hielt er die Predigt gegen den Meineid.

So schwebte er eine Zeitlang in diesen angenehmen Phantasien hin, die ihn das Wollekratzen in der kalten Stube, das Hütewaschen im Eise und den Mangel des Schlafs, wenn er oft mehrere Nächte hindurch wachen mußte, fast ganz vergessen ließen. – Die Stunden entflohen ihm zuweilen während der Arbeit wie Minuten, wenn es ihm gelang, sich in den Charakter eines öffentlichen Redners hinein zu phantasieren.

Allein, sei es nun, daß diese unnatürliche Überspannung seiner Seelenkräfte oder die für seine Jahre zu große Anstrengung seines Körpers zur Arbeit ihn zuletzt niederwerfen mußte – er ward gefährlich krank. Seine Pflege war nicht die beste. Er phantasierte im Fieber und lag oft ganze Tage lang allein, ohne daß sich jemand um ihn bekümmerte.

Endlich arbeitete doch seine gute Natur sich durch: er ward wiederhergestellt. – Eine gewisse Trägheit und Niedergeschlagenheit blieb aber demohngeachtet von dieser Krankheit zurück – und der menschenfreundliche Herr Lobenstein hätte ihm beinahe durch eine seiner sanften Ermahnungen ein tödliches Rezidiv verursacht.

Es war eines Abends in der Dämmerung, da Lobenstein in einem dunklen abgelegenen Gemache sich eines warmen Kräuterbades bediente, wobei ihm Anton zur Hand sein mußte. Da er nun in diesem Bade schwitzte und große Angst ausstund, so sagte er zu Anton mit einer Stimme, die ihm durch Mark und Beine drang: Anton! Anton! hüte dich vor der Hölle! – und dabei sah er starr in eine Ecke hin. –

Anton zitterte bei diesen Worten, ein plötzlicher Schauder lief ihm durch den ganzen Körper. Alle Schrecken des Todes überfielen ihn – denn er zweifelte nicht im geringsten, daß Lobenstein in diesem Augenblick eine Erscheinung gehabt habe, wodurch ihm

Antons Tod angedeutet sei; und das habe ihn zu dem fürchterlichen Ausruf: Hüte, ach! hüte dich vor der Hölle! bewogen.

Lobenstein stieg nach diesem Ausruf plötzlich aus dem Bade, und Anton mußte ihn zu seiner Kammer leuchten. Mit bebenden Knien ging er vor ihm her: und Lobenstein schien ihm blasser als der Tod auszusehen, da er von ihm wegging.

Ist nun je mit wahrer Andacht und Heftigkeit zu Gott gebetet worden, so geschahe es itzt von Anton, sobald er allein war; er warf sich in einem Verschlag bei der Werkstätte nicht auf die Knie, sondern aufs Angesicht nieder und flehte zu Gott und bat ihn, wie ein Missetäter, über den schon der Stab gebrochen ist, um sein Leben – nur um eine Frist zur Bekehrung, wenn er ja sterben solle – denn ihm fiel ein, daß er mehr als zwanzigmal auf der Straße gelaufen, gesprungen und mutwillig gelacht hatte – und nun lagen alle die Qualen der Hölle auf ihm, welche er dafür ewig würde erdulden müssen. – Hüte, ach hüte dich vor der Hölle! gellte noch immer in seinen Ohren, als ob ein Geist aus dem Grabe ihm diese Worte zugerufen hätte – und er fuhr fort eine volle Stunde nacheinander zu beten und würde die ganze Nacht nicht aufgehört haben, wenn er keine Linderung seiner Angst verspürt hätte; – aber so wie seine Brust einen ängstlichen Seufzer nach dem andern ausstieß und endlich seine Tränen flossen, schien es ihm, als sei ihm von Gott Erhörung seiner Bitte gewährt – der nun lieber, wie dort bei den Niniviten, einen Propheten wolle zuschanden werden lassen, als daß er eine Seele verderben ließe. – Anton hatte sein Fieber weggebetet, worin er wahrscheinlich wieder zurückgefallen sein würde, wenn seine empörten Geister nicht diesen Ausweg gefunden hätten. – So heilt oft eine Schwärmerei, eine Tollheit die andere – die Teufel werden ausgetrieben durch Beelzebub.

Anton wurde nach dieser Ermattung durch einen ruhigen Schlaf erquickt und stand am andern Morgen wieder gesund auf – aber der Gedanke an den Tod erwachte wieder mit ihm – höchstens glaubte er, sei ihm eine kleine Frist zur Bekehrung gegeben, und nun müsse er sehr eilen, wenn er noch seine Seele retten wolle.

Das tat er denn auch, so sehr er konnte; er betete des Tages unzähligemal in einem Winkel auf seinen Knien und erträumete sich zuletzt dadurch eine feste Überzeugung von der göttlichen Gnade und eine solche Heiterkeit der Seele, daß er sich oft schon im Himmel glaubte und sich nun manchmal den Tod wünschte, ehe er wieder von diesem guten Wege abkommen möchte.

Aber es konnte nicht fehlen, daß bei allen diesen Ausschweifungen seiner Phantasie die Natur ihren Zeitpunkt wahrnahm, wo sie wieder zurückkehrte – und dann die natürliche Liebe zum Leben um des Lebens willen in Antons Seele wieder erwachte. – Dann war ihm freilich der Gedanke an seinen bevorstehenden Tod sehr etwas Trauriges und Unangenehmes, und er betrachtete diese Augenblicke als solche, wo er wieder aus der göttlichen Gnade gefallen sei, und geriet darüber in neue Angst, weil es ihm nicht möglich war, die Stimme der Natur in sich zu unterdrücken.

Jetzt empfand er doppelt alle die traurigen Folgen des Aberglaubens, der ihm von seiner frühesten Kindheit an eingeflößet war – seine Leiden konnte man im eigentlichen Verstande die Leiden der Einbildungskraft nennen – sie waren für ihn doch würkliche Leiden, sie raubten ihm die Freuden seiner Jugend. –

Von seiner Mutter wußte er, es sei ein sicheres Zeichen des nahen Todes, wenn einem beim Waschen die Hände nicht mehr rauchen – nun sahe er sich sterben, so oft er sich die Hände wusch. – Er hatte gehört, wenn ein Hund im Hause mit der Schnauze zur Erde gekehrt heule, so wittre er den Tod eines Menschen; – nun prophezeite ihm jedes Hundegeheul seinen Tod. – Wenn sogar ein Huhn wie ein Hahn krähete, so war das ein untrügliches Zeichen, daß bald jemand im Hause sterben würde – und nun ging hier gerade ein solches unglückweissagendes Huhn auf dem Hofe herum, welches beständig auf eine unnatürliche Weise wie ein Hahn krähte. – Für Anton klang keine Totenglocke so fürchterlich als dieses Krähen; und dieses Huhn hat ihm mehr trübe Stunden in seinem Leben gemacht als irgendeine Widerwärtigkeit, die er sonst erlitten hat.

Oft schöpfte er wieder Trost und Hoffnung zum Leben, wenn das Huhn einige Tage schwieg – sobald es sich dann wieder hören ließ, waren alle seine schönen Hoffnungen und Entwürfe plötzlich gescheitert.

Da er nun so schon mit lauter Todesgedanken umging, fügte es sich, daß er das erstemal nach seiner Krankheit wieder zu dem Pastor Paulmann in die Kirche kam. Dieser stand schon auf der Kanzel und predigte über – den Tod.

Das war für Anton ein Donnerschlag; denn da er nun einmal gelernet hatte, nach dem, was ihm von einer besondern göttlichen Führung in den Kopf gesetzt war, alles auf sich zu beziehen – wem anders als ihm sollte nun wohl die Predigt vom Tode gehalten werden? – Mit nicht mehr Herzensangst kann ein Missetäter sein Todesurteil anhören als Anton diese Predigt. – Der Pastor Paulmann fügte zwar Trostgründe gnug gegen die Schrecken des Todes hinzu, aber was verschlug das alles gegen die natürliche Liebe zum Leben, die trotz aller Schwärmereien, wovon Anton den Kopf vollgepropft hatte, dennoch bei ihm die Oberhand behielt.

Niedergeschlagnes und betrübtes Herzens ging er zu Hause, und vierzehn Tage lang machte ihn diese Predigt melancholisch, die der Pastor Paulmann, wenn er gewußt hätte, daß sie noch auf zwei Menschen solche Würkung wie auf Anton tun würde, wahrscheinlich nicht würde gehalten haben.

So war Anton nun in seinem dreizehnten Jahre durch die besondre Führung, die ihm die göttliche Gnade durch ihre auserwählten Werkzeuge hatte angedeihen lassen, ein völliger Hypochondrist geworden, von dem man im eigentlichen Verstande sagen konnte, daß er in jedem Augenblick lebend starb. – Der um den Genuß seiner Jugend schändlich betrogen wurde – dem die zuvorkommende Gnade den Kopf verrückte. –

Aber der Frühling kam wieder heran, und die Natur, die alles heilet, fing auch hier allmählich an, wieder gutzumachen, was die Gnade verdorben hatte.

Anton fühlte neue Lebenskraft in sich; er wusch sich, und seine Hände rauchten wieder – es heulten keine Hunde mehr – das Huhn hörte auf zu krähen – und der Pastor Paulmann hielt keine Todespredigten mehr. –

Anton fing wieder an, des Sonntags für sich allein spazieren zu gehen, und einmal fügte es sich, daß er, ohne es erst selbst zu wissen, gerade an das Tor kam, wo er vor ohngefähr anderthalb Jahren mit seinem Vater zuerst von Hannover eingewandert war. Er konnte sich nicht enthalten, hinauszugehn und die mit Weiden bepflanzte breite Heerstraße zu verfolgen, die er damals gekommen war. Sonderbare Empfindungen entwickelten sich dabei in seiner Seele. – Sein ganzes Leben von jener Zeit an – da er zuerst die Schildwache auf dem hohen Walle hin und her gehend erblickte und sich allerlei Vorstellungen machte, wie nun wohl die Stadt inwendig aussehen und wie das Lobensteinsche Haus beschaffen sein würde – stand jetzt auf einmal in seiner Erinnerung da. – Es war ihm, als ob er aus einem Traume erwachte – und nun wieder auf dem Flecke wäre, wo der Traum anhub; – alle die abwechselnden Szenen seines Lebens, die er diese anderthalb Jahre hindurch in Braunschweig gehabt hatte, drängten sich dicht ineinander, und die einzelnen Bilder schienen sich nach einem größern Maßstabe, den seine Seele auf einmal erhielt, zu verkleinern. –

So mächtig wirkt die Vorstellung des Orts, woran wir alle unsre übrige Vorstellungen knüpfen. – Die einzelnen Straßen und Häuser, die Anton täglich wieder sahe, waren das Bleibende in seinen Vorstellungen, woran sich das immer Abwechselnde in seinem Leben anschloß, wodurch es Zusammenhang und Wahrheit erhielt, wodurch er das Wachen vom Träumen unterschied. –

In der Kindheit ist es insbesondre nötig, daß alle übrigen Ideen sich an die Ideen des Orts anschließen, weil sie gleichsam in sich noch zu wenig Konsistenz haben und sich an sich selber noch nicht festhalten können.

Es fällt daher auch würklich in der Kindheit oft schwer, das Wachen vom Traume zu unterscheiden; und ich erinnere mich, daß einer unserer größten jetztlebenden Philosophen mir in dieser Rücksicht eine sehr merkwürdige Beobachtung aus den Jahren seiner Kindheit erzählet hat.

Er war wegen einer gewissen bösen Angewohnheit, die bei Kindern sehr gewöhnlich ist, oft mit der Rute gezüchtigt worden. Es hatte ihn aber, wie es auch gewöhnlich ist, immer sehr lebhaft geträumet, er habe sich an die Wand gestellt und ... Wenn er sich nun manchmal bei Tage zu dem Ende wirklich an die Wand gestellt hatte, so fiel ihm die harte Züchtigung ein, die er so oft erlitten hatte, – und er stand oft lange an, ehe er es wagte, einem dringenden Bedürfnis der Natur ein Gnüge zu tun, weil er befürchtete, es möchte wieder ein Traum sein, für den er wieder eine scharfe Züchtigung erwarten müßte – bis er sich erst allenthalben umgesehen und dann auch in Ansehung der Zeit zurückgerechnet hatte, ehe er sich völlig überzeugen konnte, daß er nicht träume.

Auch pflegt man des Morgens beim Erwachen oft noch halb zu träumen, und der Übergang zum Wachen wird allmählich dadurch gemacht, daß man erst anfängt, sich zu orientieren, und wenn man denn nur erst einmal den hellen Schein des Fensters gefaßt hat, so ordnet sich nach und nach alles übrige von selber.

Daher war es sehr natürlich, daß Anton, nachdem er schon einige Wochen in Braunschweig im Lobensteinschen Hause war, des Morgens noch immer glaubte, er träume, wenn er schon wirklich wachte, weil der Stift, woran er sonst immer des Morgens beim Erwachen die Ideen vom vorigen Tage sowohl als von seinem vorigen Leben anknüpfte, und wodurch sie erst Zusammenhang und Wahrheit erhielten, nun gleichsam verrückt war; weil die Idee des Orts nicht mehr dieselbe war.

Ist es also wohl zu verwundern, wenn die Veränderung des Orts oft so vieles beiträgt, uns dasjenige, was wir uns nicht gern als wirklich denken, wie einen Traum vergessen zu machen?

In spätern Jahren und insbesondre, wenn man viel gereist ist, verliert sich dies Anschließen der Ideen an den Ort in etwas. Wo man hinkömmt, sieht man entweder Dächer, Fenster, Türen, Steinpflaster, Kirchen und Türme, oder man sieht Wiese, Wald, Acker oder Heide. – Die auffallenden Unterschiede verschwinden; die Erde wird sich überall gleich. –

Wenn Anton in Braunschweig auf der Straße ging, so war es ihm besonders des Abends im Anfange der Dämmerung manchmal plötzlich wie im Traume. – Auch pflegte sich dies bei ihm zu ereignen, wenn er in irgendeine Straße ging, die ihm eine entfernte Ähnlichkeit mit einer Straße in Hannover zu haben schien. – Dann deuchte ihm einige Augenblicke sein Zustand in Hannover wieder gegenwärtig; die Szenen seines Lebens verwirreten sich untereinander.

Bei seinen Spaziergängen fand er nun immer einen besondern Reiz darin, Gegenden in der Stadt aufzusuchen, wo er noch gar nicht gewesen war. Seine Seele erweiterte sich dann immer, es war ihm, als ob er aus dem engen Kreise seines Daseins einen Sprung gewagt hätte; die alltäglichen Ideen verloren sich, und große angenehme Aussichten, Labyrinthe der Zukunft eröffneten sich vor ihm.

Allein es war ihm noch nie gelungen, sein ganzes Leben in Braunschweig mit allen seinen mannigfaltigen Veränderungen in einen einzigen vollen Blick zusammenzufassen. Der Ort, wo er sich jedesmal befand, erinnerte ihn immer zu stark an irgendeinen einzelnen Teil desselben, als daß noch für das Ganze in seiner Denkkraft

Platz gewesen wäre; er drehete sich mit seinen Vorstellungen immer in einem engen Zirkel seines Daseins herum.

Um von dem Ganzen seines hiesigen Lebens ein anschauliches Bild zu haben, war es nötig, daß gleichsam alle die Fäden abgeschnitten wurden, die seine Aufmerksamkeit immer an das Momentane, Alltägliche und Zerstückte desselben hefteten; und daß er zugleich in den Standpunkt wieder versetzt wurde, aus welchem er sein Leben in Braunschweig betrachtete, ehe er es anfing, da es noch wie eine dämmernde Zukunft vor ihm lag.

In diesen Standpunkt wurde er nun gerade versetzt, da er zufälligerweise aus dem Tore ging, durch welches er vor ohngefähr anderthalb Jahren auf der breiten, mit Weiden bepflanzten Heerstraße hereingekommen war und die Schildwache auf dem hohen Walle hatte hin und her gehen sehen.

Dieser Ort mußte es gerade sein, der ihn durch die plötzliche Erinnerung an tausend Kleinigkeiten gerade in den Zustand wieder zu versetzen schien, worin er sich unmittelbar vor dem Anfange seines hiesigen Lebens befand. – Alles, was dazwischen lag, mußte sich nun in seiner Einbildungskraft zusammendrängen, wie Schatten ineinandergehen, einem Traum ähnlich werden. Denn sein jetziges Dastehen auf der Brücke und den Hohen-Wall-hinaufsehen, wo die Schildwache stand, schloß sich dicht an sein Dastehen und den Hohen-Wall-hinaufsehen vor anderthalb Jahren an. Die Vergangenheit, alle die Szenen des Lebens, das Anton in Braunschweig geführet hatte, stellte er sich jetzt wieder vor, wie er sie sich damals vor anderthalb Jahren noch als zukünftig gedacht hatte, und die zu lebhafte Vorstellung und Wiedererinnerung des Orts machte, daß die Erinnerung an den Zwischenraum der Zeit, welche unterdes verflossen war, verlosch oder schwächer wurde – anders wenigstens läßt sich wohl schwerlich das Phänomen jener sonderbaren Empfindung erklären, die Anton damals hatte, und die ein jeder wenigstens einige Male in seinem Leben gehabt zu haben sich erinnern wird.

Mehr als zehnmal stand Anton auf dem Punkte, nicht wieder in die Stadt zurückzukehren, sondern gerade den Weg vor sich hin wieder nach Hannover zu gehen, wenn ihn nicht der Gedanke an Hunger und Kälte wieder zurückgeschreckt hätte.

Aber von dem Tage an blieb der Vorsatz fest bei ihm, im Lobensteinschen Hause nicht länger mehr zu bleiben, es koste auch, was es wolle. Er wurde daher auch gegen alles gleichgültiger, weil er sich vorstellte, daß es nun nicht lange mehr so dauren würde. Lobenstein selbst fing nun an, seiner so überdrüssig zu werden, daß er endlich nach Hannover an Antons Vater schrieb, dieser möchte seinen Sohn, mit dem nichts anzufangen wäre, nur immer wieder abholen.

Nichts hätte für Anton erwünschter sein können als die Nachricht, daß sein Vater ihn nun mit nächsten wieder zu Hause holen würde. – In eine Schule, schloß er, müsse er doch in Hannover auf alle Fälle geschickt werden, ehe er zum Abendmahl zugelassen würde, und dann wollte er sich schon so auszeichnen, daß man aufmerksam auf ihn werden solle. – So sehr er vorher nach Braunschweig zu kommen gestrebt hatte, so sehr verlangte ihn jetzt nach Hannover wieder zurück, und er wiegte sich nun aufs neue in angenehmen Träumen von der Zukunft ein.

Ohngeachtet seiner harten Lage aber waren ihm dennoch viele Dinge in Braunschweig sehr lieb geworden, so daß sich in seine angenehmen Hoffnungen oft eine Wehmut mischte, die ihn in eine sanfte Melancholie versetzte. – Oft stand er einsam an der Oker und sahe irgendeinem vorbeifahrenden kleinen Kahne nach, soweit er ihn mit den Augen verfolgen konnte – dann war es ihm oft plötzlich, als habe er einen Blick in die dunkle Zukunft getan, aber wenn er eben das angenehme Blendwerk festzuhalten glaubte, so war es auf einmal verschwunden.

Er suchte sich nun an allen Gegenden der Stadt, die er bisher auf seinen Spaziergängen des Sonntags besucht hatte, gleichsam noch einmal zu letzen und nahm von einer nach der andern wehmütig Abschied, so wie er sie nie wieder zu sehen hoffte.

Er hörte von dem Pastor Paulmann noch verschiedne Predigten, worin manche einzelne Stellen nie aus seinem Gedächtnis gekommen sind. –

Ganz außerordentlich rührte ihn in einer Predigt vom Leiden Jesu der immersteigende Affekt, womit der Pastor Paulmann die Worte sagte: mitleidsvoll sieht er auf seine Mörder herab, und betet, und betet, und betet – Vater, vergib ihnen, denn sie wissen nicht, was sie tun!

Und in einer Predigt über die Beichte, welche über das Evangelium vom Aussätzigen gehalten wurde, der sich dem Priester zeigen sollte, die Anrede an die Heuchler, die alle äußere Gebräuche der Religion gewissenhaft beobachten und doch ein feindseliges Herz im Busen tragen, und wo sich jeder Periode anfing mit: ihr kommt in den Beichtstuhl, ihr zeiget euch dem Priester, aber er kann in euer Herz nicht schauen usw. – Dann wurde in dieser Predigt auch oft ein Ausdruck wiederholt, der für Anton außerordentlich rührend war, dieser klang ihm als: „ihr kommt in den Heben“. – Das letzte Wort nämlich, was immer verschlungen wurde, so daß er es nicht recht verstehen konnte, klang ihm wie Heben, und dies Wort oder dieser Laut rührte ihn bis zu Tränen, so oft er wieder daran dachte.

Ebenso reizend klang ihm der Ausdruck, der sehr oft in den Predigten des Pastor Paulmann vorkam. „Die Höhen der Vernunft“ – dies hatte aber seine besondern Ursachen, deren Entwickelung nicht unnütz sein wird. Das Chor in der Kirche, wo die Orgel war und die Schüler sangen, schien ihm immer etwas für ihn Unerreichbares zu sein; sehnsuchtsvoll blickte er oft dahin auf und wünschte sich keine größere Glückseligkeit, als nur einmal den wunderbaren Bau der Orgel und was sonst da war, in der Nähe betrachten zu können, da er dies alles jetzt nur in der Ferne anstaunen durfte.

– Diese Phantasie war mit einer andern verwandt, die er noch aus Hannover mitgebracht hatte – schon dort war ein gewisser Turm für ihn immer ein äußerst reizender Gegenstand gewesen; er betrachtete ihn mit Entzücken und beneidete oft die Stadtmusikanten, die oben auf der Galerie standen, um des Morgens und Abends hinunter zu blasen.

Stundenlang konnte er diese Galerie betrachten, die ihm von unten so klein schien, daß sie ihm nicht bis an die Knie reichen würde, und über welche doch kaum die Köpfe der blasenden Stadtmusikanten hervorragten; und vollends das Zifferblatt, welches nach der Versicherung verschiedner Leute, die oben gewesen waren, so groß sein sollte wie ein Wagenrad, und ihm doch unten nicht größer als irgendein Rad in einem Schiebkarren vorkam. – Dies alles erregte seine Neugierde im höchsten Grade, so daß er oft ganze Tage lang mit nichts als dem Gedanken und dem Wunsch umging, diese Galerie und dies Zifferblatt einmal in der Nähe betrachten zu können.

Nun konnte man auf dem Turme in Hannover durch die Schallöcher, welche über der Galerie offen standen, auch die Glocken treten sehen; und Anton verschlang beinahe mit seinen Augen dieses ihm ganz neue Schauspiel, da er die große metallne Maschine, die den alles erschütternden Klang verursachte, unter den Füßen der ganz klein scheinenden Leute, die in dieser Höhe standen und auf die Balken traten, wechselsweise in die Höhe steigen sahe.

Es war ihm, als habe er in das innerste Eingeweide des Turms geblickt, und als habe sich ihm das geheimnisvolle Triebwerk des wunderbaren Schalles, den er so oft mit Rührung vernommen hatte, nun in der Ferne enthüllt. – Allein seine Neugierde wurde hierdurch nur noch mehr erregt, statt befriedigt zu werden – er hatte nur die eine Hälfte der Glocke, die sich mit ihrer ungeheuren Wölbung emporhub, und nicht ihren ganzen Umfang gesehen – von der Größe dieser Glocke hatte er von Kindheit an gehört, und seine Einbildungskraft vergrößerte das Bild in seiner Seele noch zu unzähligen Malen, so daß er sich davon die romanhaftesten und ausschweifendsten Ideen machte.

Bei seinen Schmerzen nun, die er am Fuße erduldete; bei aller Bedrückung von seinen Eltern, worunter er seufzte; was war sein Trost? was war der angenehmste Traum seiner Kindheit? was sein sehnlichster Wunsch, über den er oft alles vergaß? – – Was anders, als die nahe Beschauung des Zifferblatts und der Galerie am neustädtischen Turme in Hannover und der Glocken, die darin hingen.

Länger als ein Jahr hindurch versüßte ihm dies Spiel seiner Phantasie die trübsten Stunden seines Lebens – aber ach, er mußte Hannover verlassen, ohne seines sehnlichsten Wunsches gewährt zu werden. – – Doch das Bild vom neustädtischen Turme wich nie aus seinen Gedanken, es verfolgte ihn nach Braunschweig und schwebte ihm dort oft in nächtlichen Träumen auf hohen Treppen in tausend labyrinthischen Krümmungen vor, wo er den Turm hinaufstieg, auf der Galerie stand, und mit unaussprechlichem Vergnügen das Zifferblatt am Turme betastete und dann inwendig nicht nur die große Glocke, sondern noch unzählige andre kleinere nebst mehr wunderbaren Dingen dicht vor Augen sahe, bis er etwa mit dem Kopfe an den unübersehbaren Rand der großen Glocke stieß und erwachte.

So oft nun der Pastor Paulmann von den „Höhen der Vernunft“ sprach, so dachte Anton mit Entzücken an die Höhen seines geliebten Turms, an die Glocke darin und an das Zifferblatt – und dann auch an das hohe Chor, worauf die Orgel in der Brüdernkirche stand – dann erwachte auf einmal alle seine Sehnsucht wieder, und der Ausdruck „die Höhen der Vernunft“ preßte ihm Tränen der Wehmut aus den Augen.

Der eigentliche abhandelnde Teil von den Predigten des Pastor Paulmann, wo derselbe mit erstaunlicher Geschwindigkeit sprach, war für Anton freilich verloren, weil er ihm mit seinen Gedanken unmöglich folgen konnte. In der Hoffnung aber auf den ermahnenden Teil hörte er ihn dennoch mit Vergnügen an – es war ihm dann, als wenn sich nun erst die Wolken zusammenzögen, die bald in ein wohltätiges Gewitter oder einen sanften Regen ausbrechen würden.

Nun ging er aber einmal mit dem Gedanken in die Kirche, die Predigt des Pastor Paulmann zu Hause aufzuschreiben, und auf einmal war es, als ob es, indem er zuhörte, in seiner Seele licht wurde, seine Aufmerksamkeit hatte eine neue Richtung erhalten – vorher hatte er mit dem Herzen zugehört, jetzt hörte er zum ersten Male mit dem Verstande zu – er wollte nicht nur durch einzelne Stellen erschüttert werden, sondern das Ganze der Predigt fassen, und nun fing er an, den abhandelnden Teil ebenso interessant als den ermahnenden Teil zu finden. – Die Predigt handelte von der Nächstenliebe, wie glücklich die Menschen sein würden, wenn jeder das Wohl aller übrigen und alle übrige das Wohl jedes einzelnen zu befördern suchten. – Nie ist ihm diese Predigt mit allen ihren Abteilungen und Unterabteilungen aus dem Gedächtnis gekommen, die er mit dem Vorsatz hörte, um sie aufzuschreiben, welches er tat, sobald er zu Hause kam und den August, dem er es nun vorlas, sehr dadurch in Verwunderung setzte.

Das Aufschreiben dieser Predigt hatte gleichsam eine neue Entwickelung seiner Verstandeskräfte bewirkt. – Denn von der Zeit fingen seine Ideen an sich allmählich untereinander zu ordnen – er lernte selbst für sich über einen Gegenstand nachdenken – er suchte die Reihe seiner Gedanken wieder außer sich darzustellen, und weil er sie niemanden sagen konnte, so machte er schriftliche Aufsätze, die denn freilich oft sonderbar genug waren. – Denn hatte er vorher mit Gott mündlich gesprochen, so fing er nun an, mit ihm zu korrespondieren, und schrieb lange Gebete an ihn, worin er ihm seinen Zustand schilderte.

Er fühlte sich jetzt um so mehr zu schriftlichen Aufsätzen gedrungen, weil es ihm gänzlich an aller Lektüre fehlte – denn Lobenstein hatte ihm schon lange kein Buch mehr in die Hände gegeben, ausgenommen Engelbrechts, eines Tuchmachergesellen zu Winsen an der Aller Beschreibung von dem Himmel und der Hölle, welches er ihm geschenkt hatte. –

Einen ärgern Aufschneider kann es nun wohl in der Welt nicht mehr geben, als dieser Engelbrecht gewesen sein muß, von dem man geglaubt hatte, daß er wirklich tot wäre, und der nun, nachdem er sich wieder erholt hatte, seiner alten Großmutter weismachte, er sei wirklich im Himmel und in der Hölle gewesen; diese hatte es dann weiter erzählt, und so war dies köstliche Buch entstanden.

Der Kerl entblödete sich nicht zu behaupten, er sei mit Christo und den Engeln Gottes bis dicht unter dem Himmel geschwebt und habe da die Sonne in die eine und den Mond in die andre Hand genommen und am Himmel die Sterne gezählt.

Demohngeachtet waren seine Vergleichungen zuweilen ziemlich naiv – so verglich er z. B. den Himmel mit einer köstlichen Weinsuppe, wovon man auf Erden nur wenige Tropfen gekostet hat und die man alsdenn mit Löffeln essen könne – und die himmlische Musik war ebenso weit über die irdische Musik erhaben als ein schönes Konzert über das Geleier eines Dudelsacks oder über das Tüten eines Nachtwächterhorns.

Und was ihm für Ehre im Himmel widerfahren war, davon konnte er nicht genug rühmen.

In Ermangelung besserer Nahrung mußte sich nun Antons Seele mit dieser losen Speise begnügen, und wenigstens wurde doch seine Einbildungskraft dadurch beschäftigt, – sein Verstand blieb gleichsam neutral dabei – er glaubte es weder, noch zweifelte er daran; er stellte sich das alles bloß lebhaft vor.

Indes ging jetzt Lobensteins Unwillen und Haß gegen ihn häufig bis zu Scheltworten und Schlägen; er verbitterte ihm sein Leben auf die grausamste Weise; er ließ ihn die niedrigensten und demütigendsten Arbeiten tun. – Nichts aber war für Anton kränkender, als wie er zum ersten Male in seinem Leben eine Last auf dem Rücken, und zwar einen Tragkorb mit Hüten bepackt, über die öffentliche Straße tragen mußte, indem Lobenstein vor ihm herging – es war ihm, als ob alle Menschen auf der Straße ihn ansähen.

Jede Last, die er vor sich oder unter dem Arme oder an den Händen tragen konnte, schien ihm vielmehr ehrenvoll zu sein, als daß er glaubte, sie mache ihm Schande. – Nur daß er itzt gebückt gehen, seinen Nacken unter das Joch beugen mußte wie ein Lasttier, indes sein stolzer Gebieter vor ihm herging, das beugte zugleich seinen ganzen Mut darnieder und erschwerte ihm die Last tausendmal. Er glaubte sowohl vor Müdigkeit als vor Scham in die Erde sinken zu müssen, ehe er mit seiner Bürde an den bestimmten Ort kam.

Dieser bestimmte Ort war das Zeughaus, wo die Hüte, welche Kommißarbeit waren, abgeliefert wurden. – Nicht sehnlicher hatte sich Anton gewünscht, die Glocken und das Zifferblatt auf dem neustädtischen Turm in Hannover als dies Zeughaus inwendig zu sehen, vor welchem er so oft, ohne seinen Wunsch befriedigen zu können, vorbeigegangen war. Aber wie sehr wurde ihm itzt dies Vergnügen versalzen, da er es in solchem Zustande zu sehen bekam.

Dies Tragen auf dem Rücken schwächte seinen Mut mehr als irgendeine Demütigung, die er noch erlitten hatte, und mehr als Lobensteins Scheltworte und Schläge. Es war ihm, als ob er nun nicht tiefer sinken könne; er betrachtete sich beinahe selbst als ein verächtliches, weggeworfenes Geschöpf. Es war dies eine der grausamsten Situationen in seinem ganzen Leben, an die er sich nachher, so oft er ein Zeughaus sahe, lebhaft wieder erinnerte, und deren Bild wieder in ihm aufstieg, sooft er das Wort Unterjochung hörte.

Wenn ihm so etwas begegnet war, so suchte er sich vor allen Menschen zu verbergen; jeder Laut der Freude war ihm zuwider; er eilte auf das Plätzchen hinter dem Hause an die Oker hin und blickte oft stundenlang sehnsuchtsvoll in die Flut hinab. – Verfolgte ihn dann selbst da irgendeine menschliche Stimme aus einem der benachbarten Häuser, oder hörte er singen, lachen oder sprechen, so deuchte es ihm, als treibe die Welt ihr Hohngelächter über ihn, so verachtet, so vernichtet glaubte er sich, seitdem er seinen Nacken unter das Joch eines Tragkorbes gebeugt hatte.

Es war ihm denn eine Art von Wonne, selbst in das Hohngelächter mit einzustimmen, das er seiner schwarzen Phantasie nach über sich erschallen hörte – in einer dieser fürchterlichen Stunden, wo er über sich selbst in ein verzweiflungsvolles Hohngelächter ausbrach, war der Lebensüberdruß bei ihm zu mächtig, er fing auf dem schwachen Brette, worauf er stand, an zu zittern und zu wanken. – Seine Knie hielten ihn nicht mehr empor; er stürzte in die Flut – August war sein Schutzengel; er hatte schon eine Weile unbemerkt hinter ihm gestanden und zog ihn beim Arm wieder heraus – es waren demohngeachtet mehr Leute dazu gekommen – das ganze Haus lief zusammen, und Anton wurde von dem Augenblick an als ein gefährlicher Mensch betrachtet, den man so bald wie möglich aus dem Hause fortschaffen müsse. – Lobenstein schrieb den Vorfall sogleich an Antons Vater, und dieser kam vierzehn Tage darauf mit unmutsvoller Seele nach Braunschweig, um seinen mißratenen Sohn, in dessen Herzen sich nach dem Urteil des Herrn von Fleischbein der Satan einen unzerstörbaren Tempel aufgebauet hatte, nach Hannover wieder abzuholen.

Er hielt sich noch ein paar Tage bei dem Hutmacher Lobenstein auf, während welcher Zeit Anton noch mit verdoppeltem Eifer in Gegenwart seines Vaters alle seine Geschäfte verrichtete und eine Beruhigung darin suchte, noch zuletzt alles zu tun, was in seinen Kräften stand. Von der Werkstatt, von der Trockenstube, vom Holzboden und von der Brüdernkirche nahm er nun in Gedanken Abschied – und seine allerangenehmste

Vorstellung, wenn er wieder nach Hannover kommen würde, war, daß er dann seiner Mutter von dem Pastor Paulmann würde erzählen können.

Je näher die Abschiedsstunde herannahte, desto leichter wurde ihm ums Herz. – Er sollte nun bald aus seiner engen drückenden Lage herauskommen. – – Die weite Welt eröffnete sich wieder vor ihm.

Von August war der Abschied zärtlich, von Lobenstein kalt wie Eis – es war an einem Sonntagnachmittage bei trübem Himmel, da Anton mit seinem Vater wieder aus dem Lobensteinschen Hause ging – er blickte die schwarze Türe mit den großen eingeschlagenen Nägeln noch einmal an und wandte ihr getrost den Rücken, um wieder aus dem Tore zu wandern, vor welchem er vor kurzem noch einen so interessanten Spaziergang gemacht hatte. – Die hohen Wälle der Stadt und der Andreasturm waren bald aus seinem Gesicht verschwunden, und er sahe nur noch den Brocken in der Ferne mit Schnee bedeckt in trüber Dämmerung sich in den dicht aufliegenden Wolken verlieren.

Das Herz seines Vaters war gegen ihn kalt und verschlossen; denn dieser betrachtete ihn völlig mit den Augen des Hutmacher Lobenstein und des Herrn von Fleischbein, als einen, in dessen Herzen der Satan einmal seinen Tempel errichtet habe – es wurde unterwegs wenig gesprochen, sondern sie wanderten immer stillschweigend fort, und Anton bemerkte kaum die Länge des Weges, auf eine so angenehme Art unterhielt er sich mit seinen Gedanken, – wenn er nun seine Mutter und seine Brüder wiedersehen und ihnen seine Schicksale würde erzählen können.

Die vier schönen Türme von Hannover ragten endlich wieder hervor – und wie einen Freund, den man nach langer Trennung wieder sieht, betrachtete Anton den neustädtischen Turm, und seine Glockenliebe erwachte auf einmal wieder. –

Er sahe sich nun wieder in den Mauern von Hannover, und alles war ihm neu – seine Eltern hatten eine andre kleinere und dunklere Wohnung auf einer abgelegenen Straße bezogen – das war ihm alles so fremd, indem er die Treppen hinaufstieg, als ob er da unmöglich zu Hause gehören könne. – Allein so kalt und abschreckend das Betragen seines Vaters gegen ihn gewesen war, so laut und ausbrechend war itzt die Freude, womit ihm seine Mutter und Brüder entgegen eilten, die seine von Frost aufgesprungenen Hände besahen, und von denen er nun zum erstenmal wieder bedauert wurde.

Als er am andern Tage ausging, besuchte er alle die bekannten Plätze, wo er sonst gespielt hatte – es war ihm, als sei er während der Zeit alt geworden, und als wollte er sich nun an die Jahre seiner Jugend zurück erinnern – ihm begegnete ein Trupp seiner ehemaligen Mitschüler und Spielkameraden, die ihm alle die Hände drückten und sich über seine Wiederkunft freueten.

Und sobald er nur mit seiner Mutter allein war, was konnte er wohl anders tun, als ihr von dem Pastor Paulmann erzählen? – Sie hatte ohnedem eine unbegrenzte Ehrfurcht gegen alles Priesterliche und konnte mit Anton recht gut in seinen Gefühlen für den Pastor Paulmann sympathisieren. – O welche selige Stunden waren das, da Anton so sein Herz ausschütten und stundenlang von dem Manne sprechen konnte, gegen den er unter allen Menschen auf Erden die meiste Liebe und Achtung hatte.

Er hörte nun die hannoverschen Prediger, aber welch ein Abstand! Unter allen fand er keinen Paulmann, einen ausgenommen namens N..., der, wenn er im heftigen Affekt sprach, einige Ähnlichkeit mit ihm hatte. –

Kein Prediger konnte bei Anton Beifall finden, wenn er nicht wenigstens so geschwind wie der Pastor Paulmann sprach, – und ich weiß nicht, wenn der Prediger als Redner betrachtet wird, ob er denn so ganz unrecht hatte? – Der Lehrer muß langsam, der Redner muß geschwind sprechen. – Der Lehrer soll allmählich den Verstand erleuchten, der Redner unwiderstehlich in das Herz eindringen – mit dem Verstande muß man langsam, mit dem Herzen schnell zu Werke gehen, wenn man seines Zweckes nicht verfehlen will – freilich wird der immer ein schlechter Lehrer sein, der nicht zuweilen Redner wird, und der ein schlechter Redner, der nicht zuweilen Lehrer wird – aber wenn Fox im englischen Parlamente spricht, so geschieht es mit einer Geschwindigkeit, die ihresgleichen nicht hat, und in diesem brausenden Strome reißt er alles mit sich fort und erschüttert die Seelen seiner Zuhörer, wie es der Pastor Paulmann durch seine Meineidspredigt tat.

Einen Prediger namens Marquard an der Garnisonkirche in Hannover hörte Anton eines Sonntags mit dem größten Widerwillen predigen, weil derselbe auch nicht die mindeste Ähnlichkeit mit dem Pastor Paulmann hatte, sondern in Ansehung seiner etwas langsamen und bequemen Sprache fast gerade das Gegenteil von ihm war. Anton konnte sich nicht enthalten, da er zu Hause kam, gegen seine Mutter eine Art von Haß zu äußern, den er auf diesen Prediger geworfen hatte – aber wie erstaunte er, als diese ihm sagte, daß er bei eben diesen Prediger würde zum Religionsunterricht und Beichte und Abendmahl gehen müssen, weil er ihr Beichtvater wäre, und sie zu seiner Gemeine gehörte.

Wem hätte es Anton geglaubt, daß er diesen Mann, gegen den er damals eine unwiderstehliche Abneigung empfand, einmal würde lieben können, daß dieser einmal sein Freund, sein Wohltäter werden würde?

Indes ereignete sich ein Vorfall, der Antons Seele, die schon zur Schwermut geneigt war, in eine noch traurigere Stimmung versetzte: seine Mutter wurde tödlich krank und schwebte vierzehn Tage lang in Lebensgefahr. – Was Anton dabei empfand, läßt sich nicht beschreiben. – Es war ihm, als ob er in seiner Mutter sich selbst absterben würde, so innig war sein Dasein mit dem ihrigen verwebt. – Ganze Nächte durch weinte er oft, wenn er gehört hatte, daß der Arzt die Hoffnung zur Genesung aufgab. – Es war ihm, als sei es schlechterdings nicht möglich, daß er den Verlust seiner Mutter würde ertragen können. – Was war natürlicher, da er von aller Welt verlassen war und sich nur noch in ihrer Liebe und in ihrem Zutrauen wieder fand.

Der Pastor Marquard kam und reichte Antons Mutter das Abendmahl – nun glaubte er, sei keine Hoffnung mehr, und war untröstlich – er flehte zu Gott um das Leben seiner Mutter, und ihm fiel der König Hiskias ein, der ein Zeichen von Gott erhielt, daß seine Bitte erhört und ihm sein Leben gefristet sei.

Nach einem solchen Zeichen sahe sich itzt auch Anton um, ob nicht etwa der Schatten an der Mauer im Garten zurückgehen wollte? Und der Schatten schien ihm endlich zurückzugehen – denn eine dünne Wolke hatte sich vor der Sonne hingezogen – oder seine Phantasie hatte diesen Schatten zurückgedrängt – aber von dem Augenblick an faßte er neue Hoffnung; und seine Mutter fing wirklich wieder an zu genesen. Er lebte nun auch von neuem wieder auf – und tat alles, um sich bei seinen Eltern beliebt zu machen. Allein bei seinem Vater gelang es ihm nicht; dieser hatte, seitdem er ihn aus Braunschweig wieder abgeholt, einen bittern, unversöhnlichen Haß auf ihn geworfen, den er ihn bei jeder Gelegenheit empfinden ließ – jede Mahlzeit wurde ihm zugezählt, und Anton mußte oft im eigentlichen Verstande sein Brot mit Tränen essen.

Sein einziger Trost in dieser Lage waren seine einsamen Spaziergänge mit seinen beiden kleinern Brüdern, mit denen er ordentliche Wanderungen auf den Wällen der Stadt anstellte, indem er sich immer ein Ziel setzte, nach welchem er mit ihnen gleichsam eine Reise tat. –

Dies war seine liebste Beschäftigung von seiner frühesten Kindheit an, und als er noch kaum gehen konnte, setzte er sich schon ein solches Ziel an einer Ecke der Straße, wo seine Eltern wohnten, welches die Grenze seiner kleinen Wanderungen war.

Er schuf sich nun den Wall, welchen er hinaufstieg, in einen Berg, das Gesträuch, durch welches er sich durcharbeitete, in einen Wald, und einen kleinen Erdhügel im Stadtgraben in eine Insel um; und so stellte er mit seinen Brüdern in einem Bezirk von wenigen hundert Schritten oft viele meilenweite Reisen an – er verlor sich und verirrte sich mit ihnen in Wäldern, erstieg hohe Klippen und kam auf unbewohnte Inseln – kurz, er realisierte sich mit ihnen seine ganze idealische Romanenwelt, so gut er konnte. –

Zu Hause stellte er allerlei Spiele mit ihnen an, wobei es oft scharf zuging – er belagerte Städte, eroberte Festungen, von den Büchern der Madam Guion zusammengebaut, mit wilden Kastanien, die er wie Bomben darauf abschoß. – Zuweilen predigte er auch, und seine Brüder mußten ihm zuhören. – Das erstemal hatte er sich denn eine Kanzel von Stühlen zusammengebaut, und seine Brüder saßen vor ihm auf Fußschemeln; er geriet in heftigen Affekt – die Kanzel stürzte ein, er fiel herunter und zerschlug mit dem Stuhle, worauf er stand, seinen Brüdern die Köpfe. – Das Geschrei und die Verwirrung war allgemein – indem trat sein Vater herein und fing an, ihn für die gehaltne Predigt ziemlich derbe zu belohnen. – Antons Mutter kam dazu und wollte ihn den Händen seines Vaters entreißen; da sie das nicht konnte, so nahm ihr Zorn eine ganz entgegengesetzte Richtung, und sie fing nun auch aus allen Kräften an, auf Anton zuzuschlagen, dem alle sein Flehen und Bitten nichts half. – Nie ist wohl eine Predigt unglücklicher abgelaufen als diese erste Predigt, welche Anton in seinem Leben hielt. – Das Andenken an diesen Vorfall hat ihn oft noch im Traume erschreckt.

Indes wurde er dadurch nicht abgeschreckt, noch öfter wieder seine Kanzel zu besteigen und ganze geschriebne Predigten mit Evangelium, Thema und Einteilung abzulesen. – Denn seitdem er angefangen hatte, zum erstenmal die Predigt des Pastors Paulmann nachzuschreiben, war es ihm auch leichter, seine Gedanken zu ordnen und sie in eine Art von Verbindung miteinander zu bringen.

Kein Sonntag ging hin, wo er itzt nicht eine Predigt nachschrieb, und er bekam dadurch bald eine solche Fertigkeit, daß er das Fehlende dazwischen durch sein Gedächtnis ergänzen und eine Predigt, die er gehört und die Hauptsachen nachgeschrieben hatte, zu Hause beinahe vollständig wieder zu Papier bringen konnte.

Anton war nun über vierzehn Jahre alt, und es war nötig, daß er, um konfirmiert oder in den Schoß der christlichen Kirche aufgenommen zu werden, einige Zeit vorher in irgendeine Schule gehen mußte, wo Religionsunterricht erteilt wurde.

Nun war in Hannover ein Institut, in welchem junge Leute zu künftigen Dorfschulmeistern gebildet wurden, und womit zugleich eine Freischule verknüpft war, welche den angehenden Lehrern zur Übung im Unterricht diente. Diese Schule war also eigentlich mehr der Lehrer wegen, als daß die Lehrer gerade dieser Schule wegen dagewesen wären, – weil aber die Schüler nichts bezahlen durften, so war diese Anstalt eine Zuflucht für die Armen, welche dort ihre Kinder ganz unentgeltlich konnten unterrichten lassen; und weil Antons Vater eben nicht gesonnen war, viel an seinen so ganz aus der Art geschlagenen und aus der göttlichen Gnade gefallenen Sohn zu wenden, so brachte er ihn denn endlich in diese Schule, wo derselbe nun auf einmal wieder eine ganz neue Laufbahn vor sich eröffnet sahe.

Es war für Anton ein feierlicher Anblick, da er gleich in der ersten Stunde des Morgens alle die künftigen Lehrer mit den Schülern und Schülerinnen in einer Klasse versammlet sahe. – Der Inspektor dieser Anstalt, der ein Geistlicher war, hielt alle Morgen mit den Schülern eine Katechisation, welche den Lehrern zum Muster dienen sollte. – Diese saßen alle an Tischen, um die Fragen und Antworten nachzuschreiben, während daß der Inspektor auf und nieder ging und fragte. In einer Nachmittagsstunde mußte denn irgendeiner von den Lehrern in Gegenwart des Inspektors die Katechisation mit den Schülern wiederholen, welche derselbe am Morgen gehalten hatte.

Nun war das Nachschreiben für Anton schon eine sehr leichte Sache geworden, und als der Lehrer den Nachmittag die Vormittagslektion wiederholte, so hatte sie Anton weit besser als der Lehrer stehend in seiner Schreibtafel nachgeschrieben und konnte also freilich mehr antworten, als jener fragte, welches bei dem Inspektor einige Aufmerksamkeit zu erregen schien, die äußerst schmeichelhaft für ihn war.

Allein damit er sich nun nicht seines Glücks überheben sollte, stand ihm am andern Tage eine Demütigung bevor, die beinahe jene in Braunschweig noch übertraf, da er zum ersten Mal mit dem Tragkorbe auf dem Rücken gehen mußte.

Es wurde nämlich in der zweiten Stunde den folgenden Morgen eine Buchstabierübung angestellt, wo einer der Knaben immer eine Silbe erst allein buchstabieren und vorschreien und dann die andern alle, wie aus einem Munde, nachschreien mußten. – Dies Geschrei, wovon einem die Ohren gellten, und diese ganze Übung kam Anton wie toll und rasend vor, und er schämte sich nicht wenig, da er sich schmeichelte, schon mit Ausdruck lesen zu können, daß er hier erst wieder anfangen sollte, buchstabieren zu lernen, – aber die Reihe, vorzuschreien, kam bald an ihn, denn dies ging wie ein Lauffeuer herum; und nun saß er und stockte, und die ganze schöne Musik geriet auf einmal aus dem Takt. – „Nun fort!" sagte der Inspektor, und als es nicht ging, sah er ihn mit einem Blick der äußersten Verachtung an und sagte: „Dummer Knabe!" und ließ den folgenden weiter buchstabieren. – Anton glaubte in dem Augenblick vernichtet zu sein, da er sich plötzlich in der Meinung eines Menschen, auf dessen Beifall er schon so viel gerechnet hatte, so tief herabgesunken sahe, daß dieser ihm nicht einmal mehr zutrauete, daß er buchstabieren könne.

War ehemals in Braunschweig sein Körper durch die Bürde, die er trug, unterjocht worden, so wurde es itzt noch weit mehr sein Geist, der unter der Last erlag, mit welcher die Worte „dummer Knabe!" von dem Inspektor auf ihn fielen.

Allein, diesmal galt bei ihm, was vom Themistokles erzählt wird, da dieser auch einmal in seiner Jugend einen öffentlichen Schimpf erlitt: non fregit eum, sed erexit. – Er strengte sich seit dem Tage, an welchem er diese Demütigung erlitt, noch zehnmal mehr als vorher an, sich bei seinen Lehrern in Achtung zu setzen, um den Inspektor, der ihn so verkannt hatte, gleichsam einst zu beschämen und ihm über das Unrecht, das er von ihm erlitten hatte, Reue zu erwecken.

Der Inspektor trug alle Morgen in den Frühstunden den Lehrbegriff der lutherischen Kirche ganz dogmatisch mit allen Widerlegungen der Papisten sowohl als der Reformierten vor und legte Gesenii Auslegung von Luthers kleinem Katechismus dabei zum Grunde. – Antons Kopf wurde dadurch freilich mit vielem unnützem Zeuge angefüllt, aber er lernte doch Hauptabteilungen und Unterabteilungen machen, er lernte systematisch zu Werke gehen.

Seine nachgeschriebenen Hefte wuchsen immer stärker an, und in weniger als einem Jahre besaß er eine vollständige Dogmatik mit allen Beweisstellen aus der Bibel und einer vollständigen Polemik gegen Heiden, Türken, Juden, Griechen, Papisten und Reformierten verknüpft – er wußte von der Transsubstantiation im Abendmahl, von den fünf Stufen der Erhöhung und Erniedrigung Christi, von den Hauptlehren des Alkorans und den vorzüglichsten Beweisen der Existenz Gottes gegen die Freigeister wie ein Buch zu reden.

Und er redete nun auch wirklich wie ein Buch von allen diesen Sachen. Er hatte nun reichen Stoff zu predigen, und seine Brüder bekamen alle die nachgeschriebenen Hefte von der halsbrechenden Kanzel in der Stube wieder von ihm zu hören.

Zuweilen wurde er des Sonntags zu einem Vetter eingeladen, bei welchem eine Versammlung von Handwerksburschen war, hier mußte er sich vor den Tisch stellen und in dieser Versammlung eine förmliche Predigt mit Text, Thema und Einteilung halten, wo er denn gemeiniglich die Lehre der Papisten von der Transsubstantiation oder die Gottesleugner widerlegte, mit vielem Pathos die Beweise für das Dasein Gottes nacheinander aufzählte und die Lehre vom Ohngefähr in ihrer ganzen Blöße darstellte.

Nun war die Einrichtung in dem Institut, wo Anton unterrichtet wurde, daß die erwachsenen Leute, welche zu Schulmeistern gebildet wurden, sich des Sonntags in alle Kirchen verteilen und die Predigten nachschreiben mußten, die sie dann dem Inspektor zur Durchsicht brachten. – Anton fand also jetzt noch einmal so viel Vergnügen am Predigtnachschreiben, da er sahe, daß er auf die Art mit seinen Lehrern einerlei Beschäftigung trieb, und diese, denen er nun die Predigten zeigte, bewiesen ihm immer mehr Achtung und begegneten ihm beinahe wie ihresgleichen.

Er bekam am Ende einen dicken Band nachgeschriebener Predigten zusammen, die er nun als einen großen Schatz betrachtete, und worunter ihm insbesondre zwei wahre Kleinodien zu sein schienen: die eine war von dem Pastor Uhle, der mit dem Pastor Paulmann wegen der Geschwindigkeit im Sprechen die meiste Ähnlichkeit hatte, in der Ägidienkirche gehalten und handelte vom jüngsten Gericht. – Mit wahrem Entzücken harangierte Anton diese Predigt oft seiner Mutter wieder vor, worin die Zerstörung der Elemente, das Krachen des Weltbaues, das Zittern und Zagen des Sünders, das fröhliche Erwachen der Frommen in einem Kontrast dargestellt wurde, der die Phantasie bis auf den höchsten Grad erhitzte – und dies war eben Antons Sache. Er liebte die kalten Vernunftpredigten nicht. Die zweite Predigt, welche er unter allen vorzüglich schätzte, war eine Abschiedspredigt des Pastors Lesemann, die er in der Kreuzkirche hielt, und worin derselbe fast vom Anfange bis zu Ende durch Tränen und Schluchzen unterbrochen wurde, so beliebt war er bei seiner Gemeine. Das rührende Pathos, womit diese Rede wirklich gehalten wurde, machte auf Antons Herz einen unauslöschlichen Eindruck, und er wünschte sich keine größre Glückseligkeit, als einmal auch vor einer solchen Menge von Menschen, die alle mit ihm weinten, eine solche Abschiedsrede halten zu können.

Bei so etwas war er in seinem Elemente und fand ein unaussprechliches Vergnügen an der wehmütigen Empfindung, worin er dadurch versetzt wurde. Niemand hat wohl mehr die Wonne der Tränen (the joy of grief) empfunden als er bei solchen Gelegenheiten. Eine solche Erschütterung der Seele durch eine solche Predigt war ihm mehr wert als aller andre Lebensgenuß, er hätte Schlaf und Nahrung darum gegeben.

Auch das Gefühl für die Freundschaft erhielt jetzt bei ihm neue Nahrung. Er liebte einige von seinen Lehrern im eigentlichen Verstande und empfand eine Sehnsucht nach ihrem Umgange – insbesondre äußerte sich seine Freundschaft gegen einen derselben namens R…, der dem äußern Anschein nach ein sehr harter und rauher Mann war, in der Tat aber das edelste Herz besaß, was nur bei einem künftigen Dorfschulmeister gefunden werden kann.

Bei diesem hatte Anton doch eine Privatstunde im Rechnen und Schreiben, welche sein Vater für ihn bezahlte – denn Rechnen und Schreiben war noch das einzige, welches dieser für Anton zu lernen der Mühe wert hielt. – R… ließ ihn denn bald, weil er schon orthographisch schrieb, eigne Ausarbeitungen machen, die seinen Beifall erhielten, welcher für Anton so schmeichelhaft war, daß er sich endlich erkühnte, diesem Lehrer sein Herz zu entdecken und so offenherzig und freimütig mit ihm zu sprechen, wie er lange mit niemandem hatte sprechen dürfen.

Er entdeckte ihm also seine unüberwindliche Neigung zum Studieren und die Härte seines Vaters, der ihn davon abhielte, und der ihn nichts als ein Handwerk wolle lernen lassen. Der rauhe R… schien über dies Zutrauen gerührt zu sein und sprach Anton Mut ein, sich dem Inspektor zu entdecken, der ihm vielleicht noch eher zu seinem Endzweck würde behülflich sein können. Das war nun eben der Inspektor, welcher zu Anton, da er beim Buchstabieren nicht vorschreien wollte, mit der verächtlichsten Miene „dummer Knabe!“ gesagt hatte, welches er noch nicht vergessen konnte und also noch lange Bedenken trug, einem solchen Manne seine Neigung zum Studieren zu entdecken, der gezweifelt hatte, ob er auch buchstabieren könne.

Indes nahm die Achtung, worin sich Anton in dieser Schule setzte, von Tage zu Tage zu, und er erreichte seinen Wunsch, hier der erste zu sein und die meiste Aufmerksamkeit auf sich gerichtet zu sehn. Dies war freilich eine solche Nahrung für seine Eitelkeit, daß er sich oft schon im Geist als Prediger erblickte, insbesondere, wenn er schwarze Unterkleider trug – dann trat er mit einem gravitätischen Schritt und ernsthafter als sonst einher. –

Am Ende der Woche des Sonnabends wurde immer, nachdem vorher das Lied „Bis hieher hat mich Gott gebracht“ gesungen war, von einem der Schüler ein langes Gebet gelesen, – wenn dies an Anton kam, so war das ein wahres Fest für ihn – er dachte sich auf der Kanzel, wo er noch während der letzten Verse des Gesanges seine Gedanken sammelte und nun auf einmal wie der Pastor Paulmann mit aller Fülle der Beredsamkeit in ein brünstiges Gebet ausbrach. – Seine Deklamation bekam also für einen

Schulknaben freilich zu viel Pathos, als daß dieses nicht hätte auffallend sein sollen. Der Lehrer ließ ihn also nur selten das Gebet lesen. –

Ja, es entstand zuletzt sogar eine Art von Neid gegen ihn bei den Lehrern. – Einer derselben stellte eine Übung an, wo eine von Hübners biblischen Historien von den Schülern mit eignen Worten mußte wiedererzählt werden. Anton schmückte diese Historie mit aller seiner Phantasie auf eine poetische Art aus und trug sie mit einer Art von rednerischem Schmuck wieder vor – das beleidigte den Lehrer, der am Ende die Bemerkung machte, Anton solle kürzer erzählen. Das künftigemal faßte er also die ganze Erzählung in ein paar Worte zusammen und war in zwei Minuten damit fertig. – Das war dem Lehrer wieder zu kurz und brachte ihn aufs neue auf – endlich ließ er ihn gar keine Historien mit eignen Worten mehr erzählen. – Des Nachmittags fürchteten sich die Lehrer, welche die Katechisation wiederholten, ihn zu fragen, weil er immer mehr als sie nachgeschrieben hatte – er konnte also gar nicht einmal mehr dazu kommen, seine Fähigkeiten zu zeigen, welches doch sein höchster Wunsch war, um Aufmerksamkeit auf sich zu erregen.

Voller Unwillen darüber, daß er immer ungefragt und stumm dasitzen mußte, ging er endlich einmal mit tränenden Augen zum Inspektor, der ihn in den Morgenstunden nun auch öfter gefragt hatte und sein Urteil über ihn geändert zu haben schien, – dieser fragte ihn, was ihm fehle, ob ihm etwa von einem seiner Mitschüler Unrecht geschehen sei, und Anton antwortete: nicht von seinen Mitschülern, sondern von seinen Lehrern sei ihm Unrecht geschehen, diese vernachlässigten ihn, und niemand fragte ihn mehr, wenn er gleich die Sache besser als andre wüßte. Hierin möchte man ihm doch Recht verschaffen!

Der Inspektor suchte ihm das auszureden und entschuldigte die Lehrer mit der Menge der Schüler, von der Zeit an aber fing er an, selbst aufmerksamer auf ihn zu werden, und fragte ihn des Morgens in der Frühstunde öfter als sonst.

In einer Stunde wöchentlich wurde eine Übung mit den Psalmen angestellt, wo ein jeder der Schüler sich Lehren herausziehn mußte; diese wurden auf ein Blatt Papier oder eine Rechentafel geschrieben und dann abgelesen, wobei mancher stark zu schwitzen pflegte. – Der Inspektor war dabei. Anton schrieb nichts auf. Als aber die Reihe an ihn kam, ging er den ganzen Psalm durch und hielt eine ordentliche Abhandlung oder Predigt darüber, die fast eine halbe Stunde dauerte, so daß der Inspektor selbst am Ende sagte: es sei nun genug; – er solle den Psalm nicht eigentlich erklären, sondern nur einige moralische Lehren herausziehen.

Auf die Weise ging beinahe ein Jahr hin, wo Anton so außerordentliche Fortschritte in seinem Fleiß tat und sich so untadelhaft betrug, daß er seinen Zweck, Aufmerksamkeit auf sich zu erregen, im höchsten Grade erreichte, indem er sich sogar den Neid seiner Lehrer zuzog.

Nun stand er aber auch auf dem entscheidenden Punkte, wo er irgendeine Lebensart wählen sollte, und die Härte seines Vaters, der nun daran arbeitete, ihn bald loszuwerden, nahm von Tage zu Tage gegen ihn zu, so daß die Schule gleichsam ein sichrer Zufluchtsort für ihn vor der Bedrückung und Verfolgung zu Hause war.

Sein geliebter Lehrer R… wurde indes zu einem Dorfschulmeister befördert, und nun hatte er keinen eigentlichen Freund mehr unter seinen Lehrern. – Dieser riet ihm bei seinem Abschiede noch einmal, sich geradezu an den Inspektor zu wenden – und weil es nun ohnedem die höchste Zeit war, irgendeinen Entschluß zu fassen, so wagte er es eines Tages mit klopfendem Herzen, den Inspektor um Gehör zu bitten, weil er ihm etwas Wichtiges zu sagen habe. – Dieser nahm ihn mit auf seine Stube, und hier wurde Anton freimütiger, erzählte ihm seine Schicksale und entdeckte ihm sein ganzes Herz. – Der Inspektor schilderte ihm die Schwierigkeiten, die Kosten des Studierens, benahm ihm aber demohngeachtet nicht alle Hoffnung, sondern versprach, sich wo möglich für ihn zu verwenden, daß er unentgeltlich eine lateinische Schule besuchen könnte – indes war das alles sehr weit aussehend, weil er von seinen Eltern zu seiner Unterstützung gar nichts, nicht einmal Wohnung und Nahrung hoffen durfte, indem sein Vater noch sechs Meilen hinter Hannover eine kleine Bedienung erhalten hatte und also in kurzem ganz aus Hannover wegziehen mußte.

Indessen hatte der Inspektor mit dem Konsistorialrat Götten, unter dessen Direktion das Schulmeisterinstitut stand, Antons wegen geredet, und dieser ließ ihn zu sich kommen. – Der Anblick dieses ehrwürdigen Greises schlug zuerst Antons Mut darnieder, und seine Knie bebten, da er vor ihm stand – als ihn aber der Greis leutselig bei der Hand faßte und mit sanfter Stimme anredete, fing er an, freimütig zu sprechen und seine Neigung zum Studieren zu entdecken. – Der Konsistorialrat Götten ließ ihn darauf eine von Gellerts geistlichen Oden laut lesen, um zu hören, wie seine Ausrede und Stimme beschaffen sei, wenn er sich dereinst dem Predigtamt widmen wollte. – Darauf versprach er, ihm freien Unterricht zu verschaffen und ihn mit Büchern zu unterstützen; das sei aber auch alles, was er für ihn tun könne. – Anton war so voller Freuden über dieses Anerbieten, daß seine Dankbarkeit gar keine Grenzen hatte, und er nun alle Berge auf einmal überstiegen zu haben glaubte. Denn daß er außer freiem Unterricht und Büchern auch noch Nahrung, Wohnung und Kleider brauche, fiel ihm gar nicht ein.

Triumphierend eilte er nach Haus und verkündigte seinen Eltern sein Glück. – Aber wie sehr wurde seine Freude niedergeschlagen, da sein Vater ihm ganz kaltblütig sagte: er dürfe, wenn er studieren wolle, auf keinen Heller von ihm rechnen – wenn er sich also selbst Brot und Kleider zu verschaffen imstande sei, so habe er gegen sein Studieren weiter nichts einzuwenden. – In einigen Wochen würde er von Hannover wegreisen, und wenn Anton alsdann noch bei keinem Meister wäre, so möchte er sehen, wo er unterkäme und nach Gefallen abwarten, ob einer von den Leuten, die ihm das Studieren so eifrig anrieten, auch für seinen Lebensunterhalt sorgen würde.

Traurig und tiefsinnig ging Anton itzt umher und dachte seinem Schicksal nach. – Der Gedanke zu studieren war fest in seiner Seele, und sollten sich ihm auch noch weit mehr Schwierigkeiten in den Weg setzen – mancherlei Projekte durchkreuzten sich in seinem Kopfe. – Er erinnerte sich, gelesen zu haben, daß es einst in Griechenland einen lehrbegierigen Jüngling gab, der für seinen Unterhalt Holz haute und Wasser trug, um die Zeit, die ihm noch übrig blieb, dem Studieren widmen zu können. – Diesem Beispiele wollte er folgen und war oft schon willens, sich als Tagelöhner auf gewisse Stunden zu verdingen, um die übrige Zeit zu seinem freien Gebrauch zu haben – dann konnte er aber wieder die Schulstunden nicht ordentlich abwarten – so machte ihn alle sein Nachdenken und Überlegung immer nur noch tiefsinniger und unentschloßner. Indes rückte der entscheidende Zeitpunkt immer näher heran, wo er einen Entschluß fassen mußte. – Er sollte nun die Schule, die er bisher besucht hatte, verlassen, um noch eine Zeitlang in die Garnisonschule zu gehen, weil er von dem Garnisonprediger Marquard konfirmiert werden sollte, dessen Vorbereitungs- und Katechisationsstunden er itzt schon zu besuchen anfing, und der wegen seiner Antworten aufmerksam auf ihn geworden war. Allein er würde es von selbst nie gewagt haben, diesem Mann, zu welchem er zuerst gar kein Zutrauen fassen konnte, den Kummer seiner Seele zu entdecken.

Da sich nun für Anton keine solide Aussicht zum Studieren eröffnen wollte, so würde er doch am Ende wahrscheinlich den Entschluß haben fassen müssen, irgendein Handwerk zu lernen, wenn nicht wider Vermuten ein sehr geringfügig scheinender Umstand seinem Schicksal in seinem ganzen künftigen Leben eine andre Wendung gegeben hätte. –

Zweiter Teil

Vorrede
(1786)

Um fernern schiefen Urteilen, wie schon einige über dies Buch gefällt sind, vorzubeugen, sehe ich mich genötigt, zu erklären, daß dasjenige, was ich aus Ursachen, die ich für leicht zu erraten hielt, einen psychologischen Roman genannt habe, im eigentlichsten Verstande Biographie und zwar eine so wahre und getreue Darstellung eines Menschenlebens bis auf seine kleinste Nüancen ist, als es vielleicht nur irgendeine geben kann. –

Wem nun an einer solchen getreuen Darstellung etwas gelegen ist, der wird sich an das anfänglich Unbedeutende und unwichtig Scheinende nicht stoßen, sondern in Erwägung ziehen, daß dies künstlich verflochtne Gewebe eines Menschenlebens aus einer unendlichen

Menge von Kleinigkeiten besteht, die alle in dieser Verflechtung äußerst wichtig werden, so unbedeutend sie an sich scheinen. –

Wer auf sein vergangnes Leben aufmerksam wird, der glaubt zuerst oft nichts als Zwecklosigkeit, abgerißne Fäden, Verwirrung, Nacht und Dunkelheit zu sehen; je mehr sich aber sein Blick darauf heftet, desto mehr verschwindet die Dunkelheit, die Zwecklosigkeit verliert sich allmählich, die abgerißnen Fäden knüpfen sich wieder an, das Untereinandergeworfene und Verwirrte ordnet sich – und das Mißtönende löset sich unvermerkt in Harmonie und Wohlklang auf. –

Der Umstand, wodurch Anton Reisers Schicksal unvermutet eine glücklichere Wendung nahm, war: daß er sich auf der Straße mit ein Paar Jungen balgte, die mit ihm aus der Schule kamen und ihn unterwegs geneckt hatten, welches er nicht länger leiden wollte; indem er sich nun mit ihnen bei den Haaren herumzauste, kam auf einmal der Pastor Marquard dahergegangen – und wie groß war nun Reisers Beschämung und Verwirrung, da ihn die beiden Jungen selbst zuerst aufmerksam darauf machten und ihm mit einer Art von Schadenfreude den Zorn vorstellten, den nun der Pastor Marquard auf ihn werfen würde.

Was? – ich will einst selbst solch ein ehrwürdiger Mann werden, wie daherkömmt – wünsche, daß mir das itzt schon ein jeder ansehen soll, damit sich irgendeiner findet, der sich meiner annimmt und mich aus dem Staube hervorzieht, und muß nun in der Stellung von diesem Manne überrascht werden, bei dem ich konfirmiert werden soll, wo ich Gelegenheit hätte, mich in meinem besten Lichte zu zeigen? – Dieser Mann, was wird er nun von mir denken, wofür wird er mich halten?

Diese Gedanken gingen Reisern durch den Kopf und bestürmten ihn auf einmal so sehr mit Scham, Verwirrung und Verachtung seiner selbst, daß er glaubte in die Erde sinken zu müssen. – Aber er ermannte sich, das Selbstzutrauen arbeitete sich unter der erstickenden Scham wieder hervor und flößte ihm zugleich Mut und Zutrauen gegen den Pastor Marquard ein – er faßte schnell ein Herz, ging geradesweges auf den Pastor Marquard zu und redete ihn auf öffentlicher Straße an, indem er zu ihm sagte, er sei einer von den Knaben, die bei ihm zur Kinderlehre gingen, und der Pastor Marquard möchte doch deswegen keinen Zorn auf ihn werfen, daß er sich eben itzt mit den beiden Jungen dort geschlagen hätte, dies wäre sonst gar seine Art nicht; die Jungen hätten ihn nicht zufrieden gelassen: und es sollte nie wieder geschehen. –

Dem Pastor Marquard war es sehr auffallend, sich auf der Straße von einem Knaben auf die Weise angeredet zu sehen, der sich eben mit ein paar andern Buben herumgebalgt hatte. – Nach einer kleinen Pause antwortete er: es sei freilich sehr unrecht und unschicklich, sich zu balgen, indes hätte das weiter nichts zu sagen, wenn er es künftig unterließe; darauf erkundigte er sich auch nach seinem Namen und Eltern, fragte ihn, wo er bis jetzt in die Schule gegangen wäre usw., und entließ ihn sehr gütig. – Wer war aber froher als Reiser, und wie leicht war ihm ums Herz, da er sich nun wieder aus dieser gefährlichen Situation herausgewickelt glaubte!

Und wie viel froher würde er noch gewesen sein, hätte er gewußt, daß dieser ohngefähre Zufall allen seinen ängstlichen Besorgnissen ein Ende machen und die erste Grundlage seines künftigen Glücks sein würde. – Denn von dem Augenblick an hatte der Pastor Marquard den Gedanken gefaßt, sich näher nach diesem jungen Menschen zu erkundigen und sich seiner tätig anzunehmen, weil er nicht ohne Grund vermutete, daß, sobald des jungen Reisers Betragen gegen ihn nicht Verstellung war, es keine gemeine Denkungsart bei einem Knaben von dem Alter voraussetzte – und daß es nicht Verstellung war, dafür schien ihm seine Miene zu bürgen.

Den Sonntag darauf fragte ihn der Pastor Marquard des Nachmittags in der Kinderlehre öfter wie sonst; und Reiser hatte nun schon gewissermaßen einen seiner Wünsche erreicht, in der Kirche vor dem versammelten Volke wenigstens auf irgendeine Art öffentlich reden zu können, indem er die Katechismusfragen des Pastors mit lauter und vernehmlicher Stimme beantwortete, wobei er sich denn sehr von den übrigen unterschied, indem er richtig akzentuierte, da jene ihre Antworten in dem gewöhnlichen singenden Ton der Schulknaben herbeteten.

Nach geendigter Kinderlehre winkte ihn der Pastor Marquard beiseite und entbot ihn auf den andern Morgen zu sich – welch eine freudige Unruhe bemächtigte sich nun auf einmal seiner Gedanken, da es schien, als ob sich irgendein Mensch einmal näher um ihn bekümmern wollte – denn damit schmeichelte er sich nun freilich, daß der Pastor Marquard durch seine Antworten aufmerksam auf ihn geworden sei; und er nahm sich nun auch vor, Zutrauen zu diesem Manne zu fassen und ihm alle seine Wünsche zu entdecken.

Als er nach einer fast schlaflosen Nacht den andern Morgen zu dem Pastor Marquard kam, fragte ihn dieser zuerst, was für einer Lebensart er sich zu widmen dächte, und bahnte ihm also den Weg zu dem, was er schon selbst vorzubringen im Sinn hatte. – Reiser entdeckte ihm sein Vorhaben. – Der Pastor Marquard stellte ihm die Schwierigkeiten vor, sprach ihm aber doch auch zugleich wieder Mut ein und machte den Anfang zur tätigen Ermunterung damit, daß er versprach, ihn durch seinen einzigen Sohn, der die erste Klasse des Lyzeums in Hannover besuchte, in der lateinischen Sprache unterrichten zu lassen, womit auch noch in derselben Woche der Anfang gemacht wurde.

Bei dem allen glaubte Reiser in den Mienen und dem Betragen des Pastor Marquard zu lesen, daß er noch irgend etwas Wichtiges zurückbehielte, welches er ihm zu seiner Zeit sagen würde; in dieser Vermutung wurde er noch mehr durch die geheimnisvollen Ausdrücke des Garnisonküsters bestärkt, dessen Lehrstunden er noch besuchte, und der ihm immer einen Stuhl setzte, wenn er kam, indes die andern auf Bänken saßen. – Dieser pflegte denn wohl, wenn die Stunde aus war, zu ihm zu sagen: Sein Sie ja recht auf Ihrer Hut und denken Sie, daß man genau auf Sie achtgibt. – Es sind große Dinge mit Ihnen im Werke! und dergleichen mehr, wodurch nun Reiser freilich anfing, sich eine wichtigere Person als bisher zu glauben, und seine kleine Eitelkeit mehr wie zu viel Nahrung erhielt, die sich denn oft töricht genug in seinem Gange und in seinen Mienen äußerte, indem er manchmal in seinen Gedanken mit allem Ernst und der Würde eines Lehrers des Volks auf der Straße einhertrat, wie er dies schon in Braunschweig getan hatte, besonders wenn er schwarze Weste und Beinkleider trug. Bei seinem Gange hatte er sich den Gang eines jungen Geistlichen, der damals Lazarettprediger in Hannover und zugleich Konrektor am Lyzeum war, zum Muster genommen, weil dieser in der Art sein Kinn zu tragen etwas hatte, das Reisern ganz besonders gefiel.

Nie kann wohl jemand in irgendeinem Genuß glücklicher gewesen sein, als es Reiser damals in der Erwartung der großen Dinge war, die mit ihm vorgehen sollten. – Dies erhitzte seine Einbildungskraft bis auf einen hohen Grad. Und da nun der Zeitpunkt immer näher heranrückte, wo er zum Abendmahl sollte gelassen werden, so erwachten auch alle die schwärmerischen Ideen wieder, die er sich schon in Braunschweig von dieser Sache in den Kopf gesetzt hatte, wozu noch die Lehrstunden des Garnisonküsters kamen, der denjenigen, die er zum Abendmahl vorbereiten half, dabei Himmel und Hölle auf eine so fürchterliche Art vorstellte, daß seinen Zuhörern oft Schrecken und Entsetzen ankam, welches aber doch mit einer angenehmen Empfindung verknüpft war, womit man das Schreckliche und Fürchterliche gemeiniglich anzuhören pflegt, und er empfand dann wieder das Vergnügen, seine Zuhörer so erschüttert zu haben, welches ihm wonnevolle Tränen auspreßte, die den ganzen Auftritt, wenn er so des Abends in der erleuchteten Schulstube zwischen ihnen stand, noch feierlicher machten.

Auch der Pastor Marquard hielt wöchentlich einige Stunden, worin er diejenigen, die zum Abendmahl gehen sollten, vorbereitete; aber das, was er sagte, kam lange nicht gegen die herzerschütternden Anreden seines Küsters, ob es Reisern gleich zusammenhängender und besser gesagt zu sein schien. – Nichts war für Anton schmeichelhafter, als da der Pastor Marquard einmal den Begriff, daß die Gläubigen Kinder Gottes sind, durch das Beispiel erklärte, wenn er mit irgendeinem aus der Zahl seiner jungen Zuhörer genauer umginge, ihn besonders zu sich kommen ließe und sich mit ihm unterredete, dieser ihm denn auch näher als die übrigen wäre, und so wären die Kinder Gottes ihm auch näher als die übrigen Menschen. Nun glaubte Reiser unter der Zahl seiner Mitschüler der einzige gewesen zu sein, auf den der Pastor Marquard aufmerksamer als auf alle übrigen wäre, – allein so schmeichelhaft auch dies für seine Eitelkeit war, so erfüllte es ihn doch bald nachher wieder mit einer unbeschreiblichen Wehmut, daß nun alle die übrigen an diesem Glück, was ihm allein geworden war, nicht teilnehmen sollten und von dem nähern Umgange mit dem Pastor Marquard gleichsam auf immer ausgeschlossen sein sollten. – Eine Wehmut, die er sich schon in seinen frühesten Kinderjahren einmal empfunden zu haben erinnert, da ihm seine Base in einem Laden ein Spielzeug gekauft hatte, das er in Händen trug, als er aus dem Hause ging; und vor der Haustüre saß ein Mädchen in zerlumpten Kleidern ohngefähr in seinem Alter, das voll Verwunderung über das schöne Stück Spielzeug ausrief: Ach, Herr Gott, wie schön! – Reiser mochte etwa damals sechs bis sieben Jahre alt sein – der Ton des geduldigen Entbehrens, ohngeachtet der höchsten Bewunderung, womit das zerlumpte Mädchen die Worte sagte: Ach, Herr Gott, wie schön! drang ihm durch die Seele. – Das arme Mädchen mußte alle diese Schönheiten so vor sich vorbeitragen sehen und durfte nicht einmal einen Gedanken daran haben, irgendein Stück davon zu besitzen. Es war von dem Genuß dieser köstlichen Dinge gleichsam auf immer ausgeschlossen und doch so nahe dabei – wie gern wäre er zurückgegangen und hätte dem zerlumpten Mädchen das kostbare Spielzeug geschenkt, wenn es seine Base gelitten hätte! – So oft er nachher daran dachte, empfand er eine bittere Reue, daß er es dem Mädchen nicht gleich auf der Stelle gegeben hatte. Eine solche Art von mitleidsvoller Wehmut war es auch, die Reiser empfand, da er sich ausschließungsweise mit den Vorzügen in der Gunst des Pastor Marquard beehrt glaubte, wodurch seine Mitschüler, ohne daß sie es verdient hatten, so weit unter ihn herabgesetzt wurden.

Grade diese Empfindung ist nachher wieder in seiner Seele erwacht, so oft er in der ersten von Virgils Eklogen an die Worte kam: nec invideo usw. Indem er sich in die Stelle des glücklichen Hirten versetzte, der ruhig im Schatten seines Baums sitzen kann, indes der andere sein Haus und Feld mit dem Rücken ansehen muß, war ihm bei dem nec invideo des letzern immer gerade so zumute, als da das zerlumpte Mädchen sagte: „Ach, Herr Gott, wie schön ist das!“

Ich habe hier notwendig in Reisers Leben etwas nahholen und etwas vorweggreifen müssen, wenn ich zusammenstellen wollte, was nach meiner Absicht zusammengehört. Ich werde dies noch öfter tun; und wer meine Absicht eingesehen hat, bei dem darf ich wohl nicht erst dieser anscheinenden Absprünge wegen um Entschuldigung bitten.

Man sieht leicht, daß Anton Reisers Eitelkeit durch die Umstände, welche sich jetzt vereinigten, um ihm seine eigne Person wichtig zu machen, mehr als zu viel Nahrung erhielt. Es bedurfte wieder einer kleinen Demütigung für ihn, und die blieb nicht aus. Er schmeichelte sich nicht ohne Grund, unter allen, die bei dem Pastor Marquard konfirmiert wurden, der erste zu sein. Er saß auch oben an und war gewiß, daß ihm keiner diesen Platz streitig machen würde. Als auf einmal ein junger wohlgekleideter Mensch in seinem Alter und von feiner Erziehung die Lehrstunden des Pastor Marquard mit besuchte, der ihn durch sein feines äußeres Betragen sowohl als durch die vorzügliche Achtung, womit ihm der Pastor Marquard begegnete, ganz in Dunkel setzte, und dem auch sogleich über ihm der erste Platz angewiesen ward.

Reisers süßer Traum, der erste unter seinen Mitschülern zu sein, war nun plötzlich verschwunden. Er fühlte sich erniedrigt, herabgesetzt, mit den übrigen allen in eine Klasse geworfen. – Er erkundigte sich bei dem Bedienten des Pastor Marquard nach seinem fürchterlichen Nebenbuhler und erfuhr, daß er eines Amtmanns Sohn und bei dem Pastor Marquard in Pension sei, auch mit den übrigen zugleich konfirmiert werden würde. Der schwärzeste Neid nahm auf eine Zeitlang in Antons Seele Platz; der blaue Rock mit dem samtnen Kragen, den der Amtmannssohn trug, sein feines Betragen, seine hübsche Frisur schlug ihn nieder und machte ihn mißvergnügt mit sich selbst; aber doch schärfte sich bald wieder das Gefühl bei ihm, daß dies unrecht sei, und er wurde nun noch mißvergnügter über sein Mißvergnügen. Ach, er hätte nicht nötig gehabt, den armen Knaben zu beneiden, dessen Glückssonne bald ausgeschienen hatte. Binnen vierzehn Tagen kam die Nachricht, daß sein Vater wegen Untreue seines Dienstes entsetzt sei. Für den jungen Menschen konnte also auch die Pension nicht länger bezahlt werden, der Pastor Marquard schickte ihn seinen Anverwandten wieder, und Reiser behielt seinen ersten Platz. Er konnte seine Freude wegen der Folgen, die dieser Vorfall für ihn hatte, nicht unterdrücken, und doch machte er sich selber Vorwürfe wegen seiner Freude – er suchte sich zum Mitleid zu zwingen, weil er es für recht hielt – und die Freude zu unterdrücken, weil er sie für unrecht hielt; sie hatte aber demohngeachtet die Oberhand, und er half sich denn am Ende damit, daß er doch nicht wider das Schicksal könne, welches nun den jungen Menschen einmal habe unglücklich machen wollen. Hier ist die Frage: wenn das Schicksal des jungen Menschen sich plötzlich wieder geändert hätte, würde ihn Reiser aus erster Bewegung freiwillig mit lächelnder teilnehmender Miene wieder haben über sich stehen lassen, oder hätte er sich erst mit einer Art von Anstrengung in diese Empfindung versetzen müssen, weil er sie für recht und edel gehalten hätte? – Der Zusammenhang seiner Geschichte mag in der Folge diese Frage entscheiden!

Alle Abend hatte nun Reiser eine lateinische Stunde bei dem Sohn des Pastor Marquard und kam wirklich so weit, daß er binnen vier Wochen ziemlich den Kornelius Nepos exponieren lernte. Welche Wonne war ihm das, wenn denn etwa der Garnisonküster dazu kam und fragte, was die beiden Herren Studenten machten – und als der Pastor Marquard damals gerade seine älteste Tochter an einen jungen Prediger verheiratete, der eines Sonntags nachmittags für ihn die Kinderlehre hielt und dieser auf Reisern immer aufmerksamer zu werden schien, je öfter er ihn antworten hörte: welch ein entzückender Augenblick für Reisern, da derselbe nun nach geendigtem Gottesdienst zum Pastor Marquard kam und der Schwiegersohn des Pastors ihn nun mit der größten Achtung anredete und sagte, es sei ihm gleich in der Kirche, da Reiser ihm zuerst geantwortet, aufgefallen, ob das wohl der junge Mensch sein möchte, von dem ihm sein Schwiegervater so viel Gutes gesagt, und es freue ihn, daß er sich nicht geirrt habe.

In seinem Leben hatte Anton keine solche Empfindung gehabt, als ihm diese achtungsvolle Begegnung verursachte. – Da er nun die Sprache der feinen Lebensart nicht gelernt hatte und sich doch auch nicht gemein ausdrücken wollte, so bediente er sich bei solchen Gelegenheiten der Büchersprache, die bei ihm aus dem Telemach, der Bibel und dem Katechismus zusammengesetzt war, welches seinen Antworten oft einen sonderbaren Anstrich von Originalität gab, indem er z. B. bei solchen Gelegenheiten zu sagen pflegte, er habe den Trieb zum Studieren, der ihn unaufhaltsam mit sich fortgerissen, nicht überwältigen können und wolle sich nun der Wohltaten, die man ihm erzeige, auf alle Weise würdig zu machen und in aller Gottseligkeit und Ehrbarkeit sein Leben bis an sein Ende zu führen suchen.

Indes hatte der Konsistorialrat Götten, an den sich Reiser schon vorher gewandt hatte, für ihn ausgemacht, daß er die sogenannte Neustädter Schule unentgeltlich besuchen könnte. – Allein der Pastor Marquard sagte, das dürfe nun nicht geschehen; er solle, bis er konfirmiert würde, noch von seinem Sohne unterrichtet werden, damit er alsdann sogleich die höhere Schule auf der Altstadt besuchen könne, wo der Direktor sich seiner annehmen wolle; und wegen der Eifersucht, die zwischen den beiden Schulen zu herrschen pflegte, würde er besser tun, wenn er jene nicht zuerst besuchte. – Dies mußte Reiser dem Konsistorialrat Götten selber sagen, um den freien Unterricht, welchen er ihm verschafft hatte, abzulehnen, worüber denn derselbe sehr empfindlich wurde und Reisern sehr hart anredete, ihn aber doch zuletzt wieder mit der Aufmunterung entließ, daß er sich auf andre Weise dennoch seiner annehmen wolle.

So schien nun an Reisers Schicksale, um den sich vorher niemand bekümmert hatte, auf einmal alles teilzunehmen. – Er hörte von Eifersucht der Schulen seinetwegen sprechen. – Der Konsistorialrat Götten und der Pastor Marquard schienen sich gleichsam um ihn zu streiten, wer sich am meisten seiner annehmen wollte. Der Pastor Marquard bediente sich des Ausdrucks, er solle nur dem Konsistorialrat Götten sagen, es wären seinetwegen schon Anstalten getroffen worden und würden noch Anstalten getroffen werden, daß er zu der höhern Schule auf der Altstadt hinlänglich vorbereitet würde, ohne vorher die niedere Schule auf der Neustadt zu besuchen. – Also Anstalten sollten nun seinetwegen getroffen werden, wegen eines Knaben, den seine eigenen Eltern nicht einmal ihrer Aufmerksamkeit wert gehalten hatten.

Mit welchen glänzenden Träumen und Aussichten in die Zukunft dies Reisers Phantasie erfüllt habe, darf ich wohl nicht erst sagen. Insbesondre, da nun noch immer die geheimnisvollen Winke bei dem Garnisonküster und die Zurückhaltung des Pastor Marquard fortdauerte, womit er Reisern etwas Wichtiges zu verschweigen schien. –

Endlich kam es denn heraus, daß der Prinz Carl auf Empfehlung des Pastor Marquard sich des jungen Reisers annehmen und ihm monatlich ... Rtlr. zu seinem Unterhalt aussetzen wolle. – Also war nun Reiser auf einmal allen seinen Besorgnissen wegen der Zukunft entrissen, das süße Traumbild eines sehnlich gewünschten, aber nie gehofften Glückes war, ehe er es sich versehn, wirklich geworden, und er konnte nun seinen angenehmsten Phantasien nachhängen, ohne zu fürchten, daß er durch Mangel und Armut darin gestört werden würde. –

Sein Herz ergoß sich wirklich in Dank gegen die Vorsehung. – Kein Abend ging hin, wo er nicht den Prinzen und den Pastor Marquard in sein Abendgebet mit eingeschlossen hätte – und oft vergoß er im stillen Tränen der Freude und des Danks, wenn er diese glückliche Wendung seines Schicksals überdachte.

Reisers Vater hatte nun auch nichts weiter gegen sein Studieren einzuwenden, sobald er hörte, daß es ihm nichts kosten sollte. Überdem kam die Zeit nun heran, wo er seine kleine Bedienung an einem Ort sechs Meilen von Hannover antreten mußte, und sein Sohn konnte ihm also auf keine Weise mehr zur Last fallen. – Allein nun war die Frage, bei wem Reiser nach der Abreise seiner Eltern wohnen und essen sollte. Der Pastor Marquard schien nicht geneigt zu sein, ihn ganz zu sich ins Haus zu nehmen. Es mußte also drauf gedacht werden, ihn irgendwo bei ordentlichen Leuten unterzubringen. Und ein Hoboist, namens Filter, vom Regiment des Prinzen Carl erbot sich von freien Stücken dazu, Reisern unentgeltlich bei sich wohnen zu lassen. Ein Schuster, bei dem seine Eltern einmal im Hause gewohnt hatten, noch ein Hoboist, ein Hofmusikus, ein Garkoch und ein Seidensticker erboten sich jeder, ihm wöchentlich einen Freitisch zu geben.

Dies verringerte Reisers Freude in etwas wieder, welcher glaubte, daß das, was der Prinz für ihn hergab, zu seinem Unterhalt zureichen würde, ohne daß er an fremden Tischen sein Brot essen dürfte. Auch verringerte dies seine Freude nicht ohne Ursach, denn es setzte ihn in der Folge oft in eine höchst peinliche und ängstliche Lage, so daß er oft im eigentlichen Verstande sein Brot mit Tränen essen mußte. – Denn alles beeiferte sich zwar, auf die Weise ihm Wohltaten zu erzeigen, aber jeder glaubte auch dadurch ein Recht erworben zu haben, über seine Aufführung zu wachen und ihm in Ansehung seines Betragens Rat zu erteilen, der dann immer ganz blindlings sollte angenommen werden, wenn er seine Wohltäter nicht erzürnen wollte. Nun war Reiser gerade von so viel Leuten von ganz verschiedener Denkungsart abhängig, als ihm Freitische gaben, wo jeder drohte, seine Hand von ihm abzuziehen, sobald er seinem Rat nicht folgte, der oft dem Rat eines andern Wohltäters geradezu widersprach. Dem einen trug er sein Haar zu gut, dem andern zu schlecht frisiert, dem einen ging er zu schlecht, dem andern, für einen Knaben, der von Wohltaten leben müsse, noch zu geputzt einher, – und dergleichen unzählige Demütigungen und Herabwürdigungen gab es mehr, denen Reiser durch den Genuß der Freitische ausgesetzt war, und denen gewiß ein jeder junger Mensch mehr oder weniger ausgesetzt ist, der das Unglück hat, auf Schulen durch Freitische seinen Unterhalt zu suchen und die Woche hindurch von einem zum andern herumessen zu müssen.

Dies alles ahndete Reisern dunkel, als die Freitische insgesamt für ihn angenommen und keine Wohltat verschmäht wurde, die ihm nur irgend jemand erweisen wollte. – An dem guten Willen aber pflegt es nie zu fehlen, wenn Leute einem jungen Menschen zum Studieren beförderlich sein zu können glauben – dies erweckt einen ganz besondern Eifer – jeder denkt sich dunkel, wenn dieser Mann einmal auf der Kanzel steht, dann wird das auch mein Werk mit sein. – Es entstand ein ordentlicher Wetteifer um Reisern, und jeder, auch der Ärmste, wollte nun auf einmal zum Wohltäter an ihm werden, wie denn ein armer Schuster sich erbot, ihm alle Sonntagabend einmal zu essen zu geben – dies alles wurde mit Freuden für ihn angenommen und von seinen Eltern mit dem Hoboisten und dessen Frau überrechnet, wie glücklich er nun sei, daß er alle Tage in der Woche zu essen habe, und wie man nun von dem Gelde, das der Prinz hergebe, für ihn sparen könne.

Ach, die glänzenden Aussichten, die sich Reiser von dem Glück, das auf ihn wartete, gemacht hatte, verdunkelten sich nachher sehr wieder. Indes dauerte doch der erste angenehme Taumel, in welchen ihn die tätige Vorsorge und die Teilnehmung so vieler Menschen an seinem Schicksale versetzt hatte, noch eine Weile fort. –

Das große Feld der Wissenschaften lag vor ihm – sein künftiger Fleiß, die nützlichste Anwendung jeder Stunde bei seinem künftigen Studieren war den ganzen Tag über sein einziger Gedanke, und die Wonne, die er darin finden, und die erstaunlichen Fortschritte, die er nun tun und sich Ruhm und Beifall dadurch erwerben würde: mit diesen süßen Vorstellungen stand er auf und ging damit zu Bette – aber er wußte nicht, daß ihm das Drückende und Erniedrigende seiner äußern Lage dies Vergnügen so sehr verbittern würde. Anständig genährt und gekleidet zu sein gehört schlechterdings dazu, wenn ein junger Mensch zum Fleiß im Studieren Mut behalten soll. Beides war bei Reisern der Fall nicht. Man wollte für ihn sparen und ließ ihn während der Zeit wirklich darben.

Seine Eltern reisten nun auch weg, und er zog mit seinen wenigen Habseligkeiten bei dem Hoboisten Filter ein, dessen Frau insbesondre sich schon von seiner Kindheit an seiner mit angenommen hatte. – Es herrschte bei diesen Leuten, die keine Kinder hatten, die größte Ordnung in der Einrichtung ihrer Lebensart, welche vielleicht nur irgendwo stattfinden kann. Da war nichts, keine Bürste und keine Schere, was nicht seit Jahren seinen bestimmten angewiesenen Platz gehabt hätte. Da war kein Morgen, der anbrach, wo nicht um acht Uhr Kaffee getrunken und um neun Uhr der Morgensegen gelesen worden wäre, welches allemal kniend geschahe, indes die Frau Filter aus dem Benjamin Schmolke vorlas, wobei denn Reiser auch mit knien mußte. Des Abends nach neun Uhr wurde auf eben die Art, indem jeder vor seinem Stuhle kniete, auch der Abendsegen aus dem Schmolke gelesen und dann zu Bette gegangen. Dies war die unverbrüchliche Ordnung, welche von diesen Leuten schon seit beinahe zwanzig Jahren, wo sie auch beständig auf derselben Stube gewohnt hatten, war beobachtet worden. Und sie waren gewiß dabei sehr glücklich, aber sie durften auch schlechterdings durch nichts darin gestört werden, wenn nicht zugleich ihre innre Zufriedenheit, die größtenteils auf diese unverbrüchliche Ordnung gebaut war, mit darunter leiden sollte. Dies hatten sie nicht recht erwogen, da sie sich entschlossen, ihre Stubengesellschaft mit jemanden zu vermehren, der sich unmöglich auf einmal in ihre seit zwanzig Jahren etablierte Ordnung, die ihnen schon zur andern Natur geworden war, gänzlich fügen konnte.

Es konnte also nicht fehlen, daß es ihnen bald zu gereuen anfing, daß sie sich selbst eine Last aufgebürdet hatten, die ihnen schwerer wurde, als sie glaubten. Weil sie nur eine Stube und eine Kammer hatten, so mußte Reiser in der Wohnstube schlafen, welches ihnen nun alle Morgen, sooft sie hereintraten, einen unvermuteten Anblick von Unordnung machte, dessen sie nicht gewohnt waren, und der sie wirklich in ihrer Zufriedenheit störte. – Anton merkte dies bald, und der Gedanke, lästig zu sein, war ihm so ängstigend und peinlich, daß er sich oft kaum zu husten getrauete, wenn er an den Blicken seiner Wohltäter sahe, daß er ihnen im Grunde zur Last war. – Denn er mußte doch seine wenigen Sachen nun irgendwo hinlegen, und wo er sie hinlegte, da störten sie gewissermaßen die Ordnung, weil jeder Fleck hier nun schon einmal bestimmt war. – Und doch war es ihm nun unmöglich, sich aus dieser peinlichen Lage wieder herauszuwickeln. – Dies alles zusammengenommen versetzte ihn oft stundenlang in eine unbeschreibliche Wehmut, die er sich damals selber nicht zu erklären wußte und sie anfänglich bloß der Ungewohnheit seines neuen Aufenthaltes zuschrieb.

Allein es war nichts als der demütigende Gedanke des Lästigseins, der ihn so danieder druckte. Hatte er gleich bei seinen Eltern und bei dem Hutmacher Lobenstein auch nicht viel Freude gehabt, so hatte er doch ein gewisses Recht da zu sein. Bei jenen, weil es seine Eltern waren, und bei diesem, weil er arbeitete. – Hier aber war der Stuhl, worauf er saß, eine Wohltat. – Möchten dies doch alle diejenigen erwägen, welche irgend jemanden Wohltaten erzeigen wollen, und sich vorher recht prüfen, ob sie sich auch so dabei nehmen werden, daß ihre gutgemeinte Entschließung dem Bedürftigen nie zur Qual gereiche.

Das Jahr, welches Reiser in dieser Lage zubrachte, war, obgleich jeder ihn glücklich pries, in einzelnen Stunden und Augenblicken eines der qualvollsten seines Lebens.

Reiser hätte sich vielleicht seinen Zustand angenehmer machen können, hätte er das nur gehabt, was man bei manchen jungen Leuten ein insinuantes Wesen nennt. Allein zu einem solchen insinuanten Wesen gehört ein gewisses Selbstzutrauen, das ihm von Kindheit auf war benommen worden; um sich gefällig zu machen, muß man vorher den Gedanken haben, daß man auch gefallen könne. – Reisers Selbstzutrauen mußte erst durch zuvorkommende Güte geweckt werden, ehe er es wagte, sich beliebt zu machen. – Und wo er nur einen Schein von Unzufriedenheit andrer mit ihm bemerkte, da war er sehr geneigt, an der Möglichkeit zu verzweifeln, jemals ein Gegenstand ihrer Liebe oder ihrer Achtung zu werden. Darum gehörte gewiß ein großer Grad von Anstrengung bei ihm dazu, sich selber Personen als einen Gegenstand ihrer Aufmerksamkeit vorzustellen, von denen er noch nicht wußte, wie sie seine Zudringlichkeit aufnehmen würden.

Seine Base prophezeite ihm sehr oft, wie ihm der Mangel jenes insinuanten Wesens an seinem Fortkommen in der Welt schaden würde. Sie lehrte ihn, wie er mit der Frau Filter sprechen und ihr sagen solle: „Liebe Frau Filter, sein Sie nun meine Mutter, da ich ohne Vater und Mutter bin, ich will Sie auch so lieb haben wie eine Mutter.“ – Allein wenn Reiser dergleichen sagen wollte, so wars, als ob ihm die Worte im Munde erstarben; es würde höchst ungeschickt herausgekommen sein, wenn er so etwas hätte sagen wollen. – Dergleichen zärtliche Ausdrücke waren nie durch zuvorkommendes, gütiges Betragen irgendeines Menschen gegen ihn aus seinem Munde hervorgelockt worden; seine Zunge hatte keine Geschmeidigkeit dazu. – Er konnte den Rat seiner Base unmöglich befolgen. Wenn sein Herz voll war, so suchte er schon Ausdrücke, wo er sie auch fand. Aber die Sprache der feinen Lebensart hatte er freilich nie reden gelernet. – Was man insinuantes Wesen nennt, wäre auch bei ihm die kriechendste Schmeichelei gewesen.

Indes war nun die Zeit herangekommen, wo Reiser konfirmiert werden und in der Kirche öffentlich sein Glaubensbekenntnis ablegen sollte – eine große Nahrung für seine Eitelkeit – er dachte sich die versammelten Menschen, sich als den ersten unter seinen Mitschülern, der alle Aufmerksamkeit bei seinen Antworten vorzüglich auf sich ziehen würde, durch Stimme, Bewegung und Miene. – Der Tag erschien, und Reiser erwachte, wie ein römischer Feldherr erwacht sein mag, dem an dem Tage ein Triumph bevorstand. – Er wurde bei seinem Vetter, dem Perückenmacher, hoch frisiert und trug einen bläulichen Rock und schwarze Unterkleider, eine Tracht, die der geistlichen gewissermaßen sich schon am meisten näherte.

Aber so wie der Triumph des größten Feldherrn zuweilen durch unerwartete Demütigungen verbittert wurde, daß er ihn nur halb genießen konnte, so ging es auch Reisern an diesem Tage seines Ruhms und seines Glanzes. – Seine Freitische nahmen mit diesem Tage ihren Anfang. – Er hatte den ersten des Mittags bei dem Garnisonküster und den andern des Abends bei dem armen Schuster – und obgleich der Garnisonküster ein Mann war, der das großmütigste Herz besaß und Reisern seinen Lebenslauf erzählte, wie er auch erst als ein armer Schüler ins Chor gegangen sei, aber schon in seinem siebzehnten Jahre den blauen Mantel mit dem schwarzen vertauscht habe – so war doch die Frau desselben der Neid und die Mißgunst selber, und jeder ihrer Blicke vergiftete Reisern den Bissen, den er in den Mund steckte. Sie ließ es sich zwar am ersten Tag nicht so sehr wie nachher, aber doch stark genug merken, daß Reiser niedergeschlagenen Herzens, ohne selbst recht zu wissen, worüber, zur Kirche ging und die Freude, die er sich an diesem sehnlich gewünschten Tage versprochen hatte, nur halb empfand. – Er sollte nun hingehn, um sein Glaubensbekenntnis auf gewisse Weise zu beschwören. –

Dies dachte er sich, und ihm fiel dabei ein, daß sein Vater vor einiger Zeit zu Hause erzählt hatte, wie er wegen seines Dienstes vereidet worden war, daß er nichts weniger als gleichgültig dabei gewesen sei – und Reiser schien sich, da er zur Kirche ging, gegen den Eid, den er ablegen sollte, gleichgültig zu sein. – Aus dem Unterricht, den er in der

Religion bekommen, hatte er sehr hohe Begriffe vom Eide und hielt diese Gleichgültigkeit an sich für höchst strafbar. Er zwang sich also, nicht gleichgültig, sondern gerührt und ernsthaft zu sein bei diesem wichtigen Schritte und war mit sich selber unzufrieden, daß er nicht noch weit gerührter war; aber die Blicke der Frau des Garnisonküsters waren es, welche alle sanfte und angenehme Empfindungen aus seinem Herzen weggescheucht hatten.

Er konnte sich doch nicht recht freuen, weil niemand war, der an seiner Freude recht nahen Anteil nahm, weil er dachte, daß er auch selbst an diesem Tage an fremden Tischen essen mußte. Da er indes in die Kirche kam und nun vor den Altar trat und obenan in der Reihe stand, so erwärmete das alles zwar wieder seine Phantasie – aber es war doch lange das nicht, was er sich versprochen hatte. – Und gerade das Wichtigste und Feierlichste, die Ablegung des Glaubensbekenntnisses, welches einer im Namen der übrigen tun mußte, kam nicht an ihn, und er hatte sich doch schon viele Tage vorher auf Miene, Bewegung und Ton geübt, womit er es ablegen wollte.

Er dachte, der Pastor Marquard würde ihn etwa den Nachmittag zu sich kommen lassen, aber er ließ ihn nicht zu sich kommen – und während daß seine Mitschüler nun zu Hause gingen und der zärtlichen Bewillkommnung ihrer Eltern entgegen sahen, ging Reiser einsam und verlassen auf der Straße umher, wo ihm der Direktor des Lyzeums begegnete, der ihn anredete und fragte, ob er nicht Reiserus hieße – und als Reiser mit Ja antwortete, ihm freundlich die Hand druckte und sagte, er habe schon durch den Pastor Marquard viel Gutes von ihm gehört und würde bald näher mit ihm bekannt werden.

Welche unerwartete Aufmunterung für ihn, daß dieser Mann, den er schon oft mit tiefer Ehrfurcht betrachtet hatte, ihn auf der Straße anzureden würdigte und ihn Reiserus nannte.

Der Direktor Ballhorn war wirklich ein Mann, welcher einem jeden, der ihn sahe, Ehrfurcht und Liebe einzuflößen imstande war. Er kleidete sich zierlich und doch anständig, trug sich edel, war wohlgebildet, hatte die heiterste Miene, worin ihm sooft er wollte der strengste Ernst zu Gebote stand. Er war ein Schulmann, gerade wie er sein sollte, um von diesem Stande die Verachtung der feinen Welt, womit die gewöhnliche Pedanterie desselben belegt ist, abzuwälzen.

Wie es nun kam, daß er Reisern Reiserus nannte, mag der Himmel wissen, gnug, er nannte ihn so, und es schmeichelte Reisern nicht wenig, auf die Weise seinen Namen zum erstenmal in us umgetauft zu sehen. – Da er mit dieser Endigung der Namen immer die Idee von Würde und einer erstaunenswürdigen Gelehrsamkeit verknüpft hatte und sich nun schon im Geiste den gelehrten und berühmten Reiserus nennen hörte.

Diese Benennung, womit er so zufälligerweise von dem Direktor Ballhorn beehrt wurde, ist ihm nachher auch oft wieder eingefallen und manchmal mit ein Sporn zum

Fleiße gewesen; denn mit dem us an seinem Namen erwachte auf einmal die ganze Reihe von Vorstellungen, einmal ein berühmter Gelehrter zu werden, wie Erasmus Roterodamus und andere, deren Lebensbeschreibungen er zum Teil gelesen und ihre Bildnisse in Kupfer gestochen gesehen hatte.

Am Abend ging er nun zu dem armen Schuster und wurde wenigstens mit freundlichern Blicken als von der Frau des Garnisonküsters empfangen. Der Schuster Heidorn, so hieß sein Wohltäter, hatte die Schriften des Taulerus und andre dergleichen gelesen und redete daher eine Art von Büchersprache, wobei er manchmal einen gewissen predigenden Ton annahm. Gemeiniglich zitierte er einen gewissen Periander, wenn er etwas behauptete, als: Der Mensch muß sich nur Gott hingeben, sagt Periander – und so sagte alles, was der Schuster Heidorn sagte, auch dieser Periander, der im Grunde nichts als eine allegorische Person war, die in Bunians Christenreise oder sonst irgendwo vorkommt. Aber Reisern klang der Name Periander so süß in seinen Ohren. – Er dachte sich dabei etwas Erhabenes, Geheimnisvolles und hörte den Schuster Heidorn immer gern von Periander sprechen.

Der gute Heidorn hatte ihn aber etwas zu spät aufgehalten, und als er zu Hause kam, hatten sein Wirt und seine Wirtin schon ihren Abendsegen gelesen und nicht unmittelbar darauf zu Bette gehen können, welches seit Jahren nicht geschehen sein mochte. Dies war denn Ursach, daß Reiser ziemlich kalt und finster empfangen wurde und sich an diesem Tage, dem er so lange voll sehnlicher Erwartung entgegengesehen hatte, mit traurigem Herzen niederlegen mußte.

Diese Woche mußte er nun zum ersten Male herumessen und machte am Montage bei dem Garkoch den Anfang, wo er sein Essen unter den übrigen Leuten, die bezahlten, bekam, und man sich weiter nicht um ihn bekümmerte. – Dies war, was er wünschte, und er ging immer mit leichterem Herze hieher.

Den Dienstag Mittag ging er zu dem Schuster Schantz, wo seine Eltern im Hause gewohnt hatten, und wurde auf das liebreichste und freundlichste empfangen. Die guten Leute hatten ihn als ein kleines Kind gekannt, und die alte Mutter des Schusters Schantz hatte immer gesagt, aus dem Jungen wird noch einmal etwas – und nun freute sie sich, daß ihre Prophezeiung einzutreffen schien. Und wenn es Reiser je nicht fühlte, daß er fremdes Brot aß, so war es an diesem gastfreundlichen Tische, wo er oft nachher seines Kummers vergessen hat und mit heitrer Miene wieder wegging, wenn er traurig hingegangen war. Denn mit dem Schuster Schantz vertiefte er sich immer in philosophischen Gesprächen, bis die alte Mutter sagte: Nun Kinder, so hört doch einmal auf und laßt das liebe Essen nicht kalt werden. O, was war der Schuster Schantz für ein Mann! Von ihm konnte man mit Wahrheit sagen, daß er vom Lehrstuhle die Köpfe der Leute hätte bilden sollen, denen er Schuh machte. – Er und Reiser kamen oft in ihren Gesprächen ohne alle Anleitung auf Dinge, die Reiser nachher als die tiefste Weisheit in den Vorlesungen über die Metaphysik wiederhörte, und er hatte oft schon stundenlang mit dem Schuster Schantz darüber gesprochen. – Denn sie waren ganz von selbst auf die Entwickelung der Begriffe von Raum und Zeit, von subjektivischer und objektivischer Welt usw. gekommen, ohne die Schulterminologie zu wissen, sie halfen sich dann mit der Sprache des gemeinen Lebens, so gut sie konnten, welches oft sonderbar genug herauskam, – kurz, bei dem Schuster Schantz vergaß Reiser alles Unangenehme seines Zustandes, er fühlte sich hier gleichsam in die höhere Geisterwelt versetzt und sein Wesen wieder veredelt, weil er jemanden fand, mit dem er sich verstehn und Gedanken gegen Gedanken wechseln konnte. Die Stunden, welche er hier bei den Freunden seiner Kindheit und seiner Jugend zubrachte, waren gewiß damals die angenehmsten seines Lebens. Hier war es allein, wo er sich mit völligem Zutrauen gewissermaßen wie zu Hause fühlte.

Am Mittwoch aß er denn bei seinem Wirt, wo das wenige, was er genoß, so gut es auch diese Leute übrigens mit ihm meinen mochten, ihm doch fast jedesmal so verbittert wurde, daß er sich vor diesem Tage fast mehr wie vor allen andern fürchtete. Denn an diesem Mittage pflegte seine Wohltäterin, die Frau Filter, immer nicht geradezu, sondern nur in gewissen Anspielungen, indem sie zu ihrem Manne sprach, Reisers Betragen durchzugehen, ihm die Dankbarkeit gegen seine Wohltäter einzuschärfen und etwas von Leuten mit einfließen zu lassen, die sich angewöhnt hätten, sehr viel zu essen und am Ende gar nicht mehr zu sättigen gewesen wären. – Reiser hatte damals, da er in seinem vollen Wachstum war, wirklich sehr guten Appetit, allein mit Zittern steckte er jeden Bissen in den Mund, wenn er dergleichen Anspielungen hörte. Bei der Frau Filter geschahe es nun wirklich nicht sowohl aus Geiz oder Neid, daß sie dergleichen Anspielungen machte, sondern aus dem feinen Gefühl von Ordnung, welches dadurch beleidiget wurde, wenn jemand ihrer Meinung nach zu viel aß. – Sie pflegte denn auch wohl von Gnadenbrünnlein und Gnadenquellen zu reden, die sich verstopften, wenn man nicht mit Mäßigkeit daraus schöpfte.

Die Frau des Hofmusikus, welche ihm am Donnerstag zu essen gab, war zwar dabei etwas rauh in ihrem Betragen, quälte ihn aber doch dadurch lange nicht so als die Frau Filter mit aller ihrer Feinheit. – Am Freitage aber hatte er wieder einen sehr schlimmen Tag, indem er bei Leuten aß, die es ihn nicht durch Anspielungen, sondern auf eine ziemlich grobe Art fühlen ließen, daß sie seine Wohltäter waren. Sie hatten ihn auch noch als Kind gekannt und nannten ihn nicht auf eine zärtliche, sondern verächtliche Weise bei seinem Vornamen Anton, da er doch anfing, sich unter die erwachsenen Leute zu zählen. Kurz, diese Leute behandelten ihn so, daß er den ganzen Freitag über mißmütig und traurig zu sein pflegte und zu nichts recht Lust hatte, ohne oft zu wissen worüber. Es war aber darüber, daß er den Mittag der erniedrigenden Begegnung dieser Leute ausgesetzt war, deren Wohltat er sich doch notwendig wieder gefallen lassen mußte, wenn es ihm nicht als der unverzeihlichste Stolz sollte ausgelegt werden. – Am Sonnabend aß er denn bei seinem Vetter, dem Perückenmacher, wo er eine Kleinigkeit bezahlte und mit frohem Herzen aß, und den Sonntag wieder bei dem Garnisonküster.

Dies Verzeichnis von Reisers Freitischen und den Personen, die sie ihm gaben, ist gewiß nicht so unwichtig, wie es manchem vielleicht beim ersten Anblick scheinen mag – dergleichen kleinscheinende Umstände sind es eben, die das Leben ausmachen und auf die Gemütsbeschaffenheit eines Menschen den stärksten Einfluß haben. – Es kam bei Reisers Fleiß und seinen Fortschritten, die er an irgendeinem Tage tun sollte, sehr viel darauf an, was er für eine Aussicht auf den folgenden Tag hatte, ob er gerade bei dem Schuster Schantz oder bei der Frau Filter oder dem Garnisonküster essen mußte. Aus dieser seiner täglichen Situation nun wird sich größtenteils sein nachheriges Betragen erklären lassen, welches sonst sehr oft mit seinem Charakter widersprechend scheinen würde.

Ein großer Vorteil würde es für Reisern gewesen sein, wenn ihn der Pastor Marquard wöchentlich einmal hätte bei sich essen lassen. Aber dieser gab ihm statt dessen einen sogenannten Geldtisch, so wie auch der Seidensticker; von diesen wenigen Groschen nun mußte Reiser wöchentlich sein Frühstück und Abendbrot bestreiten. So hatte die Frau Filter es angeordnet. Denn was der Prinz hergab, sollte alles für ihn gespart werden. Sein Frühstück bestand also in ein wenig Tee und einem Stück Brot, und sein Abendessen in ein wenig Brot und Butter und Salz. Dann sagte die Frau Filter, er müsse sich ans Mittagessen halten, doch aber gab sie ihm zu verstehen, daß er sich ja hüten müsse, sich zu überessen.

So war nun Reisers Ökonomie eingerichtet, was seinen Unterhalt anbetraf. Aber auch zu seiner Kleidung wurde nicht einmal von dem Gelde, was der Prinz für ihn hergab, etwas genommen, sondern ein alter, grober, roter Soldatenrock für ihn gekauft, der ihm zurechtgemacht wurde und womit er nun die öffentliche Schule besuchen sollte, in welcher nun auch der Allerärmste besser als er gekleidet war; ein Umstand, der nicht wenig dazu beitrug, gleich anfänglich seinen Mut in etwas niederzuschlagen.

Dazu kam nun noch, daß er das Kommißbrot, welches der Hoboist Filter empfing, holen und unter den Armen durch die Stadt tragen mußte, welches er zwar, wenn es irgend möglich war, in der Dämmerung tat, aber es sich doch auf keine Weise durfte merken lassen, daß er sich dies zu tun schäme, wenn es ihm nicht ebenfalls als ein unverzeihlicher Stolz sollte ausgelegt werden; denn von diesem Brote wurde ihm selbst wöchentlich eins für ein geringes Geld überlassen, wovon er denn sein Frühstück und seinen Abendtisch bestreiten mußte.

Gegen dies alles durfte er sich nun nicht im mindesten auflehnen, weil der Pastor Marquard in die Einsichten der Frau Filter, was Reisers Erziehung und die Einrichtung seiner Lebensart anbetraf, ein unbegrenztes Zutrauen setzte. In derselben Woche machte er auch noch seinen Besuch bei diesen Leuten und dankte ihnen, daß sie die nähere Aufsicht über Reisern hätten übernehmen wollen, den er nun völlig ihrer Sorgfalt anvertraute. Reiser saß dabei halbtraurig am Ofen, ob er gleich nicht gerne undankbar für die Vorsorge des Pastor Marquard sein wollte. Aber er hing nun von diesem

Augenblick an ganz und gar von Leuten ab, bei denen er die wenigen Tage schon in einem so peinlichen Zustande zugebracht hatte. Bei aller dieser anscheinenden Güte, die ihm erwiesen wurde, konnte er sich nie recht freuen, sondern war immer ängstlich und verlegen, weil ihm jede, auch die kleinste Unzufriedenheit, die man ihm merken ließ, doppelt kränkend war, sobald er bedachte, daß selbst der eigentliche Fleck seines Daseins, das Obdach, dessen er sich erfreute, bloß von der Güte so sehr empfindlicher und leicht zu beleidigender Personen abhing, als Filter und noch weit mehr seine Frau war.

Bei dem allen war ihm nun doch der Gedanke aufmunternd, daß er in der künftigen Woche die sogenannte hohe Schule zu besuchen anfangen sollte. Das war so lange sein sehnlichster Wunsch gewesen. Wie oft hatte er mit Ehrfurcht das große Schulgebäude mit der hohen steinernen Treppe vor demselben angestaunt, wenn er über den Marktkirchhof ging. – Stundenlang stand er oft, ob er etwa durch die Fenster etwas von dem, was inwendig vorging, erblicken könnte. Nun schimmerte von dem großen Katheder in Prima zufälligerweise ein Teil durch das Fenster – wie malte sich seine Phantasie das aus! Wie oft träumte ihm des Nachts von diesem Katheder und von langen Reihen von Bänken, wo die glücklichen Schüler der Weisheit saßen, in deren Gesellschaft er nun bald sollte aufgenommen werden.

So bestanden von seiner Kindheit auf seine eigentlichen Vergnügungen größtenteils in der Einbildungskraft, und er wurde dadurch einigermaßen für den Mangel der wirklichen Jugendfreuden, die andre in vollem Maße genießen, schadlos gehalten. – Dicht neben der Schule führten zwei lange Gänge nach den nebeneinander gebauten Priesterhäusern. Die machten ihm einen so ehrwürdigen Prospekt, daß das Bild davon nebst dem Schulgebäude Tag und Nacht das herrschende in seiner Seele war – und denn die Benennung „hohe Schule“, welche unter gemeinen Leuten im Gebrauch war, und der Ausdruck „hohe Schüler“, welchen er ebenfalls oft gehört hatte, machten, daß ihm seine Bestimmung, diese Schule zu besuchen, immer wichtiger und größer vorkam.

Der Zeitpunkt wo dies geschehen sollte, war nun da, und mit klopfendem Herzen erwartete er den Augenblick, wo ihn der Direktor Ballhorn in einen dieser Hörsäle der Weisheit führen würde. Er wurde von dem Direktor geprüft und tüchtig befunden, in die zweite Klasse gesetzt zu werden. Die mit einer natürlichen Würde verknüpfte Freundlichkeit, womit ihn dieser Mann zuerst mein lieber Reiser nannte, ging ihm durch die Seele und flößte ihm das innigste Zutrauen verbunden mit einer unbegrenzten Ehrfurcht gegen den Direktor ein. O, was vermag ein Schulmann über die Herzen junger Leute, wenn er gerade so wie der Direktor Ballhorn den rechten Ton einer durch Leutseligkeit gemilderten Würde in seinem Betragen zu treffen weiß!

Den Sonntag nach der Konfirmation ging nun Reiser zuerst zum Abendmahl und suchte nun aufs gewissenhafteste die Lehren in Ausübung zu bringen, welche er sich darüber aufgeschrieben und auswendig gelernt hatte, als die vorhergehende Prüfung nach dem Buß- und Sündenspiegel und dann das Hinzutreten zum Altar mit einem freudigen Zittern. – Er suchte sich auf alle Weise in eine solche Art von freudigen Zittern zu versetzen; es wollte ihm aber nicht gelingen, und er machte sich selbst die bittersten Vorwürfe darüber, daß sein Herz so verhärtet war. Endlich fing er vor Kälte an zu zittern, und dies beruhigte ihn einigermaßen.

Allein die himmlische Empfindung und das selige Gefühl, das ihm nun diese Seelenspeise gewähren sollte, alles das empfand er nicht – er schrieb aber die Schuld davon bloß seinem eigenen verstockten Herzen zu und quälte sich selbst über den Zustand der Gleichgültigkeit, worin er sich fühlte.

Am meisten schmerzte es ihn, daß er nicht recht zur Erkenntnis seines Sündenelendes kommen konnte, welches doch zur Heilsordnung nötig war. Auch hatte er den Tag vorher in einer auswendig gelernten Beichte im Beichtstuhl bekennen müssen, daß er leider viel und mannigfaltig gesündigt mit Gedanken, Worten und Werken, mit Unterlassung des Guten und Begehung des Bösen.

Die Sünden nun, deren er sich schuldig glaubte, waren vorzüglich Unterlassungssünden. Er betete nicht andächtig gnug, liebte Gott nicht eifrig gnug, fühlte nicht Dankbarkeit gnug gegen seine Wohltäter und empfand kein freudiges Zittern, da er zum Abendmahle ging. – Dies alles ging ihm nun nahe, aber er konnte es doch mit Zwang nicht abhelfen, darum war es ihm insofern recht lieb, daß ihm für diese Vergehungen von dem Pastor Marquard die Absolution erteilet wurde.

Dabei blieb er aber doch immer mit sich selber unzufrieden: denn zu der Gottseligkeit und Frömmigkeit rechnete er vorzüglich die Aufmerksamkeit auf jeden seiner Schritte und Tritte, auf jedes Lächeln und auf jede Miene, auf jedes Wort, das er sprach, und auf jeden Gedanken, den er dachte. – Diese Aufmerksamkeit mußte nun natürlicherweise sehr oft unterbrochen werden und konnte nicht wohl über eine Stunde in einem fortdauern – sobald nun Reiser seine Zerstreuung merkte, ward er unzufrieden mit sich selbst und hielt es am Ende beinahe für unmöglich, ein ordentlich gottseliges und frommes Leben zu führen.

Die Frau Filter hielt ihm an dem Tage, da er zum Abendmahl ging, eine lange Predigt über die bösen Lüste und Begierden, die in diesem Alter zu erwachen pflegten, und wogegen er nun kämpfen müsse. Zum Glück verstand Reiser nicht, was sie eigentlich damit meinte, und wagte es auch nicht, sich genauer darnach zu erkundigen, sondern nahm sich nur fest vor, wenn böse Lüste in ihm erwachen sollten, sie möchten auch sein von welcher Art sie wollten, ritterlich dagegen anzukämpfen.

Er hatte bei seinem Religionsunterricht auf dem Seminarium zwar schon von allerlei Sünden gehört, wovon er sich nie einen rechten Begriff machen konnte, als von Sodomiterei, stummen Sünden und dem Laster der Selbstbefleckung, welche alle bei der Erklärung des sechsten Gebots genannt wurden, und die er sich sogar aufgeschrieben hatte. Aber die Namen waren auch alles, was er davon wußte; denn zum Glück hatte der Inspektor diese Sünden mit so fürchterlichen Farben gemalt, daß sich Reiser schon vor der Vorstellung von diesen ungeheuren Sünden selbst fürchtete und mit seinen Gedanken in das Dunkel, welches sie umhüllte, nicht tiefer einzudringen wagte. – Überhaupt waren seine Begriffe von dem Ursprung des Menschen noch sehr dunkel und verworren, ob er gleich nicht mehr glaubte, daß der Storch die Kinder bringe. – Seine Gedanken waren gewiß damals rein; denn ein gewisses Gefühl von Scham, das ihm natürlich zu sein schien, war Ursach, daß er weder mit seinen Gedanken über dergleichen Gegenständen verweilte, noch sich mit seinen Mitschülern und Bekannten darüber zu unterreden wagte. Auch kamen ihm seine religiösen Begriffe von Sünde wohl hiebei zustatten. – Es war ihm fürchterlich genug, daß es wirklich dergleichen Laster, die er nur den Namen nach kannte, in der Welt gab, geschweige denn, daß er nur einen Gedanken hätte haben sollen, sie näher kennen zu lernen.

Am Montag morgen introduzierte ihn nun der Direktor Ballhorn in die zweite Klasse des Lyzeums, wo der Konrektor und der Kantor unterrichteten. – Der Konrektor war zugleich Prediger, und Reiser hatte ihn oft predigen hören. – Er war es eben, dessen Art, sich in seinem Priesterornat zu tragen, Reisern besonders gefiel, so daß er dieselbe mit einem gewissen Auf- und Niederbewegen des Kinns zuweilen nachzuahmen suchte. Auch war der Pastor Grupen, so hieß er, noch ein sehr junger, der Kantor hingegen war ein alter und etwas hypochondrischer Mann.

In der zweiten Klasse waren schon ziemlich erwachsene junge Leute, und Reiser bildete sich nicht wenig darauf ein, nun ein Sekundaner zu sein.

Die Lehrstunden nahmen ihren Anfang: der Konrektor lehrte die Theologie, die Geschichte, den lateinischen Stil und das griechische Neue Testament. – Der Kantor den Katechismus, die Geographie und die lateinische Grammatik. Des Morgens um sieben Uhr fingen die Stunden an und dauerten bis zehn, und des Nachmittags um ein Uhr fingen sie wieder an und dauerten bis um vier Uhr. – Hier mußte nun also Reiser nebst zwanzig bis dreißig andern jungen Leuten einen großen Teil seines damaligen Lebens zubringen. Es war also gewiß kein unwichtiger Umstand, wie diese Lehrstunden eingerichtet waren.

Alle Morgen früh wurde nach der vorgeschriebenen Ordnung zuerst ein Kapitel aus der Bibel gelesen, wie es jedesmal in der Reihe folgte, es mochte nun so lang oder kurz sein, wie es wollte. Darauf wurde denn nach einer gewissen Heilsordnung zweimal die Woche eine Art von Theologie doziert, worin z. B. die opera ad extra und die opera ad intra vorkamen, die vorzüglich eingeprägt wurden. Unter den erstern wurden nämlich die Werke verstanden, woran alle drei Personen in der Gottheit teilnahmen, als die Schöpfung, Erlösung usw., ob sie gleich einer Person vorzüglich zugeschrieben werden; und unter den letztern wurde das verstanden, wodurch sich eine Person von der andern unterschied, und was ihr nur ganz allein zukommt, als die Zeugung des Sohnes vom

Vater, das Ausgehen des heiligen Geistes vom Vater und Sohn usw. Reiser hatte diese Unterschiede zwar schon auf dem Seminarium gelernet, aber es freute ihn doch sehr, daß er sie nun auch lateinisch zu benennen wußte. Die opera ad extra und die opera ad intra prägten sich ihm von dem theologischen Unterricht am tiefsten ein.

Zwei Stunden in der Woche trug der Konrektor eine Art von Universalgeschichte nach dem Holberg vor, und der Kantor lehrte die Geographie nach dem Hübner. Das war der ganze wissenschaftliche Unterricht. Alle übrige Zeit wurde auf die Erlernung der lateinischen Sprache verwandt. Diese war es denn auch allein, worin sich jemand Ruhm und Beifall erwerben konnte. Denn die Ordnung der Plätze richtete sich nur nach der Geschicklichkeit im Lateinischen.

Der Kantor hatte nun die Methode, daß er über eine Anzahl von Regeln aus der großen Märkischen Grammatik wöchentlich einen kleinen Aufsatz diktierte, der ins Lateinische übersetzt werden mußte, und wo die Ausdrücke so gewählt waren, daß immer gerade die jedesmaligen grammatikalischen Regeln darauf konnten angewandt werden. Wer nun auf die Erklärung derselben am besten achtgegeben hatte, der konnte auch sein sogenanntes Exerzitium am besten machen und sich dadurch zu einem höhern Platze hinaufarbeiten.

So sonderbar nun auch die um des Lateinischen willen zusammengelesenen deutschen Ausdrücke zuweilen klangen, so nützlich war doch im Grunde diese Übung, und solch einen Wetteifer erregte sie. – Denn binnen einem Jahre kam Reiser dadurch so weit, daß er ohne einen einzigen grammatikalischen Fehler Latein schrieb und sich also in dieser Sprache richtiger als in der deutschen ausdrückte. Denn im Lateinischen wußte er, wo er den Akkusativ und den Dativ setzen mußte. Im Deutschen aber hatte er nie daran gedacht, daß mich z. B. der Akkusativ und mir der Dativ sei, und daß man seine Muttersprache ebenso wie das Lateinische auch deklinieren und konjugieren müsse. – Indes faßte er doch unvermerkt einige allgemeine Begriffe, die er nachher auf seine Muttersprache anwenden konnte. – Er fing allmählich an, sich deutliche Begriffe von dem zu machen, was man Substantivum und Verbum nannte, welche er sonst noch oft verwechselte, wo sie aneinander grenzten, als z. B. gehn und das Gehen. Weil aber dergleichen Irrtümer in der lateinischen Ausarbeitung immer einen Fehler zu veranlassen pflegten, so wurde er beständig aufmerksamer darauf und lernte auch die feinern Unterschiede zwischen den Redeteilen und ihren Abänderungen unvermerkt einsehen, so daß er sich nach einiger Zeit zuweilen selbst verwunderte, wie er vor kurzem noch solche auffallende Fehler habe machen können.

Der Kantor pflegte unter jede lateinische Ausarbeitung, nachdem er an den Seiten mit roten Strichen die Anzahl der Fehler bemerkt hatte, sein vidi (ich habe es durchgesehen) zu setzen. Da nun Reiser dies vidi unter seinem ersten Exerzitium sahe, so glaubte er, es sei dies ein Wort, das er selbst immer ans Ende der Ausarbeitung schreiben müsse, und dessen Auslassung ihm der Kantor mit als einen Fehler angerechnet habe. Er schrieb also mit eigner Hand unter sein zweites Exerzitium vidi, worüber der Kantor und sein Sohn, der dabei war, laut auflachten und ihm erklärten, was es hieße. – Auf einmal sahe nun Reiser seinen Irrtum und konnte nicht begreifen, wie er nicht selbst auf die richtige Erklärung des vidi gefallen sei, da er doch sonst wohl wußte, was vidi hieß.

Es war ihm, als ob er mit Beschämung aus einer Art von Dummheit erwachte, die ihm angewandelt hatte. Und er wurde auf einige Augenblicke fast ebenso niedergeschlagen darüber, als da der Inspektor auf dem Seminarium einst zu ihm sagte: dummer Knabe, indem er glaubte, daß er nicht einmal buchstabieren könne. Eine solche Art von wirklicher oder anscheinender Dummheit bei gewissen Vorfällen rührte zum Teil aus einem Mangel an Gegenwart des Geistes, zum Teil aus einer gewissen Ängstlichkeit oder auch Trägheit her, wodurch die natürliche Kraft des Denkens auf eine Zeitlang an ihrer freien Wirksamkeit gehindert wurde.

Noch eine Hauptlektion waren die Lebensbeschreibungen der griechischen Feldherrn vom Kornelius Nepos, wovon wöchentlich ein Kapitel aus der Lebensbeschreibung irgendeines Feldherrn auswendig mußte hergesagt werden. Diese Gedächtnisübungen wurden Reisern sehr leicht, weil er nicht sowohl die Worte als die Sachen sich einzuprägen suchte, welches er allemal des Abends vor dem Schlafengehen tat und des Morgens, wenn er aufwachte, die Ideen weit heller und besser geordnet als den Abend vorher in seinem Gedächtnis wiederfand, gleichsam, als ob die Seele während dem Schlafen fortgearbeitet und das, was sie einmal angefangen, nun während der gänzlichen Ruhe des Körpers mit Muße vollendet hätte.

Alles, was Reiser dem Gedächtnis anvertraute, pflegte er auf die Weise auswendig zu lernen.

Er fing nun auch an, sich mit der Poesie zu beschäftigen, welches er schon in seiner Kindheit getan hatte, wo denn seine Verse immer die schöne Natur, das Landleben und dergleichen zum Gegenstand zu haben pflegten. Denn seine einsamen Spaziergänge und der Anblick der grünen Wiesen, wenn er etwa einmal vor das Tor kam, war wirklich das einzige, was ihn in seiner Lage in eine poetische Begeisterung versetzen konnte.

Als ein Knabe von zehn Jahren verfertigte er ein paar Strophen, die sich anfingen:

In den schön beblümten Auen
Kann man Gottes Güte schauen, usw.

welche sein Vater in Musik setzte. Und das Gedicht, das er jetzt hervorbrachte, war eine „Einladung auf das Land", worin wenigstens die Worte nicht übel gewählt waren. – Dies kleine Gedicht gab er dem jungen Marquard, durch welchen es in die Hände des Pastor Marquard und des Direktors kam, die ihren Beifall darüber bezeigten, so daß Reiser beinahe angefangen hätte, sich für einen Dichter zu halten. Aber der Kantor benahm ihm fürs erste diesen Irrtum, indem er sein Gedicht Zeile vor Zeile mit ihm durchging und ihn sowohl auf die Fehler gegen das Metrum als auf den fehlerhaften Ausdruck und den Mangel des Zusammenhangs der Gedanken aufmerksam machte.

Diese scharfe Kritik des Kantors war für Reisern eine wahre Wohltat, die er ihm nie genug verdanken kann. Der Beifall, den dies erste Produkt seiner Muse so unverdienterweise erhielt, hätte ihm sonst vielleicht auf sein ganzes Leben geschadet.

Demohngeachtet wandelte ihm der furor poeticus noch manchmal an, und weil ihn jetzt wirklich das Vergnügen, dem Studieren obzuliegen, am meisten begeisterte, so wagte er sich an ein neues Gedicht zum Lobe der Wissenschaften, welches sich komisch genug anhob:

An euch, ihr schönen Wissenschaften,
An euch soll meine Seele haften, usw.

Der Kantor lehrte auch lateinische Verse machen, trug die Regeln der Prosodie vor, die er nachher auf Catonis disticha beim Skandieren derselben anwenden ließ. Reiser fand hieran sehr großes Vergnügen, weil es ihm so gelehrt klang, lateinische Verse skandieren zu können und zu wissen, warum die eine Silbe lang und die andere kurz ausgesprochen werden mußte; der Kantor schlug mit den Händen den Takt beim Skandieren. Das anzusehen und mitmachen zu können, war ihm denn eine wahre Seelenfreude. – Und als nun gar der Kantor zuletzt eine Anzahl durcheinandergeworfener lateinischer Wörter, welches Verse gewesen waren, diktierte, damit sie wieder in metrische Ordnung gebracht werden sollten, welch ein Vergnügen für Reisern, da er nun mit wenigen Fehlern ein paar ordentliche Hexameter wieder herausbrachte und von dem Kantor einen alten Kurtius zum Prämium erhielt.

Hier herrschte nun gewiß der sogenannte alte Schulschlendrian, und Reiser kam demohngeachtet in einem Jahre so weit, daß er ohne einen grammatikalischen Fehler Latein schreiben und einen lateinischen Vers richtig skandieren konnte. – Das ganz einfache Mittel hierzu war – die öftere Wiederholung des Alten mit dem Neuen, welches doch die Pädagogen der neuern Zeiten ja in Erwägung ziehen sollten. Eine Sache mag noch so schön vorgetragen sein, sobald sie nicht öfter wiederholt wird, haftet sie schlechterdings nicht in dem jugendlichen Gemüte. Die Alten haben gewiß nicht in den Wind geredet, wenn sie sagten: daß die Wiederholung die Mutter des Studierens sei.

Von zehn bis elf Uhr gab der Konrektor noch eine Privatstunde im deutschen Deklamieren und im deutschen Stil, worauf sich Reiser immer am meisten freute, weil er Gelegenheit hatte, sich durch Ausarbeitungen hervorzutun und sich zugleich vom Katheder öffentlich konnte hören lassen, welches einige Ähnlichkeit mit dem Predigen hatte, das immer der höchste Gegenstand aller seiner Wünsche war.

Außer ihm war nun noch einer, namens Iffland, der an dieser Übung im Deklamieren ein ebenso großes Vergnügen fand. Dieser Iffland ist nachher einer unsrer ersten Schauspieler und beliebtesten dramatischen Schriftsteller geworden; und Reisers

Schicksal hat mit dem seinigen bis auf einen gewissen Zeitpunkt viel Ähnliches gehabt. – Iffland und Reiser zeichneten sich immer in der Deklamationsübung am meisten aus. – Iffland übertraf Reisern weit an lebhaftem Ausdruck der Empfindung – Reiser aber empfand tiefer. – Iffland dachte weit schneller und hatte daher Witz und Gegenwart des Geistes, aber keine Geduld, lange über einem Gegenstande auszuhalten. – Reiser schwang sich daher auch in allen übrigen bald über ihn hinauf. – Er verlor allemal gegen Iffland, sobald es auf Witz und Lebhaftigkeit ankam, aber er gewann immer gegen ihn, sobald es darauf ankam, die eigentliche Kraft des Denkens an irgendeinem Gegenstande zu üben. – Iffland konnte sehr lebhaft durch etwas gerührt werden, aber es machte bei ihm keinen so daurenden Eindruck. Er konnte sehr leicht und wie im Fluge etwas fassen, aber es entwischte ihm gemeiniglich ebenso schnell wieder. – Iffland war zum Schauspieler geboren. Er hatte schon als ein Knabe von zwölf Jahren alle seine Mienen und Bewegungen in seiner Gewalt – und konnte alle Arten von Lächerlichkeiten in der vollkommensten Nachahmung darstellen. Da war kein Prediger in Hannover, dem er nicht auf das natürlichste nachgepredigt hatte. Dazu wurde denn gemeiniglich die Zwischenzeit, ehe der Konrektor zur Privatstunde kam, angewandt. Jedermann fürchtete sich daher vor Iffland, weil er jedermann, sobald er nur wollte, lächerlich zu machen wußte. – Reiser liebte ihn dennoch und hätte schon damals gern nähern Umgang mit ihm gehabt, wenn die Verschiedenheit der Glücksumstände es nicht verhindert hätte. Ifflands Eltern waren reich und angesehn, und Reiser war ein armer Knabe, der von Wohltaten lebte, demohngeachtet aber den Gedanken bis in den Tod haßte, sich auf irgendeine Weise Reichen aufzudringen. – Indes genoß er von seinen reichern und besser gekleideten Mitschülern weit mehr Achtung, als er erwartet hatte, welches zum Teil wohl mit daher kommen mochte, weil man wußte, daß ihn der Prinz studieren ließe, und ihn daher schon in einem etwas höhern Lichte betrachtete, als man sonst würde getan haben. – Dies brachte ihm auch von seinen Lehrern etwas mehr Aufmerksamkeit und Achtung zuwege.

Ob nun gleich zum Teil schon erwachsene Leute von siebzehn bis achtzehn Jahren in dieser Klasse saßen, so herrschten doch darin noch sehr erniedrigende Strafen. Der Konrektor sowohl als der Kantor teilten Ohrfeigen aus und bedienten sich zu schärfern Züchtigungen der Peitsche, welche beständig auf dem Katheder lag; auch mußten diejenigen, welche etwas verbrochen hatten, manchmal zur Strafe am Katheder knien.

Reisern war der Gedanke schon unerträglich, sich jemals eine solche Strafe von Männern zuzuziehen, welche er als seine Lehrer im hohen Grade liebte und ehrte, und nichts eifriger wünschte, als sich wiederum ihre Liebe und Achtung zu erwerben. Welch eine Wirkung mußte es also auf ihn tun, da er einmal, ehe er sichs versahe und ganz ohne seine Schuld, das Schicksal einiger seiner Mitschüler, welche wegen eines vorgefallenen Lärms vom Konrektor mit der Peitsche bestraft wurden, teilen mußte. Gleiche Brüder, gleiche Kappen, sagte der Konrektor, da er an ihn kam, und hörte auf keine Entschuldigungen, drohte auch noch dazu, ihn bei dem Pastor Marquard zu verklagen. Das Gefühl seiner Unschuld beseelte Reisern mit einem edlen Trotze, und er drohte wieder, den Konrektor bei dem Pastor Marquard zu verklagen, daß er ihn unschuldigerweise auf eine so erniedrigende Art behandelte.

Reiser sagte dies mit der Stimme der unterdrückten Unschuld, und der Konrektor antwortete ihm kein Wort. Aber von der Zeit an war auch alles Gefühl von Achtung und Liebe für den Konrektor wie aus seinem Herzen weggeblasen. Und da der Konrektor nun einmal in seinen Strafen weiter keinen Unterschied machte, so achtete Reiser eine Ohrfeige oder einen Peitschenschlag von ihm ebenso wenig, als ob irgendein unvernünftiges Tier an ihn angerannt wäre. Und weil er nun sahe, daß es gleichviel war, ob er sich die Achtung dieses Lehrers zu erwerben suchte oder nicht, so hing er auch nun seiner Neigung nach und war nicht mehr aus Pflicht, sondern bloß, wenn ihn die Sache interessierte, aufmerksam. Er pflegte denn oft stundenlang mit seinem Freunde Iffland zu plaudern, mit dem er denn zuweilen gesellschaftlich am Katheder knien mußte. Iffland fand auch hierin Stoff, seinen Witz zu üben, indem er das Katheder, worauf sich der Konrektor mit den Ellenbogen gestützt hatte, mit dem mecklenburgischen Wappen und sich und Reisern mit den beiden Schildhaltern verglich. – Ifflands Schalkhaftigkeit war durch keine Strafen zu unterdrücken, ausgenommen durch eine, wo er einmal eine ganze Stunde lang mit dem Gesicht gegen den Ofen gekehrt stehen mußte und also seinen Witz nicht spielen lassen oder gegen jemand irgendeine Pantomime machen konnte. – Diese Strafe preßte ihm zum erstenmal Tränen aus, und er legte sich im Ernst aufs Bitten, welches er sonst nie tat. – So war die Disziplin des Konrektors beschaffen. – Es hatte einmal einer aus Versehen seine Nachtmütze statt des Buchs in die Tasche gesteckt, und er ließ ihn mit der Nachtmütze auf dem Kopfe eine Stunde lang vor der ganzen Klasse knien, worüber denn Iffland seinen tausend Spaß hatte und seinen Nachbarn, die sich über seine Pantomime und seine drollichten Einfälle zuweilen des Lachens nicht enthalten konnten, manche Ohrfeige zuzog.

Was nun diese Disziplin des Konrektors auf das Gemüt und den Charakter seiner Untergebenen für eine Würkung getan, was für ein rühmliches Andenken er sich dadurch in den Herzen seiner Schüler gestiftet habe, und was für einen Kranz er sich dadurch erworben habe, mag seinem eigenen Gewissen anheimgestellt sein. – Wenn er sich denn oft so recht als ein Held gezeigt hatte, so pflegte er wohl zu sagen: Ich bin keine Schlafmütze wie andre, und deutete damit, daß es jedermann merken konnte, auf seinen Kollegen, den Kantor, der, ohngeachtet seiner hypochondrischen Laune und einiger ihm anklebenden Pedanterie, ein weit besserer Mann war als der Konrektor.

Nie hat Reiser von diesem einen Schlag bekommen, ob derselbe gleich sonst eben nicht karg mit Ohrfeigen und ziemlich freigebig mit der Peitsche war. Aber er sahe doch ein, daß es Reisern im Ernst darum zu tun war, Strafe zu vermeiden, und nun schlug er doch nicht blindlings zu. Bei ihm lernte auch Reiser weit mehr als bei dem Konrektor, weil er aus Pflicht aufmerksam war, wenn ihn gleich die Sache nicht interessierte. – Und da es ihm gelang, sich durch die lateinischen Ausarbeitungen bis zum ersten Platze hinaufzuarbeiten: wie aufmunternd war ihm nun das Lob des Kantors und wie eindringend der Zuspruch desselben, daß er sich nun auf diesem Platze solle zu behaupten suchen! – Nun erteilte der Kantor immer dem Ersten in der Klasse das Amt eines Zensors oder Aufsehers über das Betragen der übrigen, und da nun Reiser sich immer auf seinem ersten Platze behauptete, so gab ihm der Kantor den ehrenvollen Titel eines censor perpetuus oder immerwährenden Aufsehers. Er verwaltete dies Amt mit der größten Gewissenhaftigkeit und Unparteilichkeit und sahe es oft mit Wehmut an, wie die Buben den guten Kantor, der freilich auch nicht immer den rechten Weg der Disziplin einschlug, ärgerten und ihm das Leben sauer machten, so daß derselbe oft in der Betrübnis seines Herzens ausrief: Quem Dii odere, paedagogum fecere, wen die Götter haßten, den machten sie zum Schulmann. – Für den Kantor hätte Reiser alles aufgeopfert, weil er nie ungerecht gegen ihn gewesen war, obgleich das Betragen desselben sonst auch nicht immer das freundlichste war. – Wie rührend war es Reisern oft, wenn in der Katechismusstunde alles um ihn her lärmte und tobte, und der Kantor denn mit Gewalt aufs Buch schlug und sagte: Ich habe Gottes Wort an euch! – Nur schade, daß der gute Mann dergleichen Ausdrücke, die, zu rechter Zeit angebracht, ihre Wirkung nicht verfehlen, zu oft anbrachte und gewisse Gemeinplätze als: Torheit steckt dem Knaben im Herzen und dergleichen, alle Augenblicke im Munde führte, wodurch man sich denn am Ende so sehr daran gewöhnte, daß niemand mehr darauf achtete, und eben daher entstand die ewige Unruhe in den Lehrstunden des Kantors. – Der Konrektor sprach weniger bei seinen Züchtigungen, darum bewirkten sie mehr Stille und Ordnung.

Da nun Reiser auf eine kurze Zeit die Schule besucht hatte, so kam er auf den Einfall, ins Chor zu gehen; nicht sowohl um Geld zu verdienen, als vielmehr in einen neuen ehrenvollen Stand zu treten, wovon er sich schon als Hutmacherbursche in Braunschweig immer so große Begriffe gemacht hatte. –

Seine Phantasie hatte hier wieder Spielraum. – Das war ihm alles so himmlisch, so feierlich, in die Lobgesänge zur Ehre Gottes öffentlich mit einzustimmen. – Der Name „Chor“ tönte ihm so angenehm. – Das Lob Gottes in „vollen Chören“ zu singen war ein Ausdruck, der ihm immer im Sinn schallte. – Er konnte die Zeit kaum abwarten, wo er in diese glänzende Versammlung würde aufgenommen werden.

Einer seiner Mitschüler, der schon lange im Chor gesungen hatte, versicherte ihm zwar, er sei es so satt und überdrüssig, daß er lieber heute als morgen davon frei sein möchte. – Reiser konnte sich das unmöglich einbilden. Er besuchte mit großem Eifer die Lehrstunde, wo der Kantor Unterricht im Singen erteilte, und beneidete nun jeden, der eine bessere Stimme besaß als er.

Nicht weit von Hannover ist ein Wasserfall, wo er auf Anraten des Kantors oft stundenlang hinging, um sich recht auszuschreien und seine Stimme zu üben. – Allein es wollte mit dem Singen nie recht fort. Denn es fehlte ihm zugleich an dem, was man musikalisches Gehör nennt. Aber das Theoretische, was der Kantor bei seinem Unterricht mit einfließen ließ, war ihm desto willkommner, und er machte dem Kantor durch seine Aufmerksamkeit viel Vergnügen.

Reiser empfand nun wirkliche Liebe gegen den Kantor und machte allenthalben sehr viel Rühmens von ihm, so wie dieser ihn wieder bei den Leuten lobte. – Da fügte es sich einmal, daß Reiser dem Kantor für das gute Zeugnis dankte, das ihm derselbe bei einem seiner Gönner gegeben hatte, und der Kantor erwiderte: Reiser habe ihm ja auch ein gutes Zeugnis gegeben; denn es war ihm wieder zu Ohren gekommen, wie gut Reiser allenthalben von ihm sprach.

Die Freude dieses Augenblicks hätte Reiser um vieles in der Welt nicht gegeben, so angenehm war es ihm, daß sein Lehrer es nun selber wußte, wie sehr er ihn liebte. – Wer ihm das beim ersten Anblick gesagt hätte, dem würde er es nicht geglaubt haben, daß der Kantor einmal so sehr sein Freund sein würde. Denn der Konrektor war erstlich sein Mann; dessen lächelnde freundliche Miene und glatte Stirne nahmen ihn ein, indes die finstere Miene des Kantors und seine runzelvolle Stirn ihn zurückscheuchten. Ach, was für ein artiger freundlicher Mann ist der Konrektor gegen den alten mürrischen Kantor! pflegte er im Anfang oft zu sagen: aber bei der genauern Bekanntschaft wandte sich das Blatt gar bald um.

Reiser suchte sich auch auf alle Weise in der Achtung des Kantors immer fester zu setzen. Dies ging so weit, daß er auf einem öffentlichen Spazierplatze, wo der Kantor hinzukommen pflegte, mit einem aufgeschlagenen Buche in der Hand auf und nieder ging, um die Blicke seines Lehrers auf sich zu ziehen, der ihn nun für ein Muster des Fleißes halten sollte, weil er sogar beim Spaziergehen studierte. – Ob nun Reiser gleich an dem Buche, das er las, wirklich Vergnügen fand, so war doch das Vergnügen, von dem Kantor in dieser Attitüde bemerkt zu werden, noch weit größer, und man siehet auch aus diesem Zuge seinen Hang zur Eitelkeit. Es lag ihm mehr an dem Schein als an der Sache, obgleich die Sache ihm auch nicht unwichtig war.

Man hatte eine erstaunliche Meinung von seinem Fleiß und pflegte ihm immer anzuraten, daß er seiner Gesundheit schonen sollte. Dies war ihm äußerst schmeichelhaft, und er ließ die Leute bei dieser Meinung, obgleich sein Fleiß lange nicht so groß war, wie er hätte sein können, wenn das Drückende seiner Lage in Ansehung seiner Nahrung und Wohnung ihn nicht oft träge und mißmütig gemacht hätte.

Denn die unwürdige Behandlung, der er zuweilen ausgesetzt war, benahm ihm oft einen großen Teil der Achtung gegen sich selbst, welche schlechterdings zum Fleiß notwendig ist. – Oft ging er mit traurigem Herzen zur Schule, wenn er aber denn einmal darin war, so vergaß er seines Kummers, und die Schulstunden waren im Grunde noch seine glücklichsten Stunden.

Wenn er aber dann wieder zu Hause kam und sich manchmal verblümterweise mußte zu verstehen geben lassen, wie überdrüssig man seiner Gegenwart wäre – dann saß er stundenlang und getraute sich kaum Atem zu holen – er war dann in einem entsetzlichen Zustande – und hätte in der Welt nichts arbeiten können, denn sein Herz war ihm durch diese Begegnung zerrissen. –

So konnten auch die Blicke der Frau des Garnisonküsters, wenn er dort gegessen hatte, ihn auf einige Tage niederschlagen und ihm den Mut zum Fleiß benehmen.

Sicher wäre Reiser glücklicher und zufriedener und gewiß auch fleißiger gewesen, als er war, hätte man ihn von dem Gelde, das der Prinz für ihn hergab, Salz und Brot für sich kaufen lassen, als daß man ihn an fremden Tischen sein Brot essen ließ.

Es war abscheulich, in was für eine Lage er einmal geriet, da die Frau des Garnisonküsters über Tische erst anfing von den schlechten Zeiten und von dem harten Winter und dann von dem Holzmangel zu reden und endlich über die Besorgnis in Tränen ausbrach, wo man noch zuletzt Brot herschaffen solle; und da Reiser in der Verlegenheit über diese Reden unversehns ein Stück Brot an die Erde fallen ließ, ihn mit den Augen einer Furie anblickte, ohne doch etwas zu sagen. – Da sich Reiser über diese unwürdige Begegnung der Tränen nicht enthalten konnte, so brach sie gegen ihn los, warf ihm mit dürren Worten Unhöflichkeit und ungeschicktes Betragen vor und gab zu verstehen, daß dergleichen Leute, die ihr den Bissen im Munde zu Gift machten, an ihrem Tische nicht willkommen wären. – Der gute Garnisonküster, der Reisern innig bedauerte, aber das Regiment nicht im Hause führte, erbarmte sich seiner und sagte ihm sogleich den Tisch auf. – So beschämt, erniedrigt und herabgewürdigt mußte nun Reiser aus diesem Hause gehen und durfte es kaum wagen, sich zu Hause davon etwas merken zu lassen, daß er einen Freitisch verloren habe.

Wenn ihm der Garnisonküster nachher zuweilen auf der Straße begegnete, drückte er ihm einen halben Gulden in die Hand, um ihn für die Mißgunst und den Geiz seiner Frau schadlos zu halten.

Nun gab es wieder eine Art Leute, welche, wenn sie Reisern eine Mahlzeit zu essen gaben, alle Augenblick zu sagen pflegten, wie gern es ihm gegönnt sei, und daß er sichs nur recht sollte schmecken lassen, denn für eine Mahlzeit werde es ihm nun doch einmal gerechnet und dergleichen mehr, welches Reisern nicht weniger verlegen machte, so daß ihm das Essen, statt des Vergnügens, was man sonst dabei empfindet, gemeiniglich eine wahre Qual war. – Wie glücklich fühlte er sich, da er am ersten Sonntage, nachdem er den Tisch bei dem Garnisonküster verloren und es zu Hause noch nicht hatte sagen wollen, ein Dreierbrot verzehrte und dabei einen Spaziergang um den Wall machte.

Es schien, als ob sich alles vereinigt habe, Reisern in der Demut zu üben; ein Glück, daß er nicht niederträchtig darüber wurde – dann würde er freilich zufrieden und vergnügter gewesen sein, aber um alle den edlen Stolz, der den Menschen allein über das Tier erhebt, das nur seinen Hunger zu stillen sucht, wäre es bei ihm getan gewesen.

Der Stand des geringsten Lehrburschen eines Handwerkers ist ehrenvoller als der eines jungen Menschen, der, um studieren zu können, von Wohltaten lebt, sobald ihm diese Wohltaten auf eine herabwürdigende Art erzeigt werden. Fühlt sich ein solcher junger Mensch glücklich, so ist er in Gefahr, niederträchtig zu werden, und hat er nicht die Anlage zur Niederträchtigkeit, so wird es ihm wie Reisern gehen; er wird mißmütig und menschenfeindlich gesinnet werden, wie es Reiser wirklich wurde, denn er fing schon damals an, in der Einsamkeit sein größtes Vergnügen zu finden.

Einmal schickte ihn die Frau Filter sogar mit einem großen Stück Leinwand in des Prinzen Haus, welches dort an die Leute zum Verkauf vorgezeigt werden sollte. – Alles Sträuben dagegen würde nichts geholfen haben – denn der Pastor Marquard hatte einmal der Frau eine unbeschränkte Gewalt über Reisern erteilet – und jede Weigerung würde ihm als ein unverzeihlicher Stolz ausgelegt worden sein. – Es würde ihm nicht ins Schild gemalt werden, pflegte dann die Frau Filter wohl zu sagen. – Ebenso wenig durfte er sich sträuben, das Brot zu holen, welches der Hoboist vom Regiment bekam, und ob er dies gleich immer in der Dämmerung tat und die abgelegensten Straßen wählte, damit ihn keiner seiner Mitschüler sehen möchte, so bemerkte ihn doch einmal einer derselben zu seinem größten Schrecken, welcher aber zum Glück so gut gesinnet war, daß er ihm völlige Verschwiegenheit versprach und hielt, ihm aber doch, wenn sie sich in der Klasse zuweilen verunwilligten, drohete, es ruchtbar zu machen.

Endlich wurde ihm denn doch von dem Gelde des Prinzen ein neues Kleid geschafft, weil sein alter roter Soldatenrock gar nicht mehr halten wollte; aber gleichsam, als wenn es recht eigentlich auf seine Demütigung abgesehen wäre, wählte man ihm graues Bediententuch zum Kleide – wodurch er wiederum gegen seine Mitschüler fast ebenso sonderbar als mit dem roten Soldatenrock abstach; und das Kleid durfte er anfänglich doch nur bei feierlichen Gelegenheiten, wenn etwa in der Schule Examen war, oder wenn er zum Abendmahl ging, anziehen.

Was ihn aber von allen Demütigungen, die er erlitt, am meisten kränkte und was er der Frau Filter nie hat vergessen können, war eine ungerechte Beschuldigung, die ihn bis in die Seele schmerzte, und die er doch durch keine Beweise von sich ablehnen konnte.

Die Frau Filter hatte ein kleines Mädchen von etwa drei bis vier Jahren von einer ihrer Anverwandtinnen zu sich genommen. Diesem Kinde dachte sie zu Weihnachten eine überraschende Freude zu machen und hatte zu dem Ende einen Baum mit Lichtern aufgeputzt und mit Rosinen und Mandeln behangen. Reiser blieb allein in der Stube, während die Frau Filter in die Kammer ging, um das Kind zu holen. Nun fügte es sich, da sie wieder hereinkam, daß vermutlich durch die Bewegung der Türe der Baum mit allen Lichtern umfiel und Reiser in demselben Augenblick hinzulief, um ihn aufrecht zu erhalten, da dies aber nicht gehen wollte, sogleich wieder seine Hand davon abzog, welches nun gerade so aussahe, als ob er sich die ganze Zeit über mit dem Baum beschäftigt habe und nun, da die Frau Filter hereinkam, erschrocken sei und folglich den Baum habe fahren lassen, der nun wirklich umfiel. In den Gedanken der Frau Filter war es nun ausgemacht, daß er von dem Baum hatte naschen wollen und auf die Weise ihr und dem Kinde eine unschuldige Freude verdorben habe.

Diesen entehrenden Verdacht gab sie Reisern mit deutlichen Worten zu verstehen, und wie sollte er ihn von sich abwälzen? Er hatte keinen Zeugen. Und der Anschein war wider ihn. – Schon die Möglichkeit, daß man einen solchen Verdacht gegen ihn hegen konnte, erniedrigte ihn bei sich selber, er war in einem solchen Zustande, wo man gleichsam zu versinken oder in einem Augenblick gänzlich vernichtet zu sein wünscht.

Ein Zustand, der eine Art von Seelenlähmung hervorzubringen vermag, welche nicht so leicht wieder gehoben werden kann. – Man fühlt sich in einem solchen Augenblick gleichsam wie vernichtet und gäbe sein Leben darum, sich vor aller Welt verbergen zu können. – Das Selbstzutrauen, welches der moralischen Tätigkeit so nötig ist als das Atemholen der körperlichen Bewegung, erhält einen so gewaltigen Stoß, daß es ihm schwer hält, sich wieder zu erholen.

Wenn Reiser nachher irgendwo zugegen war, wo man etwa eine Kleinigkeit suchte, von der man glaubte, daß sie weggenommen sei, so konnte er sich nicht enthalten, rot zu werden und in Verwirrung zu geraten, bloß weil er sich die Möglichkeit lebhaft dachte, daß man ihn, ohne es sich geradezu merken lassen zu wollen, für den Täter halten könnte. – Ein Beweis, wie sehr man sich irren kann, wenn man oft die Beschämung und Verwirrung eines Angeklagten als ein stillschweigendes Geständnis seines Verbrechens auslegt. – Durch tausend unverdiente Demütigungen kann jemand am Ende so weit gebracht werden, daß er sich selbst als einen Gegenstand der allgemeinen Verachtung ansieht und es nicht mehr wagt, die Augen vor jemanden aufzuschlagen – er kann auf die Weise in der größten Unschuld seines Herzens alle die Kennzeichen eines bösen Gewissens an sich blicken lassen, und wehe ihm dann, wenn er einem eingebildeten Menschenkenner, wie es so viele gibt, in die Hände fällt, der nach dem ersten Eindruck, den seine Miene auf ihn macht, sogleich seinen Charakter beurteilt. –

Unter allen Empfindungen ist wohl der höchste Grad der Beschämung, worin jemand versetzt wird, eine der peinigendsten.

Mehr als einmal in seinem Leben hat Reiser dies empfunden, mehr als einmal hat er Augenblicke gehabt, wo er gleichsam vor sich selber vernichtet wurde – wenn er z. B. eine Begrüßung, ein Lob, eine Einladung oder dergleichen auf sich gedeutet hatte, womit er nicht gemeinet war. – Die Beschämung und die Verwirrung, worin ein solcher Mißverstand ihn versetzen konnte, war unbeschreiblich. –

Es ist auch ein ganz besonderes Gefühl dabei, wenn man aus Mißverstand sich eine Höflichkeit zurechnet, die einem andern zugedacht ist. Eben der Gedanke, daß man zu sehr von sich eingenommen sein könne, ist es, der so etwas außerordentlich Demütigendes hat. Dazu kömmt das lächerliche Licht, in welchem man zu erscheinen glaubt. – Kurz, Reiser hat in seinem Leben nichts Schrecklichers empfunden als diesen Zustand der Beschämung, worin ihn oft eine Kleinigkeit versetzen konnte. – Alles andere griff nicht so sein innerstes Wesen, sein eigentliches Selbst an als grade dies. In Ansehung dieser Art des Leidens hat er auch das stärkste Mitleid empfunden. Um jemanden eine Beschämung zu ersparen, würde er mehr getan haben, als um jemanden aus würklichem Unglück zu retten: denn die Beschämung deuchte ihm das größte Unglück, was einem widerfahren kann.

Er war einmal bei einem Kaufmann in Hannover, der gemeiniglich statt der Person, mit der er sprach, einen andern anzusehen pflegte. Dieser bat, indem er Reisern ansahe, einen andern, der mit in der Stube war, zum Essen, und da Reiser die Einladung auf sich deutete und sie höflich ablehnte, so sagte der Kaufmann mit sehr trockner Miene: Ich meine Ihn ja nicht! – Dies Ich meine Ihn ja nicht! mit der trocknen Miene tat eine solche Wirkung auf Reisern, daß er glaubte, in die Erde sinken zu müssen; dies Ich meine Ihn ja nicht! verfolgte ihn nachher, wo er ging und stund, und machte seine Stimme gebrochen und zitternd, wenn er mit Vornehmern reden sollte, sein Stolz konnte dies nie wieder ganz verwinden.

„Wie kann Er glauben, daß man Ihn zum Essen bitten sollte?“ So legte Reiser das Ich meine Ihn ja nicht! aus, und er kam sich in dem Augenblick so unbedeutend, so weggeworfen, so nichts vor, daß ihm sein Gesicht, seine Hände, sein ganzes Wesen zur Last war und er nun die dümmste und albernste Figur machte, so wie er dastand, und zugleich dies Alberne und Dumme in seinem Betragen lebhafter und stärker als irgend jemand außer ihm empfand. –

Hätte Reiser irgend jemanden gehabt, der an seinem Schicksal wahren Anteil genommen hätte, so würden ihm dergleichen Begegnungen vielleicht nicht so kränkend gewesen sein. Aber so war sein Schicksal an die eigentliche Teilnehmung anderer Menschen nur mit so schwachen Fäden geknüpft, daß die anscheinende Ablösung irgendeines solchen Fadens ihn plötzlich das Zerreißen aller übrigen befürchten ließ und er sich dann in einem Zustand sahe, wo er keines Menschen Aufmerksamkeit auf sich mehr erregte, sondern sich für ein Wesen hielt, auf das weiter gar keine Rücksicht genommen wurde. – Die Scham ist ein so heftiger Affekt wie irgendeiner, und es ist zu verwundern, daß die Folgen desselben nicht zuweilen tödlich sind.

Die Furcht, in einem lächerlichen Lichte zu erscheinen, war bei Reisern zuweilen so entsetzlich, daß er alles, selbst sein Leben, würde aufgeopfert haben, um dies zu vermeiden. – Niemand hat das

Infelix paupertas, quia ridiculos miseros facit,
Traurig ist das Los der Armut, weil sie die Unglücklichen lächerlich macht,

wohl stärker empfunden als er, dem lächerlich zu werden das größte Unglück auf der Welt dünkte. – Es gibt eine Art des Lächerlichen, welche ihm noch am erträglichsten war – wenn nämlich Leute bloß der Sonderbarkeit wegen über etwas lachen, das sie sich selbst nicht nachzutun getrauen, ohne es deswegen in einem verächtlichen Lichte zu betrachten.

Wenn er z. B. etwa von sich sagen hörte: Der Reiser ist doch ein sonderbarer Mensch, er geht des Abends ganz im Finstern dreimal um den Wall und spricht mit niemand als mit sich selbst, indem er sich die Lektion des Tages wiederholt, usw. – so war ihm das gar nicht unangenehm zu hören, es hatte vielmehr etwas Schmeichelhaftes für ihn, auf die Weise in einem gewissen sonderbaren Lichte zu erscheinen. – Aber als Iffland seinen Vers:

An euch, ihr schönen Wissenschaften,
An euch soll meine Seele haften,

lächerlich machte, das war für ihn sehr kränkend und beschämend, und er hätte viel darum gegeben, daß er diesen Vers nicht gemacht hätte.

Nachdem Reiser ein Vierteljahr lang die Singstunden des Kantors besucht hatte, erreichte er nun auch das so sehnlich gewünschte Glück, ins Chor zu gehen, wo er die Altstimme sang. –

Die Freude über seinen neuen Stand eines Chorschülers dauerte einige Wochen, solange es nämlich gut Wetter blieb. Er fand ein gar großes Vergnügen an den Arien und Motetten, die er singen hörte, und an den freundschaftlichen Unterredungen mit seinen Mitschülern, während daß sie von einem Hause und einer Straße zur andern gingen.

Ein solches Chor hat viel Ähnliches mit einer herumwandernden Truppe Schauspieler, in der man auch Freude und Leid, gutes und schlechtes Wetter usw. auf gewisse Weise miteinander teilt, welches immer ein festeres Aneinanderschließen zu bewirken pflegt.

Am meisten hatte sich Reiser auf den blauen Mantel gefreut, der ins künftige seine Zierde sein würde. – Denn dieser Mantel näherte sich doch schon etwas der priesterlichen Kleidung. – Aber auch diese Hoffnung täuschte ihn sehr; denn die Frau Filter ließ, um für ihn zu sparen, aus ein paar alten blauen Schürzen einen Mantel für ihn zusammennähen, womit er unter den übrigen Chorschülern eben keine glänzende Figur machte.

Nun bemerkte Reiser gleich am ersten Tage unter den Chorschülern einen, der sich von den übrigen ganz besonders auszeichnete. – Man sahe es ihm gleich an, daß er ein Ausländer war, wenn man es auch nicht an seiner Sprache gehört hätte. Denn alle seine Mienen und Bewegungen zeigten mehr Lebhaftigkeit und Gewandtheit als das Äußere der steifen und schwerfälligen Hannoveraner. – Reiser konnte sich immer nicht satt an ihm sehen; und da er ihn nun reden hörte, so konnte er sich nicht enthalten, seine wohlgesetzten Ausdrücke in dem obersächsischen Dialekt zu bewundern; alles, was die Hannoveraner sagten, kam ihm dagegen plump und abgeschmackt vor. – Nun war der Präfektus im Chore ein alter versoffener Kerl, mit dem sich dieser Ausländer immer am meisten herumzankte und ihm gemeiniglich sehr treffende und beißende Antworten zu geben pflegte, wenn der Präfektus sich eine Art von Oberherrschaft über ihn anmaßen wollte. Und als dieser unter andern einmal zu ihm sagte, er sei schon zu lange Präfektus, als daß er sich von so einem Gelbschnabel dürfe Anzüglichkeiten sagen lassen, so antwortete der Ausländer, es bringe ihm freilich eben nicht viel Ehre, daß er so ein alter Knabe und noch immer Präfektus sei. – Diese Überlegenheit des Witzes, womit der Ausländer den Präfektus auf einmal niederschlug, machte Reisern noch aufmerksamer auf ihn, und da er sich nach dem Namen desselben erkundigte, erfuhr er, daß er Reiser hieße und aus Erfurt gebürtig sei.

Nun war es Reisern sehr auffallend, daß dieser junge Mensch, den er schon so liebgewonnen hatte, gerade mit ihm einerlei Namen führte, ohngeachtet er wegen der Entfernung des Geburtsortes schwerlich mit ihm verwandt sein konnte. – Er hätte gern gleich mit ihm Bekanntschaft gemacht, aber er wagte es noch nicht, weil sein Namensgenosse ein Primaner und er nur ein Sekundaner war. – Auch fürchtete er sich vor dem Witze desselben, dem er sich nicht gewachsen fühlte, wenn er einmal auf ihn sollte gerichtet werden. Indes fügte sich ihre Bekanntschaft von selber, indem Philipp Reiser auf Anton Reisers stilles und in sich gekehrtes Wesen ebenso wie dieser auf das lebhafte Wesen von jenem immer aufmerksamer wurde und sie sich ohngeachtet dieser Verschiedenheit ihrer Charaktere bald unter der Menge herausfanden und Freunde wurden.

Dieser Philipp Reiser war gewiß ein vortrefflicher Kopf, der aber auch durch die Umstände, worin ihn das Schicksal versetzt hat, unterdrückt worden ist. – Nebst einer feinen Empfindung besaß er viel Witz und Laune, wirkliches musikalisches Talent und war zugleich ein vorzüglicher mechanischer Kopf – aber er war arm und dabei im höchsten Grade stolz – ehe er Wohltaten angenommen hätte, würde er Hunger gelitten haben, welches er auch wirklich öfters tat. – Hatte er aber Geld, so war er freigebig und gastfrei wie ein König, – dann schmeckte ihm wohl, was er genoß, wenn er reichlich davon mitteilen konnte – aber er hatte freilich Einnahme und Ausgabe nicht allzu gut berechnen gelernt und hatte daher sehr oft Gelegenheit, sich in der großen Kunst des freiwilligen Entbehrens von dem, was man sonst gern hätte, zu üben. – Ohne jemals Anweisung dazu gehabt zu haben, verfertigte er sehr gute Klaviere und Fortepianos, welches ihm zuweilen ansehnliche Einnahmen verschaffte, die ihm aber freilich bei seiner gar zu großen Freigebigkeit nicht viel halfen. – Dabei hatte er den Kopf beständig voll romanhafter Ideen und war immer in irgendein Frauenzimmer sterblich verliebt; wenn er auf diesen Punkt kam, so war es immer, als hörte man einen Liebhaber aus den

Ritterzeiten. – Seine Treue in der Freundschaft, seine Begierde, den Notleidenden zu helfen, und selbst seine Gastfreiheit kam auf diesen Schlag heraus und gründete sich zum Teil auf die romanhaften Begriffe, womit seine Phantasie genährt war, obgleich sein gutes Herz der eigentliche Grund davon war – denn nur auf dem Boden eines guten Herzens können dergleichen Auswüchse von romanhaften Tugenden emporkeimen und Wurzel fassen. In einer eigennützigen Seele und zusammengeschrumpften Herzen wird die häufigste Romanenlektüre nie dergleichen Wirkungen hervorbringen. – Man siehet nun leicht ein, warum Philipp und Anton Reiser sich auf halbem Wege begegneten und bei dem nähern Umgange füreinander gemacht zu sein schienen. Der erstere war beinahe zwanzig Jahre alt, da Reiser ihn kennen lernte; die Jahre, die er vor ihm voraus hatte, machten ihn also gewissermaßen zu seinem Führer und Ratgeber, nur schade, daß in dem Hauptpunkte, was die Ordnung des Lebens betraf, Reiser keinen bessern Führer und Ratgeber fand. – Indes hatte er doch nun den ersten eigentlichen Freund seiner Jugend gefunden, dessen Umgang und Gespräche ihm die Stunden, die er im Chore zubringen mußte, noch einigermaßen erträglich machten.

Denn nun war das schöne Wetter vorbei, und es stellten sich Regen, Schnee und Kälte ein – demohngeachtet mußte das Chor seine gewissen Stunden auf der Straße singen. – O, wie zählte Reiser jetzt, da er vom Frost erstarret war, die Minuten, ehe das lästige Singen vorbei war, das ihm sonst eine himmlische Musik in seinen Ohren dünkte.

Den ganzen Mittwoch- und Sonnabendnachmittag und den ganzen Sonntag nahm nun allein das Chorsingen weg – denn alle Sonntagmorgen mußten die Chorschüler in der Kirche sein, um vom Chore herunter das Amen zu singen. – Auch des Sonnabendnachmittags bei der Vorbereitung zum Abendmahle mußten die jüngern Chorschüler mit dem Kantor ein Lied singen und einer von ihnen einen Psalm oben von dem hohen Chore herunter lesen, welches nun für Reisern wieder ein großer Fund war – durch eine solche öffentliche und laute Vorlesung eines Psalms hielt er sich wieder für alle Beschwerlichkeiten des Chorsingens belohnt. – Er dünkte sich nun schon wie der Pastor Paulmann in Braunschweig dazustehen und mit erschütternder Stimme zu dem versammleten Volke zu reden.

Übrigens aber wurde das Chorsingen für ihn bald die unangenehmste Sache von der Welt. Es raubte ihm alle Erholungsstunden, die ihm noch übrig waren, und machte, daß er nun keinem einzigen ruhigen Tage in der Woche entgegensehen konnte. Wie verschwanden die goldnen Träume, die er sich davon gemacht hatte! – Und wie gern hätte er sich nun aus dieser Sklaverei wieder losgekauft, wenn es noch möglich gewesen wäre. – Aber nun war das Chorgeld einmal zu seinen gewöhnlichen Einkünften mit gerechnet, und er durfte gar nicht einmal daran denken, je wieder davon loszukommen.

Den Gefährten seiner Sklaverei ging es größtenteils nicht besser wie ihm, sie waren dieses Lebens ebenso überdrüssig. – Und das Leben eines Chorschülers, der sich sein Brot vor den Türen ersingen muß, ist auch wirklich ein sehr trauriges Leben. Wenn einer den Mut nicht ganz dabei verliert, so ist das gewiß ein seltner Fall. Die meisten werden am Ende niederträchtig gesinnet und verlieren, wenn sie es einmal geworden sind, nie ganz die Spur davon.

Einen sonderbaren Eindruck auf Reisern machte das sogenannte Neujahrsingen, welches drei Tage nacheinander dauert und wegen der sehr abwechselnden Szenen, die dabei vorfallen, mit einem Zuge auf Abenteuer sehr viel Ähnliches hat. – Ein Häufchen Chorschüler steht in Schnee und Kälte dicht aneinander gedrängt auf der Straße, bis ein Bote, der von Zeit zu Zeit abgeschickt wird, die Nachricht bringt, daß in irgendeinem Hause soll gesungen werden. – Dann geht man in das Haus hinein und wird gemeiniglich in die Stube genötigt, wo denn erst eine Arie oder Motette, die sich auf die Zeit paßt, gesungen wird. – Alsdann pflegt mancher Hauswirt so höflich zu sein und die Chorschüler mit Wein oder Kaffee und Kuchen zu bewirten. Diese Aufnahme in einer warmen Stube, nachdem man oft lange in der Kälte gestanden hatte, und die Erfrischungen, die einem gereicht wurden, waren eine solche Erquickung, und die Mannigfaltigkeit der Gegenstände, indem man an einem Tage wohl zwanzig und mehr verschiedene häusliche Einrichtungen und Familien in ihren Wohnzimmern versammlet sahe, machte einen so angenehmen Eindruck auf die Seele, daß man diese drei Tage über in einer Art von Entzückung und beständigen Erwartung neuer Szenen schwebte und sich die Beschwerden der Witterung gern gefallen ließ. – Das Singen dauerte bis fast in die Nacht, und die Erleuchtung des Abends machte dann die Szene noch feierlicher. – Unter andern wurde auch in einem Hospital für alte Frauen zum Neujahr gesungen, wo sich die Chorschüler mit den alten Müttern in einen Kreis zusammensetzen und mit gefalteten Händen singen mußten: „Bis hieher hat mich Gott gebracht“ usw. – Bei diesem Neujahrsingen schien alles freundschaftlicher gegeneinander zu sein. Man sahe nicht so sehr auf die Rangordnung, die Primaner sprachen mit den Sekundanern, und eine ungewöhnliche Heiterkeit verbreitete sich über die Gemüter.

An diesem Neujahr überfiel auch Reisern eine erstaunliche Wut, Verse zu machen. – Er schrieb Neujahrwünsche in Versen an seine Eltern, seinen Bruder, die Frau Filter und wer weiß an wen und sprach darin von Silberbächen, die sich durch Blumen schlängeln, und von sanften Zephirs und goldnen Tagen, daß es zum Bewundern war. – Sein Vater hatte vorzügliches Vergnügen an dem Silberbach gefunden; seine Mutter aber verwunderte sich, daß er seinen Vater bester Vater nenne, da er doch nur einen Vater habe.

Seine poetische Lektion bestand damals fast in nichts als Lessings kleinen Schriften, die ihm Philipp Reiser geliehen hatte, und die er fast auswendig wußte, so oft hatte er sie durchgelesen. Übrigens sieht man leicht, daß er, seitdem er ins Chor ging, zu eignen Arbeiten, die von ihm abhingen, eben nicht viel Zeit übrig behielt. Demohngeachtet hatte er allerlei große Projekte; der Stil im Kornelius Nepos war ihm z. E. nicht erhaben gnug, und er nahm sich vor, die Geschichte der Feldherrn ganz anders einzukleiden;

etwa so wie der Daniel in der Löwengrube geschrieben war – dies sollte denn auch eine Art von Heldengedicht werden.

In einer Privatstunde bei dem Konrektor wurden des Terenz Komödien gelesen, und schon der Gedanke, daß dieser Autor unter die schweren gezählt wird, machte, daß er ihn mit größerm Eifer als etwa den Phädrus oder Eutropius studierte und jedes Stück, was in der Schule gelesen wurde, sogleich zu Hause übersetzte. –

Als er nun auf die Weise wirklich in sehr kurzer Zeit starke Fortschritte getan hatte, besuchte er den alten tauben Mann wieder, der nun weit über hundert Jahre alt und schon eine Zeitlang kindisch gewesen war, zu aller Verwunderung aber noch ein Jahr vor seinem Tode seinen völligen Verstand wieder erhielt. – Reiser wußte seine Stube am Ende des langen finstern Ganges, und ihm wandelte ein kleiner Schauer an, als er von ferne den scharrenden Gang des alten Mannes hörte, der ihn, da er hereintrat, sehr freundlich willkommen hieß und ihm mit der Hand winkte, daß er ihm etwas aufschreiben solle.

Mit vielem Entzücken schrieb ihm nun Reiser auf, daß er jetzt studiere und schon den Terenz und das griechische Neue Testament übersetze.

Der Greis ließ sich herab, an Reisers kindischer Freude teilzunehmen, und wunderte sich darüber, daß er bereits den Terenz verstünde, wozu doch schon eine Menge von Wörtern gehöre. Am Ende schrieb ihm Reiser, um seine Gelehrsamkeit ganz auszukramen, mit griechischen Buchstaben etwas auf – und der alte Mann ermunterte ihn zum fernern Fleiß und ermahnte ihn, des Gebets nicht zu vergessen, worauf er sich mit ihm auf die Knie niederwarf und gerade so wie vor fünf Jahren, da Reiser ihn zum ersten Male sah, wieder mit ihm betete.

Mit gerührtem Herzen ging Reiser zu Hause und nahm sich vor, sich ganz wieder zu Gott zu wenden, das hieß bei ihm, unaufhörlich an Gott zu denken – er erinnerte sich mit Wehmut des Zustandes, worin er sich als ein Knabe befunden hatte, da er mit Gott Unterredung hielt und immer voll hoher Erwartung war, was nun für große Dinge in ihm vorgehen würden. – In diesen Erinnerungen lag eine unbeschreibliche Süßigkeit, denn der Roman, den die frömmelnde Phantasie der gläubigen Seelen mit dem höchsten Wesen spielt, von dem sie sich bald verlassen und bald wieder angenommen glauben, bald eine Sehnsucht und einen Hunger nach ihm empfinden und bald wieder in einem Zustande der Trockenheit und Leere des Herzens sind, hat wirklich etwas Erhabnes und Großes und erhält die Lebensgeister in einer immerwährenden Tätigkeit, so daß auch die Träume des Nachts sich mit überirdischen Dingen beschäftigen, wie denn Reisern einst träumte, daß er in die Gesellschaft der Seligen aufgenommen war, die sich in kristallnen Strömen badeten. – Ein Traum, der oft wieder seine Einbildungskraft entzückt hat.

Reiser liehe sich nun von dem alten Tischer die Guionschen Schriften wieder und erinnerte sich, indem er sie las, an jene glücklichen Zeiten zurück, wo er seiner Meinung nach auf dem Wege zur Vollkommenheit begriffen war. – Wenn er nun manchmal durch seine äußern Umstände traurig und mißmütig gemacht war und ihm keine Lektüre schmecken wollte, so waren die Bibel und die Lieder der Madam Guion das einzige, wozu er wegen des reizenden Dunkels, das ihm darin herrschte, seine Zuflucht nahm. Ihm schimmerte durch den Schleier des rätselhaften Ausdrucks ein unbekanntes Licht entgegen, das seine erstorbne Phantasie wieder anfrischte – aber mit dem eigentlichen Frommsein oder dem beständigen Denken an Gott wollte es demohngeachtet nicht mehr recht fort. – In den Verbindungen, worin er jetzt war, bekümmerte man sich eben nicht mehr um seinen Seelenzustand, und er hatte in der Schule und im Chore viel zu viel Zerstreuung, als daß er auch nur eine Woche lang seiner Neigung zum ununterbrochnen Insichgekehrtsein hätte getreu bleiben können.

Indes besuchte er doch den Greis vor seinem Tode noch verschiedene Male, bis er auch einmal zu ihm gehen wollte und erfuhr, daß er tot und begraben sei. – Seine letzten Worte waren gewesen: Alles! alles! alles! – Diese Worte erinnerte sich Reiser oft mitten im Gebet oder auch sonst nach einer Pause in einer Art von Entzückung von ihm gehört zu haben. – Es schien dann zuweilen, als wollte er mit diesen Worten seinen zur Ewigkeit reifen Geist aushauchen und in dem Augenblick seine sterbliche Hülle abstreifen. – Darum war es Reisern sehr auffallend, da er hörte, daß der alte Mann mit diesen Worten gestorben sei, und doch war es ihm auch, als sei er nicht gestorben, so sehr schien dieser fromme Greis immer schon in einer andern Welt zu leben. – Tod und Ewigkeit waren die letzten Male, da ihn Reiser sprach, fast sein einziger Gedanke. – Es war Reisern diesmal fast nicht anders, als ob der alte Mann ausgezogen sei, da er ihn habe besuchen wollen, und dies war bei ihm nichts weniger als Gleichgültigkeit, sondern eine innige Vertraulichkeit mit dem Gedanken an den Tod dieses Mannes.

Indes hatte er an dem alten Mann wieder einen Freund seiner Jugend verloren, dessen Teilnehmung an seinem Schicksale ihm oft Freude gemacht hatte. Er fühlte sich in manchen Stunden, ohne selbst zu wissen warum, verlaßner wie sonst. – Die Frau Filter wurde der Last, welche ihr sein Aufenthalt bei ihr machte, ebenfalls immer überdrüssiger und sagte ihm endlich, nachdem sie dreiviertel Jahre lang Geduld gehabt hatte, die Wohnung auf, mit dem wohlgemeinten Rate, daß er sich nun nach einem andern Logis umsehen solle. – Indes war der Rektor des Lyzeums abgegangen, und der neue Rektor Sextroh, welcher an dessen Stelle gewählt wurde, war ein guter Freund von dem Pastor Marquard, der nun darauf dachte, Reisern bei diesem Mann ins Haus zu bringen, und ihn im voraus auf die großen Vorteile aufmerksam machte, welche ihm dadurch erwachsen würden, wenn er das Glück haben sollte, von diesem Manne in sein Haus aufgenommen zu werden. – Also bei dem Rektor sollte nun Reiser ins Haus ziehen – wie sehr schmeichelte dies seiner Eitelkeit! Denn, dachte er sich, wenn es ihm glücken sollte, sich bei dem Rektor beliebt zu machen, was für eine glänzende Aussicht sich ihm dann eröffnete, da überdem nun der Rektor sein Lehrer wurde, indem er nach Endigung seines ersten Schuljahres gleich nach Prima versetzt werden sollte, worin der Direktor und der Rektor allein Unterricht gaben.

Im Grunde war es ihm äußerst angenehm, daß ihm die Frau Filter die Wohnung aufsagte, weil er es nie hätte wagen dürfen, nur ein Wort davon zu erwähnen, daß er von ihr wegziehen wolle. – Hiezu kam nun noch, daß er die große Erwartung hatte, ein Hausgenosse des Rektors, seines künftigen Lehrers, zu werden. Allein um diese Zeit hatte sich eine neue Grille in seiner Phantasie zu bilden angefangen, welche auf sein ganzes künftiges Leben einen großen Einfluß gehabt hat.

Ich habe nämlich schon der Deklamationsübungen erwähnt, welche in Sekunda von dem Konrektor veranstaltet wurden. Dies hatte für ihn und Iffland einen so außerordentlichen Reiz, daß alles andre sich dagegen verdunkelte und Reiser nichts mehr wünschte, als Gelegenheit zu haben, mit mehreren seiner Mitschüler einmal eine Komödie aufzuführen, um sich im Deklamieren hören zu lassen – dies hatte einen so unendlichen Reiz für ihn, daß er eine Zeitlang Tag und Nacht mit diesem Gedanken umging und selber den Entwurf zu einer Komödie machte, wo zwei Freunde voneinander getrennt werden sollten und darüber untröstlich waren usw. – Auch fand er in Leydings Handbibliothek, die ihm jemand geliehen hatte, ein rührendes Drama in Versen: „Der Einsiedler", welches er gern mit Iffland aufführen wollte. – Er wünschte sich denn eine recht affektvolle Rolle, wo er mit dem größten Pathos reden und sich in eine Reihe von Empfindungen versetzen könnte, die er so gern hatte und sie doch in seiner wirklichen Welt, wo alles so kahl, so armselig zuging, nicht haben konnte. – Dieser Wunsch war bei Reisern sehr natürlich; er hatte Gefühle für Freundschaft, für Dankbarkeit, für Großmut und edle Entschlossenheit, welche alle ungenutzt in ihm schlummerten; denn durch seine äußere Lage schrumpfte sein Herz zusammen. – Was Wunder, daß es sich in einer idealischen Welt wieder zu erweitern und seinen natürlichen Empfindungen nachzuhängen suchte!

In dem Schauspiel schien er sich gleichsam wiederzufinden, nachdem er sich in seiner wirklichen Welt beinahe verloren hatte. – Darum wurde auch in der Folge seine Freundschaft mit Philipp Reisern beinahe eine theatralische Freundschaft, die oft so weit ging, daß einer für den andern zu sterben entschlossen war. – Nun wurde ihm die Theatergrille so wert, daß die Sucht zu predigen beinahe ganz dadurch aus seiner Seele verdrängt wurde – denn hier fand seine Phantasie einen weit größern Spielraum, weit mehr wirkliches Leben und Interesse als in dem ewigen Monolog des Predigers. – Wenn er die Szenen eines Dramas, das er entweder gelesen oder sich selbst in Gedanken entworfen hatte, durchging, so war er das alles nacheinander wirklich, was er vorstellte, er war bald großmütig, bald dankbar, bald gekränkt und duldend, bald heftig und jedem Angriff mutig entgegenkämpfend.

Dabei war ihm nun die Aussicht auf Prima äußerst glänzend – denn die Primaner des Lyzeums in Hannover hatten wirklich so viele äußere in die Augen fallende Vorzüge, wie in wenigen Schulen stattfinden mögen. – Sie hielten alle Neujahr bei einer großen Menge Zuschauer einen öffentlichen Aufzug mit Musik und Fackeln, indem sie dem Direktor und dem Rektor ein Vivat brachten. – Am Abend darauf überreichten sie das eine Jahr dem Direktor und das andere dem Rektor ein freiwillig zusammengebrachtes Geschenk, das gemeiniglich über hundert Taler betrug, und wobei derjenige, der es überreichte, eine kurze lateinische Rede hielt – alsdann wurden sie mit Wein und Kuchen bewirtet und durften sich die Freiheit herausnehmen, ihrem Lehrer in seiner Behausung ein lauterschallendes Vivat zu rufen.

Fast ein Vierteljahr vorher wurde immer schon von der Anordnung dieses Zuges gesprochen.

Alle Sommer in den Hundstagen wurde von den Primanern öffentlich Komödie gespielt, wo ihnen die Wahl der Stücke und die Anordnung ebenfalls allein überlassen war. – Dies beschäftigte sie fast den ganzen Sommer über. – Dann fiel im Jenner das Geburtsfest der Königin und im Mai das Geburtsfest des Königs ein, wo allemal mit großer Feierlichkeit ein Redeaktus veranstaltet wurde, bei dem der Prinz, die Minister und fast alle Honoratioren der Stadt erschienen. Die Vorbereitung hiezu nahm nun jedesmal sehr viel Zeit weg. – Dazu kamen jährlich noch zwei öffentliche Prüfungen, die auch allemal mit Ferien begleitet waren. – Hiedurch ging freilich viel Zeit verloren. – Indes waren dies alles doch so viele glänzende Ziele für einen ehrgeizigen Jüngling, welche ihm den Reiz der Schuljahre immer wieder auffrischten, sobald er verlöschen wollte.

Etwa einmal einer der Anführer bei dem Zuge mit Fackeln zu sein oder die lateinische Rede bei Überreichung des Geschenks zu halten oder eine Hauptrolle in einem der aufgeführten Stücke zu bekommen oder gar eine Rede an des Königs oder der Königin Geburtstage zu halten, das waren die Wünsche und Aussichten eines Primaners des Lyzeums in Hannover. – Hiezu kam nun noch der elegante Hörsaal der ersten Klasse, mit dem zierlich gebauten doppelten Katheder von schöngebohnten Nußbaumholz und vor den Fenstern die grünen Vorhänge, welches alles sich vereinigte, um Reisers Phantasie aufs neue mit reizenden Bildern von seinem künftigen Zustande anzufüllen und seine Erwartung von dem, was nun mit ihm vorgehen würde, bis auf den höchsten Grad zu spannen. Sogleich nach seinem ersten Schuljahre ein Primaner zu werden, das war ein Glück, welches er sich kaum hätte träumen lassen.

Erfüllt von diesen Hoffnungen und Aussichten reiste er nun in der Ferienwoche vor Ostern mit Fuhrleuten, die denselben Weg nahmen, zu seinen Eltern, um ihnen sein Glück zu verkündigen. – Auf dieser Reise, da der Weg größtenteils durch Wald und Heide ging, nahm seine vorher erwärmte Phantasie einen außerordentlichen Schwung; er entwarf Heldengedichte, Trauerspiele, Romane und wer weiß was – zuweilen fiel ihm auch der Gedanke ein, sein Leben zu schreiben; der Anfang, den er sich dachte, lief aber immer auf den Schlag der Robinsons hinaus, die er gelesen hatte, daß er nämlich in dem und dem Jahre zu Hannover von armen, doch ehrlichen Eltern geboren sei, und so sollte es denn weiter fortgehen.

Sooft er nachher zu seinen Eltern reiste, es mochte nun zu Fuß oder zu Wagen sein, war unterwegens seine Einbildungskraft immer am geschäftigsten – ein ganzer Zeitraum seines verfloßnen Lebens stand vor ihm da, sobald er die vier Türme von Hannover aus dem Gesicht verlor – der Gesichtskreis seiner Seele erweiterte sich denn mit dem Gesichtskreis seiner Augen. – Er fühlte sich aus dem umschränkten Zirkel seines Daseins in die große weite Welt versetzt, wo alle wunderbaren Ereignisse, die er je in Romanen gelesen hatte, möglich waren – daß etwa von jenem Hügel plötzlich sein Vater oder seine Mutter wie aus der Ferne ihm entgegenkommen und wie er denn freudig auf sie zueilen würde – er glaubte schon den Ton der Stimme seiner Eltern zu hören – und da er nun das erstemal diese Reise tat, so empfand er wirklich das reinste Vergnügen der sehnlichen Erwartung, bei seinen Eltern zu sein: denn was hatte er ihnen nicht für große Dinge zu erzählen!

Da er nun am folgenden Mittag hinkam, bewillkommten ihn seine Eltern und seine beiden Brüder mit herzlicher Freude in ihrer ländlichen Wohnung. Sie hatten einen kleinen Garten hinter dem Hause und waren soweit recht gut eingerichtet. Aber mit dem Hausfrieden stand es leider, wie er bald sahe, noch nach wie vor. Er hörte indes von seinem Vater wieder die Zither spielen und die Lieder der Madam Guion dazu singen. – Sie unterredeten sich nun auch über die Lehren der Madam Guion, und Reiser, der sich in seinem Kopfe schon eine Art von Metaphysik gebildet hatte, die nahe an den Spinozismus grenzte, traf mit seinem Vater oft wunderbar zusammen, wenn sie von dem All der Gottheit und dem Nichts der Kreatur, das die Madam Guion lehrte, sprachen. Sie glaubten sich einander zu verstehen, und Reiser empfand ein unendliches Vergnügen in diesen Unterredungen mit seinem Vater, denn es war ihm schmeichelhaft, daß sich sein Vater, der ihn sonst nur für einen dummen Jungen zu halten schien, nun selbst über dergleichen erhabne Gegenstände mit ihm unterredete. Dann besuchten sie den Prediger und die Honoratioren des Orts, wo Reiser allenthalben mit ins Gespräch gezogen wurde und sich auch, weil ihm diese Behandlung Selbstzutrauen einflößte, dabei ganz gut nahm. – Die Nachbaren seiner Eltern, und wer sonst hinkam, waren alle aufmerksam auf den Sohn des Lizentschreibers, den der Prinz in Hannover studieren ließe. – Die reine, ungetrübte Freude, die Reiser in diesen wenigen Tagen genoß, verbunden mit den angenehmsten Hoffnungen ersetzte ihm reichlich allen Kummer und unverdiente Demütigungen, die er ein ganzes Jahr hindurch erlitten hatte.

So nahe wie seine Mutter nahm doch niemand in der Welt an seinem Schicksal teil – sooft er sich des Abends zu Bette legte, sprach sie das „Gott walte“ über ihn und schlug über seine Stirne das Kreuz dazu, wie sie ehemals getan hatte, damit er sicher schlafen sollte, und kein Abend und kein Morgen verging, wo sie ihn auch in seiner Abwesenheit nicht mit in ihr Gebet einschloß. – Mit Wehmut nahm Reiser Abschied von seinen Eltern, und da er die Türme von Hannover wiedersahe, so beklemmten traurige Ahndungen sein Herz.

Den andern Tag nach seiner Zurückkunft wurde er von dem Direktor zu der Klassenversetzung geprüft, und da er aus des Cicero Buche von den Pflichten etwas aus dem Lateinischen ins Deutsche übersetzen sollte, so fügte es sich, daß er in dem Exemplar, das ihm der Direktor gab, unglücklicherweise ein Blatt mit solcher Ungeschicklichkeit umschlug, daß er es beinahe zerrissen hätte. Durch so etwas konnte nun die Empfindlichkeit des Direktors, der in allem stets die äußerste Delikatesse suchte, gerade am stärksten beleidigt werden. – Reiser verlor unendlich bei ihm durch diesen Zug von anscheinenden Mangel an feiner Empfindung und feiner Lebensart. Der Direktor verwies ihm auf eine sehr bittere Art seine Ungeschicklichkeit, so daß Reisers Zutrauen zu dem Direktor, durch die Beschämung, worin er durch diesen bittern Verweis versetzt wurde, ebenfalls einen gewaltigen Stoß erhielt, wovon es sich nie wieder erholen konnte. Das schüchterne Wesen, das Reiser auf diese Veranlassung von nun an in der Gegenwart des Direktors bewies, diente dazu, ihn bei denselben noch immer mehr herabzusetzen. – Kurz, von einem einzigen zu schnell umgeschlagenen Blatte in dem Exemplar des Direktors von Ciceros Buche von den Pflichten schrieben sich größtenteils alle die Leiden her, die Reisern von nun an in seinen Schuljahren bevorstanden, und welche sich vorzüglich auf den Mangel der Achtung des Direktors gründeten, dessen Beifall, woran ihm so viel lag, er zuerst durch das zu schnelle Blattumschlagen verscherzt hatte.

Hiezu kam nun noch, daß die Frau Filter, ob er gleich von ihr wegzog, ihm doch sein neues Kleid einschloß und er mit einem alten Rock, den er noch von dem Hutmacher Lobenstein hatte, Prima besuchen mußte, wo er neben sich fast lauter wohlgekleidete junge Leute sahe. Der Rock gab ihm ein lächerliches Ansehen, weil er ihm zu kurz geworden war. Dies fühlte er selbst, und der Umstand trug sehr viel zu der Schüchternheit in seinem Wesen bei, das er in Prima mehr wie jemals äußerte. – Auch waren der Kantor und der Konrektor äußerst auf ihn aufgebracht, daß er ihnen von seiner Versetzung nach Prima vorher nichts gesagt und ohne ihren Rat diesen Schritt getan hätte. Er entschuldigte sich so gut er konnte damit, daß er es nicht bedacht hätte. Der Kantor verzieh ihm auch bald, aber der Konrektor hat es ihm nie verziehen, sondern es ihn noch lange nachher entgelten lassen. Er machte nämlich eine starke Forderung an Reisern für die Privatstunden, die dieser bei ihm gehabt hatte, und wovon jedermann glaubte, daß er sie ihm umsonst würde gegeben haben – dies Geld ließ er Reisern einige Jahre hindurch von seinem Chorgelde abziehen, wenn es dieser oft am nötigsten brauchte. – Ein Umstand, der ihn ebenfalls sehr niederschlug.

Nun bekam er in dem Hause des Rektors zwar eine Stube und Kammer, aber auch weiter nichts, denn der Rektor war selbst noch nicht recht eingerichtet. Reiser hatte noch eine wollene Decke von seinen Eltern, dazu mietete man ihm ein Kopfküssen und Unterbette, um ja so viel wie möglich zu sparen; wenn es nun des Nachts kalt war, so mußte er seine Kleider zu Hülfe nehmen, um sich hinlänglich zu bedecken. Ein altes Klavier, das er hatte, diente ihm statt eines Tisches, dazu hatte er eine kleine Bank aus dem Auditorium des Rektors, über dem Bette ein kleines Bücherbrett an einem Nagel hängend, und in der Kammer hatte er einen alten Koffer mit ein paar abgetragenen Kleidungsstücken stehen – das war seine ganze häusliche Einrichtung, wobei er sich aber doch um ein großes glücklicher befand als in der Stube der Frau Filter, in welcher sonst weit mehr Bequemlichkeiten waren.

Wenn er nun allein auf seiner Stube war, so befand er sich so weit recht wohl, aber zu dem Rektor konnte er noch kein Zutrauen fassen. Wenn er ihn gleich im Schlafrock und in der Nachtmütze sahe, so schien doch immer ein Nimbus von Ernst und Würde sich um ihn her zu verbreiten, der Reisern in großer Entfernung von ihm hielt – er mußte ihm seine Bibliothek in Ordnung bringen helfen; wenn er denn zuweilen so dicht bei ihm stand, indem er ihm Bücher zureichte, daß er seinen Atem hören konnte, so fühlte er oft einige anschließende Kraft in sich – aber in dem folgenden Augenblick war die Schüchternheit und Verlegenheit wieder da. – Demohngeachtet liebte er den Rektor – und sein mit romanhaften Ideen angefüllter Kopf ließ ihn manchmal den Wunsch tun, daß er doch mit dem Rektor auf irgendeine unbewohnte Insel versetzt werden möchte, wo sie durch das Schicksal gleichgemacht auf einen freundschaftlichen und vertrauten Fuß umgehen könnten.

Der Rektor tat alles, um Reisern Mut und Zutrauen einzuflößen; er ließ ihn verschiedne Mal mit sich allein an seinem Tische speisen und unterredete sich mit ihn. – Reiser hatte damals schon Schriftstellerprojekte: er wollte die alte Acerra philologika in einen bessern Stil bringen, und der Rektor war so gütig, ihn zu ermuntern, daß er immer dergleichen Projekte für die Zukunft nähren und sich mit dergleichen Ausarbeitungen beschäftigen solle.

Wenn nun Reiser über so etwas mit dem Rektor sprach, so fehlte es ihm immer an den rechten Ausdrücken, deren er sich bedienen sollte, welches seine Perioden sehr unterbrochen machte. – Denn er schwieg lieber, ehe er das unrechte Wort zu dem Gedanken wählte, den er ausdrücken wollte. – Der Rektor half ihm dann mit vieler Nachsicht zurecht. – Er ließ ihn auch zuweilen des Abends zu sich auf die Stube kommen und sich von ihm vorlesen. –

Reiser erdreistete sich denn auch manchmal, Fragen an ihn zu tun: in wiefern z. B. ein Stuhl ein Individuum zu nennen sei, da man ihn doch immer noch wieder teilen könne, welcher Zweifel ihm bei der Logik, die er vom Direktor hörte, aufgefallen war – und der Rektor löste ihm sehr herablassend seinen Zweifel auf und lobte ihn dabei wegen seines

Nachdenkens über dergleichen Gegenstände; ja, er scherzte zuweilen gar mit ihm, und wenn er ihm den Auftrag gab, irgendein Buch oder sonst etwas zu holen, so tat er dies nie in einem befehlenden Tone, sondern bittweise. – So war nun alles soweit recht gut – aber das Blattumschlagen schien nun einmal für Reisern eine unglückliche Sache zu sein – er mußte einmal für den Rektor geheftete Bücher aufschneiden und machte das so ungeschickt, daß er mit dem Federmesser tiefe Einschnitte in die Blätter machte, wodurch ein paar Bücher fast ganz verdorben wurden. – Der Rektor wurde darüber sehr böse und machte ihm den bittern Vorwurf, als ob er aus Bosheit die Einschnitte in die Blätter gemacht habe, um von der Arbeit frei zu sein. – Das war nun freilich nicht der Fall – der Vorwurf schmerzte Reisern und trug viel dazu bei, seinen allmählich wachsenden Mut wieder niederzuschlagen.

Indes erholte er sich doch noch einmal wieder, da ihn der Rektor auf einer kleinen Reise nach einer benachbarten katholischen Stadt mitnahm, um die Feier des Fronleichnamsfestes mit anzusehen. – Der Rektor, der Konrektor, der Kantor und ein paar Kandidaten der Theologie fuhren auf einem Wagen mit Extrapost, wo Reiser auch ein Plätzchen erhielt. – Nun hörte er diese ehrwürdigen Männer, die durch das Aneinanderschließen, welches gemeiniglich bei einer kleinen Reisegesellschaft stattzufinden pflegt, vertraulich gemacht waren, sehr lebhaft miteinander scherzen; und dies tat eine ganz besondere Wirkung auf Reisern. – Der Nimbus um ihre Köpfe verschwand allmählich, und er sahe an ihnen zum ersten Male Menschen, wie andre Menschen sind. – Denn noch nie hatte er eine Gesellschaft von Schwarzröcken zusammengesehen, die sich ohne Zwang miteinander besprachen und alle das steife, zeremonienmäßige Wesen, das ihnen sonst von ihrem Stande anklebt, auf eine Zeitlang gegeneinander ablegten. Nur der gute Kantor behielt immer ein gewisses steifes Wesen bei, und da unterwegs eine große Menge Bettler, die geistliche Lieder absangen, dem Wagen entgegenkamen, schraubte man den Kantor mit diesem Auftritt, indem man ihn wegen dieser schrecklichen Disharmonien, wodurch sein Gehör ganz erschüttert wurde, herzlich bedauerte. – Es war zum ersten Male, daß Reiser sahe, wie sich solche ehrwürdige Männer auch ebenso wie andre Leute untereinander schrauben könnten. Und diese Erfahrung, die er machte, war ihm sehr nützlich, indem er nun jeden Priester, den er sonst noch immer gewissermaßen als eine Art von übermenschlichem Wesen betrachtete, sich etwa in den Zirkel einer solchen Reisegesellschaft dachte und ihn denn in seiner Vorstellung von dem Nimbus, der ihn vorher umgab, mit leichter Mühe entblößte.

Allein er fühlte es demohngeachtet wieder lebhaft, welch ein unbedeutendes Wesen er in dieser Gesellschaft war; und da man alle Merkwürdigkeiten der Klöster und andre Sachen in der katholischen Stadt besahe, wozu noch eine Anzahl zum Teil auch fremder Personen sich gesellte, so fühlte er, wie es sich immer von selbst verstand, daß er bei allem der letzte war, und daß er dies noch als eine große Ehre ansehen mußte, die ihm widerfuhr – dieser Gedanke machte, daß er sich in der Gesellschaft verlegen, albern und dumm betrug, und dies verlegene und alberne Betragen fühlte er auch wieder selbst weit stärker, als es vielleicht irgend jemand außer ihm bemerken mochte; darum war er die Zeit über, in welcher er so viel Neues zu hören und zu sehen bekam, nichts weniger als glücklich und wünschte sich wieder auf sein einsames Stübchen mit der Bank und dem alten Klaviere und dem Bücherbrett, das über dem Bett am Nagel hing.

Was aber nun vorzüglich anfing, ihm sein Schicksal zu verbittern, war eine neue unverdiente Demütigung, wozu seine gegenwärtige Lage, die er doch wiederum nicht ändern konnte, die Veranlassung gab.

Als er nämlich die ersten Male Prima besuchte, so hörte er schon zuweilen hinter sich zischeln: Sieh, das ist des Rektors Famulus! Eine Benennung, mit welcher Reiser den allerniedrigsten Begriff verband; denn er wußte von den Verhältnissen eines Famulus auf der Universität noch nichts. Ihm bezeichnete Famulus womöglich noch weniger als einen Bedienten, der seinem Herren die Schuh putzt. – Dabei deuchte es ihm, als ob er allgemein von seinen Mitschülern mit einer Art von Verachtung betrachtet würde. – Dann dachte er sich in seinem kurzen Rocke, womit er sich immer selbst in einer lächerlichen Gestalt erschien. – In Sekunda war er ohngeachtet seiner schlechten Kleidung von seinen Mitschülern noch geachtet worden, wegen der hohen Meinung, die man davon hatte, daß ihn der Prinz studieren ließ. In Prima wußte man dies zwar auch zum Teil, aber die Idee, daß er beim Rektor Famulus war, schien ihn in aller Augen herabzusetzen. – Nun kam in Prima außerordentlich viel auf den Platz an, wo man saß: höhere Plätze konnten nur durch langen fortgesetzten Fleiß erlangt werden. Gemeiniglich rückte man alle halbe Jahre nur eine Bank in die Höhe. – Die ersten vier Bänke machten den untern und die letztern drei den obern Zötus aus. – Wer nun bei den halbjährigen Versetzungen zurückblieb, für den war dies eine der größten Erniedrigungen.

Nun hatte Reiser gleich am dritten Morgen, während daß ein Primaner von dem untern Katheder ein geschriebnes Gebet ablas, da ihm sein Nachbar etwas sagte, eine lächelnde Miene gemacht, und da er sahe, daß er vom Direktor bemerkt wurde, diese Miene plötzlich in eine ernsthafte zu verwandeln gesucht. – Und der Eindruck, welcher noch von dem Blattumschlagen in seiner Seele zurückgeblieben war, machte, daß diese plötzliche Veränderung seiner Miene nicht im mindesten auf eine edle, sondern vielmehr höchst mißtrauische, gemeine und sklavische Furcht verratende Art geschahe, woraus der Direktor mit einem Blick des Zorns und der Verachtung, den er währendem Gebet auf Reisern warf, seine niedrige, gemeine Denkungsart zu schließen schien. – Ein solcher Blick vom Direktor war schon etwas, das allgemeine Aufmerksamkeit zu erregen pflegte. – Da nun aber das Gebet vorbei war, so sagte er Reisern ein paar Worte über das Niederträchtige in seiner Miene, welche diesen auf einmal der Verachtung der ganzen Klasse aussetzten, der die Aussprüche des Direktors Orakel waren.

Reiser getraute sich von nun an nicht mehr, seine Augen zu dem Direktor aufzuschlagen, und mußte sich in den Stunden desselben wie ein Wesen betrachten, auf das nicht die mindeste Rücksicht genommen ward: denn der Direktor rief ihn niemals auf. – Ein paar junge Leute, die nach Reisern in Prima kamen, wurden über ihn gesetzt, und er mußte verschiedene Monate lang der letzte von allen bleiben. – Der junge Rehberg, ein vorzüglicher Kopf, der sich nachher als Maler berühmt gemacht hat, saß neben Reisern und schien sich an ihn schließen zu wollen; allein ein Blick des Direktors, womit derselbe ihn ansahe, da er einmal mit Reisern sprach, dämpfte jeden Funken von Achtung, den er gegen Reisern zu haben schien, und machte sein Herz von ihm abgewandt. – Das Betragen des Direktors gegen Reisern war eine Folge von dessen schüchternen und mißtrauischen Wesen, das eine niedrige Seele zu verraten schien; allein der Direktor erwog nicht, daß eben dies schüchterne und mißtrauische Wesen wieder eine Folge von seinem ersten Betragen gegen Reisern war.

Dieser war nun einmal in der Achtung seiner Mitschüler gesunken, und jeder nahm sich jetzt heraus, zum Ritter an ihm zu werden, jeder wollte seinen Witz an ihm üben, und nahm er es gleich mit einem auf, so waren wieder zwanzig andre, die miteinander wetteiferten, ihn zum Ziel ihres Spottes zu machen; selbst seine Bravour, wenn er sich zuweilen mit denen, die es zu arg machten, schlug, wodurch jeder andre sich vielleicht wieder in Achtung gesetzt hätte, wurde lächerlich gemacht. – Man zischelte sich nicht mehr in die Ohren: Seht da, des Rektors Famulus! sondern sobald er des Morgens hereintrat, hieß es: Da kömmt der Famulus! und diese Ehrenbenennung schallete ihm aus allen Ecken entgegen. – Es war, als ob sich alles verschworen hätte, sich auf ihn zu setzen und ihn lächerlich zu machen. –

Dieser Zustand wurde ihm eine Hölle – er heulte, tobte und geriet in eine Art von Raserei darüber, und auch dies wurde lächerlich gemacht. – Zuletzt trat denn zuweilen eine Art von Dumpfheit der Empfindung an die Stelle seines bis zur Wut und Raserei beleidigten Stolzes – er hörte und sahe nicht mehr, was um ihn her vorging, und ließ alles mit sich machen, was man wollte, so daß er in dem Zustande ein würdiger Gegenstand des Spottes und der Verachtung zu sein schien.

Was Wunder, wenn er am Ende durch diese fortgesetzte Behandlung würklich niederträchtig gesinnt geworden wäre? – Aber er fühlte noch immer Kraft genug in sich, in gewissen Stunden sich ganz aus seiner wirklichen Welt zu versetzen. – Das war es, was ihn aufrecht erhielt. – Wenn seine Seele durch tausend Demütigungen in seiner wirklichen Welt erniedrigt war, so übte er sich wieder in den edlen Gesinnungen der Großmut, Entschlossenheit, Uneigennützigkeit und Standhaftigkeit, sooft er irgendeinen Roman oder heroisches Drama durchlas oder durchdachte. – Oft träumte er sich auf diese Weise über allen Kummer der Erde hinaus, in heitre Szenen hin, wenn er vom Frost erstarrt im Chore sang, und verphantasierte so manche Stunde, wo denn gewisse Melodien, die er hörte und mitsang, seinen Traum oft fortpflanzen halfen. –

Nichts klang ihm z. B. rührender und erhabener, als wenn der Präfektus anhub zu singen:

Hylo schöne Sonne
Deiner Strahlen Wonne
In den tiefen Flor –

Das Hylo allein schon versetzte ihn in höhere Regionen und gab seiner Einbildungskraft allemal einen außerordentlichen Schwung, weil er es für irgendeinen orientalischen Ausdruck hielt, den er nicht verstand und eben deswegen einen so erhabnen Sinn, als er nur wollte, hineinlegen konnte: bis er einmal den geschriebenen Text unter den Noten sahe und fand, daß es hieß:

Hüll, o schöne Sonne, usw.

Diese Worte sang der Präfektus nach seiner thüringischen Mundart immer: Hylo schöne Sonne. – Und nun war auf einmal das ganze Zauberwerk verschwunden, welches Reisern so manchen frohen Augenblick gemacht hatte. – Ebenso war es ihm immer sehr rührend, wenn gesungen wurde: „Du verdeckest sie in den Hütten" oder: „lieg ich nur in deiner Hut, o so schlaf ich sanft und gut." –

Er wiegte sich oft so sehr in die süßen Empfindungen von dem Schutz eines höhern Wesens ein, daß er Regen und Frost und Schnee vergaß und sich in der ihn umgebenden Luft wie in einem Bette sanft zu ruhen schien.

Allein von außen her schien sich alles zu vereinigen, um ihn zu demütigen und niederzubeugen.

Da es Sommer wurde, verreiste der Rektor auf einige Wochen, und er blieb nun während der Zeit allein in dessen Hause zurück, wo er die Zeit zu Hause ziemlich vergnügt zubrachte, indem er sich aus der Bibliothek des Rektors einiger Bücher zum Lesen bediente und unter andern auf Moses Mendelsohns Schriften und die Literaturbriefe verfiel, woraus er sich damals zuerst Exzerpte machte. –

Insbesondre zog er sich alles aus, was das Theater anging, denn diese Idee war jetzt schon die herrschende in seinem Kopfe und gleichsam schon der Keim zu allen seinen künftigen Widerwärtigkeiten.

Durch das Deklamieren in Sekunda war sie zuerst lebhaft in ihm erwacht und hatte die Phantasie des Predigens allmählich aus seinem Kopf verdrängt – der Dialog auf dem Theater bekam mehr Reize für ihn als der immerwährende Monolog auf der Kanzel. – Und dann konnte er auf dem Theater alles sein, wozu er in der wirklichen Welt nie Gelegenheit hatte – und was er doch so oft zu sein wünschte – großmütig, wohltätig, edel, standhaft, über alles Demütigende und Erniedrigende erhaben – wie schmachtete er, diese Empfindungen, die ihm so natürlich zu sein schienen und die er doch stets entbehren mußte, nun einmal durch ein kurzes, täuschendes Spiel der Phantasie in sich wirklich zu machen. –

Das war es ohngefähr, was ihm die Idee vom Theater schon damals so reizend machte. – Er fand sich hier gleichsam mit allen seinen Empfindungen und Gesinnungen wieder, welche in die wirkliche Welt nicht paßten. – Das Theater deuchte ihm eine natürlichere und angemeßnere Welt als die wirkliche Welt, die ihn umgab.

Nun kamen die Sommerferien heran, und die Primaner führten, wie sie alle Jahr zu tun pflegten, öffentlich verschiedene Komödien auf. – Reiser konnte bei der allgemeinen Verachtung, der er als ein sogenannter Famulus des Rektors ausgesetzt war, sich nicht die mindeste Hoffnung machen, eine Rolle zu erhalten; ja, er konnte nicht einmal von irgendeinem der Mitschüler ein Billett erhalten, um zuzusehn. Dies schlug ihn mehr als alles Bisherige nieder – bis er auf den Einfall kam, mit zwei bis dreien seiner Mitschüler, welche auch keine Rollen hatten, gleichsam eine Partie der Mißvergnügten auszumachen und auf deren Wohnstube bei einer kleinen Anzahl Zuschauer eine Komödie besonders aufzuführen. –

Hiezu wurde denn Philotas gewählt, wo Reiser einem andren, der die Rolle des Philotas schlecht machte, sie mit Geld abkaufte und also nun den Philotas spielte.

Nun war er in seinem Elemente. – Er konnte einen ganzen Abend lang großmütig, standhaft und edel sein – die Stunden, wo er sich zu dieser Rolle übte, und der Abend, wo er sie spielte, waren von den seligsten seines Lebens – obgleich das Theater nur ein schlechtes Zimmer mit weißen Wänden und das Parterre eine Kammer war, die daran stieß, und wo man statt der ausgehobenen Türe eine wollene Decke angebracht hatte, die zum Vorhang dienen mußte; und obgleich das ganze Auditorium nur aus dem Wirt des Hauses, der ein Töpfer war, nebst dessen Frau und seinen Gesellen bestand und die ganze Erleuchtung nur mit Pfenniglichtern bewerkstelligt wurde, die auf kleinen an die Wand geklebten Stücken von nassen Leimen brannten. –

Zum Nachspiel wurde aus Millers historisch-moralischen Schilderungen der sterbende Sokrates gegeben, worin Reiser nur einen Freund des Sokrates und der eine von seinen Mitschülern, namens G..., den sterbenden Sokrates selbst machte, welcher denn ordentlich den Giftbecher leerte und zuletzt unter Zuckungen auf einem Bette, das in die Stube gesetzt war, verschied. –

Dies letzte Nachspiel war es nun, was Reisern nachher fast seine ganzen Schuljahre verbittert hat. –

Die andern Primaner hatten nämlich erfahren, daß außer der ihrigen von denen, welchen sie keine Rollen gegeben hatten, noch besonders eine Komödie aufgeführt worden sei – sie sahen dies als einen Eingriff in ihre Rechte an, und als ob es gleichsam aus Trotz und Verachtung geschehen sei. –

Sie suchten sich für diese unverzeihliche Beleidigung, wofür sie es hielten, auf alle Weise zu rächen, und von der Zeit an durfte von den vieren, welche den Philotas und den sterbenden Sokrates aufgeführt hatten, keiner des Abends sicher auf der Straße gehen. – Diese viere waren von der Zeit an ein Gegenstand des Hasses, der Verachtung und des Spottes, welcher Reisern gerade am meisten traf; denn die andern besuchten die Schulstunden selten. – Gegen Reisern hatte man schon vorher nichts als Verachtung bezeigt, die außer einer Art von unerklärbarer allgemeiner Antipathie gegen ihn ihren Grund vorzüglich in seiner erniedrigenden oder wenigstens für erniedrigend gehaltenen Situation, seiner blöden Miene und seinem kurzen Rock haben mochte; zu dieser Verachtung gesellte sich nun jetzt noch eine allgemeine Erbitterung gegen ihn, welche den Spott, womit man ihn überhäufte, so beißend wie möglich zu machen suchte. –

Und ob nun gleich nicht er, sondern G... die Rolle des sterbenden Sokrates in dem Nachspiel gemacht hatte, so hieß er doch von nun an mit einem allgemeinen Spottnamen „der sterbende Sokrates" und verlor diesen beinahe nicht eher, bis diese ganze Generation nach und nach die Schule verlassen hatte; noch ein Jahr vorher, ehe er selbst die Schule verließ, war er eine lange Zeit kränklich gewesen und gar nicht aus dem Hause gekommen; als er nun wieder einer Komödie zusehen wollte, welche die Primaner damals aufführten, ließ man ihn zwar herein, aber man sahe ihn mit einem verächtlichen, höhnischen Blick an und sagte: Da ist der sterbende Sokrates, so daß Reiser gleich umkehrte und traurig wieder zu Hause ging. –

Sonst pflegt doch immer bei den Menschen eine gewisse Gutmütigkeit zu herrschen, daß sie nur denjenigen zum Gegenstande ihres Spottes machen, der gewissermaßen unempfindlich dagegen ist; sehen sie hingegen, daß einer durch den Spott wirklich beleidigt und gekränkt wird, so treiben sie's wenigstens nicht unaufhörlich, sondern das Mitleid gewinnt doch endlich über die Spottsucht die Oberhand.

Aber das war bei Reisern der Fall nicht – seine Gestalt verfiel von Tage zu Tage, er wankte nur noch wie ein Schatten umher; es war ihm beinahe alles gleichgültig; sein Mut war gelähmt – wo er konnte, suchte er die Einsamkeit – aber das alles erweckte auch kein Fünkchen Mitleid gegen ihn. – So sehr waren aller Gemüter mit Haß und Verachtung gegen ihn erfüllt. –

Außer ihm war noch ein gewisser T... ein Gegenstand des Spottes, der zum Teil durch seine stotternde Sprache Veranlassung dazu gab. – Dieser aber schüttete den Spott ab, wie das Tier mit der unempfindlichen Haut die Schläge. – Indem man seiner spottete, so rechtfertigte man sich selbst damit, daß ihn der Spott nicht kränkte. – Bei Reisern nahm man darauf keine Rücksicht. – Dies erbitterte endlich sein Herz und machte ihn zum offenbaren Menschenfeinde.

Wo sollte nun wohl bei ihm ein rühmlicher Wetteifer, Fleiß und Lust zum eigentlichen Studieren herkommen? – Er wurde ja ganz aus der Reihe herausgedrängt – er stand einsam und verlassen da – und suchte nur das, wodurch er sich immer noch mehr absondern und in sich selbst zurückziehen konnte; alles, was er für sich allein auf der Stube arbeitete, las und dachte, machte ihm Vergnügen, aber zu allem, was er in den Schulstunden mit andern gemeinschaftlich arbeiten sollte, war er träge und verdrossen; es war ihm immer, als ob er gar nicht dazu gehörte. –

Das war nun die schöne Erfüllung seiner Träume von langen Reihen von Bänken, auf denen die Schüler der Weisheit saßen, unter deren Zahl er sich mit Entzücken dachte, und mit denen er einst um den Preis zu wetteifern hoffte. –

Der Rektor, bei dem er wohnte, kam nun auch von seiner Reise wieder zurück und hatte seine Mutter mitgebracht, die seine Wirtschaft auf das genaueste einzurichten suchte. – Es wurde Winter, und man dachte nicht daran, Reisers Stube zu heizen – er stand erst die bitterste Kälte aus und glaubte, man würde doch endlich auch an ihn denken – bis er hörte, daß er sich bei Tage in der Gesindestube mit aufhalten sollte. –

Nun fing er an, sich um seine äußern Verhältnisse gar nicht mehr zu bekümmern. – Von seinen Lehrern sowohl als von seinen Mitschülern verachtet und hintangesetzt – und wegen seines immerwährenden Mißmuts und menschenscheuen Wesens bei niemand beliebt, gab er sich gleichsam selber in Rücksicht der menschlichen Gesellschaft auf – und suchte sich nun vollends ganz in sich zurückzuziehen.

Er ging zu einem Antiquarius und holte sich einen Roman, eine Komödie nach der andern und fing nun mit einer Art von Wut an zu lesen. – Alles Geld, was er sich vom Munde absparen konnte, wandte er an, um Bücher zum Lesen dafür zu leihen; und da nach einiger Zeit der Antiquarius ihn kennen lernte und ihm ohne jedesmalige bare Bezahlung Bücher zum Lesen liehe, so hatte sich Reiser, ehe er es merkte, tief in Schulden hineingelesen, die, so klein sie sein mochten, damals für ihn unerschwinglich waren.

Er suchte diese Schuld zum Teil durch den Verkauf seiner angeschafften Schulbücher zu tilgen, die ihm der Antiquarius für ein Spottgeld abnahm – und ihm dafür aufs neue Bücher zum Lesen lieh, bis er wieder in neue Schulden geriet und denn wieder ängstlich auf Tilgung derselben denken mußte.

Das Lesen war ihm nun einmal so zum Bedürfnis geworden, wie es den Morgenländern das Opium sein mag, wodurch sie ihre Sinne in eine angenehme Betäubung bringen. – Wenn es ihm an einem Buche fehlte, so hätte er seinen Rock gegen den Kittel eines Bettlers vertauscht, um nur eins zu bekommen. – Diese Begierde wußte der Antiquarius wohl zu nutzen, der ihm nach und nach alle seine Bücher ablockte und sie oft in seiner Gegenwart sechsmal so teuer wieder verkaufte, als er sie ihm abgekauft hatte.

Es war unter diesen Umständen keinem zu verdenken, der Reisern für einen lüderlichen aus der Art geschlagnen jungen Menschen hielt, welcher seine Schulbücher verkaufte, statt seine Kenntnisse zu vermehren und den Unterricht seiner Lehrer zu nutzen, nichts als Romane und Komödien las – und dabei sein Äußeres ganz vernachlässigte; denn es war sehr natürlich, daß Reiser keine Lust zu seinem Körper hatte, da er doch niemanden in der Welt gefiel – und dann wurde auch alle das Geld, was die Wäscherin und der Schneider hätten bekommen sollen, dem Bücherantiquarius hingebracht – denn das Bedürfnis zu lesen ging bei ihm Essen und Trinken und Kleidung vor, wie er denn wirklich eines Abends den Ugolino las, nachdem er den ganzen Tag nicht das mindeste genossen hatte, denn seinen Freitisch hatte er über dem Lesen versäumt und für das Geld, was zum Abendbrot bestimmt war, hatte er sich den Ugolino geliehen und ein Licht gekauft, bei welchem er in seiner kalten Stube in eine wollene Decke eingehüllt die halbe Nacht aufsaß und die Hungerszenen recht lebhaft mitempfinden konnte.

Indes waren diese Stunden noch die glücklichsten, welche er gleichsam aus dem Gewirre der übrigen herausriß – seine Denkkraft war vollkommen wie berauscht – er vergaß sich und die Welt. –

Er las auf die Weise nach der Reihe die zwölf oder vierzehn Bände durch, welche damals vom deutschen Theater heraus waren, und weil er Yoriks empfindsame Reisen mit großem Vergnügen zwei- bis dreimal durchgelesen hatte, so lieh er sich auch von dem Antiquarius die empfindsamen Reisen durch Deutschland von Schummel. –

Nun hatte er damals schon angefangen, sich die Titel der Bücher, welche er gelesen hatte, in einem dazu bestimmten Buche niederzuschreiben und sein Urteil dabei zu setzen, das mehrmalen ziemlich richtig ausfiel; wie er denn z. B. bei die empfindsamen Reisen durch Deutschland von Schummel das Urteil schrieb: ein exercitium extemporaneum, weil der Verfasser selbst gestand, daß er alle die verschiedenen Sachen in diesem dicken Buche bloß zusammengeschrieben habe, damit man urteilen solle, zu welchem Fach in der Schriftstellerei er sich wohl am besten schicken würde. – Der Verfasser dieser empfindsamen Reisen hat nachher dies exercitium extemporaneum durch seinen Spitzbart hinlänglich wieder gutgemacht.

Aber nicht leicht hat Reisern bei irgendeinem Buche die Zeit, welche er auf das Lesen desselben gewandt hatte, mehr gereut als bei diesen empfindsamen Reisen. –

So lernte er nun von selbst allmählich das Mittelmäßige und Schlechte von dem Guten immer besser unterscheiden. –

Bei allem aber, was er las, war und blieb nun die Idee vom Theater immer bei ihm die herrschende – in der dramatischen Welt lebte und webte er – da vergoß er oft Tränen, indem er las, und ließ sich wechselsweise bald in heftige, tobende Leidenschaft des Zorns, der Wut und der Rache und bald wieder in die sanften Empfindungen des großmütigen Verzeihens, des obsiegenden Wohlwollens und des überströmenden Mitleids versetzen. –

Seine ganze äußere Lage und seine Verhältnisse in der wirklichen Welt waren ihm so verhaßt, daß er die Augen davor zuzuschließen suchte. – Der Rektor rief ihn im Hause bei seinem Namen, wie man einen Bedienten ruft; und einmal mußte er einen seiner Mitschüler, der ein Sohn eines Freundes vom Rektor war, bei demselben zum Essen bitten; und während daß dieser des Abends bei dem Rektor speiste, mußte Reiser Wein holen und in der Gesindestube sein, die gleich neben der Stube war, wo gespeist wurde, und wo er hören konnte, wie sein Mitschüler sich mit dem Rektor unterhielt, während daß er bei der Magd in der Stube saß.

Der Rektor gab verschiedene Privatstunden – wenn er nun etwa eine davon nicht halten konnte, so mußte Reiser bei seinen Mitschülern, mit denen er doch auch an diesem Unterricht teilnahm, herumgehen und ihnen die Privatstunde absagen, welches den Übermut derselben gegen ihn noch vermehrte.

Diese Zurücksetzung hatte ihren guten Grund in seinem Betragen – er war unteilnehmend an allem, was außer ihm vorging, und zu jedem Geschäft, was ihn aus seiner Ideenwelt herauszog, träge und verdrossen. – Was Wunder, da er an nichts teilnahm, daß man auch wieder an ihm nicht teilnahm, sondern ihn verachtete, hintansetzte und vergaß?

Allein man erwog nicht, daß eben dies Betragen, weswegen man ihn zurücksetzte, selbst eine Folge von vorhergegangner Zurücksetzung war. – Diese Zurücksetzung, welche in einer Reihe von zufälligen Umständen gegründet war, hatte den Anfang zu seinem Betragen und nicht sein Betragen, wie man glaubte, den Anfang zur Zurücksetzung gemacht.

Möchte dies alle Lehrer und Pädagogen aufmerksamer und in ihren Urteilen über die Entwicklung der Charaktere junger Leute behutsamer machen, daß sie die Einwirkung unzähliger zufälliger Umstände mit in Anschlag brächten und von diesen erst die genaueste Erkundigung einzuziehen suchten, ehe sie es wagten, durch ihr Urteil über das Schicksal eines Menschen zu entscheiden, bei dem es vielleicht nur eines aufmunternden Blicks bedurfte, um ihn plötzlich umzuschaffen, weil nicht die Grundlage seines Charakters, sondern eine sonderbare Verkettung von Umständen an seinem schlecht in die Augen fallenden Betragen schuld war.

Anton Reisers Schicksal schien es nun einmal zu sein, Wohltaten zu seiner Qual zu empfangen. – Es war Wohltat, daß er ein Jahr lang bei der Frau Filter im Hause war, und in welcher peinlichen und drückenden Lage brachte er dieses Jahr zu! – Es war Wohltat, daß er bei dem Rektor im Hause war, nur was für unzählige Demütigungen und Verachtung von seinen Mitschülern zog ihm dieser ihm so reizend geschilderte Aufenthalt zu!

Dem äußern Anschein nach konnte nun auch von Reisern niemand als schlecht urteilen – und der Rektor sagte selbst zum Pastor Marquard, es würde höchstens einmal ein Dorfschulmeister aus ihm werden. – Dies hielt der Pastor Marquard nachher Reisern wieder vor, und sein Mut wurde durch dies Urteil des Rektors über ihn, dem er damals noch nicht viel Selbstgefühl entgegensetzen konnte, noch mehr niedergeschlagen.

Weil nun der Rektor sicher zu glauben schien, daß aus Reisern doch nie etwas würde, so brauchte er ihn indes, wozu er noch zu brauchen war, nämlich zu allerlei kleinen Diensten, die er ihn in und außer dem Hause verrichten ließ – und Reiser wurde nun im Grunde völlig wie ein Domestik betrachtet, ob er gleich ein Primaner hieß.

Einmal genoß er denn doch noch die Vorrechte eines Primaners, da er von dem Chorgelde, das er erhielt, seinen Teil zum Neujahrgeschenke für den Rektor mit hergab und auch dem Aufzuge mit Fackeln beiwohnte, da dem Direktor und dem Rektor nach hergebrachter Weise zum Neujahr eine Musik gebracht und ein Vivat gerufen wurde. –

Ob er gleich bei diesem Zuge der letzte oder einer der letzen in der Ordnung war, so erhob es doch seinen Mut außerordentlich wieder, da er sich ohngeachtet der vielen Herabwürdigungen und Demütigungen, die er erfahren hatte, doch hier gleichsam wieder in Reihe und Glied mit den übrigen stehen sahe, einen Degen nebst einer Fackel tragen und das Vivat mit rufen durfte.

Die Musik, die Zuschauer, die Erleuchtung von den Fackeln, die Anführer mit Federhüten und entblößten Degen – das alles beseelte ihn wieder mit neuem Mut, da er sich in diesem glänzenden Aufzuge mit befand. –

Und da er am andern Tage mit unter der Zahl der Primaner stand und dem Rektor mit einer lateinischen Anrede an ihn das Neujahrsgeschenk, wozu Reiser doch auch seinen Teil beigetragen hatte, auf einem silbernen Teller überreicht wurde, so fühlte er sich einmal mit einigem Wohlgefallen wieder in der wirklichen Welt. – Er sahe sich doch hier nicht ganz ausgeschlossen und verdrängt. – Allein wie sehr verbitterte ihm der Haß und Übermut seiner Mitschüler auch diese kleine Aufmunterung wieder! –

Der Rektor bewirtete die Primaner, welche ihm das Geschenk gebracht hatten, mit Wein und Kuchen. – Diese tranken zu wiederholten Malen seine Gesundheit, wobei sie denn am Ende, da ihnen der Wein in die Köpfe stieg, ziemlich laut wurden. – Reiser trank einige Gläser Wein, ohne schlimme Folgen zu besorgen – allein die gänzliche Ungewohnheit des Weintrinkens machte, daß ihn ein paar Gläser schon etwas berauschten; nun legten es seine edeldenkenden Mitschüler darauf an, ihn gänzlich betrunken zu machen, welches ihnen teils durch List und teils durch Drohungen gelang, so daß Reiser allerlei verwirrtes Zeug redete und am Ende zu Bette gebracht werden mußte. –

War nun Reiser vorher schon in dem Zutrauen und der Achtung aller derer, die ihn kannten, gesunken, so gab dieser Vorfall seinem guten Kredit nun vollends den letzten Stoß. – Vorher war er schon ein träger, unordentlicher und unfleißiger, nun war er auch ein unmäßiger und schlechter Mensch, weil er in dem Hause seines Lehrers, der zugleich sein Wohltäter war, durch sein unanständiges Betragen zugleich das undankbarste Herz verraten hatte.

Alle diese Folgen sahe Reiser dunkel voraus, da er am andern Morgen erwachte, und indem er sich anzog, machte er sich schon auf Bitte und Entschuldigung bei dem Rektor wegen seines gestrigen Betragens gefaßt. –

Er hatte seine Anrede recht gut ausstudiert und versicherte unter andern, daß er diesen Flecken auf alle Weise wieder würde auszutilgen suchen, worauf ihm denn der Rektor eben nicht sehr tröstlich antwortete, daß die nachteiligen Folgen von diesem Vorfall, wenn er bekannt würde, wohl schwerlich zu verhüten sein würden.

Der Rektor hatte darin sehr recht – denn der Vorfall wurde bald bekannt, und es hieß nun: Wie! der junge Mensch lebt von Wohltaten, selbst der Prinz wendet so viel an ihn, und da er in dem Hause seines Lehrers, seines Wohltäters, der ihm Obdach gibt, gastfreundlich bewirtet wird, beträgt er sich so – wie niederträchtig, wie undankbar!

Ohngeachtet nun Reisern diese Folgen ahndeten, und er höchst traurig darüber war, empfand er doch am andern Tage, da er ins Chor kam und seine Mitschüler über sein blasses und verwirrtes Ansehn, das er noch von dem gestrigen Rausche hatte, lachten, eine Art von sonderbarem Stolz, gleichsam als ob er durch das gestrige Betrinken eine gewisse Bravour bezeigt hätte, daß er sogar affektierte, als ob sein Taumel noch fortdauerte, um dadurch Aufmerksamkeit auf sich zu erregen. –

Denn die Aufmerksamkeit der übrigen auf ihn, die diesmal mehr mit einer gewissen Art von Beifall als mit Spott verknüpft war, schmeichelte ihm. – Auch betrachteten ihn die andern so, wie man einen zu betrachten pflegt, der in demselben Fall ist, worin man selbst einmal war – denn der Präfektus war fast immer betrunken – dies geheime Vergnügen, welches Reiser empfand, da es ihm zu gelingen schien, sich durch das Schlechte bemerkt zu machen, ist wohl die gefährlichste Klippe der Verführung, woran die meisten jungen Leute zu scheitern pflegen.

Indes wurde dieser Übermut bei Reisern sehr bald wieder gedämpft, da er die nachteiligen Folgen, welche ihm der Rektor prophezeit hatte, nur zu bald empfand. – Allenthalben empfing man ihn mit kalten und verächtlichen Blicken. – Er ließ daher die meisten Freitische einen nach dem andern freiwillig fahren und hungerte lieber oder aß Salz und Brot – ehe er sich diesen Blicken aussetzen wollte. – Bei dem einzigen Schuster Schantz ging er noch immer mit Vergnügen hin, denn hier wurde er nach wie vor mit freundlichen Blicken empfangen, und man ließ ihn hier nicht für sein widriges Schicksal büßen.

Er war damals weit entfernt, daß er sich gegen sich selbst hätte entschuldigen sollen. – Vielmehr trauete er dem Urteil so vieler Menschen mehr als seinem eigenen Urteil über sich selbst zu – er klagte sich oft an und machte sich die bittersten Vorwürfe über seine Versäumnis im Studieren, über sein Lesen und über sein Schuldenmachen beim

Bücherantiquarius – denn er war damals nicht imstande, sich das alles als eine natürliche Folge der engsten Verhältnisse, worin er sich befand, zu erklären. – In solcher Stimmung der Seele, wo er gegen sich selbst aufgebracht und seine Phantasie noch durch ein Trauerspiel, das er eben gelesen hatte, erhitzt war, schrieb er einmal einen verzweiflungsvollen Brief an seinen Vater, worin er sich als den größten Verbrecher anklagte, und der mit unzähligen Gedankenstrichen angefüllt war, so daß sein Vater nicht wußte, was er aus dem Briefe machen sollte und für den Verstand des Verfassers im Ernst zu fürchten anfing. – Der ganze Brief war im Grunde eine Rolle, die Reiser spielte. – Er fand ein Vergnügen daran, sich selbst, wie es zuweilen die Helden in den Trauerspielen machen, mit den schwärzesten Farben zu schildern und dann recht tragisch gegen sich selbst zu wüten.

Da er nun niemand auf der Welt und auch sich selbst nicht einmal zum Freunde hatte, was konnte wohl anders sein Bestreben sein, als sich so viel und so oft wie möglich selbst zu vergessen?

Der Bücherantiquarius blieb daher seine immerwährende Zuflucht, und ohne diesen würde er seinen Zustand schwerlich ertragen haben, den er sich nun in manchen Stunden nicht nur erträglich, sondern sogar angenehm zu machen wußte, wenn er z. B. bei seinem Vetter, dem Perückenmacher, ein kleines, freilich eben nicht glänzendes Auditorium um sich versammlen und dem mit aller Fülle des Ausdrucks und der Deklamation, die ihm nur möglich war, irgendeines seiner Lieblingstrauerspiele, als Emilia Galotti, Ugolino oder sonst etwas Tränenvolles, wie z. B. den Tod Abels von Geßner vorlesen konnte, wobei er denn ein unbeschreibliches Entzücken empfand, wenn er rund um sich her jedes Auge in Tränen erblickte und darin den Beweis las, daß ihm sein Endzweck, durch die Sache, die er vorlas, zu rühren, gelungen war. –

Überhaupt brachte er die vergnügtesten Stunden seines damaligen Lebens entweder für sich allein oder in diesem Zirkel bei seinem Vetter, dem Perückenmacher, zu, wo er gleichsam die Herrschaft über die Geister führen und sich zum Mittelpunkte ihrer Aufmerksamkeit machen konnte – denn hier wurde er gehört – hier konnte er vorlesen, deklamieren, erzählen und lehren – und er ließ sich wirklich mit den Handwerksgesellen, welche dort zusammenkamen, zuweilen in Dispüte über sehr wichtige Materien, als über das Wesen der Seele, die Entstehung der Dinge, den Weltgeist und dergleichen ein, wodurch er die Köpfe verwirrte – indem er die Aufmerksamkeit dieser Leute auf Dinge lenkte, an die sie in ihrem Leben nicht gedacht hatten. –

Mit einem Schneidergesellen insbesondre, der anfing, an seinen Grübeleien Gefallen zu finden, unterhielt er sich oft stundenlang – über die Möglichkeit der Entstehung einer Welt aus nichts – endlich gerieten sie auf das Emanationssystem und auf den Spinozismus – Gott und die Welt war eins. –

Wenn dergleichen Materien nicht in die Schulterminologie eingehüllt werden, so sind sie für jeden Kopf und sogar Kindern verständlich. –

Bei einem solchen Gespräch pflegte Reiser aller seiner Sorgen und seines Kummers zu vergessen – das, was ihn drückte, war denn viel zu klein für ihn, um seine Aufmerksamkeit zu beschäftigen – er fühlte sich aus dem umringenden Zusammenhange der Dinge, worin er sich auf Erden befand, auf eine Zeitlang hinaus versetzt und genoß die Vorrechte der Geisterwelt – wer ihm dann zuerst in den Wurf kam, mit dem suchte er sich in philosophische Gespräche einzulassen und seine Denkkraft an ihm zu üben. –

Indes wandte er doch seine Schulstunden ohngeachtet der wenigen Aufmunterung, die er darin genoß, und der vielen Demütigungen, die er darin erduldete, nicht ganz unnütz an. – Er schrieb bei dem Direktor neue Geschichte, Dogmatik und Logik und bei dem Rektor die Erdbeschreibung und einige Übersetzungen lateinischer Autoren nach, wodurch er denn doch immer neben seiner Komödien- und Romanlektüre noch einige wissenschaftliche Kenntnisse auffing und, ohne es eigentlich mit Absicht zu treiben, auch im Lateinischen noch einige Fortschritte machte. –

Das war aber alles nur wie zufällig – manche Stunde versäumte er dazwischen, und manche Stunde las er, während daß der Livius oder ein andrer lateinischer Autor gelesen wurde, für sich heimlich einen Roman, weil er doch einmal wußte, daß der Direktor ihn nicht mehr aufzurufen würdigte. –

Denn wenn er in den Schulstunden mitten unter einer Anzahl von sechs bis siebenzig Menschen saß, von denen fast kein einziger sein Freund war, und denen er fast insgesamt ein Gegenstand des Spottes und der Verachtung war, so mußte ihm dies natürlicherweise beständig eine sehr ängstliche Lage sein, wo er sich am meisten gedrungen fühlte, sich in eine andre Welt zu träumen, in der er sich besser befand. –

Aber auch diese Zuflucht mißgönnte man ihm – und indem er gerade einmal, noch ehe die Stunde anging, in einem Bande vom Theater der Deutschen las, so nahm man, während daß der Rektor hereintrat, ihm das Buch weg und legte es dem Rektor aufs Katheder hin, dem man nun auf Befragen, woher das Buch käme, sagte, daß Reiser während den Stunden darin zu lesen pflegte. – Ein Blick voll wegwerfender Verachtung auf Reisern war die Antwort des Rektors auf diese Anklage.

Und dieser Blick kostete Reisern wiederum einen Teil des wenigen Selbstzutrauens, das ihm noch übrig geblieben war; denn weit entfernt, sich gegen sich selbst zu entschuldigen, glaubte er vielmehr diese Verachtung wirklich zu verdienen und hielt sich in dem Augenblick ebenso sehr für ein weggeworfnes verächtliches Wesen, als ihn der Rektor nur immer dafür halten konnte. –

Er sank durch diesen Vorfall noch tiefer als vorher in der Verachtung des Rektors – sein äußrer Zustand verschlimmerte sich daher von Tage zu Tage; und da er einmal vergessen hatte, einen Auftrag, den ihm ein Fremder an den Rektor gegeben hatte, auszurichten, so bediente sich der Rektor zum ersten Male des harten Ausdrucks gegen ihn, diese Vernachlässigung eines ihm gegebnen Auftrags sei ja eine „wahre Dummheit“.

Dieser Ausdruck brachte auf eine lange Zeit eine Art von wirklicher Seelenlähmung in ihm hervor. – Diesen Ausdruck und das „dummer Knabe“ vom Inspektor auf dem Seminarium und das „ich meine Ihn ja nicht“ von dem Kaufmann S... hat er nie vergessen können – sie haben sich in alle seine Gedanken verwebt und ihm lange nachher oft alle Gegenwart des Geistes in Augenblicken benommen, wo er sie am meisten bedurfte.

Ein Freund des Rektors, welcher einige Wochen bei ihm logierte, und für den Reiser auch einige Gänge tun mußte, gab der Magd und ihm bei seinem Abschiede ein Trinkgeld. – Reiser hatte eine sonderbare Empfindung dabei, da er das Geld nahm; es war ihm, als ob er einen Stich erhielte, wo sich der erste Schmerz plötzlich wieder verlor – denn er dachte an den Bücherantiquarius, und in dem Augenblick war alles übrige vergessen – für das Geld konnte er mehr als zwanzig Bücher lesen – sein beleidigter Stolz hatte sich noch zum letztenmal empört und war nun besiegt. – Reiser nahm von diesem Augenblick an keine Rücksicht mehr auf sich selbst – und warf sich in Ansehung seiner äußern Verhältnisse völlig weg. –

Seine Kleidung, die immer schlechter und unordentlicher wurde, kümmerte ihn nicht mehr.

In der Schule, im Chore und wenn er auf der Straße ging, dachte er sich mitten unter Menschen wie allein – denn keiner war, der sich um ihn bekümmerte oder an ihm teilnahm. – Sein eignes äußres Schicksal war ihm daher so verächtlich, so niedrig und so unbedeutend geworden, daß er aus sich selbst nichts mehr machte – an dem Schicksal einer Miß Sara Sampson, einer Julie und Romeos hingegen konnte er den lebhaftesten Anteil nehmen; damit trug er sich oft den ganzen Tag herum.

Nichts war ihm unausstehlicher, als, wenn die Lehrstunden geendigt waren, sich beim Herausgehen unter dem Schwarm seiner insgesamt besser gekleideten, muntern und lebhaftern Mitschüler zu befinden, von denen ihn keiner mehr an seiner Seite zu gehen würdigte – wie oft wünschte er sich in solchen Augenblicken endlich von der Last seines Körpers befreit und durch einen plötzlichen Tod aus diesem quälenden Zusammenhange gerissen zu werden! Wenn er denn etwa durch ein Gäßchen, wo niemand neben ihm ging, sich den Blicken seiner Mitschüler entziehen konnte, wie froh eilte er dann in die einsamsten und abgelegensten Gegenden der Stadt, um seinen traurenden Gedanken eine Weile ungestört nachzuhängen.

Der größte Dummkopf unter allen, welcher auch allgemein verachtet war – gesellte sich zuweilen zu ihm, und Reiser nahm seine Gesellschaft mit Freuden an; denn es war doch ein Mensch, der sich zu ihm gesellte – wenn er dann mit diesem ging, so hörte er oft hie und da einen seiner Mitschüler zu dem andern sagen: Par nobile Fratrum! (Ein edles Paar Gebrüder!) Mit diesem wirklichen Dummkopf wurde er also zugleich in eine Klasse geworfen. –

Da nun der Rektor auch gesagt hatte, es würde höchstens ein Dorfschulmeister aus ihm werden, so kam dies alles zusammen, um Reisern sein Selbstzutrauen gänzlich zu rauben, so daß er nun fast alles Zutrauen zu seinen eignen Verstandeskräften fahren ließ und oft im Ernst anfing, sich selbst für den Dummkopf zu halten, wofür er so allgemein erkannt wurde. – Dieser Gedanke artete denn aber auch zugleich in eine Art von Bitterkeit gegen den Zusammenhang der Dinge aus – er verwünschte in den Augenblicken die Welt und sich – weil er sich als ein höchst verächtliches Wesen zum Spott der Welt geschaffen glaubte. –

Wie weit das Vorurteil seiner Mitschüler gegen ihn und ihre Überzeugung von seiner angebornen Dummheit ging, davon mag Folgendes zum Beweise dienen:

Der Rektor hatte ihm erlaubt, die Privatstunden, welche er in seinem Hause gab, mit zu besuchen. – Unter andern gab nun der Rektor auch eine englische Stunde. – Reiser hatte das Buch nicht, worin gelesen wurde, und konnte sich also zu Hause nicht üben, er mußte mit einem andern einsehen; demohngeachtet begriff er in ein paar Wochen von bloßem Zuhören die meisten Regeln der englischen Aussprache; und da ihn der Rektor zufälligerweise auch einmal mit zum Lesen aufrief, so las er weit fertiger und besser als alle übrigen, die das Buch gehabt und sich zu Hause geübt hatten. –

Er hörte also einmal in der Nebenstube über sich sprechen, der Reiser müsse doch so dumm nicht sein, weil er die schwere englische Aussprache so bald gefaßt hätte; um nun diese günstige Meinung von ihm ja nicht aufkommen zu lassen, behauptete sogleich einer geradezu, Reisers Vater sei ein geborner Engländer, und er erinnre sich also der englischen Aussprache noch von seiner Kindheit her; die übrigen waren sehr bereit, dies zu glauben – und so war denn Reiser aufs neue zu seiner vorigen Niedrigkeit in den Augen seiner Mitschüler herabgesunken.

Man sieht aus diesem allen, daß die Achtung, worin ein junger Mensch bei seinen Mitschülern steht, eine äußerst wichtige Sache bei seiner Bildung und Erziehung ist, worauf man bei öffentlichen Erziehungsanstalten bisher noch zu wenig Aufmerksamkeit gewandt hat. –

Was Reisern damals aus seinem Zustande retten und auf einmal zu einem fleißigen und ordentlichen jungen Menschen hätte umschaffen können, wäre eine einzige wohlangewandte Bemühung seiner Lehrer gewesen, ihn bei seinen Mitschülern wieder in Achtung zu setzen. Und das hätten sie durch eine etwas nähere Prüfung seiner Fähigkeiten und ein wenig mehr Aufmerksamkeit auf ihn sehr leicht bewirken können. –

So verstrich nun dieser Winter für ihn höchst traurig – seine kleine Ökonomie war gänzlich zerrüttet – er hatte sich in seinem schlechten Aufzuge nicht getraut, sein monatliches Geld von dem Prinzen zu holen. – Bei dem Bücherantiquarius war er für seine Einkünfte tief in Schulden geraten – auch hatte er seine übrigen notwendigsten Bedürfnisse an Wäsche und Schuhen von den wenigen Groschen, die er wöchentlich einnahm, und dem Chorgelde, das er erhielt, nicht bestreiten können, da er überdem dem Bücherantiquarius alles zubrachte.

Unter diesen Umständen reiste er in den Osterferien zu seinen Eltern, wo er den Degen ansteckte, mit dem er sich im Philotas erstochen hatte, und nun seinen Brüdern täglich diese Rolle noch einmal vorspielte, sich auch von seinem verlaßnen Zustande und der Verachtung, worin er bei seinen Mitschülern stand, hier nicht das mindeste merken ließ, sondern vielmehr das Angenehme und Ehrbringende, was er von sich sagen konnte, auf alle Weise heraussuchte – daß ihn nämlich der Rektor auf einer Reise zur Gesellschaft mitgenommen, daß er in einer Privatstunde Englisch bei ihm gelernt habe, daß er bei dem Aufzug mit Fackeln und Musik gewesen und wie es dabei zugegangen sei usw.

Auch für sich selbst suchte er so viel wie möglich alles Unangenehme und Niederdrückende aus seinen Ideen zu verbannen – denn er wollte hier nun einmal in einem vorteilhaften, ehrenvollen Lichte erscheinen, so wenig beneidenswert er auch war. –

In dieser angenehmen Selbsttäuschung brachte er hier einige Tage sehr vergnügt zu – allein so leicht wie ihm diesmal geworden war, da er aus den Toren von Hannover gekommen und er die vier Türme der Stadt allmählich aus dem Gesicht verloren hatte, so schwer wurde ihm ums Herz, da er sich diesen Toren wieder näherte und die vier Türme wieder vor ihm dalagen, die ihm gleichsam die großen Stifte schienen, welche den Fleck seiner mannigfaltigen Leiden bezeichneten.

Insbesondre war ihm der hohe, eckigte und oben nur mit einer kleinen Spitze versehene Marktturm, da er ihn jetzt wieder sahe, ein fürchterliche Anblick – dicht neben diesem war die Schule – das Spotten, Grinsen und Auszischen seiner Mitschüler stand mit diesem Turm auf einmal wieder vor seiner Seele da – das große Zifferblatt an diesem Turm war er gewohnt, zum Augenmerk zu nehmen, sooft er die Schule besuchte, um zu sehen, ob er auch zu spät käme. – Dieser Turm war so wie die alte Marktkirche ganz in gotischer Bauart von roten Backsteinen aufgebaut, die vor Alter schon schwärzlich geworden waren. –

In eben dieser Gegend war es, wo den Missetätern ihr Todesurteil vorgelesen wurde – kurz, dieser Marktkirchtum brachte alles in Reisers Phantasie zusammen, was nur fähig war, ihn plötzlich niederzuschlagen und in eine tiefe Schwermut zu versetzen. –

Er hätte in der Tat nicht schwermütiger sein können, als er es jetzt war, wenn er auch alles das vorausgewußt hätte, was ihm von nun an in diesem Orte seines Aufenthalts noch begegnen sollte. – War aber schon vor einem Jahre, da er auch von seinen Eltern nach Hannover wieder zurückkehrte, seine Traurigkeit nicht ohne Grund gewesen, so war sie es diesmal noch viel weniger, da ihm einer der schrecklichsten Zeitpunkte in seinem Leben bevorstand. –

Ohne indes eine Ahndungskraft bei ihm vorauszusetzen, ließ sich seine Schwermut sehr natürlich erklären – wenn man erwägt, daß seine Einbildungskraft jeden engsten Kreis seines eigentlichen wirklichen Daseins, worin er nun wieder versetzt werden sollte, schnell durchlief: die Schule, das Chor, das Haus des Rektors – in diesen Kreisen, wovon ihn immer einer noch mehr wie der andre einengte und alle seine Strebekraft hemmte, sollte er sich von nun an wieder drehen – – wie gern hätte er in diesem Augenblick seinen ganzen Aufenthalt in Hannover gegen den dunkelsten Kerker vertauscht, der gewiß weit weniger Fürchterliches und Schreckliches für ihn gehabt haben würde, als alle diese ängstlichen Lagen.

Indem er nun so in schwermütige Gedanken vertieft einherging und schon nahe am Tore war, schoß auf einmal wie ein Blitz ein Gedanke durch seine Seele, der alles aufhellte und wodurch sich ihm alles wieder in einem schönern Lichte malte – er erinnerte sich, daß er schon zu Hause bei seinen Eltern gehört hatte, es wäre eine Schauspielergesellschaft nach Hannover gekommen, die den Sommer über dort spielen würde. – Dies war die damalige Ackermannsche Truppe, welche fast alle die jetzt hin und her zerstreuten Zierden aller Bühnen Deutschlands in sich vereinigte. –

Mit schnellen Schritten eilte nun Reiser der Stadt zu, die ihm vorher so verhaßt und nun plötzlich wieder über alles lieb geworden war – ohne erst zu Hause zu gehen (es war noch Vormittag, denn er war die Nacht an einem Orte unterwegens geblieben, von welchem er nur noch ein paar Meilen bis nach Hannover zu gehen hatte), eilte er sogleich nach dem Schlosse, wo er wußte, daß der Komödienzettel mit dem Personenverzeichnis angeschlagen war, und las, daß man an demselben Abend noch Emilia Galotti aufführen würde. –

Sein Herz schlug ihm für Freuden, da er dies las, gerade dies Stück, bei dem er schon so manche Träne geweint und so oft bis ins Innerste der Seele erschüttert worden, und was bis jetzt nur noch in seiner Phantasie aufgeführt war, nun auf dem Schauplatz mit aller möglichen Täuschung wirklich dargestellt zu sehn. –

Er wäre den Abend nicht aus der Komödie geblieben, hätte es auch kosten mögen, was es gewollt hätte – da er nun zu Hause kam, so wurde die Stube, worin er schlief, geweißt und etwas darin gebaut, wodurch sie ganz unbewohnbar gemacht wurde. – Dieser mißtröstende Anblick des Orts seines eigentlichsten Aufenthalts trieb ihn noch mehr aus der wirklichen ihn umgebenden Welt hinaus – er schmachtete nach der Stunde, wann das Schauspiel anheben würde.

Wohin er kam, konnte er seine Freude nicht verbergen; da er bei der Frau Filter in die Stube trat, war sein erstes Wort die Komödie, welches sie ihm lange nachher vorwarf – und ebenso war es, da er zu seinem Vetter, dem Perückenmacher, kam, wo er nun einige

Nächte auf dem Boden schlafen mußte, während daß seine Stube in dem Hause des Rektors erst wieder bewohnbar gemacht wurde. –

Folgende Rollenbesetzung mag ohngefähr einen Begriff davon geben, was Emilia Galotti als das erste Schauspiel, das er in dieser Stimmung der Seele sahe, für eine Wirkung auf ihn müsse gehabt haben.

Die verstorbene Charlotte Ackermann spielte die Emilia, ihre Schwester die Orsina, und die Reinecken spielte die Claudia, Borchers den Odoardo, Brockmann den Prinzen, Reineck den Appiani und Dauer den Conti. – Wo mag Emilia Galotti wohl je wieder so aufgeführt worden sein?

Wie mächtig mußte Reisers Seele hier eingreifen; da sie nun die Welt ihrer Phantasie gewissermaßen wirklich gemacht fand! – Er dachte von nun an keinen andern Gedanken mehr als das Theater und schien nun für alle seine Aussichten und Hoffnungen im Leben gänzlich verloren zu sein. –

Was er nun irgend an Geld auftreiben konnte, das wurde zur Komödie angewandt, aus welcher er nun keinen Abend mehr wegbleiben konnte, wenn er es sich auch am Munde abdarben sollte. – Um der Komödie willen aß er oft den ganzen Tag über nichts als etwas Salz und Brot, wenn ihm nicht etwa die alte Mutter des Rektors Essen auf seine Stube schickte, welches sie doch zuweilen aus Mitleid tat. –

Und weil es nun Sommer war, so genoß er auch der Wonne, auf seiner Stube wieder allein sein zu können – welches ihm mehr wert war als die köstlichsten Speisen, die er hätte genießen können. –

Die Aussicht auf die Komödie am Abend tröstete ihn, wenn er am Morgen zu einem traurigen Tage erwachte, wie er denn nie anders erwachte. – Denn die Verachtung und der Spott seiner Mitschüler und das dadurch erregte Gefühl seiner eignen Unwürdigkeit, welches er allenthalben mit sich umhertrug, dauerte noch immer fort und verbitterte ihm sein Leben. – Und alles, was er tat, um sich hievon loszureißen, war im Grunde eine bloße Betäubung seines innern Schmerzes und keine Heilung desselben, – sie erwachte mit jedem Tage wieder, und während daß seine Phantasie ihm manche Stunde lang ein täuschendes Blendwerk vormalte, verwünschte er doch im Grunde sein Dasein. –

Die häufigen Tränen, welche er oft beim Buche und im Schauspielhause vergoß, flossen im Grunde ebensowohl über sein eignes Schicksal als über das Schicksal der Personen, an denen er teilnahm, er fand sich immer auf eine nähere oder entferntere Weise in dem unschuldig Unterdrückten, in dem Unzufriednen mit sich und der Welt, in dem Schwermutsvollen und dem Selbsthasser wieder. –

Die drückende Hitze im Sommer trieb ihn oft aus seiner Stube in die Küche oder in den Hof hinunter, wo er sich auf einen Holzhaufen setzte und las und oft sein Gesicht verbergen mußte, wenn etwa jemand hereintrat und er mit rotgeweinten Augen dasaß. –

Das war wieder the Joy of Grief, die Wonne der Tränen, die ihm von Kindheit auf im vollen Maße zuteil ward, wenn er auch alle übrigen Freuden des Lebens entbehren mußte.

Dies ging so weit, daß er selbst bei komischen Stücken, wenn sie nur einige rührende Szenen enthielten, als z. B. bei der Jagd, mehr weinte als lachte – was aber auch ein solches Stück damals für Wirkung tun mußte, kann man wieder aus der Rollenbesetzung schließen, indem die Charlotte Ackermann Röschen, ihre Schwester Hannchen, die Reinecken die Mutter, Schröder den Töffel, Reineck den Vater und Dauer den Christel spielte. –

Wenn irgend äußere Umstände fähig waren, jemanden einen entschiednen Geschmack am Theater beizubringen, so war es, Reisers Vorliebe und seine besondern Verhältnisse abgerechnet, der Zufall, welcher diese vortrefflichen Schauspieler damals in eine Truppe zusammenbrachte.

Man kann nun leicht schließen, wie Romeo und Julie, die Rache von Young, die Oper Klarisse, Eugenie, welche Stücke auf Reisern den stärksten Eindruck machten, gegeben werden mußten. –

Dies hatte nun auch so sehr alle seine Gedanken eingenommen, daß er alle Morgen den Komödienzettel gleichsam verschlang und alles, auch das: der Anfang ist präzise um halb sechs Uhr und der Schauplatz ist auf dem königlichen Schloßtheater, gewissenhaft mitlas – und für einen vorzüglichen Schauspieler, den er etwa auf der Straße erblickte, fast so viel Ehrfurcht wie ehemals gegen den Pastor Paulmann in Braunschweig empfand. – Alles, was zum Theater gehörte, war ihm ehrwürdig, und er hätte viel darum gegeben, nur mit dem Lichtputzer Bekanntschaft zu haben.

Vor zwei Jahren hatte er schon den Herkules auf dem Oeta, den Grafen von Olsbach und die Pamela spielen sehen, wo Ekhof, Böck, Günther, Hensel, Brandes nebst seiner Frau und die Seilerin die vorzüglichsten Rollen spielten, und schon von jener Zeit her schwebten die rührendsten Szenen aus diesen Stücken noch seinem Gedächtnis vor, worunter Günther als Herkules, Böck als Graf von Olsbach und die Brandes als Pamela fast jeden Tag wechselsweise einmal in seine Gedanken gekommen waren – und mit diesen Personen hatte er denn auch bis zur Ankunft der Ackermannschen Truppe die Stücke, die er las, in seiner Phantasie größtenteils aufgeführt. –

Es fügte sich also gerade bei ihm, daß er, wenn jene mit diesen zusammengenommen wurden, nun alle die vorzüglichsten Schauspieler Deutschlands zu sehen bekommen hatte, die jetzt in ganz Deutschland zerstreut sind. –

Dadurch bildete sich ein Ideal von der Schauspielkunst in ihm, das nachher nirgends befriedigt wurde und ihm doch weder Tag und Nacht Ruhe ließ, sondern ihn unaufhörlich umhertrieb und sein Leben unstät und flüchtig machte. –

Weil er ehemals Böck und jetzt Brockmannen die Rollen spielen sahe, wobei am meisten geweint wurde, so waren diese auch seine Lieblingsakteurs, mit denen sich seine Gedanken immer am meisten beschäftigten. –

Allein bei alle den glänzenden Szenen, die aus der Theaterwelt beständig seiner Phantasie vorschwebten, wurden seine äußern Umstände von Tage zu Tage zu schlechter. – Er verlor immer mehr in der Achtung der Menschen, geriet immer tiefer in Unordnung, – seine Kleidung und Wäsche wurden immer schlechter, so daß er am Ende Scheu trug, sich vor Menschen sehen zu lassen – er versäumte daher, so oft er konnte, die Schule und das Chor und hungerte lieber, als daß er irgendeinen seiner noch übrigen Freitische besucht hätte, ausgenommen den bei dem Schuster Schantz, wo er auch unter diesen mißlichen Umständen noch immer gastfreundlich empfangen und mit der liebreichsten Art bewirtet wurde. –

Da nun dem Rektor endlich Reisers inkorrigible Unordnung und insbesondere das immerwährende späte Zuhausekommen aus der Komödie unausstehlich wurde, so sagte er ihm das Logis auf. –

Reiser hörte die Ankündigung des Rektors, daß er zu Johanni ausziehen und sich während der Zeit nach einem andern Logis umsehen sollte, mit gänzlicher Verhärtung und Stillschweigen an, und da er wieder allein war, vergoß er nicht einmal eine Träne mehr über sein Schicksal – denn er war sich selbst so gleichgültig geworden und hatte so wenig Achtung gegen sich und Mitleid mit sich selber übrig behalten, daß, wenn seine Achtung und Empfindung des Mitleids und alle die Leidenschaften, wovon sein Herz überströmte, nicht auf Personen aus einer erdichteten Welt gefallen wären, sie notwendig sich alle gegen ihn selbst kehren und sein eignes Wesen hätten zerstören müssen.

Da ihm der Rektor das Logis aufgesagt hatte, so zog er daraus die sichere Folge, daß nun auch der Pastor Marquard sich nicht weiter um ihn bekümmern würde, und so war es nun auf einmal mit allen seinen Aussichten und Hoffnungen vorbei. – Die paar Wochen, welche er noch bei dem Rektor blieb, brachte er nach seiner gewöhnlichen Weise zu – dann zog er bei einem Bürstenbinder ins Haus, wo nun das Vierteljahr, welches er von Johanni bis zu Michaelis zubrachte, das schrecklichste und fürchterlichste in seinem ganzen Leben war, und wo er oft am Rande der Verzweiflung stand. –

Da er nun hier eingezogen war, so fühlte er sich auf einmal aus alle den Verbindungen, die er vormals so ängstlich gesucht hatte, herausgesetzt und zwar, wie er selbst glaubte, durch seine eigne Schuld herausgesetzt. – Der Prinz, der Pastor Marquard, der Rektor, alle die Personen, von denen sein künftiges Schicksal abhing, waren nun nichts mehr für ihn, und damit verschwanden zugleich alle seine Aussichten. –

Was Wunder, daß sich durch diese Veranlassung eine neue Phantasie in seiner Seele bildete, in der er von nun an Trost suchte und sie Tag und Nacht mit sich umhertrug, und welche ihn von der gänzlichen Verzweiflung rettete.

Er hatte nämlich damals unter andern die Operette Klarissa oder das unbekannte Dienstmädchen gesehen, und nicht leicht hätte in seiner Lage irgendein Stück mehr Interesse für ihn haben können als dieses. –

Der vorzüglichste Umstand, wodurch dies große Interesse bei ihm bewürkt wurde, war, daß ein junger Edelmann sich entschließt, ein Bauer zu werden, und auch wirklich seinen Entschluß ausführt. – Reiser nahm auf die Veranlassung, die ihn dazu brachte, weil er nämlich das unbekannte Dienstmädchen liebte usw., gar keine Rücksicht, sondern es war ihm eine so reizende Idee, daß ein gebildeter junger Mensch sich entschließt, ein Bauer zu werden, und nun ein so feiner, höflicher und gesitteter Bauer ist, daß er sich unter allen übrigen auszeichnet. –

In dem Stande, worin sich Reiser begeben, war er nun einmal ganz zurückgesetzt, und es schien ihm unmöglich, sich je wieder darin emporzuarbeiten. – Allein für einen Bauer hatte doch sein Geist einmal weit mehr Bildung erhalten, als es sonst zu diesem Stande bedarf – als Bauer war er über seinen Stand erhoben, als ein junger Mensch, der sich dem Studieren widmet und Aussichten haben soll, fand er sich weit unter seinen Stand erniedrigt. Die Idee, ein Bauer zu werden, wurde also nun bei ihm die herrschende und verdrängte eine Zeitlang alles übrige. –

Nun besuchte damals eines Bauern Sohn, namens M..., die Schule, dem er im Lateinischen zuweilen einigen Unterricht gegeben hatte – diesem sagte er seinen Entschluß, ein Bauer zu werden, worauf ihm dann derselbe eine detaillierte Schilderung von den eigentlichen Arbeiten eines Bauernknechtes machte, die Reisern seine schönen Träume wohl hätten verderben können, wenn seine Phantasie nicht zu stark dagegen angewürkt und nur immer die angenehmen Bilder mit Gewalt nebeneinander gestellt hätte. –

Sonst kömmt auch selbst in der Operette Klarissa schon eine Stelle vor, wo ein Bauer dem jungen Edelmann, der ihm sein Gütchen abkaufen will, von seinem Vorsatz abrät – und am Ende eine sehr ausdrucksvolle Arie singt, wie der Landmann gerade im besten Arbeiten begriffen ist, und auf einmal steigt ein Gewitter auf:

Die Blitze schießen,
Die Donner rollen,
Und der Landmann geht verdrießlich,
Verdrießlich zu Hause. –

Das „verdrießlich“ insbesondere war durch die Musik so ausgedrückt, daß die ganze Zauberei der Phantasie schon durch dies einzige Wort hätte zerstört werden können – welches gleichsam das Gegengift aller Empfindsamkeit und hohen Schwärmerei ist, womit das Schmerzhafte, das Schreckliche, das Niederbeugende, das in Zorn Setzende, aber nur das Verdrießlichmachende nicht wohl bestehen kann.

Aber dies Gegengift half bei Reisern nicht – er ging ganze Tage einsam für sich umher und dachte darauf, wie er es machen wollte, ein Bauer zu werden, ohne doch in der Tat einen Schritt dazu zu tun – vielmehr fing er an, sich in diesen süßen Schwärmereien selbst wieder zu gefallen – wenn er sich nun als Bauer dachte, so glaubte er sich doch zu etwas Besserm bestimmt zu sein und empfand über sein Schicksal wieder eine Art von tröstendem Mitleid mit sich selbst.

Solange ihn nun diese Phantasie noch emporhielt, war er nur schwermutsvoll und traurig, aber nicht eigentlich verdrießlich über seinen Zustand. – Selbst seine Entbehrung der notwendigsten Bedürfnisse machte ihm noch eine Art von Vergnügen, indem er nun beinahe glaubte, daß er für sein Verschulden doch zu sehr büßen müsse, und also noch die süße Empfindung des Mitleids mit sich selbst behielt. –

Endlich aber, nachdem er zum ersten Male drei Tage ohne zu essen zugebracht und sich den ganzen Tag über mit Tee hingehalten hatte, drang der Hunger mit Ungestüm auf ihn ein, und das ganze schöne Gebäude seiner Phantasie stürzte fürchterlich zusammen – er rannte mit dem Kopfe gegen die Wand, wütete und tobte und war der Verzweiflung nahe, da sein Freund Philipp Reiser, den er so lange vernachlässigt hatte, zu ihm hereintrat und seine Armut, die freilich auch nur in einigen Groschen bestand, mit ihm teilte. –

Indes war dies nur ein sehr geringes Palliativ – denn Philipp Reiser befand sich damals in nicht viel bessern Umständen als Anton Reiser.

Dieser geriet nun wirklich in einen fortdaurenden fürchterlichen Zustand, der der Verzweiflung nahe war.

Sowie sein Körper immer weniger Nahrung erhielt, verlosch allmählich seine ihn sonst noch belebende Phantasie, und sein Mitleid über sich selbst verwandelte sich in Haß und Bitterkeit gegen sein eignes Wesen. Ehe er nun einen Schritt zu der Verbesserung seines Zustandes getan oder sich an irgendeinen Menschen nur mit dem Schein einer Bitte gewandt hätte, unterwarf er sich lieber freiwillig mit der beispiellosesten Hartnäckigkeit dem schrecklichsten Elende. –

Denn mehrere Wochen hindurch aß er wirklich die Woche eigentlich nur einen einzigen Tag, wenn er zum Schuster Schantz ging, und die übrigen Tage fastete er und hielt mit nichts als Tee oder warmen Wasser, das einzige, was er noch umsonst erhalten konnte, sein Leben hin. – Mit einer Art von schrecklichem Wohlbehagen sahe er seinen Körper eben so gleichgültig wie seine Kleider von Tage zu Tage abfallen.

Wenn er auf der Straße ging und die Leute mit Fingern auf ihn zeigten und seine Mitschüler ihn verspotteten und hinter ihm her zischten und Gassenbuben ihre

Anmerkungen über ihn machten – so biß er die Zähne zusammen und stimmte innerlich in das Hohngelächter mit ein, das er hinter sich her erschallen hörte. –

Wenn er aber dann wieder zum Schuster Schantz kam, so vergaß er doch alles wieder. – Hier fand er Menschen, hier wurde auf einige Augenblicke sein Herz erweicht, mit der Sättigung seines Körpers erhielt seine Denkkraft und seine Phantasie wieder einen neuen Schwung, und mit dem Schuster Schantz kam wieder ein philosophisches Gespräch auf die Bahn, welches oft stundenlang dauerte, und wobei Reiser wieder an zu atmen fing und sein Geist wieder Luft schöpfte – dann sprach er oft in der Hitze des Disputierens über einen Gegenstand so heiter und unbefangen, als ob nichts in der Welt ihn niedergedrückt hätte. – Von seinem Zustande ließ er sich nicht eine Silbe merken. –

Selbst bei seinem Vetter, dem Perückenmacher, beklagte er sich nie, wenn er zu ihm kam, und ging weg, sobald er sahe, daß gegessen werden sollte – aber eines Kunstgriffes bediente er sich doch, wodurch es ihm gelang, sich vom Verhungern zu retten. –

Er bat sich nämlich für einen Hund, den er bei sich zu Hause zu haben vorgab, von seinem Vetter die harte Kruste von dem Teig aus, worin das Haar zu den Perücken gebacken wurde, und diese Kruste nebst dem Freitische bei dem Schuster Schantz und dem warmen Wasser, das er trank, war es nun, womit er sich hinhielt.

Wenn nun sein Körper einige Nahrung erhalten hatte, so fühlte er ordentlich zuweilen wieder etwas Mut in sich. – Er hatte noch einen alten Virgil, den ihm der Bücherantiquarius nicht hatte abkaufen wollen; in diesem fing er an, die Eklogen zu lesen. – Aus einer Wochenschrift, die Abendstunden, die er sich von Philipp Reisern geliehen hatte, fing er an, ein Gedicht, der Gottesleugner, das ihm vorzüglich gefiel, und einige prosaische Aufsätze auswendig zu lernen. – Aber mit dem bald wieder fühlbaren Mangel an Nahrung erlosch auch dieser aufglimmende Mut wieder, und dann war die Tätigkeit seiner Seele wie gelähmt. – Um sich vor dem Zustande des tödlichen Aufhörens aller Wirksamkeit zu retten, mußte er zu kindischen Spielen wieder eine Zuflucht nehmen, insofern dieselben auf Zerstörung hinausliefen.

Er machte sich nämlich eine große Sammlung von Kirsch- und Pflaumenkernen, setzte sich damit auf den Boden und stellte sie in Schlachtordnung gegeneinander – die schönsten darunter zeichnete er durch Buchstaben und Figuren, die er mit Tinte darauf malte, von den übrigen aus und machte sie zu Heerführern – dann nahm er einen Hammer und stellte mit zugemachten Augen das blinde Verhängnis vor, indem er den Hammer bald hie, bald dorthin fallen ließ – wenn er dann die Augen wieder eröffnete, so sah er mit einem geheimen Wohlgefallen die schreckliche Verwüstung, wie hier ein Held und dort einer mitten unter dem unrühmlichen Haufen gefallen war und zerschmettert dalag – dann wog er das Schicksal der beiden Heere gegen einander ab und zählte von beiden die Gebliebenen.

So beschäftigte er sich oft den halben Tag – und seine ohnmächtige kindische Rache am Schicksal, das ihn zerstörte, schuf sich auf die Art eine Welt, die er wieder nach Gefallen zerstören konnte. – So kindisch und lächerlich dieses Spiel jedem Zuschauer würde geschienen haben, so war es doch im Grunde das fürchterlichste Resultat der höchsten Verzweiflung, die vielleicht nur je durch die Verkettung der Dinge bei einem Sterblichen bewirkt wurde. –

Man sieht aber auch hieraus, wie nahe damals sein Zustand an Raserei grenzte – und doch war seine Gemütslage wieder erträglich, sobald er sich nur erst wieder für seine Kirsch- und Pflaumensteine interessieren konnte – ehe er aber auch das konnte; wenn er sich hinsetzte und mit der Feder Züge aufs Papier malte oder mit dem Messer auf den Tisch kritzelte – das waren die schrecklichsten Momente, wo sein Dasein wie eine unerträgliche Last auf ihm lag, wo es ihm nicht Schmerz und Traurigkeit, sondern Verdruß verursachte – wo er es oft mit einem fürchterlichen Schauder, der ihn antrat, von sich abzuschütteln suchte. –

Seine Freundschaft mit Philipp Reisern konnte ihm damals nicht zustatten kommen, weil es jenem nicht viel besser ging – und so wie zwei Wandrer, die zusammen in einer brennenden Wüste in Gefahr vor Durst zu verschmachten sind, indem sie forteilen, eben nicht imstande sind, viel zu reden und sich wechselsweise Trost einzusprechen, so war dies auch jetzt der Fall zwischen Anton Reisern und Philipp Reisern.

Allein eben der G..., welcher einst den sterbenden Sokrates gespielt hatte, wovon Reiser noch immer den Spottnamen trug, entschloß sich, bei ihm zu ziehen, und war auch gerade in denselben Umständen wie Reiser, nur mit dem Unterschiede, daß er durch wirkliche Liederlichkeit hineingeraten war – an ihm fand also Reiser nun einen würdigen Stubengesellschafter.

Es dauerte nicht lange, so zog auch der Bauernsohn, namens M., zu diesen beiden, der ebenfalls in keinen bessern Umständen war. – Es fand sich also hier eine Stubengesellschaft von drei der ärmsten Menschen zusammen, die vielleicht nur je zwischen vier Wänden eingeschlossen waren. –

Mancher Tag ging hin, wo sie sich alle drei mit nichts als gekochtem Wasser und etwas Brot hinhielten. – Indes hatten G... und M... doch noch einige Freitische. –

G... war im Grunde ein Mensch von Kopf, der sehr gut sprach, und gegen den Reiser sonst immer viel Achtung empfunden hatte.

Einmal bekamen beide auch noch eine Anwandlung von Fleiß und fingen an, Virgils Eklogen zusammen zu lesen, wobei sie wirklich das reinste Vergnügen genossen, nachdem sie eine Ekloge mit vieler Mühe für sich selbst herausgebracht hatten, und nun ein jeder eine Übersetzung davon niederschrieb – allein dies konnte natürlicherweise unter den Umständen nicht lange dauern – sobald ein jeder seine Lage wieder lebhaft empfand, so war aller Mut und Lust zum Studieren verschwunden. –

In Ansehung der Kleidung war es mit G... und M ... ebenso schlecht wie mit Reisern bestellt – sie machten daher, wenn sie ausgingen, zusammen einen Aufzug, der das wahre Bild der Liederlichkeit und Unordnung schien, so daß man mit Fingern auf sie wies, weswegen sie denn auch immer auf Abwegen und durch enge Straßen aus der Stadt zu kommen suchten, wenn sie spazieren gingen.

Diese drei Leute führten nun auch völlig ein Leben, wie es mit ihrem Zustande übereinstimmte – sie blieben oft den ganzen Tag im Bette liegen – oft saßen sie alle drei zusammen, den Kopf auf die Hand gestützt, und dachten über ihr Schicksal nach; oft trennten sie sich, und ein jeder ließ für sich seiner Laune freien Lauf – Reiser ging auf den Boden und musterte seine Kirschkerne – M... ging bei sein großes Brot, das er sorgfältig in einem Koffer verschlossen hatte – und G... lag auf dem Bette und machte Projekte, die denn nicht die besten waren, wie sich bald nachher zeigte. – Zwei Bücher las doch Reiser damals, weil er kein anders hatte, zu verschiedenen Malen durch, indem er auf dem Boden zwischen seinen Kirschkernen saß – das waren die Werke des Philosophen von Sanssouci und Popens Werke nach Duschens Übersetzung, die er beide von dem Schuster Schantz geliehen bekommen hatte.

Diese drei Leute gingen nun auch eines Tages zusammen in einer schönen Gegend von Hannover längs dem Fluß spazieren, in welchem sich eine kleine Insel erhob, die ganz voller Kirschbäume stand. –

Für unsre drei Abenteurer waren diese Kirschbäume, die alle voll der schönsten Kirschen saßen, ein so einladender Anblick, daß sie sich des Wunsches nicht enthalten konnten, auf diese Insel versetzt zu sein, um sich an dieser herrlichen Frucht nach Gefallen sättigen zu können.

Nun fügte es sich gerade, daß eine Menge Floßholz den Fluß hinuntergeschwommen kam, welches sich in der Verengung des Flusses zwischen dem Ufer und der Insel zuweilen stopfte und eine anscheinende Brücke bis zu der Insel bildete.

Unter G...s Anführung, der in der Ausführung solcher Projekte schon geübt zu sein schien, wurde nun ein Wagestück unternommen, das leicht allen dreien das Leben hätte kosten können. – Sie zogen nämlich da, wo das Floßholz sich gestopft hatte, ein Stück nach dem andern aus dem Wasser heraus und trugen es alle auf einen Fleck, wo ihnen die Passage über den Fluß zwischen dem Ufer und der Insel am engsten zu sein schien, und nun bauten sie die Brücke, worüber sie gehen wollten, erst vor sich her, indem sie ein Stück Holz nach dem andern vor sich hinwarfen, um festen Fuß zu fassen – natürlicherweise mußte diese Brücke unter ihnen zu sinken anfangen, und sie kamen sehr tief ins Wasser, ehe sie kaum die Hälfte ihres gefährlichen Weges zurückgelegt hatten – endlich landeten sie denn doch, obgleich mit Lebensgefahr, auf der Insel an. –

Und nun bemächtigte sich aller dreier auf einmal ein Geist des Raubes und der Gier, daß ein jeder über einen Kirschbaum herfiel und ihn mit einer Art von Wut plünderte. –

Es war, als hätte man eine Festung mit Sturm erobert; man wollte für die überstandene Gefahr, die man sich selbst gemacht hatte, Ersatz haben und dafür belohnt sein.

Da man sich sattgegessen hatte, wurden alle Taschen, Schnupftücher, Halstücher, Hüte, und was nur etwas in sich fassen konnte, von Kirschen vollgestopft – und in der Dämmerung wurde der Rückweg über die gefährliche Brücke, wovon indes schon ein Teil weggeschwommen war, wieder angetreten und ohngeachtet der Beute, womit die Abenteurer belastet waren, mehr durch Zufall als Geschicklichkeit oder Behutsamkeit, glücklich geendet. –

Reiser fand sich zu dergleichen Expeditionen gar nicht übel aufgelegt – dies deuchte ihm eigentlich nicht Diebstahl, sondern nur gleichsam eine Streiferei in ein feindliches Gebiet zu sein, die wegen des Muts, der dabei erfordert wird, immer noch eine ehrenvolle Sache ist. –

Und wer weiß, zu welchen Wagestücken von der Art er noch unter G...s Anführung mit geschritten wäre, wenn er länger bei diesem gewohnt hätte. –

Allein dieser G... gehörte denn doch im Grunde mehr zu den abgefeimten als zu den herzhaften Parteigängern – denn er war niederträchtig genug, selbst seine beiden Stubengesellschafter und Gefährten, Reisern und M..., zu bestehlen, indem er ihnen ein paar Bücher und andre Sachen, die sie noch hatten, nahm und heimlich verkaufte, wie sich nachher zeigte. –

Kurz, dieser G..., mit dem Reiser so nahe zusammen wohnte, war im Grunde ein abgefeimter Spitzbube, der, wenn er den ganzen Tag über auf dem Bette lag und nachsann, auf nichts als Bübereien dachte, die er ausführen wollte – und der demohngeachtet von Tugend und Moralität sprechen konnte wie ein Buch, wodurch er Reisern zuerst eine solche Ehrfurcht gegen ihn eingeflößt hatte.

Denn von der Tugend hatte er sich damals ein sonderbares Ideal gemacht, welches seine Phantasie so sehr einnahm, daß ihn oft schon der Name Tugend bis zu Tränen rührte. –

Er dachte sich aber unter diesem Namen etwas viel zu Allgemeines und dachte dies Allgemeine viel zu dunkel und mit zu weniger Anwendung auf besondre Vorfälle, als daß es ihm je hätte gelingen können, auch den aufrichtigsten Vorsatz, tugendhaft zu sein, auszuführen – denn er dachte immer nicht daran, wo er nun eigentlich anfangen sollte. –

Einmal kam er an einem schönen Abend von einem einsamen Spaziergang zu Hause, und der Anblick der Natur hatte sein Herz zu sanften Empfindungen geschmolzen, daß er viele Tränen vergoß und sich in der Stille gelobte, von nun an der Tugend ewig getreu zu sein! – und da er diesen Vorsatz fest gefaßt hatte, so empfand er ein so himmlisches Vergnügen über diesen Entschluß, daß es ihm nun fast unmöglich schien, je von diesem beglückenden Vorsatze wieder abzuweichen. – Mit diesen Gedanken schlief er ein – und da er am Morgen erwachte, so war es wieder so leer in seinem Herzen; die Aussicht auf den Tag war so trübe und öde; alle seine äußern Verhältnisse waren so unwiederbringlich zerrüttet; ein unüberwindlicher Lebensüberdruß trat an die Stelle der gestrigen Empfindung, womit er einschlief – er suchte sich vor sich selbst zu retten und machte den Anfang tugendhaft zu sein damit, daß er auf den Boden ging und in Schlachtordnung gestellte Kirschkerne zerschmetterte. –

Dies nun zu unterlassen und statt dessen etwa in dem alten Virgil, den er noch hatte, eine Ekloge zu lesen, wäre der eigentliche Anfang zur Ausübung der Tugend gewesen – aber auf diesen zu geringfügig scheinenden Fall hatte er sich bei seinem heldenmütigen Entschlusse nicht gefaßt gemacht.

Wenn man die Begriffe der Menschen von der Tugend prüfen wollte, so würden sie vielleicht bei den meisten auf ebensolche dunkle und verworrene Vorstellungen hinauslaufen – und man sieht wenigstens hieraus, wie unnütz es ist, im allgemeinen und ohne Anwendung auf ganz besondre und oft geringfügig scheinende Fälle von Tugend zu predigen. –

Reiser wunderte sich damals oft selbst darüber, wie seine plötzliche Anwandlung von Tugendeifer so bald verrauchen und gar keine Spur zurücklassen konnte – aber er erwog nicht, daß Selbstachtung, welche sich damals bei ihm nur noch auf die Achtung anderer Menschen gründen konnte, die Basis der Tugend ist – und daß ohne diese das schönste Gebäude seiner Phantasie sehr bald wieder zusammenstürzen mußte.

Sooft es ihm während dieses Zustandes noch möglich gewesen war, einige Groschen zusammenzubringen, so oft hatte er sie auch in die Komödie getragen – da aber die Schauspielergesellschaft in der Mitte des Sommers wieder wegzog, so war nun eine Wiese vor dem neuen Tore nicht nur das Ziel seiner Spaziergänge, sondern fast sein immerwährender Aufenthalt – er lagerte sich hier zuweilen den ganzen Tag auf einen Fleck im Sonnenschein hin oder ging längs dem Flusse spazieren und freute sich vorzüglich, wenn er in der heißen Mittagsstunde keinen Menschen um sich her erblickte. –

Indem er hier ganze Tage lang seinen melancholischen Gedanken nachhing, näherte sich seine Einbildungskraft unvermerkt mit großen Bildern, welche sich erst ein Jahr nachher allmählich zu entwickeln anfingen. –

Sein Lebensüberdruß aber wurde dabei aufs äußerste getrieben – oft stand er bei diesen Spaziergängen am Ufer der Leine, lehnte sich in die reißende Flut hinüber, indes die wunderbare Begier zu atmen mit der Verzweiflung kämpfte und mit schrecklicher Gewalt seinen überhängenden Körper wieder zurückbog. –

Dritter Teil

Vorrede
(1786)

Mit dem Schluß dieses Teils heben sich Anton Reisers Wanderungen und mit ihnen der eigentliche Roman seines Lebens an. Das in diesem Teil Enthaltne ist eine getreue Darstellung der Szenen seiner Jünglingsjahre, welche andern, denen diese unschätzbare Zeit noch nicht entschlüpft ist, vielleicht zur Lehre und Warnung dienen kann. Vielleicht enthält auch diese Darstellung manche nicht ganz unnütze Winke für Lehrer und Erzieher, woher sie Veranlassung nehmen könnten, in der Behandlung mancher ihrer Zöglinge behutsamer und in ihrem Urteil über dieselben gerechter und billiger zu sein!

Auf diese Weise brachte er zwölf schreckliche Wochen seines Lebens zu, bis ihn endlich der Pastor Marquard durch die dritte Hand selbst wissen ließ, daß er sich seiner wieder annehmen wolle, sobald er sich zur ernstlichen Abbitte und Reue über sein Betragen bequemte.

Dies erweichte endlich sein Herz, da er überdem seines hartnäckigen Trotzes und des darauffolgenden langwierigen Elendes müde war. Er setzte sich hin und schrieb einen langen Brief an den Pastor Marquard, worin er sich selbst mit der größten Erbitterung gegen sich herabsetzte – sich als den unwürdigsten Menschen schilderte, den je die Sonne beschienen habe – – und sich kein besser Schicksal prophezeite, als daß er dereinst vor Armut und Dürftigkeit unter freiem Himmel das Ende seines Lebens finden würde – –

Kurz, dieser Brief war in den überspanntesten Ausdrücken der Selbstverachtung und Selbstherabwürdigung, die man sich nur denken kann, abgefaßt und war doch nichts weniger als Heuchelei. –

Reiser hielt sich wirklich damals für ein Ungeheuer von Bosheit und Undankbarkeit und schrieb den ganzen Brief an den Pastor Marquard mit einer Erbitterung gegen sich selbst nieder, wie sie vielleicht nur bei irgendeinem Menschen möglich ist – – er dachte nicht daran, sich zu entschuldigen, sondern sich noch immer mehr anzuklagen. –

Indes sahe er doch so viel ein, daß die Wut, Romanen und Komödien zu lesen und zu sehen, die nächste Veranlassung seines gegenwärtigen Zustandes war – aber wodurch ihm das Lesen von Romanen und Komödien zu einem so notwendigen Bedürfnis geworden war – alle die Schmach und die Verachtung, wodurch er schon von seiner Kindheit aus der wirklichen in eine idealische Welt verdrängt worden war – darauf zurückzugehen hatte seine Denkkraft damals noch nicht Stärke genug, darum machte er sich nun selbst unbilligere Vorwürfe, als ihm vielleicht irgendein anderer würde gemacht haben – in manchen Stunden verachtete er sich nicht nur, sondern er haßte und verabscheuete sich. –

Die Beichte, welche er daher dem Pastor Marquard in dem an ihn gerichteten Briefe ablegte, war schrecklich und einzig in ihrer Art – so daß der Pastor Marquard erstaunte, da er sie las – denn vielleicht war ihm in seinem Leben nie so gebeichtet worden. –

Da Reiser diesen Brief abgegeben hatte, so wartete er nur darauf, wann er bei dem Pastor Marquard würde vorgelassen werden; und es wurde ihm ein Tag bestimmt, welchem er nun mit sonderbaren, vermischten Empfindungen von Furcht und Hoffnung und resignierter Verzweiflung entgegensahe. –

Er hatte sich dabei auf eine sehr theatralische Szene gefaßt gemacht, die ihm aber gänzlich mißlang. – Er wollte nämlich dem Pastor Marquard zu Füßen fallen und seinen ganzen Zorn auf sich herab erbitten. – Die ganze Anrede an ihn hatte er sich schon in seinen Gedanken entworfen, und nun trug er sich beständig mit dieser Idee herum, wo er ging und stund; bis zu dem Tage, wo er bei dem Pastor Marquard sollte vorgelassen werden. –

Allein während der Zeit ereignete sich für ihn ein höchst verdrießlicher Umstand. – Sein Vater hatte von seinem Zustande gehört und war nach Hannover herübergekommen, um Fürbitte für ihn einzulegen, welches Reisern deswegen höchst unangenehm war, weil er keiner fremden Fürsprache zu bedürfen glaubte, sondern sich selbst schon für fähig genug hielt, durch seine affektvolle Anrede, die er sich erlernt hatte, das Herz des Pastor Marquard zu rühren. –

Endlich erwachte er zu dem wichtigen Tage, wo er den Pastor Marquard sprechen sollte – – und seine Phantasie ging nun mit lauter großen Dingen schwanger – wie er voll Reue und Verzweiflung sich dem Pastor Marquard zu Füßen werfen – und dieser ihn dann gerührt aufheben – und ihm verzeihen würde. –

Und da er nun endlich in das Haus des Pastor Marquard kam und sich diesem so lange vorbereiteten Auftritte mit schauervoller Sehnsucht näherte; indem er draußen wartete, bis man ihn hereinrufen würde, kam endlich der Bediente heraus und sagte ihm, er solle nur hereinkommen, sein Vater sei schon bei dem Pastor Marquard.

Diese Nachricht war ein Donnerschlag für ihn – er stand eine Weile wie betäubt da – in dem Augenblick scheiterte sein ganzer Plan – er wollte den Pastor Marquard ohne Zeugen sprechen denn nur ohne Zeugen fühlte er sich imstande, die ganze Szene mit dem Niederknieen vor dem Pastor Marquard und der rührenden und pathetischen Anrede an ihn zu spielen. – In Gegenwart eines Dritten und vorzüglich in Gegenwart seines Vaters vor dem Pastor Marquard niederzuknieen, war ihm unmöglich. –

Er schickte den Bedienten wieder herein und ließ sagen, er müßte den Pastor Marquard notwendig allein sprechen. – Dies Gespräch wurde ihm abgeschlagen, und statt der glänzenden und rührenden Szene, die er zu spielen dachte, mußte er nun, indem er hereintrat, ohne ein einziges Wort von seiner ganzen längstentworfenen

Anrede vorbringen zu können, durch die Gegenwart seines Vaters bis zur Verachtung gedemütigt, wie ein Missetäter dastehen. –

Es bemächtigte sich seiner hiebei ein Gefühl, das er in seinem Leben noch nicht gekannt hatte – seinen Vater neben sich in bittender Stellung vor dem Pastor Marquard stehen zu sehen, war ihm unerträglich – alles in der Welt hätte er darum gegeben, daß dieser in dem Augenblick hundert Meilen weit entfernt gewesen wäre. – Er fühlte sich in seinem Vater doppelt gedemütigt und beschämt – und dann kam der Verdruß dazu, daß ihm die ganze Fußfallszene mißlungen war – alles ging nun so kalt, so gemein, so gewöhnlich zu – – Reiser stand so unausgezeichnet wie ein ganz gemeiner, alltäglicher Bösewicht da, dem man über sein Betragen die verdienten Vorwürfe macht – und er wollte sich doch selbst als einen recht großen Bösewicht schildern und selbst die härteste Strafe für sein Verbrechen nun auf sich herab erbitten. –

Allein kein Zufall in seinem Leben fügte sich vielleicht mehr zu seinem wahren Vorteil als eben dieser. – Wäre es ihm diesmal mit der angelegten Szene gelungen, wer weiß, wozu er in der Folge noch geschritten, und was für Rollen er würde gespielt haben. – Vielleicht war dies eben der entscheidende Augenblick, wo sein Schicksal, ob er ein Heuchler und Spitzbube werden oder ein aufrichtiger und ehrlicher Mensch bleiben sollte, auf der Spitze stand. –

Die ganze Fußfallszene wäre doch im Grunde, obgleich nicht offenbare Heuchelei und Verstellung, doch wenigstens Affektation gewesen, und der Übergang von der Affektation zur Heuchelei und Verstellung, wie leicht ist der! –

Es war gewiß eine wahre Wohltat für Reisern, daß der Pastor Marquard alle die überspannten Ausdrücke in seinem Briefe keiner Aufmerksamkeit würdigte und, statt dadurch gerührt zu sein, sie lächerlich fand und sie für die unreife Geburt einer durch Romanen und Komödienlektüre erhitzten Phantasie erklärte; mit dem Beifügen, wenn Reiser wirklich so ein Bösewicht wäre, als er sich in dem Briefe geschildert hätte, so würde er sich nicht das mindeste mehr um ihn bekümmern, sondern ihn als ein Ungeheuer verabscheuen. –

Und statt sich nun weiter in Erklärungen einzulassen, daß ihm das Vergangene verziehen sein solle, wenn er künftig sich anders betrüge und dergleichen, kam der Pastor Marquard auf eine gar nicht empfindsame Art sogleich auf Reisers zerrissene Schuhe und Strümpfe und auf die Schulden, die er gemacht hatte, und wie diese nun bezahlt und seine zerrissenen Kleidungsstücke wieder hergestellt werden sollten. – Nicht einmal zu feierlicher Angelobung künftiger Besserung oder so etwas Rührendem ließ er Reisern kommen. – Sein ganzes Benehmen gegen ihn, ob er sich gleich seiner nun wieder annahm, war rauh und hart – aber eben dies rauhe und harte Betragen war es, was Reisern aus seinem Schlummer weckte und ihn aus seiner idealischen Romanen- und Komödienwelt wieder in die wirkliche Welt versetzte, insbesondere, da ihm sein Roman, den er mit dem Pastor Marquard zu spielen gedachte, mißlungen war und er doch nun auch wieder aus seinem schrecklichen Zustande durch keine leere Phantasie, ein Bauer zu werden und dergleichen, sondern wirklich herausgerissen werden sollte. –

Unzählige gute Vorsätze und Entschließungen drängten sich nun mit dieser Wendung seines Schicksals in seiner Seele wieder empor, die mißlungene Fußfallszene schmerzte ihn zwar noch immer; endlich aber söhnte er sich auch darüber mit dem Schicksal aus – und so fing nun eine neue Epoche seines Lebens an. –

Er zog von dem Bürstenbinder aus und wurde bei einem Schneider eingemietet, bei dem er in derselben Stube wohnen und auf dem Boden schlafen mußte. – Die Frau Filter und der Hofmusikus, welche in demselben Hause wohnten, nahmen sich seiner wieder an, indem sie ihm wöchentlich einmal zu essen gaben. – Die Frau Filter ließ ihn das kleine Mädchen, welches sie bei sich hatte, im Schreiben und im Katechismus unterrichten – er besuchte die Schule wieder regelmäßig, man schöpfte wieder neue Hoffnung von ihm – selbst der Prinz ließ ihn zu sich kommen und sprach ihn in Gegenwart des Pastor Marquard, der das Geld zu seiner Unterstützung vom Prinzen für ihn in Empfang nahm und damit seine Schulden tilgte.

So ging nun alles wieder so weit gut – und er fing nun an wieder fleißig zu sein – obgleich seine äußere Situation auch hier seinem Studieren eben nicht zu günstig war – denn in der Stube des Schneiders hatte er nichts wie sein angewiesenes Plätzchen, wo sein Klavier stand, das ihm zugleich zum Tische diente, und unter welchem er zugleich seine ganze Bibliothek in ein kleines Bücherbrett aufgestellt hatte. – Wenn er nun für sich las und arbeitete, so konnte er um sich her nicht Stille gebieten; und solange der Winter dauerte, war er doch genötigt, in der Stube seines Wirts zu bleiben – im Sommer zog er mit seinem Klavier und Büchern auf den Boden, wo er schlief und einsam und ungestört war. –

Er war kaum einige Wochen aus seinem vorigen Logis und von seinen vorigen Stubengesellschaftern G... und M... weggezogen, so ereignete sich ein fürchterlicher Vorfall, der ihn die Größe und Nähe der Gefahr, in welcher er geschwebt hatte, sehr lebhaft empfinden ließ. –

G... wurde nämlich eines Tages, da er im Chore sang, auf öffentlicher Straße in Verhaft genommen und sogleich geschlossen in eines der tiefsten Gefängnisse auf dem ... Tore gebracht, welches nur für die ärgsten Missetäter bestimmt ist. –

Reisern ergriff Beben und Entsetzen, da er ihn hinführen sahe – und was das sonderbarste war, so machte der Gedanke, man möchte ihn etwa für einen Mitschuldigen des noch unbekannten Verbrechens seines ehemaligen Stubengesellschafters halten, daß sich gerade solche Merkmale der Scham und Verwirrung bei ihm äußerten, als wenn er wirklich ein Mitschuldiger gewesen wäre – so daß seine Angst beinahe so groß wurde, als ob er wirklich selbst ein Verbrechen begangen hätte. Dies war eine natürliche Folge seines von Kindheit an unterdrückten Selbstgefühls, das damals nicht stark genug war, den Urteilen anderer von ihm zu widerstehen – hätte ihn jedermann für einen offenbaren Verbrecher gehalten, so würde er sich zuletzt vielleicht auch dafür gehalten haben. –

Endlich kam es denn heraus, daß sein ehemaliger Stubengesellschafter G... einen Kirchenraub begangen, Tressen von Altardecken bei der Nacht entwendet und, um die in den Stühlen verwahrten mit Silber beschlagenen Gesangbücher zu stehlen, sogar Schlösser aufgebrochen hatte.

Das waren denn die Projekte gewesen, auf welche er ganze Tage hindurch auf dem Bette liegend gesonnen und gegrübelt hatte.

Den eigentlichen Kirchenraub aber hatte er erst verübt, nachdem Reiser schon von ihm weggegangen war, ob er gleich vorher sich schon verschiedener Diebereien schuldig gemacht hatte.

Auf sein Verbrechen stand nun eigentlich der Strang – und Reisern wandelte immer die Furcht vor einem ähnlichen Schicksal an, sooft er dachte, wie nahe er diesem Menschen gewesen war, und wie leicht er stufenweise von ihm zu einem Wagstück nach dem andern hätte verführt werden können, da mit der Expedition auf der Kirscheninsel schon ein so heroischer Anfang gemacht worden war. – Reiser würde in dem nächtlichen Kirchenraube immer auch mehr Heroisches als Niederträchtiges gefunden haben, und es würde G... vielleicht nicht schwerer geworden sein, ihn zur Teilnehmung an einer solchen Expedition als zu der auf der Kirscheninsel zu bereden.

Wer weiß, ob nicht auch diese Reflexion oder dies dunkle Bewußtsein mit zu Reisers Verwirrung beitrug, sooft von G... gesprochen wurde – es deuchte ihm nur noch ein so kleiner Schritt zwischen ihm und dem Verbrechen, zu dem er hätte verleitet werden können, daß es ihm ging wie einem, dem vor einem Abgrunde schwindelt, von welchem er noch weit genug entfernt ist, um nicht hereinzustürzen, der sich aber dennoch selbst durch seine Furcht unaufhaltsam hingezogen fühlt und schon in dem Abgrunde zu versinken glaubt. –

Die leichte Möglichkeit, an G...s Verbrechen teilzunehmen, welche Reiser bei sich empfand, erweckte bei ihm fast ein ähnliches Gefühl, als ob er wirklich daran teilgenommen hätte, woraus sich also seine Angst und Verwirrung sehr gut erklären läßt.

Indes kam es mit G... so weit nicht, daß er gehangen wurde, sondern nachdem er einige Monate im Gefängnis gesessen hatte, ward sein Urteil dahin gemildert, daß er über die Grenze gebracht und des Landes verwiesen wurde. – Reiser hat von seinem Schicksale nachher nichts weiter erfahren können. – So endigte es sich also mit dem eigentlichen sterbenden Sokrates, von welchem Reiser so lange den Spottnamen tragen mußte, da er doch nicht den sterbenden Sokrates selbst, sondern nur einen unbedeutenden Freund desselben vorgestellt hatte, der nicht viel mehr tat, als daß er in einem Winkel stand und weinte, indes der sterbende Sokrates zur Rührung aller Zuschauer den Giftbecher trinken und sich auf dem Todbette noch in dem glänzendsten Lichte zeigen konnte.

Reiser hatte damals schon seit länger als einem Jahre angefangen, sich ein Tagebuch zu machen, worin er alles, was ihm begegnete, aufschrieb. – Dies Tagebuch geriet denn ziemlich sonderbar, weil er keinen einzigen Umstand seines Lebens und keinen einzigen von den Vorfallenheiten des Tages, er mochte so unbedeutend sein, wie er wollte, darin ausließ. – Da er nun nur lauter wirkliche Begebenheiten und seine Phantasien, die er den Tag über hatte, nicht mit aufschrieb, so mußten die Erzählungen von den Begebenheiten des Tages ebenso kahl und abgeschmackt und ohne alles Interesse sein, wie diese Begebenheiten selbst waren. Reiser lebte im Grunde immer ein doppeltes, ganz voneinander verschiedenes inneres und äußeres Leben, und sein Tagebuch schilderte gerade den äußern Teil desselben, der gar nicht der Mühe wert war, aufgezeichnet zu werden. – Den Einfluß der äußern – würklichen Vorfälle auf den innern Zustand seines Gemüts zu beobachten, verstand Reiser damals noch nicht; seine Aufmerksamkeit auf sich selbst hatte noch nicht die gehörige Richtung erhalten. –

Indes verbesserte sich doch sein Tagebuch mit der Zeit, indem er anfing, nicht nur seine Begebenheiten, sondern auch seine Vorsätze und Entschließungen darin aufzuzeichnen, um nach einiger Zeit zu sehen, was er davon in Erfüllung gebracht hatte. – Er machte sich schon damals selber Gesetze, die er in seinem Tagebuche aufschrieb, um sie in Erfüllung zu bringen. – Auch tat er sich selbst zuweilen feierliche Gelübde, z. B. früh aufzustehen, den Tag seine Stunden ordentlich einzuteilen und dergleichen mehr. –

Aber es war sonderbar – gerade die feierlichsten Vorsätze, welche er faßte, pflegten gemeiniglich am spätesten und kältesten in Erfüllung zu gehen – wenn es zur Ausführung im kleinen kam, so war das Feuer der Phantasie erloschen, womit er sich die Sache im ganzen und mit allen ihren angenehmen Folgen zusammengenommen gedacht hatte – wenn er sich hingegen alles schlechtweg und ohne allen Prunk und Feierlichkeit vornahm, so ging die Ausführung oft weit eher und besser vonstatten. –

An guten Vorsätzen war er unerschöpflich. – Dies machte ihn aber auch beständig mit sich selber unzufrieden, weil der guten Vorsätze zu viele waren, als daß er sich selber jemals hätte ein Genüge tun können. –

Drei Tage, wo er einmal ununterbrochen mit sich zufrieden gewesen war, zeichnete er als eine große Merkwürdigkeit in seinem Leben auf, welche es auch wirklich für ihn war – denn diese drei Tage waren, fast so lange er denken konnte, die einzigen in ihrer Art. – Es war aber gerade diese drei Tage über ein glücklicher Zusammenfluß von Umständen, heiteres Wetter, gesundes Blut, freundliche Gesichter bei denen Personen, zu denen er kam, und wer weiß was mehr, wodurch ihm die Ausführung seiner guten Vorsätze nun merklich erleichtert wurde. –

Er nahm übrigens zu allerlei Mitteln seine Zuflucht, um sich fromm und tugendhaft zu erhalten. – Vorzüglich suchte er alle Morgen edle und gute Gesinnungen in sich zu erwecken, indem er Popens allgemeines Gebet, das er sich englisch aufgeschrieben und auswendig gelernt hatte, hersagte und wirklich, sooft er es sagte, dadurch gerührt und zu guten Vorsätzen und Entschließungen aufs neue belebt wurde. – Dann hatte er eine Anzahl Lebensregeln aus einem Buche ausgeschrieben, die er des Tages über zu gewissen bestimmten Zeiten las – und ein paar Chorarien, welche etwas zur Tugend und Frömmigkeit vorzüglich Aufmunterndes hatten, wurden ebenfalls täglich zu bestimmten Stunden sehr gewissenhaft von ihm gesungen. –

Wären nun hiebei seine äußern Verhältnisse nur etwas günstiger und aufmunternder geworden, so hätte Reiser mit diesen Vorsätzen und Bestrebungen, die doch bei einem jungen Menschen in seinem Alter (er war damals etwas über sechszehn Jahr) wohl sehr selten sind, ein Muster von Tugend werden müssen.

Aber dies war es, was ihn immer wieder niederschlug, die Meinung der Menschen von ihm, welche er mit Gewalt nicht umändern konnte, und die doch ohnerachtet aller seiner Bestrebungen, ein beßrer Mensch zu werden, sich nicht ganz wieder zu seinem Vorteil lenken wollte – er schien es nun einmal zu sehr verdorben und zu sehr die Erwartung aller von ihm getäuscht zu haben, als daß er sich je die vorige Achtung und Liebe der Menschen hätte wieder erwerben können. –

Insbesondre war ein Verdacht auf ihn gefallen, der ihn sehr unverdienterweise traf – dies war der Verdacht der Lüderlichkeit, weil er bei einem so lüderlichen Menschen, wie G… war, gewohnt hatte. – Reiser war so weit hievon entfernt, daß ihm drei Jahre nachher, da er zufälligerweise ein anatomisches Buch zu sehen bekam, über gewisse Dinge ein Licht aufging, wovon damals seine Begriffe noch sehr dunkel und verworren waren.

Sein Lesen aber bei dem Bücherantiquarius und sein Komödiengehn wurde ihm am schlimmsten ausgeleget und immer noch für ein unverzeihliches Vergehen gehalten. –

Nun fügte es sich gerade, daß eine Gesellschaft Luftspringer nach Hannover kam, und weil ein Platz nur eine Kleinigkeit kostete, so ging er einen einzigen Abend hin, um diese halsbrechenden Künste mit anzusehen – man hatte ihn erblickt – und weil dies nun auch eine Art von Komödie war, so hieß es, sein alter Hang sei nun wieder erwacht, und es gehe kein Abend hin, daß er nicht den Schauplatz bei den Luftspringern besuchte; da trüge er nun wieder sein Geld hin – man sehe hieraus schon, daß doch nun nichts aus ihm werden würde. –

Seine Stimme war viel zu ohnmächtig, um sich gegen die Aussage derer zu erheben, die ihn alle Abend bei den Luftspringern wollten gesehen haben – kurz, der einzige Abend, an welchem er hierher ging, brachte ihn wieder weiter in der Meinung der Menschen zurück, als ihn sein ganzer bisheriger Fleiß und regelmäßiges Betragen darin hatte vorwärts bringen können. –

Hiezu kamen nun noch einige Sachen, die ihn sehr niederschlugen. Das Neujahr kam wieder heran, und er freute sich schon darauf, daß er nun bei dem Aufzug mit Fackeln und Musik doch wieder die Vorrechte seines Standes genießen, in Reihe und Glied mit den übrigen gehen und auch nun nicht mehr, wie das vorigemal, einer der letzten in der Ordnung sein würde. –

Um nun aber die Fackel und seinen Anteil zur Musik und sonstigen Kosten bezahlen zu können, wartete er nur auf die Austeilung des Chorgeldes, das er sich mit saurer Mühe im Frost und Regen hatte ersingen müssen, und indem er nun zum Direktor kam, um es in Empfang zu nehmen, war es dem Konrektor eingefallen, für die Privatstunden, die Reiser in Sekunda bei ihm gehabt und nicht bezahlt hatte, Beschlag darauf zu legen. – Reiser ging zu dem Konrektor hin und bat ihn flehentlich, ihm nur die Hälfte von dem Chorgelde zu lassen; allein dieser war unerbittlich; und da Reiser wieder zum Direktor kam, so machte ihm auch der die bittersten Vorwürfe, daß er aufs neue in der Komödie bei den Luftspringern gewesen wäre und sich sogar auf dem Markte vor der Schule Honig und Brot gekauft und das auf der Straße gegessen habe. – Eine Sache, die Reiser für sehr etwas Unschuldiges und auch nicht für erniedrigend hielt, die ihm aber jetzt als die größte Niederträchtigkeit ausgelegt wurde, und worüber ihn der Direktor einen schlechten Buben schalt, der weder Ehre noch Scham hatte, und mit dem er sich nicht weiter befassen wollte. –

Nicht leicht war Reiser wohl in seinem ganzen Leben trauriger und niedergeschlagener gewesen, als da er jetzt vom Direktor zu Hause ging. Er achtete Wind und Schneegestöber nicht, sondern irrte wohl anderthalb Stunden auf dem Wall und in der Stadt umher und überließ sich seinem Gram und seinen lauten Klagen. –

Denn alles war ihm nun auf einmal fehlgeschlagen; sein Bestreben, sich bei dem Direktor durch sein Betragen wieder in Gunst zu setzen; seine Hoffnung, ein gutes Chorgeld zu erhalten, welches ohnedem zu Neujahr immer am beträchtlichsten zu sein pflegte; und sein sehnlicher Wunsch, am morgenden Tage dem Aufzuge mit Fackeln und Musik beizuwohnen und dort öffentlich mit in Reihe und Gliede zu gehn. –

Was ihn aber am meisten schmerzte, war doch im Grunde das letzte – und dies war sehr natürlich; denn durch seine Teilnehmung an dem Aufzuge fühlte er sich gleichsam in alle Rechte seine Standes, die ihm so sehr verleidet waren, wieder eingesetzt – davon ausgeschlossen zu bleiben, deuchte ihm eine der größten Widerwärtigkeiten, die ihm nur begegnen konnte. – Das war auch die Ursach, weswegen er den Konrektor um Erlassung der Hälfte von dem Chorgelde so flehentlich gebeten hatte, welches zu tun er sich sonst nie würde erniedrigt haben.

Alle sein Sinnen und Denken, Geld zu bekommen, half nichts; er konnte sich keine Fackel kaufen und mußte den folgenden Abend, während daß alle seine Mitschüler im glänzenden Pomp unter einer Menge von Zuschauern über die Straße zogen, traurig an seinem Klavier zu Hause sitzen – er suchte sich zu trösten, so gut er konnte; aber da er von fern die Musik hörte, so tat dies eine sonderbare Wirkung auf sein Gemüt – er dachte sich lebhaft den Glanz der Fackeln, die Menge der Zuschauer, das Getümmel und seine Mitschüler als die Hauptpersonen dieses prachtvollen Schauspiels – und sich nun ausgeschlossen, einsam und von aller Welt verlassen – dies versetzte ihn in eine Wehmut, die derjenigen völlig ähnlich war, da seine Eltern ihn oben auf der Stube allein gelassen hatten, während daß sie unten bei dem Wirt bei einer Gasterei waren, von welcher das frohe Gelächter und Klingen mit den Gläsern zu ihm hinauf erschallte, und er sich da auch so einsam und von aller Welt verlassen fühlte und sich aus den Liedern der Madam Guion tröstete. –

Dergleichen Vorfälle drängten ihn dann immer wieder aus der Welt in die Einsamkeit – er war nicht vergnügter, als wenn er allein bei seinem Klavier sitzen und für sich lesen und arbeiten konnte – und wünschte nichts sehnlicher, als daß es bald Sommer sein möchte, um auf dem Boden, wo sein Bette stand, den ganzen Tag allein zubringen zu können.

Und da nun dieser sehnlich gewünschte Sommer kam, so genoß er nun auch zuallererst die Wonne des einsamen Studierens. Er liehe sich seit einiger Zeit wieder Bücher vom Antiquarius; aber sein Geschmack fiel nun auf lauter wissenschaftliche Bücher. – Seine Romanen- und Komödienlektüre hatte seit jener schrecklichen Epoche seines Lebens gänzlich aufgehört. –

Sobald die Luft nun anfing, warm zu werden, eilte er auf seinen Boden und brachte da die vergnügtesten Stunden seines Lebens mit Lesen und Studieren zu. –

Er hatte sich von dem Bücherantiquarius unter andern Gottscheds Philosophie geliehen, und so sehr auch in diesem Buche die Materien durchwässert sind, so gab doch dies seiner Denkkraft gleichsam den ersten Stoß – er bekam dadurch wenigstens eine leichte Übersicht aller philosophischen Wissenschaften, wodurch sich die Ideen in seinem Kopfe aufräumten. –

Sobald er dies merkte, nahm auch sein Eifer, die Sache bald zu übersehen, mit jedem Tage zu. – Er sah, daß das bloße Lesen nichts half – er fing also an, sich auf kleinen Blättchen schriftliche Tabellen zu entwerfen, wo er das Detail immer dem Ganzen gehörig unterordnete und sich auf die Weise einen anschaulichen Begriff davon zu machen suchte. –

Das simple Abschreiben des Hauptinhalts brachte für ihn schon ein vorzügliches Interesse in die Sache – denn indem er nun das Blatt, auf welches er die in dem Buche enthaltenen Materien niedergeschrieben hatte, beim Lesen des Buches vor sich hinlegte, erhielt er dadurch den Vorteil, daß er bei dem Einzelnen nie das Ganze aus den Augen verlor, welches doch beim philosophischen Denken immer ein Haupterfordernis ist und auch die größte Schwierigkeit macht. –

Alles, was er noch nicht durchdacht hatte, lag auf dieser Karte wie ein unbekanntes Land vor ihm, welches genauer kennen zu lernen er eine ordentliche Sehnsucht empfand. –

Die Umrisse, das Fachwerk war durch die allgemeine Übersicht des Ganzen einmal in seiner Seele gemacht, er strebte nun von den Lücken, die er erst jetzt empfinden konnte, eine nach der andern auszufüllen. – Und dasjenige, was ihm erst bloße leere Namen gewesen waren, wurden nun allmählich vollgefüllte deutliche Begriffe, und wenn er nun eben den Namen wieder las oder wieder dachte und ihm auf einmal alles so licht und helle wurde, was ihm vorher dunkel und verworren gewesen war, so bemächtigte sich seiner ein so angenehmes Gefühl dabei, als er noch nie empfunden hatte – er schmeckte zuerst die Wonne des Denkens. –

Die immerwährende Begierde, das Ganze bald zu überschauen, leitete ihn durch alle Schwierigkeiten des Einzelnen hindurch. – In seiner Denkkraft ging eine neue Schöpfung vor. – Es war ihm, als ob es erst in seinem Verstande dämmerte und nun allmählich der Tag anbräche und er sich an dem erquickenden Lichte nicht satt sehen könnte. –

Er vergaß hierüber fast Essen und Trinken und alles, was ihn umgab, und kam unter dem Vorwande von Kränklichkeit in einer Zeit von sechs Wochen fast gar nicht von seinem Boden herunter – in dieser Zeit saß er vom Morgen bis an den Abend mit der Feder in der Hand bei seinem Buche und ruhete nicht eher, bis er vom Anfang bis zum Ende durch war.

Was hierbei seinen Eifer nie erlöschen ließ, war, wie schon gesagt, das beständige Vor-Augen-halten des Hauptinhalts – und das immerwährende Unterordnen und Klassifizieren der Materien in seinem Kopfe sowohl als auf dem Papiere. –

Er brachte also diesen Sommer, ohngeachtet seine äußern Verhältnisse sich eben nicht sehr verbessert hatten, doch ziemlich vergnügt zu.

Wenigstens mußte er die einsamen Stunden, welche er auf dem Boden zubrachte, immer unter die glücklichsten seines Lebens zählen. – Auch war er überhaupt von nun an minder unglücklich, weil seine Denkkraft angefangen hatte, sich zu entwickeln. –

Wo er ging und stund, da meditierte er jetzt, statt daß er vorher bloß phantasiert hatte – und seine Gedanken beschäftigten sich mit den erhabensten Gegenständen des Denkens – mit den Vorstellungen von Raum und Zeit, von der höchsten vorstellenden Kraft usw. –

Allein schon damals war es ihm oft, wenn er sich eine Weile im Nachdenken verloren hatte, als ob er plötzlich an etwas stieße, das ihn hemmte und wie eine bretterne Wand oder eine undurchdringliche Decke auf einmal seine weitere Aussicht schloß – es war ihm dann, als habe er nichts gedacht – als Worte. –

Er stieß hier an die undurchdringliche Scheidewand, welche das menschliche Denken von dem Denken höherer Wesen verschieden macht, an das notwendige Bedürfnis der Sprache, ohne welche die menschliche Denkkraft keinen eignen Schwung nehmen kann – und welche gleichsam nur ein künstlicher Behelf ist, wodurch etwas dem eigentlichen reinen Denken, wozu wir dereinst vielleicht gelangen werden, ähnliches hervorgebracht wird.

Die Sprache schien ihm beim Denken im Wege zu stehen, und doch konnte er wieder ohne Sprache nicht denken. –

Manchmal quälte er sich stundenlang, zu versuchen, ob es möglich sei, ohne Worte zu denken. – Und dann stieß ihm der Begriff vom Dasein als die Grenze alles menschlichen Denkens auf – da wurde ihm alles dunkel und öde – da blickte er zuweilen auf die kurze Dauer seiner Existenz, und der Gedanke oder vielmehr Ungedanke vom Nichtsein erschütterte seine Seele – es war ihm unerklärlich, daß er jetzt wirklich sei und doch einmal nicht gewesen sein sollte – so irrte er ohne Stütze und ohne Führer in den Tiefen der Metaphysik umher. –

Manchmal, wenn er itzt im Chore sang und, statt daß seine Mitschüler sich miteinander unterredeten, einsam vor sich wegging und diese dann hinter ihm sagten: da geht der Melancholikus! so dachte er über die Natur des Schalles nach und suchte zu erforschen, was sich dabei mit Worten nicht ausdrücken ließ. – Dies trat nun in die Stelle seiner vorigen romantischen Träume, womit er sich sonst so manche trübe Stunde verphantasiert hatte, wenn er an einem traurigen Wintertage in Schnee und Regen im Chore sang. –

Er liehe sich nun von dem Bücherantiquarius Wolfs Metaphysik und las auch die nach der einmal angefangenen Weise durch – und wenn er nun zu dem Schuster Schantz kam, so war der Stoff zu ihren philosophischen Gesprächen weit reichhaltiger wie vorher – und sie kamen von selbst auf alle die verschiedenen Systeme, welche von den Weltweisen der alten und neuern Zeiten vorgetragen und immer von einer unzähligen Menge nachgebetet sind.

Während der Zeit war nun auch der Direktor Ballhorn, von dessen Freundschaft Reiser so viel gehofft hatte und so sehr in seiner Hoffnung getäuscht war, nach einer kleinen Stadt nicht weit von Hannover als Superintendent befördert worden und ein andrer namens Schumann an dessen Stelle gekommen. –

Diese Veränderung interessierte Reisern eben nicht sehr, der damals an nichts als an seine Metaphysik dachte. – Der neue Direktor war ein alter Mann, welcher aber Kenntnisse und viel Geschmack besaß und von Pedanterei, welches bei alten Schulmännern ein so seltener Fall ist, ziemlich frei war.

Während dieser Veränderung fielen eine große Menge Schulstunden ohnedem aus. – Reisers Versäumnis wurde also eben so merklich nicht. – Und wenn nun ja eine

Versäumnis von öffentlichen Schulstunden gut genutzt worden ist, so war es die seinige – in welcher er in Zeit von ein paar Monaten mehr tat und sein Verstand mit weit mehr Begriffen als seine ganzen akademischen Jahre hindurch bereichert wurde. –

Nie hörte er wenigstens den ganzen Kursus der Philosophie so ausführlich wieder vortragen, als er ihn damals für sich durchdacht hatte – auch die übrigen Wissenschaften, als Dogmatik, Geschichte usw., hörte er nie auf der Universität so ausführlich wieder, als er sie zum Teil in Hannover auf der Schule gehört hatte.

Er hatte in seiner Jugend keinen Unterricht als im Rechnen und Schreiben genossen, welcher itzt fast gänzlich für ihn verloren ging, weil er das Rechnen nicht zu üben Gelegenheit hatte und seine Hand durch das Nachschreiben verdarb. – Nun fügte es sich, daß er einige Information im Schreiben bekam, die ihm zwar wenig oder gar nichts einbrachte, wobei er aber doch merklich seine Hand übte; da er nun wieder anfing, die Schularbeiten mitzumachen, und dem Rektor seine Exerzitien brachte, so wunderte sich dieser sehr über die Verbesserung seiner Hand und gab ihm sogleich etwas abzuschreiben, welches aber dort im Hause geschehen mußte, so daß er auf diese Weise wieder Zutritt zu dem Rektor erhielt; welches ihn denn auch mit einiger Hoffnung, sich wieder in Kredit zu setzen, belebte, die aber bald niedergeschlagen wurde, da sein Vater einmal nach Hannover herüberkam und der Pastor Marquard demselben keinen andern Trost gab, als daß sein Sohn ein Schl...l sei, aus dem nie etwas werden würde. –

Da sein Vater wieder wegreiste, begleitete er ihn bis vors Tor hinaus, und hier war es, wo ihm derselbe die tröstlichen Worte des Pastor Marquard hinterbrachte und ihm dabei die bittersten Vorwürfe machte, daß er die Wohltaten, welche man ihm erwiesen, so schlecht erkennte, wobei er ihn zugleich auf den Rock, den er trug, verwies und ihm diesen als ein unverdientes Geschenk von seinen Wohltätern schilderte. – Dies letztere brachte Reisern auf; denn der Rock, welcher von groben grauen Tuch war, das ihm ein völliges Bedientenansehen gab, war ihm immer verhaßt gewesen, und er ließ sich daher gegen seinen Vater verlauten, daß ein solcher Bedientenrock, den er zu seinem Ärger tragen müsse, eben kein großes Gefühl von Dankbarkeit bei ihm erwecken könne. –

Darüber geriet sein Vater, dem die Grundsätze von der Demütigung und Ertötung alles Stolzes und Eigendünkels aus den Schriften der Madam Guion heilig waren, in eine Art von Wut – drehte sich schnell von ihm und gab ihm seinen Fluch auf den Weg. – Reiser wurde ebenfalls hiedurch in einen Zustand versetzt, worin er sich noch nie befunden hatte, alles, was er bisher von seinem widrigen Schicksal gelitten und geduldet hatte, und daß nun auch sein Vater sogar ihn von sich stieß und ihm seinen Fluch gab, fuhr ihm auf einmal durch die Seele.

Er stieß, indem er nach der Stadt zurückging, laute Gotteslästerungen aus und war der Verzweiflung nahe – er wünschte sich wirklich vom Erdboden verschlungen zu sein – und der Fluch seines Vaters schien ihn im Ernst zu verfolgen.

Dies hemmte wieder auf eine Weile alle seine guten Vorsätze und seinen bisher freiwillig ununterbrochenen Fleiß.

Der Sommer ging nun zu Ende – und ein anhaltender körperlicher Schmerz fing nun öfter wieder an, seinen Geist niederzudrücken. Er hatte von dieser Zeit an unaufhörliches Kopfweh, welches ein ganzes Jahr anhielt, so daß fast kein Tag und keine Stunde dazwischen ausfiel, wo er sich von diesem fortdaurenden Schmerz befreit gefühlt hätte. –

Der Schneider, bei dem er nun ein Jahr gewohnt hatte, sagte ihm auch das Logis auf, und er zog in einer abgelegenen Straße bei einem Fleischer ins Haus, wo noch einige Schüler nebst ein paar gemeinen Soldaten im Quartier lagen. –

Er mußte sich hier auch mit unten in der Stube aufhalten, und seine Einrichtung mit dem Klavier und dem Bücherbrette darunter blieb wie vorher – statt des Bodens aber erhielt er oben ein kleines Kämmerchen, wo er mit noch einem Chorschüler schlief, und im Sommer, wenn es warm war, jeder für sich allein sein konnte.

Der Umgang mit seinem Wirt, dem Fleischer, mit den beiden Soldaten, die dort im Quartier lagen, und ein paar lüderlichen Chorschülern, die noch nebst ihm da wohnten, konnte zur Bildung und Verfeinerung seiner Sitten eben nicht viel beitragen. –

Alles versammlete sich im Winter des Abends in der Stube, und weil er bei dem Geräusch und Lärmen doch nicht arbeiten konnte, so mischte er sich lieber mit unter den Haufen und amüsierte sich mit den Leuten, die nun einmal den nächsten Kreis um ihn her ausmachten, so gut er konnte.

Ohngeachtet seiner immerwährenden Kopfschmerzen arbeitete er doch auch, sooft er nur ein wenig in Ruhe sein konnte, für sich und lernte auf die Weise in Zeit von einigen Wochen Französisch, indem er sich einen lateinischen Terenz mit der französischen Übersetzung liehe und sich täglich ununterbrochen selbst eine Lektion gab; er kam dadurch wenigstens so weit, daß er von der Zeit an jedes französische Buch ziemlich verstehen konnte.

Da sich indes sein äußerer Zustand nicht verbesserte und überdem noch körperlicher Schmerz ihn unaufhörlich drückte, so versetzte ihn dies in eine Seelenstimmung, wo ihm Youngs Nachtgedanken, die er damals zufälligerweise erhielt, eine höchst willkommene Lektüre waren – es deuchte ihm, als fände er hier alle seine vorigen Vorstellungen von der Nichtigkeit des Lebens und der Eitelkeit aller menschlichen Dinge wieder. – Er konnte sich nicht satt in diesem Buche lesen und lernte die Gedanken und Empfindungen, welche darin herrschen, beinahe auswendig.

Die einzige Linderung bei seinen Kopfschmerzen war, wenn er ausgestreckt rücklings auf dem Bette liegen konnte – in dieser Stellung blieb er denn oft ganze Tage lang und las – dies war der einzige ihm übriggebliebene Genuß des Lebens, an dem er sich noch festhielt, da sonst die tötendste Langeweile ihm das elende Leben, was er noch fortschleppte, unerträglich gemacht haben würde. –

Um sich nun zuweilen dem Geräusch, das ihn umgab, zu entziehen, scheute er manchmal weder Regen noch Schnee, sondern machte des Abends, wenn es dunkel wurde und er sicher war, daß er von niemanden gesehen, noch von irgendeinem Menschen würde angeredet werden, einen Spaziergang auf dem Walle um die Stadt; und bei diesen Spaziergängen war es, wo sich sein Geist immer etwas wieder ermannte und ein Funke von Hoffnung, sich aus seinem schrecklichen Zustande herauszuarbeiten, in seiner Seele wieder emporglimmte. –

Wenn er dann auf den Straßen, die an den Wall grenzten, in den Häusern Licht angesteckt sahe und sich nun dachte, daß in jeder erleuchteten Stube, deren in einem Hause oft so viele waren, eine Familie oder sonst eine Gesellschaft von Menschen oder ein einzelner Mensch lebte, und daß eine solche Stube also in dem Augenblick die Schicksale und das Leben und die Gedanken eines solchen Menschen oder einer solchen Gesellschaft von Menschen in sich faßte, und daß er auch nun nach dem vollendeten Spaziergange in eine solche Stube wieder zurückkehren würde, wo er gleichsam hingebannt und wo der eigentliche Fleck seines Daseins wäre, so brachte dies bei ihm zuerst eine sonderbare demütigende Empfindung hervor, als sei nun sein Schicksal unter diesen unendlichen verwirrten Haufen sich einander durchkreuzender menschlicher Schicksale gleichsam verloren und werde dadurch klein und unbedeutend gemacht. – Dann erhoben aber auch eben diese Lichter in den einzelnen Stuben in den Häusern am Walle zuweilen seinen Geist wieder, wenn er einen Überblick des Ganzen daraus schöpfte und sich aus seiner eigenen kleinen einengenden Sphäre, wodurch er sich unter allen diesen im Leben unbemerkten und unausgezeichneten Bewohnern der Erde mitverlor, herausdachte und sich ein besonderes ausgezeichnetes Schicksal prophezeite, wovon die süße Vorstellung, indem er dann mit schnellen Schritten vorwärts ging, ihn aufs neue mit Hoffnung und Mut belebte.

Eine Reihe erleuchteter Wohnzimmer in einem fremden ihm unbekannten Hause, wo er sich eine Anzahl Familien dachte, von deren Leben und Schicksalen er ebensowenig als sie von den seinigen wußte, hat nachher beständig sonderbare Empfindungen in ihm erweckt – die Eingeschränktheit des einzelnen Menschen ward ihm anschaulich.

Er fühlte die Wahrheit: man ist unter so vielen Tausenden, die sind und gewesen sind, nur einer.

Sich in das ganze Sein und Wesen eines andern hineindenken zu können, war oft sein Wunsch – wenn er so auf der Straße zuweilen dicht neben einem ganz fremden Menschen herging – so wurde ihm der Gedanke der Fremdheit dieses Menschen, der gänzlichen Unbewußtheit des einen von dem Namen und Schicksalen des andern so lebhaft, daß er sich, so dicht es der Wohlstand erlaubte, an einen solchen Menschen andrängte, um auf einen Augenblick in seine Atmosphäre zu kommen und zu versuchen, ob er die Scheidewand nicht durchdringen könnte, welche die Erinnerungen und Gedanken dieses fremden Menschen von den seinigen trennte. –

Noch eine Empfindung aus den Jahren seiner Kindheit ist vielleicht nicht unschicklich, hier herangezogen zu werden – er dachte sich damals zuweilen, wenn er andere Eltern als die seinigen hätte und die seinigen ihn nun nichts angingen, sondern ihm ganz gleichgültig wären. – – Über den Gedanken vergoß er oft kindische Tränen – seine Eltern mochten sein, wie sie wollten, so waren sie ihm doch die liebsten – und er hätte sie nicht gegen die vornehmsten und gütigsten vertauscht. – Aber zugleich kam ihm auch schon damals das sonderbare Gefühl von dem Verlieren unter der Menge, und daß es noch so unzählig viele Eltern mit Kindern außer den seinigen gab, worunter sich diese wieder verloren – –

Sooft er sich nachher in einem Gedränge von Menschen befunden hat, ist eben dies Gefühl der Kleinheit, Einzelnheit und fast dem Nichts gleichen Unbedeutsamkeit in ihm erwacht. – – Wieviel ist des mir gleichen Stoffes hier! welch eine Menge von dieser Menschenmasse, aus welcher Staaten und Kriegsheere, so wie aus Baumstämmen Häuser und Türme gebauet werden! –

Das waren ohngefähr die Gedanken, die damals ein dunkles Gefühl in ihm hervorbrachten, weil er sie nicht in Worte einzukleiden und sie sich nicht deutlich zu machen wußte.

Einmal, da vier Missetäter auf dem Rabensteine vor Hannover geköpft wurden, ging er unter der Menge von Menschen mit hinaus und sahe nun vier darunter, welche aus der Zahl der übrigen ausgetilget und zerstückt werden sollten. – Dies kam ihm so klein, so unbedeutend vor, da der ihn umgebenden Menschenmasse noch so viel war – als ob ein Baum im Walde umgehauen oder ein Ochse gefällt werden sollte – und da nun die Stücken dieser hingerichteten Menschen auf das Rad hinaufgewunden wurden und er sich selbst und die um ihn her stehenden Menschen ebenso zerstückbar dachte – so wurde ihm der Mensch so nichtswert und unbedeutend, daß er sein Schicksal und alles in dem Gedanken von tierischer Zerstückbarkeit begrub – und sogar mit einem gewissen Vergnügen wieder zu Hause ging und seinen Haarteig auf dem Wege verzehrte – denn es war damals gerade sein schreckliches Vierteljahr, wo er manche Tage bloß von diesem Teige lebte. – Nahrung und Kleidung war ihm gleichgültig so wie Tod und Leben – ob nun eine solche bewegliche Fleischmasse, deren es eine so ungeheure Anzahl gibt, auf der Welt mehr umhergeht oder nicht! – Dann konnte er sich nicht enthalten, sich immer an den Platz der zerstückten und in Stücken auf das Rad gewundenen hingerichteten Missetäter zu stellen – und dachte dabei, was schon Salomo gedacht hat: „Der Mensch ist wie das Vieh; wie das Vieh stirbt, so stirbt er auch." –

Wenn er von dieser Zeit an ein Tier schlachten sahe, so hielt er sich immer in Gedanken damit zusammen – und da er es bei dem Schlächter auch so oft zu sehen Gelegenheit hatte, so ging eine ganze Zeitlang sein bloßes Denken dahin – den Unterschied zwischen sich und einem solchen Tier, das geschlachtet wird, auszumitteln. – Er stand oft stundenlang und sah so ein Kalb mit Kopf, Augen, Ohren, Mund und Nase an; und lehnte sich, wie er es bei fremden Menschen machte, so dicht wie möglich an dasselbe an, oft mit dem törichten Wahn, ob es ihm nicht vielleicht möglich würde, sich nach und nach in das Wesen eines solchen Tieres hineinzudenken – es lag ihm alles daran, den Unterschied zwischen sich und dem Tiere zu wissen – und zuweilen vergaß er sich bei dem anhaltenden Betrachten desselben so sehr, daß er wirklich glaubte, auf einen Augenblick die Art des Daseins eines solchen Wesens empfunden zu haben. – Kurz, wie ihm sein würde, wenn er z. B. ein Hund, der unter Menschen lebt, oder ein anderes Tier wäre – das beschäftigte von Kindheit auf schon oft seine Gedanken. – Und da er sich nun den Unterschied zwischen Körper und Geist gedacht hatte, so war ihm nichts wichtiger, als zugleich irgendeinen wesentlichen Unterschied zwischen sich und dem Tiere aufzufinden, weil er sich sonst nicht überreden konnte, daß das Tier, welches ihm in seinem Körperbau so ähnlich war, nicht ebenso wie er einen Geist haben sollte. –

Und wo blieb nun der Geist nach der Zerstörung und Zerstückelung des Körpers? – Alle die Gedanken von so viel tausend Menschen, die vorher durch die Scheidewand des Körpers bei einem jeden voneinander abgesondert waren und nur durch die Bewegung einiger Teile dieser Scheidewand einander wieder mitgeteilt wurden, schienen ihm nach dem Tode der Menschen in eins zusammenzufließen – da war nichts mehr, das sie absonderte und voneinander trennte – er dachte sich den übrig gebliebenen und in der Luft herumfliegenden Verstand eines Menschen, der bald in seiner Vorstellungskraft zerflatterte. –

Und dann schien ihm aus der ungeheuren Menschenmasse wieder eine so ungeheure unförmliche Seelenmasse zu entstehen wo er immer nicht einsahe, warum gerade so viel und nicht mehr und nicht weniger da wären, und weil die Zahl ins Unendliche fortzugehen schien, das Einzelne endlich fast so unbedeutend wie nichts wurde.

Diese Unbedeutsamkeit, dies Verlieren unter der Menge war es vorzüglich, was ihm oft sein Dasein lästig machte.

Nun ging er einmal eines Abends traurig und mißmutig auf der Straße umher – es war schon in der Dämmerung, aber doch nicht so dunkel, daß er nicht von einigen Leuten hätte gesehen werden können, deren Anblick ihm unerträglich war, weil er ihnen ein Gegenstand des Spottes und der Verachtung zu sein glaubte. –

Es war eine naßkalte Luft und regnete und schneiete durcheinander – seine ganze Kleidung war durchnetzt – plötzlich entstand in ihm das Gefühl, daß er sich selbst nicht entfliehen konnte.

Und mit diesem Gedanken war es, als ob ein Berg auf ihm lag – er strebte sich mit Gewalt darunter emporzuarbeiten, aber es war, als ob die Last seines Daseins ihn darnieder drückte.

Daß er einen Tag wie alle Tage mit sich aufstehen, mit sich schlafen gehen – bei jedem Schritte sein verhaßtes Selbst mit sich fortschleppen mußte. –

Sein Selbstbewußtsein mit dem Gefühl von Verächtlichkeit und Weggeworfenheit wurde ihm ebenso lästig wie sein Körper mit dem Gefühl von Nässe und Kälte; und er hätte diesen in dem Augenblick ebenso willig und gerne wie seine durchnetzten Kleider abgelegt – hätte ihm damals ein gewünschter Tod aus irgendeinem Winkel entgegengelächelt. –

Daß er nun unabänderlich er selbst sein mußte und kein anderer sein konnte; daß er in sich selbst eingeengt und eingebannt war – das brachte ihn nach und nach zu einem Grade der Verzweiflung, der ihn an das Ufer des Flusses führte, welcher durch einen Teil der Stadt ging, wo dasselbe mit keinem Geländer versehen war. –

Hier stand er zwischen dem schrecklichsten Lebensüberdruß und der instinktmäßigen unerklärlichen Begierde fortzuatmen, kämpfend, eine halbe Stunde lang, bis er endlich ermattet auf einem umgehauenen Baumstamm niedersank, der nicht weit vom Ufer lag. Hier ließ er sich noch eine Weile gleichsam der Natur zum Trotz vom Regen durchnetzen, bis das Gefühl einer fieberhaften Kälte und das Klappern seiner Zähne ihn wieder zu sich selbst brachte und ihm zufälligerweise einfiel, daß er den Abend bei seinem Wirt, dem Fleischer, frische Wurst zu essen bekommen würde – und daß die Stube sehr warm geheizt sein würde. – Diese ganz sinnlichen und tierischen Vorstellungen frischten die Lebenslust in ihm aufs neue wieder an – er vergaß sich, so wie er sich nach der Hinrichtung der Missetäter vergessen hatte, ganz als Mensch und kehrte in seinen Gesinnungen und Empfindungen als Tier wieder heim. –

Als Tier wünschte er fortzuleben; als Mensch war ihm jeder Augenblick der Fortdauer seines Daseins unerträglich gewesen.

Allein wie er sich schon so oft aus seiner wirklichen Welt in die Bücherwelt gerettet hatte, wenn es aufs äußerste kam, so fügte es sich auch diesmal, daß er sich gerade vom Bücherantiquarius die Wielandsche Übersetzung von Shakespeare liehe – und welch eine neue Welt eröffnete sich nun auf einmal wieder für seine Denk- und Empfindungskraft! –

Hier war mehr als alles, was er bisher gedacht, gelesen und empfunden hatte. – Er las Macbeth, Hamlet, Lear und fühlte seinen Geist unwiderstehlich mit emporgerissen – jede Stunde seines Lebens, wo er den Shakespeare las, ward ihm unschätzbar. – Im Shakespeare lebte, dachte und träumte er nun, wo er ging und stund – und seine größte Begierde war, das alles, was er beim Lesen desselben empfand, mitzuteilen – und der nächste, dem er es mitteilen konnte, und welcher Gefühl dafür hatte, war sein Freund

Philipp Reiser, der in einer abgelegenen Gegend der Stadt wohnte, wo er sich eine neue Werkstätte angelegt hatte und Klaviere zimmerte, – dabei sang er noch immer im Chore mit, aber nicht in dem, worin sich Anton Reiser befand. – Sie waren also durch ihre äußern Verhältnisse eine lange Zeit ohngeachtet ihrer ersten vertrauten Freundschaft voneinander getrennt worden. –

Nun aber, da Anton Reiser seinen Shakespeare unmöglich für sich allein genießen konnte, so wußte er zu keinem Bessern damit zu eilen als zu seinem romantischen Freunde. –

Diesem nun ein ganzes Stück aus dem Shakespeare vorzulesen und auf alle dessen Empfindungen und Äußerungen dabei mit Wohlgefallen zu merken, war die größte Wonne, welche Reiser in seinem Leben genossen hatte. –

Sie widmeten ganze Nächte zu dieser Lektüre, wo Philipp Reiser den Wirt machte, um Mitternacht Kaffee kochte und Holz im Ofen nachlegte – dann saßen sie beide bei einer kleinen Lampe an einem Tischchen – und Philipp Reiser hatte sich mit langem Halse herübergebeugt, sowie Anton Reiser weiter las und die schwellende Leidenschaft mit dem wachsenden Interesse der Handlung stieg. –

Diese Shakespearenächte gehören zu den angenehmsten Erinnerungen in Reisers Leben. – Aber wenn auch durch irgend etwas sein Geist gebildet wurde, so war es durch diese Lektüre, wogegen alles, was er sonst Dramatisches gelesen hatte, gänzlich in Schatten gesetzt und verdunkelt wurde. Selbst über seine äußern Verhältnisse lernte er sich auf eine edlere Art hinwegsetzen – selbst bei seiner Melancholie nahm seine Phantasie einen höhern Schwung. –

Durch den Shakespeare war er die Welt der menschlichen Leidenschaften hindurchgeführt – der enge Kreis seines idealischen Daseins hatte sich erweitert – er lebte nicht mehr so einzeln und unbedeutend, daß er sich unter der Menge verlor – denn er hatte die Empfindungen Tausender beim Lesen des Shakespeare mit durchempfunden. –

Nachdem er den Shakespeare und so, wie er ihn gelesen hatte, war er schon kein gemeiner und alltäglicher Mensch mehr – es dauerte auch nun nicht lange, so arbeitete sich sein Geist unter allen seinen äußern drückenden Verhältnissen, unter allem Spott und Verachtung, worunter er vorher erlag, empor – wie der Verfolg dieser Geschichte zeigen wird.

Die Monologen des Hamlet hefteten sein Augenmerk zuerst auf das Ganze des menschlichen Lebens – er dachte sich nicht mehr allein, wenn er sich gequält, gedrückt und eingeengt fühlte; er fing an, dies als das allgemeine Los der Menschheit zu betrachten. –

Daher wurden seine Klagen edler als vorher – die Lektüre von Youngs Nachtgedanken hatte dies zwar auch schon gewissermaßen bewirkt, aber durch den Shakespeare wurden auch Youngs Nachtgedanken verdrängt – der Shakespeare knüpfte zwischen Philipp Reisern und Anton Reisern das lose Band der Freundschaft fester. – Anton Reiser bedurfte jemanden, an den er alle seine Gedanken und Empfindungen richten konnte, und auf wen sollte wohl eher seine Wahl gefallen sein als auf denjenigen, der einmal seinen angebeteten Shakespeare mit durchempfunden hatte! –

Das Bedürfnis, seine Gedanken und Empfindungen mitzuteilen, brachte ihn auf den Einfall, sich wieder eine Art von Tagebuch zu machen, worin er aber nicht sowohl seine äußern geringfügigen Begebenheiten wie ehemals, sondern die innere Geschichte seines Geistes aufzeichnen und das, was er aufzeichnete, in Form eines Briefes an seinen Freund richten wollte. –

Dieser sollte denn wiederum an ihn schreiben, und dies sollte für beide eine wechselseitige Übung im Stil werden. – Diese Übung bildete Anton Reisern zuerst zum Schriftsteller; er fing an, ein unbeschreibliches Vergnügen daran zu empfinden, Gedanken, die er für sich gedacht hatte, nun in anpassende Worte einzukleiden, um sie seinem Freunde mitteilen zu können – so entstanden ihm unter den Händen eine Anzahl kleiner Aufsätze, deren er sich zum Teil auch in reifern Jahren nicht hätte schämen dürfen. –

Die Übung war zwar einseitig, denn Philipp Reiser blieb mit seinen Aufsätzen zurück – aber Anton Reiser hatte doch nun jemanden, dem er Gefühl und Geschmack zutrauete, dessen Beifall oder Tadel ihm nicht gleichgültig war, und an den er denken konnte, sooft er etwas niederschrieb. –

Nun war es sonderbar; wenn er im Anfang etwas niederschreiben wollte, so kamen ihm immer die Worte in die Feder: „Was ist mein Dasein, was mein Leben?" Diese Worte standen daher auch auf mehreren kleinen Stückchen Papiere, die er hatte beschreiben wollen und dann, wenn es nicht ging, wieder wegwarf. –

Seine dunkle Vorstellung vom Leben und Dasein, das wie ein Abgrund vor ihm lag, drängte sich immer zuerst in seiner Seele empor – er fühlte sich gedrungen, erst diesen wichtigsten Punkt seiner Zweifel und Besorgnisse zu berichtigen, ehe er irgend etwas anders zum Gegenstande seines Denkens machte. – Es war also sehr natürlich, daß ihm wider seinen Willen diese Worte immer wieder in die Feder kamen, wenn er sich bemühte, Gedanken niederzuschreiben. –

Endlich arbeitete sich denn doch der Ausdruck durch die Gedanken durch – und das erste, was ihm in ziemlich passende Worte einzukleiden gelang, war etwas Metaphysisches über Ichheit und Selbstbewußtsein. –

Denn da er nun weiter denken und Gedanken niederschreiben wollte, so lag ihm natürlicherweise nichts näher als dies: er wollte erst mit sich selbst gleichsam in Richtigkeit sein, ehe er zu etwas anderm schritte. –

Nun fing er an, den Begriff des Individuums zu verfolgen, der ihm schon seit einigen Jahren, da er zuerst etwas von Logik gehört hatte, vorzüglich wichtig geworden war – und da er nun endlich auf den höchsten Grad des Bestimmtseins von allen Seiten und des vollkommen sich selbst Gleichseins stieß – so war es ihm nach einigem Nachdenken, als ob er sich selbst entschwunden wäre – und sich erst in der Reihe seiner Erinnerungen an das Vergangene wieder suchen müßte. – Er fühlte, daß sich das Dasein nur an der Kette dieser ununterbrochenen Erinnerungen festhielt. –

Die wahre Existenz schien ihm nur auf das eigentliche Individuum begrenzt zu sein – und außer einem ewig unveränderlichen, alles mit einem Blick umfassenden Wesen konnte er sich kein wahres Individuum denken. –

Am Ende seiner Untersuchungen dünkte ihm sein eignes Dasein eine bloße Täuschung, eine abstrakte Idee – ein Zusammenfassen der Ähnlichkeiten, die jeder folgende Moment in seinem Leben mit dem entschwundenen hatte. – Durch diese Begriffe von seiner eignen Eingeschränktheit veredelten sich seine Begriffe von der Gottheit – er fing an, nun in diesem großen Begriffe sein eignes Dasein zu fühlen, das ihm ohnedem unter den Händen zu verschwinden, ohne Zweck, abgerissen und zerstückt zu sein schien. – –

Aus diesen Reflexionen bildete sich der erste schriftliche Aufsatz, den er entwarf, und dem er die Form eines Briefes an seinen Freund gab, mit welchem er sich über diese Materie oft zu unterreden pflegte, und der ihn wenigstens immer zu verstehen schien.

Dabei dauerten seine Kopfschmerzen immer fort – allein er gewöhnte sich zuletzt so daran, daß ihm sein Zustand ordentlich gefährlich oder unnatürlich vorkam, wenn er einen Tag einmal keine Kopfschmerzen hatte. –

Seine Zusammenkünfte mit Philipp Reisern wurden nun immer häufiger – und er erhielt unvermuteterweise zu diesem noch einen Freund; dies war der Sohn des Kantors, namens Winter, einer seiner Mitschüler, gegen dessen Miene und Gesichtsbildung er fast immer eine Art von Antipathie gehegt und sich zugleich von ihm verachtet geglaubt hatte. –

Dieser wußte von seinem Vater, daß Anton Reiser einmal Verse gemacht hatte, und weil er nun selbst für jemanden ein Gedicht auf einen Geburtstag zu machen versprochen hatte, so suchte er Reisern auf und bat ihn um die Verfertigung dieses Gedichts, das er selbst auszuarbeiten nicht Lust oder Zeit hatte. – Dies war für Reisern die erste Veranlassung, seine ganz vernachlässigte Poesie wieder hervorzusuchen. – Das kleine Gedicht gelang ihm nicht übel. – Winter besuchte ihn von der Zeit an öfter und versprach ihm einstmals, daß er ihm die Bekanntschaft eines merkwürdigen Mannes verschaffen wolle, der übrigens ganz im Dunkeln lebe und nichts weiter als ein Essigbrauer sei. – Reiser war sehr begierig auf diese Bekanntschaft – es zog sich aber noch eine ganze Weile damit hin. –

Durch die Verse, welche ihm für Winter gelungen waren, war seine schlummernde Neigung für die Poesie wieder aufgeweckt – allein seine Trägheit zog ihn zu der harmonischen Prosa zurück, wozu sich sein Ohr durch die wiederholte Lektüre der vortrefflichen Ebertschen Übersetzung von Youngs Nachgedanken gewöhnt hatte – und nun fehlte es nur an einer äußern Veranlassung, die seiner Einbildungskraft einen ungewöhnlichen Schwung zu geben vermochte. –

Diese Veranlassung ereignete sich an einem trüben und regnigten Sonntagnachmittage – wo er im Chore sang – er hatte erst mit Winter gesprochen, und dieser erkundigte sich unter andern nach seiner Lektüre und wunderte sich, daß er ihn beständig lesend getroffen habe. – Reiser antwortete ihm, das sei ja noch das einzige, wodurch er sich wegen der Verachtung, der er so allgemein in der Schule und im Chore ausgesetzt wäre, einigermaßen schadlos halten könnte. –

Durch dies Gespräch mit Winter, da er in kurzem seine Situation überdachte, war sein Herz einmal lebhaften Eindrücken geöffnet worden – und nun fügte es sich gerade, daß eben der Verclas, mit dem er einst nebst G... den sterbenden Sokrates aufgeführt hatte, ihn zum Gegenstande seines groben Witzes machte und durch allerlei Anspielungen ihn bei seinen Mitschülern wieder lächerlich zu machen suchte, die denn auch bald mit einstimmten, so daß Reiser fast eine halbe Stunde lang das Ziel ihrer witzigen Einfälle war. –

Er sagte auf alles dies kein Wort und kränkte sich, indem er einsam vor sich wegging, innerlich darüber; und ob er sich gleich bemühte, seine Kränkung in Verachtung zu verwandeln, so wollte es ihm doch nicht recht damit gelingen; bis er sich endlich unvermerkt in eine bittere menschenfeindliche Laune hineinphantasierte, die durch nichts als das Andenken an seinen Philipp Reiser wieder gemildert wurde. – Da nun auch der Vorsatz, seine Empfindungen und Gedanken an ihn niederzuschreiben, herrschend geworden war, so behielt derselbe auch diesmal selbst über seinen Verdruß und seine Kränkung zuletzt die Oberhand; er suchte sich das Kränkende, was er empfunden hatte und noch empfand, in Worte einzukleiden, um es seiner Einbildungskraft desto lebhafter vorstellen zu können. – Und ehe das Chorsingen noch geendigt war, war auch schon der Aufsatz, den er zu Hause niederschreiben wollte, unter allen Geräusch und Spott und Hohngelächter, das ihn umgab, völlig vollendet – und die Freude darüber erhob ihn gewissermaßen über sich selbst und seinen eigenen Kummer. – Sobald er zu Hause kam, schrieb er mit einer sonderbaren gemischten wehmütigen Empfindung, voll Schmerz über seinen Zustand und voll Freude, daß es ihm gelungen war, durch die Sprache ein lebhaftes Bild von seinem Zustande zu entwerfen, folgende Worte nieder:

An Reiser!

Wie traurig ist doch das Dasein der Menschen – und dieses nichtige Dasein machen wir uns noch selbst einander unerträglich, statt daß wir durch vertrauliche Geselligkeit uns in dieser Wüste des Lebens einander unsre Last erleichtern sollten. – –

Ist es nicht genug, daß wir im beständigen Wahn und Irrtum wie in einem bezauberten Lande herumirren?

Müssen uns auch noch Ungeheuer anschreien? – Muß auch noch ein boshafter Satyr uns mit seinem Hohngelächter die Seele durchbohren?

Wie öde, wie traurig ist hier alles um mich her! – Und ich muß verlassen und einsam hier herumirren – keine Stütze, kein Führer! –

Wohl mir! einen Haufen erblick ich dort; Menschen, mir gleich, auch diese Wüste durchirrend. –

„O nehmt mich auf, Freunde, nehmt mich auf, daß ich mit euch diese Wüste durchziehe; und sie wird mir zur grünenden Aue werden!"

Sie nehmen mich auf – wohl mir! – –

Weh mir! – was seh ich? – Sind das noch die Menschen, meine Brüder? –

Ach, ihre Larve fällt ab – und Teufel sinds – und zur Hölle wird mir nun die Wüste. –

Ich fliehe, und ihr Hohngelächter heulet mir nach – –

„So habt ihr mich betrogen, menschliche Larven? – Ha, keine Larve soll mich wieder betrügen! – Nun sei mir willkommen, Nacht, und du Einsamkeit, und du, schwärzeste Melancholei. – Alle ihr lachenden Scherze und alle ihr tobenden Freuden, Larven des Todes, seid auf ewig von mir verbannt!" –

So ging ich und dachte, und finsterer Gram erfüllte meine Seele. –

Als plötzlich ein Jüngling vor mir stand – den Freund verkündigte sein Blick – Empfindung sprach sein sanftes Auge – schleunig wollt ich entfliehn – aber er faßte so vertraulich meine Hand – und ich blieb stehn – er umarmte mich, ich ihn – unsre Seelen flossen zusammen. –

Und um uns wards Elysium. –

Reiser hätte wirklich kein wahreres Bild als dieses von seinem damaligen Zustande entwerfen können – in allem, was er sagte, war nichts Übertriebenes – denn die Menschen, mit denen er zunächst durchs Leben ging, wurden wirklich für ihn quälende Geister – und zu den anschreienden Ungeheuern gehörte vorzüglich Verclas, dessen grober und doch boshafter Witz Reisern den Sonntagnachmittag bis tief in die Seele gekränkt hatte, da dieser Verclas doch sonst immer von ihm ein Freund hatte sein wollen

– wenigstens war er und der Landesverwiesene G... noch die einzigen, die nach der Aufführung der Komödie mit Reisern umgingen, weil sie mit ihm ein gleiches Schicksal des Hasses und der Verachtung aller ihrer Mitschüler teilten – und selbst dieser Verclas stellte sich nun mit auf die Seite derer, welchen Reiser ein Gegenstand des Spottes war – und veranlaßte diesen Spott sogar durch seine groben Witzeleien, womit er sich auf Reisers Kosten lustig machte. – Dies alles vereinigte sich nun, ihn in die menschenfeindliche Laune zu versetzen, worin er den vorhergehenden Aufsatz entwarf. – Durch das Andenken an Philipp Reisern, und weil doch auch der Sohn des Kantors, sein ehemaliger Feind, anfing, sein Freund zu werden, milderte dies schon seine bittere Laune so weit, daß er am Schluß seines Aufsatzes einlenkte und den sanften Empfindungen wieder Gehör gab. –

Auf diese Weise hatte er nun in seinem Tagebuche schon verschiedene kleine Aufsätze an seinen Freund entworfen, als der Frühling wieder herankam und zu Ostern die gewöhnliche öffentliche Schulprüfung gehalten wurde, wobei er denn auch erschien. –

Aber wie sehr wurde sein Mut niedergeschlagen, da er sich gegen die übrigen betrachtete und sich gerade unter allen am schlechtesten gekleidet sahe – er saß da wie verloren; auf ihn wurde gar keine Rücksicht genommen – keine einzige Frage an ihn getan. –

Den Vormittag hielt er es aus – aber als er den Nachmittag wieder hinging und sich aufs neue unter dem ihn umgebenden Haufen wie verloren sahe – konnte er es nicht länger aushalten – er ging wieder fort, ehe noch die Prüfung anging. –

Und nun eilte er gerade zum Tore hinaus – es war ein trüber neblichter Himmel – und ging auf ein kleines Wäldchen zu, das nicht weit von Hannover liegt. –

Sobald er aus dem Gewühle der Stadt war und die Türme von Hannover hinter sich sah, bemächtigten sich seiner tausend abwechselnde Empfindungen. – Alles stellte sich ihm auf einmal aus einem andern Gesichtspunkte dar – er fühlte sich aus alle den kleinlichen Verhältnissen, die ihn in jener Stadt mit den vier Türmen einengten, quälten und drückten, auf einmal in die große offene Natur versetzt und atmete wieder freier – sein Stolz und Selbstgefühl strebte empor – sein Blick schärfte sich auf das, was hinter ihm lag, und faßte es in einem kleinen Umfange zusammen. –

Er sahe da die Priester mit ihren schwarzen Mänteln und Kragen die Treppe hinaufsteigen und seine Mitschüler versammlet und Prämien unter sie austeilen, und dann wie ein jeder wieder nach Hause ging und sich alles so im Zirkel drehte – und in dem Umfange der Stadt, die nun hinter ihm lag, und von der er sich immer weiter entfernte, alles das sich durchkreuzende Gewimmel. – Alles schien ihm da so dicht, so klein ineinander zu laufen, wie der zusammengedrängte Haufen Häuser, den er noch in der Ferne sahe – und nun dachte er sich hier auf dem freien Felde die Stille, und daß ihn niemand bemerkte, niemand ihm eine hämische Miene machte – und dort das lärmende

Gewühl, das Rasseln der Wagen, denen er aus dem Wege gehn mußte, die Blicke der Menschen, die er scheute – das alles malte sich in seiner Einbildungskraft im kleinen und erweckte ein wunderbares Gefühl in ihm, wie am Abend der Tag sich von der Dämmerung scheidet und die eine Hälfte des Himmels noch vom Abendrot erhellt ist, indes die andere schon im Dunkel ruht. –

Er fühlte ungewöhnliche Kraft in seiner Seele, sich über alles das hinwegzusetzen, was ihn darnieder drückte – denn wie klein war der Umfang, der alle das Gewirre umschloß, in welches seine Besorgnisse und Bekümmernisse verflochten waren, und vor ihm lag die große Welt. –

Aber dann kehrte wieder das wehmütige Gefühl zurück: wo sollte er nun in dieser großen öden Welt festen Fuß fassen, da er sich aus allen Verhältnissen herausgedrängt sahe? – Da wo auf einem kleinen Fleck der Erde die menschlichen Schicksale zusammenlaufen, war es nichts, gar nichts! –

Ihm fiel ein, daß verdrängt zu werden von Kindheit an sein Schicksal gewesen war – wenn er bei irgend etwas zusehen wollte, wobei es darauf ankam, sich hinzuzudrängen, so war jeder andere dreister wie er und drängte sich ihm vor – er glaubte, es sollte etwa einmal eine Lücke entstehen, wo er, ohne jemanden vor sich hinwegzudrängen, sich in die Reihe mit einfügen könnte – aber es entstand keine solche Lücke – und er zog sich von selbst zurück und sahe nun in der Ferne dem Gedränge zu, indem er einsam dastand. –

Und wenn er nun so einsam dastand, so gab ihm der Gedanke, daß er dem Gedränge nun so ruhig zusehen konnte, ohne sich selbst hineinzumischen, schon einigen Ersatz für die Entbehrung desjenigen, was er nun nicht zu sehen bekam – allein fühlte er sich edler und ausgezeichneter als unter jenem Gewimmel verloren. – Sein Stolz, der sich emporarbeitete, siegte über den Verdruß, den er zuerst empfand – daß er an den Haufen sich nicht anschließen konnte, drängte ihn in sich selbst zurück – und veredelte und erhob seine Gedanken und Empfindungen. –

Dies war nun auch der Fall bei dem einsamen Spaziergange an dem trüben und regnigten Nachmittage, wo er den hämischen Blicken seiner versammleten Mitschüler und der gänzlichen Vernachlässigung und dem unerträglichen Nichtbemerktwerden, das ihm bevorstand, entfloh, indem er aus dem Tore von Hannover dem einsamen Walde zueilte. –

Dieser einsame Spaziergang entwickelte auf einmal mehr Empfindungen in seiner Seele und trug mehr zur eigentlichen Bildung seines Geistes bei – als alle Schulstunden, die er je gehabt hatte, zusammengenommen. –

Dieser einsame Spaziergang war es, welcher Reisers Selbstgefühl erhöhte, seinen Gesichtskreis erweiterte und ihm eine anschauliche Vorstellung von seinem eignen wahren, isolierten Dasein gab; das bei ihm auf eine Zeitlang an keine Verhältnisse mehr geknüpft war, sondern in sich und für sich selbst bestand. –

Indem er einen Blick auf das Ganze des menschlichen Lebens warf, lernte er zuerst das Große im Leben von dessen Detail unterscheiden.

Alles, was ihn gekränkt hatte, schien ihm klein, unbedeutend und nicht der Mühe des Nachdenkens wert. –

Aber nun stiegen andre Zweifel, andre Besorgnisse in seiner Seele auf – die er schon lange bei sich genährt hatte – über den in undurchdringliches Dunkel gehüllten Ursprung und Zweck, Anfang und Ende seines Daseins – über das Woher und Wohin bei seiner Pilgrimschaft durchs Leben – die ihm so schwer gemacht wurde, ohne daß er wußte, warum? – Und was nun endlich aus dem allen kommen sollte. –

Dies erregte in ihm eine tiefe Melancholie. So wie er mühsam über die dürre Heide vor dem Walde im gelben Sande fortwanderte, umzog sich der Himmel immer trüber, indes ein feiner Staubregen seine Kleider durchnetzte – als er in den Wald kam, schnitt er sich einen Dornstock und wanderte weiter fort – da kam er an ein Dorf und machte sich eben allerlei süße Vorstellungen von dem stillen Frieden, der in diesen ländlichen Hütten herrschte, als er sich in einem der Häuser ein paar Leute, die wahrscheinlich Mann und Frau waren, zanken und ein Kind schreien hörte. –

Also ist überall Unmut und Mißvergnügen und Unzufriedenheit, wo Menschen sind, dachte er und setzte seinen Stab weiter fort. – Die einsamste Wüste wurde ihm wünschenswert – und da ihn endlich auch in dieser die tödliche Langeweile quälte, so blieb das Grab sein letzter Wunsch – und weil er nun nicht einsah, warum er sich die Jahre seines Lebens hindurch in der Welt von allen Seiten hatte müssen drücken, stoßen und wegdrängen lassen, so zweifelte er endlich an einer vernünftigen Ursach seines Daseins – sein Dasein schien ihm ein Werk des schrecklichen blinden Ohngefährs. –

Es wurde früher wie gewöhnlich Abend, weil der Himmel trübe war und es stärker anfing zu regnen – und da er zu Hause wieder anlangte, war es schon völlig dunkel – er setzte sich bei seiner Lampe nieder und schrieb an Philipp Reisern:

„Vom Regen durchnetzt und von Kälte erstarrt kehr ich nun zu dir zurück, und wo nicht zu dir – zum Tode – denn seit diesem Nachmittage ist mir die Last des Lebens, wovon ich keinen Zweck sehe, unerträglich. – Deine Freundschaft ist die Stütze, an der ich mich noch festhalte, wenn ich nicht unaufhaltsam in dem überwiegenden Wunsche der Vernichtung meines Wesens versinken will.“ –

Und nun erwachte auf einmal wieder der Gedanke, sich den Beifall seines Freundes durch den Ausdruck seiner Empfindungen zu erwerben. – Dies war gleichsam die neue Stütze, woran sich seine Lebenslust wieder festhielt – und da den Nachmittag alle seine

Empfindungen so äußerst stark und lebhaft gewesen waren, so wurde es ihm nicht schwer, sie wieder zurückzurufen. – Er hub also an:

Dir, Freund, will ich mein Leiden klagen,
O könnten dir es Worte sagen:
Ich weiß, du fühltest meinen Schmerz –
Mich kränkt nicht hoffnungslose Liebe,
Nicht kränkten unerfüllte Triebe
Nach Ehr und Gold mein Herz. –

Dieser Anfang bezog sich zum Teil auf Philipp Reisers verliebte Launen, womit ihn dieser oft quälte, indem er ihm alle die allmählichen Fortschritte erzählte, die er in der Gunst seines Mädchens getan hatte – und seine Hoffnungen und Aussichten, die sich alle auf die Erreichung der Gegengunst seines Mädchens beschränkten. – Wofür nun Anton Reiser gar keinen Sinn hatte, dem es nie eingefallen war, sich die Liebe eines Mädchens zu erwerben, weil er es für ganz unmöglich hielt, daß ihm bei seiner schlechten Kleidung und bei der allgemeinen Verachtung, der er ausgesetzt war, je ein solcher Versuch gelingen würde. –

Denn so wie er die Verachtung, welche auf seinen Geist fiel, gleichsam mit zu sich selber rechnete, so rechnete er auch die schlechte Kleidung mit zu seinem Körper, der ihm denn ebenso wenig liebenswürdig als sein Verstand achtungswürdig vorkam. – Kurz, es war ihm der ungereimteste Gedanke von der Welt, daß er je von einem Frauenzimmer geliebt werden sollte. – Denn von den Helden, die in den Romanen und Komödien, die er gelesen hatte, von Frauenzimmern geliebt wurden, machte er sich ein so hohes Ideal, das er nie zu erreichen imstande zu sein glaubte. – Die eigentlichen Liebesgeschichten waren ihm daher auch höchst langweilig, und am langweiligsten die Erzählungen von den Liebesabenteuern, womit ihn sein Freund Philipp Reiser unterhielt, und die er manche Stunde bloß aus Gefälligkeit für ihn anhörte.

Übrigens fielen diese Erzählungen seines Freundes immer sehr ins Romanhafte. – Die ganze Prozedur vom ersten freundschaftlichen Händedruck bis zur eigentlichen wechselseitigen Liebeserklärung mit allen Zweifeln, Besorgnissen und allmählichen Fortschritten, die dazwischen liegen, ging ihren vorgeschriebenen Gang wie in den Romanen – und was nun Anton Reiser in den Romanen gänzlich übergeschlagen oder doch nur flüchtig durchgelesen hatte, das mußte er sich jetzt von seinem Freunde der Länge nach erzählen lassen. –

Der Gedanke, daß ihn z. B. nicht hoffnungslose Liebe, sondern ganz andre Dinge kränkten, war also der natürlichste Eingang zu dem Gedicht an Philipp Reisern.

Seine Zweifel und Besorgnisse wegen seines ängstlichen zwecklosen Daseins waren es, die ihn niederdrückten, und er fuhr fort:

Die Qual, die meine Seele fühlet,
Die mörderisch im Herzen wühlet,
Verbannet jede andre Pein –
Wer gab, in Tiefen hinzuschauen,
Um selbst mein Elend mir zu bauen,
Mir doch den tollen Vorwitz ein?

Grundlose Tiefen, die den Blicken
Nur Nacht und Graun entgegen schicken,
Und lohnen mit Melancholei –
Sie kömmt, daß auf dem ehrnen Throne
Sie nun in meiner Seele wohne,
Und rufet ihr Gefolg herbei. –

Nun kam das Gefolge: die Sorgen, der Gram:

Ihm folgt, den Tod in ihren Blicken,
Verzweiflung, ihre Köcher schicken
Die letzten Pfeile auf mich ab –

Nun sank die Melodie der aufeinanderfolgenden Empfindungen wieder in sanftes Mitleid mit sich selber zurück:

> Ja, jede Lust muß ich nun meiden,
> Mir blühen nicht des Lenzes Freuden, usw.

Hievon erhob sich der Gang der Ideen zu allgemeinen Betrachtungen über das Leben, die sich aber zuletzt wieder in eben den schrecklichen Zweifeln endigten, von welchen die Melodie ausgegangen war:

> Mein Pfad geht über dürre Heide,
> Hier flieht mich höhnend jede Freude
> Und läßt nur Ekel mir zurück.
>
> Ich wandre – doch wohin ich reise?
> Woher? – das sage mir der Weise,
> Der mehr als ich mich selber kennt –
> Mein Dasein – das sich kaum entschwinget
> Dem Augenblick, der es verschlinget,
> Und bang nach seinem Ziele rennt;
>
> Wem soll ich dieses Dasein danken?
> Wer setzt ihm diese engen Schranken?
> Aus welchem Chaos stiegs empor?
> In welche greuelvolle Nächte

Sinkts – wenn des Schicksals ehrne Rechte
Mir winket zu des Todes Tor? – –

Dies Gedicht floß gleichsam aus seiner Seele. – Selbst der Reim und das Versmaß machte ihm nur wenige Schwierigkeit, und er schrieb es in weniger als einer Stunde nieder. – Nachher fing er bald an, Gedichte zu machen, bloß um Gedichte zu machen, und dies gelang ihm nie so gut. –

Aber der Frühling und Sommer des Jahres 1775 verfloß ihm nun ganz poetisch. – Die angenehmen Shakespearenächte, welche er im Winter mit Philipp Reisern zugebracht hatte, wurden nun durch noch angenehmere Morgenspaziergänge verdrängt. –

Nicht weit von Hannover, wo der Fluß einen künstlichen Wasserfall bildet, ist ein kleines Gehölz, welches man nicht leicht irgendwo angenehmer und einladender finden kann. –

Hierher wurden Wallfahrten noch vor Sonnenaufgang angestellt – die beiden Wanderer nahmen sich ihr Frühstück mit, und wenn sie nun im Walde angelangt waren, so beraubten sie eine Menge Baumstämme ihres Mooses und bereiteten sich einen weichen Sitz, worauf sie sich lagerten und, wenn sie ihr Frühstück verzehrt hatten, sich einander wechselsweise vorlasen. – Hierzu wurden besonders Kleists Gedichte ausgewählt, die sie bei dieser Gelegenheit beinahe auswendig lernten.

Wenn sie dann am andern Tage wieder hinkamen, so suchten sie im ganzen Wäldchen erst ihren gestrigen Platz wieder und fanden sich nun hier wie zu Hause in der großen freien Natur, welches ihnen eine ganz besondere herzerhebende Empfindung war. – Alles in diesem großen Umkreise um sie her gehörte ihren Augen, ihren Ohren und ihrem Gefühl – das junge Grün der Bäume, der Gesang der Vögel und der kühle Morgenduft.

Wenn sie dann wieder heimkehrten, so ging Philipp Reiser in seine Werkstatt und machte Klaviere, indes Anton Reiser die Schule besuchte, wo nun größtenteils schon eine ganz andere Generation seiner Mitschüler war, so daß er auch hier mit leichterm Herzen hingehen konnte. –

In manchen Stunden suchte dann Anton Reiser auch seine geliebte Einsamkeit wieder, ob er nun gleich einen Freund hatte – und wenn irgendein schöner Nachmittag war, so hatte er sich auf einer Wiese vor Hannover längst dem Flusse ein Plätzchen ausgesucht, wo ein kleiner klarer Bach über Kiesel rollte, der sich zuletzt in den vorbeigehenden Fluß ergoß. – Dies Plätzchen war ihm nun, weil er es immer wieder besuchte, auch gleichsam eine Heimat in der großen ihn umgebenden Natur geworden; und er fühlte sich auch wie zu Hause, wenn er hier saß, und war doch durch keine Wände und Mauern eingeschränkt, sondern hatte den freien ungehemmten Genuß von allem, was ihn umgab. – Dies Plätzchen besuchte er nie, ohne seinen Horaz oder Virgil in der Tasche zu haben. – Hier las er Blandusiens Quell, und wie die eilende Flut

Obliquo laborat trepidare rivo.

Von hier sahe er die Sonne untergehen und betrachtete die sich verlängernden Schatten der Bäume. – An diesem Bache verträumte er manche glückliche Stunde seines Lebens. – Und hier besuchte ihn auch zuweilen die Muse, oder vielmehr, er suchte sie. – Denn er bemühte sich jetzt, ein großes Gedicht zustande zu bringen, und weil er diesmal bloß dichten wollte, um zu dichten, so gelang es ihm nicht wie vorher; der Wunsch, ein Gedicht zu machen, war diesmal eher bei ihm da als der Gegenstand, den er besingen wollte, woraus gemeiniglich nicht viel Gutes zu folgen pflegt. –

Die Gedanken waren diesmal gesucht oder gemein – man sahe, was er schrieb, hatte sollen ein Gedicht werden. – Indes schimmerte auch durch diese schlechten Verse allenthalben seine schwermütige Laune durch – jedes lachende und angenehme Bild war gleichsam mit einem Flor überzogen. – Die Blätter färbten sich nur mit jungem Grün, um wieder zu verwelken. – Der Himmel war nur heiter, um sich wieder zu trüben. –

Philipp Reiser erteilte diesem Gedichte seinen Beifall nicht; und doch hatte Anton Reiser bei jedem Reime, den er mühsam hersetzte, darauf gerechnet. – Aber sein Freund war ein strenger und unparteiischer Richter, der nicht leicht einen matten Gedanken, einen gesuchten Reim oder ein Flickwort ungeahndet ließ. – Besonders machte er sich über eine Stelle in Anton Reisers Gedicht lustig, die hieß:

So wechselt Lust und Schmerz im ganzen Leben ab,
Und selbst das Leben sinkt ins stille kühle Grab. –

Philipp Reiser konnte nicht aufhören, über diese Stelle, die er in einem komischen Tone deklamierte, seinen Witz spielen zu lassen. – Er nannte seinen Freund seinen lieben Hans Sachs – und machte ihm mehr dergleichen Lobsprüche, die eben nicht allzu aufmunternd waren. – Indes ließ er ihn doch nicht ganz sinken – sondern hob einige erträgliche Stellen aus dem Gedicht heraus, denen er denn seinen Beifall nicht ganz versagte. –

Durch eine solche wechselseitige Mitteilung und fruchtbare Kritik wurde nun das Band zwischen diesen beiden Freunden immer fester geknüpft, und Anton Reisers Streben, er mochte Verse oder Prosa niederschreiben, ging unablässig dahin, sich den Beifall seines Freundes zu erwerben. –

Damals ereignete sich nun ein Vorfall, der Anton Reisers Herzen eben nicht viel Ehre zu machen scheint, ob er gleichwohl in der Natur der menschlichen Seele gegründet ist. –

Der Sohn des Pastor Marquard, welcher während der Zeit die Universität bezogen hatte und von dort schwindsüchtig wieder zurückgekommen war, wurde, nachdem man alle möglichen Mittel vergeblich angewandt, von den Ärzten aufgegeben, die in diesem Frühjahr seinen Tod als gewiß prophezeiten; und Reisers erste Gedanken, da er dies hörte, waren, wie er auf diesen Vorfall ein Gedicht machen wollte, das ihm Ruhm und Beifall und auch vielleicht die Gunst des Pastor Marquard wieder zuwege brächte. Kurz, er hatte das Gedicht schon acht Tage vorher angefangen, ehe der junge Marquard starb. –

Statt nun daß er dies Gedicht hätte machen sollen, weil er über diesen Vorfall betrübt war, suchte er sich vielmehr selbst in eine Art von Betrübnis zu versetzen, um auf diesen Vorfall ein Gedicht machen zu können. – Die Dichtkunst machte ihn also diesmal wirklich zum Heuchler. –

Allein der junge Marquard hatte sich auch die letzte Zeit um Reisern eben nicht viel bekümmert und sich seiner gegen die Spöttereien und Beleidigungen seiner Mitschüler nicht angenommen – sondern, so wie es zuweilen kam, wohl selbst mit eingestimmt. – Daß Reisern also sein Gedicht auf den jungen Marquard mehr am Herzen lag als der junge Marquard selbst, war wohl sehr natürlich, obgleich es wieder nicht zu billigen war, daß er Empfindungen log, die er nicht hatte – er war auch dabei nicht ganz einig mit sich selber, sondern sein Gewisse machte ihm häufige Vorwürfe, die er denn dadurch übertäubte, daß er sich selbst zu überreden suchte, er empfinde wirklich eine solche Wehmut über den frühen Tod des jungen Marquard, der in der Blüte seiner Jahre allen Hoffnungen und Aussichten auf die Zukunft dieses Lebens entrissen ward. –

Weil nun dies Gedicht im Grunde Heuchelei war, so gelang es ihm auch wiederum nicht und erhielt auch den Beifall seines Freundes nicht, der fast an jeder Zeile etwas zu tadeln fand – auch der Pastor Marquard, dem er das Gedicht überreichen ließ, nahm keine besondere Rücksicht darauf, und er erreichte also seinen Zweck dadurch gar nicht. –

Aber es ereignete sich bald darauf ein Vorfall, der ihm Veranlassung gab, sich auf eine weniger affektierte Art in poetische Begeisterung zu versetzen. Es fügte sich nämlich im Anfang des Sommers, daß ein junger Mensch von neunzehn Jahren, der ein ansehnliches Vermögen besaß und ein sehr guter Freund von Philipp Reisern war, beim Baden im Flusse ertrank. –

Philipp Reiser trug bei dieser Gelegenheit seinem Freunde auf, daß er auf diesen Vorfall ein Gedicht, so gut es nur in seinen Kräften stünde, verfertigen sollte – er wollte es drucken lassen, und wenn es auch nicht gedruckt würde, so würde es doch immer, wenn es gut geriete, als ein Produkt des Geistes schätzbar sein.

Dieser Auftrag von seinem Freunde machte Anton Reisers ganzen Ehrgeiz rege; er suchte sich den Vorfall so lebhaft wie möglich vors Auge zu bringen, und nachdem er anderthalb Tage lang Ausdruck gegen Ausdruck abgewogen und seine Seelenkräfte angestrengt hatte, um sich den Beifall seines Freundes zu verdienen, waren ihm am Ende folgende Strophen gelungen:

Wenn seufzend unterm Druck schwer auf ihn ruh'nder Jahre
Ein frommer Greis erblaßt, wird Wehmut unser Herz;
Doch legt ein rascher Tod den Jüngling auf die Bahre,
Der kaum zu blühn begann – so wird die Wehmut Schmerz.

Der braunen Nacht entstieg der schönste Sommermorgen,
Und ruhig atmete noch früh des Jünglings Brust –
Ein sanfter Schlaf verscheucht rund um ihn her die Sorgen,
Bis ihn Aurora weckt zu einem Tag voll Lust.

Er sahe diesen Tag – und tausend frohen Tagen
Sah er entgegen noch voll starker Zuversicht –
Nicht bange Ahndungen, die seinen Tod ihm sagen,
Beklemmen seine Brust, die nur von Freuden spricht. –

Am heitern Himmel glänzt die unumwölkte Sonne
Dem Jüngling freundlich zu und winkt ihn auf die Flur –
Da strahlte um ihn her in hoher stiller Wonne
Und ernst in ihrer Pracht die feiernde Natur.

Doch welch ein Schatten bebt dort durch den goldnen Schimmer? –
Und immer näher bebt's? – o Jüngling, zieh zurück
Den allzukühnen Fuß – zu spät! – Welch ein Gewimmer! –
Ach Gott! – den Jüngling trifft sein trauriges Geschick.

Es lauerte der Tod auf ihn in stillen Fluten,
Und über seinen Raub rauscht er nun stolz dahin –
Des Jünglings Freunde sehn's, und ihre Herzen bluten,
Sie fühlen den Verlust und klagen laut um ihn.

Doch welch ein Wonnetod, wo solche Zähren fließen,
Wo sanft ein Auge weint, aus dem der Himmel lacht –
O selig, wenn nun einst sich meine Augen schließen,
Wenn dann auch um mich hier die Freundschaft zärtlich klagt!

Das letztere bezog sich auf den Umstand, daß ein junges schönes Frauenzimmer, die eine nahe Anverwandtin von dem Ertrunkenen war, und mit deren Bruder sich dieser eben gebadet hatte, auf die erhaltene Nachricht von dem unglücklichen Vorfall sogleich aus der Stadt herbeieilte und bei der Menge Menschen, die am Flusse standen, ihre Tränen nicht verbarg, welches Anton Reiser mit Rührung bemerkte, so daß er den Toten fast beneidet hätte, um den solche Tränen flossen. –

Reiser war nämlich auch in der Absicht, sich zu baden, an den Fluß gegangen, und eben, da er hinkam, war der junge Mensch ertrunken, dessen Gefährte sich noch nicht einmal wieder angekleidet hatte; er sahe darauf die gleichgültigen und bei der Sache uninteressierten Zuschauer sich allmählich versammlen, sahe den Körper des jungen Menschen, den er selbst durch Philipp Reisern sehr gut gekannt hatte, herausziehen und alle Mittel, ihn wieder zum Leben zu bringen, vergeblich anwenden – dies alles machte einen so lebhaften Eindruck auf ihn, daß das Gedicht, welches er auf diesen Vorfall verfertigte, eine gewisse Wahrheit im Ausdruck erhielt und sich dadurch von dem Gedicht auf den Tod des jungen Marquard sehr merklich unterschied.

Dies Gedicht fand nun, einige Härten ausgenommen, Philipp Reisers Beifall wieder, welches für Anton Reisern so aufmunternd war, daß er nun auch ohne Veranlassung durch eigne Aufsätze in Prosa und in Versen sich seines Freundes Beifall zu erwerben suchte. –

Allein die Aufsätze und Gedichte ohne eigentliche Veranlassung wollten ihm nie recht gelingen – er quälte sich vierzehn Tage lang mit einem Gegenstande, den er sich zu besingen vorgenommen hatte; dies war eine Gegeneinanderstellung des Weltmanns, dessen Hoffnung sich mit diesem Leben endigt, und des Christen, der eine frohe Aussicht auf die Zukunft jenseits des Grabes hat. – Diese Idee war ein Überbleibsel seiner Lektüre von Youngs Nachtgedanken, und da ihm der Gegenstand, worüber er Verse machen wollte, gleichgültig war, indem er keine besondre Veranlassung zum Dichten als seine Neigung und das Streben nach dem Beifall seines Freundes hatte, so drängte sich ihm das Resultat seiner Lektüre von Youngs Nachtgedanken am ersten auf, dem er noch eine ziemlich vernünftige Wendung gab, indem er seinen Christen alle erlaubten Freuden des Weltmanns genießen ließ und ihm dennoch den Vorteil einer frohen Aussicht in die Ewigkeit dazu gab, so daß er gegen den Weltmann auf allen Seiten gewinnen mußte. – Aus dieser zwar richtigen, aber zu gesuchten und gekünstelten Idee entstand denn folgendes zweite Gedicht, das wiederum Reisers Beifall nicht erhielt, und womit er auch selbst, ohngeachtet der Mühe, die es ihm gekostet hatte, nie zufrieden war:

Der Weltmann und der Christ.

Einst gingen übern Blumenwiesen
Ein Christ und Weltmann einen Pfad:
Hier, wo der Freude Bäche fließen,
Ward jeder süßer Freuden satt.

Der Weltmann nutzte klug sein Leben,
Er hielts für seine Ewigkeit –
Nie konnte sich sein Geist erheben
Bis über sich und Welt und Zeit.

Mit Klugheit nutzt' er jede Freude,
Die die Natur umsonst ihm bot:
Ihm lacht die Flur im Blumenkleide,
Ihm glänzet früh das Morgenrot. –

Vor diesen edlern Erdenfreuden
Verschloß auch nicht der Christ die Brust,
Und, nicht geboren nur zu Leiden,
Genoß auch er des Weltmanns Lust.

Nur mit dem kleinen Unterscheide:
Der Freude Anfang war ihm da,
Wo jener seiner kurzen Freude
Furchtbarem End' entgegen sah. –

Dieser Sommer war also für Anton Reiser ein recht poetischer Sommer. – Seine Lektüre mit dem Eindruck, den die schöne Natur damals auf ihn machte, zusammengenommen, tat eine wunderbare Wirkung auf seine Seele; alles erschien ihm in einem romantischen bezaubernden Lichte, wohin sein Fuß trat. –

Aber ohngeachtet seines genauen Umganges mit Reisern liebte er dennoch vorzüglich die einsamen Spaziergänge. – Nun war vor dem neuen Tore in Hannover der Gang auf der Wiese längst dem Flusse nach dem Wasserfall zu besonders einladend für seine romantischen Ideen.

Die feierliche Stille, welche in der Mittagsstunde auf dieser Wiese herrschte; die einzelnen hie und da zerstreuten hohen Eichbäume, welche mitten im Sonnenschein, so wie sie einsam standen, ihren Schatten auf das Grüne der Wiese hinwarfen – ein kleines Gebüsch, in welchem man versteckt das Rauschen des Wasserfalls in der Nähe hörte – am jenseitigen Ufer des Flusses der angenehme Wald, in welchem er mit Reisern des Morgens in der Frühe spazieren gegangen war – in der Ferne weidende Herden; und die Stadt mit ihren vier Türmen und dem umgebenden, mit Bäumen bepflanzten Walle, wie ein Bild in einem optischen Kasten. – Dies zusammengenommen versetzte ihn allemal in jene wunderbare Empfindung, die man hat, sooft es einem lebhaft wird, daß man in diesem Augenblicke nun gerade an diesem Orte und an keinem andern ist, daß dies nun unsere wirkliche Welt ist, an die wir so oft als an eine bloß idealische Sache denken. –

Es fällt einem ein, daß man sich bei der Lektüre von Romanen immer wunderbarere Vorstellungen von den Gegenden und Örtern gemacht hat, je weiter man sie sich entfernt dachte. Und nun denkt man sich mit allen großen und kleinen Gegenständen, die einen jetzt umgeben, z. B. in Vorstellung eines Einwohners von Peking – dem dies alles nun ebenso fremd, so wunderbar deuchten müßte – und die uns umgebende wirkliche Welt bekommt durch diese Idee einen ungewohnten Schimmer, der sie uns ebenso fremd und wunderbar darstellt, als ob wir in dem Augenblick tausend Meilen gereist wären, um diesen Anblick zu haben. – Das Gefühl der Ausdehnung und Einschränkung unsers Wesens drängt sich in einen Moment zusammen, und aus der vermischten Empfindung, welche dadurch erzeugt wird, entsteht eben die sonderbare Art von Wehmut, die sich unserer in solchen Augenblicken bemächtigt. –

Reiser fing schon damals an, über dergleichen Erscheinungen bei sich selber nachzudenken und zu untersuchen, wie die Gegenstände solche Eindrücke auf ihn machen könnten – allein die Eindrücke selbst waren noch zu lebhaft, als daß er kaltblütige Reflexionen darüber hätte anstellen können – auch war seine Denkkraft noch nicht geübt und nicht stark genug, sich die aufsteigenden Bilder der Phantasie gehörig unterzuordnen – dazu kam eine gewisse Trägheit und Hinsinken in der Behaglichkeit des Genusses, wodurch ebenfalls seine Reflexionen wieder gehemmt wurden. –

Demohngeachtet aber hatte er schon seit dem vorigen Sommer im Sinn gehabt, einen Aufsatz über die Liebe zum Romanhaften zu schreiben und diesen in das Hannoversche Magazin einrücken zu lassen – er sammlete hiezu beständig Ideen und hatte genug Gelegenheit, sie zu sammlen, weil seine eigene Erfahrung sie ihm täglich an die Hand gab. – Allein mit dem ganzen Aufsatze kam er doch nicht zustande.

Auch konnte er damals nicht begreifen, warum die einzelnen auf der Wiese hin und her zerstreuten hohen Bäume mit ihrem Schatten in der Mittagssonne einen so wunderbaren Eindruck auf ihn machten – er fiel nicht darauf, daß eben der einsame Stand derselben in großen und unregelmäßigen Zwischenräumen der Gegend das majestätische feierliche Ansehen gab, wodurch sein Herz immer so gerührt wurde. – Diese einsamen Bäume machten ihm seine eigne Einsamkeit, indem er unter ihnen umherwandelte, gleichsam heilig und ehrwürdig – sooft er unter diesen Bäumen ging, lenkten sich seine Gedanken auf erhabene Gegenstände, seine Schritte wurden langsamer, sein Haupt gesenkt und sein ganzes Wesen ernster und feierlicher – dann verlor er sich in dem naheliegenden niedrigen Gebüsch und setzte sich in den Schatten eines Gesträuchs, wo er denn beim Geräusch des nahen Wasserfalls sich entweder in angenehmen Phantasien wiegte oder las.

Es ging auf die Weise fast kein Tag hin, wo seine Phantasie nicht mit neuen Bildern aus der wirklichen sowohl als aus der idealischen Welt genährt worden wäre. –

Zu diesem allen kam nun noch, daß gerade in diesem Jahre die Leiden des jungen Werthers erschienen waren, welche nun zum Teil in alle seine damaligen Ideen und Empfindungen von Einsamkeit, Naturgenuß, patriarchalischer Lebensart, daß das Leben ein Traum sei usw., eingriffen. –

Er bekam sie im Anfange des Sommers durch Philipp Reisern in die Hände, und von der Zeit an blieben sie seine beständige Lektüre und kamen nicht aus seiner Tasche. – Alle die Empfindungen, die er an dem trüben Nachmittage auf seinem einsamen Spaziergange gehabt hatte, und welche das Gedicht an Philipp Reisern veranlaßten, wurden dadurch wieder lebhaft in seiner Seele. – Er fand hier seine Idee vom Nahen und Fernen wieder, die er in seinen Aufsatz über die Liebe zum Romanhaften bringen wollte – seine Betrachtungen über Leben und Dasein fand er hier fortgesetzt – „Wer kann sagen, das ist, da alles mit Wetterschnelle vorbeiflieht?“ – Das war eben der Gedanke, der ihm schon so lange seine eigne Existenz wie Täuschung, Traum und Blendwerk vorgemalt hatte. –

Was aber nun die eigentlichen Leiden Werthers anbetraf, so hatte er dafür keinen rechten Sinn. – Die Teilnehmung an den Leiden der Liebe kostete ihm einigen Zwang – er mußte sich mit Gewalt in diese Situation zu versetzen suchen, wenn sie ihn rühren sollte – denn ein Mensch, der liebte und geliebt ward, schien ihm ein fremdes, ganz von ihm verschiedenes Wesen zu sein, weil es ihm unmöglich fiel, sich selbst jemals als einen Gegenstand der Liebe von einem Frauenzimmer zu denken. – Wenn Werther von seiner Liebe sprach, so war ihm nicht viel anders dabei, als wenn ihn Philipp Reiser von den allmählichen Fortschritten, die er in der Gunst seines Mädchens getan hatte, oft stundenlang unterhielt. –

Aber die allgemeinen Betrachtungen über Leben und Dasein, über das Gaukelspiel menschlicher Bestrebungen, über das zwecklose Gewühl auf Erden, die dem Papier lebendig eingehauchten echten Schilderungen einzelner Naturszenen und die Gedanken über Menschenschicksal und Menschenbestimmung waren es, welche vorzüglich Reisers Herz anzogen.

– Die Stelle, wo Werther das Leben mit einem Marionettenspiel vergleicht, wo die Puppen am Draht gezogen werden, und er selbst auf die Art mit spielt oder vielmehr mit gespielt wird, seinen Nachbar bei der hölzernen Hand ergreift und zurückschaudert – erweckte bei Reisern die Erinnerung an ein ähnliches Gefühl, das er oft gehabt hatte, wenn er jemanden die Hand gab. Durch die tägliche Gewohnheit vergißt man am Ende, daß man einen Körper hat, der ebensowohl allen Gesetzen der Zerstörung in der Körperwelt unterworfen ist als ein Stück Holz, das wir zersägen oder zerschneiden, und daß er sich nach eben den Gesetzen wie jede andere von Menschen zusammengesetzte körperliche Maschine bewegt. – Diese Zerstörbarkeit und Körperlichkeit unsers Körpers wird uns nur bei gewissen Anlässen lebhaft – und macht, daß wir vor uns selbst erschrecken, indem wir plötzlich fühlen, daß wir etwas zu sein glaubten, was wir wirklich nicht sind und statt dessen etwas sind, was wir zu sein uns fürchten. – Indem man nun einem andern die Hand gibt und bloß den Körper sieht und berührt, indem man von dessen Gedanken keine Vorstellung hat, so wird dadurch die Idee der Körperlichkeit lebhafter, als sie es bei der Betrachtung unseres eignen Körpers wird, den wir nicht so von den Gedanken, womit wir ihn uns vorstellen, trennen können und ihn also über diese Gedanken vergessen.

Nichts aber fühlte Reiser lebhafter, als wenn Werther erzählt, daß sein kaltes freudenloses Dasein neben Lotten in gräßlicher Kälte ihn anpackte. – Dies war gerade, was Reiser empfand, da er einmal auf der Straße sich selbst zu entfliehen wünschte und nicht konnte und auf einmal die ganze Last seines Daseins fühlte, mit der man einen und alle Tage aufstehen und sich niederlegen muß. – Der Gedanke wurde ihm damals ebenfalls unerträglich und führte ihn mit schnellen Schritten an den Fluß, wo er die unerträgliche Bürde dieses elenden Daseins abwerfen wollte – und wo seine Uhr auch noch nicht ausgelaufen war. –

Kurz, Reiser glaubte sich mit allen seinen Gedanken und Empfindungen bis auf den Punkt der Liebe im Werther wieder zu finden. – „Laß das Büchlein deinen Freund sein, wenn du aus Geschick oder eigner Schuld keinen nähern finden kannst." – An diese Worte dachte er, sooft er das Buch aus der Tasche zog – – er glaubte sie auf sich vorzüglich passend. – Denn bei ihm war es, wie er glaubte, teils Geschick, teils eigne Schuld, daß er so verlassen in der Welt war; und so wie mit diesem Buche konnte er sich doch auch selbst mit seinem Freunde nicht unterhalten. –

Fast alle Tage ging er nun bei heiterm Wetter mit seinem Werther in der Tasche den Spaziergang auf der Wiese längst dem Flusse, wo die einzelnen Bäume standen, nach dem kleinen Gebüsch hin, wo er sich wie zu Hause fand und sich unter ein grünes Gesträuch setzte, das über ihm eine Art von Laube bildete – weil er nun denselben Platz immer wieder besuchte, so wurde er ihm fast so lieb wie das Plätzchen am Bache – und er lebte auf die Weise bei heiterm Wetter mehr in der offenen Natur als zu Hause, indem er zuweilen fast den ganzen Tag so zubrachte, daß er unter dem grünen Gesträuch den Werther und nachher am Bache den Virgil oder Horaz las. –

Allein die zu oft wiederholte Lektüre des Werthers brachte seinen Ausdruck sowohl als seine Denkkraft um vieles zurück, indem ihm die Wendungen und selbst die Gedanken in diesem Schriftsteller durch die öftere Wiederholung so geläufig wurden, daß er sie oft für seine eigenen hielt und noch verschiedene Jahre nachher bei den Aufsätzen, die er entwarf, mit Reminiszenzien aus dem Werther zu kämpfen hatte, welches der Fall bei mehrern jungen Schriftstellern gewesen ist, die sich seit der Zeit gebildet haben. – Indes fühlte er sich durch die Lektüre des Werthers ebenso wie durch den Shakespeare, sooft er ihn las, über alle seine Verhältnisse erhaben; das verstärkte Gefühl seines isolierten Daseins, indem er sich als ein Wesen dachte, worin Himmel und Erde sich wie in einem Spiegel darstellt, ließ ihn, stolz auf seine Menschheit, nicht mehr ein unbedeutendes weggeworfenes Wesen sein, das er sich in den Augen andrer Menschen schien. – Was Wunder also, daß seine ganze Seele nach einer Lektüre hing, die ihn, sooft er sie kostete, sich selber wiedergab! –

Nun fiel auch in diesen Zeitpunkt gerade die neue Dichterepoche, wo Bürger, Hölty, Voß, die Stollberge usw. auftraten und ihre Gedichte zuerst in den Musenalmanachen drucken ließen, die damals ihren Anfang genommen hatten. – Der diesjährige Musenalmanach enthielt vorzüglich vortreffliche Gedichte von Bürger, Hölty, Voß usw. –

Die beiden Balladen Leonore von Bürger und Adelstan von Hölty lernte Reiser sogleich auswendig, wie er sie las – und diese beiden auswendig gelernten Balladen sind ihm nachher auf seinen Wanderungen oft sehr zustatten gekommen. Schon damals versammlete er öfters in der Dämmerung des Abends entweder bei seinem Wirt zu Hause oder bei seinem Vetter, dem Perückenmacher, einen Zirkel um sich her und deklamierte Leonore oder Adelstan und Röschen – und teilte auf die Weise mit den Verfassern das Vergnügen des Genusses von dem Beifall, den ihre Werke erhielten – denn so gut war er gesinnt, daß er diesen Beifall immer in ihrer Seele fühlte und sie sich in denselben Zirkel wünschte. – Aber seine Verehrung gegen die Verfasser solcher Werke, wie die Leiden des jungen Werthers und verschiedene Gedichte im Musenalmanach waren, fing auch nun an, ausschweifend zu werden – er vergötterte diese Menschen in seinen Gedanken und würde es schon für eine große Glückseligkeit gehalten haben, nur einmal ihres Anblicks zu genießen. – Nun lebte Hölty damals in Hannover, und ein Bruder desselben war Reisers Mitschüler – und hätte ihn leicht mit dem Dichter bekannt machen können. – Aber so weit ging damals noch Reisers Selbstverkennung, daß er es nicht einmal wagte, Höltys Bruder diesen Wunsch zu entdecken, und sich selbst mit einer Art von bitterm Trotz dies ihm so naheliegende und so sehr gewünschte Glück versagte – indes suchte er jede Gelegenheit auf, mit Höltys Bruder zu sprechen, und jede Kleinigkeit, welche dieser ihm von dem Dichter erzählte, war ihm wichtig – und wie oft beneidete er diesen jungen Menschen, daß er der Bruder desjenigen war, welchen Reiser fast unter die Wesen höherer Art zählte; daß er mit ihm vertraulich umgehn, ihn, sooft er wollte, sprechen und ihn „du" nennen konnte.

Diese ausschweifende Ehrfurcht gegen Dichter und Schriftsteller nahm nachher mehr zu als ab; er konnte sich kein größeres Glück denken, als dereinst einmal in diesem Zirkel Zutritt zu haben – denn er wagte es nicht, sich ein solches Glück anders als im Traume vorzuspiegeln. –

Seine Spaziergänge wurden ihm nun immer interessanter; er ging mit Ideen, die er aus der Lektüre gesammlet hatte, hinaus und kehrte mit neuen Ideen, die er aus der Betrachtung der Natur geschöpft hatte, wieder herein. – Auch machte er wieder einige Versuche in der Dichtkunst, die sich aber immer um allgemeine Begriffe herumdrehten und sich wieder zu seiner Spekulation hinneigten, die doch immer seine Lieblingsbeschäftigung war. –

So ging er einmal auf der Wiese, wo die hin und her zerstreuten hohen Bäume standen, und seine Ideen stiegen auf einer Art von Stufenleiter bis zu dem Begriff des Unendlichen empor. – Dadurch verwandelte sich seine Spekulation in eine Art von poetischer Begeisterung, wozu sich denn die Begierde, den Beifall seines Freundes zu erhalten, gesellte – er dachte sich ein Ideal eines Weisen, eines Menschen, der so viele Ideen hat, als einem Sterblichen nur möglich sind – und der dennoch immer eine Lücke in sich fühlt, die nur durch die Idee vom Unendlichen ausgefüllt werden kann, und so brachte er dann wieder mit einigem Zwang wegen des Ausdrucks folgendes Gedicht zuwege:

Die Seele des Weisen.

Des Weisen Seel' in ihrem Fluge
Erhub sich über Wolken hoch;
Und folgte kühn dem innern Zuge,
Der mächtig himmelan sie zog. –

Sie strebt, das Leere auszufüllen,
Das sie in sich mit Ekel sieht,
Und forscht, um die Begier zu stillen,
Nach Wahrheit, die ihr stets entflieht.

Sie türmt Gedanken auf Gedanken,
Durchschauet kühn der Himmel Heer,
Erschwingt den Weltbau ohne Schranken,
Doch der Gedanke läßt sie leer. –

Sie wagt es nun, sich selbst zu denken,
Sich, die so oft sich selbst enflieht;
Wagt's, in ihr Sein sich zu versenken,
Und sieht, daß sie sich selbst nicht g'nügt. –

Da hub sich hoch mit Adlerschwingen
Des Weisen Seele über sich –
Zu dir, den alle Wesen singen,
Und dachte, Gott, Jehova, dich.

Und nun fühlt sie die weite Leere
In sich erfüllt mit Seligkeit,
Und schwimmt in einem Freudenmeere,
Weil sie sich ihres Gottes freut.

So wie er nun den Begriff von Gott in ein Gedicht gezwängt hatte, suchte er auch den Begriff von der Welt in Verse zu bringen. – So lief seine ganze Dichtkunst auf allgemeine Begriffe hinaus. – Das Detail der Natur in und außer dem Menschen zu schildern, dahin zog ihn seine Neigung nie. – Seine Einbildungskraft arbeitete beständig, die großen Begriffe von Welt, Gott, Leben, Dasein usw., die er mit seinem Verstande zu umfassen gesucht hatte, nun auch in poetische Bilder zu kleiden – und diese poetischen Bilder selbst waren immer das Große in der Natur, als Wolken, Meer, Sonne, Gestirne usw.

Das Gedicht über die Welt war weit mehr Spekulation als Gedicht und wurde daher das Gezwungenste, was man sich denken kann, es hub sich an:

Der Mensch entschwinget sich dem Staube
Und mit ihm seine Welt –
Dem Grabe wird der Mensch zum Raube
Und mit ihm seine Welt –

Philipp Reiser tadelte dies Gedicht durchweg, ausgenommen folgenden Vers, den er erträglich fand:

Der häuft sich seine Welt mit Schätzen
Und der mit Lorbeern an;
Und jeder findet sein Ergötzen
Am Spiel, das er ersann. –

Reisers Phantasie lag jetzt mit seiner Denkkraft im Kampfe; sie wollte bei jeder Gelegenheit in das Gebiet derselben eingreifen und die allerabstraktesten Begriffe wieder in Bilder hüllen. – Dies war für Reisern oft ein ängstlicher qualvoller Zustand – und in einem solchen Zustande hatte er das Gedicht über die Welt hervorgebracht, das weder eigentliche Spekulation noch Poesie, sondern ein verunglücktes Mittelding von beiden war.

Da nun eine Zeitlang regnigtes Wetter einfiel, so wich Reiser dennoch nicht von seiner einsamen poetischen Lebensart ab.

Er schloß sich in seine Kammer ein, wo er ein altes baufälliges Klavier für sich selbst, so gut er konnte, wieder zurecht brachte und es mit vieler Mühe stimmte. – Bei diesem Klaviere saß er nun den ganzen Tag und lernte, da er die Noten kannte, fast alle Arien aus der Jagd, aus dem Tod Abels usw. für sich selber singen und spielen – dazwischen las er den Tom Jones von Fielding und Hallers Gedichte verschiedenemal durch und brachte einige Wochen in dieser Einsamkeit fast ebenso vergnügt zu als die, wo er in seinem vorigen Logis auf dem Boden Philosophie studierte. – Hallers Gedichte konnte er beinahe auswendig.

Hier besuchte ihn Philipp Reiser einmal eines Nachmittags und gab ihm den Auftrag, eine Chorarie zu verfertigen, die er alsdann in Musik setzen wolle. – Dies war für Anton Reisern ein so ehrenvoller und ermunternder Auftrag, daß er sich, sobald er allein war, zum Dichten hinsetzte, und indem er immer einen Akkord auf dem Klavier dazwischen anschlug, in weniger als einer Stunde folgende Verse hervorgebracht hatte:

Der Herr ist Gott – o falle nieder
Und rausche mächtig hohe Lieder
Dem Ewgen, der dich schuf, Natur!
Rauscht eures Gottes Lob, ihr Winde,
Verkündigt es, ihr stillen Gründe,
Ihr Blumen, duftet's auf der Flur!

– – – – – –

Ihr Wolken donnert ihm zu Ehren,
Seid nicht zu seinem Lobe stumm,
Ihr Höhlen und ihr Felsengänge,

Und widerhallt die Lobgesänge
Zu eures großen Schöpfers Ruhm!

Und was nur lebt und denkt auf Erden,
Das müsse ganz zum Danke werden
Und loben Gott durch Fröhlichkeit –
So wird dem Schöpfer aller Wesen
Von dem, was er zum Sein erlesen,
Ein ewigtönend Lied geweiht.

Philipp Reiser setzte also diese Verse in Musik, und sie wurden nun wirklich im Chore gesungen, ohne daß jemand den Verfasser wußte. – Das neue Stück fand viel Beifall, und jedermann war besonders mit dem Text zufrieden – es schmeichelte auch Anton Reisern nicht wenig, da er seine eignen Worte von seinen Mitschülern, die ihn so verachteten, singen und sie ihren Beifall darüber bezeigen hörte, – aber er sagte keinem einzigen, daß die Verse von ihm wären – sondern genoß lieber bei sich selbst des stillen Triumphs, den ihm dieser ungesuchte Beifall gewährte. –

Seine Gedanken waren es doch, die jetzt zu so oft wiederholten Malen, als das neue Stück gesungen wurde, die Aufmerksamkeit einer Anzahl Menschen, die sangen, und derer, die zuhörten, beschäftigten – wenn irgend etwas fähig ist, der Eitelkeit eines Menschen, der Verse macht, Nahrung zu geben, so ist es, wenn man die Gedanken und Ausdrücke desselben für würdig hält, in Musik gesetzt zu werden. – Jedes Wort scheint dadurch gleichsam einen höhern Wert zu erhalten – und die Empfindung, welche Anton Reisern darüber anwandelte, wenn er seine Arien singen hörte, mag vielleicht bei einem jeden, der einmal sein eigenes Singestück vollstimmig und bei einer beträchtlichen Anzahl Zuschauer aufführen hörte, sich im Innern seiner Seele geregt haben; auch hat man lebende Beispiele davon, was dergleichen Triumphe für unerhörte Ausbrüche der Eitelkeit bei gewissen Personen veranlaßt haben. –

Anton Reisers Triumph dauerte nicht lange – denn sobald man erfuhr, wer der Verfasser dieser Verse sei, so fand man daran allerlei zu tadeln, und einige von den Chorschülern, welche Kleists Gedichte gelesen hatten, behaupteten geradezu, daß sie aus dem Kleist ausgeschrieben wären. – Nun mochten freilich wohl Reminiszenzien darin sein, aber der letzte Gedanke, von dem, was Gott zum Sein erlesen habe, drehte sich wieder um Reisers metaphysische Spekulation, inwiefern nur den lebenden und denkenden Geschöpfen eigentliches Dasein zugeschrieben werden könne. – Philipp Reiser war mit diesem Gedichte auch insoweit zufrieden, bis auf die Natur, die wie eine Dame vor Gott niederknieen sollte – welches zu gewagte Bild er tadelte. –

Während daß Philipp Reiser also Klaviere machte, um zu leben, beschäftigte sich Anton Reiser damit, Verse zu machen, welche jener ihm kritisieren mußte, der selbst nie einen Vers zu machen versucht hatte und also auch nicht eifersüchtig war auf ihn –

vielmehr gab er ihm zuweilen selbst ein Thema zu bearbeiten – wie unter andern einmal, daß er Philipp Reisers Zustand, seine verliebten Leiden, sein Emporarbeiten und wieder Sinken in dessen Namen besingen sollte – und ohne daß damals noch an den Mond so viele Seufzer und verliebte Klagen wie nachher im Siegwart und unzähligen Liedern gerichtet waren, hub Reiser seinen Gesang an:

Was blickest du so mitleidsvoll
Vom Himmel, stiller Mond, mich an?
Weißt du vielleicht den Kummer wohl,
Den ich nur leise klagen kann? usw.

Und dann in einem der folgenden Verse in Beziehung auf Reisers Zustand:

Oft will ich mich erheben
Und sinke schwer zurück;
Und fühle dann mit Beben
Mein trauriges Geschick. –

Bei diesem allen versäumte auch Anton Reiser damals seine öffentlichen Schulstunden nicht, wo der neue Direktor, der, wie schon erwähnt ist, bei ein wenig Pedanterie doch im Grunde ein Mann von Geschmack sowohl als Kenntnissen war, Deklamationsübungen anstellte, die Reisers ganzen Ehrgeiz rege machten. –

Allein derjenige, welcher nun zum Deklamieren öffentlich auftreten wollte, mußte wenigstens ein gutes Kleid haben, welches Reisern fehlte, der außer seinem Kleide von bedientenmäßigen grauen Tuche nichts als einen alten Überrock hatte, und in keinem von beiden wagte er es aufzutreten. – Seine schlechte Kleidung war es also, welche ihm hier aufs neue im Wege stand und seinen Mut niederschlug.

Endlich wurde denn doch auch dies Hindernis gehoben, indem der Prinz wieder so viel für ihn hergab, daß ihm ein gutes Kleid konnte geschafft werden. –

Und nun ging alle sein Denken und Trachten dahin, wie er ein Gedicht verfertigen wolle, das er für würdig hielt, es öffentlich zu deklamieren. –

Nun war es gar nicht gewöhnlich, daß irgend jemand ein Gedicht, welches er deklamieren wollte, selbst verfertigte, sondern ein jeder schrieb sich irgendwo eins aus und legte beim Deklamieren das Papier vor sich hin oder gab es dem Direktor, welcher nachlas. –

Reiser hatte sich nun aber einmal darauf gesetzt, das Gedicht, welches er zuerst deklamieren wollte, selbst verfertigt zu haben – er war nun nur noch um einen würdigen Stoff verlegen, vorzüglich wünschte er einen solchen Stoff zu bearbeiten, wobei sich viel Deklamation anbringen ließe. –

Und da er nun einmal an einem schönen Abend bei hellem Mondschein ganz voll von diesem Gedanken um den Wall spazieren ging, so erinnerte er sich an ein Gedicht gegen die Gottesleugner, das er ein paar Jahre vorher wegen des deklamatorischen Ausdrucks, der darin herrschte, fast auswendig gelernt hatte, das ihm aber in Ansehung der Gedanken jetzt höchst abgeschmackt vorkam – indes wurde dieser Gegenstand ihm in dem Augenblick so lebhaft – daß er noch einmal den Spaziergang um den Wall machte und während dieser Zeit sein Gedicht der Gottesleugner in seinem Kopfe vollendet hatte. –

Seine Gedanken hatten eine eigne Wendung genommen, welche von der alltäglichen in dem Gedichte, das er auswendig wußte, ganz verschieden war. – Er dachte sich den Gottesleugner als den Sklaven des Sturmwindes, des Donners, der tobenden Elemente, der Krankheit und der Verwesung, kurz als den Sklaven aller der unvernünftigen leblosen Wesen, die stärker sind als er, und die nun seine Herren geworden sind, da er den Geist voll ewger Huld nicht verehren will. – Das Bedürfnis, einen Gott zu glauben, erwachte bei dieser Gelegenheit, da er erst bloß damit umging, ein Gedicht zu verfertigen und zu deklamieren, so mächtig in Reisers Seele, daß er gegen den, der diesen Trost ihm rauben wolle, gleichsam eine Art von gerechter Erbitterung fühlte und sich in diesem Feuer erhalten konnte, bis sein Gedicht vollendet war, das sich mit der frohen Überzeugung von dem Dasein einer vernünftigen Ursach aller Dinge, welche sind und geschehn, anhub und endigte, und bei aller Unregelmäßigkeit und dem oftmals Gezwungnen im Ausdruck doch ein Ganzes von Empfindungen ausmachte, welches Reisern bis jetzt hervorzubringen noch nicht gelungen war. – Die Mitteilung dieses Gedichts wird daher in dieser Rücksicht nicht überflüssig sein, wenn es gleich um sein selbst willen keine Aufbewahrung verdiene:

Der Gottesleugner.

Es ist ein Gott – wohl mir! Dem Vater meiner Tage,
Ihm dank' ich mein Geschick – er wog mir jeden Schmerz
Und jede Freude zu – er kennet jede Plage,
Die ich hier leiden soll – drum weine nicht, mein Herz!

Wenn sich der Morgen schön aus brauner Nacht enthüllet,
So töne froh dein Lied dem Ewgen, der ihn schuf!
Und wenn sein Donner laut in hohlen Lüften brüllet,
So töne froh dein Lied dem Ewgen, der ihn schuf!

O freue früh und spät dich seiner, meine Seele!
Lob' ihn – denn ein Gedank' an ihn ist Seligkeit,
Und leben ohne Gott und denken – ist die Hölle,
Und jeder Seelenblick ein Quell von ewgem Leid.

Du, der du zweifelst, ob ein Gott im Himmel wohnet,
Tor, o verbanne schnell den Zweifel aus der Brust –
Der dir mit tausend Qual und mit der Hölle lohnet,
Und denke einen Gott – und fühle Himmelslust!

Du kannst, du willst ihn nicht, den guten Gott, erkennen,
Den Geist voll ewger Huld, zum Herren über dir? –
Wohl! – so erkenne denn die Qualen, die dich brennen,
Der Elemente Wut zu Herren über dir –

Droht dir am Himmel hoch ein schwarzes Donnerwetter,
Braust dort das hohle Meer – ruft hier ein offnes Grab –
Dann, Frevler, bete an! – denn das sind deine Götter,
Die dir Vernünftigen dein toller Wahnsinn gab!

Und droht die Krankheit dir mit schreckendem Gefieder –
Nagt nun am Herzen dir – und grinset dann der Tod,
Des Grabes Schreckenbild dich an – so falle nieder
Vor ihm und bet ihn an! – Verwesung ist dein Gott!

Dann sinke in dein Grab – vereine mit dem Staube
Die Seele, die dein Wahn hier in dir selbst begrub –
Und werde, wenn du kannst, dem ewgen Nichts zum Raube,
Du, den zum denkenden Geschöpfe Gott erhub. –

Wer seinen Gott verkennt, dem wird die Welt zur Hölle –
Er selbst ist nur ein Traum, und um ihn her ist Wahn –
Doch denke einen Gott, und schnell wirds um dich helle –
Und deine Seele schwingt sich mächtig himmelan. –

Durch die Empfindungen, welche während der Zeit, daß er dies Gedicht verfertigte, in ihm abwechselten, war wirklich seine ganze Seele erschüttert – er bebte vor dem schrecklichen Abgrunde des blinden Ohngefährs, an dessen Rande er schon stand, mit Schaudern und Entsetzen zurück und schmiegte sich gleichsam mit allen seinen Gedanken und Empfindungen in die tröstende Idee von dem Dasein eines alles regierenden und lenkenden gütigen Wesens hinein. –

Da nun dies Gedicht auch seines Freundes völligen Beifall fand, so lernte er es auswendig, und den nächsten Tag in der Woche, da Deklamationsübung war, nahm er sich vor, es zu deklamieren. – Er erschien hierbei mit seinem neuangeschafften Kleide, das sich ziemlich gut ausnahm und das erste feine Kleid war, welches er in seinem Leben trug – das war ein nicht unbedeutender Umstand bei ihm. – Das neue Kleid, wodurch er sich nun seinen Mitschülern, von denen er so lange durch seine schlechte Kleidung ausgezeichnet gewesen war, wieder gleichgesetzt sahe, flößte ihm Mut und Zutrauen zu sich selber ein; und was das Sonderbarste war, so schien es ihm auch mehr Achtung bei andern zu erwerben, die nun erst mit ihm sprachen, da sie sich vorher gar nicht um ihn bekümmert hatten. –

Und da er nun vollends in dem Hörsaale, wo er so lange ein Gegenstand der allgemeinen Verachtung gewesen war, auf dem Katheder vor seinen versammleten Mitschülern öffentlich auftrat, um sein von ihm selbst verfertigtes Gedicht zu deklamieren, so erhob sich sein niedergedrückter Geist zum ersten Male wieder, und es erwachten wieder Hoffnungen und Aussichten auf die Zukunft in seiner Seele. –

Er hatte dem Direktor eine Abschrift von dem Gedichte zum Nachlesen gegeben, die ihm dieser wieder zurückgab, ohne daß Reiser in Versuchung geriet, ihm zu sagen, daß er das Gedicht selbst verfertigt habe – er war mit dem innern Bewußtsein davon zufrieden, und es war ihm angenehm, wenn seine Mitschüler sich bei ihm erkundigten, wo das Gedicht, das er deklamiert hätte, stünde, und er ihnen dann irgendeinen Dichter nannte, woraus er es abgeschrieben habe. –

Reiser bat sich vom Direktor die Erlaubnis aus, in der künftigen Woche noch einmal deklamieren zu dürfen, und da er diese erhielt, änderte er das Gedicht an Philipp Reisern:

Dir, Freund, will ich mein Leiden klagen

etwas um und gab ihm die Überschrift: „Die Melancholie." – Er ließ dies Gedicht nun anfangen:

Der Seele Leiden will ich klagen –
Könnt ihr es, Worte, halb nur sagen,
O sagts und lindert meinen Schmerz!

Die letzte Strophe:

Wem soll ich dieses Dasein danken?
Wer setzt ihm diese engen Schranken?
Aus welchem Chaos stiegs empor?
In welche greuelvolle Nächte
Sinkts, wenn des Schicksals ehrne Rechte
Mir winket zu des Todes Tor?

deklamierte er mit einem wirklichen Pathos, das er in Stimme und Bewegung äußerte, und blieb, nachdem er schon stillgeschwiegen hatte, noch einen Augenblick mit emporgehobnen Arm stehen, der gleichsam ein Bild seines fortdaurenden unaufgelösten schrecklichen Zweifels blieb.

Da er nun von dem Direktor die Abschrift seines Gedichts wieder zurückerhielt, gab ihm dieser seinen Beifall mit seiner Deklamation zu erkennen und sagte zugleich, die beiden Gedichte, welche er deklamiert hätte, wären sehr gut ausgewählt. –

Dies war denn doch zu viel für Reisern, als daß er länger der Versuchung hätte widerstehen können, den Direktor wissen zu lassen, daß die Gedichte von ihm selber wären, und den Beifall, der jetzt nur seine Auswahl traf, für seine Arbeit einzuernten.

Indes schwieg er jetzt noch stille und wartete ein paar Tage, bis er ohnedem zu dem Direktor gehen mußte, um ihm einen lateinischen Aufsatz, den er, so wie seine Mitschüler, wöchentlich zur Übung im Stil verfertigen mußte, zur Durchsicht zu bringen; und bei dieser Gelegenheit überreichte er denn dem Direktor eine Abschrift von den beiden Gedichten, die er deklamiert hatte, und sagte ihm, daß er selbst der Verfasser davon wäre. –

Des Direktors Mienen, der ihn sonst ziemlich gleichgültig angesehen hatte, heiterten sich sichtbar gegen ihn auf, da er dies sagte, und von dem Augenblick an schien dieser Mann sein Freund zu werden – er ließ sich mit ihm in ein Gespräch über die Dichtkunst ein, erkundigte sich nach seiner Lektüre, und Reiser ging mit freudenvollen Herzen über die gute Aufnahme seiner Gedichte zu Hause. –

Den andern Tag verkündigte er Philipp Reisern sein Glück, der sich aufrichtig mit ihm darüber freute, daß man nun einmal aufhören würde, ihn zu verkennen, und nun vielleicht glücklichere Tage auf ihn warteten. –

Nun fügte es sich, daß Reiser in der folgenden Woche am Montag Morgen etwas spät in die erste Lehrstunde kam, welche der Direktor hielt, und in welcher er die lateinischen Aufsätze ohne Nennung der Namen öffentlich zu beurteilen pflegte. – Und da er nun in den Hörsaal trat, hörte er den Anfang seines Gedichts „Der Gottesleugner" vom Direktor, der auf dem Katheder saß, ablesen und Zeile vor Zeile kritisieren. – Reiser konnte erst kaum seinen Ohren trauen, da er dies hörte – sobald er hereintrat, waren aller Augen auf ihn gerichtet – denn diese öffentliche Kritik war die erste in ihrer Art. –

Der Direktor mischte so viel aufmunterndes Lob unter seinen Tadel und bezeigte über die beiden Gedichte, die Reiser deklamiert hatte, im Ganzen genommen so sehr seinen Beifall, daß dieser von dem Tage an die Achtung seiner Mitschüler, deren Spott er so lange gewesen war, erhielt und auf die Weise eine neue Epoche seines Lebens anfing. –

Sein poetischer Ruhm breitete sich bald in der Stadt aus – er bekam von allen Seiten Aufträge, Gelegenheitsgedichte zu machen – und seine Mitschüler wollten alle von ihm in der Poesie unterrichtet sein und das Geheimnis, wie man Verse machen könne, von ihm lernen. – Auch wurden dem Direktor nun so viele Verse ins Haus gebracht, daß dieser es endlich untersagen mußte – auch hat er nachher nie wieder öffentlich Verse kritisiert. –

Was Reisern am meisten bei der Sache freute, war der merkliche Fortschritt, den er seit einem Jahre in Ansehung der Bildung seines Geschmacks getan zu haben glaubte, da ihm vor einem Jahre das Gedicht an die Gottesleugner, welches er jetzt höchst abgeschmackt fand, noch so sehr gefallen hatte, daß er es der Mühe wert hielt, es auswendig zu lernen. – Aber in dies Jahr hatte sich auch die Lektüre des Shakespeare, des Werthers und der vielen vorzüglichen Gedichte in den neuen Musenalmanachen nebst seinem Studium der Wolfischen Philosophie zusammengedrängt, wozu noch die Einsamkeit und der stille ungestörte Naturgenuß kam, wodurch sein Geist zuweilen in einem Tage mehr als vorher in ganzen Jahren an Kultur gewann. – Man fing nun auch an, wieder auf ihn aufmerksam zu werden, und diejenigen, welche bisher geglaubt hatten, daß nichts aus ihm werden würde, fingen nun wieder an zu glauben, daß doch noch wohl etwas aus ihm werden könnte. –

Bei dieser bessern Wendung seines Schicksals behielt Reiser demohngeachtet noch immer seine schwermütige Laune bei, woran er nun einmal ein besonderes Behagen fand; und selbst an dem Tage, da ihm die unerwartete Ehre der öffentlichen Kritik seiner Gedichte widerfahren war, ging er den Nachmittag einsam und schwermütig bei dem trüben und regnigten Wetter in der Stadt umher – und wollte am Abend zu Philipp Reisern gehen, um diesem sein Glück zu sagen. – Da er nun hinkam, fand er ihn nicht zu Hause, und alles war ihm nun so tot, so öde – er konnte sich seines Glücks, die Achtung der Menschen, die ihn zunächst umgaben, in gewissem Maße gewonnen zu haben, nicht recht freuen, weil er es seinem Freunde nun nicht hatte erzählen können. –

Und da er nun traurig vor sich hin wieder nach Hause kehrte, verfolgte er die Idee des Nichtzuhausefindens, des Rückkehrens mit kummerbeladenem Herzen, wenn er seinem Freunde ein Leiden hätte klagen wollen, bis zu dem fürchterlichen Gedanken, daß er ihn tot gefunden habe und nun verzweiflungsvoll selbst sein Glück verwünschte, weil er das größte Glück des Lebens, einen treuen Freund, verloren hatte. – Daraus bildeten sich denn wieder folgende Verse, die er aufschrieb, als er zu Hause kam –

Ich suchte meinen Freund,
Wollt' ihm sagen meine Leiden
Und fand ihn nicht – –
Da ging ich bekümmert
Mit schwerem Herzen
In meine Hütte zurück. – –

Ich suchte meinen Freund,
Wollt' ihm sagen meine Freuden
Und fand ihn nicht – –
Da ward ich so traurig,
Als freudig ich vor war,
Und ging und schwieg. –

Ich suchte meinen Freund,
Wollt' ihm sagen mein Glück
Und fand ihn tot – –

Da verflucht' ich mein Glück
Und tat einen Schwur,
So lange mein Auge noch Tränen weint,
Zu trauren um diesen einen Freund,
Denn diesen einen Freund hatt' ich nur. –

Um diese Zeit machte er nun auch durch den Sohn des Kantors Winter eine sehr interessante Bekanntschaft mit dem philosophischen Essigbrauer, womit ihn dieser schon vor einem halben Jahre hatte bekannt machen wollen und immer nicht dazu gekommen war. –

Winter holte ihn also eines Abends ab, und Reiser war voller Erwartung – unterwegs unterrichtete ihn Winter, wie er sich bei dem Essigbrauer nehmen, daß er nicht guten Abend und, wenn er wegginge, nicht gute Nacht sagen solle. – Dann kamen sie auf der langen Osterstraße, die voller altfränkischen Häuser ist, durch den großen Torweg über einen langen Hof in das Brauhaus, wo der Essigbrauer hinten hinaus sein abgesondertes Revier hatte, in welchem die Fässer in einem großen Verschlage, wo beständig eingeheizt ist, reihenweise nebeneinander standen, so daß sie eine Art von langen Gängen bildeten, in welchen man sich verlieren konnte. – Wenn man hier sprach, so schallte es dumpf wieder. – Da nun hier niemand zu sehen war, so fing Winter an zu rufen ubi? – und eine Stimme in der Ferne antwortete hic! – sie gingen darauf in das eigentliche Brauhaus dicht neben dem Revier, wo die Fässer standen, und der Essigbrauer in seinem weißen Kamisol und blauen Schürze mit aufgestreiften Armen stand am Fenster und schrieb – er wäre gleich fertig, sagte er, darauf gab er an Winter ein Papier, worauf einige lateinische Verse standen, die er soeben für ihn verfertigt hatte. –

Der Essigbrauer schien Reisern ein Mann von ohngefähr dreißig Jahren zu sein – in jeder Bewegung seiner Muskeln, in dem zuckenden Blick seiner Augen schien sich in sich selbst zurückgedrängte Kraft zu äußern. – Gleich der erste Anblick des Essigbrauers flößte Reisern Ehrfurcht ein – dieser aber schien sich erst gar nicht um ihn zu bekümmern, sondern sprach mit Winter über einige neue Musikalien und andere Sachen, wobei er kein Wort anders als plattdeutsch sprach und sich doch dabei so richtig und edel ausdrückte, daß selbst das gröbste Plattdeutsch in seinem Munde einen gewissen Reiz gewann, der verursachte, daß man mit Vergnügen und Bewunderung, wenn er sprach, an seinen Lippen hing, wie Reiser nachher oft erfahren hat, wenn dieser Essigbrauer zwischen seinen Fässern Weisheit lehrte. –

Weil es schon ein ziemlich kalter Herbstabend war, so führte der Essigbrauer seine beiden Gäste in seinen geheizten Prunksaal, wo die langen Reihen Fässer standen, und wo er ihnen eine Art von süßem, sehr wohlschmeckenden Bier vorsetzte, wobei denn das Gespräch allgemein wurde; und da die Rede auf einen gemeinschaftlichen Bekannten, einen alten Mann, fiel, der sehr viel Drollichtes und Sonderbares an sich hatte, fing der Essigbrauer an, den ganzen Charakter dieses Mannes mit Sternischer Laune bis auf das kleinste Detail zu schildern. – Hernach las er etwas aus dem Tom Jones mit solchem Ausdruck und einer so wahren und richtigen Deklamation vor, daß Reiser nicht leicht irgendwo eine bessere Unterhaltung gefunden hatte und dem jungen Winter beim Weggehen sein Vergnügen über diese Bekanntschaft nicht genug beschreiben konnte. –

Er besuchte von nun an entweder in Winters Gesellschaft oder allein den Essigbrauer fast alle Abend und fand sich hier, wenn sie bei der hangenden Lampe zwischen den Fässern am warmen Ofen auf ihren hölzernen Schemeln saßen und im Tom Jones lasen oder Charakterschilderungen machten, so glücklich und vergnügt, als er noch nie, ausgenommen mit Philipp Reisern, gewesen war – allein in dem Umgange mit dem Essigbrauer fühlte er sich allemal erhoben und gestärkt, sooft er bei sich erwog, daß ein Mann von solchen Kenntnissen und Fähigkeiten sich mit solcher Geduld und Standhaftigkeit der Seele seinem Schicksale unterwarf, welches ihn von allem Umgange mit der feinern Welt und von aller Nahrung des Geistes, die ihm daraus hätte zuströmen können, gänzlich ausschloß. – Und eben der Gedanke, daß ein solcher Mann so versteckt und in der Dunkelheit lebte, machte Reisern den Wert desselben noch auffallender – so wie ein Licht in der Dunkelheit stärker zu leuchten scheint, als wenn sein Glanz sich unter der Menge andrer Lichter verliert. –

Als Essigbrauer war K…, so hieß er, wirklich ein großer Mann, das er vielleicht auch als Gelehrter, nur nicht in dem Maß gewesen wäre – weil ohne diesen Kampf mit seinem Schicksale die erhabene duldende Kraft seiner Seele nicht so hätte geübt werden können. – Es mochte wohl keine menschenfreundliche Tugend geben, welche ihm in seiner Lage auszuüben möglich war, und die er nicht ausgeübt hätte. –

Von seinem sauer erworbenen Verdienst ersparte er immer so viel, daß er einige junge Leute, zu deren Bildung beizutragen die Freude seines Lebens machte, zuweilen des Abends an seinem Tische bewirten und auch wohl manchmal einen Spaziergang mit ihnen machen konnte, wobei er sich allemal das Vergnügen machte, zu bezahlen, was sie verzehrten. – Auch unterstützte er noch überdem eine arme Familie täglich mit einem Groschen, den er sich von seinem geringen Verdienst abzog – denn er war eigentlich nur Knecht in dieser Brauerei, worin sein Vetter, ein alter abgelebter Greis, für den er die Arbeit mit verrichtete, Meister war. –

Winter und Philipp Reiser und der Essigbrauer waren jetzt Reisers vorzüglichster Umgang, wozu noch ein junger Mensch kam, der, durch Reisers Beispiel aufgemuntert, ohngeachtet der Armut seiner Eltern auch den Entschluß gefaßt hatte, zu studieren. – Auch diesen suchte der Essigbrauer durch Winter an sich zu ziehen, um zu der Bildung seines Geistes beizutragen. – Seine Unterredungen waren größtenteils wahre sokratische Gespräche, die er oft mit dem feinsten Spott über die kindische Torheit oder Eitelkeit seiner jungen Gesellschafter würzte. –

Da nun der Winter herankam, widerfuhr Reisern eine Aufmunterung, die noch mehr als alles Vorhergehende wieder seinen Mut belebte. – Er erhielt nämlich vom Direktor den ehrenvollen Auftrag, auf den Geburtstag der Königin von England, welcher im Januar eintraf, eine deutsche Rede zu verfertigen, die er bei dieser Feierlichkeit halten sollte.

Dies war nun das höchste und glänzendste Ziel, wornach ein Zögling dieser Schule nur streben konnte und wozu nur sehr wenige gelangten: denn gemeiniglich wurden sonst die Reden an des Königes und der Königin Geburtstage nur von jungen Edelleuten gehalten. – Bei dieser Feierlichkeit pflegten der Prinz und die Minister nebst allen übrigen Honoratioren der Stadt zugegen zu sein – welche einem solchen jungen Menschen, der nun als die Hoffnung des Staats betrachtet wurde, nach geendigter Rede ordentlich Glück wünschten – ein Anblick, der Reisern oft niederschlug, wenn er dachte, daß er zu so etwas Glänzendem nie in seinem Leben gelangen würde. –

Und nun fügte es sich so plötzlich, da er noch im Anfange desselben Jahres allgemein verachtet und hintangesetzt war, daß ihm ohne sein Zutun ein so ermunternder Auftrag geschahe, zu dessen Ausführung er nun auch gleich mit dem größten Eifer schritte.

Er nahm sich vor, seine deutsche Rede in Hexametern zu verfertigen; nun hatte ihm der Direktor die Literaturbriefe geliehen und sie ihm zur sorgfältigsten Lektüre empfohlen – da stieß er denn auch unter andern auf die Rezension, wo Zacheriäs Übersetzung von Miltons verlornem Paradiese wegen der schlechten Hexameter getadelt und zugleich über den Bau des Hexameters, seine Einschnitte usw. viel Vortreffliches gesagt wird. – Dies faßte Reiser auf und suchte nun seinen Hexameter mit der größten Sorgfalt auszufeilen. – Manchen Tag kam er kaum mit drei bis vier Versen zustande – jeden Abend ging er dann zu Philipp Reisern und ließ seine Verse noch einmal dessen Kritik passieren, wobei sie denn zusammen alle Bände der Literaturbriefe miteinander durchlasen und auch in diesem Winter ihre Shakespearenächte wieder erneuerten. –

Im November war Reiser ohngefähr mit der Hälfte seiner Rede fertig und ging damit zum Direktor, um sie ihm zur Kritik zu zeigen. – Dieser bezeigte ihm seinen großen Beifall über seine Arbeit, kündigte ihm aber zugleich an, daß er die Rede nicht öffentlich würde halten können, weil dies verschiedene Kosten erforderte, die Reiser wohl nicht würde aufbringen können. – – Kein Donnerschlag hätte Reisern mehr zu Boden schlagen können als diese Nachricht – alle seine glänzenden Aussichten, womit er sich während der Verfertigung seiner Rede geschmeichelt hatte, waren auf einmal wieder verschwunden, und er fiel wieder in sein voriges Nichts zurück. – Der Direktor suchte ihn hierüber zu trösten – aber er ging mit schwerem Herzen und melancholischen Gedanken, daß er zur ewigen Dunkelheit bestimmt sei, von dem Direktor weg, und nun fielen ihm die Verse ein, die er für Philipp Reisern gemacht hatte, und die sich jetzt auf seinen Zustand paßten:

Oft will ich mich erheben
Und sinke schwer zurück;
Und fühle dann mit Beben
Mein trauriges Geschick. –

Und als an einem andern Tage im Chore unter andern in einer Arie die Worte gesungen wurden:

Du strebst, um glücklicher zu werden,
Und siehst, daß du vergebens strebst –

so deutete er dies ebenfalls auf sich und kam sich auf einmal wieder so verlassen, so verächtlich, so unbedeutend vor, daß er selbst Philipp Reisern nicht einmal von seinem neuen Kummer etwas sagen mochte und lieber nicht zu ihm ging, um nicht von seinem Schicksal mit ihm reden zu dürfen, das nun anfing, ihm wieder verhaßt zu werden und der Mühe des Nachdenkens nicht mehr wert zu scheinen. –

Da er sich indes hierüber endlich satt gequält hatte, so dachte er auf ein Mittel, wie er doch noch seinen Zweck erreichen könnte – und dies bot sich ihm, da er nur erst darüber nachdachte, sehr bald dar – er durfte nur zu dem Pastor Marquard gehen, welcher doch wieder Hoffnung von ihm zu schöpfen angefangen hatte, und durfte diesen nur bitten, ihm bei dem Prinz so viel, als zur Anschaffung eines guten Kleides und übrigens zur Bestreitung der Kosten bei Haltung der Rede erfordert wurde, auszuwirken, worin auch der Pastor Marquard sogleich willigte und Reisern schon im voraus einen guten Erfolg versprach. – Reisers Besorgnisse waren also nun auf einmal wieder gehoben, und er konnte nun die angefangene Rede mit frohem Herzen vollenden, um sie am Geburtstage der Königin zu halten. – Da es nun aber wieder anfing zu frieren, so konnte er oben auf seiner Kammer nicht mehr allein sein, sondern mußte wieder des Abends unten bei den Wirtsleuten in der Stube sitzen, wo die einquartierten Soldaten nebst dem Wirt ihn mit zu ihren Spielen nötigten, mit denen sie sich die langen Winterabende vertrieben. – Hier verfertigte er nun größtenteils des Nachmittags und des Abends in der Dämmerung, indem er sich mit dem Kopf an den Ofen legte, seine Rede. – Und nun hatte er auch ein schönes Mittel gegen seine schwermütige Laune gefunden; sooft er nämlich merkte, daß sie anfing, seiner Herr zu werden, ging er im größten Regen und Schnee des Abends, wenn es schon dunkel war, aus und einmal um den Wall spazieren, und es fehlte ihm niemals, daß sich nicht, sowie er mit schnellen Schritten vorwärtsging, neue Aussichten und Hoffnungen unvermerkt in seiner Seele entwickelt hätten, von welchen freilich die glänzendste ihm am nächsten lag. – Bei diesen Spaziergängen um den Wall gelangen ihm auch die besten Stellen in seiner Rede, und Schwierigkeiten in Ansehung des Versbaues, die ihm oft, wenn er sich mit dem Kopf am Ofen gelehnt hatte, unüberwindlich schienen, hoben sich hier wie von selbst. –

Der Wall um Hannover war von seiner Kindheit an der vorzüglichste Schauplatz seiner angenehmsten Phantasie und romanhaftesten Ideen gewesen – denn er sahe hier die dichtineinandergebaute Stadt und die ländliche offene Natur mit Gärten, Äckern und Wiesen so nahe aneinandergrenzend und doch so außerordentlich verschieden, daß dieser Kontrast einer lebhaften Wirkung auf seine Phantasie nie verfehlen konnte. – Dann drängten sich auch in die Umgebung des Ortes, der seine meisten Schicksale gleichsam in seinen Umfang einschloß, immer tausend dunkle Erinnerungen an die Vergangenheit in seiner Seele empor, welche mit seiner gegenwärtigen Lage zusammengehalten gleichsam mehr Interesse in sein Leben brachten, – und vorzüglich des Abends machte der Anblick von den auf den Zimmern hin und her zerstreuten Lichtern in den dicht an den Wall grenzenden Häusern allemal die schon vorher beschriebene Wirkung auf ihn. –

Seitdem er nun die Verse deklamiert hatte, wurde er fast von allen seinen Mitschülern geachtet. – Das war ihm ganz etwas Ungewohntes – er hatte in seinem Leben so etwas noch nicht erfahren – ja, er glaubte kaum, daß es möglich sei, daß man ihn noch achten könne – nach allen den bisherigen Erfahrungen bildete er sich ein, es müsse wohl etwas in seiner Person oder seinen Mienen liegen, wodurch er vielleicht, so lange er lebte, lächerlich und ein Gegenstand des Spottes sein würde. – Diese Empfindung der Achtung erhöhte sein Selbstbewußtsein und schuf ihn zu einem andern Wesen um – sein Blick, seine Miene verwandelte sich – sein Auge wurde kühner – und er konnte, wenn jemand seiner spotten wollte, ihm jetzt so lange gerade ins Auge sehen, bis er ihn aus der Fassung brachte. –

Seine ganze äußere Lage änderte sich auch nun auf einmal. – Durch die Verwendung des Rektors und des Pastor Marquard, die nun beide wieder die beste Hoffnung von ihm geschöpft hatten, bekam er bald so viele Unterrichtsstunden, daß ihm eine für seine damaligen Bedürfnisse ziemlich beträchtliche monatliche Einnahme daraus erwuchs, welche ihm denn freilich auch eine ganz ungewohnte Sache war, womit er nicht gehörig umzugehen wußte. –

Keiner seiner reichen und angesehenen Mitschüler schämte sich nun mehr, mit ihm umzugehen und ihn in seiner schlechten Wohnung zu besuchen. – Er sahe sich auch noch in diesem Jahre gedruckt, indem er verschiedene kleine Neujahrwünsche in Versen für einen Buchdrucker verfertigte, welcher dergleichen gedruckte Wünsche verkaufte – ob nun gleich sein Name nicht hiebei bemerkt war und niemand wußte, daß die Verse von ihm waren, so machte ihm doch der Anblick dieser ersten gedruckten Zeilen von seiner Hand ein unbeschreibliches Vergnügen, sooft er sie ansah. – Und als nun gar einige Tage vorher, ehe die Rede gehalten wurde, auf einem lateinischen Anschlagbogen sein Name nebst den Namen noch zweier seiner Mitschüler von den angesehensten Eltern öffentlich gedruckt stand; und er nun auf diesem Anschlagbogen wirklich „Reiserus" hieß, wie ihn der vorige Direktor einst genannt hatte; und die Zwischenzeit zwischen jener mündlichen und dieser gedruckten Benennung „Reiserus" mit alle dem, was er darin verschuldet oder unverschuldet gelitten hatte, sich ihm lebhaft darstellte – so preßte ihm dies Tränen der Freude und der Wehmut aus – denn von dieser plötzlichen Wendung seines Schicksals hatte er sich vor einem Jahre, vor einem halben Jahre noch nichts träumen lassen. – Dieser lateinische Bogen mit seinem Namen war nun am schwarzen Brette vor der Schule und an den Kirchtüren öffentlich angeschlagen, so daß Leute, die vorbeigingen, still standen, um ihn zu lesen. –

Nun war es üblich, daß die jungen Leute, welche bei dergleichen Vorfällen Reden hielten, die Honoratiores der Stadt selbst einige Tage vorher dazu einladen mußten. – Welch eine Veränderung, da Reiser, den sonst wegen seiner schlechten Kleider selbst seine Mitschüler nicht einmal auf der Straße anzureden oder mit ihm zu gehen würdigten – nun mit dem Hut unterm Arm und den Degen an der Seite ordentlich seine Cour bei dem Prinz machte und ihn zu der Feier des Geburtsfestes seiner Schwester, der Königin von England, einlud – und wie er nun bei diesem Einladungsgeschäft sich den vornehmsten Einwohnern der Stadt zeigen konnte und von allen mit den aufmunterndsten Höflichkeitsbezeugungen aufgenommen ward. –

Er hatte also, ehe er sichs versah, und da er schon gänzlich Verzicht darauf getan hatte, das ehrenvollste Ziel erreicht, nach welchem ein Primaner in Hannover nur streben konnte, und welches nur von wenigen erreicht wurde. –

Diese den jungen Leuten selbst übertragene Einladungen haben wirklich etwas sehr Aufmunterndes und sind in mancher Absicht zur Nachahmung zu empfehlen… – Reiser ward durch diese Einladungen während einer Zeit von wenigen Tagen in eine Welt geführt, die ihm bisher ganz unbekannt gewesen war – er unterhielt sich mit Ministern, Räten, Predigern, Gelehrten, kurz mit Personen aus allerlei Ständen, die er bisher nur in der Entfernung angestaunt hatte, Mund gegen Mund; und alle diese Personen ließen sich mit Höflichkeitsbezeugungen zu ihm herab und sagten ihm etwas Angenehmes und Aufmunterndes, so daß Reisers Selbstgefühl in diesen wenigen Tagen mehr als vorher in Jahren gewann. – Er lud auch den Dichter Hölty ein, den er aber bei dieser Gelegenheit nur wenig kennen lernte; denn Reisers Schüchternheit konnte nur durch eine gewisse Zutraulichkeit, die man ihm bewies, gehoben werden, und diese war Höltys Sache nicht, der bei der ersten Unterredung mit einem Unbekannten allemal etwas verlegen war. – Reiser nahm diese Verlegenheit für Verachtung, die ihn desto mehr kränkte, je größer seine Achtung für Hölty war, und so wagte er es nicht, ihn wieder zu besuchen. –

Wenn er nun den Tag über seine glänzende Rolle ausgespielt hatte, so ging er des Abends zu seinem Essigbrauer, wo denn auch Philipp Reiser und Winter und der andre junge Mensch, den sein Beispiel zum Studieren aufgemuntert hatte, waren, die ihn mit offenen Armen empfingen – und denen er von seinen Besuchen und den Personen, die er kennen gelernt hatte, erzählte – und auf die Weise die Freude über seinen Zustand mit ihnen teilte. –

Die Frau Filter und sein Vetter, der Perückenmacher, und alle die Leute, welche ihm Freitische gegeben hatten, bewetteiferten sich nun, ihm ihre Freude und Teilnehmung zu bezeigen. – Seine Eltern, die lange nichts von ihm gehört und ihre Hoffnung auf ihn schon längst aufgegeben hatten, waren ganz erfreut, da sie diese plötzliche günstige Wendung seines Schicksals vernahmen und den lateinischen Anschlagbogen erhielten, worauf der Name ihres Sohnes mit großen Buchstaben gedruckt stand. –

Bei allen diesem äußern Glanz blieb nun Reiser immer noch in seiner alten Wohnung, wo sein Wirt, der Fleischer, dessen Frau und Magd und ein paar Soldaten, die dort im Quartier lagen, seine Stubengesellschaft ausmachten. –

Wenn ihn nun, ohngeachtet dieser schlechten Wohnung, einer von seinen reichen und angesehenen Mitschülern besuchte, so machte ihm dies ein geheimes Vergnügen – daß er auch, ohne ein einladendes Logis oder sonst äußere Vorzüge zu haben, bloß um sein selbst willen gesucht würde. – Dies machte, daß er zuweilen auf seine schlechte Wohnung ordentlich stolz war. –

Endlich kam nun der Tag seines Triumphes heran, wo er auf die auffallendste Art, die nur in seiner Lage möglich war, öffentlich Ehre und Beifall einernten sollte – aber eben dies erweckte bei ihm eine ganz besondre schwermütige Empfindung – auf diesen Punkt war nun bisher alle sein Wünschen und Trachten gespannt gewesen – bis auf diesen Punkt heftete sich die Aufmerksamkeit eines großen Teils von Menschen auf ihn – und wenn nun dies vorbei wäre, so sollte das alles nachlassen, und die ganz alltäglichen Szenen des Lebens sollten dann wiederkommen. – Dieser Gedanke erweckte in Reisern sehr oft den sonderbaren, im Ernst gemeinten Wunsch, daß er am Ende seiner Rede hinfallen und sterben möchte. – Nun fügte es sich, daß gerade an dem Tage, da die Rede gehalten wurde, eine außerordentliche Kälte einfiel, wodurch mancher zurückgehalten wurde, so daß die Anzahl der Zuhörer etwas kleiner wie gewöhnlich, aber die Versammlung doch immer noch glänzend genug war. – Indes kam Reisern an diesem Tage alles so tot, so öde vor; die Phantasie mußte zurücktreten – das Wirkliche war nun da – und eben daß nun dies, wovon er so lange geträumt hatte, schon wirklich und nichts weiter als dies war, machte ihn nachdenkend und traurig – denn nach diesem Maßstabe maß er nun die ganze Zukunft des Lebens ab – alles war ihm hier wie im Traume, wie in dunkler Entfernung – er konnte es sich nicht recht vors Auge bringen – mit melancholischen Gedanken bestieg er den Katheder – und während daß die Musik ertönte, ehe er noch anfing zu reden, dachte er an ganz etwas anders als an seinen gegenwärtigen Triumph – er dachte und fühlte die Nichtigkeit des Lebens – die angenehme Vorstellung seines gegenwärtigen wirklichen Zustandes schimmerte nur wie durch einen trüben Flor durch. –

Um die Fortschritte, welche er damals in Ansehung des Ausdrucks seiner Gedanken gemacht hatte, zu bezeichnen, ist es vielleicht nicht unzweckmäßig, aus der Rede, die er hielt, einige Stellen herauszuheben. Sie hub an:

Welch ein Weihrauch steigt so sanft von Wonnegefilden
Durch den Äther hinauf bis hin zum Throne der Gottheit? –
O sie sind's – die Gebete glücklicher Völker – sie wallen
Für Charlotten so sanft hinauf zum Ewgen – und flammen usw.

– – Georg! – rauscht
Harfen! tönet Jubelgesang von ganzen beglückten
Nationen laut! – Und verstumme mein Lied! Denn vergebens
Wagst du's, sein Lob, Georgens Lob zu erschwingen – so wagts oft
Kühn des Adlers Flug bis zur Sonne sich zu erheben,
Schwingt sich hoch über Felsen und Berg' und Wolken empor, dünkt
Nun sich ihr näher und merkt nicht, daß sein Schneckenflug immer
Doch auf der Erde verweilt, die ihm schon entschwand – welche Töne
Klängen stark und harmonisch genug, Georgens erhabner
Tugend göttliche Harmonie nur schwach nachzubilden? – usw.

– – Und Georg hebt sich nun auf den Gipfel
Seiner Größ' empor – denkt ernst an das Wohl seiner Völker,
Denkt es – und schafft es – Und unerschüttert vom Donner
Steht er nun da – wie die Zeder Gottes – mit ihrem wohltätgen
Schatten schützt sie Gevögel und Wild – und der Sturmwind verschwendet
An ihren Blättern sein Toben und kräuselt ihr laubigtes Haar. – So
Sicher in den Stürmen, die seine Scheitel umdonnern,
Steht Georg – Wenn Völker toben – Doch du getreues
Volk deinem König, verhülle nur dein Antlitz und weine!
Siehe nicht, wie dein Bruder im fernen Lande sich auflehnt
Gegen seinen König. – – usw.

Jedes fühlende Herz wallt heute Charlotten entgegen
Und verzeihts dem schwächern Jüngling – der es auch wagte
Und Charlotten sang – doch still, mein Lied, denn von fern rauscht
Schon des Volks Frohlocken, das seiner Königin heute
Seinen Weihrauch streut – und laut: es lebe Charlotte!
Ruft, daß Wald und Gebürg' es widerhallen: sie lebe!

Reiser hatte sich bei Verfertigung dieser Rede ein Ideal in seinem Kopfe gebildet, das ihn wirklich begeisterte – wozu denn das kam, daß er von diesen Gegenständen öffentlich reden sollte. – Der Gedanke füllte gleichsam die Lücken aus, wo seine Begeisterung aufhörte oder ermattete. –

Da er aber nun freilich von seinem Gegenstande wenig oder gar nichts wußte, so bemühte er sich, eine Anzahl Lobreden, die auf den König und die Königin schon gehalten waren, in die Hände zu bekommen; diese las er durch und abstrahierte sich daraus sein Ideal, ohne sonst aus einer einzigen sich auch nur eines Ausdrucks zu bedienen – dies vermied er so sorgfältig, als er nur immer konnte; denn vor dem Plagiat hatte er die entsetzlichste Scheu – so daß er sich sogar des Ausdrucks am Schluß seiner Rede: „daß Wald und Gebürg' es widerhallen", schämte, weil einmal in Werthers Leiden der Ausdruck steht: „daß Wald und Gebürg' erklang" – ihm entschlüpften zwar oft Reminiszenzien, aber er schämte sich ihrer, sobald er sie bemerkte. –

An dem Tage nun, da er die Rede gehalten hatte, war er, wie ich schon bemerkt, niedergeschlagener wie jemals – denn alles war ihm doch so tot, so leer – und es war nun vorbei – womit seine Einbildungskraft sich so lange beschäftigt hatte. –

Den Nachmittag wurde er nebst den andern beiden, die Reden gehalten hatten, bei dem ersten Bürgermeister, der zugleich Scholarch war, zum Kaffee gebeten; dies war ihm eine ganz ungewohnte Ehre – er wußte sich nicht recht dabei zu nehmen – und wurde nicht eher wieder heiter, als bis er sein schönes Kleid ausgezogen hatte und des Abends wieder zu seinem Essigbrauer kam, wo Winter und S... und Philipp Reiser auch schon waren, die sich seines Glücks nun wirklich freuten, und deren Teilnehmung ihm mehr wert war als alle das Glänzende dieses Tages. –

Reiser erhielt nun noch mehr Unterrichtsstunden, wodurch sich seine Einnahme so verbesserte, daß er sich ein beßres Logis mieten, zuweilen einige seiner Mitschüler zum Kaffee bitten und für einen Primaner auf einen ganz ansehnlichen Fuß leben konnte – nun aber deuchte ihm das Geld, was er einnahm, gegen seine sonstigen Einkünfte und Bedürfnisse gehalten so viel, daß ihm die Kostbarkeit desselben und die Notwendigkeit des Zusammenhaltens auch nicht im mindesten einleuchtete – er wurde auf die Weise durch seine stärkere Einnahme ärmer, als er vorher war; und eben das, was eine Wirkung seines günstigen Glücks war, wurde in der Folge wieder die Quelle seines Unglücks. –

Da er nun aber die Achtung aller derer, die ihn kannten, und derer, von welchen sein Glück abhing, so plötzlich und so unerwartet wiedergewonnen hatte, so machte dies natürlicherweise einen Eindruck auf sein Gemüt, der ihn zu einem edlen Bestreben anspornte, diese Achtung immer mehr zu verdienen – er fing an, die Stunden des öffentlichen Unterrichts sorgfältiger wie jemals zu nutzen und vorzüglich durch Aufschreiben sich, soviel er nur konnte, davon zu eigen zu machen. –

Die Übungen im Deklamieren währten fort – und Reiser verfertigte zu diesem Endzweck noch ein Gedicht über die Mängel der Vernunft – ein Thema, das der Direktor zur Ausarbeitung aufgegeben hatte. – Reiser brachte hier alle seine Zweifel hinein, die er schon so lange mit sich herumgetragen hatte. – Die Begriffe Alles und Sein als die höchsten Begriffe des menschlichen Verstandes gnügten ihm nicht – sie schienen ihm eine enge und ängstliche Einschränkung zu sein – daß nun damit alles menschliche Denken aufhören sollte – ihm fielen die Worte des sterbenden alten Tischers ein – alles, alles, alles! – daß er gleichsam da, wo sich ein neues Dasein von dem alten scheidet, diesen höchsten Grenzbegriff so oft wiederholte – die Scheidewand sollte gleichsam durchgebrochen werden. – Alles und Dasein mußten wieder untergeordnete Begriffe von einem noch höhern, vielumfassendern Begriffe werden – alles, was ist – muß noch etwas neben sich leiden, etwas – das zugleich mit allem, was ist, unter etwas Höherem, etwas Erhabenerem begriffen wird – warum soll unser Denken die letzte Grenze sein? – wenn wir nichts Höheres sagen können als alles, was da ist, soll denn eine höhere und die höchste Denkkraft auch nichts Höheres sagen können? – Der sterbende Tischer wollte vielleicht mehr sagen, als er sein „alles“ zweimal wiederholte, aber seine Zunge oder seine Gedanken versagten ihm – und er starb. –

Dies waren die sonderbaren Ideen, die Reiser in sein Gedicht über die Mängel der Vernunft brachte, das unter andern die Worte enthielt:

Das All, das die Vernunft im kühnsten Flug erschwingt,
Wie weit ists noch von dem, wonach der Seraph ringt? –

Zuletzt endigte sich denn das Gedicht auf eine sehr orthodoxe Weise, daß man also doch zu dem Licht der Offenbarung am Ende seine Zuflucht nehmen müsse:

Ein Licht, das vor uns her durch dunkle Schatten geht
Und unsern Pfad erhellt – weh dem, der es verschmäht! –

Den Schluß billigte der Direktor sehr; das Ganze des Gedichts aber hielt er, wie auch sehr natürlich war, für unverständlich. –

Ein andermal arbeitete Reiser wieder ein Gedicht über die Zufriedenheit – gleichsam zu seiner eignen Belehrung oder zur eignen Richtschnur seines Lebens aus – nachdem er nun aber alle Beruhigungsgründe bei den Widerwärtigkeiten des Lebens durchgegangen war und sich gleichsam in eine sanfte Stille eingewiegt hatte, so erwachte doch am Ende wieder seine schwarze Melancholie – und er beschloß die Reihe der sanften Empfindungen, welche in diesem Gedicht ausgedrückt waren, doch am Ende mit folgenden Ausdrücken der Verzweiflung:

Doch machen ungemeßne Leiden
Dir hier dein Leben selbst zur Qual –
Und findest du dann keinen Retter
Und keinen End'ger deiner Not –
Sieh auf! – er kämmt im Donnerwetter –
O grüße, grüße deinen Tod!

Indem er einem solchen Gedanken nachhing, empfand er oft eine Art von qualenvoller Wonne, wenn es dergleichen geben kann. –

Dies Gedicht war gleichsam ein Gemälde aller seiner Empfindungen, die, wenn sie auch sanft und ruhig anhuben, sich doch gemeiniglich auf die Weise zu endigen pflegten. – Zu diesem Gange der Empfindungen war nun einmal durch alle die unzähligen

Kränkungen und Demütigungen, die er von Jugend auf erlitten hatte, sein Gemüt gestimmt – bei der heitersten lachendsten Aussicht zog sich das schwarze Melancholische immer wieder wie eine Wolke vor seine Seele. –

Sobald sich auch sein Ausdruck dahin lenkte, wurde er natürlich und wahr. – Wie er denn einmal den Auftrag erhielt, für jemanden verliebte Klagen zu dichten. – Eine Situation, in welche er sich mit aller Anstrengung nicht versetzen konnte, denn weil er gar nicht glaubte, daß er von einem Frauenzimmer je geliebt werden könnte – indem er sein ganzes Äußre einmal für so wenig empfehlend hielt, daß er gänzlich Verzicht darauf getan hatte, je zu gefallen; so konnte er sich nie in die Lage eines solchen setzen, der darüber klagt, daß er nicht geliebt wird – was er also hievon wußte, das dachte er sich bloß, ohne es je empfinden zu können. – Demohngeachtet gerieten ihm die verliebten Klagen, die er entwarf, nicht ganz übel, weil er das kurz darin zusammendrängte, was er aus Romanen und Philipp Reisers Unterredungen wußte. – Zuletzt aber dachte er sich nun den Liebhaber in einem Zustande, wo er vom Überrest seiner Leiden niedergedrückt der Verzweiflung nahe ist, und ohne nun ferner auf die Ursach der Verzweiflung Rücksicht zu nehmen, dachte er sich nun den Verzweiflungsvollen und konnte sich wieder in seine Stelle versetzen. – Der letzte Vers dieser verliebten Klagen schien ihm daher auch unter den Händen zu geraten. –

Im tiefsten, schwarzen Hain,
Wohin kein Wandrer kam,
Wo Todes Vögel schrein –
Am ausgehöhlten Stamm
Der Eiche will ich trostlos weinen,
So lange Stern' am Himmel scheinen,
Bis unter meiner Klagen Laut
Der Morgen taut. – –

Zuweilen fing ihm nun auch sogar das Zärtliche an zu gelingen, wenn es mit einer gewissen sanften Schwermut vergesellschaftet war – so machte er z. B. für jemanden ein Abschiedsgedicht an dessen Geliebte – das sich nach einer bittern Klage über die Trennung schloß:

Den Abschied? – O ich kann nur weinen –
Mein Herz ist schwer und tränenvoll –
Dir müssen heitre Tage scheinen –
Geliebte – o leb wohl, leb wohl!

Und in seiner Rede an der Königin Geburtstage war folgende Stelle, die ich vorher nicht mit ausgezogen habe, eigentlich diejenige, wobei er am meisten und am wahrsten empfunden hatte:

– – Sie lächelt – und die Fröhlichen jauchzen –
Und die Traurigen trocknen vom nassen Auge die Zähre,
Heitern den trüben Blick auf zur Freud' und lächeln und segnen
Auch dem Tag entgegen, der ihnen Charlotten zum Trost gab. –

Auch er rechnete sich in Gedanken mit unter diese Zahl der Traurigen, die den trüben Blick zur Freude aufheitern. – Und er fand weit mehr Süßigkeit darin, sich unter der Zahl der Traurigen als unter der Zahl der Fröhlichen zu denken. – Dies war wiederum the joy of grief (die Wonne der Tränen), wohin von Kindheit an sein Herz hing. –

So brachte er nun den Winter ziemlich glücklich zu – aber da nun einmal seine Phantasie so lebhaft angeregt und sein Gemüt durch so viele sich durchkreuzende Wünsche und Hoffnungen bis auf den stärksten Grad in Bewegung gesetzt war, so mußte er notwendig anfangen, das Einförmige in seiner Lage zu empfinden. – Er war in seinem neunzehnten Jahre – fünf Jahre hatte er schon die Schule besucht und wußte noch nicht, wann er die Universität würde beziehen können. – Es fing an, ihm wieder so enge in Hannover zu werden, beinahe wie damals, da ihm die Reise nach Braunschweig zu dem Hutmacher bevorstand. – Alle seine Gedanken fingen allmählich an, ins Weite zu gehn – er träumte sich in eine romanhafte Zukunft hin. –

Und da nun der Frühling herankam, so erwachte auf einmal eine sonderbare Begierde zum Reisen in ihm, die er bis dahin noch nie in dem Grade empfunden hatte. –

Bremen liegt zwölf Meilen von Hannover, und bis an den Ort, wo Reisers Eltern wohnten, war grade die Hälfte Weges bis nach Bremen – und nun von Bremen die Weser hinunter bis nach der See zu fahren – das war das große Projekt, womit sich Reiser schon seit einigen Wochen trug – und seine Einbildungskraft spiegelte ihm Wunderdinge von dieser Reise vor. –

Der Anblick der Weser – der Schiffe – einer Handelsstadt – beschäftigten seine Seele im Wachen und im Traume. – Er ließ sich von einem seiner Mitschüler an dessen Bruder, welcher in Bremen ein Kaufmannsdiener war, einen Brief mitgeben und trat nun mit einem Dukaten in der Tasche seine Reise zu Fuße an. –

Dies war nun die erste sonderbare romanhafte Reise, welche Anton Reiser tat, und von der Zeit fing er eigentlich an, seinen Namen mit der Tat zu führen. –

Er hatte sich zu dieser Reise mit einer Spezialkarte von Niedersachsen – einem tragbaren Tintenfaß – und einem kleinen Buche von weißem Papier versehen, um über seine Reise unterwegs ein ordentliches Journal führen zu können. –

Mit jedem Schritte, den er tat, nachdem er aus den Toren von Hannover war, wuchs gleichsam seine Erwartung und sein Mut – und er war von seiner Reise so begeistert, daß er schon ein paar Meilen von Hannover sich auf einem Hügel an der Landstraße setzte, sein Tintenfaß, das mit einem Stachel versehen war, vor sich in die Erde pflanzte und auf diese Weise halbliegend anfing, in seinem Journal zu schreiben – es fuhren unten einige Kutschen vorbei, und die Leute, denen ein schreibender Mensch auf einem Hügel an der Landstraße freilich ein sonderbarer Anblick sein mußte, lehnten sich weit aus dem Schlage, um ihn zu betrachten – dies beschämte ihn etwas – aber er erholte sich bald wieder von der unangenehmen Wirkung, die dies neugierige Angaffen zuerst auf ihn tat, indem er sich in Ansehung dieser Menschen, die ihn nicht kannten, seine Existenz hinwegdachte – er war für diese Menschen gleichsam tot – darum schloß er auch den Aufsatz, welchen er auf dem Hügel an der Landstraße in sein Taschenbuch schrieb, mit den Worten:

Was kümmert mich der Leute Tun,
Wenn ich im Grabe bin?

Und nun setzte er seinen Stab weiter fort, kam am Abend in der Dämmerung vor dem Dorfe, wo seine Eltern wohnten, dicht vorbei, erkundigte sich nach dem nächsten Dorfe, das auf dem Wege nach Bremen zu lag, und da es nur noch eine Viertelmeile weit war, so ging er bis dahin und übernachtete in diesem Dorfe. –

Den andern Tag wanderte er denn über die öde dürre Heide fort und erfragte sich den Weg von einem Dorfe zum andern – konnte aber Bremen nicht erreichen – sondern mußte noch einmal in einem Dorfe, welches das letzte von Bremen war, übernachten – und den dritten Tag erreichte er denn seinen sehnlichsten Wunsch – er erblickte die Türme von Bremen – sahe nun das wirklich vor sich, womit seine Phantasie sich schon so lange beschäftigt hatte. – Er hatte außer Hannover und Braunschweig noch keine beträchtliche Stadt gesehen – und Bremen war ihm schon durch den Klang des Namens so merkwürdig geworden – seine Phantasie hatte der Stadt ein graues schwärzliches Ansehen gegeben – er war nun äußerst begierig, die Stadt inwendig zu betrachten – und wagte es, ohne Paß ins Tor zu gehen, indem er sich auf Befragen, wer er wäre, für einen Einwohner der Stadt, und da man noch genauer fragte, für einen von den Leuten des Prinzipals von dem Kaufmannsdiener ausgab, an den er einen Brief abzugeben hatte, worauf man ihn denn passieren ließ. –

Sobald er nun in der Stadt war, durchwanderte er erst ein paarmal die Straßen, und dann war sein erstes, daß er sich erkundigte, ob nicht etwa einer von den großen Kähnen, die auf der Weser lagen, nach der Mündung schiffen würde, wo noch zu Bremerlehe die hessischen Truppen lagen, die nach Amerika bestimmt waren und damals gerade absegeln sollten. –

Es fügte sich, daß gerade einer von den Kähnen abging, und Reiser begab sich nun zum ersten Male in seinem Leben zu Schiffe – und fuhr noch an demselben Tage bis sechs Meilen jenseit Bremen, wo angelegt und in einem Dorfe übernachtet wurde. –

Diese Schiffahrt, ob es gleich stürmisches und regnigtes Wetter war, machte Reisern unendliches Vergnügen, indem er mit seiner Landkarte in der Hand auf dem Verdeck stand und die Örter an beiden Ufern, deren Namen er nun wußte, die Musterung vor sich vorbeipassieren ließ – er aß und trank mit den Schiffern und kehrte am Abend mit ihnen in die Herberge ein. –

Von da wollte er den andern Morgen mit einem andern Schiffe weiter bis an die Seeküste fahren, er sah schon in Gedanken die ungeheuren Wasserfluten vor sich, und seine Einbildungskraft war gerade bis auf den höchsten Grad gespannt, da ihm plötzlich eine Sache einfiel, die er die ganze Reise über noch nicht reiflich erwogen hatte, ob nämlich auch seine Börse zureichen würde – und wie erschrak er, da er sich von dem Schiffer seine Rechnung machen ließ und, nachdem er sie bezahlt hatte, nur noch wenige Groschen übrig behielt. –

Er getraute sich nun den Abend nicht zu essen, sondern gab Kopfweh vor und ließ sich sogleich sein Bette zeigen – hier machte er fast die halbe Nacht Entwürfe, wie er nun mit Ehren aus diesem Gasthofe kommen sollte, wenn etwa seine Zeche mehr betrüge als die wenigen Groschen, die er noch übrig hatte. –

Da er sich nun am andern Morgen erkundigte, wieviel er bezahlen müsse, so langten zufälligerweise die wenigen Groschen, die er noch hatte, gerade zu, aber er behielt auch nicht einen Heller übrig und befand sich nun achtzehn Meilen von Hannover, zwölf Meilen von dem Ort, wo seine Eltern wohnten, und sechs Meilen von Bremen. – Er gab vor, daß er nun nicht nach der Seeküste mitfahren könne, weil er überlegt habe, daß es ihn doch zu lange aufhalten würde, und so wanderte er nun, froh, daß er noch so mit Ehren davongekommen war, aus seiner nächtlichen Herberge den geraden Weg wieder auf Bremen zu. –

Sein Brief an den Kaufmannsdiener in Bremen war nun noch seine einzige Hoffnung – ohne diesen war er, zwölf Meilen weit bis zu dem Wohnorte seiner Eltern, von aller Welt verlassen. –

Er war noch nüchtern, wie er seine Reise antrat, und mußte sich nun darauf gefaßt machen, den ganzen Tag so zu bleiben. – Der Weg, welcher anfangs längst dem Ufer der Weser hinging, war sandigt und ermüdend – demohngeachtet aber ging er gutes Muts fort, bis er gegen Mittag kam und die Sonnenhitze brennend wurde. –

Hunger, Durst und Müdigkeit überfielen ihn zugleich mit dem Gedanken, daß er hier auf dem öden Felde fremd, ohne Geld und gleichsam von aller Welt verlassen war – er suchte sich einige Brotkrumen aus der Tasche zusammen – und fand bei dieser Gelegenheit noch zwei sogenannte Bremergroten, wovon jeder ohngefähr vier Pfennige beträgt. –

Dies war ihm unter allen Umständen so lieb, als hätte er einen Schatz gefunden; er raffte alle seine übrigen Kräfte zusammen, um bald nach dem nächsten Dorfe zu kommen, wo er sich für den einen Groschen ein wenig Bier geben ließ, das ihm nun eine ganz ungehoffte Erquickung war, denn er hatte sich einmal darauf gefaßt gemacht, die sechs Meilen bis Bremen nüchtern zurückzulegen. –

Der Trunk Bier flößte ihm wieder neuen Mut ein, sowie das Vierpfennigstück, das er doch nun noch in der Tasche hatte. –

Freilich stellte sich auch der Hunger wieder ein, aber er suchte ihn zu überwinden und blieb resigniert. – Ein armer Handwerksbursch gesellte sich unterwegens zu ihm, der in dem Dorfe einkehrte und sich etwas zusammenbettelte. – Und Reisern machte das sonderbare Verhältnis eine Art von Vergnügen, daß dieser arme Handwerksbursch, der ihn vielleicht als einen wohlgekleideten Menschen beneiden mochte, doch jetzt im Grunde reicher war als er. –

Den Nachmittag erreichte er Vegesack und betrachtete hier mit hungrigem Magen, was er noch nie gesehen hatte, eine Anzahl dreimastiger Schiffe, die in dem kleinen Hafen lagen. – Dieser Anblick ergötzte ihn ohngeachtet des mißlichen Zustandes, worin er sich befand, unbeschreiblich – und weil er an diesem Zustande durch seine Unbesonnenheit selber schuld war, so wollte er es sich gleichsam gegen sich selber nicht einmal merken lassen, daß er nun damit unzufrieden sei. –

Gegen Abend erreichte er Bremen; aber ehe er an die Stadt kam, mußte er sich erst an das jenseitige Ufer der Weser übersetzen lassen, wofür gerade eine Bremergrote bezahlt werden mußte – daß er nun diesen gerade noch gespart hatte, deuchte ihm wiederum ein ordentlicher Glücksfall, weil er sonst die Stadt nicht mehr würde erreicht haben, woran ihm jetzt doch alles lag. –

Mit Sonnenuntergang kam er denn endlich noch an das Stadttor, und weil er ordentlich gekleidet war und das ganze Wesen eines Spazierengehenden annahm, der zuweilen still stehet und sich nach etwas umsieht und dann wieder ein paar Schritte weitergeht – so ließ man ihn ungehindert durchpassieren. –

Er fand sich also auf einmal wieder in dem Bezirk einer volkreichen Stadt, wo ihn aber niemand kannte und er so verlassen und allein, indem er traurig über das Geländer in die Weser hinabsahe, auf der Straße dastand, als wenn er auf einer unbewohnten wüsten Insel gewesen wäre. –

Eine Weile gefiel er sich gewissermaßen in diesem verlaßnen Zustande, der doch so etwas Sonderbares, Romanhaftes hatte. – Da aber das vernünftige Nachdenken über die Phantasie wieder den Sieg erhielt, so war freilich seine erste Sorge, von seinem Briefe an den Kaufmannsdiener Gebrauch zu machen. –

Wie groß war aber sein Erschrecken, da er sich in der Wohnung desselben nach ihm erkundigte und erfuhr, daß er erst den Abend spät zu Hause kommen würde. – Er blieb auf der Straße nicht weit von dem Hause stehen – die Dunkelheit der Nacht brach herein – in einen Gasthof getraute er sich ohne Geld nicht zu gehen – alle seine romanhaften

Ideen, die ihm vorher diesen Zustand noch erleichtert hatten, waren verschwunden, er empfand nichts als die grausame Notwendigkeit, diese Nacht, von Hunger und Müdigkeit gequält, mitten in einer volkreichen Stadt unter freiem Himmel zubringen zu müssen. –

Indem er nun melancholisch dastand und sich verlegen nach allen Seiten umsah, kam ein wohlgekleideter Mann dahergegangen, der ihn genau betrachtete und ihn mit mitleidiger Miene fragte, ob er etwa hier fremd sei? – allein er konnte sich nicht überwinden, diesem Manne seinen Zustand zu entdecken – sondern war entschlossen, lieber auf alle Fälle die Nacht unter freiem Himmel zuzubringen, welches er auch würde getan haben, wenn nach so vielen Widerwärtigkeiten sich jetzt nicht wiederum ein glücklicher Umstand für ihn ereignet hätte. – Der Kaufmannsdiener hatte sich nämlich aus der Gesellschaft, worin er sich befand, losgerissen, um zu Hause etwas Notwendiges zu besorgen, und da er hörte, daß jemand einen Brief von seinem Bruder an ihn habe abgeben wollen, der nachher in der Nähe am Wasser spazieren gegangen wäre, so eilte er gleich, um den Überbringer des Briefes, dessen Anschein man ihm beschrieben hatte, womöglich aufzusuchen, und traf auch Reisern, den er gleich erkannte, wirklich an, da dieser schon alle Hoffnung aufgegeben hatte, die Nacht ein Obdach zu finden. –

Sobald der junge Kaufmann nur die Handschrift seines Bruders erblickte, war er gegen Reisern äußerst freundschaftlich und gefällig und erbot sich sogleich, ihn in einen Gasthof zu führen. – Reiser entdeckte ihm denn seinen wahren Zustand, freilich mit einigen Erdichtungen; – er sei nämlich wider seine Gewohnheit zum Spiel verleitet worden und habe alle seine Barschaft verloren – denn daß er sich mit zu wenigem Gelde zu dieser Reise versehen habe, schämte er sich zu sagen, weil er dadurch noch mehr in der Meinung des jungen Menschen, von dem er jetzt allein Hülfe erwarten konnte, zu verlieren glaubte. –

Aber nun änderte sich auf einmal sein widriges Schicksal – der Kaufmann erbot sich sogleich, ihm so viel vorzustrecken, daß es ihm an nichts fehlen sollte – er führte ihn in einen angesehenen Gasthof, wo Reiser auf seine Empfehlung auf das beste bewirtet wurde und nun den Abend so vergnügt zubrachte, daß ihm alle Beschwerden des Tages vielfältig ersetzt wurden. –

Einige Gläser Wein, die er noch in Gesellschaft des Kaufmannsdieners trank, taten nach der Ermüdung und Entkräftung eines ganzen Tages eine so außerordentliche Wirkung auf seine Lebensgeister, daß er fast die ganze Gesellschaft, die sich alle Abend hier zu versammlen pflegte, mit Anekdoten von Hannover und lustigen Einfällen, die ihm sonst gar nicht gewöhnlich waren, unterhielt und sich den Beifall aller der Personen in diesem kleinen Zirkel erwarb, worunter sich auch derjenige mit befand, der ihn den Abend traurig und verlassen auf der Straße stehen sah und unter allen den vorübergehenden Leuten der einzige gewesen war, dem ein ganz fremder Mensch, welcher traurig und verlassen dastand, wichtig genug schien, daß er sich um ihn bekümmerte und ihn anredete. – Reiser gewann dadurch eine außerordentliche Zuneigung zu diesem Manne, denn ein solches Anreden und Besorgtsein um den Zustand eines ganz fremden Menschen, der wie verlassen und hülfebedürftig zu sein scheint, ist doch eigentlich die allgemeine Menschenliebe, woran man den frommen Samariter von dem vorübergehenden Priester und Leviten unterscheiden kann. –

Reiser hatte nicht leicht in seinem Leben einen Abend vergnügter zugebracht als diesen, wo er sich in einer fremden Stadt in einem ganz fremden Zirkel von Menschen geachtet sahe, ins Gespräch gezogen und mit aufmunterndem Beifall angehört wurde. –

Der Kaufmannsdiener nötigte ihn nun selbst, sich noch einige Tage in Bremen aufzuhalten, zeigte ihm die Merkwürdigkeiten der Stadt, und Reiser fand nun an eben dem Orte, wo er erst fremd, von keinem Menschen bemerkt, einsam und verlassen auf der Straße stand, so viele Menschen, die sich für ihn interessierten, mit ihm sich unterredeten und mit ihm ausgingen, daß er an diese Personen, die ihm so viele zuvorkommende gutmütige Höflichkeit und Freundschaftsbezeigungen erwiesen, eine Art von Anhänglichkeit bekam, welche es ihm schwer machte, sich nach einer so kurzen Zeit schon wieder auf immer von ihnen zu trennen.

Er speiste des Mittags in einer ansehnlichen Tischgesellschaft, wo ihm als einem Fremden immer mit ausgezeichneter Höflichkeit begegnet wurde, – eine Behandlung, die er bis jetzt noch eben nicht gewohnt gewesen war. – Der Kaufmannsdiener streckte ihm so viel vor, daß er nicht nur seine Rechnung im Gasthofe bezahlen, sondern auch mit Bequemlichkeit wieder nach Hannover zurückreisen konnte, welches er nun freilich zu Fuße tat. –

Und da ihm nun diesmal sein unbesonnener Anschlag so gut gelang, so bildete sich zuerst unvermerkt der Keim zu dem Gedanken in ihm, sein Glück nicht länger in seiner bisherigen eingeschränkten Lage abzuwarten, sondern es in der weiten Welt, die ihm offen stand, selbst aufzusuchen. –

Er hatte in einer fremden Stadt eine ganze Anzahl Menschen gefunden, die sich um ihn bekümmerten, teil an ihm nahmen und ihm seinen Aufenthalt angenehm machten; lauter Sachen, die er in Hannover nie gewohnt gewesen war. – Er hatte Abenteuer überstanden und in einem kurzen Zeitraum den schnellsten Glückswechsel erfahren – indem er kaum eine Stunde vorher noch von aller Welt verlassen und unmittelbar darauf sich in einem Zirkel von Menschen befand, die alle auf ihn aufmerksam waren und ihn in ihre Gespräche zogen. –

Was Wunder, daß nun dadurch der Gedanke bei ihm rege wurde, die traurige Einförmigkeit seines bisherigen Aufenthalts und seiner bisherigen Verhältnisse mit dergleichen Abwechselungen zu vertauschen – wodurch er, ohngeachtet aller Beschwerlichkeiten, die er darüber erdulden mußte, doch seine Seele auf eine angenehme, vorher noch nie empfundene Art erschüttert fühlte. –

Selbst die Wehmut, die er empfand, da ihm nun die Tore der Stadt, in welcher er noch gestern mit einer Anzahl ihm wohlwollender Menschen vertraulich an einem Tische gesessen hatte, aus den Augen schwanden und er also nun sogar die letzten hervorragenden Spuren dieses ihm in der kurzen Zeit so liebgewordenen Ortes aus seinem Gesichtskreise verloren hatte – selbst diese Wehmut hatte einen nieempfundenen Reiz für ihn – er kam sich selber größer vor, weil er eigenmächtig ganz ohne irgendeinen äußern Antrieb – nun zum ersten Male eine Reise nach einer ganz fremden Stadt getan hatte, in der er binnen ein paar Tagen mehr Menschen fand, die ihm wohlwollten, als er in Hannover ganze Jahre hindurch nicht hatte finden können. –

Das Wandern fing ihm an, so lieb zu werden – er phantasierte sich durch tausend angenehme Vorstellungen die Ermüdung hinweg – wenn es dunkel wurde, so betrachtete er den vor ihm sich hinschlängelnden Weg, auf den er beständig sein Augenmerk heften mußte, gleichsam wie einen treuen Freund, der ihn leitete. – Dies wurde ihm denn zuletzt eine dichterische Idee – es wurde Bild, Vergleichung, woran er tausend Dinge kettete. – „Wie sich ein Wandrer an seinen Weg hält; so getreu wie der Weg dem Wandrer – so – und so –“. Dies Ideenspiel verfolgte er im Gehen – und das Einförmige der Gegend bei der umgebenden Dunkelheit und des immerwährenden Fußaufhebens verschwand ihm unmerklich und machte ihn nicht verdrießlich. –

Es war schon ganz dunkel, da er zu seinen Eltern kam, die sich freilich wunderten, daß er dicht vor ihnen vorbeigegangen, erst nach Bremen gereist und dann zu ihnen gekommen war. – Demohngeachtet aber nahmen ihn seine Eltern wegen der vielen angenehmen Nachrichten, die sie von ihm erhalten hatten, diesmal mit Freuden auf. –

Und Reiser hatte nun so viel Stoff zu mystischen Unterredungen mit seinem Vater gesammlet, daß sie diesmal sich oft bis in die Nacht unterhielten. – Reiser suchte nämlich alle die mystischen Ideen seines Vaters, die er aus den Schriften der Madam Guion geschöpft hatte von „Alles und Eins“, vom „Vollenden in Eins“ usw., metaphysisch zu erklären, welches ihm sehr leicht wurde – indem die Mystik und Metaphysik wirklich insofern zusammentreffen, als jene oft eben das vermittelst der Einbildungskraft zufälligerweise herausgebracht hat, was in dieser ein Werk der nachdenkenden Vernunft ist. – Reisers Vater, der dies nie in seinem Sohne gesucht hatte, schien nun auch eine hohe Idee von ihm zu bekommen und ordentlich eine Art von Achtung gegen ihn zu hegen. –

Die Neigung zur Schwermut aber behielt auch hier beständig bei Reisern das Übergewicht. – Er stand mit seiner Mutter an der Türe, da das Kind eines Nachbars begraben wurde und der Vater in tiefer Trauer mit hangendem Haar und nassem Auge folgte. – Wenn sie mich nur auch erst so hintrügen, sagte Reisers Mutter, die freilich im Leben nicht viel Freude gehabt hatte, und Reiser, der sich doch noch viel Freude versprechen konnte, stimmte innerlich so herzlich in diesem Wunsch mit ein, als ob ihm das größte Herzeleid widerfahren wäre. –

Er nahm diesmal bei seiner Abreise von seiner Mutter und seinen Brüdern mit mehrerer Rührung wie gewöhnlich Abschied – und wanderte zu Fuß wieder nach Hannover. – Da er nun die vier Türme wieder erblickte, die er schon unter so mancherlei verschiedenen Verhältnissen wiedergesehen hatte, so wandelte ihm diesmal aufs neue ein ängstliches Gefühl an, da er aus der weiten Welt nun wieder in diesen kleinen Umkreis aller seiner Verhältnisse und Verbindungen zurückkehren sollte, das Allzubekannte dort deuchte ihm so fade. – Aber auf einmal erheiterte sich seine Seele wieder, da er ins Tor getreten war und gleich an einer Ecke einen Komödienzettel angeschlagen fand. – Dies überraschte ihn auf die angenehmste Weise – sein erster Gang war wie vor drei Jahren nach dem Schlosse, wo das Theater war, und wo der Hauptzettel mit dem Verzeichnis der Personen angeschlagen stand – man spielte den Clavigo, Brockmann den Beaumarchais, Reinecke den Clavigo, die älteste Dem. Ackermann (die jüngere war damals schon gestorben) spielte die Maria, Schröder den Don Carlos, die Reinecken die Schwester der Maria, Schütz den Buenco und Böheim den Freund des Beaumarchais. –

So vortrefflich war die Rollenbesetzung in diesem Stück bis auf die unbedeutendsten Nebenrollen. – Reiser kannte alle diese vortrefflichen Schauspieler – war es wohl zu verwundern, daß seine Erwartung auf das höchste gespannt wurde, aufs neue die Vorstellung eines Stücks von ihnen zu sehen, das er zwar noch nicht gelesen hatte, wovon er aber wußte, daß es von dem Verfasser der Leiden des jungen Werthers war? –

Durch diesen zufälligen Umstand, vergesellschaftet mit der Rückerinnerung an die Abenteuer, die er auf seiner Reise gehabt hatte, bildete sich eine sonderbare romantische Idee in seinem Kopfe, die nun wieder auf einige Jahre seines künftigen Lebens einen sehr großen Einfluß hatte. – Theater – und Reisen – wurden unvermerkt die beiden herrschenden Vorstellungen in seiner Einbildungskraft, woraus sich denn auch sein nachheriger Entschluß erklärt. –

Er versäumte nun wieder nicht leicht einen Abend die Komödie – dadurch aber wurde sein Kopf wieder so voll von theatralischen Ideen, daß ihm seine eigentlichen Geschäfte des beständigen Lernens und Lehrens – denn er hatte fast den ganzen Tag mit Unterrichtsstunden besetzt – schon zuweilen nicht recht mehr zu schmecken anfingen und er sich dann kein Bedenken machte, dann und wann eine der Stunden, wo er lehrte oder lernte, zu versäumen, indem er dann jedesmal rechnete, daß es doch nur eine Stunde sei. –

Nun wurden damals die Zwillinge von Klinger zuerst aufs Theater gebracht und freilich mit aller möglichen Kunst dargestellt, indem Brockmann den Guelfo, Reinecke den alten Guelfo, die Reinecken die Mutter, die Ackermann die Kamilla, Schröder den Grimaldi und Lambrecht den Bruder des Guelfo spielte. –

Dies schreckliche Stück machte eine außerordentliche Wirkung auf Reisern – es griff gleichsam in alle seine Empfindungen ein. – Guelfo glaubte sich von der Wiege an unterdrückt – das glaubte er von sich auch – ihm fielen dabei alle die Demütigungen und Kränkungen ein, denen er von seiner frühesten Kindheit an, fast so lange er denken konnte, beständig ausgesetzt worden war. – Er vergaß den Fürstensohn und alle die Verhältnisse eines Fürstensohnes und fand nur sich in dem unterdrückten Guelfo wieder. – Die bittre Lache, die Guelfo in der Verzweiflung über sich selbst aufschlug, griff in Reisers innerste Empfindungen ein – er erinnerte sich dabei aller der fürchterlichen Augenblicke, wo er wirklich am Rande der Verzweiflung stand und eben eine solche Lache über sich aufschlug – indem es sein eignes Wesen mit Verachtung und Abscheu betrachtete und oft mit schrecklicher Wonne in ein lautschallendes Hohngelächter ausbrach. –

Der Abscheu vor sich selber, den Guelfo empfand, indem er den Spiegel entzweischlägt, worin er sich nach der Mordtat erblickt – und daß er nun nichts wünscht, als zu schlafen – zu schlafen – das alles schien Reisern so wahr, so aus seiner eignen Seele, die beständig mit dergleichen schwarzen Phantasien schwanger ging, gehoben zu sein, daß er sich ganz in die Rolle des Guelfo hineindachte und eine zeitlang mit allen seinen Gedanken und Empfindungen darin lebte. –

Während daß also nun auf dem Königlichen Operntheater von der Schröderschen Gesellschaft Komödie gespielt wurde, kam auch die Zeit der Sommerferien heran, wo die Primaner jährlich öffentlich eine Komödie aufzuführen pflegten. –

Reiser zweifelte nicht, daß man ihm diesmal eine Rolle antragen würde, da er doch nun, seitdem er die Rede auf der Königin Geburtstag gehalten hatte, einer der angesehensten unter seinen Mitschülern war und daher auch gar nicht glaubte, daß man ohne ihn die Sache anfangen würde. –

Wie sehr erstaunte er also, da er vernahm, daß man die Sache dennoch ohne ihn angefangen und sogar schon die aufzuführenden Stücke bestimmt und ihm nicht einmal eine Rolle darin zugeteilt hatte. – Da er jetzt wirklich viele Freunde und vielen Anhang unter seinen Mitschülern hatte, so konnte er sich diese Zurückstellung erst gar nicht erklären, bis er denn freilich merkte, daß hier ein solcher Rollenneid und ein so ängstliches Bemühen, einander den Rang abzulaufen, stattfand, daß ein jeder genug für sich zu sorgen hatte und, wer sich nicht mit Gewalt hinzudrängte, auch nicht gerufen wurde. –

Reiser hat sich nachher oft an diesen Auftritt in seinem Leben zurückerinnert und Betrachtungen darüber angestellt, wie in diesen kindischen Bestrebungen nach einer so unbedeutenden Sache, als eine Rolle in einem Stücke war, das von den Primanern in Hannover aufgeführt wurde, sich doch das ganze Spiel der menschlichen Leidenschaften ebenso vollständig entwickelte, als ob es die allerwichtigste Angelegenheit betroffen hätte; und wie das Streben gegeneinander, dies Verdrängen und wieder Verdrängtwerden ein so getreues Bild des menschlichen Lebens im kleinen war, daß Reiser alle seine künftigen Erfahrungen hierdurch schon gleichsam vorbereitet sahe. –

Dies kam nun freilich wohl mit daher, weil den Primanern die Anordnung der Schauspiele und die Besetzung der Rollen aus ihrem Mittel gänzlich überlassen war. – Der Geist wurde dadurch gleichsam republikanisch – es konnten sich mehrere Kräfte entwickeln – List und Verschlagenheit gebraucht und Kabalen geschmiedet werden; wie es nur irgend bei der Wahl eines Parlamentsgliedes geschieht – denn es wurden über dergleichen öffentliche Angelegenheiten, auch wenn z. B. ein Aufzug mit Musik und Fackeln sollte veranstaltet werden, ordentlich Stimmen gesammlet, wodurch einer zum Anführer bei dem Zuge oder zu sonst etwas Öffentlichem gewählt wurde. –

Reiser sahe sich also nun auf einmal wieder, da er es am wenigsten vermutete, von demjenigen ausgeschlossen, woran sein ganzes Herz jetzt mehr wie jemals hing, und weswegen er vordem schon so viel erduldet hatte. – Er suchte sich zwar mit dem Gedanken zu trösten, daß man ihn verkenne, daß ihm von seinen Mitschülern Unrecht geschehen sei – aber dies wollte doch auf die Länge nicht zureichen – vorzüglich kränkte es ihn, daß sein Freund Winter ihm nichts davon gesagt hatte, der mit von der Gesellschaft der Spielenden war, und der es wußte, wie sehr sein Herz an dieser Sache hing. –

Aber dieser glaubte selbst in einem zu unvorteilhaften Lichte zu erscheinen, wenn er denjenigen als ein Mitglied in Vorschlag brächte, auf den die Aufmerksamkeit keines einzigen außer ihm gefallen war. – Winter meinte es deswegen übrigens noch gar nicht böse mit Reisern, sondern war nach wie vor sein Freund, nur bis auf diesen Punkt nicht. – Eine Erfahrung, die mancher vielleicht in seinem Leben öfter zu machen Gelegenheit gehabt hat. – Es hält schwer, in der Freundschaft standzuhalten, wenn sich alles wider jemanden erklärt – man fängt an, seinem eignen Urteil nicht recht mehr zu trauen, das immer noch einer Stütze außer sich zu bedürfen scheint, sei sie auch so klein sie wolle – wenn die Sache nur noch von einem einzigen in Regung gebracht wird, so will man gern der zweite sein, der einstimmt, nur der erste scheut sich ein jeder zu sein – und die Freundschaft muß schon einen sehr hohen Grad erreicht haben, wenn sie hier der entgegenstrebenden Politik nicht unterliegen soll. –

Winter war sonst ein sehr aufrichtiger Mensch – und da Reiser ihn fragte, was unter ihm und einer Anzahl seiner Mitschüler, die immer zusammenkämen, im Werke sei, so gab ihm Winter erst ohne Umschweife zu verstehen: er wolle es ihm nicht sagen – bis Reiser weiter in ihn drang und dann doch die ganze Sache erfuhr – wo dann jener sich damit aus der Verlegenheit zog, daß er die ganze Sache als unbedeutend vorstellte und als etwas, das doch wohl schwerlich zustande kommen würde usw.

Diese Erfahrung, die Reiser damals zuerst an seinem Freunde Winter machte, hat er nachher nur zu oft in seinem Leben wieder bestätigt gefunden. –

Außer Reisern war nun Iffland, von dem ich schon erwähnt habe, daß er nachher einer der beliebtesten dramatischen Schriftsteller geworden ist, derjenige, welcher sich unter der damaligen Generation der Primaner in Hannover in Ansehung seines Kopfes am mehrsten auszeichnete – und an den sich Reiser schon vor einigen Jahren anzuschließen gesucht hatte. – Allein die Verschiedenheit ihrer Glücksumstände hatte dieses Aneinanderschließen damals gehindert. –

Da nun aber Reiser angefangen hatte, sich auszuzeichnen, so fing Iffland von selber an, sich an ihn zu schließen – und sie unterredeten sich oft bei ihren einsamen Spaziergängen über ihre künftige Bestimmung in der Welt. – Iffland lebte auch ganz in der Phantasienwelt und hatte sich damals gerade ein sehr reizendes Bild von der angenehmen Lage eines Landpredigers entworfen – er war also entschlossen, Theologie zu studieren, und unterhielt Reisern fast beständig mit der Schilderung jener stillen, häuslichen Glückseligkeit, die er dann im Schoß einer kleinen Gemeinde, die ihn liebte, in seinem Dörfchen genießen würde. – Reiser, welcher dergleichen Spiele der Phantasie aus eigner Erfahrung kannte, prophezeite ihm im voraus, daß er diesen Entschluß zu seinem eignen Besten wohl nie in Erfüllung bringen würde: denn wenn er Prediger würde, so würde er wahrscheinlich ein großer Heuchler werden – er würde mit der größten Hitze des Affekts und mit aller Stärke der Deklamation doch immer nur eine Rolle spielen. – Ein geheimes Gefühl sagte Reisern, daß dies bei ihm selber wohl der Fall sein würde, darum konnte er jenem so gut den Text lesen. –

Iffland ist nun freilich nicht Prediger geworden – aber es ist doch sonderbar, jene Ideen von häuslicher stiller Glückseligkeit, die er damals so oft gegen Reisern geäußert hat, sind doch nicht verloren gegangen, sondern fast in allen seinen dramatischen Arbeiten realisiert, da er sie in seinem Leben nicht hat realisieren können. –

Da nun aber die Schauspieler wieder nach Hannover kamen, so wurden bei Iffland alle jene reizenden Phantasien von stiller Glückseligkeit auf einem Dorfe sehr bald verdrängt, und die herrschende Idee war nun bei ihm sowie bei Reisern wieder das Theater. –

Iffland war nun einer der vorzüglichsten Mitglieder der Gesellschaft, die sich zum Aufführen der Komödie verbunden hatten, aber hier hatte er dennoch seinen Freund Reiser auch vergessen. –

Diese Vernachlässigung von denen, die er noch für seine besten Freunde hielt, bei einer Sache, die ihm so sehr am Herzen lag wie diese, war ihm äußerst kränkend. – Er sprach mit Iffland darüber, der sich damit entschuldigte, er habe nicht geglaubt, daß Reiser zu der Sache noch Lust habe. – Und was Reisern am meisten kränkte, war, als er hörte, daß er bei der Rollenausteilung nicht etwa Feinde unter der Gesellschaft gehabt, die ihn hätten ausschließen wollen, sondern daß man gar nicht einmal an ihn gedacht, seiner nicht einmal erwähnt hatte. –

Da er sich nun indes erklärte, daß er an der Gesellschaft teilnehmen wolle, so war man ihm nicht zuwider, wenn er mit einer von den Rollen, die noch übrig waren, vorliebnehmen wollte. – Er mußte sich denn hiezu entschließen und erhielt in dem ersten Stück, das aufgeführt wurde, in dem Deserteur aus Kindesliebe, noch die Rolle des Peter, welche ihm freilich nicht die angenehmste war, die er doch aber lieber als gar keine nahm. –

Man wird die Erzählung dieser anscheinenden Kleinigkeiten nicht unwichtig finden, wenn man in der Folge sehen wird, daß sie auf sein künftiges Leben einen großen Einfluß hatten, und daß die Rollenausteilung bei den Komödien, die er mit seinen Mitschülern aufführte, gleichsam ein Bild von einem Teile seines künftigen Lebens war. –

Er wollte sich nicht zudrängen und war doch wieder nicht stark genug, es zu ertragen, wenn man ihn vernachlässigte. –

Da er nun ein Mitglied der theatralischen Gesellschaft geworden war, so verleitete ihn dies zu vielen Ausgaben, die seine Einkünfte überstiegen – und zu vielen Versäumnissen, die seine Einkünfte verminderten. – Er mußte die Gesellschaft zuweilen zu sich bitten, wie es ein jeder tat – und der öftern Proben wegen, die angestellt wurden, manche seiner Unterrichtsstunden, die er gab, versäumen. – Überdem war sein Kopf nun wieder beständig mit Phantasien erfüllt – er war zu keinem anhaltenden und ernsthaften Nachdenken, zu keinem Fleiß im Studieren mehr aufgelegt. –

Es bildeten sich nun schon Schriftstellerprojekte in seinem Kopfe – er wollte ein Trauerspiel „der Meineid“ schreiben. – Er sah schon den Komödienzettel angeschlagen, worauf sein Name stand – seine ganze Seele war voll von dieser Idee – und er ging oft wie ein Rasender in seiner Stube wütend auf und nieder, indem er alle die gräßlichen und fürchterlichen Szenen seines Trauerspiels durchdachte und durchempfand. – Der Meineid gereute den Meineidigen zu spät, und Mord und Blutschande war schon die Folge davon gewesen, als er eben im Begriff war, von unaufhörlicher Gewissensangst getrieben, den Meineid durch Aufopferung seines ganzen Vermögens, das er dadurch gewonnen hatte, wieder gutzumachen – und der schmeichelhafteste Gedanke für Reisern war, wenn er dies Stück noch in seinem jetzigen Stande, noch als Schüler vollenden würde, was man denn für Erwartungen von ihm schöpfen – wie es dann noch weit mehr ihm zum Ruhm gereichen müßte. –

Schon in seinem neunten Jahre, da er in die Schreibschule ging, hatte er sich mit einem seiner Mitschüler vorgenommen, daß sie zusammen ein Buch schreiben wollten – und beide schmeichelten sich schon damals mit der Idee, wie ihnen dies zum ewigen Ruhme gereichen würde. – Der Knabe, welcher damals den Entwurf zu dem Buche mit ihm machte, das ihre beiderseitigen Lebensgeschichten enthalten sollte, war ein sehr guter

Kopf, der sich aber nachher durch einen übertriebenen Fleiß zugrunde richtete und im siebzehnten Jahre starb. –

Mit diesem spielte er auch schon damals zuweilen, ehe die Stunde anging, und wenn der Lehrer noch nicht da war, Komödie und fand immer in dieser Art von Belustigung ein unbeschreibliches Vergnügen – ob er gleich damals noch gar keine Komödie gesehen, sondern nur aus Erzählungen andrer einen ganz dunklen Begriff davon hatte. – Was aber die Verfertigung des Buchs anbetraf, so war ihm das damals schon eine so erhabene Idee – ein Buch war ihm eine so heilige und wichtige Sache, deren Hervorbringung er kaum einem Sterblichen, wenigstens keinem noch lebenden Sterblichen zutrauete. –

Überhaupt war es ihm noch lange nachher immer eine sonderbare Idee, wenn er hörte, daß die Personen, die irgendein berühmtes Werk geschrieben hatten, noch lebten und also aßen, tranken und schliefen wie er. –

Da er in seinem sechzehnten Jahre zum ersten Male Moses Mendelssohns Schriften las, so kam der Name, der alte Homerskopf auf dem Titel, alles zusammen, um eine sonderbare Täuschung bei ihm hervorzubringen, als ob dieser Moses Mendelssohn irgendein alter Weiser sei, der vor Jahrhunderten gelebt hätte und dessen Schriften nun etwa ins Deutsche übersetzt wären – er trug sich lange mit diesem Wahn herum, bis er einmal zufälligerweise von seinem Vater hörte, daß dieser Mendelssohn noch lebe, daß er ein Jude sei, auf den die ganze jüdische Nation sehr stolz wäre, und daß Reisers Vater ihn selbst in Pyrmont gesehen habe, und wie er aussähe usw. Dies brachte in Reisers Ideenzustande auf einmal eine große Veränderung hervor – seine Vorstellungen vom Alten und Neuen, Gegenwärtigen und Vergangnen mischten sich sonderbar durcheinander. – Er konnte sich nur mit Mühe zu dem Gedanken gewöhnen, sich einen Mann als noch lebend vorzustellen, den seine Einbildungskraft so lange in die vergangnen Jahrhunderte zurückversetzt hatte. – Er dachte sich einen solchen Mann wie eine unter den Menschen wandelnde Gottheit – und solche Menschen einst von Angesicht zu Angesicht zu sehen, mit ihnen sich zu unterreden, das war der höchste seiner Wünsche. –

Und nun hatte er sich doch im Ausdruck seiner Gedanken auf verschiedene Art versucht; er fing an zu hoffen, daß ihm vielleicht einmal ein Werk des Geistes gelingen würde, wodurch er sich den Weg in jenen glänzenden Zirkel bahnte und sich das Recht erwürbe, mit Wesen umzugehen, die er bis jetzt noch so weit über sich erhaben glaubte. – Daher schrieb sich vorzüglich mit die Schriftstellersucht, welche schon damals anfing, ihn Tag und Nacht zu quälen. –

Ruhm und Beifall sich zu erwerben, das war von jeher sein höchster Wunsch gewesen; – aber der Beifall mußte ihm damals nicht zu weit liegen – er wollte ihn gleichsam aus der ersten Hand haben und wollte gern, wie es der natürliche Hang zur Trägheit mit sich bringt, ernten ohne zu säen. – Und so griff nun freilich das Theater am stärksten in seinen

Wunsch ein. – Nirgends war jener Beifall aus der ersten Hand so wie hier zu erwarten. – Er betrachtete einen Brockmann, einen Reineck immer mit einer Art von Ehrfurcht, wenn er sie auf der Straße gehen sahe, und was konnte er mehr wünschen, als in den Köpfen anderer Menschen einst ebenso zu existieren, wie diese in seinem Kopfe existierten. – So wie jene Leute vor einer so großen Anzahl von Menschen, als sonst nur selten oder nie versammlet sind, alle die erschütternden Empfindungen der Wut, der Rache, der Großmut nacheinander durchzugehen und sich gleichsam jeder Nerve des Zuschauers mitzuteilen, – das deuchte ihm ein Wirkungskreis, der in Ansehung der Lebhaftigkeit in der Welt nicht seinesgleichen hat. –

Allein er war nun freilich zu spät zu der theatralischen Gesellschaft getreten, um eine Rolle, wie er sie sich wünschte, zu erhalten, welches ihn außerordentlich kränkte. – Indes freute es ihn doch wieder, daß er nur noch eine Rolle bekam, da er den Ersatz erhielt, daß ihm die Verfertigung eines Prologs zu dem Deserteur aus Kindesliebe aufgetragen wurde, welcher nebst dem Personenverzeichnis gedruckt werden sollte. –

Nun wartete man nur darauf, bis die ordentlichen Schauspieler wieder wegreisen würden, um alsdann ebenfalls auf dem großen Königlichen Operntheater zu spielen, wozu sich die Primaner selbst die Erlaubnis erbeten hatten – so daß diesmal diese dramatischen Übungen so glänzend wurden, wie sie noch niemals gewesen waren. – Die ganze Einrichtung war dabei den jungen Leuten selbst überlassen – und da nun Reiser mit von der Gesellschaft war, so nahm er doch auch an allen öffentlichen Beratschlagungen und Debatten teil – eine Sache, die er von altersher nie gewohnt gewesen war, und die ihm daher fremd vorkam – es war ihm ordentlich, als käme es ihm nicht recht zu, wenn man ihn auch mit in Betrachtung zog. –

Ob er nun gleich eben keine äußere Veranlassung dazu hatte, so war ihm doch die Einsamkeit noch immer lieb – und seine vergnügtesten Stunden waren, wenn er etwa eine Strecke vor das Tor hinaus nach einer Windmühle ging, wo ringsumher in einem kleinen Bezirk eine romantische Abwechselung von Hügeln und Tälern war, und wo er sich im Garten in einer Laube eine Schale Milch geben ließ und dabei las – oder in seine Schreibtafel schrieb. – Dies war schon vor mehrern Jahren einer seiner liebsten Spaziergänge, und er war auch oft mit Philipp Reisern da gewesen. –

Als Werthers Leiden erschienen, fiel ihm bei den reizenden Beschreibungen von Wahlheim sogleich diese Windmühle ein und die manchen süßen Stunden, welche er einsam da genossen hatte.

Dann war vor dem neuen Tore ein künstlich angelegtes, ganz kleines Wäldchen, worin so viele Krümmungen und sich durchschlängelnde Pfade angebracht waren, daß man das Wäldchen wenigstens für sechsmal so groß hielt, als es war, wenn man darin herumirrte – man hatte ringsumher die Aussicht auf eine grüne Wiese, wo in der Ferne hinter den einzelnen hohen Bäumen, unter denen Reiser so gern zu wandern pflegte, und hinter dem kleinen Gebüsch, wo er sich so oft gelagert hatte, der Fluß hervorschimmerte, mit dessen Ufern er ebenfalls, durch seine öftern Spaziergänge an demselben, unter so manchen verschiednen Situationen seines Lebens vertraut geworden war. – Oft wenn er am Ende dieses Wäldchens auf einer Bank saß und in die weite Gegend hinausschaute, stiegen alle die vergangnen Szenen seines Lebens, der Kummer und Sorgen, die er dort an so manchem schwülen Sommertage mit sich herumgetragen hatte, wieder vor ihm auf, und das Andenken daran versetzte ihn in eine stille Wehmut, der er mit Vergnügen nachhing. – Er konnte auch in der Ferne die Brücke sehn, die über den Bach ging, an dem er so manche Stunde gesessen und so manches gelesen und gedichtet hatte. – Weil nun das Wäldchen so nahe vor der Stadt war, so pflegte er oft des Abends im Mondschein hinauszugehn und auch wohl mitunter ein wenig zu „siegwartisieren", ohne doch den Siegwart gelesen zu haben, der erst ein Jahr nachher erschien. –

Hier hatte er in dem vorigen Jahre, da er neunzehn Jahr alt war, an einem rauhen Septemberabend seinen Geburtstag gefeiert – und sich selber die heiligsten Gelübde getan, sein künftiges Leben besser als das vergangne zu nutzen. –

Auf diesen einsamen Spaziergängen verfertigte er denn auch seinen Prolog, der sich wie seine Rede mit „welch ein" anfing; denn in das sanft klingende „welch ein" hatte er sich ordentlich verliebt, es schien gleich eine solche Fülle von Ideen zu fassen und alles Folgende hineinzufügen – er konnte sich keinen vollklingendern Anfang denken und hub daher denn auch seinen Prolog an:

Welch eine Göttin geußt Entzücken
Ins Herz des Fühlenden?
Läßt mitleidsvoll vor seinen Blicken
Oft Szenen sanfter Freud' entstehn,
Und bildet ihre Haine schön
Sanfttraurender Melancholie?
Sie ists, des Himmels Phantasie –
Oft wandelt sie auf Blumenwegen
Mit ihm ins stille Tal hinab,
Zeigt ihm die Unschuld da in Hütten
Und Freuden, welche Gott ihr gab, usw.

Dieser Prolog wurde nun nebst dem Personenverzeichnis wie ein kleines Buch gedruckt, und auf dem Titel stand: „verfaßt von Reiser, gesprochen von Iffland". – Reiser sah sich also aufs neue gedruckt, und was noch mehr war, so erhielt er von seinen Mitschülern den Auftrag, den Prinzen selbst zu der Komödie einzuladen, welches er denn mit dem Degen an der Seite und in seinem Galakleide, worin er die Rede gehalten hatte, tat. –

Die Noblesse und Honoratioren der Stadt wurden nun auch von den jungen Leuten selbst eingeladen, und Reiser erhielt hier wiederum Gelegenheit so wie damals, da er die Rede gehalten hatte, einen Teil der großen Welt in der Nähe zu sehen, den er vorher nur noch aus einer großen Entfernung angestaunt hatte – er sahe, daß die Minister, Grafen und Edelleute, mit denen er nun Gesicht gegen Gesicht sprach, nicht so erstaunlich von ihm verschiedene Wesen waren, sondern daß sie in ihren Äußerungen ebenso wie die gemeinsten Leute manchmal etwas Sonderbares und Komisches hatten, wodurch der Nimbus um sie verschwand, sobald man sie nur reden hörte und sich in der Nähe mit ihnen unterhielt. –

So glänzend nun Reisers Zustand schien, wenn er so über die Straße paradierte und in den ersten Häusern seine Cour machte, so war dieser Zustand doch im eigentlichen Verstande ein glänzendes Elend zu nennen – denn durch das schlechte Verhältnis seiner Ausgaben gegen seine Einkünfte wurden seine Umstände immer mißlicher, seine Lage immer ängstlicher. – Überdem drückte ihn das Einförmige seiner Lage, und daß er noch keine Aussicht vor sich sahe, die Universität mit Anstand zu beziehen – auch war ihm nun jener Beifall aus der ersten Hand, den ein Schauspieler einernten kann, so wichtig und so lieb geworden, daß sein Hang immer mehr nach dem Theater als nach der Universität war. –

Es war wirklich damals gerade die glänzendste Schauspielerepoche in Deutschland, und es war kein Wunder, daß die Idee, sich in eine so glänzende Laufbahn, wie die theatralische war, zu begeben, in den Köpfen mehrerer jungen Leute Funken schlug und ihre Phantasie erhitzte – das war denn damals auch der Fall bei der dramatischen Gesellschaft in Hannover – sie hatte gerade die vortrefflichsten Muster, einen Brockmann, Reineck, Schröder zu einem Zweck der Kunst vereinigt, täglich Lorbeern einernten sehen, und es war wirklich kein unrühmlicher Gedanke, solchen Mustern nachzueifern. –

Und um nun diesen Endzweck zu erreichen, brauchte man nicht erst drei Jahre auf der Universität studiert zu haben. – Dann kam bei Reisern die unwiderstehliche Begierde zum Reisen hinzu, welche sich seit der abenteuerlichen Wallfahrt nach Bremen seiner bemächtigt hatte – und der Gedanke, sich aus allen seinen bisherigen Verhältnissen, wo selbst das Beste ihm doch immer nur halb geglückt war, hinauszuversetzen und sein Glück in der weiten Welt zu suchen, fing allmählich an, bei ihm der herrschende zu werden – es war aber nur noch ein bloßes Spiel seiner Phantasie; er war noch nicht eigentlich entschlossen, die Sache selbst ins Werk zu richten. –

Während dieser Zeit besuchte ihn nun sein Vater in Hannover, den er jetzt zum ersten Male in seiner Stube, die mit sehr guten Möbeln versehen und schön austapeziert war, bewirten konnte. – Seinem Vater suchte er nun seine Lage von der angenehmsten und vorteilhaftesten Seite zu schildern und stellte ihm das Aufführen der Komödie als eine Sache vor, wodurch er nun sowohl wegen des gedruckten Prologs als auch, weil er den

Prinz selbst dazu eingeladen hätte, wieder neue Aufmerksamkeit auf sich errege und sich ebenso wie durch die Rede an der Königin Geburtstage im auffallenden Lichte wieder zeigen könnte. –

Reisers Vater äußerte bei dieser Gelegenheit einen sehr wichtigen und wahren Gedanken, daß solche Vorfälle, wo einer sich öffentlich zu seinem Vorteil zu zeigen Gelegenheit hat, wie z. B. bei der Rede an der Königin Geburtstage, gleichsam wie ein Sieg zu betrachten wären, den man verfolgen müsse, weil dergleichen im Leben sich nur selten ereigne. –

Reiser begleitete seinen Vater bei dessen Rückreise eine Stunde vor das Tor hinaus, und da sie nun an eben den Fleck kamen, wo ihm derselbe einst seinen Fluch gegeben hatte, so standen sie zufälligerweise still – es fiel Reisern nachher erst ein, daß dies derselbe Fleck war – sie hatten sich bis dahin über die wichtigsten und erhabensten Gegenstände, worin die Mystik und die Metaphysik zusammentreffen, unterredet, und nun schloß Reisers Vater einen Bund mit seinem Sohne, daß sie von nun an gemeinschaftlich jenem großen Ziele der Vereinigung mit dem höchsten denkenden Wesen näher zu kommen streben wollten; worauf er ihm denn auf eben dem Fleck durch Auflegung der Hand seinen Segen erteilte, wo er ihm ehemals seinen Fluch gab. –

Reiser kehrte also nun in einer sehr guten Stimmung wieder zu Hause – und blieb darin, bis nun wieder eine neue Rollenbesetzung von den Stücken, die außer dem Deserteur aus Kindesliebe noch aufgeführt werden sollten, seine Phantasie erregte und seine durch vernünftiges Nachdenken eingewiegten romanhaften Ideen wieder erweckte. –

Die Stücke, die noch aufgeführt wurden, waren Clavigo, der Mann nach der Uhr und der Edelknabe. – Er hatte im Deserteur aus Kindesliebe mit einer unbedeutenden Nebenrolle vorlieb genommen und rechnete nun darauf, wenigstens die Rolle des Clavigo zu erhalten – so wie nun alle Wünsche seines Herzens sich auf das Theater hefteten, so waren sie insbesondre auf diese Rolle gleichsam gespannt – und man teilte sie nicht ihm, sondern einem andern zu, der sie offenbar schlechter spielte, wie Reiser sie gespielt haben würde. –

Reisers Kränkung hierüber war so groß, daß ihn dieser Vorfall in eine Art von wirklicher Melancholie stürzte. – Wem dies unwahrscheinlich oder unnatürlich vorkommt, der erwäge, daß sein ganzer Wunsch, den er schon jahrelang bei sich genährt hatte, jetzt gerade auf der Spitze der Erfüllung oder Nichterfüllung stand, öffentlich vor den versammleten Einwohnern seiner Vaterstadt seine Talente zu entwickeln und zeigen zu können, wie tief er empfand, was er sagte, und wie mächtig er wieder das durch Stimme und Ausdruck zu sagen imstande wäre, was er so tief empfand – solche erschütternde Empfindungen wieder bei Tausenden zu erregen, wie Reineck, der den Clavigo spielte, in ihm erregt hatte, das war für ihn ein so großer, stolzer und die Seele erhebender Gedanke, wie vielleicht nie für irgendeinen Sterblichen eine Rolle in einem Trauerspiel gewesen sein mag. – Hier wäre nun alles das weit über seine Erwartung erfüllt worden, was er sich schon vor mehr als fünf Jahren gewünscht hatte. – Denn das Auditorium war hier so glänzend und zahlreich, wie es vielleicht nie gewesen sein mochte. – Das Schauspielhaus, welches einige tausend Personen faßte, war so voll, daß niemand mehr Platz darin fand, und unter den Zuschauern befand sich der Prinz nebst dem ganzen Adel, die Geistlichkeit und die Gelehrten und Künstler der Stadt. – Vor einem solchen Auditorium und dazu in einer Stadt, die beinahe seine Vaterstadt war, worin er erzogen und so mancherlei widerwärtige Schicksale erlebt hatte, sich mit aller der Stärke der Empfindungen und des Ausdrucks, die er bis jetzt nur für sich allein hatte entwickeln können, öffentlich zu zeigen – konnte in seiner Lage wohl etwas Wünschenswerteres für ihn sein? –

Aber vom sterbenden Sokrates an schien der Genius der Schauspielkunst auf ihn zu zürnen.

Er suchte sich die Rolle des Clavigo zu erbitten und zu ertrotzen, aber beides half nichts; sein Nebenbuhler siegte. –

Dies griff ihn auf seiner verwundbarsten Seite, auf dem zärtlichsten Fleck seines Lebens an – alles übrige wurde ihm nun dadurch verbittert. – Keiner unter allen, der ihm die Rolle des Clavigo abgetreten hätte, würde so viel darunter verloren haben als er, daß er sie nicht erhielt. – Da sein eigentlicher gegenwärtiger Lebensfleck ihm so verdunkelt war, so zog es sich auch wieder über sein ganzes übriges Leben wie ein Flor; alles hüllte sich ihm in melancholische Trauer – er suchte die Einsamkeit wieder, wo er nur konnte, und fing an, sich in seinem Äußern zu vernachlässigen. –

Philipp Reiser machte indes auf seiner Stube Klaviere und nahm an allen diesen Possen keinen Teil. – Anton Reiser war seit seiner Verbindung mit der dramatischen Gesellschaft selten zu ihm gekommen – jetzt, da es ihm so wenig nach Wunsch ging, besuchte er ihn wieder öfter, hing bei ihm seiner Schwermut nach, ohne ihm doch den eigentlichen Grund davon zu sagen – denn er wollte sich gegen sich selbst nicht einmal recht merken lassen, daß seine Schwermut bloß davon herrührte, weil er die Rolle des Clavigo nicht erhalten hatte, sondern er wollte sich lieber überreden, daß dieselbe eine Folge von seiner Betrachtung des menschlichen Lebens überhaupt sei. –

Indes wurde ihm von der Zeit an, daß er die Rolle des Clavigo nicht erhielt, sein Aufenthalt in Hannover lästig, er fing von der Zeit an, unstet und flüchtig zu werden. – Sein jahrelanger sehnlichster Wunsch mußte in Erfüllung gebracht werden, mochte es nun auch sein, wo es wollte – er mußte irgendwo alles das wirklich machen, was bis jetzt durch eine so lang anhaltende Komödienlektüre und seinen schon so lange fortdaurenden Hang zum Theater in seiner Phantasie reif geworden war. –

Als der Clavigo probiert wurde, hatte er sich in eine der Logen versteckt – und während daß Iffland als Beaumarchais auf dem Theater wütete, wütete Reiser, der in der Loge ausgestreckt am Boden lag, gegen sich selber, und seine Raserei ging so weit, daß er sich das Gesicht mit Glasscherben, die am Boden lagen, zerschnitt und sich die Haare raufte. – Denn die Erleuchtung, die Blicke unzähliger Zuschauer alle auf ihn allein hingeheftet und sich, vor allen diesen forschenden Blicken seine innersten Seelenkräfte äußernd, durch die Erschütterung seiner Nerven auf jede Nerve der Zuschauer wirkend – das alles wurde ihm in dem Augenblick gegenwärtig – und nun sollte er nichts wie unter der Menge verloren ein bloßer Zuschauer sein, wie er jetzt war, während daß ein Dummkopf, der den Clavigo spielte, alle die Aufmerksamkeit auf sich zog, die ihm, dem stärker Empfindenden, gebührt hätte. –

Nach alle den vorhergehenden Situationen, worin er sich seit Jahren befunden hatte, war ihm nun die Rolle des Clavigo gleichsam Zweck seines Lebens geworden, das durch tausend drückende Lagen einmal ganz unter die Herrschaft der Phantasie zurückgedrängt war, die nun über dasselbe ihre Rechte ausüben wollte. – – Die Saite war bis zur höchsten Spannung hinaufgewunden, und nun sprang sie. –

Als diese schreckliche Probe vorbei war, so fand sich Reiser wieder ganz allein, ohne einen Freund, ohne einen, der sich seiner annahm. – Er wollte doch jemanden seinen Kummer klagen und ging zu Iffland, der sich von dem Augenblick fester wie jemals an ihn schloß: weil gerade dasselbe Bedürfnis bei ihm war, was Reisern zu ihm trieb. –

Ifflands Phantasie war ebenfalls bis auf den höchsten Grad gespannt, und sein Hang zum Theater überwiegend geworden, er bedurfte einen, dem er seine geheimsten Wünsche und seinen Kummer entdecken konnte. –

Nun hatten sein Vater und sein älterer Bruder nicht ohne Grund befürchtet, daß der Hang zum Theater durch den großen Beifall, den er sich durch sein Spiel erwarb, zu sehr genährt und am Ende überwiegend werden möchte, und ihm daher untersagt, an den dramatischen Übungen ferner teilzunehmen, wogegen er nun freilich alle möglichen Einwendungen machte und eben jetzt noch deswegen mit seinem Vater in Unterhandlung stand. – Er machte nun Reisern zum Vertrauten von seinem Vorsatz, sich ganz dem Theater zu widmen, so wie er ehmals mit ihm über seinen Entschluß, ein Dorfprediger zu werden, gesprochen hatte. – Die Rolle, welche Iffland schon gespielt hatte, war der Deserteur im Deserteur aus Kindesliebe und der Jude im Diamant, der als Nachspiel zum Deserteur gegeben wurde. – Den Juden hatte er so meisterhaft gespielt, daß er nachher mit ebendieser Rolle unter Ekhofs Augen debütierte und seine theatralische Laufbahn eröffnete – so wie er sich nun durch den Juden im höchsten Komischen gezeigt hatte, so zeigte er sich durch den Beaumarchais im höchsten Tragischen, und sein Spiel war wirklich in dieser letztern Rolle so hinreißend, daß man Brockmann selbst zu hören und zu sehen glaubte; und das Vergnügen, sich in dieser Rolle öffentlich zu zeigen, sollte ihm nun verleidet werden. – Er nötigte Reisern, die

Nacht bei ihm auf seiner Stube zu bleiben, wo sie sich denn in reizenden Träumen von der Glückseligkeit, die der Stand eines Schauspielers gewährte, verloren, bis sie beide darüber einschliefen. –

Jetzt waren sie beide fast unzertrennlich und Tag und Nacht beisammen. – Und einst, da sie an einem warmen aber trüben Morgen vors Tor hinausgingen, sagte Iffland, dies wäre gutes Wetter, davonzugehen – und das Wetter schien auch so reisemäßig, der Himmel so dicht auf der Erde liegend, die Gegenstände umher so dunkel, gleichsam als sollte die Aufmerksamkeit nur auf die Straße, die man wandern wollte, hingeheftet werden. – Die Idee wurde in beider Köpfen so rege, daß nicht viel fehlte, sie hätten sie gleich ins Werk gerichtet – indes wollte doch Iffland womöglich in Hannover noch seinen Beaumarchais spielen – sie kehrten also nach der Stadt wieder um – so sehr sich nun auch Iffland für Reisern mit bewarb, so war es doch unmöglich, daß dieser die Rolle des Clavigo erhalten konnte – statt dessen trat ihm endlich der, welcher den Clavigo spielte, den Fürsten im Edelknaben ab – und in dem Manne nach der Uhr erhielt Reiser die Rolle des Magister Blasius. –

Reiser war nun darüber melancholisch, daß er den Clavigo nicht spielen sollte, und Iffland, daß er überhaupt nicht mehr mit Komödie spielen sollte – beide aber suchten sich zu überreden, daß sie des Lebens um sein selbst willen überdrüssig wären, und luden sich einmal des Nachts zwei Pistolen, womit sie fast die ganze Nacht hindurch Kurzweil trieben, indem sie „sein oder nicht sein" hertragierten. –

Bei Reisern ging indes der Lebensüberdruß in der Tat so weit, daß er nicht aus der Stelle wich, wenn Iffland die geladene Pistole auf ihn hielt und den Finger anlegte, um sie abzudrücken, indes Reiser ebendasselbe wieder gegen ihn tat. –

Am andern Tage aber hatte er einen etwas ernsthaftern Auftritt mit Philipp Reisern, den er besuchte. – Er hatte die Nacht nicht geschlafen, eine dumme Trägheit blickte aus seinen hohlen Augen hervor, der Lebensüberdruß saß auf seiner Stirne, alle Spannkraft seiner Seele war dahin – er sagte zu Philipp Reisern guten Tag! – und dann stand er da wie ein Stock. –

Philipp Reiser, der ihn schon öfter aber noch nie in dem Grade in einem solchen Zustand der Erschlaffung gesehen hatte und der nun zu fürchten anfing, daß es wohl gänzlich mit ihm vorbei sein möchte – tat ihm im ganzen Ernst den Vorschlag, daß er ihn totschießen wollte, ehe ein verworfner und schlechter Mensch aus ihm würde, wie jetzt der Fall wäre. – Mit Philipp Reisern, dessen Begriffe ebenfalls romanhaft und überspannt waren, war in solchen Fällen nicht zu spaßen. – Anton Reiser verbat sich also diese Kur noch für jetzt und versicherte, daß er sich wohl noch einmal von seiner jetzigen Erschlaffung wieder erholen würde.

Indes fing nun seine Lage an, immer mißlicher zu werden – durch die Ausgaben, welche sein Teilnehmen an der Aufführung der Komödien erforderte, die seine

Einkünfte weit überstiegen, und durch die Versäumnis der Lehrstunden, welche er gab, stürzte er sich immer tiefer in Schulden und fing bald an den notwendigsten Bedürfnissen des Lebens wieder an Mangel zu leiden, weil er nicht die Kunst gelernt hatte, auf Kredit zu leben. –

Seine Garderobe als Fürst im Edelknaben, die er sich, so wie jeder die seinige, selbst anschaffen mußte, kostete ihm allein so viel, als wovon er einen Monat lang alle seine Ausgaben hätte bestreiten können – und für dies alles erreichte er doch nicht einmal seinen Zweck, sich in einer auffallenden tragischen Rolle zeigen zu können, welches doch eigentlich von jeher sein Wunsch gewesen war. –

Von den drei Stücken, die an einem Abend nacheinander aufgeführt wurden, war Clavigo das erste, der Mann nach der Uhr das zweite, und der Edelknabe blieb bis zuletzt. –

Während daß nun der Clavigo aufgeführt wurde, suchte Reiser in der Anziehstube dicht bei dem Theater so viel wie möglich seine Sinne zu betäuben und sich die Ohren zu verstopfen – jeder Laut, den er vom Theater hörte, war ihm ein Stich durch die Seele – denn hier war es, wo nun eben das schönste Gebäude seiner Phantasie, woran jahrelang gebaut worden war, wirklich scheiterte, und er mußte es selbst mit ansehen, ohne es im mindesten verhindern zu können – er suchte sich mit den beiden Rollen, die er noch zu spielen hatte, zu trösten und alle seine Aufmerksamkeit darauf zu heften, aber es war vergeblich – während daß die Rolle des Clavigo nun von einem andern vor einer solchen Menge von Zuschauern wirklich gespielt wurde, war ihm zumute wie einem, der alle sein Hab und Gut ohne Rettung in den Flammen aufgehen sieht – noch bis zum letzten Tage hatte er immer gehofft, diese Rolle, es koste auch, was es wolle, zu erhalten – nun aber war alles vorbei. –

Und da nun wirklich alles vorbei und Clavigo zu Ende gespielt war, so wurde ihm wieder etwas leichter. – Aber ein Stachel blieb doch immer in seiner Brust zurück. – Er spielte nun im Mann nach der Uhr, worin Iffland den Mann nach der Uhr machte, die Rolle des Magister Blasius mit allem Beifall. – Aber dies war nicht der rechte Beifall, den er sich gewünscht hatte. – Er wollte nicht zum Lachen reizen, sondern durch sein Spiel die Seele erschüttern. – Der Fürst im Edelknaben war nun zwar eine edle, aber doch eine zu sanfte Rolle für ihn – und überdem mißlang es gewissermaßen mit der ganzen Aufführung des Stücks – denn da der Clavigo und der Mann nach der Uhr zu Ende waren, so gingen die meisten Zuschauer weg, weil es schon sehr spät war, und es blieb nicht der dritte Teil da, welche den Edelknaben noch abwarteten – dies und der quälende Gedanke an den Clavigo, den er immer noch nicht unterdrücken konnte, war Ursach, daß Reiser den Fürsten im Edelknaben sehr nachlässig und weit schlechter spielte, als er ihn hätte spielen können – und da nun alles geendigt war, mißvergnügt und traurig nach Hause ging. – Er dachte aber dabei doch noch dereinst seine Lust zu büßen, sich auf dem Theater in einer heftigen und erschütternden Rolle zu zeigen, möchte es auch kosten, was es wolle. – Daß ihm zum ersten Male dieser Genuß versagt war, reizte seine Begierde darnach nur noch stärker – und wie konnte er sicherer die Erfüllung seines höchsten Wunsches hoffen, als wenn er das zum eigentlichen Geschäft seines Lebens machte, woran ohnedem schon sein ganzes Herz hing. – Der Gedanke, sich dem Theater zu widmen, bekam daher, statt niedergedrückt zu werden, noch immer mehr Gewalt über ihn. –

Allein so wie man immer zu dem, was man zu tun wünscht, sich selbst die dringendsten Bewegungsgründe zu schaffen sucht, um sein Betragen gleichsam gegen sich selbst zu rechtfertigen – so suchte sich auch Reiser die Bezahlung der kleinen Schulden, die er zu machen verleitet war, als eine so unmögliche Sache und die Entdeckung derselben als etwas so Mißliches vorzustellen, daß er schon dieserwegen sich aus Hannover entfernen zu müssen glaubte. – Aber seine eigentlichen Bewegungsgründe waren der unwiderstehliche Trieb nach Veränderung seiner Lage und die Begierde, sich auf irgendeine Weise so bald wie möglich öffentlich zu zeigen, um Ruhm und Beifall einzuernten, wozu ihm nun freilich nichts bequemer als das Theater scheinen mußte, wo es einem nicht einmal darf zur Eitelkeit angerechnet werden, daß er sich so oft wie möglich zu seinem Vorteil zeigen will, sondern wo die Sucht nach Beifall gleichsam privilegiert ist. –

Indes fingen seine kleinen Schulden freilich auch an, ihn zu drücken, wozu noch ein paar Demütigungen kamen, die ihm vollends seinen längern Aufenthalt in Hannover zum Ekel machten. –

Die eine bestand darin, daß ein junger Edelmann, den er unterrichtete, und mit dem er sich auf der Stube desselben manchmal noch ein wenig zu unterhalten pflegte, zu ihm sagte, er habe die Ehre sich ihm zu empfehlen, ehe sich Reiser selbst noch empfohlen hatte. – Es war sehr wahrscheinlich, daß jener wirklich geglaubt hatte, Reiser mache Miene zum Weggehen, und also mit dem Abschiedskomplimente ein wenig zuvorkommend gewesen war – aber eben dies Zuvorkommende war für Reisern so erschrecklich auffallend und drückte auf einmal so sehr sein ganzes Wesen darnieder, daß er, da er schon hinaus war, noch eine Weile still stand und ihm die Arme am Körper niedersanken – dies zuvorkommende „ich habe die Ehre mich Ihnen zu empfehlen" gesellte sich plötzlich in seiner Idee zu dem „dummer Knabe!" des Inspektors auf dem Seminarium, zu dem „ich meine Ihn ja nicht!" des Kaufmanns, zu dem „par nobile Fratrum" der Primaner und zu dem „das ist ja eine wahre Dummheit!" des Rektors. – Er fühlte sich auf einige Augenblicke wie vernichtet, alle seine Seelenkräfte waren gelähmt. – Der Gedanke des auch nur einen Augenblick Lästig-gewesen-seins fiel wie ein Berg auf ihn – er hätte in dem Moment dies irgendeinem Geschöpf außer ihm so lästige Dasein abschütteln mögen. –

Dann ging er aus dem Tore nach dem Kirchhofe, wo der Sohn des Pastor Marquard begraben lag, und weinte bei dessen Grabe die bittersten Tränen des Unmuts und

Lebensüberdrusses. – Alles erschien ihm auf einmal in einem traurigen melancholischen Lichte – die ganze Zukunft seines Lebens war düster – er wünschte mit dem Staube vermischt zu sein, den sein Fuß betrat, und dies alles noch wegen des zuvorkommenden „ich habe die Ehre mich Ihnen zu empfehlen". – Diese Worte ließen einen Stachel in seiner Seele zurück, den er vergeblich wieder herauszuziehen suchte – ob er dies gleich sich selber nicht eigentlich gestand, sondern seinen Unmut und Lebensüberdruß aus allgemeinen Betrachtungen über die Nichtigkeit des menschlichen Lebens und die Eitelkeit der Dinge herzuleiten suchte – freilich fanden sich denn auch diese allgemeinen Betrachtungen ein, die aber ohne jene herrschende Idee nur seinen Verstand beschäftigt, nicht aber sein Herz in Bewegung gesetzt haben würden. – Im Grunde war es das Gefühl der durch bürgerliche Verhältnisse unterdrückten Menschheit, das sich seiner hiebei bemächtigte und ihm das Leben verhaßt machte – er mußte einen jungen Edelmann unterrichten, der ihn dafür bezahlte und ihm nach geendigter Stunde auf eine höfliche Art die Türe weisen konnte, wenn es ihm beliebte – was hatte er vor seiner Geburt verbrochen, daß er nicht auch ein Mensch geworden war, um den sich eine Anzahl anderer Menschen bekümmern und um ihn bemüht sein müssen – warum erhielt er gerade die Rolle des Arbeitenden und ein andrer des Bezahlenden? – Hätten ihn seine Verhältnisse in der Welt glücklich und zufrieden gemacht, so würde er allenthalben Zweck und Ordnung gesehen haben, jetzt aber schien ihm alles Widerspruch, Unordnung und Verwirrung. –

Da er nun zu Hause ging, so wurde er auf der Straße erstlich von einem seiner Gläubiger gemahnet – und da er mit gesenktem Haupte melancholisch vor sich hinging, so hörte er hinter sich einen Jungen zum andern sagen: da geht der Magister Blasius! – Dies brachte ihn so auf, daß er dem Jungen auf der Straße ein paar Ohrfeigen gab, welcher nun hinter ihm herschimpfte, bis Reiser seine Wohnung erreichte. –

Von dem Tage an war Reisern der Anblick von den Straßen in Hannover ein Greuel – und vor allem war die Straße, wo der Junge hinter ihm hergeschimpft hatte, ihm am verabscheuungswürdigsten; er vermied es, wo er konnte, durch dieselbe zu gehen, und wenn er doch durchgehen mußte, so war es ihm, als ob die Häuser auf ihn fallen wollten – wohin er trat, glaubte er hinter sich den spottenden Pöbel oder einen ungeduldigen Gläubiger zu hören. –

Diese Demütigungen waren zu schnell nacheinander gekommen, als daß er sich unter dem Druck, welcher ihm von nun an den Ort seines Aufenthalts verhaßt machte, noch einmal hätte wieder emporarbeiten können. – Der Gedanke, Hannover zu verlassen und sein Glück in der weiten Welt zu suchen, wurde von nun an fester Entschluß, den er aber doch niemanden als Philipp Reisern entdeckte – dieser war damals sehr mit sich selber beschäftigt, weil er wieder einen verliebten Roman spielte und alle seine Aufmerksamkeit darauf wandte, wie er seinem Mädchen gefallen wollte. – Anton Reisers

Schicksal war ihm daher etwas weniger wichtig, als es ihm zu einer andern Zeit würde gewesen sein. –

Ohngeachtet Anton Reiser vielleicht in wenigen Tagen Hannover auf immer zu verlassen im Begriff war, so unterhielt ihn sein Freund dennoch mit dem ganzen Detail seiner Liebschaft, als wenn jener den Erfolg von dem allen hätte abwarten können. – Dies ärgerte ihn denn zuweilen wohl – aber Philipp Reiser war doch einmal sein nächster Vertrauter – und er hatte niemanden außer ihm, dem er sich hätte entdecken mögen. –

Weil er doch aber nun, um sein Glück in der weiten Welt zu suchen, sich irgendeinen Ort in der weiten Welt zum Ziel seiner Wanderung machen mußte, so wählte er Weimar hierzu, wo sich damals die Seilersche Truppe, über welche Ekhof die Direktion führte, aufhalten sollte. – Hier wollte er seinen Entschluß, sich dem Theater zu widmen, ins Werk zu richten suchen. –

Während nun, daß er mit diesem Gedanken umging, erlitt er noch eine Demütigung, die ihn vollends in seinem Entschluß bestärkte. –

Er ging nämlich eines Nachmittags mit einer Anzahl seiner Mitschüler, die von der dramatischen Gesellschaft waren, in einem öffentlichen Garten vor der Stadt spazieren. – Nun mochten ihm wohl die Gedanken, womit er umging, ein sonderbares zerstreutes Aussehen geben, wodurch er sich vor seiner Gesellschaft eben nicht zu seinem Vorteil auszeichnete – und seine Mitschüler fielen, ehe er sichs versahe, auf einmal wieder mit einem solchen Spott über ihn her, daß es ihm auch nicht möglich war, gegen alles, was sie sagten, nur ein Wort vorzubringen. – Da nun ihr Witz freien Spielraum fand, so war des Witzelns kein Ende – und da nun überdem ein paar Offiziere in der Nähe standen, die dem Gespräch zuhörten, so konnte Reiser nicht länger ausdauern – er schlich sich vom Tische weg, bezahlte dem Wirt, was er für seinen Teil schuldig war – und eilte, so schnell er konnte, fort – und so bald er nun allein war, brach er aufs neue in laute Verwünschungen über sich und sein Schicksal aus. – Er spottete über sich selbst, weil er sich zum Spott und zur Verachtung geboren glaubte. –

Woher kam es denn auch, daß er zum Spott der Welt gleichsam an der Stirne gebrandmarkt war? – was haftete denn für ein Mal des Lächerlichen an ihm, das durch nichts konnte ausgelöscht werden? – das ihn jetzt, da er doch von seinen Mitschülern geachtet war, aufs neue wieder in einer bösen Stunde ihrem Gelächter preisgab? –

Es war die unverantwortliche Seelenlähmung durch das zurücksetzende Betragen seiner eignen Eltern gegen ihn, die er von seiner Kindheit an noch nicht hatte wieder vermindern können. – Es war ihm unmöglich geworden, jemanden außer sich wie seinesgleichen zu betrachten – jeder schien ihm auf irgendeine Art wichtiger, bedeutender in der Welt als er zu sein – daher deuchten ihm Freundschaftsbezeigungen von andern gegen ihn immer eine Art von Herablassung – weil er nun glaubte, verachtet werden zu können, so wurde er wirklich verachtet – und ihm schien oft das schon

Verachtung, was ein anderer mit mehr Selbstgefühl nie würde dafür genommen haben. – Und so scheint nun einmal das Verhältnis der Geisteskräfte gegeneinander zu sein; wo eine Kraft keine entgegengesetzte Kraft vor sich findet, da reißt sie ein und zerstört wie der Fluß, wenn der Damm vor ihm weicht. – Das stärkere Selbstgefühl verschlingt das schwächere unaufhaltsam in sich – durch den Spott, durch die Verachtung, durch die Brandmarkung des Gegenstandes zum Lächerlichen. – Das Lächerlichwerden ist eine Art von Vernichtung und das Lächerlichmachen eine Art von Mord des Selbstgefühls, die nicht ihresgleichen hat. – Von allen außer sich gehaßt zu werden ist dagegen wünschens- und begehrenswert. – Dieser allgemeine Haß würde das Selbstgefühl nicht töten, sondern es mit einem Trotz beseelen, wovon es auf Jahrtausende leben und gegen diese hassende Welt Wut knirschen könnte. – Aber keinen Freund und nicht einmal einen Feind zu haben – das ist die wahre Hölle, die alle Qualen der fühlbaren Vernichtung eines denkenden Wesens in sich faßt. – Und diese Höllenqual war es, welche Reiser empfand, sooft er sich aus Mangel an Selbstgefühl für einen würdigen Gegenstand des Spottes und der Verachtung hielt – seine einzige Wonne war dann, wenn er für sich allein war, in lautes Hohngelächter über sich selber auszubrechen und das nun selber gleichsam an sich zu vollenden, was die Wesen außer ihm angefangen hatten. –

„Wenn diese Wesen mich verspotten und zerstören,
„Die stärker und vollkommner sind als ich,
„Warum soll ich des Mitleids Stimme hören
„Und weinen schändlich über mich? –“

Da er nun also dem hohnlachenden Zirkel seiner Mitschüler entflohen war – so schweifte er in der einsamen Gegend umher und entfernte sich immer weiter von der Stadt, ohne ein Ziel zu haben, wohin er seine Schritte richtete. – Er ging immer querfeldein, bis es dunkel wurde – da kam er an einen breiten Weg, der zu einem Dorfe führte, das er vor sich liegen sahe – der Himmel fing an, sich immer düstrer zu umziehn, und drohte Regenwetter – die Raben fingen an zu krächzen, und zwei, die immer über seinem Kopfe hinflogen, schienen ihm das Geleite zu geben – bis er an den kleinen engen Kirchhof des Dörfchens kam, welcher gleich vornean lag und mit unordentlich übereinandergelegten Steinen eingefaßt war, die eine Art von Mauer vorstellen sollten. – Die Kirche mit dem kleinen spitzen Turme, der mit Schindeln gedeckt war, in der dicken Mauer nach jeder Seite zu nur ein einziges Fensterchen, durch welches das Licht schräg hereinfallen konnte – die Türe wie halb in die Erde versunken und so niedrig, daß es schien, man könne nicht anders als gebückt hineingehen. – Und ebenso klein und unansehnlich, wie die Kirche war, so enge und klein war auch der Kirchhof, wo die aufsteigenden Grabhügel dicht aneinander gedrängt und mit hohen Nesseln bewachsen waren. – Der Horizont war schon verdunkelt; der Himmel schien in der trüben Dämmerung allenthalben dicht aufzuliegen, das Gesicht wurde auf den kleinen Fleck Erde, den man um sich her sahe, begrenzt – das Winzige und Kleine des Dorfes, des Kirchhofes und der Kirche tat auf Reisern eine sonderbare Wirkung – das Ende aller

Dinge schien ihm in solch eine Spitze hinauszulaufen – der enge dumpfe Sarg war das letzte – hierhinter war nun nichts weiter – hier war die zugenagelte Bretterwand – die jedem Sterblichen den fernern Blick versagt. – Das Bild erfüllte Reisern mit Ekel – der Gedanke an dies Auslaufen in einer solchen Spitze, dies Aufhören ins Enge und noch Engere und immer Engere – wohinter nun nichts weiter mehr lag – trieb ihn mit schrecklicher Gewalt von dem winzigen Kirchhofe weg und jagte ihn vor sich her in der dunklen Nacht, als ob er dem Sarge, der ihn einzuschließen drohte, hätte entfliehen wollen. – Das Dorf mit dem Kirchhofe war ihm ein Anblick des Schreckens, solange er es noch hinter sich sahe – auf dem Kirchhofe war ihm ein sonderbarer Schrecken angewandelt – was er so oft gewünscht hatte, schien ihm gewährt zu werden, das Grab schien seine Beute zu fordern und noch stets, sowie er flohe, hinter ihm seinen Schlund zu eröffnen – erst da er ein andres Dorf erreichte, war er wieder ruhiger. –

Was ihm aber auf dem Kirchhofe den Gedanken des Todes so schrecklich machte, war die Vorstellung des Kleinen, die, sowie sie herrschend wurde, in seiner Seele eine fürchterliche Leere hervorbrachte, welche ihm zuletzt unerträglich war. – Das Kleine nahet sich dem Hinschwinden, der Vernichtung – die Idee des Kleinen ist es, welche Leiden, Leerheit und Traurigkeit hervorbringt – das Grab ist das enge Haus, der Sarg ist eine Wohnung, still, kühl und klein – Kleinheit erweckt Leerheit, Leerheit erweckt Traurigkeit – Traurigkeit ist der Vernichtung Anfang – unendliche Leere ist Vernichtung. – Reiser empfand auf dem kleinen Kirchhofe die Schrecken der Vernichtung – der Übergang vom Dasein zum Nichtsein stellte sich ihm so anschaulich und mit solcher Stärke und Gewißheit dar, daß seine ganze Existenz nur noch wie an einem Faden hing, der jeden Augenblick zu zerreißen drohte. –

Nun war also auf einmal aller Lebensüberdruß bei ihm verschwunden – er suchte in seiner Seele wieder eine gewisse Ideenfülle hervorzubringen, um sich gleichsam nur vor der gänzlichen Vernichtung zu retten – und da er von ohngefähr auf die Heerstraße nach Erichshagen geriet, wo seine Eltern wohnten, und ihm nun auf einmal diese ganze Gegend bekannt war – so nahm er sich erst vor, die ganze Nacht durch zu gehen und seine Eltern noch einmal mit einem unvermuteten Besuch zu überraschen. – Eine Meile war er schon von Hannover und hatte also ohngefähr noch fünf Meilen zurückzulegen. –

Allein der Gedanke, daß er seinen Eltern nichts von seinem Entschluß hätte entdecken dürfen und doch mit schwerem Herzen von ihnen hätte Abschied nehmen müssen, verleidete ihm diesen Vorsatz wieder, da es überdem gegen Mitternacht stark zu regnen anfing. – Er ging also aufs neue mitten im Regen und Dunkel durch das hohe Korn querfeldein nach der Stadt zu – es war eine warme Sommernacht, und der Regen und die Dunkelheit waren ihm bei dieser menschenfeindlichen nächtlichen Wanderung die angenehmsten Gesellschafter – er fühlte sich groß und frei in der ihn umgebenden Natur – nichts drückte ihn, nichts engte ihn ein – er war hier auf jedem Fleck zu Hause, wo er sich niederlegen wollte, und dem Anblick keines Sterblichen ausgesetzt. – Er fand zuletzt eine ordentliche Wonne darin, durch das hohe Korn hinzugehen ohne Weg und Steg – durch nichts, nicht einmal durch ein eigentliches Ziel gebunden, nach welchem er seine Schritte hätte richten müssen. Er fühlte sich in dieser Stille der Mitternacht frei wie das Wild in der Wüste – die weite Erde war sein Bette – die ganze Natur sein Gebiet. –

So wanderte er die ganze Nacht hindurch, bis der Tag anbrach – und als er die Gegenstände allmählich wieder unterscheiden konnte, so deuchte es ihm nach der Gegend, als ob er ohngefähr noch eine halbe Meile von Hannover wäre – auf einmal aber befand er sich, ehe er sichs versahe, dicht an einer großen Kirchhofsmauer, die er sonst nie in dieser Gegend bemerkt hatte – er nahm alle seine Nachdenken zusammen und suchte sich zu orientieren, aber es war vergeblich – er konnte die lange Kirchhofsmauer aus dem Zusammenhange der übrigen Gegenstände nicht erklären; sie war und blieb ihm eine Erscheinung, welche ihn eine Zeitlang wirklich zweifeln ließ, ob er wache oder träume – er rieb sich die Augen – aber die lange Kirchhofsmauer blieb immer da – überdem war auch durch sein sonderbares Nachtwandern und durch das Wegfallen der gewohnten Pause, wodurch die Vorstellungen des Tages der Natur gemäß unterbrochen werden, seine Phantasie zerrüttet – er fing selbst an, für seinen Verstand zu fürchten, und war vielleicht wirklich dem Wahnwitz nahe, als er endlich die vier Türme von Hannover wieder durch den Nebel sahe und nun wußte, wo er war. – Die Morgendämmerung hatte ihn getäuscht, daß er die Gegend für eine andre hielt, die noch eine halbe Meile von Hannover lag und mit dieser, die dicht vor der Stadt war, sehr viel Ähnlichkeit hatte. – Der große Kirchhof, in dessen Mitte eine kleine Kapelle stand, war der ordentliche Kirchhof dicht vor Hannover, und Reisern war nun auf einmal die ganze Gegend wieder bekannt – er erwachte wirklich wie aus einem Traume. –

Aber wenn irgend etwas fähig ist, jemanden dem Wahnwitz nahe zu bringen, so sind es wohl vorzüglich die verrückten Orts- und Zeitideen, woran sich alle unsre übrigen Begriffe festhalten müssen. – Dieser neue Tag war für Reisern wie kein neuer Tag, weil zwischen diesem und dem vorhergehenden Tage keine Unterbrechung der Wirkungen seiner vorstellenden Kraft stattgefunden hatte. – Er ging in die Stadt; es war noch frühmorgens, und auf den Straßen herrschte eine Totenstille. – Das Haus, die Stube, worin er wohnte, alles kam ihm anders, fremd und sonderbar vor. – Diese Nachtwanderung hatte eine Veränderung in seinem ganzen Gedankensystem hervorgebracht – er fühlte sich in seiner Wohnung von nun an nicht mehr zu Hause – die Ortsideen schwankten in seinem Kopfe hin und her – er war den ganzen Tag über wie ein Träumender – bei dem allen aber war ihm die Erinnerung an die Nachtwanderung angenehm. – Das Krächzen der beiden Raben, die über seinem Kopfe hinflogen, der kleine Dorfkirchhof, die durchwanderten Kornfelder, alles drängte sich nun in seiner Einbildungskraft zusammen und machte zusammen eine dunkle Gruppe, ein schönes Nachtstück aus, woran sich seine Phantasie noch oft nachher in einsamen Stunden ergötzt hat. –

Allein sein Aufenthalt in Hannover wurde ihm von nun an womöglich noch verhaßter – und der Wandergeist hatte sich seiner nun ganz bemächtigt – dies war aber auch der Fall bei mehrern von den jungen Leuten, welche mit Komödie gespielt hatten. – Einer namens Timäus, der vorher ein äußerst stiller, fleißiger und ordentlicher Mensch war, entdeckte Reisern im Vertrauen seine Unzufriedenheit mit seinem künftigen Stande eines Theologen, wozu er bestimmt war, und unterredete sich mit ihm über die Glückseligkeit, welche der Schauspielerstand gewährte, wobei er gegen die Vorurteile deklamierte, die diesen ehrenvollen Stand noch immer unverdienterweise herabsetzten. –

Dies Gespräch hielten beide auf einem Spaziergange nach einem kleinen Dorfe vor Hannover; und sie hatten sich so in ihrer Unterredung vertieft, daß sie von der Nacht überfallen und in dem Dorfe zu bleiben genötigt wurden. – Dies ungewöhnliche Übernachten an einem fremden Orte setzte beiden noch mehr romanhafte Ideen in den Kopf – es deuchte ihnen schon, als ob sie auf Abenteuer ausgingen und Glück und Unglück miteinander teilten. – Der kühne Vorsatz dieser beiden Abenteurer, sich über alle Vorurteile der Welt hinwegzusetzen und ihrer Neigung oder ihrem Beruf, wie sie es nannten, zu folgen, blieb denn auch nicht unausgeführt. – Reiser machte den Anfang, und Timäus folgte ihm bald, wurde aber noch glücklich wieder zurückgebracht. –

Reiser machte indes, ehe er seinen Vorsatz ausführte, noch eine nächtliche Wanderung mit Iffland, der ihn des Abends um eilf Uhr mit noch einem von der dramatischen Gesellschaft besuchte und ihn zu einem Spaziergange nach dem Deister, einem Berge, der drei Meilen von Hannover entfernt ist, einlud. – Reiser, dem dergleichen nächtliche Wanderungen nun schon anfingen eine gewohnte Sache zu werden, war sogleich entschlossen – es war eine warme mondhelle Sommernacht. – Die Unterhaltung unterwegens war ganz poetisch, zuweilen etwas affektiert und dann wieder wahr, nachdem es fiel. – Wo sie durch ein Dorf kamen, duftete ihnen der frische Heugeruch entgegen. – Und diese Nachtwanderung war wirklich eine der angenehmsten, die man sich nur denken kann, so daß sie recht vom Zufall veranstaltet zu sein schien, um Reisers Phantasie noch mehr zu erhitzen und seiner einmal angefachten Lust zum Wandern das völlige Übergewicht über die Vernunft zu geben. –

Die drei Abenteurer erreichten noch vor Tagesanbruch ein Dorf, das dicht am Fuß des Berges lag, wo sie einkehrten und noch einige Stunden schliefen. – Da sie aber am andern Morgen früh aufstanden, so waren alle die schönen Bilderchen aus der Zauberlaterne verschwunden; die kahle Wirklichkeit mit allen ihren unvermeidlichen Unannehmlichkeiten stand wieder vor ihrer Seele da – sie saßen über eine Stunde einander gegenüber und jähnten sich an. – Wenn irgendetwas Reisern von seiner Phantasie noch hätte heilen können, so wäre es dieser Morgen nach solch einer Nacht gewesen – es war ihnen nun leid geworden, den Berg zu besteigen, sie fühlten sich müde und matt und nahmen den nächsten Weg wieder nach der Stadt zurück, der ihnen wegen der brennenden Sonnenhitze ziemlich beschwerlich wurde – allein sie fingen unterwegs an, Reime zu extemporieren, womit sie sich die Einförmigkeit des Gehens einigermaßen erleichterten. –

Reiser blieb demohngeachtet völlig entschlossen zu wandern, möchte auch sein Schicksal sein, was da wollte – er zog alles, was ihm begegnen konnte, dennoch der traurigen Einförmigkeit und dem nicht halb und nicht ganz glücklich sein in Hannover vor. –

Alle seine Gedanken gingen nun einmal ins Weite. – Er sahe überdem kein Mittel vor sich, seine Schulden zu tilgen, ohne sie dem Pastor Marquard aufs neue zu entdecken, dessen Achtung und Freundschaft er dann völlig zu verlieren gewärtigen mußte. – Auch die verschiedenen Demütigungen, die er seit kurzem wieder hatte ertragen müssen, waren ihm noch im frischen Andenken und machten ihm den Aufenthalt in Hannover sowohl als die Gegenden umher verhaßt. –

Er wußte seinem einzigen Vertrauten, Philipp Reisern, seine Lage auch so mißlich vorzustellen, daß dieser endlich selbst seinen Entschluß, Hannover zu verlassen, billigte und ihm die Reiseroute nach Erfurt, so wie er den Weg selbst von dorther bis Hannover zu Fuße gemacht hatte, vorschrieb. – Von da wollte denn Anton Reiser nach Weimar gehen, um bei der Seilerschen oder vielmehr Ekhofischen Schauspielergesellschaft als Mitglied angenommen zu werden – und von da aus wollte er denn, wenn ihm dies gelänge, seine Schulden in Hannover bezahlen und seinen guten Ruf wieder herzustellen suchen, indem er dort gleichsam wieder aufstände, nachdem er hier bürgerlich gestorben wäre. – Dies letzte war ihm insbesondre eine der angenehmsten Vorstellungen, womit er sich trug. –

Er brachte nun Philipp Reisern seine wenigen Bücher und Papiere und gab sie ihm in Verwahrung – seine Kleider hatte er zum Teil versetzt, um die Kosten zur Komödie zu bestreiten – und seine übrigen wenigen Sachen ließ er seinem Wirt zur Schadloshaltung für die Miete. – Diesem sagte er, daß sein Vater sehr krank geworden sei und daß er, um diesen zu besuchen, auf eine Woche verreisen würde, wenn etwa jemand nach ihm fragen sollte. –

Und nun war er so weit in Richtigkeit bis auf die Barschaft, womit er eine Reise von mehr als vierzig Meilen antreten sollte. – Diese bestand denn, nach allem, was er hatte auftreiben können, aus einem einzigen Dukaten, womit er Mut genug hatte, sich auf den Weg zu machen, ohngeachtet Philipp Reiser ihm die Unbesonnenheit dieses Unternehmens genug vorstellte. – Aber mit Gelde konnte ihn dieser aus dem sehr wichtigen Grunde nicht unterstützen, weil es ihm selbst gemeiniglich und gerade jetzt gänzlich daran fehlte. –

Anton Reiser konnte also nun im eigentlichen Verstande von sich sagen, daß er alle das Seinige mit sich trug. – Das gute Kleid, worin er die Rede auf der Königin Geburtstag gehalten hatte, nebst einem Überrock war seine ganze Garderobe – dabei trug er einen vergoldeten Galanteriedegen an der Seite und Schuh und seidene Strümpfe. – Ein reines Oberhemde nebst noch ein paar seidenen Strümpfen, Homers Odyssee in Duodez mit der lateinischen Version und der lateinische Anschlagbogen von der Redeübung an der Königin Geburtstage, worauf sein Name gedruckt stand, war alles, was er in der Tasche bei sich trug. –

Es war in der Mitte des Winters, an einem Sonntagmorgen, den er noch bei Philipp Reisern zubrachte, wo er sich völlig reisefertig machte, um den Nachmittag seine Wanderschaft anzutreten und, weil die Tage schon lang waren, noch drei Meilen bis zu der nächsten Stadt auf seiner Tour zurückzulegen. –

Es war heitrer Sonnenschein – die Leute gingen in ihrem Sonntagsschmuck auf der Straße und zum Teil vor das Tor spazieren, um am Abend in ihre Häuser wieder zurückzukehren, und Reiser sollte nun an diesem Tage auf immer aus Hannover scheiden – dies machte ihm eine sonderbare Empfindung, die weder Schmerz noch Wehmut, sondern mehr eine Art von Betäubung war. – Der Abschied aus Hannover preßte ihm keine Träne aus, sondern er war dabei fast so kalt und unbewegt, als ob er durch eine fremde Stadt gereist wäre, der er nun wieder den Rücken zukehren mußte, um weiterzugehen. – Selbst der Abschied von Philipp Reisern war mehr kalt als zärtlich. – Philipp Reiser machte sich viel mit einer neuen Kokarde an seinem Hute zu schaffen und unterhielt dabei seinen scheidenden Freund noch in der letzten Stunde, die sie zusammen zubrachten, von seinem verliebten Romane, den er damals gerade spielte, gleichsam, als wenn Anton Reiser den Verfolg davon hätte abwarten können. – Kurz, die ganze Unterhaltung war so, als ob sie am andern Tage wieder zusammenkommen und alles denn nach der alten Weise fortgehen würde. – Was aber Anton Reisern am meisten ärgerte, war das Putzen der Hutkokarde, womit sich sein einziger Freund in der letzten Abschiedsstunde noch so eifrig beschäftigen konnte. – Diese Hutkokarde schwebte ihm noch lange nachher vor Augen und machte ihm allemal eine verdrießliche Rückerinnerung, sooft er daran dachte. – Auch wurde ihm der Abschied aus Hannover von seinem einzigen Freunde durch dies Putzen der Hutkokarde sehr erleichtert. – Philipp Reiser meinte es aber demohngeachtet gut mit ihm, nur hatte diesmal seine kleine Eitelkeit und seine verliebten Schwärmereien über die freundschaftliche Teilnehmung die Oberhand behalten, und seine Hutkokarde, worin er vielleicht seiner Schönen gefallen wollte, war ihm auch ein sehr wichtiger Gegenstand geworden, wofür nun Anton Reiser freilich keinen Sinn hatte. –

„So kalt, so starr an der ehernen Pforte des Todes anzuklopfen."

Diese Worte aus Werthers Leiden hatten Anton Reisern diesen ganzen Morgen im Sinne gelegen, und da ihm Philipp Reiser den großen Torweg öffnen wollte, durch den nun doch der eigentliche Trennungspunkt bewirkt wurde, weil Philipp Reiser, um nicht Verdacht zu erwecken, als ob derselbe um seine Abreise wüßte, ihn mit Fleiß nicht begleiten sollte, so blieb er noch eine Weile inwendig stehen, sahe Philipp Reisern starr an, und in dem Augenblick war es ihm, als klopfte er so kalt und starr an der ehernen Pforte des Todes an. – Er gab Philipp Reisern, der ihm kein Wort sagen konnte, die Hand, zog darauf den Torweg hinter sich zu und eilte, um die nächste Ecke zu kommen, damit sein nun von ihm geschiedener Freund ihm nicht etwa nachsehen möchte. –

Darauf ging er schnell über den Wall nach dem Ägidien-Tore zu und sahe noch einmal seitwärts nach seiner ehemaligen Wohnung im Hause des Rektors, die er vom Walle aus bemerken konnte. – Es war des Nachmittags um zwei Uhr, und man läutete zur Kirche – er verdoppelte seine Schritte, je näher er dem Tore kam. – Es war ihm, als ob das Grab noch einmal hinter ihm seinen Schlund eröffnete. – Da er aber nun die Stadt mit ihren grünbepflanzten Wällen im Rücken hatte und die Häuser, wie er zurückblickte, sich immer dichter zusammendrängten, so wurde ihm leichter und immer leichter, bis endlich die vier Türme, welche den bisherigen Schauplatz aller seiner Kränkungen und Bekümmernisse bezeichneten, ihm aus dem Gesichte schwanden. –

Vierter Teil

Vorrede
(1790)

Dieser vierte Teil von Anton Reisers Lebensgeschichte handelt so wie die vorigen eigentlich die wichtige Frage ab, inwiefern ein junger Mensch sich selber seinen Beruf zu wählen imstande sei.

Er enthält eine getreue Darstellung von den mancherlei Arten von Selbsttäuschungen, wozu ein mißverstandener Trieb zur Poesie und Schauspielkunst den Unerfahrnen verleitet hat.

Dieser Teil enthält auch einige vielleicht nicht unnütze und nicht unbedeutende Winke für Lehrer und Erzieher sowohl als für junge Leute, die ernsthaft genug sind, um sich selbst zu prüfen, durch welche Merkzeichen vorzüglich der falsche Kunsttrieb von dem wahren sich unterscheidet.

Man sieht aus dieser Geschichte, daß ein mißverstandener Kunsttrieb, der bloß die Neigung ohne den Beruf voraussetzt, ebenso mächtig werden und eben die Erscheinungen hervorbringen kann, welche bei dem wirklichen Kunstgenie sich äußern, welches auch das Äußerste erduldet und alles aufopfert, um nur seinen Endzweck zu erreichen.

Aus den vorigen Teilen dieser Geschichte erhellet deutlich: daß Reisers unwiderstehliche Leidenschaft für das Theater eigentlich ein Resultat seines Lebens und seiner Schicksale war, wodurch er von Kindheit auf aus der wirklichen Welt verdrängt wurde und, da ihm diese einmal auf das bitterste verleidet war, mehr in Phantasien als in der Wirklichkeit lebte – das Theater als die eigentliche Phantasiewelt sollte ihm also ein Zufluchtsort gegen alle diese Widerwärtigkeiten und Bedrückungen sein. – Hier allein glaubte er freier zu atmen und sich gleichsam in seinem Elemente zu befinden.

Und doch hatte er hiebei ein gewisses Gefühl von den reellen Dingen in der Welt, die ihn umgaben, und worauf er auch ungern ganz Verzicht tun wollte, da er doch einmal so gut wie die andern Menschen Leben und Dasein fühlte.

Dies machte, daß er mit sich selbst im immerwährenden Kampfe war. Er dachte nicht leichtsinnig genug, um ganz den Eingebungen seiner Phantasie zu folgen und dabei mit sich selber zufrieden zu sein; und wiederum hatte er nicht Festigkeit genug, um irgendeinen reellen Plan, der sich mit seiner schwärmerischen Vorstellungsart durchkreuzte, standhaft zu verfolgen.

Eigentlich kämpften in ihm so wie in tausend Seelen die Wahrheit mit dem Blendwerk, der Traum mit der Wirklichkeit, und es blieb unentschieden, welches von beiden obsiegen würde, woraus sich die sonderbaren Seelenzustände, in die er geriet, zur Genüge erklären lassen.

Widerspruch von außen und von innen war bis dahin sein ganzes Leben. – Es kömmt darauf an, wie diese Widersprüche sich lösen werden!

Sowie nun Reiser die Türme von Hannover aus dem Gesicht verloren hatte und mit schnellen Schritten vorwärts ging, atmete er freier, seine Brust erweiterte sich – die ganze Welt lag vor ihm – und tausend Aussichten eröffneten sich vor seiner Seele.

Er dachte sich den Faden seines bisherigen Lebens gleichsam wie abgeschnitten – er war nun aus allen Verwickelungen auf einmal befreiet – denn hätte er auch die Universität in Göttingen bezogen, so hätte ihn auch dort sein Schicksal hin verfolgt; die ganze Zeitgenossenschaft seiner Jugend hätte auch dort wieder auf ihn gedrückt, und sein Mut hätte ganz erliegen müssen.

Denn so lange, wie er in jenen Kreis hingebannt war, konnte er kein Zutrauen zu sich selber fassen – und wenn sein Mut sich erholen sollte, so mußte er so bald die Menschen nicht wieder sehen, die vielleicht unvorsetzlich ihm die Tage seiner Jugend verbittert hatten.

Nun war er aus diesem Kreise ganz geschieden. – Der Schauplatz seiner Leiden, die Welt, worin er die Schicksale seiner Jugend durchlebt hatte, lag hinter ihm – er entfernte sich mit jedem Schritt von ihr und konnte, so wie er sich eingerichtet hatte, acht Tage wandern, ohne daß ihn ein Mensch vermißte.

Nun fand er eine unbeschreibliche Süßigkeit in dem Gedanken, daß außer Philipp Reiser niemand um sein Schicksal und um den Ort seines Aufenthalts wußte, daß selbst dieser einzige Freund sich bei seinem Abschiede nicht sehr bekümmert hatte; daß er nun außer allen Verhältnissen und allen Menschen, zu denen er kam, völlig gleichgültig war.

Wenn das gänzliche Hinscheiden aus dem Leben durch irgendeinen Zustand kann vorgebildet werden, so muß es dieser sein. –

Sowie nun die Hitze des Tages sich legte, die Sonne sich neigte und die Schatten der Bäume länger wurden, verdoppelte er seine Schritte und machte denselben Nachmittag die drei Meilen bis Hildesheim ununterbrochen, wie einen Spaziergang; auch betrachtete er es völlig wie einen Spaziergang; denn er war nun in Hildesheim so gut wie in Hannover zu Hause.

Als er an das Stadttor kam, schlug er sich vorher den Staub von den Schuhen, brachte sein Haar in Ordnung, nahm eine kleine Gerte in die Hand, mit der er im Gehen spielte, und schlenderte auf die Weise langsam über die Brücke, auf der er zuweilen stehen blieb, als ob er jemanden erwartete oder nach etwas sich umsah. – Und da er überdem in seidenen Strümpfen ging, so hielt ihn niemand in diesem Aufzuge für einen Reisenden, der über vierzig Meilen zu Fuß zu wandern im Begriff ist.

Keine Schildwache fragte ihn, und er wanderte mit den Einwohnern der Stadt, die auch von ihren Spaziergängen zurückkehrten, in die Tore von Hildesheim. – Und der Gedanke war ihm wiederum äußerst beruhigend und angenehm, daß er diesen Leuten gar nicht als fremd auffiel, niemand nach ihm sich umsah, sondern daß er gleichsam zu ihnen mitgerechnet wurde, ohne doch zu ihnen zu gehören. –

Da ihn nun niemand von allen diesen Menschen kannte und niemand sich um ihn bekümmerte, so verglich er sich auch mit keinem mehr; er war wie von sich selbst geschieden; seine Individualität, die ihn so oft gequält und gedrückt hatte, hörte auf, ihm lästig zu sein; und er hätte sein ganzes Leben auf die Weise ungekannt und ungesehen unter den Menschen herumwandeln mögen. –

Als er nicht weit vom Tore einen Gasthof suchte, kam ihm die Straße bekannt vor, und er erinnerte sich wieder an die Zeit, als er vor vier Jahren mit dem Rektor, bei dem er wohnte, am Fronleichnamsfeste hier war, und an die ängstliche und peinliche Lage, in der er sich damals befand, weil er von der Gesellschaft, mit der er ging, weder ausgeschlossen war, noch eigentlich dazugehörte. – Es wälzte sich ihm wie ein Stein vom Herzen weg, da er sich das alles nun als gänzlich vergangen dachte.

In dem Gasthofe, worin er nun einkehrte, empfing und bewirtete man ihn nach seiner Kleidung, und er hatte nicht den Mut, es von sich abzulehnen, sondern ließ es sich gefallen, daß man ihm ein Abendessen zubereitete, ein Bette zum Schlafen anwies und ihm am andern Morgen seinen Kaffee brachte. – Den trank er noch in Ruhe und las im Homer dazu, als er auf einmal wie aus einer Art von Betäubung erwachte, da er sich lebhaft vorstellte, daß er mit seiner Barschaft, die aus einem einzigen Dukaten bestand, nicht nur über vierzig Meilen weit reisen, sondern notwendig an Ort und Stelle noch etwas davon übrig haben müßte.

Er bezahlte schnell seine Zeche, die ihn um nicht weniger als den sechsten Teil seines ganzen Vermögens ärmer machte, erkundigte sich nach der Straße, die auf Seesen führte, und wanderte mit sorgenvollen Gedanken und schwerem Herzen aus dem Tore von Hildesheim.

Es war noch früh am Tage – der Weg führte ihn durch eine angenehme Gegend, wo Wald und Flur miteinander abwechselten und der Gesang der Vögel ihm entgegentönte, indes die Morgensonne auf die grünen Wipfel der Bäume schien. –

Sowie er nun schneller vorwärts ging, fühlte er auch nach und nach wieder sein Gemüt erleichtert; heitere Gedanken, reizende Aussichten und kühne Hoffnungen stiegen allmählich wieder in seiner Seele auf, und nun entstand in ihm ein Vorsatz, der ihn auf einmal über alle Sorgen hinwegsetzte und der ihn auf seiner ganzen Wanderung reich und unabhängig machte.

Er durfte nur seine ganze Nahrung auf Brot und Bier einschränken, auf der Streu schlafen und niemals wieder in einer Stadt übernachten, um seinen Unterhalt während der Reise mit wenig mehr als einem Groschen täglich zu bestreiten. Auf die Weise konnte er länger als einen Monat unterwegens sein und war am Ende der Reise doch noch nicht ganz entblößt.

Sobald er diesen Vorsatz, den er von dem Tage an standhaft ausführte, gefaßt hatte, fühlte er sich wieder frei und glücklich wie ein König – selbst diese freiwillige Entsagung aller Bequemlichkeiten und diese Einschränkung auf die allernötigsten Bedürfnisse – gab ihm eine Empfindung ohnegleichen; er fühlte sich nun beinahe wie ein Wesen, das über alle irdische Sorgen hinweggerückt ist, und lebte deswegen auch ungestört in seiner Ideen- und Phantasiewelt, so daß dieser Zeitpunkt bei allem anscheinenden Ungemach einer der glücklichsten Träume seines Lebens war.

Unmerklich aber schlich sich denn doch ein Gedanke mit unter, der sein gegenwärtiges Dasein, damit es nicht ganz zum Traume würde, wieder an das vorige knüpfte. Er stellte sich vor, wie schön es sein würde, wenn er nach einigen Jahren in dem Andenken der Menschen, worin er nun gleichsam gestorben war, wieder aufleben, in einer edlern Gestalt vor ihnen erscheinen und der düstere Zeitraum seiner Jugend alsdann vor der Morgenröte eines bessern Tages verschwinden würde.

Diese Vorstellung blieb immer fest bei ihm – sie lag auf dem Grunde seiner Seele, und er hätte sie um alles in der Welt nicht aufgeben können; alle seine übrigen Träume und Phantasien hielten sich daran und bekamen dadurch ihren höchsten Reiz. – Der einzige Gedanke, daß er dieselben Menschen, die ihn bis jetzt gekannt hätten, niemals wiedersehen würde, hätte damals alles Interesse aus seinem Leben hinweggenommen und ihm die süßesten Hoffnungen geraubt.

Als nun der Mittag herannahte, so kehrte er in einem Dorfe in einem geringen Wirtshause ein, wo er ohnedem außer Bier und Brot auch für Geld nichts hätte haben können und also der Fall nicht eintrat, daß man ihm eine bessere Bewirtung angeboten und er sie hätte ablehnen müssen.

Es machte ihm nun unbeschreiblich Vergnügen, daß er für wenige Pfennige ein so großes Stück schwarzes Brot erhielt, welches ihn den ganzen Tag gegen den Hunger sicherstellte. Er brockte sich einen Teil davon ins Bier und hielt auf die Weise das erste Mittagsmahl nach seinen eigenen strengen Gesetzen, von welchen er von nun an während der Reise nicht abging.

Er eilte denn aber, daß er schnell wieder aus der dumpfigen Gaststube ins Freie kam, wo er unter einem schattigten Baum sich niedersetzte und zur Mittagserholung in Homers Odyssee las. – Mochte nun dies Lesen im Homer eine zurückgebliebene Idee aus Werthers Leiden sein oder nicht, so war es doch bei Reisern gewiß nicht Affektation, sondern machte ihm würkliches und reines Vergnügen – denn kein Buch paßte ja so sehr auf seinen Zustand als grade dieses, welches in allen Zeilen den vielgewanderten Mann schildert, der viele Menschen, Städte und Sitten gesehen hat und endlich nach langen Jahren wieder in seiner Heimat anlangt und dieselben Menschen, die er dort verlassen hat und nimmer wiederzusehen glaubte, auch endlich noch wieder findet.

Der Weg ging nun immer bergauf, bergab. – Die Hitze war ziemlich groß, und Reiser löschte seinen Durst, sooft er einen klaren Bach antraf, aus welchem ihm umsonst zu schöpfen freistand.

In dem Dorfe, wo er die erste Nacht blieb, war die Gaststube voller Bauern, die einen großen Lärm machten, so daß es ihm nicht möglich war zu lesen; er beschäftigte sich also mit seinen Gedanken; und eine steinalte Frau, die im Lehnstuhle saß und mit dem Kopfe bebte, zog seine ganze Aufmerksamkeit auf sich. –

Diese Frau war hier erzogen, hier geboren, hier alt geworden, hatte immer die Wände dieser Stube, den großen Ofen, die Tische, die Bänke gesehen – nun dachte er sich nach und nach in die Vorstellungen und Gedanken dieser alten Frau so sehr hinein, daß er sich selbst darüber vergaß und wie in eine Art von wachenden Traum geriet, als ob er auch hier bleiben müßte und nicht aus der Stelle könne. – Ein solcher Traum war bei der plötzlichen Veränderung, die sein Zustand gelitten hatte, sehr natürlich – und als seine Gedanken sich sammleten, fühlte er das Vergnügen der Abwechselung, der Ausdehnung, der unbegrenzten Freiheit doppelt wieder – er war wie von Fesseln entbunden, und die alte Frau mit bebendem Haupte war ihm wieder ein gleichgültiger Gegenstand.

Diese Art aber, sich in die Vorstellungen anderer Menschen hineinzudenken und sich selbst darüber zu vergessen, klebte ihm von Kindheit an – es war einer seiner kindischen Wünsche, daß er nur einen Augenblick aus den Augen eines andern Menschen, den er vor sich sahe, möchte heraussehen und wissen können, wie dem die umstehenden Sachen vorkämen.

Zum ersten Male legte er mit weit aussehenden Gedanken auf die Streu sich nieder; seinen Degen legte er neben sich und deckte sich mit seinen Kleidern zu. – Seine Gedanken aber ließen ihm keine Ruh, die Zukunft wurde immer glänzender und schimmernder vor seinen Blicken; die Lampen waren schon angezündet, der Vorhang aufgezogen und alles voll Erwartung, der entscheidende Moment war da. –

Darüber kam bis nach Mitternacht kein Schlaf in seine Augen; und als er am Morgen erwachte, war auf einmal der Schauplatz ganz verändert; die öde Gaststube, die Bierkrüge, das schwarze Brot und erschlaffende Müdigkeit – hier rächten sich seine reizenden Phantasien an ihm mit schrecklichem Unmut und Lebensüberdruß, der über eine Stunde währte.

Er legte sich mit dem Kopf auf den Tisch und suchte vergeblich wieder einzuschlummern, bis die ermunternden Strahlen der Sonne, die ins Fenster schienen, ihn wieder zum Leben weckten, und sobald er sich nur erst auf den Weg gemacht hatte und aus der dumpfigen Gaststube war, verschwand auch schnell sein Unmut wieder, und das reizende Ideenspiel begann von neuem.

Er lebte auf die Weise gleichsam ein doppeltes Leben, eins in der Einbildung und eins in der Wirklichkeit. Das Wirkliche blieb schön und harmonierte mit dem Eingebildeten bis auf die Gaststube, das Gelärm der Bauern und die Streu – dies aber wollte sich nicht recht dazu reimen – denn es war auf die unbegrenzte Freiheit am Tage eine zu große Beschränkung am Abend; weil er doch nun bis zum andern Morgen in keiner andern Umgebung sein konnte als in dieser.

Freilich hatten die äußern Gegenstände einen immerwährenden Einfluß auf die inneren Gedankenreihen; mit dem Horizonte erweiterten sich auch gemeiniglich seine Vorstellungen, und an die Aussicht in eine neue Gegend knüpfte sich immer gern eine neue Aussicht in das Leben.

Einmal war er lange mühsam bergan gestiegen, als auf einmal eine weite Ebene vor ihm dalag und er in der Ferne ein Städtchen an einem See erblickte – dieser Anblick frischte auf einmal alle seine Gedanken und Hoffnungen wieder auf. – Er konnte seine Augen von dem Gewässer in der Ferne nicht verwenden, das ihn mit neuem Mut beseelte, die Ferne aufzusuchen. –

Seine Reiseroute von Hildesheim ging nämlich über Salzdethfurt, Brockenem und Seesen auf Duderstadt, von wo er denn über Mühlhausen geradezu nach Erfuhrt und von dort auf Weimar gehen wollte, welches das Ziel seiner Wünsche war.

Dort glaubte er nämlich die Ekhofsche Schauspielergesellschaft vorzufinden, und seine Schauspielerlaufbahn sollte dort beginnen. – Nun spielte er unterwegens auf seinen

Wanderungen alle die Rollen in Gedanken durch, die ihn dereinst mit Ruhm und Beifall krönen und seinen mannigfaltigen Kummer belohnen sollten. –

Er glaubte, es könne ihm nicht fehlschlagen, weil er jede Rolle tief empfand und sie in seiner eigenen Seele vollkommen darzustellen und auszuführen wußte – er konnte nicht unterscheiden, daß dies alles nur in ihm vorging, und daß es an äußerer Darstellungskraft ihm fehlte. – Ihm deuchte, die Stärke, womit er seine Rolle empfand, müsse alles mit sich fortreißen und ihn seiner selbst vergessen machen. –

Dies geschahe auch wirklich, denn während dem Gehen seine Einbildungskraft immer erhitzer wurde – und er denn endlich auf dem Felde, wo er sich ganz allein glaubte, mit Beaumarchais laut zu toben, mit Guelfo zu rasen anfing.

Dieser Guelfo aus Klingers Zwillingen war vor seiner Abreise aus Hannover eine seiner Lieblingsrollen geworden; denn er fand sein Hohngelächter über sich selber, seinen Selbsthaß, seine Selbstverachtung und Selbstvernichtungssucht dennoch mit Kraft vereint in dem Guelfo wieder. Und der Akt, wo Guelfo nach dem Brudermord den Spiegel, in welchem er sich sieht, zerschmettert, war Reisern ein wahres Fest. – Alle dies überspannte Schreckliche hatte ihn gleichsam berauscht – er taumelte in dieser Trunkenheit über Berg und Tal – und wo er ging, da war sein Schauplatz unbegrenzt. –

Clavigo, der ihm so viel Tränen gekostet hatte, war ihm nun zu kalt, und Beaumarchais trat an seine Stelle. – Dann kamen Hamlet, Lear, Othello an die Reihe, die damals noch auf keiner deutschen Bühne vorgestellt wurden, und die er seinem Philipp Reiser ganz allein in schauervollen Nächten vorgelesen und alle diese Rollen selbst durchgespielt, selbst durchempfunden hatte.

Nun gesellte sich hierzu die Dichtkunst; so sanft und melodisch floß sein Vers dahin, und so bescheiden und doch voll edlen Stolzes war seine Muse, daß sie die Zuneigung aller Herzen ihm sicher gewinnen mußte. – Er wußte zwar noch nicht eigentlich, was dies nun für ein Gedicht sein sollte, aber im ganzen war es das schönste und harmonischste, was er sich denken konnte, weil es getreuer Abdruck seiner vollen Empfindungen war.

Mitten in einem solchen lyrischen Schwunge seiner Gedanken war es, als er dicht bei Seesen einen Fußpfad ging, der ihn von der Straße ab über eine Wiese führte, wo gerade ein Scheibenschießen war, das allen seinen schimmernden Aussichten in die Zukunft beinahe ein plötzliches Ende gemacht hätte: denn eine Flintenkugel sauste ihm dicht vor dem Kopfe vorbei, während daß alles ihm zuschrie, er solle von dort weggehen – er eilte schnell durch Seesen durch und wanderte ruhig weiter, bis er in einem kleinen Dorfe wieder übernachtete.

Am zweiten Tage seiner Wanderung kam nun Reiser über einen Teil des Harzgebürges, und es war noch früh am Tage, als er zur Rechten an der Heerstraße die Mauren einer zerstörten Burg auf einer Anhöhe liegen sah; er konnte sich nicht enthalten hier hinaufzusteigen, und als er oben war, verzehrte er sein Stück schwarzes Brot, das er sich zum Frühstücke mitgenommen, in den Ruinen dieses alten Rittersitzes und sah dabei auf die Heerstraße durch den Wald hinunter. –

Daß er nun als ein Wanderer in diesem alten zerstörten Gemäuer wieder sein Morgenbrot verzehrte und an die Zeiten dachte, wo hier noch Menschen wohnten, die auch auf diese Heerstraße durch den Wald hinuntersahen – dies machte ihm einen der glücklichsten Momente – es schallte ihm immer wie eine Prophezeiung aus jenen Zeiten, daß diese Mauren einst öde stehen, daß der Wanderer sich dabei ausruhen und an die Tage der Vorzeit sich erinnern würde.

Sein Stück schwarzes Brot war ihm hier oben eine festliche Mahlzeit – er stieg gestärkt wieder hinunter und wanderte frohen Mutes seine Straße fort, indem er die höhern Harzgebürge linker Hand liegen ließ.

Das Wandern ward ihm nun so leicht, daß der Boden unter ihm eine Welle schien, auf der er sich hob und sank, und daß er so von einem Horizont zum andern sich fortgetragen fühlte – er verhielt sich bloß leidend, und immer stieg eine neue Szene vor seinem Blick empor.

Die Mittagseinkehr in der unangenehmen Gaststube war bald vorüber, und er befand sich wieder in der freien offenen Natur. – Diese Einkehr aber war ihm doch beschwerlich, und er dachte schon darauf, sich auch von dieser zu befreien, als er einmal über ein Kornfeld ging und ihm die Jünger Christi einfielen, welche am Sonntage Ähren aßen.

Er machte sogleich den Versuch, eine Handvoll Körner aus den Ähren herauszustreifen, aus welchen Körnern er das Mehl sog und die Hülsen ausspuckte. Indes aber bleib das Nahrungsmittel doch immer mehr ein Zeitvertreib, als daß es ihm eigentlich das Einkehren hätte ersparen sollen. – Das Angenehme dieses Nahrungsmittels lag vorzüglich in der Idee davon, welche den Begriff von Freiheit und Unabhängigkeit noch vermehrte.

Da er nun wieder eine Tagereise vollendet hatte, kehrte er ohnweit Duderstadt in einem kleinen Dorfe ein, wo in dem Wirtshause niemand zu Hause war.

Es war noch vor der Dämmerung – der Torweg zum Hofe bei dem Wirtshause stand offen – und auf dem Hofe war eine Laube, in welcher ein Tisch aber weder Stuhl noch Bank stand. –

Reiser, um sich auszuruhen, legte sich also auf den Tisch, und weil er zum Lesen noch sehen konnte, so las er in der Odyssee die Stelle von den Menschenfressern, die in dem ruhigen Hafen die Schiffe des Ulysses zerschmettern und seine Gefährten ergreifen und verzehren. –

Auf einmal war der Wirt zu Hause gekommen und sahe, da es schon anfing dunkel zu werden, einen Menschen in seinem Hofe in der Laube auf dem Tische liegen und in einem Buche lesen.

Er redete Reisern erst ziemlich unsanft an; da dieser sich aber aufrichtete und der Wirt in ihm einen wohlgekleideten Menschen sah, so fragte er ihn sogleich, ob er ein Jurist sei, welches in diesen Gegenden die gewöhnliche Benennung für einen Studenten ist, weil die Theologen größtenteils in Klöstern studieren und schon als Geistliche betrachtet werden.

Dem Wirt war seine Frau gestorben, und außer ihm war niemand im ganzen Hause. Der Mann war aber gesprächig, und Reiser hielt seine Abendmahlzeit, die wie gewöhnlich aus Bier und Brot bestand, in seiner Gesellschaft.

Der Mann erzählte ihm von vielen sogenannten Juristen, die bei ihm logiert hätten, und Reiser ließ ihn dabei, daß er auch im Begriff sei, nach Erfurt zu gehen, um dort zu studieren.

Alle dergleichen Unterredungen, die an sich unbedeutend gewesen wären, erhielten in Reisers Idee einen poetischen Anstrich durch das Bild von dem homerischen Wanderer, welches ihm immer vor der Seele schwebte, und selbst die Unwahrheiten in seinen Reden hatten etwas Übereinstimmendes mit seinem poetischen Vorbilde, dem Minerva zur Seite steht und wegen seiner wohlüberdachten Lüge ihm Beifall zulächelt.

Reiser dachte sich seinen Wirt nicht bloß als den Wirt einer Dorfschenke, sondern als einen Menschen, den er nie gekannt, nie gesehen hatte und nun auf eine Stunde lang mit ihm zusammentraf, an einem Tische mit ihm saß und Worte mit ihm wechselte.

Dasjenige, was durch die menschlichen Einrichtungen und Verbindungen gleichsam aus dem Gebiete der Aufmerksamkeit herausgedrängt, gemein und unbedeutend geworden ist, trat durch die Macht der Poesie wieder in seine Rechte, wurde wieder menschlich und erhielt wieder seine ursprüngliche Erhabenheit und Würde.

Der Mann war nicht einmal eingerichtet, eine Streu zu machen, weil selten jemand hier übernachtete; und Reiser schlief auf dem Heuboden, der ihm ein angenehmes Lager gewährte.

Am andern Morgen früh setzte er seine Reise weiter fort, und der Aufenthalt in diesem Hause mit dem Wirt ganz allein blieb ihm eine seiner angenehmsten Erinnerungen.

An diesem Tage ging es in seiner innern Gedankenwelt besonders lebhaft zu. – Er hatte sich nun um ein Merkliches seinem Ziele genähert, und die Besorgnis trat doch nun bei ihm ein, was er auf den Fall tun würde, wenn seine Aussichten zu unmittelbarem Ruhm und Beifall ihm mißlingen und die Entwürfe zu seiner theatralischen Laufbahn gänzlich scheitern sollten.

Nun traten auf einmal die Extreme auf, ein Bauer oder Soldat zu werden, und auf einmal war das Poetische und Theatralische wieder da, denn seine Ideen vom Bauer und Soldat wurden wieder zu einer theatralischen Rolle, die er in seinen Gedanken spielte.

Als Bauer entwickelte er nach und nach seine höhern Begriffe und gab sich gleichsam zu erkennen; die Bauern horchten ihm aufmerksam zu, die Sitten verfeinerten sich allmählich, die Menschen um ihn her wurden gebildet.

Als Soldat fesselte er die Gemüter seiner Schicksalsgenossen allmählich durch reizende Erzählungen; die rohen Soldaten fingen an, auf seine Lehren zu horchen: das Gefühl der höhern Menschheit entwickelte sich bei ihnen; die Wachtstube ward zum Hörsaale der Weisheit.

Indem er also glaubte, daß er gerade auf das Entgegengesetzte vom Theater sich gefaßt gemacht habe, war er erst recht in vollkommen theatralische Aussichten und Träume wieder hineingeraten.

Es lag aber für ihn eine unbeschreibliche Süßigkeit in dem Gedanken, wenn er Bauer oder Soldat werden müßte, weil er in einem solchen Zustande weit weniger zu scheinen glaubte, als er wirklich wäre.

Während er sich mit diesen Gedanken beschäftigte, kam er durch Stadt Worbes, wo ihm einige Franziskanermönche aus dem dasigen Kloster begegneten, die ihn freundlich grüßten.

Als er vor dem Kloster vorbeiging, hörte er inwendig den Gesang der Mönche, die da nun von der Welt abgeschieden, ohne Sorgen, Pläne und Aussichten lebten und alles das, was sie sein wollten, auf einmal waren.

Dies machte zwar einigen Eindruck auf sein Gemüt, aber lange nicht so stark als nachher der erste Anblick eines Kartäuserklosters, dessen Einwohner durch ihre Mauern gänzlich von der Welt geschieden auch nie mit einem Fuße den Schauplatz wieder betreten, den sie einmal verlassen haben.

Durch die wandernden Franziskanermönche aber wurde die Idee von Abgeschiedenheit kleinlicht und abgeschmackt. – Der schnelle Gang vertrug sich nicht mit dem Ordenskleide, und das Ganze hatte auch nicht einmal poetische Würde.

Übrigens tönte die hochdeutsche Sprache der Leute in diesen Gegenden immer angenehm in Reisers Ohren, weil dadurch die Idee seiner nunmehrigen Entfernung von dem plattdeutschen Lande immer lebhaft wieder in ihm erweckt wurde.

Nun war diesen Tag auch sehr schönes Wetter gewesen, und Reiser kehrte den Abend in einem Dorfe namens Orschla ein, um den andern Morgen von dort aus nach der Reichsstadt Mühlhausen seinen Weg fortzusetzen.

Das Dorf ist katholisch; und als er an den Gasthof kam, stand eine Menge Leute vor der Türe, unter denen sich der Schulmeister des Orts befand, welcher ihn mit den Worten anredete: esne litteratus? (ob er nicht ein Gelehrter wäre?)

Reiser bejahte dies wieder in lateinischer Sprache, und auf Befragen, wohin er ginge, sagte er wieder: er ginge nach Erfurt, um dort die Theologie zu studieren; denn dies schien ihm immer das Sicherste zu sein.

Während der Zeit standen die Bauern umher und horchten zu, wie ihr Schulmeister mit dem fremden Studenten lateinisch sprach. Der Sohn des Schulmeisters kam auch dazu, der in Hildesheim studiert hatte und jetzt seinem Vater adjungiert war.

Reiser ging nun in die Stube und legte zu noch mehrerem Beweise, daß er ein Literatus sei, seinen Homer auf den Tisch, welchen denn auch der Schulmeister gleich kannte und den Bauern auf deutsch sagte, daß das der Homer wäre.

Mit Reisern aber fuhr er immer fort Latein zu sprechen, so gut es gehen wollte, wobei denn viel Komisches mit unterlief; da er sehr viel von seinem gelehrten Unterricht sprach, so fragte ihn Reiser, ob er auch mit seinen Schülern die Kirchenväter läse? worüber er erst ein wenig in Verlegenheit geriet, sich aber doch bald wieder faßte und sagte: alternatim.

Er nahm nun Abschied von Reisern, der den andern Morgen früh schon weiter gehen wollte, und warnte ihn, sich vor den kaiserlichen und preußischen Werbern in diesen Gegenden in acht zu nehmen und sich durch keine Drohung schrecken zu lassen, wenn sie etwa äußerten, daß sie ihn mit Gewalt nehmen wollten.

Reiser legte sich auf seine Streu ruhig schlafen – als er aber am andern Morgen erwachte, regnete es so stark, daß er in seiner Kleidung mit Schuhen und seidenen Strümpfen nicht aus dem Hause gehen, viel weniger seine Reise fortsetzen konnte, da überdem hier ein leimigter Boden ist, der bei jeder Nässe das Gehen auf der Landstraße ganz außerordentlich beschwerlich macht.

Dies war nun freilich etwas Unvermutetes für Reisern – er hatte dem Wetter in dieser Jahreszeit zuviel zugetrauet und war auf diesen Fall nicht vorbereitet, da er weder mit Stiefeln, noch sonst mit Kleidung zum Regenwetter versehen war und sein beständiger Anzug auch seinen ganzen Kleidervorrat ausmachte.

Hier war also nichts zu tun als auszuharren, bis der Himmel sich wieder aufklären und das Erdreich sich wieder trocknen würde. – Es hörte aber diesen und den folgenden Tag nicht auf zu regnen. –

Nun kam schon in aller Frühe ein kaiserlicher Unteroffizier in die Gaststube, der in diesem Orte auf Werbung lag, sich mit seinem Krug Bier ganz vertraulich neben Reisern an den Tisch setzte und vom Soldatenleben erst von weitem mit ihm zu sprechen anfing, bis er nach und nach immer zudringlicher wurde und ihm endlich geradezu versicherte, daß er doch vor den preußischen und kaiserlichen Werbern nicht über Mühlhausen kommen würde und sich also lieber nur gleich von ihm für sieben Gulden Handgeld anwerben lassen möchte – so daß es den Anschein hatte, als wenn nun der Soldat in Reisers Phantasie, ehe als er gedacht hatte, realisiert werden könnte.

Als der Soldat hinausgegangen war, trat der Schulmeister wieder herein, der Reisern einen guten Morgen bot und ihn heimlich warnte, sich vor dem Werber in acht zu nehmen, ob er gleich selbst das Soldatenleben für so schlimm nicht hielte; denn sein Sohn sei auch zwei Jahr in Mainzischen Diensten gewesen, und wer keinen Paß habe, könne hier schwerlich durchkommen.

Reiser versicherte ihm, daß er alles Nötige, um sich zu legitimieren, bei sich habe. Dies war nämlich der lateinische Anschlagbogen von dem Schulaktus in Hannover, da er am Geburtstage der Königin von England eine Rede hielt, und worauf sein Name nicht Reiser sondern Reiserus gedruckt stand. Und außerdem noch den gedruckten Prolog zu dem Deserteur aus Kindesliebe, worauf sein Name als Verfertiger stand, nebst einem Gedicht auf die Einführung eines Lehrers, wo sein Name unter den übrigen Primanern gedruckt mit aufgeführt war.

Er wollte diese sonderbaren Dokumente zuerst nicht gerne vorzeigen, bis es ihm äußerst nahegelegt wurde und man ihm nicht undeutlich merken ließ, daß man ihn für einen Landstreicher hielte.

Nun brachte er seine gedruckten Zeugnisse zum Vorschein, die eine bessere Wirkung taten, als er anfänglich geglaubt hatte, weil er sie nach und nach vorlegte.

Zuerst legte er den großen lateinischen Anschlagbogen auseinander und zeigte auf seinen Namen Reiserus. – Der Schulmeister hatte hier wieder Gelegenheit, seine Stärke in der Latinität zu zeigen, indem er den Anschlagbogen ins Deutsche übersetzte; und so hatte Reiser schon viel bei ihm gewonnen.

Darauf zog er den Prolog hervor und wies die Anwesenden auf seinen deutsch gedruckten Namen; dies stimmte also überein, und der Schulmeister erzählte bei der Gelegenheit, daß er auch auf der Jesuitenschule mit Komödie gespielt und sein Name gedruckt worden sei.

Zuletzt legte Reiser noch das Gedicht vor, wo sein Name aufs neue in der Liste aller seiner Mitschüler gedruckt erschien und nun vollends aller Zweifel verschwand, daß er der nicht wirklich wäre, der seinen Namen so oft und auf so verschiedene Weise gedruckt aufzeigen konnte. Der Werber selbst wurde stille und schien vor Reisern einigen Respekt zu bekommen.

Dies verschaffte ihm Ruhe. Er ließ sich Feder und Papier geben und fing an, eine von den Hymnen des Homers in deutsche Hexameter zu übersetzen. Den Abend kam der

Schulmeister wieder und unterhielt sich mit ihm: so ging dieser Tag vorüber, und Reiser legte sich ruhig schlafen.

Als er aber am andern Morgen erwachte, den Himmel wieder ebenso trübe wie gestern sahe und den Regen ans Fenster schlagen hörte, fing ihm an der Mut zu sinken. –

Er stand von seiner Spreu auf und setzte sich traurig an den Tisch; es wollte mit den homerischen Hymnen nicht vorwärtsgehen – er stellte sich ans Fenster und sahe zu, ob der Himmel sich noch nicht ein wenig aufklären wollte, als der Soldat schon wieder hereintrat, um ihm seine Morgenvisite zu machen.

Da nun Reiser sich ankleidete und sein Haar in einen Zopf flochte, fing der Kriegsmann wieder an, ihm über seine Größe und über die Länge seines Haars sehr viele Komplimente zu machen, und wie schade es um ihn sei, daß er nicht in den Kriegsstand treten wolle.

Der Schulmeister kam nun auch dazu; sie hatten seit gestern überlegt, daß alle die vorgezeigten Dokumente kein Siegel gehabt hatten, und brachten nun diesen Umstand gegen Reisern vorzüglich in Anregung, daß er doch vor den Werbern nicht durchkommen würde, und daß er sich also lieber dem gönnen sollte, der doch die ersten Ansprüche auf ihn hätte.

So dauerte es nun den ganzen Tag über, welcher für Reisern, der nicht fort konnte, einer der traurigsten war, bis es gegen Abend sich aufklärte und auf einmal sein Mut wieder erwachte.

Er nahm alle seine Überredungskraft zusammen, um die Leute durch die nachdrücklichsten Vorstellungen zu überzeugen, daß es wirklich sein Vorsatz sei, in Erfurt zu studieren, wovon ihn nichts in der Welt abbringen könne, daß diese ihm endlich zu glauben schienen.

Der Schulmeister sagte ihm auf lateinisch, wenn er morgen früh auf Mühlhausen zureiste, so würde ihm der Wirt von diesem Gasthofe begegnen, der auch lateinisch spräche und verreist gewesen sei, um die Seinigen (suos) zu holen.

Der Soldat aber versprach Reisern zu seinem Schrecken, ihn den andern Morgen zu begleiten und ihn durch ein Gehölz auf den Weg zu bringen.

Den andern Morgen in aller Frühe war der Soldat schon wieder da, um ihn zu begleiten, und wollte im Gasthofe Reisers Zeche bezahlen, welches dieser aber mit Gewalt nicht zugab.

Sie gingen nun aus dem Dorfe Orschla auf Hähnichen zu eine Anhöhe herauf, der Soldat sprach kein Wort, und da sie durch ein Gehölz kamen, so erwartete nun Reiser jeden Augenblick die Entscheidung seines Schicksals, dem er doch nicht entgehen könnte.

Auf einmal stand der Soldat still und hielt Reisern eine ordentlich pathetische Anrede, er sollte sich noch einmal prüfen, ob er sich wirklich getraute, nicht in die Hände anderer Werber zu fallen; denn das einzige würde ihn nur ärgern, wenn er hörte, daß Reiser doch Soldat geworden wäre und ihn also gleichsam betrogen hätte: wenn es aber sein wirklicher Vorsatz sei zu studieren und nicht Soldat zu werden, so wünsche er ihm Glück zu seinem Vorhaben und eine glückliche Reise.

Hiermit ging er fort, und Reiser traute immer noch nicht recht, bis er erst eine ganze Strecke gegangen war und ihm nichts Auffallendes begegnete, außer einem pucklichten Mann, der zwei Schweine vor sich hertrieb und ihn lateinisch anredete, weil er ihn für einen Studenten hielt.

Dies war der Gastwirt aus Orschla, wovon der Schulmeister gesagt hatte, daß er (suos) die Seinigen holte, welcher aber (sues) Schweine geholt hatte, die der Schulmeister in Orschla nach der zweiten Deklination dekliniert und sie dadurch zu den Seinigen erhoben hatte.

Sobald sich nun Reiser wieder im Freien sahe und niemand gewahr wurde, der ihm aufgelauert hätte, so war ihm dies ein unerwartetes Glück – die Gefahr aber, welcher er entronnen war, machte doch, daß er im Gehen sehr ernsthaft über sein künftiges Leben nachdachte.

Er erwog, daß es ihm bei allen Leuten ein ehrliches Ansehn gab, wenn er sagte, daß er auf die Universität gehen und studieren wolle. Die Idee war ihm auch selber nicht zuwider; dies dauerte aber nur so lange, bis die Kulissen mit den Lichtern in seiner Einbildungskraft wieder hervortraten und alle andern Aussichten weichen mußten.

Er wanderte bis gegen Mittag auf eine ziemlich unbequeme Weise, weil der Boden noch nicht trocken war, wobei nun zu seinem Schrecken seine Schuh zu leiden anfingen, die unter seinen Umständen gewissermaßen einen unersetzlichen Teil seines Selbst ausmachten.

Er fühlte den drohenden Verlust mit jedem Schritte, den er tat, als um die Mittagsstunde der Himmel sich wieder mit Wolken umzog, die einen neuen Regenguß prophezeieten, welcher sich auch sehr bald einstellte und Reisers Wanderschaft zum zweitenmal unterbrach.

Zum Glück erreichte er bald ein Jägerhaus, das mitten auf einem rund umher mit Wald umgebenen Felde lag, und wo er ebenso voller Zutraun einkehrte, als er höflich und gut aufgenommen und bewirtet wurde.

Es war, als ob sein Empfang schon vorbereitet wäre, so freundschaftlich nahmen ihn die Leute in dieser einsamen Wohnung auf.

Es war, als ob es sich bei diesen Leuten von selbst verstände, daß man in einem solchen Wetter einen Wanderer aufnehmen müsse. Es hörte den ganzen Tag nicht auf zu regnen, und die Leute nötigten ihn selber, die Nacht zu bleiben.

Als sie ihn nun zum Abendessen nötigten, verbat es sich Reiser, weil er nicht hinlänglich mit Gelde versehen sei, um diese Bewirtung zu bezahlen; indem er eine weite Reise vor sich habe und sich außerordentlich einschränken müsse; worauf der Jäger aber mit einer Art von Unwillen ihn an den Tisch zog.

Es war für Reisern ein Gefühl ohnegleichen, sich von ganz unbekannten Menschen so wohl aufgenommen zu sehen.

Er fand sich hier wie zu Hause; man wies ihm die Nacht ein gutes Bette an, das ihm nun zum ersten Male auf seiner Wanderung wieder geboten wurde.

Am andern Morgen weckte man ihn zum Frühstück und nötigte ihn, den ganzen Tag dazubleiben, weil es noch immerfort regnete.

Der Mann ging ins Holz und verwies Reisern auf seine Bibliothek, daß er sich während der Zeit damit unterhalten sollte.

Diese Bibliothek bestand aus einer großen Sammlung von alten Kalendern, Totengesprächen, der Geschichte eines göttingschen Studenten und einem erfurtischen Wochenblatt, der Bürger und der Bauer, wo der Bauer im thüringschen Dialekt sprach und der Bürger ihm in hochdeutscher Sprache antwortete.

Reiser amüsierte sich herrlich mit diesen Sachen und gab von Zeit zu Zeit wieder seinen Gedanken Raum; denn sein gütiger Wirt und Wirtin waren von wenigen Worten und nicht im geringsten neugierig, sondern fragten ihn nicht einmal, wohin er ginge und woher er käme, so daß er also durch nichts in seinen Gedanken gestört wurde.

Diese gastfreundliche Stube mit dem kleinen Fenster, wodurch man weit übers Feld nach dem Holze sahe, indes der Regen sich draußen stromweise ergoß, blieb eins der angenehmsten Bilder in Reisers Gedächtnis.

Am dritten Morgen hatte sich der Himmel aufgeklärt; und als Reiser nun von seinen Wohltätern Abschied nahm, suchten sie ihm sogar noch den Dank zu ersparen, indem sie eine nicht nennenswerte Kleinigkeit an Gelde als eine Bezahlung für die dreitägige Bewirtung von ihm annahmen und, da er wegging, nicht einmal nach seinem Namen fragten.

Das Andenken an diese Leute machte Reisern während dem Gehen noch manche frohe Stunde und gab ihm zugleich wieder Mut und Zutrauen zu den Menschen, unter die er sich nun wie in einem Ozean verlor.

Der Weg war zuerst von dem gestrigen Regen noch ziemlich beschwerlich; weil aber die Sonne heiß schien, so trocknete der Boden bald wieder, und Reiser erreichte noch gegen Mittag die Reichsstadt Mühlhausen, welche nun als ein neuer ungewohnter Anblick mit ihren Türmen vor ihm lag.

Hier stand ihm nun, wie er gewarnt war, die meiste Gefahr von den Werbern bevor. – Er gab sich also diesmal alle mögliche Mühe, ehe er ins Tor ging, sorgfältig seine Toilette zu machen; und die schon einmal versuchte Rolle eines unbefangnen Spaziergängers gelang ihm auch diesmal wieder ebenso gut wie in Hildesheim, so daß er, ohne von einer Schildwache befragt zu werden, glücklich durchs Tor in die Stadt kam.

Durch die Stadt eilte er so schnell wie möglich, erkundigte sich nach dem Tore, aus welchem der Weg nach Erfurt geht, und verdoppelte seine Schritte, sooft er etwas einer Soldatenkleidung Ähnliches nur von fern erblickte.

Wie froh schüttelte er den Staub von seinen Füßen über diese Stadt, als er den letzten Schlagbaum zurückgelegt hatte und keinen preußischen Werber hinter noch neben sich sahe.

Die grünen Turmspitzen blieben das einzige Bild, was er von diesem Häuserhaufen mit sich nahm; alles übrige war verloschen; so schnell war seine Einbildungskraft über die Gegenstände hinweggegleitet.

Er näherte sich nun immer mehr dem Ziele seiner Reise und betrachtete das Zurückgelegte mit stillem Vergnügen, wobei ihm besonders seine Sparsamkeit und harte Lebensart einen süßen Triumph gewährten, da nun die Beschwerlichkeiten beinahe überstanden waren. Demohngeachtet aber fühlte er wiederum eine Art von Ängstlichkeit, je kleiner der Zwischenraum zwischen ihm und seinen ungewissen Aussichten wurde.

Denn das, was in der Einbildungskraft keinen Anstoß gelitten hatte, sollte nun zur Wirklichkeit kommen und mit Hindernissen kämpfen, die sich schon im voraus darstellten. Es deuchte Reisern nun viel leichter, mit schönen und angenehmen Aussichten in die weite Welt zu wandern, als an Ort und Stelle selbst zu sein und diese Aussichten wahr zu machen.

Drum hätte sich nun Reiser gerne das Ziel noch weiter weggewünscht, wenn er imstande gewesen wäre, seine Wanderung weiter fortzusetzen. Eine traurige Bemerkung aber, die er an seinen Schuhen machte, deren Verlust für ihn in den Umständen, worin er sich befand, unersetzlich war, hemmte auf einmal alle seine weiten Aussichten wieder und machte, daß er ernsthaft über seinen Zustand nachdachte.

Es ist merkwürdig, wie die verächtlichsten wirklichen Dinge auf die Weise in die glänzendsten Gebäude der Phantasie eingreifen und sie zerstören können und wie auf eben diesen verächtlichen Dingen eines Menschen Schicksal beruhen kann.

Reisers Glück, das er in der Welt machen wollte, hing jetzt im eigentlichen Sinne von seinen Schuhen ab; denn von seinen übrigen Kleidungsstücken durfte er nichts veräußern, wenn er mit Anstande erscheinen wollte: und doch machten zerrissene Schuhe, die er durch neue nicht ersetzen konnte, seinen ganzen übrigen Anzug unscheinbar und verächtlich.

Dies versetzte ihn, indem er auf dem Wege nach Langensalza begriffen war, in traurige und schwermütige Gedanken, bis ein Bauer und ein Handwerksbursch, die eben desselben Weges gingen, sich zu ihm gesellten und ihn mit Gesprächen unterhielten.

Der Handwerksbursch erzählte von seinen Reisen in Kursachsen, und der Bauer hatte eine Klagesache, die er selbst in Dresden bei dem Kurfürsten anbringen wollte.

Es war kurz nach Mittag und eine drückende Hitze. Dem Handwerksburschen drückten seine Stiefeln – Reiser sahe mit jedem Tritte seine Schuhe sich verschlimmern, und der Bauer klagte über entsetzlichen Durst, als sie auf dem Felde einige Arbeitsleute antrafen, die einen Eimer Wasser neben sich stehen hatten und den drei ermüdeten Wanderern zu trinken gaben.

Eine solche Szene, wo unbekannte, voneinander entfernte Menschen auf einmal sich nahe zusammenfinden, gemeinschaftliches Bedürfnis und gemeinschaftlichen Trost und Zuspruch aneinander haben, als ob sie nie unbekannt und entfernt voneinander gewesen wären; so etwas hielt Reisern für alles Unangenehme auf seinen Wanderungen wieder schadlos, und er konnte sich mit innigem Vergnügen daran zurückerinnern.

Seine Gefährten verließen ihn vor der Stadt Langensalza, in der er sich nicht aufhielt, sondern noch den nächsten Ort zu erreichen suchte, wo er übernachten wollte.

Er kam spät in dem Gasthofe an, wo er nun die letzte Nacht vor seiner Ankunft in Erfurt zubrachte. – Als er am andern Morgen erwachte, so war sein erster Gedanke an einen Schuster; und wie groß war nun seine Freude, als er an diesem Orte einen fand, der um wenige Groschen, während daß er darauf wartete, seine Schuh wieder in dauerhaften Stand setzte, und er dadurch auf einmal aus der größten Verlegenheit befreit war.

Nun ging er also rasch auf Erfurt zu. – So wie er gekleidet war, durfte er nun vor jedermann erscheinen, und so hatte er wieder Mut und Zutrauen zu sich selber.

In dem letzten Dorfe vor Erfurt ließ er sich einen Trunk Bier geben. – In dem Gasthofe war es sehr lebhaft. Man bemerkte schon die Nähe der Stadt, aus welcher sich viele Einwohner hier befanden, unter denen auch ein Gelehrter war, mit dem die andern von seinen Werken sprachen.

Von diesem Dorfe aus bekam denn Reiser endlich die Stadt Erfurt zu Gesichte mit dem alten Dom, den vielen Türmen, den hohen Wällen und dem Petersberge. – Das war nun die Vaterstadt seines Freundes Philipp Reisers, wovon ihm dieser so viel erzählt hatte. – Auf dem Wege nach der Stadt zu waren Kirschbäume gepflanzt. – Die Hitze der Mittagssonne hatte sich schon gelegt – die Leute gingen vor dem Tore spazieren – und als Reiser auf diesem Wege an Hannover zurückdachte, so war es ihm auch gerade, als habe er von dort bis hieher einen leichten Spaziergang gemacht, so klein deuchte ihm nun der Zwischenraum, den er zurückgelegt hatte.

Eine so große Stadt wie diese hatte er nun noch nicht gesehen; der Anblick war ihm neu und ungewohnt; er kam durch die breite und schöne Straße, welche der Anger heißt, und konnte sich nicht enthalten, noch ein wenig in der Stadt umherzugehen, ehe er seinen Stab weiter setzte; denn er wollte noch bis zum nächsten Dorfe gehen, das auf dem Wege nach Weimar liegt.

Bei diesen Wanderungen durch die Straßen von Erfurt kam er in eine der Vorstädte und kehrte, weil es noch nicht spät war, in einem Gasthofe ein.

Hier saß der Wirt, ein dicker Mann, am Fenster, und Reiser fragte ihn, ob die Ekhofsche Schauspielergesellschaft noch in Weimar wäre? Nichts! antwortete er, sie ist in Gotha! Reiser fragte weiter, ob Wieland noch in Erfurt wäre? Nichts! antwortete jener wieder, er ist in Weimar! Das Nichts! sprach er jedesmal mit einer Art von Unwillen aus, als ob es ihn verdrösse, Nein! zu sagen.

Und dies harte Nichts! in der Antwort des dicken Wirtes verrückte auf einmal Reisers ganzen Plan. – Nach Weimar war eigentlich sein Sinn gerichtet – da, glaubte er, würden sich unerwartete Kombinationen finden – er würde da den angebeteten Verfasser von Werthers Leiden sehen. – Und nun klang auf einmal Gotha statt Weimar in seinen Ohren.

Er ließ sich aber auch dies nicht irren, sondern stand eilig auf, um sich noch denselben Abend auf den Weg nach Gotha zu begeben und, um von seiner strengen Regel nicht abzuweichen, im nächsten Dorfe zu übernachten.

Ehe die Sonne unterging, hatte er Erfurt schon wieder im Rücken, und ehe es ganz Nacht wurde, erreichte er noch das erste Dorf auf dem Wege nach Gotha. – Der Dom und die alten Türme von Erfurt machten nun ein neues Bild in seiner Seele, das er mit sich heraustrug und das ihn zur Wiederkehr in diesen Ort einzuladen schien.

In dem Dorfe aber, wo er einkehrte, hatte er noch zu guter Letzt auf seiner Streu sehr unruhige Nachbaren. Dies waren nämlich Fuhrleute, die von Zeit zu Zeit aufstanden und sich in einem sehr groben Dialekt miteinander unterhielten, worin besonders ein Wort vorkam, das höchst widrig in Reisers Ohren tönte und immer mit einer Menge von häßlichen Nebenideen für ihn begleitet war: die Bauern sagten nämlich immer: „er quam“ anstatt „er kam“. Dieses „quam“ schien Reisern ihr ganzes Wesen auszudrücken; und alle ihre Grobheit war in diesem „quam“, das sie immer mit vollen Backen aussprachen, gleichsam zusammengedrängt.

Kaum daß Reiser ein wenig eingeschlummert war, so weckte ihn dies verhaßte Wort wieder auf, so daß diese Nacht eine der traurigsten war, die er je auf einer Streu zugebracht hatte. Als der Tag anbrach, sahe er die schwammigten, aufgedunsenen Gesichter seiner Schlafkameraden, welche vollkommen mit dem „quam" übereinstimmten, das ihm noch in den Ohren gellte, als er den Gasthof schon verlassen hatte und nun am frühen Morgen mit starken Schritten auf Gotha zuwanderte.

Weil er die Nacht wenig geschlafen hatte, waren seine Gedanken auf dem Wege nach Gotha eben nicht sehr heiter, wozu noch kam, daß mit jedem Schritte seine Aussicht nun enger wurde und seine Phantasie weniger Spielraum hatte.

Es war an einem Sonntage, und ein Schuster, der die Woche aufs Land gegangen war, um Schulden einzufordern, kehrte mit ihm nach Gotha und sagte ihm unter andern, daß es dort sehr teuer zu leben sei.

Diese Nachricht war für Reisern sehr bedenklich, der nun ohngefähr noch einen Gulden im Vermögen hatte und dessen Schicksal in Gotha sich also sehr bald entscheiden mußte. –

Das Gespräch mit dem Schuster, der ihm als ein Einwohner von Gotha seine Not klagte, war für ihn gar nicht unterhaltend und stimmte seine Ideen sehr herab, da er nun das wirkliche Leben in so einer Stadt sich dachte, wo noch kein Mensch ihn kannte, und wo es noch sehr zweifelhaft war, ob irgend jemand an seinem Schicksal teilnehmen und auf seine Wünsche merken würde.

Diese unangenehmen Reflexionen machten, daß ihm der Weg noch beschwerlicher und er mit jedem Schritte müder wurde, bis sich die beiden kleinen Türmchen von Gotha zeigten, wovon ihm der Schuster sagte, daß der eine auf der Kirche und der andre auf dem Komödienhause stände.

Dieser angenehme Kontrast und lebhafte sinnliche Eindruck machte, daß sein Gemüt sich allmählich wieder erheiterte und er durch verdoppelte Schritte seinen Gefährten wieder in Atem setzte.

Denn das Türmchen bezeichnete ihm nun deutlich den Fleck, wo der unmittelbare laute Beifall eingeerntet und die Wünsche des ruhmbegierigen Jünglings gekrönt würden.

Dieser Platz behauptete dort seine Rechte neben dem geweihten Tempel und war selbst ein Tempel der Kunst und den Musen geweihet, in welchem das Talent sich entwickeln und alle und jede Empfindungen des Herzens aus ihren geheimsten Falten vor einem lauschenden Publikum sich enthüllen konnten. –

Da war nun der Ort, wo die erhabene Träne des Mitleids bei dem Fall des Edlen geweint und lauter Beifall dem Genius zugejauchzt wurde, der mit Macht die Seelen zu täuschen, die Herzen zu schmelzen wußte.

Mitleid den Toten und Ehre den Lebenden war hier die schöne Lösung – und Reiser lebte und webte schon in diesem Elemente, wo alles das, was die Vorwelt empfand, noch einmal nachempfunden und alle Szenen des Lebens in einem kleinen Raume wieder durchlebt wurden.

Kurz, es war nichts weniger als das ganze Menschenleben mit allen seinen Abwechselungen und mannigfaltigen Schicksalen, das bei dem Anblick des Türmchens vom Gothaischen Komödienhause sich in Reisers Seele wie im Bilde darstellte, und worin sich die Klagen des Schusters, der ihn begleitete, und seine eigenen Sorgen wie in einem Meere verloren. –

Mit seinem einzigen Gulden in der Tasche fühlte sich Reiser beglückt wie ein König, solange dieser Reichtum von Bildern ihm vorschwebte, die die Spitze des Türmchens in Gotha umgaukelten und Reisern einen schönen Traum in die Zukunft aufs neue vorspiegelten.

Da sie nicht mehr weit von der Stadt waren, ließ Reiser seinen Gefährten vorangehen und setzte sich gemächlich unter einen Baum, um so gut wie nur irgend möglich seine Kleider in Ordnung zu bringen und auf eine stattliche Weise in Gotha seinen Einzug zu halten.

Dies gelang ihm so gut, daß einige Handwerksleute, die eben vor dem Tore vor Gotha spazieren gingen, wie vor einem vornehmen Manne den Hut vor ihm abzogen, welches Reisern nicht wenig in Verwunderung setzte, der auf seiner ganzen Reise mit den Fuhrleuten auf der Streu geschlafen und eine gar nicht glänzende Figur gespielt hatte.

Er kam nun durch das alte Tor von Gotha in eine etwas dunkle Straße, die er hinaufging und bald zur rechten Seite den Gasthof zum goldnen Kreuze ansichtig wurde, wo er denn einkehrte, weil dieser Gasthof ihm keiner der glänzendsten zu sein schien.

Als er eben hereintrat, fand er gleich vorn in der Gaststube einen Schwarm von Handwerksburschen, die schrien und lärmten; und er wollte schon wieder umkehren, als der alte Wirt zu ihm kam, der ihn freundlich anredete und fragte, ob er etwa hier logieren wolle? Reiser erwiderte: dies sei wohl eine Herberge für Handwerksburschen? Das täte nichts, sagte der Wirt, er solle mit seinem Logis schon zufrieden sein, und hierauf nötigte er Reisern in seine eigene wohleingerichtete Stube, wo ein alter Hauptmann, ein Hoflakai und noch einige andere wohlgekleidete Leute waren, in deren Gesellschaft Reiser von dem Wirt introduzieret und auf das höflichste behandelt wurde. Denn man tat keine einzige unbescheidene oder neugierige Frage an ihn und bewies ihm doch dabei eine schmeichelnde Aufmerksamkeit.

In diesem Zimmer stand ein Flügel, auf welchem ein junger Mann, namens Liebetraut, sich hören ließ. Dieser Liebetraut war auch erst vor kurzem zufälligerweise in eben diesen Gasthof eingekehrt und mit den alten Wirtsleuten bekannt geworden, auf deren Zureden, weil sie sich gerne in Ruhe setzen wollten, er den Gasthof in Pacht übernommen hatte, so daß er also eigentlich der Wirt war, obgleich die Alten ihm noch immer Anweisung geben und sich mit um die Wirtschaft bekümmern mußten.

Dieser junge Liebetraut ließ sich sehr bald mit Reisern in ein Gespräch über schöne Wissenschaften und Dichtkunst ein und zeigte sich als ein Mann von feinem Geschmack und Bildung, und was das Sonderbarste war, so schien er nicht undeutlich darauf anzuspielen, daß Reiser wohl hierher gekommen sei, um sich dem Theater zu widmen.

Dieser ließ sich für jetzt nicht weiter aus, und ihm wurde nun auch eine Stube angewiesen, wo er allein sein konnte. Hier sammelten sich nun seine Gedanken wieder, und er machte sich nun einen Plan, wie er am andern Tage seinen Besuch bei dem Schauspieler Ekhof machen und dem sein Anliegen vortragen wollte.

Während er auf seiner Stube allein mit diesen Gedanken beschäftigt war und am Fenster stand, kamen die Chorschüler vor das Haus und sangen eine Motette, die Reiser während seiner Schuljahre in Wind und Regen oft mitgesungen hatte.

Dies erinnerte ihn an jenen ganz trüben Zeitraum seines Lebens, wo immer Mißmut, Selbstverachtung und äußerer Druck ihm jeden Schimmer von Freude raubte, wo alle seine Wünsche fehlschlugen und ihm nichts als ein schwacher Strahl von Hoffnung übrig blieb.

Sollte denn nun, dachte er, nicht endlich einmal die Morgenröte aus jenem Dunkel hervorbrechen? – Und eine trügerische täuschende Hoffnung schien ihm zu sagen, daß er dafür, daß er so lange sich selber zur Qual gewesen, nun auch einmal werde Freude an sich selber haben, und daß die glückliche Wendung seines Schicksals nicht weit mehr entfernt sei.

Sein höchstes Glück aber war nun einmal der Schauplatz; denn das war der einzige Ort, wo sein ungenügsamer Wunsch, alle Szenen des Menschenlebens selbst zu durchleben, befriedigt werden konnte.

Weil er von Kindheit auf zu wenig eigene Existenz gehabt hatte, so zog ihn jedes Schicksal, das außer ihm war, desto stärker an; daher schrieb sich ganz natürlich während seiner Schuljahre die Wut, Komödien zu lesen und zu sehen. – Durch jedes fremde Schicksal fühlte er sich gleichsam sich selbst entrissen und fand nun in andern erst die Lebensflamme wieder, die in ihm selber durch den Druck von außen beinahe erloschen war.

Es war also kein echter Beruf, kein reiner Darstellungstrieb, der ihn anzog: denn ihm lag mehr daran, die Szenen des Lebens in sich als außer sich darzustellen. Er wollte für sich das alles haben, was die Kunst zum Opfer fordert.

Um seinetwillen wollte er die Lebensszenen spielen – sie zogen ihn nur an, weil er sich selbst darin gefiel, nicht weil an ihrer treuen Darstellung ihm alles lag. – Er täuschte sich selbst, indem er das für echten Kunsttrieb nahm, was bloß in den zufälligen Umständen seines Lebens gegründet war. – Und diese Täuschung, wie viele Leiden hat sie ihm verursacht, wie viele Freuden ihm geraubt!

Hätte er damals das sichere Kennzeichen schon empfunden und gewußt, daß, wer nicht über der Kunst sich selbst vergißt, zum Künstler nicht geboren sei, wie manche vergebene Anstrengung, wie manchen verlornen Kummer hätte ihm dies erspart!

Allein sein Schicksal war nun einmal von Kindheit an, die Leiden der Einbildungskraft zu dulden, zwischen welcher und seinem würklichen Zustande ein immerwährender Mißlaut herrschte, und die sich für jeden schönen Traum nachher mit bittern Qualen rächte.

Nach seiner langen Wanderschaft brachte nun Reiser wieder die erste Nacht in Gotha in sanftem Schlummer zu, und als er am andern Morgen früh erwachte, so war es, als ob aus Lisuart und Dariolette ihm der Schluß aus einer Arie, welche die verwünschte Alte singt, entgegentönte:

Vielleicht ist dies der Morgen,
Der aller meiner Sorgen
Erwünschtes Ende bringt.

Während daß diese Zeilen ihm immer in Gedanken schwebten, zog er sich an und erkundigte sich bei seinem jungen Wirt, wo Ekhof wohnte, dem er nun diesen Vormittag seinen Besuch machen wollte.

Zu dem Ende hielt er nun seinen gedruckten Prolog in Bereitschaft, den er in Hannover verfertigt und Iffland gesprochen hatte, und durch welchen er hier vorzüglich Eingang zu finden hoffte.

Der junge Gastwirt Liebetraut nötigte ihn noch vorher mit ihm zu frühstücken und schien an seinem Umgange ein besonderes Vergnügen zu finden, indem er zugleich anfing, ihn zum Vertrauten seiner Herzensgeschichte zu machen, welche darin bestand, daß er den Gasthof gepachtet habe, um ein junges Frauenzimmer, das er liebte, je eher je lieber heiraten zu können.

Reiser ging nun zu Ekhof, und auf dem Wege dahin drängten sich alle seine Entwürfe, die er vom Anfang seiner Wanderung an gemacht, noch einmal wieder in seine Seele zusammen, da er sich so nahe am Ziel seiner Reise sahe; die Melodie und der Vers aus Lisuart und Dariolette tönten noch immer in seine Ohren, und diesmal wenigstens täuschte ihn seine Hoffnung nicht. – Ekhof empfing ihn über Erwartung gut und unterhielt sich beinahe eine Stunde mit ihm.

Reisers jugendlicher Enthusiasmus für die Schauspielkunst schien dem Greise nicht zu mißfallen – er ließ sich mit ihm über Gegenstände der Kunst ein und mißbilligte es gar nicht, daß er sich dem Theater widmen wollte, wobei er hinzufügte, daß es freilich gerade an solchen Menschen fehlte, die aus eigenem Triebe zur Kunst und nicht durch äußere Umstände bewogen würden, sich der Schaubühne zu widmen.

Was konnte wohl aufmunternder für Reisern sein als diese Bemerkung – er dachte sich schon im Geist als einen Schüler dieses vortrefflichen Meisters.

Nun zog er auch seinen gedruckten Prolog hervor, der Ekhofs vollkommnen Beifall erhielt und den sich derselbe sogar von ihm ausbat und bemerkte, wie nahe das Talent zum Schauspieler und zum Dichter miteinander verwandt sei und wie eins gewissermaßen das andere voraussetze.

Reiser fühlte sich in diesem Augenblick so glücklich, als sich ein junger Mensch nur fühlen konnte, der vierzig Meilen weit bei trockenem Brote zu Fuße gereist war, um Ekhof zu sehen und zu sprechen und unter seiner Anführung Schauspieler zu werden.

Was nun sein Engagement anbeträfe, sagte Ekhof, so müsse er sich deswegen vorzüglich bei dem Bibliothekarius Reichard melden, mit welchem er selbst auch Reisers wegen sprechen wolle.

Reiser versäumte keinen Augenblick dieser Anweisung zu folgen und ging von Ekhof, der in einem Bäckerhause wohnte, nach dem Hause des Bibliothekarius Reichard, der ihn zwar auch höflich empfing, aber sich doch nicht so viel wie Ekhof mit ihm einließ. Indes machte er ihm zu einer Debütrolle Hoffnung, welches Reisers höchster Wunsch war, denn wenn er nur dazu käme, zweifelte er nicht, seinen Endzweck zu erreichen.

Mit Heiterkeit im Gesichte kehrte er nun zu Hause, weil er diesen Anfang seiner Unternehmung für höchst glücklich hielt und unter diesen günstigen Umständen sich so viel zutraute, daß nun sein Wunsch ihm nicht mehr fehlschlagen könne.

Und ob er sich gleich seinem Wirt nicht ganz entdeckte, so schien dieser doch gar nicht mehr daran zu zweifeln, daß er nun in Gotha bleiben und seine theatralische Laufbahn hier antreten würde.

Voller Zutrauen zu sich selbst und seinem Schicksale brachte nun Reiser in der Gesellschaft des alten Hauptmanns, des Hoflakaien und seines Wirts den Mittag höchst angenehm zu; und voll von schimmernden Aussichten, worin ihn alles bestärkte, überschritt er durch dies Mittagsessen zum erstenmal im Taumel der Freude den Bestand seiner Kasse und dünkte sich nun dadurch um desto fester an diesen Ort und an die hartnäckigste Verfolgung seines Plans gebunden.

Er machte nun fast täglich bei Ekhof seinen Besuch, und dieser riet ihm, fürs erste die Proben im Schauspielhause fleißig zu besuchen, welches Reiser tat und den alten Ekhof hier ganz in seinem Elemente sahe, wie er auf jede Kleinigkeit aufmerksam war und auch den ersten Schauspielern noch manche Erinnerung gab. Auch wurde Reisern erlaubt, die Komödie unentgeltlich zu besuchen, wo das erste Mal ein gewisser Bindrim mit dem Vater in der Zaire debütierte.

Weil nun dieser keinen besondern Beifall fand und Reiser in sich fühlte, wie bei den meisten Stellen der Ausdruck hätte ganz anders sein müssen, so spornte ihn dies noch mehr an, nun selber so bald wie möglich in einer Debütrolle den Schauplatz zu betreten, und er lag Ekhof dringend an, daß in einem der nächstaufzuführenden Stücke ihm eine Rolle möchte zugeteilt werden.

Und da das nächstemal die Poeten nach der Mode aufgeführt wurden, so tat Reiser den Vorschlag, die Rolle des Dunkel zu übernehmen, welches ihm aber Ekhof aus dem Grunde widerriet, weil er selbst diese Rolle spiele und es für einen angehenden Schauspieler nicht ratsam sei, sich gerade in einer Rolle zuerst zu zeigen, die man schon von einem alten geübten Schauspieler zu sehen gewohnt wäre.

So verschob sich nun sein Debüt von einem Spieltage bis zum andern, während daß seine Hoffnung dazu immer genährt wurde und auf dieser Entscheidung nun sein ganzes Schicksal beruhte.

Bei Ekhof holte sich nun Reiser immer Trost und neue Hoffnung, sooft er anfing verzagt zu werden; denn daß dieser sich gerne mit ihm unterhielt, flößte ihm wieder Selbstzutrauen und neuen Mut ein.

Demohngeachtet aber waren auch ein paar Äußerungen von Ekhof äußerst niederschlagend für ihn; denn als einmal von seinem Engagement die Rede war und Reiser sich auf einen jungen Menschen berief, der in den Poeten nach der Mode die Rolle des Reimreich gespielt hatte, so sagte Ekhof, man habe diesen vorzüglich seiner Jugend wegen angenommen, und schien dadurch zu verstehen zu geben, daß dieser Beweggrund bei Reisern nicht mehr stattfinde; der damals doch auch erst neunzehn Jahr alt war, aber, wie es schien, von jedermann für weit älter gehalten wurde; so daß bei dem Verlust aller Freuden der Jugend auch nicht einmal der Anschein der Jugend geblieben war.

Und ein andermal, als von Goethen gesprochen wurde, sagte Ekhof, er sei ohngefähr von Reisers Statur, aber gut physiognomiert, welches „aber“ allein schon den Schauspieler in Reisern ganz vernichtet haben würde, wenn nicht Ekhof gleich darauf zufälligerweise ihm wieder etwas Aufmunterndes gesagt hätte, indem er ihn fragte, ob er außer dem Prolog sonst nichts gedichtet habe? welches Reiser bejahte und, sobald er zu Hause kam, seine Verse, die er auswendig wußte, niederschrieb, um sie Ekhof zu überbringen.

Er brachte wohl ein paar Tage mit dieser Arbeit zu, und sein Wirt geriet auf den Gedanken, daß Reiser ein dramatisches Werk für die Schaubühne verfertigte. – Dies ließ er sich auf keine Weise ausreden und wünschte Reisern schon im voraus Glück zu der glänzenden Laufbahn, die er nun betreten würde.

Als Ekhof die Gedichte gelesen hatte, bezeigte er Reisern seinen Beifall darüber und sagte, er wolle sie auch dem Bibliothekarius Reichard zu lesen geben. Dies war für Reisern eine Aufmunterung ohnegleichen, weil er sich immer noch an Ekhofs ersten Ausspruch erinnerte, wie nahe der Schauspieler und der Dichter aneinander grenzten.

Er zweifelte nun nicht, daß diese Gedichte ihm seinen Weg zum Theater noch mehr bahnen und ihn bald seinem Ziele näher bringen würden. Dazu kam noch, daß der Schauspieler Großmann, welcher sich damals in Gotha aufhielt und Reisern einmal auf der Straße begegnete, ihm neuen Mut zusprach, indem er den Grund anführte, daß man ihn gewiß nicht würde so lange aufgehalten haben, wenn man nicht gesonnen sei, ihn vielleicht ohne Debüt für das Theater zu engagieren; denn es war nun schon in die dritte Woche, daß Reiser sich hier aufhielt.

Diese tröstenden Worte und die freundliche Anrede von Großmann waren damals ein wahrer Balsam für Reisern, der bei dem Schlosse, wo gebauet wurde, einsam auf und nieder ging und gerade mit finsterm Unmut über sein noch ungewisses Schicksal nachdachte.

Reiser ging nun mit guter Hoffnung zu Hause und brachte den Tag bei seinem Wirt noch sehr vergnügt zu.

Am andern Morgen ging er in die Probe, und man führte den Tag gerade die Operette der Deserteur auf, worin ein fremder Schauspieler, namens Neuhaus, den Deserteur und dessen Frau die Lilla spielte.

Ekhof bewies sich bei der Probe besonders geschäftig, und Reiser stand hinter den Kulissen und sahe mit Vergnügen zu, wie durch Anstrengung und Aufmerksamkeit eines jeden einzelnen das schöne Werk entstand, das am Abend die Zuschauer vergnügen sollte.

Er dachte sich lebhaft die Nähe, in der er sich nun bei diesen reizenden Beschäftigungen fand, und daß auf eben diesem Schauplatze mit seinem Spiele sich auch zugleich sein Schicksal entscheiden und seine Existenz auf diesem Flecke sich entwickeln würde. –

Denn auf diesen engumschränkten Schauplatz waren nun nach der weiten Reise alle seine Wünsche beschränkt; hier sah er sich, hier fand er sich wieder. – Hier schloß die Zukunft ihren ganzen reichen Schatz von goldenen Phantasien für ihn auf und ließ ihn in eine schöne und immer schönere Ferne blicken. – –

So hatte er schon oft zwischen den Kulissen in Gedanken vertieft gestanden und stand auch diesmal wieder so, als er auf einmal den Bibliothekarius Reichard auf sich zukommen sah, von dem er schon seit einigen Tagen eine entscheidende Antwort erwartet hatte.

Die Miene desselben verkündigte schon nichts Gutes, und er redete Reisern mit den trocknen Worten an, es täte ihm leid, ihm sagen zu müssen, daß aus seinem Engagement beim Theater nichts werden und daß er auch zur Debütrolle nicht kommen könne. – Mit diesen Worten gab er Reisern die geschriebenen Gedichte zurück, indem er gleichsam zum Trost hinzufügte, es herrsche eine leichte Versifikation darin und er solle dies Talent ja nicht vernachlässigen.

Reiser, der an Leib und Seele gelähmt war, konnte kein Wort hierauf antworten, sondern ging hin, wo das Theater mit seinem letzten Vorhange ganz am Ende an die kahle Mauer grenzt, und stützte sich verzweiflungsvoll mit dem Kopfe an die Wand. Denn er war nun wirklich unglücklich und doppelt unglücklich. –

Der eingebildete und der würkliche Mangel traten in fürchterlicher Eintracht zusammen, um sein Gemüt mit Schrecken und Grauen vor der Zukunft zu erfüllen.

Er sahe nun keinen Ausweg aus diesem Labyrinthe, in welches seine eigene Torheit ihn geleitet hatte – hier war nun die kahle öde Mauer, das täuschende Schauspiel war zu Ende.

Er eilte vors Tor hinaus und ging in der Allee, wo er sich schon oft mit den angenehmsten Vorstellungen beschäftiget hatte, verzweiflungsvoll auf und nieder; die Menschen gingen kalt vor ihm vorbei; niemand wußte, daß er in diesem Augenblick die einzige Hoffnung seines Lebens verloren hatte und einer der verlassensten Menschen war.

Und sonderbar war es, daß gerade in diesem allerverlassensten Zustande sich ein unbekanntes Gefühl von Liebebedürfnis in ihm regte, da seine Verzweiflung in Mitleid mit seinem eigenen Zustande sich verwandelte und ihm nun ein Wesen fehlte, das dieses Mitleid mit ihm haben könnte.

Er getrauete sich den Mittag nicht zu Hause zu gehen, sondern aß nicht und kehrte erst den Nachmittag wieder zurück – und am Abend ging er in die Komödie, wo nun die Operette der Deserteur aufgeführt wurde, die ihm den Tod seiner Hoffnungen bezeichnete.

Nie aber in seinem Leben ist seine Teilnahme an einem fremden Schicksale stärker gewesen, als sie es gerade diesen Abend an dem Schicksale der Liebenden war, welche durch den drohenden Todesstreich getrennt werden sollten. Es traf bei ihm zu, was Homer von den Mädchen sagt, die um den erschlagenen Patroklius weinten, sie beweinten zugleich ihr eigenes Schicksal.

Selbst die Musik rührte ihn bis zu Tränen, und jeder Ausdruck erschütterte sein Innerstes. Am stärksten aber fühlte er sich durch die Szene bewegt, wo der Deserteur, der schon sein Todesurteil weiß, im Gefängnis an seine Geliebte schreiben will und sein betrunkener Kamerad ihm keine Ruhe läßt, weil er ihn ein Wort soll buchstabieren lehren.

Reiser fühlte es hier tief, wie wenig ein Mensch den andern Menschen ist, wie wenig den andern an seinem Schicksal liegt; und sein Freund mit der Hutkokarde stand wieder vor seiner Seele da. Weswegen putzte aber jener seine Hutkokarde, als um seinem

Mädchen, der einzigen zu gefallen, die damals seine Göttin war, in der er sich wiederfinden und wieder von ihr geliebt sein wollte.

Das Schauspiel endigte sich froh, die Unglücklichen wurden getröstet, das Weinen verwandelte sich in Lachen, das Trauren in Fröhlichkeit – aber betrübt und mit schwerem Herzen ging Reiser in seine Wohnung – vor ihm war alles dunkel, und er sahe nun keinen Strahl von Hoffnung mehr.

Als er zu Hause kam, legte er sich sogleich zu Bette – seine Sinne waren stumpf – seine Gedanken wußten keinen Ausweg mehr zu finden – und der Schlaf war das einzige, was ihm übrig blieb. – Es war ihm, als ob er aus diesem Schlafe nicht wieder erwachen würde – denn alle Lebensaussichten waren ihm abgeschnitten, und er hatte keine Hoffnung mehr, wozu er erwachen sollte.

Der Gedanke von Auflösung, von gänzlichem Vergessen seiner selbst, von Aufhören aller Erinnerung und alles Bewußtseins war ihm so süß, daß er diese Nacht die Wohltat des Schlafes im reichsten Maße genoß – denn kein leiser Wunsch hemmte mehr die gänzliche Abspannung aller seiner Seelenkräfte; kein Traum von täuschender Hoffnung schwebte ihm mehr vor – alles war nun vorbei und endigte sich in die ewigstille Nacht des Grabes.

So wohltätig reicht die Natur den Hoffnungslosen auch schon die Schale dar, aus der er Vergessenheit seiner Leiden trinken und alle Erinnerungen an irgend etwas, das er wünschte oder wornach er strebte, aus der Seele verwischt werden sollen.

Als Reiser am andern Morgen spät aus seinem tiefen Schlafe erwachte, fühlte er sich wunderbar an Leib und Seele gestärkt – er fühlte Kraft in sich, alles zu unternehmen, um auch selbst unter diesen Umständen noch zum Ziel seiner Wünsche zu gelangen.

Es stieg ein Gedanke in ihm auf, sich hier um Unterrichtsstunden zu bewerben; sich durch seinen eigenen Fleiß zu nähren und auf dem Theater umsonst zu dienen. – Dieser Entschluß wurde immer lebhafter bei ihm, und er traute seinen Kräften alles zu, sobald er nur wieder einen Schimmer von Hoffnung vor sich sahe, sein Ziel zu erreichen.

Während dieser Gedanken zog er sich an und ging zu Ekhof, dem er seinen Entschluß entdeckte und dessen Rat er sich ausbat, indem er versicherte, daß er für sich selbst leben könne, ohne doch von der Art, wie er zu leben dächte, sich etwas merken zu lassen.

Ekhof lobte und billigte seine Standhaftigkeit und sagte ihm, er zweifle nicht, daß dies Anerbieten werde angenommen werden. Der Bibliothekarius Reichard, welchem Reiser eben diesen Entschluß bekannt machte, versprach ihm den andern Tag Bescheid darauf zu geben.

Und nun kehrte Reiser voll neuer Hoffnung wieder zu Hause – sein ganzes Beginnen kam ihm nun selber noch ehrenvoller vor, weil er mit der Kunst zugleich den Fleiß in nützlichen Geschäften und nährendem Erwerb verband – und alle seine übrigen Stunden der Kunst zum Opfer brachte.

Er aß nun diesen Mittag wieder voll Zutrauen bei seinem Wirt – und fühlte in sich einen unwiderstehlichen Mut, der Kunst zuliebe das Härteste im Leben zu ertragen, sich auf die notwendigsten Bedürfnisse einzuschränken und Tag und Nacht nicht zu ruhen, um sich in der Kunst zu üben und zugleich seine Unterrichtsstunden gehörig abzuwarten.

Mit diesen Entschlüssen, die ihm einen recht heroischen Mut einflößten, kam er am andern Morgen wieder zu Reichard und hörte nun sein Endurteil, daß man sich auch auf sein Anerbieten, umsonst auf dem Theater zu dienen, nicht einlassen könne und jetzt schlechterdings kein neues Engagement bei diesem Theater mehr stattfinden solle. – Wenn Reiser einige Wochen eher gekommen wäre, so hätte sich etwas für ihn tun lassen, nun aber sei alles vergeblich. –

Diese ganz unerwartete zweite abschlägige Antwort versetzte Reisern in eine Art von innerer Erbitterung – er fing in diesem Augenblicke an, sich selbst zu hassen und zu verachten, und fragte: ob er denn nicht etwa Souffleur oder Rollenschreiber oder Lichtputzer beim Theater werden könne? – Reichard antwortete: es täte ihm leid, da Reiser so viel Feuer fürs Theater verriete, daß sein Unternehmen ihm hier mißlungen wäre, indes würde es ihm vielleicht anderwärts gelingen.

Reiser ging nun in tiefen Gedanken von Reichard weg, und ging bei dem Bau am Schlosse auf und nieder, wo einige in Schiebkarren Steine zuführten, andere sie ordneten. – Er stand wohl an eine Stunde da und sahe immer dieser Arbeit zu – dabei entstand eine sonderbare Begierde in ihm, sein gutes Kleid auszuziehen und mit den übrigen Tagelöhnern auch Steine zu diesem Bau auf den Schiebkarren herbeizuführen.

Es war schon gegen Mittag, und die Sonne schien immer heißer. – Die Hände der Arbeiter wurden laß – sie ruheten sich aus und verzehrten auf der Erde ihr Mittagsmahl. – Reiser gab sich mit dem einen ins Wort und fragte ihn, wie viel sein Tagelohn betrüge. Es war eine Anzahl Groschen, die Reiser nicht mehr in seinem Vermögen hatte; und das Geld konnte in einem Tage verdient werden.

Der Entschluß, um diesen Tagelohn zu arbeiten, war in dem Augenblicke bei Reisern schon so gewiß, daß er innerlich lachen mußte, daß der Arbeiter, während er mit ihm sprach, die Mütze vor ihm abnahm und nicht wußte, daß sie vielleicht morgen Kameraden sein würden.

Das einzige, was seine Erbitterung und Selbsthaß und Selbstverachtung mildern konnte, war dieser Entschluß, worin er sich selbst wieder ehrte. Denn nun wollte er seinen wahren Zustand seinem Wirt entdecken, seinen Degen, sein Kleid ihm für die Bezahlung lassen und dann beim Schloßbau Steine zuführen.

Während nun dies in seinen Gedanken vorging, glaubte er selbst, es sei sein wahrer Ernst, und wußte nicht, daß seine Einbildungskraft ihn wieder täuschte und daß er schon wieder in Gedanken eine Rolle spielte.

Denn als Handlanger beim Schloßbau war er nun das Niedrigste, was er nur sein konnte; diese selbstgewählte freiwillige Niedrigkeit hatte einen außerordentlichen Reiz für ihn – er lebte nun wie die übrigen von seinem Stande, ging des Sonntags fleißig in die Kirche und war ein stiller religiöser Mensch – in einsamen Stunden ergötzte er sich denn mit Shakespeare und Homer und hatte dasjenige reelle Leben in sich, was er nicht außer sich haben konnte.

Besonders rührend war ihm bei dergleichen Vorstellungen immer der Gedanke, daß er am Sonntage fleißig in die Kirche gehen und dem Prediger recht aufmerksam zuhören würde. – Denn hierdurch vernichtete er gleichsam sich selbst, weil er alles, was auch der schlechteste Prediger ihm sagen würde, doch für sich noch sehr lehrreich hielt, und nicht klüger als der einfältigste Mensch sein wollte.

Er dachte sich nun wieder in dem Zustande, worin er als Hutmacherbursch gewesen war, wo er den Prediger, der ihm gefiel, wie ein Wesen höherer Art und selbst die Chorschüler auf der Straße mit Ehrfurcht betrachtete. Vom Theater durfte er in diesem Zustande kaum einen Begriff haben – und doch war es ihm wieder, als ob eben dieser Zustand auf eine wunderbare Weise ihn seinem ersten Wunsche vielleicht wieder näher bringen könnte.

Ehe er sich nun aber um die Stelle eines Tagelöhners bei dem Bau am Schlosse wirklich bewarb, konnte er doch nicht unterlassen, noch einmal zu Ekhof zu gehen, um ihm Lebewohl zu sagen und ihm zugleich zu erzählen, daß auch seine letzte Hoffnung gescheitert sei.

Er konnte diese Erzählung nicht ohne Beklemmung und Rührung vorbringen, weil er sich seinen ganzen nunmehrigen Zustand und also weit mehr dabei dachte, als er sagte. –

Der gute Ekhof redete ihm zu: er solle den Mut nicht sinken lassen; drei Meilen von hier in Eisenach sei jetzt die Barzantische Truppe; es würde ihm nicht fehlen, bei dieser Truppe angenommen zu werden; er solle sich bei derselben nur erst eine Weile zu üben suchen und dann wieder nach Gotha kommen, wo vielleicht günstigere Umstände sich für ihn ereignen und seine Aufnahme desto leichter sein würde, wenn er schon eine zeitlang bei einer Truppe gestanden hätte – er könne dies ja leicht versuchen und den Weg von Gotha bis Eisenach auf der Chaussee wie einen Spaziergang machen.

Mit dieser Anrede von Ekhof war auf einmal das ganze Projekt mit dem Steinezuführen und dem Arbeiten ums Tagelohn aus Reisers Gedanken verschwunden. – Denn das Ziel, wohin er doch am Ende wollte, sahe er auf einmal wieder nahe vor sich, und alle Bedenklichkeiten hörten auf, da er sich den Weg von Gotha nach Eisenach wie einen Spaziergang dachte, wodurch er gar keine Untreue an seinem Wirt beging, dem er von

Eisenach als Schauspieler doch eher und leichter wie von seiner Tagelöhnerarbeit bezahlen konnte.

Er ging also, da es hoch Mittag war, aus Ekhofs Hause, so wie er war und ohne sich umzusehen, gerade auf Eisenach zu. Und dieser Weg wurde ihm nun auch würklich so leicht wie ein Spaziergang. Denn alle die erstorbenen Hoffnungen waren nun auf einmal in seiner Seele wieder erneuert und machten einen lebhaften und angenehmen Kontrast gegen die melancholischen Ideen, womit er sich an diesem Vormittage noch zum Tagelöhner hatte verdingen wollen.

Er dachte sich immer nahe bei Gotha, und wie er am andern Tage zurückkehren und seinem Wirte eine angenehme Nachricht bringen würde. Dies machte, daß die Schönheiten der Natur ihn wieder ergötzten; er wandelte mit innigem Vergnügen durch die romantischen Täler zwischen den Bergen hin, und als er die Türme der alten Wartenburg, von der er schon in seiner Kindheit gehört hatte, zuerst erblickte, so umfaßte sein Gemüt die Gegenstände umher mit einer Wärme und Anschließung, die ihm alles doppelt schön machte; es war ihm, als ob er in einem süßen Traume schwebte, worin, was er ehmals gedacht hatte, eins nach dem andern sich ihm nun würklich darstellte.

Es war ihm, als ob er allenthalben sein könnte, wo er wollte, da er sich so auf einmal in wenigen Stunden von Gotha nach Eisenach versetzt sahe, woran er den Morgen desselbigen Tages noch gar nicht gedacht hatte.

Seinen Überrock und andre Sachen, die er sonst bei sich trug, hatte er zu Hause gelassen und wanderte in seinem besten Anzuge mit dem Degen an der Seite, so wie er bei Reichard und Ekhof seinen Besuch gemacht hatte, in Eisenach ein. Zufälligerweise steckten seine geschriebenen Gedichte und der lateinische Anschlagbogen, worauf sein Name stand, noch in seiner Rocktasche, der Homer aber und ein Teil der Wäsche, die er bei sich trug, war samt dem Überrocke zurückgeblieben.

Als er in die Stadt kam, schien ihm alles ein frohes und heiteres Ansehn zu haben; die Menschen schienen gleichsam zur Freude gestimmt zu sein, so daß er mit lauter frohen Ahndungen in den Gasthof trat, wo er die Nacht bleiben wollte und sich, nachdem er sich kaum niedergesetzt hatte, erkundigte, ob diesen Abend nicht etwa Komödie gespielt würde?

Welch ein Donnerschlag war es für ihn, als man ihm antwortete: die Barzantische Schauspielergesellschaft sei gerade diesen Morgen nach Mühlhausen abgereist! – Also war es nun, als ob ein feindseliges Schicksal ihm immer auf dem Fuße nachfolgte und ordentlich wie mit Absicht alle seine Hoffnungen vereitelte.

Dazu kam nun wieder, daß er nicht nur in der Einbildung, sondern wirklich und doppelt unglücklich war, weil die einzige Hoffnung, seinen Unterhalt zu finden und zugleich seine Schuld in Gotha zu tilgen, auf seiner Annahme bei der Barzantischen

Truppe in Eisenach beruhte und diese nun gerade an demselben Tage ihren Weg ebendahin genommen hatte, wo er hergekommen war.

Sein Zustand brachte ihn der Verzweiflung nahe und machte, daß er zum erstenmal sich über sein Schicksal wegsetzte und in eine Art von Vergessenheit seiner selbst geriet, welche ihn dem Anscheine nach froh und aufgeräumt machte. – Dabei war es ihm, als ob er durch diesen gar zu unerwarteten und hämischen Streich des Schicksals von allen Verbindungen losgesprochen wäre und sich nun selbst wie ein vernachlässigtes und verworfenes Wesen ansehen dürfe, das in gar keinen Betracht mehr kömmt.

Er hatte den ganzen Tag nichts genossen und ließ sich den Abend Bier und Brot und auf die Nacht ein Bette geben, wo er des sanftesten Schlafes genoß, weil er auf keine Zukunft mehr rechnete und von keinem einzigen Gedanken an die Zukunft oder an sein eigenes Schicksal mehr gestört wurde, denn nun war er mit seinen Aussichten ganz am Ende.

Am andern Morgen aber fühlte er, daß dieser wohltätige Schlaf aufs neue seine schlummernden Kräfte erweckt hatte – er fühlte wieder statt der Lähmung einen gewissen Trotz und Erbitterung gegen das Schicksal, wodurch er Mut bekam, noch einmal alles zu dulden und alles zu wagen, um seinen Endzweck dennoch zu erreichen: er entschloß sich, der Barzantischen Schauspielergesellschaft nachzureisen und von Eisenach bis Mühlhausen denselben Weg, den er gekommen war, wieder zurückzugehn.

Nachdem er nun in dem Gasthofe seine Zeche bezahlt hatte, so blieben ihm von seinem ganzen Vermögen noch fünf oder sechs Dreier übrig, womit er auf die Wartenburg stieg und von da die weite und schöne Gegend vor sich übersahe.

Der Unteroffizier auf der Wartenburg redete Reisern sehr höflich an und fragte ihn, ob er nicht die Merkwürdigkeiten besehen wollte? worauf Reiser erwiderte: er würde den Nachmittag mit einer Gesellschaft wiederkommen, jetzt wolle er sich nur in der Gegend ein wenig umsehen.

Er fühlte sich, indem er um sich her blickte, auf diesem Standpunkte über sein Schicksal erhaben; denn aller Widerwärtigkeiten ohngeachtet war er doch bis auf diesen Fleck gekommen, und diesen schönen Moment einer reizenden Aussicht in die umgebende Natur konnte ihm doch niemand rauben. Er sammlete sich gleichsam Stärke zu der Mühe und sorgenvollen Wanderschaft, die er nun aufs neue wieder antreten wollte.

Sein Plan, den er sich hiezu entworfen hatte, bestand in nichts Geringerm, als die wenigen Dreier, die ihm noch übrig waren, bloß zu Schlafgeld anzuwenden und bei Tage sich von den Wurzeln auf dem Felde zu nähren, denn er hatte es auf dem Herwege von Gotha schon einmal versucht, ein paar Wurzeln auf dem Felde auszuziehen, die ihm, da er den ganzen Tag nichts genossen hatte, eine sehr angenehme Erquickung gewährten.

Hieran hatte er sich hier gleich den Morgen beim Erwachen erinnert, und dies war es vorzüglich, was ihm den Trotz gegen das Schicksal einflößte, von dem er sich nun beinahe ganz unabhängig dachte.

Er fing noch an diesem Tage an, seinen Entschluß mit eben dem Selbstgefühl durchzusetzen, womit er auf seiner ersten Wanderung sich auf den bloßen Genuß von Bier und Brot beschränkte, und fühlte sich nun doppelt so unabhängig wie damals; denn während daß der Unteroffizier auf der Wartenburg ihn mit der Gesellschaft zurückerwarten mochte, um ihm die Merkwürdigkeiten des Schlosses zu zeigen, verzehrte Reiser schon auf dem Felde sein Mahl von rohen Wurzeln, die er sich mit einem alten Einlegemesser, das er noch von seinem Freunde Philipp Reisern besaß, in Scheiben schnitt und sie mit dem größten Wohlgeschmack verzehrte.

Nun war er aber, weil er sich zu lange auf der Wartenburg aufgehalten hatte, kaum erst eine Meile von Eisenach, und ihn überfiel, da er seine Wurzeln verzehrt hatte, eine unwiderstehliche Trägheit, so daß er mitten auf dem Felde einschlief und erst am Abend bei Sonnenuntergang wieder erwachte.

Da er nun nach dem nächsten Dorfe zugehen wollte, so kam er vom rechten Wege ab und erreichte erst spät einen Gasthof, wo er nichts verzehrte, sondern am andern Morgen bloß die Streu bezahlte.

Von diesem Dorfe aus verirrte er sich am andern Tage wieder zwischen den Feldern, wo er Wurzeln suchte, die gestrige Trägheit überfiel ihn wieder, die Hitze war drückend, und wo er den Schatten eines Baumes fand, da legte er sich nieder, und sogleich überfiel ihn der Schlaf; so daß er auf dem Wege von Eisenach bis Gotha, den er auf der Hinreise in wenigen Stunden zurückgelegt hatte, beinahe vier Tage zubrachte.

So labyrinthisch wie sein Schicksal war, wurden auch nun seine Wanderungen, er wußte sich aus beiden nicht mehr herauszufinden; vor Gotha schien sich seine Straße zurückzubiegen, und er mußte doch wieder durch, wenn er seinen Weg nach Mühlhausen fortsetzen wollte; und weil er nun die gerade Straße scheute, so war es ihm gewissermaßen lieb, wenn er sich verirrte.

Sein lateinischer Anschlagbogen half ihm auf diesem Wege zweimal durch; einmal, da man ihn für eine verdächtige Person hielt, weil er keinen Paß vorzeigen könnte; und ein andermal, da man einen Paß von ihm verlangte, daß er nicht aus einer Gegend käme, wo damals die Viehseuche herrschte; er zeigte seinen lateinischen Anschlagbogen vor und fügte hinzu, daß er ein Student sei und deswegen einen lateinischen Paß bei sich führe. – Der Dorfrichter oder Schulze des Orts, welcher sich gegen seine Frau und die andern Bauren das Ansehen geben wollte, als ob er Latein verstände, las mit einer wichtigen Miene den Anschlagbogen durch und sagte, es sei recht gut!

Während nun Reiser diese Tage in einer Art von Betäubung gleichsam wie in der Irre umherging, herrschte bloß die Imagination in ihm; denn da er nun auf dem Felde lebte, so schien er sich an gar nichts mehr gebunden und ließ seiner Einbildungskraft den Zügel schießen.

Nun war ihm aber sein Schicksal nicht romanhaft genug. Daß er hatte Schauspieler werden wollen und sein Wunsch ihm mißlungen war, das war eine abgeschmackte Rolle, die er spielte – er mußte irgendein Verbrechen begangen haben, das ihn in der Irre umhertrieb; ein solches Verbrechen dachte er sich nun aus: er stellte sich vor, daß er mit dem jungen Edelmann, den er in Hannover unterrichtete, die Universität in Göttingen bezogen und von diesem im Trunk zum Zweikampf genötigt worden wäre, wo er sich bloß verteidigte und jener wütend in seinen Degen gerannt sei, worauf er die Flucht genommen habe, ohne zu wissen, ob jener tot oder lebend sei.

Diese von ihm selbst gemachte Erdichtung drängte sich ihm bei seinem Herumirren im Felde fast wie eine Wahrheit auf; er träumte davon, wenn er einschlief; er sah seinen Gegner im Blute liegen, er deklamierte laut, wenn er erwachte, und spielte auf die Weise mit seiner Phantasie mitten auf dem Felde zwischen Gotha und Eisenach die Rollen durch, welche man ihm auf dem Theater verweigert hatte.

Und dies allein war es, was ihn von der Verzweiflung rettete; denn hätte er sich seinen Zustand völlig so leer und abgeschmackt gedacht, wie er wirklich war, so würde er sich selbst ganz weggeworfen haben und in Schmach versunken sein.

Nun aber wurde ihm das Bitterste erträglich: am zweiten Tage auf seiner Rückkehr von Eisenach nach Gotha war es gerade Sonntag und eine drückende Hitze. Reiser kam vom Felde durch ein Dorf und suchte Schatten, den er nicht anders finden konnte als auf einem grünen mit Bäumen bepflanzten Platze gerade der Kirche gegenüber. Er ließ sich in einem Bauerhause erst ein Glas Wasser geben; dann legte er sich unter den Bäumen nieder, während daß in der Kirche gegenüber gesungen wurde; unter dem Singen schlief er ein und wachte nicht eher wieder auf, als bis der Prediger aus der Kirche kam, mit dem sein Sohn ging, der auch erst von der Universität zurückgekommen war. Beide gingen auf Reisern zu und fragten ihn, woher er käme und wohin er ginge? er gab verwirrte Antworten und gestand endlich, daß er wegen eines Duells, das er in Göttingen gehabt habe, flüchtig sei. Es war ihm selber, als ob ihm dies Geständnis äußerst schwer würde, und der Gedanke an die Unwahrheit der Sache fiel ihm fast gar nicht mehr bei: denn da er einmal bloß in der Ideenwelt lebte, so war ihm ja alles das wirklich, was sich einmal fest in seine Einbildungskraft eingeprägt hatte; ganz aus allen Verhältnissen mit der wirklichen Welt hinausgedrängt, drohte die Scheidewand zwischen Traum und Wahrheit bei ihm den Einsturz.

Der Prediger nötigte ihn in sein Haus und wollte ihn bewirten. – Reiser aber, gleichsam wie von Angst getrieben, entfernte sich so bald wie möglich wieder. – Denn er mußte in seinem imaginierten Zustande die Gesellschaft der Menschen fliehen. –

Nahe vor Gotha nötigte ihn wiederum ein Prediger in sein Haus, der sich wohl einen halben Tag lang mit ihm unterhielt und ihm erzählte, daß vor ein paar Jahren auch so zu Fuße und wohlgekleidet ein reisender Gelehrter hier durchgekommen, der sich lange mit ihm unterhalten; er habe sich den Tag im Kalender bemerkt und zweifle fast nicht, daß es der Doktor Barth gewesen sei.

Nun erzählte dieser Prediger Reisern seine Geschichte, wie er sich erst lange als Hofmeister herumgetrieben und hier nun endlich in dieser alten Pfarre eine Ruhestätte gefunden habe, wo er dem, was in der Welt vorginge, nur so ganz von ferne zusähe.

Reiser erzählte nun dem Prediger auch seine eigene imaginierte unglückliche Geschichte, wobei ihm der Prediger in einem Kaffeeschälchen einige Erfrischungen von eingemachtem Obst vorsetzte und ihm dabei Mut zusprach, daß er sein Verbrechen vielleicht noch wieder gutmachen könne; dabei sah er auf die weiße Scheide von dem Degen, welchen Reiser trug, und fragte ihn, ob eine solche Degenscheide denn wirklich das Zeichen der Freimäurer und ob Reiser nicht in diesem Orden sei? – Je mehr dieser es verneinte, desto fester glaubte der Prediger, demohngeachtet einen Freimaurer vor sich zu sehen, der sich ihm nur in diesem Punkt nicht entdecken wollte.

Dieser Prediger betrachtete Reisern manchmal vom Kopf bis zu Fuß und schien sich überhaupt sonderbare Vorstellungen von ihm zu machen. – Er hielt ihn für einen Menschen, der viel mehr verschwieg als er sagte, und mit dem er nicht recht wußte, wie er dran war. – Demohngeachtet konnte er nicht unterlassen, immer noch Fragen an ihn zu tun, bis Reiser endlich, da die Sonne sich schon zum Untergange neigte, von ihm Abschied nahm und der Prediger ihm noch die Ermahnung mit auf den Weg gab, vorzüglich sein Verbrechen durch Reue zu büßen.

Durch die lange Unterhaltung mit dem Prediger und durch dessen Ermahnungen war Reisers Imagination noch mehr erhitzt. – Er kam in der Abenddämmerung in Gotha an und ging in einer Art von hartnäckiger Betäubung und Fühllosigkeit dicht vor dem goldnen Kreuze vorbei, wo er logiert hatte, aus dem Tore wieder heraus, in welches er das erstemal nach Gotha gekommen war, und nahm wieder den Weg auf Erfurt zu, um dann von da nach Mühlhausen zu gehen und endlich die Barzantische Schauspielergesellschaft zu erreichen.

Denn als er nur erst wieder durch Gotha war, verschwand auch allmählich die imaginierte Geschichte, die ihn drei Tage vor Gotha in der Irre herumgetrieben hatte, die erste Aussicht öffnete sich noch einmal wieder; Gotha lag wieder hinter ihm und war wieder der Mittelpunkt seiner Bestrebungen; so wie von Eisenach, hoffte er auch von Mühlhausen und zwar mit besserm Glück dorthin zurückzukehren.

Nun war es aber schon dunkel, ehe er ein Dorf erreichen konnte, und er verirrte sich und ging beinahe eine Meile um; indes kam er zuletzt doch wieder auf die rechte Straße und langte in demselben Gasthofe an, wo er auf seiner Hinreise von Erfuhrt nach Gotha eine der widerwärtigsten Nächte in der Gesellschaft von den groben Fuhrleuten zugebracht hatte, deren Quam ihm noch in frischem Andenken war.

In diesem Gasthofe fand er noch alles lebhaft und einen Handwerksburschen unter den Bauern auf dem Flur sitzend, denen er seine Reisen in Kursachsen erzählte. Gerade als Reiser in den Gasthof kam, trat der Wirt herzu und gebot dem Erzähler Stillschweigen, weil es schon spät in die Nacht und Zeit sei, sich schlafen zu legen.

Der Handwerksbursch und die Bauern legten sich nun auf die Streu, die schon zubereitet war und worauf auch Reiser Platz nahm. – Der Handwerksbursch konnte sich über die Grobheit des Wirts gar nicht zufrieden geben und gar nicht darüber einschlafen, indem er unzähligemal versicherte, daß ihm in ganz Kursachsen noch keine solche Grobheit von irgendeinem Wirt widerfahren sei.

Als Reiser nun hier am andern Morgen seinen Dreier Schlafgeld bezahlt hatte, war sein Vermögen bis auf neun Pfennige geschmolzen; und nun fing er an, auf einmal sich so erschöpft zu fühlen, da rohe Wurzeln schon seit mehrern Tagen seine einzige Kost gewesen waren, daß der Gedanke an eine Meile, die er gehen sollte, ihn mit Schrecken erfüllte; denn er fühlte sich diesen Morgen wie gelähmt, und der Raum zwischen Mühlhausen und hier kam ihm wie eine furchtbare Wüste vor, durch die er ohne einen Labetrunk und ohne Stärkung reisen sollte.

Der Handwerksbursch, der den Abend vorher von seinen Reisen in Kursachsen bis in die späte Nacht erzählt hatte, machte sich nun auf den Weg nach Erfurt und fragte Reisern, ob er auch des Weges ginge? Dieser bejahte es, und sie wanderten in einem nicht übereilten Schritt miteinander fort.

Der Handwerksbursch, welcher ein Buchbindergeselle und schon ziemlich betagt war, fragte Reisern nach seiner Profession, und dieser antwortete: er sei ein Schuhknecht, und fand ordentlich eine Art von Würde darin, indem er sich einen Schuhknecht nannte; denn als ein solcher war er doch etwas, als einer, der ein bloßes Blendwerk seiner Phantasie verfolgte, war er nichts.

Der Buchbindergeselle schien seiner Erzählung nach schon seit vielen Jahren aus dem Reisen ein eigenes Geschäft gemacht zu haben und war gegen seinen Gefährten mit seinen Erfahrungen nicht zurückhaltend, indem er ihn unterrichtete, wie man besonders im Sommer und in der Obstzeit mit einem halben Gulden sehr weiter Touren machen könne, ohne doch dabei Not zu leiden.

Obst, meinte er, würde einem nirgends versagt und Brot auch nicht leicht; auf die Weise brauche man des Tages oft nur wenige Pfennige zu verzehren. – So sei er schon mehrmalen ganz Kursachsen durchgereist und habe sich wohl dabei befunden; kurz, er hielt Reisern würdig, in seinen Orden initiiert zu werden, dessen Vorzüge und Annehmlichkeiten er ihm auf die reizendste Art beschrieb, weil es ein Leben voll immerwährender Veränderung und Unabhängigkeit war. –

Reiser aber fühlte seine Knie wanken, und seine Müdigkeit nahm so sehr bei jedem Schritte zu, daß er in diesem Augenblick das einförmigste und abhängigste Leben sich gerne hätte gefallen lassen, wenn sich ein ruhiger Aufenthalt ihm dargeboten hätte.

Sein Gefährte schien seinen Kummer zu merken und suchte ihm Trost und Mut einzusprechen, als sie schon nahe vor Erfurt an einen kühlen und klaren Quell kamen, der dem Buchbindergesellen schon bekannt war und wo sie bei der drückenden Hitze beide ihren Durst löschten.

Nicht leicht kann diese wohltätige Quelle, die den Einwohnern von Erfurt wohlbekannt ist, für einen Wanderer erquickender gewesen sein, als sie es für Reisern war, der sich ganz erschöpft daran niederwarf und den Labetrunk, den er oft von Menschen kaum zu fordern wagte, nun unmittelbar aus dem Schatz der Natur empfing. –

Und dann erhielt so etwas für Reisern einen doppelten Wert, weil er das Poetische mit hinzutrug, das nun bei ihm wirklich wurde und wovon man sagen könnte, daß es die einzige Schadloshaltung für die notwendigen Folgen seiner Torheit war, für die er selbst nicht konnte, weil sie nach natürlichen Gesetzen in sein Schicksal von Kindheit auf sich notwendig einflechten mußte.

Als nun die alten Türme von Erfurt wieder aus dem Tale emporstiegen und Reiser nun hoffnungslos dahin zurückwanderte, wo er noch vor kurzem mit dem jugendlichen Schimmer der ersten Hoffnung ausgereist war, so fiel es ihm sonderbar auf, da sein Gefährte, der Buchbindergeselle, auf einmal zu ihm sagte: er glaube nicht, daß Reiser ein Schuhknecht sei, sondern hielte ihn für einen Studenten, der auf der Universität in Erfurt studieren wolle.

Reiser, der schon wieder bis zum Hinsinken ermattet war, fühlte sich durch diese zufälligen Worte des Buchbindergesellen wie ins Leben zurückgerufen.

Sobald er in dieser Stadt, die so nahe vor ihm lag, studieren und bleiben wollte, war sie das Ende seiner mühseligen Wanderung; sie war der Endzweck, das Ziel seiner Reise, das er nun so nahe vor sich sahe, und wo er noch dazu auf eine ehrenvolle Weise mit seinem Plane umwechseln konnte. Je mehr seine Müdigkeit zunahm, je reizender und wünschenswerter wurde ihm der Gedanke an den Aufenthalt in dieser weiten Stadt, worin doch auch, wie er dachte, noch wohl ein Plätzchen für ihn sich finden würde.

Dieser hoffnungslose traurige Zustand des Umherirrens, worin er sich nun schon seit mehrern Tagen befand, konnte durch keinen Reiz einer angespannten erhitzten Einbildungskraft mehr übertragen werden, sondern der Gedanke der gänzlichen Hülflosigkeit ermüdete ihn mit jedem Schritte noch mehr, und die Müdigkeit vermehrte wieder den Gedanken der Hülflosigkeit, die vorzüglich aus dem Sinken seines Mutes und aus der Erschöpfung seiner Kräfte entstand.

Sie kamen nun in die Stadt vor einem Bäckerhause vorbei, wo auf dem Laden eine Menge Brote aufgetürmt lagen: Reiser wollte sich eins darunter aussuchen, und als er es kaum berühret hatte, schoß beinahe der ganze Haufe von Broten auf die Straße herunter. – Die Leute im Hause fingen einen großen Lärm an, und Reiser mußte mit seinem Gefährten sich nur schnell um eine Ecke wenden, um den Schmähungen zu entgehen. So verfolgte Reisern sein widriges Geschick bis aufs äußerste.

Sie kehrten nun in einem Gasthofe ein, wo Reiser dem Durst nicht widerstehen konnte und für die letzten neun Pfennige, die er noch übrig hatte, sich Bier geben ließ. Für diesen einen Trunk hatte er also sein Schlafgeld auf noch drei künftige Nächte ausgegeben, und ihm blieb nichts weiter übrig, als ganz unter freiem Himmel zu wohnen.

Bei diesem Gedanken war es ihm, als ob er nun mit dem Trunk Bier die Vergessenheit alles Künftigen und Vergangenen trinke und von allem Kummer auf einmal befreiet werden sollte. Denn nun gab er sich ganz seinem Schicksale hin und betrachtete sich wieder wie ein fremdes Wesen, für das er nicht mehr denken könnte, weil es unwiederbringlich verloren war; so schlummerte er ein und schlief eine Stunde lang.

Als er erwachte, war es noch eine Stunde vor Mittage, sein Gefährte war weggegangen, und er saß, den Kopf auf die Hand gestützt, in stummer Verzweiflung da, als ein Mann, der gerade gegen ihm über saß, ihn anredete und sich erkundigte, ob er nicht ein fremder Student sei?

Als dies bejahet wurde, erzählte der Mann, gleichsam als ob er um Reisers Zustand gewußt hätte, daß der jetzige Prorektor der Universität, der Abt vom Benediktinerkloster auf dem Petersberge, ein äußerst menschenfreundlicher Mann sei, der erst vor kurzem einem jungen Manne, der auch mit Nichts hiehergekommen sei, sogleich Unterstützung verschafft und sich seiner auf das menschenfreundlichste angenommen habe. Wenn Reiser diesen Prälaten besuchen wollte, so solle er nur dreist zu ihm gehen; er würde gewiß eine gütige Aufnahme bei ihm finden. Hierauf kamen andere Leute, mit denen der Mann sich ins Gespräch gab.

Reiser aber, den die gänzliche Erschlaffung aller seiner Seelen- und Körperkräfte und der wohltätige Schlummer, der hievon eine Folge war, schon wieder etwas gestärkt hatten, fühlte sich auf einmal wieder mit neuer Hoffnung und neuem Mut beseelt, da er sich den Prälaten im Benediktinerkloster auf dem Petersberge dachte.

Er machte sich sogleich auf den Weg und erkundigte sich nach dem Petersberge; ein junger Student, der ihm begegnete, gab ihm nicht nur höflich Bescheid, sondern begleitete ihn sogar eine Strecke, um ihn gehörig zurechtzuweisen. Dies war ihm ein gutes Omen. Er stieg den befestigten Petersberg hinauf, und die Wachen ließen ihn ungehindert durch. –

Er kam in der Wohnung des Prälaten an, dessen Bedienter ihn mit einem freundlichen Gesicht empfing, und sobald er sagte, daß er ein Student sei, ihn sogleich bei dem Prälaten zu melden versprach. –

Er ward eine Treppe hoch in einen großen Saal geführt, in welchem Gemälde hingen, unter denen das eine den Petrus vorstellte, wie er sich in des Hohenpriesters Hause am Feuer wärmt. – Indem Reisers Blicke noch auf dies Gemälde geheftet waren, trat der Prälat in seiner schwarzen Ordenskleidung mit dem Brevier in der Hand heraus, und Reiser richtete eine kurze lateinische Anrede an ihn, die er sich beim Hinaufsteigen auf den Petersberg ausgedacht hatte, und deren Inhalt war, daß er vom widrigen Glück umhergetrieben nach Erfurt gekommen sei und hier einige Unterstützung zu finden hoffte, um auf irgendeine Weise sein angefangenes Studium hier fortzusetzen.

Der Prälat fragte ihn mit großer Leutseligkeit wieder in lateinischer Sprache, ob er katholisch sei oder sich zur Augspurgischen Konfession bekenne, und als Reiser das letztere bejahte, so antwortete ihm der Prälat fast mit seinen eigenen Worten wieder: es täte ihm zwar leid, daß Reiser vom widrigen Glück umhergetrieben sei, doch sähe er noch kein Mittel, wie er gerade auf dieser Universität Unterstützung finden würde. Indes wolle er ihm die Hoffnung nicht dazu benehmen.

Hierauf fragte er nach Reisers Geburtsort, und da dieser Hannover nannte, so fuhr der Prälat fort: er gäbe ihm den Rat, sich an den Doktor Froriep zu wenden, weil dieser gewissermaßen sein Landsmann sei. Bei dem möchte er sich also melden und dann wieder zu ihm kommen. Mit diesen Worten drückte er Reisern ein Stück Silbergeld in die Hand und fügte hinzu: er möchte mit diesem kleinen Mittagsmahl vorliebnehmen.

Wenn ja etwas den Mut des Zerschlagenen wieder aufrichten und den völlig Gesunkenen von der Verzweiflung retten kann, so ist es die Miene und der Ton, womit der Prälat Günther damals Reisers Bitte beantwortete und ihm seinen Rat erteilte.

Von dieser Behandlung beinahe bis zu Tränen gerührt eilte Reiser fort und glaubte zu träumen, da er wieder draußen vor der Türe stand, sein Stück Geld besahe und sich auf einmal wieder im Besitz von einem halben Gulden sahe; da es ihm kurz vorher noch an einem Dreier für ein Nachtlager fehlte. – Dieser halbe Gulden dünkte ihm jetzt ein unschätzbarer Reichtum, und war es auch würklich für ihn, weil er ihm wieder den Mut einflößte, woran sein ganzes Schicksal hing.

Er ging nun nach einem Speisehause und genoß zum ersten Male wieder warmes Essen. Gleich nach Tische aber erkundigte er sich nach der Kaufmannskirche, bei welcher der Doktor Froriep wohnte. Er traf ihn gerade, da er eben um zwei Uhr des Nachmittags ein Kollegium lesen wollte, und redete ihn auf eine ähnliche Weise wie den Abt Günther lateinisch an.

Da der Doktor Froriep von Reisern hörte, daß er aus Hannover sei, nahm er ihn außerordentlich freundlich auf und führte ihn mit sich in seinen Hörsaal, wo die

Studenten schon mit den Hüten auf den Köpfen saßen, welches für Reisern ein ganz ungewohnter Anblick war; um so viel mehr, da er merkte, daß man sich über ihn aufhielt, weil er nicht auch bedeckt blieb.

Er sahe sich also nun auf einmal in Erfurt in dem Hörsaale eines Professors mitten unter Studenten sitzen, da er am Morgen eben dieses Tages noch weiter nichts als das offne Feld, das er durchwanderte, zu seinem Aufenthalt vor sich sahe.

Der Doktor Froriep las Kirchengeschichte, wobei auch manche lustige Anekdote mit unterlief, die das Auditorium aufmunterte und von den Musensöhnen oft mit einem schallenden Gelächter begleitet wurde. Dies alles war Reisern noch wie ein Traum. Er erinnerte sich an die Jahre seiner Kindheit, wo ihm der Hörsaal der Schule schon heilig war, und itzt fand er sich auf einmal in einem akademischen Hörsaale, über dem nun nichts Höhers mehr war.

Als das Kollegium zu Ende war, nahm der Doktor Froriep Reisern mit sich auf seine Stube und fragte ihn um seine Geschichte, der er nun die neue Wendung gab, daß er sich in Hannover durch eine Schrift, die übel ausgedeutet sei, den Haß eines vornehmen Mannes zugezogen und von dort habe weggehen müssen. – Da er nun weiter keine Aussicht gehabt, so sei er auf die Gedanken gekommen, sich dem Theater zu widmen, nach reiflicher Überlegung aber habe er diesen Entschluß fahren lassen, weil er wohl einsehe, daß er sich auf immer für die Zukunft durch diesen Schritt schaden würde; und darum habe er nun gedacht, sich in Erfurt aufs neue dem Studieren zu widmen.

Nun war es merkwürdig, wie Reiser diese Lüge, die er sich während dem Kollegium des Doktor Frorieps ausgedacht, sich selbst, ehe er sie sagte, in Wahrheit zu verwandeln suchte und wie jesuitisch er sich dabei selber täuschte. Er suchte sich nämlich in seinen Gedanken zu überzeugen, daß er nun wirklich die Torheit seines Unternehmens vollkommen einsehe und daß er nun ganz freiwillig seinen Entschluß geändert habe und fest bei diesem Vorsatz bleiben würde, wenn sich ihm auch gleich jetzt die beste Gelegenheit den Schauplatz zu betreten von selbst darböte.

Und was die erste Hälfte seiner Lüge anbetraf, so suchte er sich einzubilden, daß in seiner Rede, die er an der Königin Geburtstage gehalten, wirklich einige verfängliche Stellen wären, die wohl jemand zu seinem Nachteil ausgedeutet haben könnte. Ob dies nun wirklich geschehen sei, das berührte er nun nicht weiter, sondern beruhigte sich diesmal bei der Möglichkeit, weil er sich nicht anders zu helfen wußte.

Denn er durfte nicht sagen, daß er aus Neigung zum Theater aus Hannover gegangen sei, wenn sein Trieb zum Studieren wahrscheinlich bleiben sollte, und die Duellgeschichte paßte hier auch nicht her.

Der Doktor Froriep schien ihm zwar nicht recht zu glauben, allein er faßte eine höhere Idee von Reisern, als dieser erwarten konnte, indem er ihn für einen Sohn angesehener Eltern hielt, mit denen er sich entzweiet habe und deren Namen er nur verschwiege.

Reiser fand es für sich schmeichelhaft, daß man eine solche Meinung von ihm hegen konnte, die ihm um desto lieber war, weil sie auf die gefälligste Art seine Lüge zudeckte, indem der Doktor Froriep die Unwahrheit, welche er selbst nicht glaubte, doch am besten entschuldigte.

Und was nun kam, war über alle seine Erwartung. – Der Doktor Froriep redete ihm zu, er möchte nur gutes Mutes sein; er wolle fürs erste Tisch und Wohnung für ihn besorgen. Reiser, der am Morgen eben dieses Tages sich noch von aller Welt verlassen sahe, trauete den tröstenden Worten kaum, die er jetzt vernahm, und glaubte in dem Doktor Froriep in dem Augenblick seinen Schutzengel vor sich zu sehen. –

Dieser schrieb ihm nun ein paar Zeilen, womit er am andern Morgen wieder zu dem Abt Günther gehen sollte, der ihn auf Frorieps Bitte umsonst als Student immatrikulieren würde.

Ein so glücklicher Wechsel des Schicksals versetzte Reisern in einen Zustand, der ihn aller seiner Widerwärtigkeiten vergessen machte, so daß ihn seine Wanderung auf das Ungewisse gar nicht mehr gereuete, da sie ihn einen solchen Zeitpunkt erleben ließ, von dem sich wohl niemand eine vollkommne Vorstellung machen kann, der nicht auch einmal in seinem Leben von aller Hülfe entblößt und an Körper und Seele gelähmt ohne Aussicht und ohne Hoffnung war.

In der Freude seines Herzens eilte er in den Gasthof, wo er die Nacht bleiben wollte, ließ sich Papier holen und fing an, seine eigenen Gedichte, die er auswendig wußte, nacheinander wieder aufzuschreiben, um sie am andern Tage dem Doktor Froriep zu bringen und sich dadurch einigermaßen seiner Aufmerksamkeit wert zu zeigen.

Er schrieb bis in die Nacht und wurde mit einigen Heften fertig. Am andern Morgen früh stieg er nun wieder voll ganz anderer Gedanken als gestern den Petersberg hinauf; und der gutmütige Abt Günther freute sich, ihn wiederzusehen, gewährte ihm gern seine Bitte und fertigte ihm sogleich die Matrikel aus, wobei er ihm die akademischen Gesetze gedruckt übergab und deren Befolgung durch einen Handschlag sich angeloben ließ.

Diese Matrikel, worauf stand: Universitas perantiqua, die Gesetze, der Handschlag waren für Reisern lauter heilige Dinge, und er dachte eine Zeitlang, dies wolle doch weit mehr sagen, als Schauspieler zu sein. Er stand nun wieder in Reihe und Glied, war ein Mitbürger einer Menschenklasse, die sich durch einen höhern Grad von Bildung vor allen übrigen auszuzeichnen streben. Durch seine Matrikel war seine Existenz bestimmt: kurz, er betrachtete sich, als er wieder vom Petersberge hinunterstieg, wie ein anderes Wesen.

Gegen Mittag zeigte er dem Doktor Froriep die erhaltene Matrikel vor und brachte ihm zugleich seine Gedichte, die diesmal weit mehr Glück machten, als er erwartet hatte. In Erfurt war nämlich das Studium der schönen Wissenschaften unter den Studenten noch etwas Seltenes, und dem Doktor Froriep war es lieb, einen mehr zu haben, der in diesem Fache den andern einigermaßen zum Beispiel diente.

Diese Gedichte bewürkten also, daß Reisers neuer Gönner sich nun noch weit mehr für ihn interessierte und ihn keine Nacht mehr im Gasthofe ließ, sondern sogleich dem Universitätsquartiermeister, der zugleich Fechtmeister war, den Auftrag gab, ihm ein Logis zu verschaffen. Dieser quartierte ihn dann fürs erste bei einem alten Studiosus Medicinä ein, welcher bei ihm im Hause wohnte, und weil er zugleich die Besorgung des Freitisches für die Studenten hatte, so zog er ihn fürs erste an seinen eigenen Tisch.

Bei diesen glücklichen Umständen wurde nun Reiser wieder auf manche Stunde lang der unglücklichste Mensch von der Welt, weil ihn seine Erziehung und der Kummer von seinen Schuljahren drückten. Die Idee von den Freitischen, die er als Schüler hatte genießen müssen, lag wie eine Last auf ihm, und er fühlte sich im Grunde weit unglücklicher, wie er nun an den Tisch des Fechtmeisters gehen sollte, als wie er auf dem Felde zwischen Gotha und Eisenach rohe Wurzeln aß.

Dies machte, daß er bei den Studenten, welche auch mit ihm bei dem Fechtmeister aßen, für einen timiden und blöden Menschen gehalten wurde; und da sein Wirt, der mit Studenten nach ihrer Art umging, auch nicht viel Umstände mit ihm machte, so wurde dadurch sein Zustand noch unerträglicher; er schien sich auf einmal aus der unbegrenzten Freiheit in die niederträchtigste Abhängigkeit wieder versunken zu sein.

Ohngeachtet seines scheuen Wesens aber war man schonend gegen ihn, und dies hatte er wiederum seinen aufgeschriebenen Gedichten zu danken, wovon der Doktor Froriep zu verschiedenen Leuten gesprochen hatte, und die ihm, ohne daß er selbst es wußte, unter den Studenten in Erfurt schon einen gewissen Namen gemacht hatten, so daß man nun sein sonderbares Wesen auf Rechnung seiner Dichtergabe schrieb.

Es fehlte ihm nun gänzlich an Wäsche, und hätte er einiges Zutrauen zu den Menschen gehabt, so hätte er auch itzt diesen Mangel sehr leicht ersetzen können. Allein es war ihm unmöglich, diesen Mangel zu gestehen, der ihm am drückendsten war und im Grunde seine meiste Traurigkeit verursachte, die er aber immer selbst auf etwas anders schob, worüber er zu trauren gegen sich selbst affektierte, weil ihm der Mangel an Wäsche ein zu kleiner und unpoetischer Gegenstand schien.

Der Fechtmeister wies ihm nun ein bleibendes Quartier bei einem Studenten, namens R..., an, bei dem er auch auf der Stube wohnen mußte, und der sogleich eine Wochenschrift mit ihm gemeinschaftlich herausgeben wollte, weil er sich von Reisers Dichter- und Schriftstellertalent schon große Vorstellungen gemacht hatte. Reiser dachte auch bald einen Plan zu einer Wochenschrift aus, welche sich mit einer Satire auf diese Art Schriften anheben und die letzte Wochenschrift heißen sollte; als aber sein neuer Stubengenosse merkte, daß er kein Geld bei sich führe und auch keine sehr bestimmte Aussicht habe, welches zu erhalten, fing er an ziemlich kalt gegen ihn zu werden und riet ihm, fürs erste seinen Degen zu versetzen, welches Reiser tat und nun auf einmal wieder freundlichere Blicke erhielt. Denn der Herr R…, der ein sehr ordentlicher Mann war, wollte bei ihrer beiderseitigen literarischen Unternehmung nicht gerne Auslagen machen.

Sie gingen nun beide hin zu einem Buchdrucker in Erfurt, namens Gradelmüller, und brachten den Plan ihrer neuen Wochenschrift zum Vorschein: dieser stellte ihnen aber sehr nachdrücklich vor, wie mißlich ein solches Unternehmen und wie viel sicherer es sei, seine Aufsätze in ein Blatt zu geben, welches schon einmal bekannt und vom Publikum beliebt wäre, wie z. E. die Wochenschrift der Bürger und der Bauer, welche er selbst herausgab, und die von Betteljungen in den Bierhäusern von Erfurt herumgetragen wurde.

Das war also eben der Bürger und Bauer, den Reiser auf seiner ersten Wanderung bei dem Jäger nicht weit von Mühlhausen vorgefunden hatte und zu dessen Mitarbeiter er nun nebst seinem Stubengenossen von dem Verleger und Herausgeber erwählt wurde. Beide mußten nun den Abend bei dem Buchdrucker speisen, und es wurden Rettig und eine Art sehr harter länglichter kleiner Käse, die in Erfurt gewöhnlich sind, aufgetragen, wovon die beiden Mitarbeiter unaufhörlich aßen, während daß die Frau des Buchdruckers manchmal darzu sehr sauer sahe.

Der erste Aufsatz, den nun der Student R… in die Wochenschrift der Bürger und der Bauer lieferte, war eine prosaische Nachahmung von dem Beatus ille des Horaz. Und der erste Aufsatz von Reiser war sein steifes Gedicht über die Welt, das er schon in Hannover auf der Schule gemacht hatte.

Da nun aber für diese Aufsätze weiter kein Honorar erfolgte, und der Plan des Studenten R…, durch eine Wochenschrift, die er mit Reisern herausgeben wollte, ein Ansehnliches zu gewinnen, auf die Weise ins Stocken geriet, so hatte auch Reiser weiter kein Interesse mehr für ihn; welches ihm nicht zu verdenken war, da Reiser wegen seiner Melancholie, die vorzüglich bei ihm aus dem Mangel an Wäsche und nun auch wieder von dem schlechten Zustande seiner Schuhe entstand, nur ein trauriger Gesellschafter sein konnte.

Der Student R… suchte also Reisern nach Verlauf von acht Tagen, die er bei ihm gewohnt hatte, schon wieder in einem andern Logis unterzubringen. – Dies war auf der Kirschlache in der Wohnung eines Brauers, wo noch ein Student logierte und der Sohn im Hause ebenfalls die Schule besuchte.

Hier bekam Reiser nun wiederum kein Zimmer für sich allein, sondern mußte so wie der andre Student mit der Familie zusammenwohnen. – Das Haus aber hatte eine angenehme Lage – es stand in einer Reihe kleiner Häuser, vor denen ein schmales Gewässer vorbeifließt, dessen diesseitiges Ufer mit Bäumen bepflanzt ist.

Es war also keine ganz eingeengte Straße, sondern das vorüberfließende Wasser und selbst die Kleinheit der Häuser trugen dazu bei, dieser Gegend der alten Stadt ein freies ländliches Ansehn zu geben.

Hinter dem Hause war gleich die alte Stadtmauer, von welcher man die Aussicht nach dem Kartäuserkloster hatte. Die Mauer war oben zum Teil mit Gras bewachsen und an verschiedenen Orten halb eingefallen, so daß man bequem hinaufsteigen und alsdann die großen Pläne von Gärten, womit Erfurt noch innerhalb seiner Mauren umgeben ist, übersehen konnte.

Während dieser Zeit erhielt nun Reiser auch den ordentlichen Freitisch von der Universität, und die Idee des ruhigen Bleibens behielt nun auf einmal wieder so sehr bei ihm die Oberhand, daß er jetzt, da er neunzehn Jahr alt war, an seinen Freund in Hannover schrieb, er hoffe und wünsche nunmehr den Rest seiner Tage in Erfurt zu beschließen.

Seine lernende Laufbahn sollte nämlich hier unmittelbar in die lehrende übergehn, und so sollte das Ziel aller seiner Wünsche und Hoffnungen dann erreicht sein. – Auf alles übrige Glänzende glaubte er nun Verzicht getan zu haben, und alle die schimmernden Theaterphantasien schienen auf eine Zeitlang aus seinem Kopfe verschwunden zu sein.

Er war nun doch auf einmal in eine neue Welt versetzt und hatte gegen seinen Aufenthalt in Hannover immer erstaunlich viel gewonnen.

Wenn er auf den Wällen von Erfurt um die Stadt spazieren ging, so fühlte er lebhaft, daß er durch eigne Anstrengung sich aus seinem unerträglichen Zustande gerissen und seinen Standpunkt in der Welt aus eigner Kraft verändert hatte.

Wenn er dann die Glocken von Erfurt läuten hörte, so wurden allmählich alle seine Erinnerungen an das Vergangene rege – der gegenwärtige Moment beschränkte sein Dasein nicht – sondern er faßte alles das wieder mit, was schon entschwunden war.

Und dies waren die glücklichsten Momente seines Lebens, wo sein eigenes Dasein erst anfing, ihn zu interessieren, weil er es in einem gewissen Zusammenhange und nicht einzeln und zerstückt betrachtete.

Das Einzelne, Abgerissene und Zerstückte in seinem Dasein war es immer, was ihm Verdruß und Ekel erweckte.

Und dies entstand so oft, als unter dem Druck der Umstände seine Gedanken sich nicht über den gegenwärtigen Moment erheben konnten. – Dann war alles so unbedeutend, so leer und trocken und nicht der Mühe des Denkens wert. –

Dieser Zustand ließ ihn immer die Ankunft der Nacht, einen tiefen Schlummer, ein gänzliches Vergessen seiner selbst wünschen – ihm kroch die Zeit mit

Schneckenschritten fort – und er konnte sich nie erklären, warum er in diesem Augenblicke lebte.

Im Anfange seines Aufenthalts in Erfurt waren dieser Augenblicke nur wenige – er übersah das Leben immer mehr im ganzen – die Ortsveränderung war noch neu – seine Einbildungskraft war durch das Immerwiederkehrende noch nicht gefesselt. –

Dies Immerwiederkehrende in den sinnlichen Eindrücken scheint es vorzüglich zu sein, was die Menschen im Zaum hält und sie auf einen kleinen Fleck beschränkt. – Man fühlt sich nach und nach selbst von der Einförmigkeit des Kreises, in welchem man sich umdreht, unwiderstehlich angezogen, gewinnt das Alte lieb und flieht das Neue. – Es scheint eine Art von Frevel, aus dieser Umgebung hinauszutreten, die gleichsam zu einem zweiten Körper von uns geworden ist, in welchen der erstere sich gefügt hat.

Reisers Wohnung auf der Kirschlache schien auch gerade dazu gemacht zu sein, um seine Einbildungskraft aufs neue wieder zu fesseln.

Die Aussicht über die Gärten nach dem Kartäuserkloster hin hatte nämlich so etwas Romantisches, das Reisern unwiderstehlich anzog und seine Blicke auf jenen stillen Sitz der Einsamkeit heftete, nach welcher er eine heimliche Sehnsucht empfand. –

Da das Gebäude seiner Phantasie gescheitert war und er die geräuschvollen Weltszenen weder im wirklichen Leben noch auf dem Theater hatte durchspielen können, so fiel er nun, wie es gemeiniglich zu geschehen pflegte, mit seiner ganzen Empfindung auf das andere Extrem.

Ganz von der Welt vergessen, von Menschen abgeschieden in der stillen Einsamkeit seine Tage zu verleben, hatte einen unaussprechlichen Reiz für ihn – und diese Abgeschiedenheit erhielt in seinen Gedanken einen desto höhern Wert, je größer das Opfer war, das er brachte. – Denn das, worauf er Verzicht tat, waren seine liebsten Wünsche, die in sein Wesen eingewebt schienen. –

Die Lampen und Kulissen, das glänzende Amphitheater war verschwunden, die einsame Zelle nahm ihn auf. –

Die hohe Mauer, welche das Kartäuserkloster umschließt, das Türmchen auf der Kirche, die einzelnen Häuschen, die innerhalb der Mauer in einer Reihe nacheinander stehn und wovon jedes durch eine Mauer vom andern abgesondert ein eigenes Fleckchen zum Garten hat; dies alles macht einen sehr interessanten Anblick, und diese Höhe der Mauer, diese einzelnen Häuser und diese Gärtchen dazwischen bezeichnen sehr auffallend und bedeutend die Einsamkeit und Abgeschiedenheit der Bewohner dieses Orts.

Sooft die Glocke auf dem Türmchen angezogen wurde, tönte sie in Reisers Ohren wie die Sterbeglocke aller irdischen Wünsche und Aussichten in die Zukunft dieses Lebens.

Denn hier war nun das Ziel von allem – nie durfte der Fuß des Eingeweihten wieder aus dem Bezirk dieser Mauren treten – er fand hier seine immerwährende Wohnung und sein Grab. –

Das Geläute der Kartäuser wird noch mehr durch die Art, mit der es geschieht und durch seine Langsamkeit traurig und melancholisch. –

Sowie nämlich die Kartäuser sich auf dem Chor versammlen, tut jeder nach der Reihe einen Zug an der Glocke und nimmt darauf seinen Platz ein, bis alle vom Ältesten bis zum Jüngsten hereingetreten sind.

Nun horchte Reiser auf den Schall dieser Glocke zuweilen in der stillen Mittagsstunde, zuweilen um Mitternacht oder bei frühem Morgen, und jedesmal erneuerte sich der Eindruck davon so lebhaft in seinem Gemüte, daß immer das ganze Bild der Einsamkeit und Stille des Grabes mit erwachte. –

Es kam ihm vor, als ob diese abgeschiedenen Menschen ihren eigenen Tod überlebten, in ihren Gräbern umherwandelten und sich einander die Hände reichten. –

Mit dieser Idee wurde er nach und nach so vertraut, und sie wurde ihm so lieb, daß er sie manchmal um die angenehmsten Aussichten in das Leben nicht hätte vertauschen mögen.

Er hatte nun auch wieder einen Brief von Philipp Reiser aus Hannover erhalten, der ebenso wie ehemals die Gespräche desselben statt einer besondern Teilnehmung an seines Freundes Schicksale eine etwas weitläuftige Schilderung seiner damaligen Liebe enthielt, und wie weit er nun schon in dieser Liebe gekommen sei, und was ihm noch für Hindernisse im Wege ständen.

Demohngeachtet trug Reiser diesen Brief beständig bei sich und las ihn zum öftern durch, weil Philipp Reiser doch sein einziger Freund war.

Ohnweit der Kirschlache war ein angenehmer Spaziergang, wo zwischen grünem Gebüsch im Tale sich ein klarer Bach ergoß. – Die Aussicht war rundumher gehemmt, und man befand sich in einer reizenden Einsamkeit. –

Hier brachte Reiser manche Stunde auf dem grünen Rasen am Ufer des Baches zu und dachte über sein Schicksal nach, und wenn er zu denken müde war, so las er den Brief seines Freundes durch, den er, so wenig ihn auch der Inhalt interessierte, am Ende fast auswendig lernte – denn er hatte doch einmal nichts zu lesen, was ihm näher gewesen wäre als dieser Brief.

Dazu kam noch der Umstand, daß Philipp Reiser aus Erfurt gebürtig war; sie hatten also beide ihre Vaterstädte vertauscht – und Anton Reiser befand sich nun auf demselbigen Fleck, wo sein Freund die ersten Tage seiner Jugend verlebt und die ersten Eindrücke von der ihn umgebenden Welt erhalten hatte.

Er durchlebte hier in Gedanken Philipp Reisers Kinderjahre und verdoppelte sich in ihm, wenn er in dem Tal am Bache saß und seinen Brief las, der ihm denn sein ganzes Wesen wieder in Erinnerung brachte.

Darum war ihm unter den Studenten auch Ockord so lieb, der Philipp Reisern in Erfurt noch gekannt hatte, und mit dem er sich am öftersten von ihm unterredete.

Dieser Ockord war damals ein junger liebenswürdiger Schwärmer, vor seiner Phantasie schwebte noch der jugendliche Lebensreiz und ihn beseelten hohe Freundschaftsgefühle – zuweilen lief ein klein wenig Affektation mit unter, im Grunde aber hatte er wirklich ein gefühlvolles Herz.

An ihm fand Reiser seinen Mann und ruhte nicht eher, bis er an einem Sonntage mit ihm in die Kartäuserkirche ging; denn allein hatte er sich, weil es ihm zu auffallend schien, noch nicht getraut hereinzugehen.

Sie hatten sich unterwegens von der Nichtigkeit und Kürze des Lebens unterhalten, wobei zu bemerken ist, daß Reiser damals neunzehn und Ockord zwanzig Jahr alt war, und wußten nicht, was sie mit dem Rest ihrer Tage anfangen sollten, als sie in dem Kloster anlangten und in die Kirche traten, welche schon durch ihre leeren weißen Wände und den einsamen Chor die Stille des Grabes predigte.

Die Kirche wird nämlich außer den Kartäusern selber fast von niemand besucht, und weil keine Gemeinde dazu gehört, so ist hier weder Kanzel noch Stühle oder Bänke, sondern nichts als die leeren Wände und der flache Boden, welches dieser Kirche bei dem dämmernden Lichte, das von oben durch die Fenster fällt, ein sehr ernstes und melancholisches Ansehn gibt.

Ockord und Reiser knieten ganz allein an einem Pult vor dem Chore, als die weißgekleideten Mönche einer nach dem andern hereintraten und jeder sich bückend seinen Zug an der Glocke tat.

Sie setzten sich an ihre Pulte auf dem Chor und stimmten ihren Bußgesang in tiefen, traurigen Tönen an – bald standen sie auf und sangen Hymnen, die traurig zurückerschallten; dann fielen sie auf ihr Angesicht und flehten in tiefen klagenden Tönen um Erbarmung. –

Ganz an dem einen Ende des halben Zirkels stand ein Jüngling mit blassen Wangen von ausnehmend schöner Bildung. – Reiser konnte seine Augen nicht von den seinigen wenden, die er andachtsvoll gen Himmel schlug. –

Ockord kannte diesen Unglücklichen, der in den Orden der Kartäuser getreten war, weil der Blitz seinen Jugendfreund an seiner Seite erschlagen hatte – und Reisern schwebte das Bild dieses Jünglings von nun an beständig vor der Seele. –

Halbe Tage brachte er auf der alten Mauer hinter seiner Wohnung zu und sehnte sich in den Bezirk jener stillen Mauren hin, die seiner Meinung nach eine ganze Welt mit allen ihren Täuschungen und Blendwerken ausschlossen. –

Mit jenem Jüngling wollte er dort verblühen und dem Grabe zuwelken – dort wollte er selber sein einsames Gärtchen bauen, – den sanften Strahl der Abendsonne in seiner Zelle begrüßen – und allen irdischen Wünschen und Hoffnungen entnommen mit Ruhe und Heiterkeit dem Tode entgegensehen.

In dieser Stimmung machte er nun auf den alten eingefallnen Mauern hinter seiner Wohnung folgendes Gedicht:

Du stille geweihte Behausung, des Grabes rührendes Vorbild,
Welch eine geheime Empfindung heftet mein Auge voll Tränen
Auf deine einsamen Hütten? Ehrwürd'ger Greis, du Bewohner
Des Orts der Stille und der Andacht, Heil dir! vom leeren Gewimmel
Der gaukelnden Eitelkeit fern und fern vom Geräusche des Stolzes,
Kannst du mit eignen Händen dein einsames Gärtchen dir bauen
Und deine Seele, die oft mit edlem Unwillen strebet,
Aus ihrem Kerker zu fliehen, mit jedem kommenden Tage
Dem Himmel würdiger machen – Heil dir! genieße die Segen
Der göttlichen Einsamkeit ganz, daß dein von Erdegedanken
Schon lang entwöhnter Geist in Engelgefühlen zerfließe
Und zu seinem ewigen Ursprung sich jauchzend emporschwinge – herrlich,
O Greis, war so das Los deiner Tage! Du aber, den Jahre,
Voll Kummer des Lebens durchlebt, noch nicht die sinkende Scheitel
Bereiften, rüst'ger Mann, und du, starker, blühender Jüngling,
Der für die Freuden des Lebens die einsame Zelle sich wählte;
O warst du vielleicht das Ziel der Verachtung, des höhnenden Stolzes?
Betrog dich vielleicht ein falscher Freund? oder fühltest du lebhaft,
Wie alle die Wünsche der Menschen und ihre Hoffnungen alle
So nichtig und doch so stolz sind? War's verbitternder Ekel
Vor diesen schalen, unschmackhaften Freuden des Lebens, der dir einst
Den blumigten Schauplatz der Welt zur traurigen Einöde machte;
Dann wohl auch dir! daß du eine sichere Freistatt vor allen
Den list'gen Ränken der Bosheit fandst und vor dem Geräusche
Der Toren und vor der Verführung des schön gleißenden Lasters
Und vor des Lebens betrüglichen Freuden fandst! – Doch was seh ich?
Im Aug' eine stumme Zähre zittert langsam die Wange
Des Jünglings herab, der abgehärmt und bleich sein gebrochnes,
Hinsterbendes Leben verweinet und wie die lechzende Blume
In schwülen Tagen dahinwelkt. – Der du im geheiligten Kerker

Von keinem Strahl erquickt aus Zwang und Unbedacht schmachtest,
O weine, Jüngling, weine! Dein Gott vergibt dir die Zähren,
Die der unschuldige Wunsch der Natur aus der Seele dir preßte!
O könnt' ich doch meine Tränen mit deinen Tränen vermischen
Und sanften lindernden Trost in deine Seele hinweinen!
Sanftlächelnd geht die Sonn' am Frühlingsabend dir unter,
Noch rötet ihr letzter Strahl mitleidig dein einsames Fenster,
Du legst dich hin auf dein Lager und träumst von künftigen Tagen
Voll glänzender Aussichten, schwimmst in Wonnegefühlen, verlierst dich
In Labyrinthen von Freuden, erwachst vom glücklichen Schlummer
Und siehest – ach, deiner traurigen Zelle öde vier Wänd', und
Kein Strahl von Hoffnung lächelt hinein – o säuselt, Zephire,
Um dieses Jünglings Haus, liebkoset und trocknet mitleidig
Vom Aug' die Zähr' ihm! Blühet, ihr Blumen, in seinem Garten,
Und um seine Fenster erschalle dein tröstendes Lied, Philomele!
Bis der Alliebende einst von des Lebens quälenden Banden
Die leidende Seele befreit, dann wirst du voll zärtlicher Wehmut
Noch oft in durchtaueten Nächten um seine Grabstätte klagen.

Reiser war wirklich so mit ganzer Seele bei den Kartäusern, daß er anfing im Ernst darauf zu denken, wie er auch so abgeschieden von der Welt seine Tage zubringen könnte und dann von allem, was ihn drückte, von seinen Wünschen und Begierden, die ihn quälten, auf einmal und auf immer befreit sein würde. –

Als er schon einige Tage in diesen Gedanken vertieft gewesen war, kam Ockord zu ihm und sagte, daß die Studenten in Erfurt willens wären, eine Komödie zu spielen, und daß einige Rollen noch unbesetzt wären. – –

Diese Anrede wirkte so mächtig auf Reisers Phantasie, daß auf einmal das Kartäuserkloster mit seinen hohen Mauren tief im Hintergrunde stand und die Kulissen mit den Lichtern sich plötzlich wieder vordrängten; da nun Ockord überdem noch hinzufügte, daß man damit umgehe, in dem Stücke, das man aufzuführen willens sei, Reisern eine Rolle anzutragen, so war vollends jeder ernste und melancholische Gedanke wie verschwunden.

Das Stück nämlich, was die Studenten in Erfurt aufführen wollten, hieß Medon oder die Rache des Weisen, und man könnte davon sagen, daß es die ganze Moral in sich enthielt, so erstaunlich viel Tugend wurde von allen Personen darin gepredigt.

In diesem Stücke nun sollte Reiser die Rolle der Clelie, der Geliebten des Medon, übernehmen, weil sich an seinem Kinne noch die wenigste Spur von einem Barte zeigte und weil auch seine Länge als Frauenzimmer eben nicht auffiel, da der, welcher den Medon spielte, von einer fast riesenmäßigen Größe war.

Ohngeachtet der auffallenden Sonderbarkeit dieser Rolle konnte Reiser dennoch seinem Hange, das Theater auf irgendeine Weise zu betreten, nicht widerstehen, um so weniger, da sich ihm die Gelegenheit dazu so ganz ungesucht und von selbst darbot.

Während der Zeit hatte nun der Doktor Froriep nach Hannover geschrieben und sich wegen Reisers Aufführung bei seinem ehemaligen Lehrer, dem Rektor Sextroh, wo er im Hause gewohnt hatte, erkundigt, und dieser hatte ihm ganz wider Reisers Vermuten ein Zeugnis gegeben, welches ihn bei dem Doktor Froriep noch weit mehr in Gunst brachte.

Der Rektor Sextroh hatte nämlich geschrieben, daß man allerdings von den Anlagen dieses jungen Menschen sich viel versprochen hätte. Und dies war für den Doktor Froriep genug, um das Nachteilige, was dies Zeugnis enthielt, mit Schonung und Nachsicht zu betrachten und sich nun Reisers mit verdoppeltem Eifer anzunehmen, um ihm womöglich auch die Gnade des Prinzen wieder zu verschaffen.

Das Zeugnis selbst aber war auch schonend und nachsichtsvoll abgefaßt, ausgenommen einen Punkt, wo man Reisern wegen seiner nächtlichen Spaziergänge im Verdacht der Liederlichkeit gehabt hatte und ihn also gerade einer Sache beschuldigte, wovon er am weitesten entfernt war, weil er schon durch das Drückende seines Zustandes, durch seine Selbstverachtung und selbst durch seine Schwärmereien davon abgehalten wurde.

Dann war sein Hang zum Theater dasjenige, worauf man nicht ohne Grund seine übrigen Unregelmäßigkeiten schob und wodurch damals so viele junge Leute auf der Schule in Hannover waren hingerissen worden. –

Und gerade indem nun dieser Brief ankam, war Reiser schon wieder im Begriff, mit den Studenten in Erfurt Komödie zu spielen. – Der Doktor Froriep widerriet es ihm zwar; da er aber sahe, wie sehr sein Herz daran hing, sahe er ihm auch noch diese Torheit nach und entzog ihm darüber nichts von seiner Gunst.

Die Vorbereitungen zu der Komödie wurden nun gemacht; Reiser lernte die Rolle der Clelie auswendig, und nun wurden häufige Proben gehalten, wodurch Reiser mit dem größten Teil der Studenten in Erfurt bekannt wurde, die sich alle gegen ihn sehr höflich betrugen und alle eine vorteilhafte Meinung von ihm hegten, wodurch er sich in eine Welt versetzt fand, die von derjenigen ganz verschieden war, worin er von Kindheit auf gelebt hatte.

Zwischen diesen Komödienproben versäumte nun Reiser nicht, des Doktor Frorieps Predigerkollegium fleißig zu besuchen. Dies bestand aus einer Anzahl Studenten, die sich in der Kaufmannskirche in Gegenwart des Doktor Froriep und der übrigen Studenten bei verschloßnen Türen im Predigen übten.

Hier wünschte nun Reiser ebenfalls auftreten zu können, um seine Deklamation hier hören zu lassen, und es war ihm immer eine der reizendsten Aussichten, wenn der

Doktor Froriep ihm einmal verstatten würde, hier die Kanzel zu besteigen. Auch hatte er sich schon ein Thema ausgedacht, worin er die Schönheiten der Natur, den Wechsel der Jahreszeiten mit poetischen Farben schildern und mit den glänzenden und schimmernden Aussichten in die Ewigkeit auf eine pathetische Weise seine Predigt beschließen wollte. Allein es kamen immer Hindernisse dazwischen, daß ihm dieser Wunsch in Erfurt nicht gewährt wurde.

So wie man nun an allem zweifelt, was man heftig wünscht, so zweifelte er auch immer, ob die wirkliche Aufführung der Komödie zustande kommen und er seine Rolle darin behalten würde. Dieser Wunsch wurde ihm dann gewährt. Er wurde mit aller Sorgfalt als Clelie geschmückt. Die Lichter wurden angezündet, der Vorhang rauschte empor, und er stand nun da vor einem zahlreichen Auditorium und spielte ganz unbefangen seine lange Rolle durch, ohne daß ihm ein einzigesmal das Unnatürliche davon eingefallen wäre, so sehr war er in dem Gedanken vertieft, daß er in einer theatralischen Darstellung nun wirklich mit begriffen und daß seine Mitwirkung in jedem Augenblick dazu notwendig war. –

Dies Vertiefen in seinen Gegenstand machte, daß er sich selbst vergaß und daß auch die Zuschauer das Unnatürliche der Rolle weniger bemerkten und er über sein Spiel sogar noch Beifall erhielt. Da er also nun den Schauplatz betreten hatte und doch dabei Student blieb, so machte ihm dies doppeltes Vergnügen, und er fühlte sich in der Wiedererinnerung an diesen Abend ein paar Tage über so glücklich, daß ihm alles das, was ihm in den wenigen Wochen, die er nun in Erfurt zugebracht hatte, schon begegnet war, halb wie im Traume vorkam.

Er rückte nun auch in die Wochenschrift der Bürger und der Bauer von Zeit zu Zeit Gedichte ein, wodurch sein Name als Schriftsteller unter den Erfurtischen Bürgern bekannt wurde. Dabei besorgte er Korrekturen für den Buchdrucker Gradelmüller und wurde durch diesen mit einem Gelehrten bekannt, den bei den größten Vorzügen des Geistes und Herzens bis an seinen Tod ein widriges Schicksal verfolgte, weil er durch den langwierigen ununterbrochenen Druck der Umstände verlernt hatte, seinen Wert geltend zu machen, und gerade die Kraft, wodurch er in der Welt festen Fuß fassen und seinen Platz behaupten mußte, bei ihm gelähmt war.

Dieser Doktor Sauer hatte für den Buchdrucker Gradelmüller eine Wochenschrift geschrieben unter dem Titel Medon oder die drei Freunde, wovon ein Jahrgang herausgekommen war. Man sahe auch hieran, wie er mit dem Druck der Umstände hatte kämpfen müssen; wie schwer es ihm mußte geworden sein, eine Anzahl trivialer Aufsätze niederzuschreiben, wobei noch immer die Funken des unterdrückten Genies hervorsprühten.

So aber mußte er schreiben und wöchentlich seinen Bogen liefern, um wiederum ein Jahr lang von seinem mühseligen Leben zu atmen. – Da nun die Wochenschrift aufhörte, so war er genötigt, wieder von Korrekturen sein Dasein zu erhalten. Und da er selber dramatische Ausarbeitungen von vielem Wert in seinem Pulte liegen hatte, die er nicht wagte zum Vorschein zu bringen, mußte er für einen vornehmen Herrn in Erfurt mit aller Sorgfalt und Korrektheit eines Kopisten ein Trauerspiel für Geld abschreiben, um mit dem Abschreiberlohn wiederum einige Tage lang sein Leben zu fristen.

Als Arzt verdiente er nichts: denn er fühlte einen besondern Hang in sich, gerade den Leuten zu helfen, die der Hülfe am meisten bedürfen und denen sie am wenigsten geleistet wird. Und weil dies nun gerade diejenigen sind, welche die Hülfe nicht zu bezahlen vermögen, so geriet der Arzt selber in große Gefahr zu verhungern, wenn er nicht Wochenschriften herausgegeben, Korrekturen besorgt und Trauerspiele abgeschrieben hätte.

Kurz, er ließ sich für seine Kuren nichts bezahlen und brachte auch dazu den armen Leuten noch die Arzenei ins Haus, die er selbst verfertigte und das Wenige, was ihm übrig oder nicht übrig blieb, darauf verwandte. Weil er sich nun dadurch gleichsam weggeworfen hatte, so hatten die Leute aus der großen und vornehmen Welt kein Zutrauen zu ihm; niemand zog ihn zu Rate, und unter den meisten war sogar sein Name nicht einmal bekannt, ob er sich gleich als Arzt schon keine geringe Erfahrung und Geschicklichkeit erworben hatte.

Er hatte auch in diesem Fache schon eigene vortreffliche Ausarbeitungen geliefert, die aber das Unglück hatten, sich unter der Menge zu verlieren und ebenso wie ihr Verfasser von den Zeitgenossen nicht bemerkt zu werden. Und während daß er nun seine übrigen medizinischen Ausarbeitungen in seinem Pulte verschlossen hielt, mußte er die Schrift eines französischen Arztes, der nach Erfurt kam und besser als der Doktor Sauer sich wußte bemerken zu machen, ins Lateinische übersetzen, um von dem Übersetzerlohne zu leben und für seine hülflosen und armen Kranken neue Arzeneimittel zuzubereiten.

Der müßte ganz abgestumpft sein, der diese Unwürdigkeiten und Demütigungen vom Schicksal nicht fühlen sollte. Der Doktor Sauer machte eine lächelnde Miene dazu, allein im Innersten seiner Seele untergrub doch jede dieser Demütigungen und Herabwürdigungen seine Tatkraft und lähmte seinen Mut. Wie konnte er seinem innern Werte noch trauen, da die ganze Welt ihn verkannte.

Wegen der Konnexion mit dem Buchdrucker Gradelmüller, für welchen er die Korrekturen besorgte, gab er nun auch zuweilen Aufsätze in die berühmte Erfurtische Wochenschrift der Bürger und der Bauer; und da las Reiser einmal ein Gedicht von ihm auf die freigewordenen Amerikaner, welches wohl verdient hätte, in einer Sammlung von den vorzüglichsten Poesien der Deutschen zu stehen, und nun in einem Blatte sich verlor, das in den Bierhäusern von Erfurt feilgeboten wurde.

Es war, als ob in diesem Gedichte sein unterdrückter Geist alle sein Freiheitsgefühl noch einmal ausgehaucht hätte, ein solcher Schwung und feurige Teilnehmung herrschte in den Gedanken.

Ganz entzückt durch dies Gedicht konnte Reiser nicht ruhen, bis er die Bekanntschaft eines so vorzüglichen Mitarbeiters an der Wochenschrift der Bürger und der Bauer gemacht hatte. Es hielt aber schwer, bis er diesen Wunsch erreichte, weil der Doktor Sauer eben keinen großen Hang in sich fühlen konnte, sich noch ferner an irgendeinen aus der Klasse von Wesen anzuschließen, die ihn gleichsam ausgestoßen hatte.

Indes fand sich doch ein Weg dazu, weil Reiser sein Studium der englischen Sprache auch in Erfurt fortgesetzt hatte, daß er sich erbot, dem Doktor Sauer Englisch zu lehren, weil dieser schon einige Male den Wunsch geäußert hatte, mit dieser Sprache bekannt zu sein. Dies Anerbieten wurde dann angenommen, und so erhielt Reiser Gelegenheit, wöchentlich wenigstens ein paarmal mit diesem Mann zusammenzukommen, an den er sich nun so nahe wie möglich anzuschließen wünschte.

Bei dieser Gelegenheit wurde er nun immer offner gegen Reisern und erzählte ihm von den mannigfaltigen Unterdrückungen, denen er von seiner Kindheit an von seinen Anverwandten und von seinen Lehrern ausgesetzt war, und nachher alle die Streiche des Schicksals nacheinander, die ihn bis in den Staub darniedergebeugt hatten; so daß Reiser im auffahrenden Unwillen sich nicht enthalten konnte, die Verkettung hämisch zu nennen, worin ein denkendes und empfindendes Wesen gleichsam absichtlich so eingeengt und gequält wird.

Während daß nun Reiser auf diese Art seinen Unwillen äußerte, verzog sich Sauers Mund zu einem sanften Lächeln, wodurch er freilich über diesen Unwillen erhaben, aber auch zugleich von den irdischen Banden schon gelöst war und seiner baldigen vollkommnen Befreiung ahndungsvoll entgegensahe. – Sein Kampf war beinahe durchgekämpft, er brauchte weiter keine widerstehende Kraft, keinen Trotz gegen das Schicksal.

Demohngeachtet loderte die Lebensflamme noch manchmal wieder in ihm auf. Er hoffte zuweilen noch glückliche Tage zu sehen und hatte einen großen Eifer zur Erlernung des Englischen, weil er sich von diesem seinem Studium viel versprach, um vorzüglich die in der englischen Sprache geschriebenen medizinischen Werke zu nutzen und dann auch durch Übersetzungen aus dem Englischen Geld zu erwerben.

Dann bot sich ihm auch sogar eine kleine Aussicht zu einer Art von Versorgung in Erfurt dar – und dies war ihm nun schon eine sehr glückliche Wendung, die er besonders seinem Ausharren zuschrieb. Wer in Erfurt zu etwas kommen wolle, pflegte er nun oft zu Reisern zu sagen, der müsse nur lange Zeit ausharren und die Geduld nicht verlieren! So bescheiden und mäßig war er in seinen Wünschen, und so sehr war jeder Schimmer eines bessern Glücks ihm schon aufmunternd.

Er wußte nicht, daß alles äußere Glück ihm nicht mehr helfen konnte, weil der Quell des Glücks in ihm selber versiegt und die Blume seines Lebens zerknickt war, so daß ihre Blätter notwendig welken mußten.

Reiser fühlte sich von einer solchen Teilnehmung angezogen, als ob das Schicksal dieses Mannes sein eigenes oder mit dem seinigen doch unzertrennlich verknüpft gewesen wäre. Es war ihm, als müßte dieser Mann noch glücklich werden, wenn die Dinge in ihrem Gleise bleiben sollten.

Reisern trog aber diesmal, so wie nachher noch oft seine Ahndung und sein Glaube an eine Entschädigung für erlittenen Kummer, die notwendig noch auf Erden stattfinden müsse. – Sauer entschlummerte nach wenigen Jahren, ohne beßre Tage gesehen zu haben. Da ihn von außen das Glück ein wenig anlächelte, waren seine innern Kräfte zerstört; und er blieb unbemerkt und unbekannt bis an seinen Tod; so daß in der kleinen Gasse, wo er wohnte, seine nächsten Nachbaren, als man den Sarg hinaustrug, fragten: wer denn da begraben würde? Ein Grad des Nichtbemerktwerdens, der in einer so unbevölkerten Stadt wie Erfurt höchst auffallend ist.

Die wenigen Tage nun, welche Reiser mit dem Doktor Sauer in Erfurt verlebte, waren für ihn höchst wichtig, weil sie seiner Seele einen gewissen neuen Anstoß gaben: er raffte sich gegen alle die Unterdrückungen zusammen, welche jenen Geist so sehr hatten lähmen können. Und der Unwille, den er darüber empfand, flößte ihm einen gewissen Trotz ein, auch dem Schwersten nicht zu unterliegen und das gewissermaßen durch Widerstand zu rächen, was jener gelitten hatte.

Sie waren eines Tages nach einem Dorfe vor Erfurt zusammen spazieren gegangen, und Ockord war mit von der Gesellschaft. – Als sie gegen Abend zurückkehrten, kamen sie an ein Gewässer, das mit dickem Gebüsch umgeben war und schwarz zwischen seinen Ufern hinkroch. Hier blieb Sauer stehen und suchte mit dem Stocke die Tiefe zu messen, die er aber nicht abreichen konnte. Er blieb stehen und sahe mit untergeschlagenen Armen in das Wasser und bemerkte die schwarze Fläche, und wie langsam fließend es dahinkröche. –

Das Bild, wie Sauer mit blassen Wangen und untergeschlagenen Armen bedeutungsvoll in diesen Stygischen Fluß herunterblickte, kam Reisern lebhaft wieder vor die Seele, als er einige Jahre nachher die Nachricht von seinem Tode vernahm. – Denn wenn irgendein bedeutendes Bild sich formte, wo Zeichen und Sache eines wurden, so war es hier.

Für Reisern aber eröffneten sich wieder fröhliche Aussichten: denn die Studenten kamen auf den Einfall, noch eine Komödie aufzuführen, weil sie an diesem Vergnügen nun einmal Geschmack bekommen hatten.

Die Stücke, welche man wählte, waren der Argwöhnische und der Schatz von Lessing: in dem ersten erhielt Reiser wiederum zwei Frauenzimmerrollen, die er mit Umkleidung spielen mußte, und in dem andern die Rolle des Maskaril, und nun war sein Schauspielerkredit unter den Studenten schon so befestiget, daß man es als eine Gefälligkeit von ihm ansahe, wenn er diese Rollen übernehmen wollte, und er sich also auf keine Weise dazu drängen durfte.

Während daß nun die Veranstaltungen zu dieser zweiten theatralischen Vorstellung gemacht wurden, fing Reiser zu gleicher Zeit eine Ausarbeitung über die Empfindsamkeit an, womit er zuerst als Schriftsteller auftreten wollte. In dieser Schrift sollte die affektierte Empfindsamkeit lächerlich gemacht und die wahre Empfindsamkeit in ihr gehöriges Licht gestellt werden.

Die seinsollende Satire gegen die Empfindsamkeit geriet nun freilich ziemlich grob, indem er sie mit einer Seuche verglich, vor der man sich zu hüten habe und jedwedem, der aus einer Gegend käme, wo die Empfindsamkeit herrschte, den Eingang in Städte und Dörfer versperren müsse.

Dieser Unwille war vorzüglich durch die empfindsamen Reisen, die nach und nach in Deutschland erschienen, und durch die vielen affektierten Nachahmungen von Werthers Leiden bei Reisern erweckt worden, ob er sich gleich selber auch heimlich dieser Sünde anklagen mußte; um desto heftiger suchte er nun auch zugleich zu seiner eigenen Besserung dagegen zu eifern.

Gerade, da er eines Abends an dieser Abhandlung schrieb, trat der Buchdrucker Pockwitz aus Hannover in die Stube und brachte ihm einen Brief von Philipp Reisern. Dies war eben der Buchdrucker, für den er in Hannover eine Anzahl kleiner Neujahrswünsche verfertigt und sich zum erstenmal in denselben gedruckt gesehen hatte.

Als Reiser den Buchdrucker vor die Türe hinausbegleitete, drückte ihm dieser ein kleines Goldstück in die Hand, welches hinlänglich war, einen Menschen, der nun seit einigen Wochen schon ganz von Gelde entblößt war und sich doch seinen Mangel nicht wollte merken lassen, auf einmal aus dem Staube zu heben.

Dies unvermutete Geschenk erhielt noch einen größern Wert durch die Art, womit es gegeben wurde, indem der Buchdrucker Pockwitz die Worte hinzufügte: es sei diese Kleinigkeit eine alte Schuld, die er abtrüge, weil nämlich Reiser Neujahrwünsche, Gedichte usw. bloß der Ehre wegen in Hannover für ihn verfertigt hatte.

In Reisers Umständen hatte ein Goldgulden, woraus dies Geschenk bestand, für ihn einen unschätzbaren Wert und riß ihn auf einmal aus einer Menge kleiner Verlegenheiten, die er keinem Menschen hätte sagen dürfen. Dies machte, daß er nun in Erfurt wirklich einige glückliche Tage erlebte, wo er eben durch nichts weder von innen noch außen gedrückt wurde und auch in die Zukunft keine trübe Aussichten hatte.

Der Brief von Philipp Reisern war auch interessanter als der vorhergehende; denn er enthielt die Nachricht, daß verschiedene von Reisers Mitschülern, welche mit ihm zugleich in Hannover Komödie gespielt hatten, seinem Beispiele gefolgt und auch zum Teil heimlich fortgegangen wären, um sich dem Theater zu widmen.

Darunter war vorzüglich Iffland, der im Clavigo den Beaumarchais gespielt hatte; der Sohn des Kantor Winter – der Präfektus aus dem Chore, namens Ohlhorst, und ein gewisser Timäus, eines Predigers Sohn, mit dem Reiser kurz vor seinem Abschiede noch einige romantische Spaziergänge bei Hannover gemacht hatte. Nun fand Reiser eine sonderbare Art von Stolz darin, da er doch von allen diesen nachgeahmt war, daß er zuerst den Mut gehabt hatte, einen solchen Schritt zu tun.

Dann schrieb ihm Reiser in seinem überspannten Stile, daß der Dichter Hölty in Hannover gestorben sei, und schloß am Ende mit den Worten: freue dich, Dichter! weine, Mensch! – Von dem Fortgange seines Liebesromans enthielt dieser Brief nur wenig.

Während daß nun Reiser mit den Rollen in der zweiten Komödie beschäftigt war, fand er einen neuen Freund in Erfurt, einen Studenten, namens Neries, aus Hamburg gebürtig, der bei dem Doktor Froriep im Hause wohnte, welcher ihm eine Abschrift von Reisers Gedichte das Kartäuserkloster gezeigt und dadurch dem Verfasser auf einmal einen neuen Freund verschafft hatte.

Dies wurde nun eine Freundschaft gerade von der empfindsamen Art, wogegen Reiser eine Abhandlung zu schreiben im Begriff war.

Der junge Neries hatte wirklich ein gefühlvolles Herz, er ließ sich aber auch durch den Strom hinreißen und spielte bei jeder Gelegenheit den Empfindsamen, ohne es selbst zu wissen; denn er eiferte sehr oft mit Reisern gegen das Lächerliche einer affektierten Empfindsamkeit – weil er aber nicht bloß vor andern empfindsam zu scheinen, sondern es für sich selber wirklich zu sein suchte, so deuchte ihm das keine Affektation mehr, sondern er trieb dies nun als eine ganz ernsthafte Sache, die keinen Spott auf sich leidet, und zog Reisern allmählich mit in diesen Wirbel hinüber, der die Seele so lange hinaufschraubt, bis sie in den abgeschmacktesten Zustand gerät, den man sich denken kann.

Reisern war es schon aufmunternd, daß ohngeachtet seiner dürftigen Umstände sich jemand an ihn schloß, dem es nicht an äußern Glücksgütern fehlte. – Nach und nach aber bildete sich bei ihm eine ordentliche Liebe und Anhänglichkeit an den jungen Neries, welche durch dessen wahre Freundschaft für Reisern immer vermehrt wurde, so daß sie sich immer mehr auch in ihren Torheiten einander näherten und von ihrer Melancholie und Empfindsamkeit sich wechselsweise einander mitteilten.

Dies geschahe nun vorzüglich auf ihren einsamen Spaziergängen, wo sie nur gar zu oft zwischen sich und der Natur eine Szene veranstalteten, indem sie etwa bei

Sonnenuntergang die Jünger von Emmaus aus dem Klopstock lasen oder an einem trüben Tage Zachariäs Schöpfung der Hölle usw.

Vorzüglich lagerten sie sich oft am Abhange des Steigerwaldes, von welchem man die Stadt Erfurt mit ihren alten Türmen und ihrem ganzen Umfange von Gärten kann liegen sehen. Da hinauf gehen die Einwohner von Erfurt häufig spazieren, machen sich auch wohl oben selbst ein kleines Feuer an und kochen sich den Kaffee, um die patriarchalischen Ideen wieder zu erneuern.

Hier saßen nun auch Neries und Reiser oft Stunden lang und lasen sich aus irgendeinem Dichter wechselsweise vor; welches die meiste Zeit eine wahre Mühe und Arbeit und ein peinlicher Zustand für sie war, den sie sich aber einander nicht gestanden, um nur am Ende die Idee mit sich zu nehmen: „Wir haben am Steigerwalde freundschaftlich beieinander gesessen, haben von da in das anmutsvolle Tal hinuntergeblickt und dabei unsern Geist mit einem schönen Werke der Dichtkunst genährt."

Wenn man erwägt, wie viele kleine Umstände sich ereignen müssen, um das Stillsitzen und Lesen unter freiem Himmel angenehm zu machen, so kann man sich denken, mit wie vielen kleinen Unannehmlichkeiten Neries und Reiser bei diesen empfindsamen Szenen kämpfen mußten: wie oft der Boden feucht war, die Ameisen an die Beine krochen, der Wind das Blatt verschlug usw.

Neries fand nun einen vorzüglichen Gefallen daran, Klopstocks Messiade Reisern ganz vorzulesen; bei der entsetzlichen Langenweile nun, die diese Lektüre beiden verursachte und die sie sich doch einander und jeder sich selber kaum zu gestehen wagten, hatte Neries doch noch den Vorteil des lauten Lesens, womit ihm die Zeit verging: Reiser aber war verdammt, zu hören und über das Gehörte entzückt zu sein, welches ihm mit die traurigsten Stunden in seinem Leben gemacht hat, deren er sich zu erinnern weiß, und welche ihn am meisten zurückschrecken würden, seinen Lebenslauf noch einmal von vorn wieder durchzugehen. Denn keine größere Qual kann es wohl geben als eine gänzliche Leerheit der Seele, welche vergebens strebt, sich aus diesem Zustande herauszuarbeiten und unschuldigerweise sich selber in jedem Augenblicke die Schuld beimißt und sich selber ihres Stumpfsinns anklagt, daß sie von den erhabenen Tönen, die unaufhörlich in ihre Ohren klingen, nicht gerührt und erschüttert wird.

Ob nun gleich Neries und Reiser fast unzertrennlich beisammen waren, so sehnte sich der letztre doch wieder nach einsamen Spaziergängen, die ihm immer das reinste Vergnügen gewähret hatten; allein dies hatte er sich nun auch verleidet; denn gemeiniglich versprach er sich von einem solchen Spaziergänge zu viel und kehrte verdrießlich wieder zu Hause, wenn er nicht gefunden hatte, was er suchte; sobald das Dort nun Hier wurde, hatte es auch alle seinen Reiz verloren, und der Quell der Freude war versiegt. –

Der Verdruß, der dann in die Stelle der gereizten Hoffnung trat, war von einer so groben, gemeinen und niedrigen Art, daß auch nicht der mindeste Grad von einer sanften Melancholie oder etwas dergleichen damit bestehen konnte. Es war ohngefähr die Empfindung eines Menschen, der ganz vom Regen durchnäßt ist, und indem er vor Frost schaudernd zu Hause kehrt, auch noch eine kalte Stube findet.

Ein solches Leben führte Reiser und schrieb dabei immer an seiner Abhandlung gegen die falsche Empfindsamkeit fort, wobei er denn bei seinen einsamen Spaziergängen einmal eine sonderbare Äußerung von Empfindsamkeit bei einem gemeinen Menschen bemerkte, bei dem er dieselbe am wenigsten erwartet hätte.

Er ging nämlich zwischen den Gärten von Erfurt spazieren, und da es gerade in der Pflaumenzeit war, so konnte er sich nicht enthalten, von einem überhangenden Aste eine schöne reife Pflaume abzupflücken, welches der Eigentümer des Gartens bemerkte, der ihn sehr unsanft mit den Worten anfuhr, ob er wohl wisse, daß die Pflaume, die er da abgepflückt hätte, ihm einen Dukaten kosten würde.

Reiser suchte abzudingen, mußte aber zugleich gestehen, daß er keinen Heller Geld bei sich habe. Um nun aber den Eigentümer des Gartens wegen der geraubten Pflaume einigermaßen zu befriedigen, mußte er ihm sein einziges gutes Schnupftuch aus der Tasche geben, dessen Verlust ihm sehr leid tat.

Als er nun traurig wegging, sah er, nachdem er nur wenige Schritte getan hatte, ein schönes Einlegemesser vor sich auf der Erde liegen; er hob es geschwind auf und rief den Gärtner wieder zurück, dem er einen Tausch antrug, ob er nicht für das gefundene Messer ihm sein Schnupftuch zurückgeben wolle?

Wie erstaunte Reiser, als nun der Gärtner, der vorher so grob gegen ihn gewesen war, ihm auf einmal um den Hals fiel und küßte und sich seine Freundschaft ausbat; weil Reiser notwendig ein Günstling der Vorsehung sein müsse, da sie ihn gerade das Messer habe finden lassen, welches niemand anders als der Gärtner selbst verloren hatte, der nun Reisern sein Schnupftuch mit Freuden wiedergab und ihn zugleich versicherte, daß sein Garten ihm zu jeder Zeit offen stände, um so viel Pflaumen, wie er wollte, zu pflücken, und daß er ihm in jeder Sache dienen würde, wo er nur könnte; denn ein so außerordentlicher Fall sei ihm noch nicht vorgekommen.

Als Reiser im Weggehen über diesen sonderbaren Zufall nachdachte, fiel er ihm um so mehr auf, weil dies das erstemal in seinem Leben war, daß ihm ein eigentlich glückliches Ereignis begegnete, wobei mehrere Umstände sich vereinigen mußten, die sich sonst selten zu vereinigen pflegen.

Sein Glück scheinet sich in dieser Kleinigkeit gleichsam ganz erschöpft zu haben, um ihn im Großen wieder desto mehr büßen zu lassen, was er auf keine andre Weise als durch sein Dasein verschuldet hatte.

Es war wie bei dem Landprediger von Wakefield, der einen ganz ungewöhnlich glücklichen Wurf mit den Würfeln tat, indem er mit seinem Freunde um wenige Pfennige spielte, kurz vorher, ehe er die Nachricht von dem Bankerott des Kaufmanns erhielt, durch welchen er sein ganzes Vermögen verlor.

Noch eine kleine Weile hielt das Schicksal die Demütigungen zurück, welche es Reisern zugedacht hatte, und ließ ihn noch ungestört in seinem Vergnügen, das ihm nun die zweite Komödienaufführung gewährte und worin ihm drei Rollen zuteil geworden waren.

Sein sehnlichster Wunsch war doch also nun einigermaßen erfüllt, ob er gleich in keiner tragischen Rolle hatte glänzen können. Und was noch mehr war, so hatte man eine Art von Zutrauen zu seinen theatralischen Einsichten, man fragte ihn um Rat, und er wurde nun durch seine Teilnehmung an der Komödie sowohl als durch seine geschriebenen Gedichte unter den Studenten noch mehr bekannt, die ihm mit Höflichkeit begegneten, welches ihm für seine Lage auf der Schule in Hannover ein angenehmer Ersatz war.

Dabei besuchte er nun fleißig die Universitätsbibliothek, wo er einen besondern Gefallen daran fand, des Du Halde Beschreibung von China zu studieren, und sehr viele Zeit damit verschwendete.

Grade damals erschien auch: Siegwart, eine Klostergeschichte, und er las mit seinem Freunde Neries das Buch zu mehreren Malen durch, und beide taten sich bei der entsetzlichsten Langenweile Zwang an, in der einmal angefangenen Rührung alle drei Bände hindurch zu bleiben.

Am Ende hatte Reiser nichts weniger im Sinne, als die ganze Geschichte in ein historisches Trauerspiel zu bringen, wozu er würklich allerlei Entwürfe machte und die schöne Zeit damit verschwendete.

Wenn es ihm dann nicht, wie er wünschte, geraten wollte, so hatte er nach jeder vergebnen Anstrengung dieser Art die trübseligsten und widrigsten Stunden, die man sich nur denken kann. Die ganze Natur und alle seine eigenen Gedanken hatten dann ihren Reiz für ihn verloren, jeder Moment war ihm drückend, und das Leben war ihm im eigentlichen Verstande eine Qual.

Die Leiden der Poesie

können daher wohl in jedem Betracht eine eigene Rubrik in Reisers Leidensgeschichte ausmachen, welche seinen innern und äußern Zustand in allen Verhältnissen darstellen sollen und wodurch dasjenige gewiß werden soll, was bei vielen Menschen ihr ganzes Leben hindurch ihnen selbst unbewußt und im Dunkeln verborgen bleibt, weil sie Scheu tragen, bis auf den Grund und die Quelle ihrer unangenehmen Empfindungen zurückzugehen.

Diese geheimen Leiden waren es, womit Reiser beinahe von seiner Kindheit an zu kämpfen hatte.

Wenn ihn der Reiz der Dichtkunst unwillkürlich anwandelte, so entstand zuerst eine wehmütige Empfindung, in seiner Seele, er dachte sich ein Etwas, worin er sich selbst verlor, wogegen alles, was er je gehört, gelesen oder gedacht hatte, sich verlor, und dessen Dasein, wenn es nun würklich von ihm dargestellt wäre, ein bisher noch ungefühltes, unnennbares Vergnügen verursachen würde.

Nun war aber noch nicht ausgemacht, ob dies ein Trauerspiel oder eine Romanze oder ein elegisches Gedicht werden sollte; genug, es mußte etwas sein, das würklich eine solche Empfindung erweckte, wovon der Dichter gewissermaßen schon ein Vorgefühl gehabt hatte.

In den Momenten dieses seligen Vorgefühls konnte die Zunge nur stammelnde einzelne Laute hervorbringen. Etwa wie die in einigen Klopstockschen Oden, zwischen denen die Lücken des Ausdrucks mit Punkten ausgefüllt sind.

Diese einzelnen Laute aber bezeichneten denn immer das Allgemeine von groß, erhaben, Wonnetränen und dergleichen. – Dies dauerte denn so lange, bis die Empfindung in sich selbst wieder zurücksank, ohne auch nur ein paar vernünftige Zeilen zum Anfange von etwas Bestimmten ausgeboren zu haben.

Nun war also während dieser Krisis nichts Schönes entstanden, woran sich die Seele nachher hätte festhalten können, und alles andre, was würklich schon da war, wurde nun keines Blickes mehr gewürdiget. Es war, als ob die Seele eine dunkle Vorstellung von etwas gehabt hätte, was sie selbst nicht sein konnte und wodurch ihr eigenes Dasein ihr verächtlich wurde.

Es ist wohl ein untrügliches Zeichen, daß einer keinen Beruf zum Dichter habe, den bloß eine Empfindung im allgemeinen zum Dichten veranlaßt und bei dem nicht die schon bestimmte Szene, die er dichten will, noch eher als diese Empfindung oder wenigstens zugleich mit der Empfindung da ist. Kurz, wer nicht während der Empfindung zugleich einen Blick in das ganze Detail der Szene werfen kann, der hat nur Empfindung, aber kein Dichtungsvermögen.

Und gewiß ist nichts gefährlicher, als einem solchen täuschenden Hange sich zu überlassen; die warnende Stimme kann nicht früh genug dem Jüngling zurufen, sein Innerstes zu prüfen, ob nicht der Wunsch bei ihm an die Stelle der Kraft tritt, und weil er diese Stelle nie ausfüllen kann, ein ewiges Unbehagen die Strafe verbotenen Genusses bleibt.

Dies war der Fall bei Reisern, der die besten Stunden seines Lebens durch mißlungene Versuche trübete, durch unnützes Streben nach einem täuschenden Blendwerke, das immer vor seiner Seele schwebte und, wenn er es nun zu umfassen glaubte, plötzlich in Rauch und Nebel verschwand.

Wenn nun je der Reiz des Poetischen bei einem Menschen mit seinem Leben und seinen Schicksalen kontrastierte, so war es bei Reisern, der von seiner Kindheit an in einer Sphäre war, die ihn bis zum Staube niederdrückte und wo er, bis zum Poetischen zu gelangen, immer erst eine Stufe der Menschenbildung überspringen mußte, ohne sich auf der folgenden erhalten zu können.

So ging es ihm nun jetzt wieder in seiner äußerlichen Lage; er hatte eigentlich keine Stube für sich, sondern mußte, da es nun anfing kälter zu werden, mit in der gemeinschaftlichen Stube wohnen, deren Einwohner, wenn ausgefegt wurde, so lange herausgehen mußten.

In dieser Stube wohnte die ganze Familie nebst Reisern und noch einem Studenten, und jeder nahm seine Besuche von Fremden darin an; es wurde darin erzählt, von Kindern gelärmt, gesungen, gezankt und geschrieen; und dies war nun die nächste Umgebung, worin Reiser seine philosophische Abhandlung über die Empfindsamkeit schreiben und seine poetischen Ideale außer sich darstellen wollte.

Hier sollte also nun das Trauerspiel Siegwart geschrieben werden, das sich mit seiner Einkehr bei dem Einsiedler anhub, welches immer Reisers Lieblingsidee und die Lieblingsidee fast aller jungen Leute zu sein pflegt, welche sich einbilden, einen Beruf zur Dichtkunst zu haben.

Dies ist sehr natürlich, weil der Zustand eines Einsiedlers gewissermaßen an sich selber schon Poesie ist und der Dichter seinen Stoff schon beinahe vorgearbeitet findet.

Wer aber zuerst auf solche Gegenstände fällt, bei dem ist es auch fast immer ein Zeichen, daß bei ihm keine echte poetische Ader stattfinde, weil er die Poesie in den Gegenständen sucht, die in ihm selber schon liegen müßte, um jeden Gegenstand, der sich seiner Einbildungskraft darbietet, zu verschönern.

So ist die Wahl des Schrecklichen ebenfalls ein schlimmes Zeichen, wenn das vermeinte poetische Genie gleich zuerst darauf verfällt; denn freilich macht sich hier das Poetische auch schon von selber, und die innere Leerheit und Unfruchtbarkeit soll durch den äußern Stoff ersetzt werden.

Dies war der Fall bei Reisern schon in Hannover auf der Schule, wo er Meineid, Blutschande und Vatermord in einem Trauerspiele zusammenzuhäufen suchte, das der Meineid heißen sollte, und wobei er sich dann immer die wirkliche Aufführung des Stücks und zugleich den Effekt dachte, den es auf die Zuschauer machen würde.

Dies zweite Zeichen sollte ebenfalls für jeden, der sich wegen seines poetischen Berufes sorgfältig prüft, schon abschreckend sein. Denn der wahre Dichter und Künstler findet und hofft seine Belohnung nicht erst in dem Effekt, den sein Werk machen wird, sondern er findet in der Arbeit selbst Vergnügen und würde dieselbe nicht für verloren halten, wenn sie auch niemanden zu Gesicht kommen sollte. Sein Werk zieht ihn unwillkürlich an sich, in ihm selber liegt die Kraft zu seinen Fortschritten, und die Ehre ist nur der Sporn, der ihn antreibt.

Die bloße Ruhmbegier kann wohl die Begier einhauchen, ein großes Werk zu beginnen, allein die Kraft dazu kann sie dem nie gewähren, der sie nicht schon besaß, ehe er selbst die Ruhmbegier noch kannte.

Noch ein drittes schlimmes Zeichen ist, wenn junge Dichter ihren Stoff sehr gerne aus dem Entfernten und Unbekannten nehmen; wenn sie gern morgenländische Vorstellungsarten und dergleichen bearbeiten, wo alles von den Szenen des gewöhnlichen nächsten Lebens der Menschen ganz verschieden ist; und wo also auch der Stoff schon von selber poetisch wird.

Dies war denn auch der Fall bei Reisern; er ging schon lange mit einem Gedicht über die Schöpfung schwanger, wo der Stoff nun freilich der allerentfernteste war, den die Einbildungskraft sich denken konnte, und wo er statt des Detail, vor dem er sich scheute, lauter große Massen vor sich fand, deren Darstellung man denn für die eigentlich erhabene Poesie hält und wozu die unberufenen jungen Dichter immer weit mehr Lust haben als zu dem, was dem Menschen naheliegt; denn in dies letztere muß freilich ihr Genie die Erhabenheit erst hereintragen, welche sie in jenem schon vor sich zu finden glauben.

Reisers äußere Lage wurde hiebei mit jedem Tage drückender, weil die gehoffte Unterstützung aus Hannover nicht erfolgte und seine Hausleute ihn immer mehr mit scheelen Blicken ansahen, je mehr sie inne wurden, daß er weder Geld besitze noch welches zu hoffen habe. Sein Frühstück und Abendbrot, was er hier genoß, war er nicht mehr imstande zu bezahlen, und man ließ ihm deutlich merken, daß man nicht länger willens sei, ihm zu borgen; da man also keinen Nutzen von ihm ziehen konnte und er überdem ein trauriger Gesellschafter war, so war es natürlich, daß man seiner los zu sein wünschte und ihm die Wohnung aufkündigte.

So wenig auffallend dies nun an sich war, so tragisch nahm es Reiser. Der Gedanke des Lästigseins und daß er von den Leuten, unter denen er lebte, gleichsam nur geduldet würde, machte ihm wiederum seine eigene Existenz verhaßt. Alle Erinnerungen aus seiner Jugend und Kindheit drängten sich zusammen. Er häufte selber alle Schmach auf sich und wollte verzweiflungsvoll sich einem blinden Schicksal aufs neue überlassen.

Er wollte noch an diesem Tage wieder aus Erfurt gehen, und tausenderlei romanhafte Ideen durchkreuzten sich in seinem Kopfe, worunter eine ihm besonders reizend schien, daß er in Weimar bei dem Verfasser von Werthers Leiden wollte Bedienter zu werden suchen, es sei unter welchen Bedingungen es wolle; daß er auf die Art gleichsam unerkannter Weise so nahe um die Person desjenigen sein würde, der unter allen

Menschen auf Erden den stärksten Eindruck auf sein Gemüt gemacht hatte; er ging vors Tor und blickte nach dem Ettersberge hinüber, der wie eine Scheidewand zwischen ihm und seinen Wünschen lag.

Nun ging er zu Froriep, um Abschied von ihm zu nehmen, ohne ihm eine eigentliche Ursache sagen zu können, weswegen er Erfurt wieder verlassen wolle. Der Doktor Froriep schob diesen Entschluß auf seine Melancholie, redete ihm zu, daß er bleiben solle, und entließ ihn nicht eher, bis Reiser ihm versprochen hatte, wenigstens heute und morgen noch nicht abzureisen.

Diese Teilnehmung an seinem Schicksale war nun zwar für Reisern wieder sehr schmeichelhaft; sobald er sich aber wieder allein fand, verfolgte der Gedanke des Lästigseins in seiner nächsten Umgebung ihn wie ein quälender Geist, er hatte nirgends Ruhe noch Rast, streifte in den einsamsten Gegenden von Erfurt umher, in der Gegend des Kartäuserklosters, wohin er sich nun im Ernst wie nach einem sichern Zufluchtsorte sehnte und wehmütig nach den stillen Mauern hinüberblickte.

Dann irrte er weiter umher, bis es Abend wurde, wo der Himmel sich mit Wolken überzog und ein starker Regen fiel, der ihn bald bis auf die Haut durchnetzte. Der Fieberfrost, welcher sich nun zu den innern Unruhen seines Gemüts gesellte, trieb ihn in Sturm und Regen umher bei altem Gemäuer und durch einsame öde Straßen; denn in seine bisherige Wohnung zurückzukehren, davon konnte er den Gedanken nicht ertragen.

Er stieg die hohe Treppe zu dem alten Dom hinauf, band sich ein Tuch um den Kopf und suchte sich unter altem Gemäuer eine Weile vor dem Regen zu schützen. Vor Müdigkeit fiel er hier in eine Art von betäubendem Schlummer, aus dem er durch einen neuen Regenguß und durch das Getöse des Windes wieder erweckt wurde und aufs neue durch die Straßen irrte.

Indem ihm nun der Regen ins Gesicht schlug, fiel ihm die Stelle aus dem Lear ein: to shut me out, in such a night as this! (die Türen vor mir zu verschließen, in einer Nacht wie diese!) Und nun spielte er die Rolle des Lear in seiner eigenen Verzweiflung durch und vergaß sich in dem Schicksale Lears, der, von seinen eigenen Töchtern verbannt, in der stürmischen Nacht umherirrt und die Elemente auffordert, die entsetzliche Beleidigung zu rächen.

Diese Szene hielt ihn hin, daß er sich eine Zeitlang den Zustand, worin er war, mit einer Art von Wollust dachte, bis auch dies Gefühl abgestumpft wurde und ihm nun am Ende nichts als die leere Wirklichkeit übrig blieb, welche ihn in ein lautes Hohnlächter über sich selbst ausbrechen ließ.

In dieser Stimmung kehrte er wieder zu dem alten Dom zurück, der nun schon eröffnet war, und wo die Chorherren sich zur Frühmette bei Licht versammleten. Das alte gotische Gebäude, die wenigen Lichter, der Widerschein von den hohen Fenstern machten auf Reisern, der die ganze Nacht umhergeirrt war und sich hier auf eine Bank niedersetzte, einen wunderbaren Eindruck. Er war wie in einer Behausung vor dem Regen geschützt, und doch war dies keine Wohnung für die Lebenden. Wer vor dem Leben selber eine Freistatt suchte, den schien dies dunkle Gewölbe einzuladen, und wer eine Nacht, wie Reiser die vergangene, durchlebt hatte, konnte wohl geneigt sein, diesem Rufe zu folgen. Reiser fühlte sich auf der Bank im Dom in eine Art von Abgeschiedenheit und Stille versetzt, die etwas unbeschreiblich Angenehmes für ihn hatte, die ihn auf einmal allen Sorgen und allem Gram entrückte und ihn das Vergangene vergessen machte. Er hatte aus dem Lethe getrunken und fühlte sich in das Land des Friedens sanft hinüberschlummern. Dabei heftete sich immer sein Blick auf den blassen Widerschein von den hohen Fenstern, und dieser war es vorzüglich, welcher ihn in eine neue Welt zu versetzen schien: es war dies eine majestätische Schlafkammer, in welcher er seine Augen aufschlug, nachdem er wild die Nacht durchträumt hatte.

Denn wie Träume eines Fieberkranken waren freilich solche Zeitpunkte in Reisers Leben, aber sie waren doch einmal darin und hatten ihren Grund in seinen Schicksalen von seiner Kindheit an. Denn war es nicht immer Selbstverachtung, zurückgedrängtes Selbstgefühl, wodurch er in einen solchen Zustand versetzt wurde? Und wurde nicht diese Selbstverachtung durch den immerwährenden Druck von außen bei ihm bewirkt, woran freilich mehr der Zufall schuld war als die Menschen?

Als der Tag angebrochen war, kehrte Reiser mit ruhigerm Gemüte aus dem Dom zurück und begegnete auf der Straße seinem Freunde Neries, der schon früh ein Kollegium besuchte und welcher erschrak, da er Reisern ins Gesicht sahe, so sehr hatte diese Nacht ihn abgemattet und entstellt.

Neries ruhete nicht eher, bis Reiser ihm seinen ganzen Zustand entdeckt hatte. Nach freundschaftlichen Vorwürfen, daß Reiser nicht mehr Zutrauen zu ihm gehabt, brachte er ihn wieder nach seiner alten Wohnung, suchte ihn dort den Leuten in einem andern Lichte darzustellen und tilgte die geringe Schuld seines Freundes.

Diese aufrichtige Teilnehmung seines Freundes stärkte bei Reisern wieder das erkrankte Selbstgefühl; er war gewissermaßen stolz auf seinen Freund und ehrte sich in ihm.

Nun bedung er sich aus, um allein sein zu können, einen Verschlag auf dem Boden des Hauses zu beziehen, wohin man ihm auch ein Bette gab und wo er nun wieder, ganz sich selbst gelassen, ein paar nicht unangenehme Wochen zubrachte.

Er las und studierte hier oben und würde in dieser Abgezogenheit völlig glücklich gewesen sein, wenn ihn sein Gedicht über die Schöpfung nicht gequält hätte, welches machte, daß er oft wieder in eine Art von Verzweiflung geriet, wenn er Dinge ausdrücken wollte, die er zu fühlen glaubte und die ihm doch über allen Ausdruck waren.

Was ihm die meiste Qual machte, war die Beschreibung des Chaos, welche beinahe den ganzen ersten Gesang seines Gedichts einnahm und worauf er mit seiner kranken Einbildungskraft am liebsten verweilen mochte, aber immer für seine ungeheuren und grotesken Vorstellungen keine Ausdrücke finden konnte.

Er dachte sich eine Art von falscher täuschender Bildung in das Chaos hinein, welche im Nu wieder zum Traum und Blendwerk wurde; eine Bildung, die weit schöner als die wirkliche, aber eben deswegen von keinem Bestand und keiner Dauer war.

Eine falsche Sonne stieg am Horizont herauf und kündigte einen glänzenden Tag an. – Der bodenlose Morast überzog sich unter ihrem trügerischen Einfluß mit einer Kruste, auf welcher Blumen sproßten, Quellen rauschten; plötzlich arbeiteten sich die entgegenstrebenden Kräfte aus der Tiefe empor, der Sturm heulte aus dem Abgrunde, die Finsternis brach mit allen ihren Schrecknissen aus ihrem verborgenen Hinterhalt hervor und verschlang den neugeborenen Tag wieder in ein furchtbares Grab. Die immer in sich selbst zurückgedrängten Kräfte begannen mit Grimm nach allen Seiten sich auszudehnen und seufzten unter dem lastenden Widerstande. Die Wasserwogen krümmten sich und klagten unter dem heulenden Windstoß. In der Tiefe brüllten die eingeschlossenen Flammen, das Erdreich, das sich hob, der Felsen, der sich gründete, versanken mit donnerndem Getöse wieder in den alles verschlingenden Abgrund. –

Mit dergleichen ungeheuren Bildern zerarbeitete sich Reisers Phantasie in den Stunden, wo sein Innres selber ein Chaos war, in welchem der Strahl des ruhigen Denkens nicht leuchtete, wo die Kräfte der Seele ihr Gleichgewicht verloren und das Gemüt sich verfinstert hatte; wo der Reiz des Wirklichen vor ihm verschwand und Traum und Wahn ihm lieber war als Ordnung, Licht und Wahrheit.

Und alle diese Erscheinungen gründeten sich gewissermaßen wieder in dem Idealismus, wozu er sich schon natürlich neigte und worin er durch die philosophischen Systeme, die er in Hannover studierte, sich noch mehr bestärkt fand. Und auf diesem bodenlosen Ufer fand er nun keinen Platz, wo sein Fuß ruhen konnte. Angstvolles Streben und Unruhe verfolgten ihn auf jedem Schritte.

Dies war es, was ihn aus der Gesellschaft der Menschen auf Böden und Dachkammern trieb, wo er oft in phantastischen Träumen noch seine vergnügtesten Stunden zubrachte, und dies war es, was ihm zugleich für das Romantische und Theatralische den unwiderstehlichen Trieb einflößte.

Durch seinen gegenwärtigen innern und äußern Zustand war er nun wiederum ganz und gar in der idealischen Welt verloren, was Wunder also, daß bei der ersten Veranlassung seine alte Leidenschaft wieder Feuer fing und er wiederum seine Gedanken auf das Theater heftete, welches bei ihm nicht sowohl Kunstbedürfnis als Lebensbedürfnis war.

Diese Veranlassung ereignete sich sehr bald, da die Speichsche Schauspielertruppe nach Erfurt kam und Erlaubnis erhielt, auf dem Ballhause zu spielen, wo auch die Studenten ihre Komödien aufgeführt hatten.

Reiser war hier schon einmal bekannt und hatte sogar einen gewissen Ruf wegen seiner Schauspielertalente erhalten, wodurch er dem Prinzipal dieser kleinen Truppe sogleich bekannt wurde, der ihn engagieren wollte, sobald er Lust hätte, Schauspieler zu werden.

Diese Versuchung, daß ihm das, wornach er mit allen Mühseligkeiten des Lebens kämpfend vergeblich gestrebt hatte, nun auf einmal wie von selbst sich anbot, war für Reisern zu stark. Er setzte jede Rücksicht aus den Augen und lebte und webte nur in der Theaterwelt, für die er nun wieder wie in Hannover bis auf den Komödienzettel enthusiastische Verehrung hegte und die Mitglieder bis auf den Souffleur und Rollenschreiber mit einer Art von Neid betrachtete.

Einer, namens Beil, der sich damals unter dieser Truppe befand und nachher ein berühmter Schauspieler geworden ist, zog am meisten seine Neugier auf sich. Er zeichnete sich unter den Mitgliedern dieser Truppe am vorzüglichsten aus, und Reiser wünschte nichts sehnlicher, als seine Bekanntschaft zu machen, welches ihm auch nicht schwer wurde; er entdeckte diesem Beil seinen Wunsch, der ihn denn auch in seinem Entschluß, sich dem Theater zu widmen, bestärkte und an welchem Reiser nun zugleich einen Freund zu finden hoffte.

Er setzte nun jede Rücksicht beiseite, suchte den Gedanken an den Doktor Froriep und an seinen Freund Neries so viel wie möglich vor sich selber zu verbergen und engagierte sich, ohne jemanden etwas davon zu sagen, bei dem Prinzipal der Truppe; er hatte den Mut und die Hoffnung, in der ersten Rolle sich so zu zeigen, daß jedermann seinen Entschluß billigen würde.

Nun kam es auf die erste Rolle an, worin er auftreten sollte; und zufälligerweise traf es sich, daß in einigen Tagen die Poeten nach der Mode gespielt werden sollten, worin man ihm eine Rolle antrug.

Er wünschte sich, den Dunkel zu spielen, und hatte die Rolle schon auswendig gelernt, als sein neuer Freund, der Schauspieler Beil, ihm davon abriet, weil er selbst immer diese Rolle gespielt habe und sie ihm vorzüglich gut gelungen sei, Reiser möchte also lieber den Reimreich übernehmen, weil ein wenig bedeutender Schauspieler diese Rolle besitze.

Reiser ließ sich auch dies sehr gern gefallen, weil er durch den Maskaril und den Magister Blasius, welche Rollen er doch beide mit Beifall gespielt, sich auch einige Stärke im Komischen zutrauete.

Er schrieb sich also seine Rolle auf und lernte sie auswendig. Er war wirklich in der Aussicht auf seine theatralische Laufbahn vollkommen glücklich, als eine Bemerkung, die unter diesen Hoffnungen die fürchterlichste für ihn war, ihn mit Angst und Schrecken erfüllte. Ihm war es wie einem, den des Satans Engel mit Fäusten schlüge: er bemerkte, daß ihm der Verlust seines Haars drohte.

Gerade jetzt also, da er einen Körper ohne Fehl am notwendigsten brauchte, betraf ihn dieser Zufall, der ihn schon im voraus gegen sich selber mit Abscheu erfüllte.

Er eilte in dieser Not zu seinem treuen Freunde, dem Doktor Sauer, der ihm zu der Erhaltung seiner Haare wieder Hoffnung machte; und so fand er sich denn am Abend, wo die Poeten nach der Mode aufgeführt werden sollten, in der Garderobe hinter den Kulissen ein und kleidete sich komisch genug, um den Reimreich in seinem lächerlichsten Lichte darzustellen; sein Name stand an diesem Tage schon auf dem Komödienzettel an allen Ecken mit angeschlagen.

Als das Schauspiel bald angehen sollte, kam sein Freund Neries auf das Theater und machte ihm die bittersten Vorwürfe; Reiser ließ sich durch nichts in dem Taumel seiner Leidenschaft stören und war ganz in seine Rolle vertieft, woran sogar sein Freund Neries zuletzt mit teilnahm und über seinen komischen Anzug lachte, als auf einmal ein Bote erschien, welcher dem Prinzipal ankündigte, daß der Doktor Froriep sogleich zum Statthalter fahren und Beschwerde über ihn führen würde, wofern er es wagte, den Studenten, dessen Name auf dem Komödienzettel gedruckt stände, das Theater betreten zu lassen; Verlust seiner Konzession hier zu spielen würde die unausbleibliche Folge davon sein.

Reiser stand wie versteinert da, und der Prinzipal wußte in der Angst nicht, wozu er greifen sollte, bis sich ein Schauspieler erbot, die Rolle des Reimreich, so gut es gehen wollte, nach dem Souffleur zu spielen; denn man pochte schon im Parterre, daß der Vorhang sollte aufgezogen werden.

Wütend ging Reiser hinter den Kulissen auf und ab und zernagte seine Rolle, die er in der Hand hielt. Dann eilte er so schnell wie möglich aus dem Schauspielhause und durchirrte wieder alle Straßen bei dem stürmischen und regnigten Wetter, bis er gegen Mitternacht auf einer bedeckten Brücke, die ihn vor dem Regen schützte, vor Mattigkeit sich niederwarf und eine Weile ausruhte, worauf er wieder umherirrte, bis der Tag anbrach.

Diese äußersten Anstrengungen der Natur waren das einzige, was ihm das Verlorne in dem ersten bittersten Schmerz darüber einigermaßen ersetzen konnte. Das fortdauernde Leidenschaftliche dieses Zustandes hatte in sich etwas, das seiner unbefriedigten Sehnsucht wieder neue Nahrung gab. Sein ganzes mißlungenes theatralisches Leben drängte sich gleichsam in diese Nacht zusammen, wo er alle die leidenschaftlichen Zustände in sich durchging, die er außer sich nicht hatte darstellen können.

Am andern Tage ließ ihn der Doktor Froriep zu sich kommen und redete ihm wie ein Vater zu. Er bediente sich des schmeichelhaften Ausdrucks, daß Reisers Anlagen ihn zu etwas Besserm als zu einem Schauspieler bestimmten, daß er sich selbst verkennte und seinen eigenen Wert nicht fühlte. –

Da nun Reiser doch die Unmöglichkeit einsah, seinen Wunsch in Erfurt zu befriedigen, so täuschte er sich wiederum und überredete sich selber, daß er freiwillig der Idee sich dem Theater zu widmen entsage, weil sich alles gleichsam vereinigte, um seinen Entschluß zu hintertreiben, und die Art, wie der Doktor Froriep ihn davon abmahnte, zugleich so viel Schmeichelhaftes für ihn hatte.

Kaum aber war er wieder für sich allein, so rächte sich seine Selbsttäuschung durch erneuerten bittern Unmut, Unentschlossenheit und Kampf mit sich selber, bis nach einigen Tagen ihn der härteste Schlag traf, den er noch immer zu vermeiden hoffte, er mußte sein Haar verlieren.

Der Gedanke, nunmehro in einer Perücke, welches unter den Erfurter Studenten ganz etwas Ungewöhnliches war, erscheinen zu müssen, war ihm unerträglich. Mit dem wenigen Gelde, was er noch übrig hatte, ging er an das äußerste Ende der Stadt, wo er sich in einem Gasthof einquartierte, in welchem er aber nur schlief und des Abends sich etwas Bier und Brot geben ließ, um desto länger mit seinem Gelde zu reichen.

Bei Tage ging er größtenteils in öden Gegenden umher, suchte, wenn es regnete, in den Kirchen Schutz und brachte auf die Weise beinahe vierzehn Tage zu, in welcher Zeit niemand wußte, wo er geblieben war; bis endlich denn doch einer seiner Freunde ihn ausspähte und er auf einmal von Neries, Ockord, W... und noch einigen, die sich für ihn interessierten, in dem Gasthofe unvermutet überrascht und über seine Entfernung ihm freundschaftliche Vorwürfe gemacht wurden.

Er konnte nun sein Haar vor der Stirn über die Perücke schon etwas überkämmen, und wenn er sich dann stark puderte, so hatte es einigermaßen den Anschein, als ob er eigenes Haar trüge.

Er entschloß sich also, mit den Freunden, die ihn abholten, wieder in die menschliche Gesellschaft zu gehen, aber er wollte auch so viel wie möglich nur unter ihnen sein und wünschte auch auf alle Weise entfernt und einsam zu wohnen.

Auch diesen Wunsch suchte man ihm zu gewähren. Der gutmütige W... sprach gleich mit seinem Onkel, dem damaligen Regierungsrat und Professor Springer in Erfurt, und stellte ihm Reisers Zustand und sein Bedürfnis einer einsamen Wohnung lebhaft vor.

Der Regierungsrat Springer ließ Reisern zu sich kommen, und wenn dieser jemals aufmunternd angeredet und mit wahrer Teilnehmung aufgenommen wurde, so war es von diesem Manne, gegen welchen Reiser die innigste Zuneigung und Verehrung faßte.

Er las damals ein statistisches Kollegium, welches Reiser ein paarmal mit anhörte und, da ihn die Sache sehr interessierte, vom Regierungsrat Springer aufgefordert wurde, sich diesem Fache zu widmen, wobei er ihn auf alle mögliche Weise unterstützen wolle.

Den Anfang dieser Unterstützung machte nun der Regierungsrat Springer sogleich damit, daß er Reisern seinem Wunsche gemäß eine einsame Wohnung gab, indem er ihm sein eigenes Gartenhaus einräumte, wozu Reiser den Schlüssel bekam und wo er aus seinem Fenster die schönste Aussicht über einen Teil der aneinandergrenzenden Gärten hatte, welche ganz Erfurt umgaben.

Reiser genoß auch wieder seinen Freitisch, der Doktor Froriep nahm sich seiner auf das tätigste an und suchte ihm auf alle Weise Unterstützung zu verschaffen; er fing sogar an mathematische Kollegia zu hören, seine guten Freunde zogen ihn mit zu allen ihren literarischen Zusammenkünften und lasen ihm zum Teil ihre Ausarbeitungen vor, so daß die Sache nunmehro im besten Gange war, wenn ein neuer unglücklicher Anfall von Poesie nicht alles wieder verdorben hätte.

Zuerst mochte wohl sein neuer Aufenthalt in der einsamen romantischen Wohnung nicht wenig dazu beitragen, seine Einbildungskraft aufs neue zu erhitzen. Dann kam ein Brief dazu, den er an Philipp Reisern in Hannover schrieb und welcher seinen Rückfall beschleunigte.

Dies Schreiben war denn ganz im Tone der Wertherschen Briefe abgefaßt. Die patriarchalischen Ideen mußten auch auf alle Weise wieder erweckt werden, nur schade, daß es hier nicht wohl ohne Affektation geschehen konnte.

Denn um diesen Brief schreiben zu können, schaffte sich Reiser erst einen Teetopf an und lieh sich eine Tasse, und weil er kein Holz im Hause hatte, kaufte er sich Stroh, welches man in Erfurt zum Brennen braucht, um sich selber in seinem Stübchen in dem kleinen Öfchen seinen Tee zu kochen, womit er endlich, nachdem er vor Rauch beinahe erstickt war, zustande kam.

Und als dies nun nur erst einmal geschehen war, so schrieb er gleichsam triumphierend an Philipp Reisern.

Jetzt, mein Lieber! bin ich in einer Lage, welche ich mir nicht reizender wünschen könnte. Ich blicke aus meinem kleinen Fenster über die weite Flur hinaus, sehe ganz in der Ferne eine Reihe Bäumchen auf einem kleinen Hügel hervorragen und denke an Dich, mein Lieber, usw. Ich habe die Schlüssel dieser einsamen Wohnung und bin hier Herr im Haus und Garten usw. Wenn ich denn manchmal so dasitze an dem kleinen Öfchen und mir selbst meinen Tee koche usw.

In dem Tone ging es fort und ward ein stattlicher und langer Brief; und als nun Reiser es nicht über das Herz bringen konnte, diesen schönen Brief nicht auch seinem kritischen Freunde, dem Doktor Sauer, zu zeigen, so verdarb dieser vollends die Sache, indem er ihm nach seiner gutmütigen Höflichkeit das Kompliment machte: wenn ihm Reisers Gegenwart nicht selbst zu lieb wäre, so würde er wünschen, entfernt zu sein, um nur solche Briefe von Reisern zu erhalten.

Und nun war auf einmal der beinahe zur Ruhe gebrachte Dichtungstrieb bei Reisern wieder angefacht. Er suchte nun zuerst sein Gedicht über die Schöpfung vollends durch das Chaos durchzuführen und hub mit neuer Qual an, in der Darstellung von gräßlichen Widersprüchen und ungeheuren labyrinthischen Verwickelungen der Gedanken sich zu verlieren, bis endlich folgende beide Hexameter, die er aus der Bibel nahm, ihn aus einer Hölle von Begriffen erlösten.

Auf dem stillen Gewässer rauschte die Stimme des Ewigen
Sanft daher und sprach: es werde Licht! und es ward Licht.

Merkwürdig war es, daß ihm nun die Lust verging, dies Gedicht weiter fortzuführen, sobald der Stoff nicht fürchterlich mehr war. Er suchte also nun einen Stoff aus, der immer fürchterlich bleiben mußte und den er in mehreren Gesängen bearbeiten wollte; was konnte dies wohl anders sein als der Tod selber!

Dabei war es ihm eine schmeichelhafte Idee, daß er als ein Jüngling sich einen so ernsten Gegenstand zu besingen wählte; daher hub er denn auch sein Gedicht an:

Ein Jüngling, der schon früh den Kelch der Leiden trank, usw.

Als er nun aber zum Werke schritt und den ersten Gesang seines Gedichts, wovon er den Titel schon recht schön hingeschrieben hatte, wirklich bearbeiten wollte, fand er sich in seiner Hoffnung, einen Reichtum von fürchterlichen Bildern vor sich zu finden, auf das bitterste getäuscht.

Die Flügel sanken ihm, und er fühlte seine Seele wie gelähmt, da er nichts als eine weite Leere, eine schwarze Öde vor sich erblickte, wo sich nun nicht einmal das vergeblich aufarbeitende Leben wie bei der Schilderung des Chaos anbringen ließ, sondern eine ewige Nacht alle Gestalten verdeckte und ein ewiger Schlaf alle Bewegungen fesselte.

Er strengte mit einer Art von Wut seine Einbildungskraft an, in diese Dunkelheit Bilder hineinzutragen, allein sie schwärzten sich, wie auf Herkules' Haupte die grünen Blätter seines Pappelkranzes, da er sich, um den Cerberus zu fangen, dem Hause des Pluto nahte. Alles, was er niederschreiben wollte, löste sich in Rauch und Nebel auf, und das weiße Papier blieb unbeschrieben.

Über diesen immer wiederholten vergeblichen Anstrengungen eines falschen Dichtungstriebes erlag er endlich und verfiel selbst in eine Art von Lethargie und völligem Lebensüberdruß.

Er warf sich eines Abends mit den Kleidern aufs Bette und blieb die Nacht und den ganzen folgenden Tag in einer Art von Schlafsucht liegen, aus der ihn erst am Abend des folgenden Tages, wo es gerade Weihnachten war, ein Bote von seinem Gönner, dem Regierungsrat Springer, weckte, dessen Frau an Reisern ein sehr großes Weihnachtsbrot zum Geschenk übersandte.

Dies war nun gerade, was ihn in seiner unwiderstehlichen Schlafsucht noch bestärkte. Er schloß sich mit diesem großen Brote ein und lebte vierzehn Tage davon, weil er nur wenig genoß, indem er Tag und Nacht wo nicht in einem immerwährenden Schlafe, doch, die letzten Tage ausgenommen, in einem beständigen Schlummer im Bette zubrachte. Hiezu kam nun freilich der Umstand, daß er kein Holz hatte, um einzuheizen; er hätte aber auch nur ein Wort sagen dürfen, um dies Bedürfnis zu befriedigen, wenn es ihm nicht gewissermaßen selbst lieb gewesen wäre, den Mangel des Holzes als einen Beweggrund zu dieser sonderbaren Lebensart vorschützen zu können.

Reiser wurde in diesem Zustande auch von seinen Freunden nicht gestört, weil er gegen diese oft den Wunsch geäußert hatte, daß er nur einmal ein paar Wochen lang ganz einsam zu sein wünschte.

Nun hatte aber dieser Zustand eine sonderbare Wirkung auf Reisern: die ersten acht Tage brachte er in einer Art von gänzlicher Abspannung und Gleichgültigkeit zu, wodurch er den Zustand, den er vergeblich zu besingen gestrebt hatte, nun gewissermaßen in sich selber darstellte. Er schien aus dem Lethe getrunken zu haben und kein Fünkchen von Lebenslust mehr bei ihm übrig zu sein.

Die letztern acht Tage aber war er in einem Zustande, den er, wenn er ihn isoliert betrachtet, unter die glücklichsten seines Lebens zählen muß.

Durch die lange fortdaurende Abspannung hatten sich allmählich die schlafenden Kräfte wieder erholt. Sein Schlummer wurde immer sanfter; durch seine Adern schien sich ein neues Leben zu verbreiten; seine jugendlichen Hoffnungen erwachten wieder eine nach der andern; Ruhm und Beifall krönten ihn wieder; schöne Träume ließen ihn in eine goldne Zukunft blicken. Er war von diesem langen Schlafe wie berauscht und fühlte sich in einem angenehmen Taumel, sooft er von dem süßen Schlummer ein wenig aufdämmerte. Sein Wachen selber war ein fortgesetzter Traum; und er hätte alles darum gegeben, in diesem Zustande ewig bleiben zu dürfen.

Wenn er daher die gefrornen Fenster ansah, so war ihm dies der angenehmste Anblick, weil er dadurch genötigt wurde, immer noch einen Tag länger im Bette zu bleiben. Sein großes Brot auf dem Tische betrachtete er wie ein Heiligtum, das er so sehr wie möglich schonen mußte, weil von der Dauer dieses Brots mit die Dauer seines glücklichen Zustandes abhing.

Nun fühlte er sich aber auch wieder, sobald es gelten sollte, zu nichts zu schwach. Das Theater stand wieder so glänzend wie jemals vor ihm da; alle die theatralischen

Leidenschaften durchstürmten wieder eine nach der andern seine Seele, und die Gemüter der Zuschauer wurden durch sein Spiel erschüttert.

Als nun sein Brot verzehrt war, stand er gegen Abend auf, ordnete seinen Anzug so gut wie möglich, und sein erster Gang war ins Theater, wo er sich in einen Winkel setzte und erstlich ein Stück, namens Inkle und Yariko, alsdann aber die Leiden des jungen Werthers aufführen sahe. Der Verfasser des letztern hatte fast nichts getan, als die Wertherschen Briefe in Dialogen und Monologen verwandelt, die denn freilich sehr lang wurden, aber doch das Publikum sowohl als die Schauspieler wegen des rührenden Gegenstandes außerordentlich interessierten.

Nun ereignete sich aber gerade bei der tragischen Katastrophe des letztern Stücks ein sehr komischer Zufall. Man hatte sich nämlich irgendwo ein paar alte verrostete Pistolen geliehen und war zu nachlässig gewesen, sie vorher zu probieren.

Der Akteur, welcher den Werther spielte, nahm sie vom Tische auf und sagte denn alles, wie es im Werther steht, buchstäblich dabei: „Deine Hände haben sie berührt; du hast selber den Staub davon abgeputzet usw." Dann hatte er sich auch, um alles genau und vollständig darzustellen, einen Schoppen Wein und Brot bringen lassen, wozu denn der Aufwärter nicht ermangelte, auch ein Brotmesser mit auf den Tisch zu legen.

Am Ende aber war das Stück so eingerichtet, daß Werthers Freund Wilhelm, indem er den Schuß fallen hörte, hereinstürzen und ausrufen mußte: „Gott! ich hörte einen Schuß fallen!"

Dies war alles recht schön; als aber Werther das unglückliche Pistol ergriff, es an die rechte Stirne hielt und auf sich losdrückte, so versagte es ihm in seiner Hand.

Durch diesen widrigen Zufall noch nicht aus der Fassung gebracht, schleuderte der entschlossene Schauspieler das Pistol weit von sich weg und rief pathetisch aus: „Auch diesen traurigen Dienst willst du mir versagen?" Dann ergriff er plötzlich die andere, drückte sie wie die erste los, und, o Unglück! auch diese versagte ihm.

Nun erstarb ihm das Wort im Munde; mit zitternden Händen ergriff er das Brotmesser, das zufälligerweise auf dem Tische lag, und durchstach sich damit zum Schrecken aller Zuschauer Rock und Weste. – Indem er nun fiel, stürzte sein Freund Wilhelm herein und rief – „Gott! ich hörte einen Schuß fallen!"

Schwerlich kann wohl eine Tragödie sich komischer wie diese schließen. – Dies brachte aber Reisern nicht aus seiner hochschwebenden Phantasie, vielmehr bestärkte es ihn darin, weil er so etwas Unvollkommenes vor sich sahe, das durch etwas Vollkommenes ersetzt werden mußte.

Er hörte, daß in acht Tagen die Schauspieler von Erfurt abreisen und nach Leipzig gehen würden; er hörte ferner, daß der geschickteste Schauspieler unter dieser Truppe, namens Beil, einen Ruf nach Gotha erhalten hätte; er hatte also nun keinen Nebenbuhler mehr zu fürchten; Leipzig war der Ort, um zu glänzen; seine Perücke konnte er sehr geschickt unter den wiedergewachsenen Haaren verbergen. Wie viele neue Gründe, um der Leidenschaft, die schon vorher da war und nur eine Weile geschlummert hatte, aufs neue über die Vernunft den Sieg zu geben.

Er machte seinen Freunden sogleich den Entschluß bekannt, daß er gesonnen sei, mit der Speichschen Truppe nach Leipzig zu gehen, daß er einen unwiderstehlichen Trieb in sich fühle, der ihn unglücklich machen würde, wenn er ihn überwinden wollte, und der ihn in allen seinen Unternehmungen doch immerfort hindern würde.

Er stellte seine Gründe so leidenschaftlich und stark vor, daß selbst sein Freund Neries ihm nichts dagegen sagen konnte, der ihm sonst schon die reizendsten Schilderungen gemacht hatte, wie sie im künftigen Frühling wieder auf dem Steigerwalde den Klopstock lesen würden usw.

Reiser hielt sich nun schon bei den Schauspielern auf und brachte dem Regierungsrat Springer den Schlüssel zu dem Gartenhause wieder, indem er ihm auf das lebhafteste seinen unglücklichen Zustand schilderte, wenn er den Trieb zum Theater unterdrücken wollte.

Der Regierungsrat Springer behandelte Reisern auch hier noch auf die toleranteste Art. Er riet ihm selber, wenn der Trieb bei ihm so unwiderstehlich sei, demselben zu folgen, weil dieser Trieb, der immer wiedergekehrt war, vielleicht einen wahren Beruf zur Kunst in sich enthielte, dem er sich alsdann nicht entziehen solle. Wäre aber das Gegenteil und sollte Reiser sich selber täuschen und in seiner Unternehmung nicht glücklich sein, so möchte er sich unter jeden Umständen und in jeder Lage dreist wieder an ihn wenden und seiner Hülfe versichert sein.

Reiser nahm mit so gerührtem Herzen Abschied, daß er kein Wort vorbringen konnte, so sehr hatte die Großmut und Nachsicht dieses Mannes sein Gemüt bewegt. Er machte sich selber beim Weggehen die bittersten Vorwürfe, daß er sich einer solchen Liebe und Freundschaft jetzt nicht würdiger zeigen konnte.

Als nun Reiser, um Abschied zu nehmen, zum Doktor Froriep kam, welcher seinen Entschluß durch Neries schon wußte, so wurde er von diesem ebenso nachsichtsvoll wie von seinem andern Gönner behandelt; und der Doktor Froriep erklärte sich, daß er seinen Entschluß ihm nicht nur nicht widerraten, sondern ihn vielmehr darin bestärken würde, wenn die Schaubühne schon in dem Maße eine Schule der Sitten wäre, als sie es eigentlich sein könnte und sein sollte.

Eine kleine Ironie fügte er denn doch am Ende nicht ohne Grund hinzu, indem er zu seiner kleinen Tochter, die er auf dem Arme trug, sagte: Wenn du groß bist, so wirst du denn auch einmal von dem berühmten Schauspieler Reiser hören, dessen Name in ganz Deutschland berühmt ist! Aber auch diese sehr wohlgemeinte Ironie blieb bei Reisern fruchtlos, der sich demohngeachtet mit inniger Rührung und bittern Vorwürfen gegen sich selber an alles das erinnerte, was der Doktor Froriep für ihn schon getan hatte und wovon er nun selbst den Endzweck vereitelte.

Allein es schien ihm nunmehro Pflicht der Selbsterhaltung, allen diesen innern Vorwürfen kein Gehör zu geben, weil er sich fest überzeugt glaubte, daß er der unglücklichste Mensch sein würde, wenn er seiner Neigung nicht folgte.

Die Speichsche Truppe aber war die letzten Wochen wegen Mangel an Einnahme in die äußerste Armut geraten. Der Direktor Speich reiste mit der Garderobe allein nach Leipzig voraus, und von den übrigen Schauspielern mußte ein jeder selbst zusehen, daß er so gut wie möglich den Ort seiner Bestimmung erreichte; einige reisten zu Pferde, andere zu Wagen und noch andere zu Fuß, nachdem es die Umstände eines jeden erlaubten, denn die gemeinschaftliche Kasse war längst erschöpft: in Leipzig aber hoffte man nun, bald sich wieder zu erholen.

Reiser machte sich denn auch denselben Nachmittag, wo er Abschied genommen hatte, zu Fuß auf den Weg, und sein Freund Neries begleitete ihn zu Pferde bis nach dem nächsten Dorfe auf dem Wege nach Leipzig, wo Neries am künftigen Sonntage predigen wollte.

Nachdem sie im Gasthofe eingekehrt waren und sich noch einmal aller der seligen Szenen erinnert hatten, die sie genossen haben wollten, wenn sie am Abhange des Steigers Klopstocks Messiade zusammen lasen, so machte sich Reiser wieder auf den Weg, und Neries begleitete ihn noch eine ganze Strecke hin, bis es dunkel wurde.

Da umarmten sie sich und nahmen auf die rührendste Weise voneinander Abschied, indem sie sich bei diesem Abschiede zum erstenmal Bruder nannten. Reiser riß sich los und eilte schnell fort, indem er seinem Freunde zurief: Nun reit zurück!

Als er aber schon in einiger Entfernung war, sah er sich wieder um und rief noch einmal: Gute Nacht! Sobald er dies Wort gesagt hatte, war es ihm fatal, und er ärgerte sich darüber, sooft es ihm wieder einfiel. Denn die ganze empfindsame Szene hatte selbst in der Erinnerung dadurch einen Stoß erlitten, weil es komisch klingt, einem, dem man auf lange Zeit oder vielleicht auf immer schon Lebewohl gesagt hat, nun noch einmal ordentlich eine gute Nacht zu wünschen, gleichsam als wenn man am andern Morgen wieder einen Besuch bei ihm ablegen würde. –

Es war eine schneidende Kälte. Reiser aber wanderte nun, ohne irgendeine Bürde zu tragen, mit reizenden Aussichten auf Ruhm und Beifall seine Straße fort.

Oft, wenn er auf eine Anhöhe kam, stand er ein wenig still und übersah die beschneiten Fluren, indem ihm auf einen Augenblick ein sonderbarer Gedanke durch die Seele schoß, als ob er sich wie einen Fremden hier wandeln und sein Schicksal wie in einer dunkeln Ferne sähe. – Diese Täuschung verschwand aber ebenso bald, wie sie entstand; und er dachte dann wieder im Gehen vor sich, wie Leipzig aussehen, in was für Rollen er auftreten würde usw.

Auf die Weise legte er den Weg von Erfurt nach Leipzig sehr vergnügt zurück; im Gehen aber sprach er häufig den Namen Neries aus, den er wirklich liebte, und weinte heftig dabei, bis ihm das komische „gute Nacht" einfiel, welches er gar nicht in den Zusammenhang dieser rührenden Erinnerung mit zu bringen wußte.

In Erfurt hatte man ihm schon gesagt, daß er in Leipzig in dem Gasthofe „Zum goldenen Herzen" einkehren müsse, wo die Schauspieler immer logierten und gleichsam dort ihre Niederlage hätten.

Als er in die Stube trat, fand er denn auch schon eine ziemliche Anzahl von den Mitgliedern der Speichschen Truppe vor, die er als seine künftigen Kollegen begrüßen wollte, indem er an allen eine außerordentliche Niedergeschlagenheit bemerkte, welche sich ihm bald erklärte, als man ihm die tröstliche Nachricht gab, daß der würdige Prinzipal dieser Truppe gleich bei seiner Ankunft in Leipzig die Theatergarderobe verkauft habe und mit dem Gelde davongegangen sei. – Die Speichsche Truppe war also nun eine zerstreuete Herde.